如果没有你

清枫语 ◎ 著

重庆出版集团 重庆出版社

图书在版编目（CIP）数据

如果没有你 / 清枫语著. — 重庆：重庆出版社,2017.7

ISBN 978-7-229-11647-7

Ⅰ.①如… Ⅱ.①清… Ⅲ.①长篇小说 – 中国 – 当代 Ⅳ.①I247.5

中国版本图书馆CIP数据核字(2016)第239155号

如果没有你
RUGUO MEIYOU NI
清枫语 著

责任编辑：王 淋
责任校对：刘小燕

重庆出版集团 出版
重庆出版社

重庆市南岸区南滨路162号1幢 邮政编码：400061 http://www.cqph.com
自贡兴华印务有限公司印刷
重庆出版集团图书发行有限公司发行
E-MAIL:fxchu@cqph.com 邮购电话：023-61520646
全国新华书店经销

开本：710mm×1000mm 1/32 印张：12.25 字数：466千
2017年7月第1版 2017年7月第1次印刷
ISBN 978-7-229-11647-7
定价：35.80元

如有印装质量问题，请向本集团图书发行有限公司调换：023-61520678
版权所有 侵权必究

目录

第一章	1
第二章	42
第三章	67
第四章	104
第五章	140
第六章	174
第七章	216
第八章	259
第九章	303
第十章	352

第一章

今天是宁轻第一天报到。

六点依惯例起来晨跑,七点梳洗准备早餐,八点准时出门,八点五十八分准点到达旭景集团大门。

经过前台时宁轻将自己的新人入职报到表递上。

前台是个长得很漂亮的女孩,接过她的报到表,拧着眉:"哪个部门的?"

"投资并购部。"

前台翻着报到表的手一顿,抬头望她,眼睛里带了些打量的探究,像在确认。

宁轻隐约明白她眼神中的疑虑,旭景集团是大型上市公司,投资并购部被称为旭景集团最有分量最神秘的部门,主要负责重要项目投资和并购,工作直接向执行董事汇报,团队成员基本来自摩根微软等大型公司,学历背景不是国内数一数二大学也是海外名校。团队平均年龄35岁,以她的年龄和资历,确实没可能出现在这个团队名单上。

宁轻没多加解释,只是静静迎视着她的打量,唇角保持着礼貌的弧度。

"麻烦先等会儿。"

前台起身找人事部确认,没一会儿便回来了,冲宁轻招手:"跟我过来吧。"

带她去办理了入职手续,这才将她带往办公室。

办公室不大,十多个人,一个个坐在电脑前,神情严肃认真,没有人因为两人的走近而抬起头来,直到前台拍着手掌将宁轻介绍给大家:"这位是我们的新同事,宁轻。"

电脑前的脑袋一颗颗抬了起来，一个个奇怪地望向宁轻，眼神带着诧异。

在隔间里头的部门经理姚建这时从里面走了出来。

宁轻礼貌地冲他打了声招呼："姚总。"

姚建看着四十多岁，长了张异常严肃的脸，人也确实严肃，听到宁轻的招呼也只是略略颔首："嗯。向大家介绍一下自己吧。"

宁轻依言做了个简单的自我介绍。

姚建也一一指着众人给宁轻做了个介绍，然后扭头问宁轻："你是刚硕士毕业吧？"

"毕业一年。"

姚建点点头："还是太年轻了。他们都是领域内的资深专家，有什么不懂的尽管问，新人要吃得起苦。不过丑话说在前头，无论怎么进来的，在我的团队里，半年内做不出成绩都得收拾包袱走人。"

话里的深意将众人眼里的疑惑变成带了丝讪笑的恍悟。

宁轻职场经验虽不多，但也能读出那种眼神的深意来，许是之前便已预料到，倒没太大感觉，只是客气地应了声，便在姚建的安排下回了座位。

姚建也没花太大心思在她身上，只是将手中资料递给宁轻右侧的女孩："许琳，你研究一下力盛这两年的投资项目，以及这几个大项目的背后负责人，我们部门最近得再添个人。"

许琳接过资料："姚总您想挖墙脚？"

力盛本来只是家普通的互联网公司，这两年接连投资了几个大项目，一下子在原不被看好的手游和手机应用上打开了市场，异军突起，业界传言几个大项目都是同一个人负责，投资眼光精准独到，想挖墙脚的人不少，但力盛那边捂得严实，到底是什么人也没人能打听得出来。

姚建没正面回应她的意思："先打听到情况再说。"

许琳点点头："我手头上还有几个项目，这种数据分析和影印资料的事还是先交给新人吧。"

姚建没有异议，许琳手中还有些微热的资料被交到了宁轻桌上。

姚建交代："明天给我结果。"

顺道跟其他人交代："宁轻刚入职，手上暂时不会有什么活，大家可以先把手头上无关紧要的工作交给她，这也有利于她迅速进入状态。"

姚建的话无异于圣旨，一个上午下来，宁轻脑中开始充斥着各种声音：

"小宁，帮我把这份报告打印一下。"

"小宁，最近公司投资方向可能转向媒体方向，你收集一下这方面的相关信息。"

"小宁，这是手游领域的相关信息，你分析一下是否有投资价值，明天给我一份相关分析报告。"

……

就连差不多到饭点时间，办公室里也开始充斥着各种订餐声音：

"小宁，帮我订一份真功夫原盅蒸炖鸡饭套餐吧，谢谢。"

"一份满记的榴莲班戟，谢谢。"

"一份味千家的牛肉咖喱乌冬。"

……

宁轻捏着发疼的眉心，正要拒绝，一声"徐总"将她的注意力给吸了过去。

徐盈正推着办公室的玻璃门走进来。

徐盈是旭景集团现任执行董事唯一的千金，公司第三大股东和董事会成员，年方二十八岁却已经在公司工作六年多，整个公司上下都知道她是老总千金，因此对于她的突然造访也是礼貌有加。

徐盈浅笑着冲大家打了声招呼，望向宁轻这边："宁轻，去吃饭了。"

整个办公室一时间有些静，宁轻没抬头都隐约察觉到一道道望向她的视线来。

她站起身，有些歉然地冲众人笑笑："不好意思，订餐的事改天吧，我现在还有点事。"

和徐盈一块儿出去了。

"怎么样？"刚上车，徐盈便问道。

宁轻揉着发涨的脑袋："刚来半天，现在不好评价。"

徐盈点点头："你尽早上手吧，林伯伯还有几个月就要从董事会退下来了，我妈想让你顶上他的位置。"

宁轻手一顿，下意识望向徐盈。

徐盈慢慢启动车子，一边道："我爸身体越来越不行了，他和前妻有个儿子，二十多年都没管过了，最近却铁了心要让他回来接任执行董事一职。我知道他也是基于公司的前途考虑，毕竟公司现在是真的危机四伏，他再一退下来也不知道会成什么样子。我那个大哥回来的话说不定真能带着公司撑过去，他有这个魄力，但会不会借机搞垮公司也说不定，毕竟当年是我爸对不起他们母子。这中间的不安定因素太多了，不可能真安心让他独揽大权的。"

宁轻忍不住皱了皱眉，她是第一次听到徐家的这些事，单从一个旁观者的角度而言，听着心里有些不舒服。

徐盈大概也察觉得出她的不舒服，扭头冲她一笑："是不是也觉得我爸太过分了，他……"

未完的话消失在尖锐的刮擦声里。

徐盈转着方向盘险险地避开了迎面而来的黑色卡宴。光顾着和宁轻说话，她没想到这会儿会有人来访，开车也有些走心。

宁轻也没防备，被突然转弯急刹车的车子震得身子往前倾，披在身后的长发跟着往前垂了下来，把整张脸和视线都给遮住了。

徐盈摇下车窗，有些不好意思地冲对面车主道歉，抽了张名片递过去："你车子被我车子刮花了，维修费……"

"我来出"几个字在看到摇下的车窗下露出的那张脸时突然尴尬地凝在了舌尖上。

徐盈没想到来人是她那几乎从未谋面的大哥。

秦止往她捏着的名片望了眼，视线落在她脸上："开车小心点。"

摇上了车窗。

车窗刚关上秦止手机便响了，是母亲秦晓琪打来的电话，语带担忧，语无伦次的，秦止还是听出了重点，朵朵出事了。

秦止凛着神色调转了车头，以最快的速度赶到了医院，刚到病房门口秦晓琪就红肿着双眼迎了上来。

"朵朵怎么样了？"秦止问，很冷静。

说话间长腿已经迈向床边，看到安静躺在床上的小小身影时心尖揪了一下。

朵朵不知道是睡过去了还是昏迷着，双眸紧紧闭着，本就苍白的小脸蛋更是一丝血色也没有，露在被子外的小手紧紧攥着一张照片，照片被捏得变了形，秦止不自觉地伸手去拿，刚动了下就惊醒了朵朵。

秦晓琪在一边哽咽着详述事情经过，秦止隐约拼出了个大概，小丫头又偷偷溜出去寄信,爬邮筒的时候摔了下来,摔破了头,好在没什么大问题。"

秦止心里暗松了口气,看向朵朵:"又去给妈妈寄信?"

他的眼神有些凌厉,朵朵小身子缩了下,眼神怯怯的,虽然已经跟秦止回来有两个月了,却还是会怕秦止,不太敢靠近他。

秦止想起刚找到朵朵时,她裹着脏兮兮的旧棉衣,搓着被寒风冻得皲裂的小手,仰起被冻得红通通的小脸问他,要不要买鞋垫。

后来他跟着她回到了那个仅容得下一人的小地下室里,小小的屋子被旧衣服旧席子堆得满满当当的,一屋子的霉味,一张木板铺起的床、一床已经有异味的老旧棉被和几个锅碗一个砖头砌成的锅灶就组成了一个小家,朵朵就和那个她称为"奶奶"的八十多岁的老人一起在那里住了四年,靠着老人纳鞋底活了整整四年。

"没了,就是人没了才被送过来的。本来以为能让她过得好点,没想到刚送过来就碰上了我儿子儿媳出车祸,一下子又成了孤儿,别人家也不敢收。"

秦止特别忘不了那天问起朵朵妈妈的事时,老人沧桑的脸上流露出的神色,所有的伤痛和心疼都在时间里沉淀成了木然,就连他初次见面的女儿,也只是睁着那双像极了她的眼睛,木然却又戒慎地看着他。

那一瞬间,他胸口疼得几乎不能呼吸。

他将老人和朵朵一起接回了家,这段时间以来,秦止努力学着做一个好父亲,他尽可能地让自己的眼神和整个脸部线条柔和下来,伸出手,手背轻触着她的脸颊,软着嗓子问她:"不是答应了爸爸不再给妈妈寄信了吗?"

朵朵喜欢寄信的习惯从他将她接回来时就有了,平时秦止也不太限制她,却没想到竟出了事。

朵朵不明白秦止的担心,只是无意识地揉着手里的照片,慢慢噘着小唇瓣,低垂着眼眸,好一会儿才细声说:"可是我还是想给妈妈寄。奶奶说爸爸妈妈在另一个世界,我每天给他们写信,他们收到了就会回来,然后爸爸就真的回来了,我想给妈妈也多写点,到时她就可以回来了。"

秦止有些沉默,没有说什么,只是敛着眼眸,伸手一下一下地轻揉着她的头发。

朵朵也没有说话，摊开手里揉着的那张照片，静静地打量着，看着看着又睡了过去。

秦止替她拉好被子，拿下了她手里捏着的照片，照片是刚出生的朵朵和宁沁的合影，宁沁抱着刚满四十天的朵朵，脸上是他从没见过的柔和和初为人母的满足，眉眼里都还糅着青涩，似乎还只是多年前那个喜欢牵着他的手在校道上一遍遍闲逛的小女生，突然有一天就为人母了，突然有一天，就没了……

熟悉的钝痛在胸口隐隐而起，秦止敛下眼眸，反手将照片翻了过来，小心压在朵朵枕头底下。

手机在这时响起，他的父亲徐泾升打过来的电话，问他到哪儿了。

秦止今天本是答应了他一起吃饭，没想着刚到旭景朵朵就出了事。

他知道徐泾升约他的目的，老头子身体撑不住了，公司交给他那个妻子带过来的儿子又不放心，徐盈刚嫁人更是放心不下，这几个月来想方设法地逼他回去，今天约他也是为了这个事。

"临时有点事，改天再过去吧。"秦止淡声应着。

徐泾升一听就有些紧张："出什么事了？还是你又改变主意了？"

秦止前些天算是口头上应承了这个事，但没真的接手下来他到底是不放心，就怕临时有变。

秦止也不想多谈，只是淡声道："我会回去。不过，我还是那句话，我的公司我不可能再任由你家那些人瞎搞，董事会哪些人该清掉，哪些人该留下，我决定。"

秦止这声"回去"让徐泾升一等就等了半年。

这段时间以来，关于现任执行董事要退居二线的消息在旭景传得沸沸扬扬，新任执行董事人选也被炒得热火朝天。

徐泾升铁了心直接让秦止上，正式公布前把消息捂得严实，连董事会和股东大会也跳过了，直接由他委任。

宁轻虽是和徐家关系近，但对于炒得沸沸扬扬的新任执行董事人选却也没太多了解。

有人猜是徐泾升唯一的儿子徐璟，但持否定态度的人更多。徐璟是徐泾升现任妻子何兰带着改嫁过来的，虽然冠着徐姓，但是不是徐泾升的亲骨肉也只有徐家内部清楚。撇去身份问题不说，徐璟主攻心理学，长年在国外从事科研工作，去年年底才回国内工作，资历与工作经验和旭景集团执行董事的要求相去甚远。

也有人猜测是徐盈，毕竟徐盈是货真价实的徐家千金又已经在公司工作了五年多，但无论是徐盈的年龄资历还是她的工作能力，都不足以担起一个集团的重任。

猜公司元老的也有，猜外聘的也有，但没有人会想到是徐泾升闻所未闻的大儿子，名副其实的太子爷。

公司里资历比较老的都知道旭景是徐泾升和前妻秦晓琪联手创办，却不确定两人是否有过孩子，徐泾升与秦晓琪毕竟已经离婚二十多年，这么多年来从没听徐泾升提起过还有个儿子的事来。

宁轻也是那次徐盈告诉她之后才知道她还有个大哥，虽然一直听徐盈提起他要回来接任执行董事一职，但这半年来却从没见过其人，徐泾升也依然在执行董事的位置上屹立不倒，反倒是董事会短短半年内经历了一番大洗牌，几名元老级董事在这半年里先后离职，重新换了批人。

不知情的人看在眼里无关痛痒，知情人看着却是忐忑难安。

宁轻将自己归类为不知情，每天上班下班，不去碰触公司八卦。

入职半年来，她也算是基本摸清了整个公司运营方向，工作起来也得心应手许多，每天却还是干着收集资料数据分析的工作，不算轻松，却也算不得忙，偶尔要到外面跑跑小腿，例如今天。

宁轻是一大早就被经理姚建絮絮叨叨了一顿，然后被轰去调研公司取一份重要的调研报告。入职半年，宁轻很确定，姚建对她很不满，这种不满从她踏进这个部门的第一天就开始了，却不知道是单纯因她这个人不满还是因徐家某些人的关系而不满。

宁轻探究不到答案，但人在屋檐下，他是头，她是下属，工作内容合理，她没有不遵从的道理，因而姚建一声令下她便只有跑腿的份儿。

她是自己开车去的，公司的车。

她三个月前才拿到驾照，为了这份工作被迫专门考的驾照，开车技术有些差，一路上宁轻开得小心翼翼，还算顺畅，没想到在快到调研公司的左转马路上，一张白花花的A4纸突然轻飘飘地飞了过来，一个半大的小女孩也突然从路边冲了出来，说了什么宁轻没听清，只看到瘦瘦小小的身子挥着小手，人就直愣愣地朝她车轮子底下扑了过来，惊得宁轻本能踩下了急刹车。

车子一停稳宁轻赶紧下车来，看到吓得跌坐在地上的小女孩时悬着的一颗心几乎蹦出了嗓子眼，急急来到她身前，急声问道："小朋友，是不是被撞到了，身上有没有哪里痛？"

朵朵闻声抬起头来，小脸因惊吓而苍白着，童稚的嗓音都不自觉带了哭腔："没有。"

嗓音细细小小的，却是没哭，只是轻摇着头，凌乱披散在脸上的头发随着她摇头的动作散开，露出一张漂亮的小苹果脸蛋，莫名熟悉的轮廓和眉眼，宁轻突然有些怔。

朵朵这时也已看清宁轻，黑白分明的大眼睛在看到她时突然溢出些许惊喜的光彩来，但很快又被怯生生的情绪掩盖，只是小心翼翼地看着宁轻："你是妈妈吗？"

宁轻不自觉看她。

朵朵似是瑟缩了下，声音收小了些，近乎嗫嚅："你长得好像我妈妈。我没有骗你，我给你看她的照片。"

说着就低头在衣服口袋里手忙脚乱地翻找起来，找了会儿小脸蛋垮了下来。

"我好像忘记带妈妈的照片了。"

噘着小嘴说完，朵朵视线移向车轮底，眼眸又亮了亮，撑着宁轻的膝盖站了起来，跑向车轮底下。

宁轻伸手拉住了她，朵朵手着急地指着车轮，泫然欲泣："我的信……"

宁轻这才注意到被卷入车轮底下的信纸，有些歉然，替她把信纸抽了出来，信纸被绞得太深，抽出来后已经被撕裂了一半，不少地方已经沾上了泥巴。

眼巴巴望着她的眼眸一点一滴黯淡了下去。

宁轻突然有些不知所措："小朋友，对不起啊，要不阿姨再买一本送你好不好？"

"谢谢阿姨，不用了。"

朵朵怯生生地应，伸手拿过宁轻手里的信纸，有些心疼地小心摊开，小嘴慢慢就噘了起来，"妈妈的脸被弄坏了，我想让你看看我妈妈长什么样子。"

宁轻抬眸望去，只隐约看到水彩笔歪歪扭扭勾勒出的轮廓，大半张画纸已经被车轮下的泥巴给糊脏了。

宁轻想起她刚才冲向车底的危险举动，四周也没见着个大人，有些担心地问她："小朋友，你的爸爸妈妈呢？"

"爸爸去上班了。"朵朵小心地折着手中已经脏破的信纸，一边低声说道，"妈妈还在另一个世界。"

说着有些心疼地看了看手中被碾坏的信纸，小眼神又黯淡了下来："这里都脏了，要是妈妈看不清楚我说了什么怎么办？"

宁轻鼻子突然就酸了，心里闷闷胀胀地难受得厉害。

她轻揉着她的头，以着连自己都觉苍白的话安慰道："你妈妈会看到的。"

黯淡的双眼因她的话恢复了神采。

"朵朵。"一声疾唤在这时从前方响起。

朵朵扭过身，冲声音方向招了招手："奶奶。"

宁轻循声望去，看到个五十多岁的中年妇女正往这边走来。

她望过去时中年妇女也看到了她，脚步突然就停了下来，喃喃叫了声："沁沁？"

宁轻眉头疑惑地皱了下。

朵朵已经乖巧地走过去，拉着秦晓琪的手，嘟着小嘴"奶奶"地叫了声。

宁轻想着朵朵刚才冲向车底的危险举动，也就顺道跟秦晓琪提了下，让她平时多注意些，别让朵朵一个人到处乱跑。

秦晓琪只是眼神复杂地望着她，盯得宁轻突然有些尴尬，好在她手机这时响起，徐璟打过来的电话，今晚徐泾升七十大寿，交代了让她陪他一起回去吃个饭。

打完电话时宁轻也已经没有了刚才的尴尬，秦晓琪也已恢复如常，笑着向宁轻道了谢。

朵朵也扭头冲宁轻挥了挥手："阿姨，我们先回去了。"

走了两步又停了下来，迟疑着回头问宁轻："阿姨，我叫朵朵。你能给我你的电话号码吗？"

说完像怕宁轻误会，又着急地补充："我不会用来做坏事的。"

宁轻不自觉的一笑，回车里抽了张名片给她："这上面有我的名字和电话，有什么事可以随时找阿姨哦。"

朵朵像宝贝似的接了过来，上一刻还有些黯然的眼眸此时满是光彩，拿着名片回到家时也舍不得放下，生怕弄掉了，就一直这么捏着不放。

秦止回来时就看到朵朵盘着两条腿坐在沙发上，一只手捏着那张照片，一只手捏着名片，小嘴嘟着，晃着脑袋不停地看。

"朵朵，怎么了？"秦止在她身侧坐了下来，长臂一伸，就抱着她坐在了大腿上。

秦止特地空了半年时间出来和朵朵培养感情，半年教养和相处下来，朵朵已经慢慢脱离过去那个脏兮兮怯生生的小女孩，对他的戒备也在慢慢消散。

她在他的臂弯里转了个身，仰着粉嘟嘟的小脸，对秦止说："我今天看到妈妈了。"

秦止身体不自觉僵了下，手掌轻揉着她的头发，敛着眼眸没有说话。

"是真的，长得和照片里的妈妈一模一样。"朵朵捏着照片给秦止看，努力想要证明。

秦止反手将照片翻了过来，没去看照片，只是看着她，换了个话题："朵朵今天在学校好玩吗？"

朵朵注意力没有被他带离，扯着照片又翻转了回来，很认真地强调："那个阿姨真的和我妈妈长得一模一样，不信你问奶奶。"

秦晓琪正好从厨房出来，闻言叹了口气："朵朵说的是真的，我也差点就以为是她了。"

朵朵捏着名片递给秦止："阿姨还送了我一张名片。"

秦止垂眸，盯着朵朵手里捏着的名片，有些失神，好一会儿才将名片轻轻压下，嗓音有些低："宁沁以前和我说过她还有个孪生妹妹叫宁轻，和她长得几乎一模一样。当年姐妹俩一起出的事，却只有宁轻活了下来。"

说着抬头望向秦晓琪："你们见的那个，大概就是宁轻吧。"

他的嗓音有些低哑，秦晓琪听着心里突然就难受了起来。

朵朵年纪小，听不太明白，只是睁着黑白分明的大眼睛，奇怪地望着秦止，问他："爸爸，你怎么又不说话了？"

秦止垂眸望她，在她额头上亲了亲："晚上和爸爸去爷爷家吃饭好不好？"

朵朵愣愣地点头："好。"

第一章

秦止知道秦晓琪对徐泾升那边还是有些介怀，也就和秦晓琪顺道提了一下这事："妈，我过几天得正式接手旭景的工作，今天是他的七十寿辰，要顺便宣布这件事，我得过去一趟。"

秦止和朵朵到徐家的时候已经六点多。

徐泾升平时低调惯了，寿宴并没有大张旗鼓地办，只是请了徐家的一些亲朋和公司的一些骨干元老，在自家大院里热热闹闹地摆了几大桌。

朵朵第一次参加这么热闹的宴席，有些不习惯，从下了车开始小手就一直紧紧攥着秦止的手。

秦止将她抱起，侧头亲了亲她的脸颊，柔声安慰她。

徐盈刚好从屋里出来，远远看到了抱着孩子的秦止，一时间有些愣。她虽然对秦止不熟，却从不知道秦止已经有个这么大的女儿了。

秦止也看到了徐盈，打了声招呼，指背轻触着朵朵的脸颊，软声说："朵朵，叫姑姑。"

朵朵扭过头，很乖巧地冲徐盈说了句："姑姑好。"

徐盈这才看清朵朵的脸，一时间怔住了，和宁轻相似的眉眼让她有些失神，下意识望向秦止。

"大嫂……没一起过来吗？"试探的话语就这么脱口而出。

秦止没正面回应，视线穿过她肩后，往屋里扫了眼："爸在里面吗？"

"在，在，正在里面和几个老朋友闲聊。"徐盈有些窘迫地道，将两人招呼进了屋。

回到屋里时眼神总不自觉往朵朵望去，若有所思的样子。

朵朵本来就怕生，徐盈不时投过来的眼神让她也有些不自在，小手紧紧攥着秦止的西装，贴着他的耳朵细声说："爸爸，那个姑姑好奇怪哦。"

秦止闻言抬头往徐盈那边望了眼，徐盈突然有些尴尬，招呼秦止进来后就先回了房。

宁轻也在她房里，她来得早，也没什么事，就在徐盈房里看书。

徐盈推门进来时宁轻正坐在书桌前，一只手撑着头一只手翻着书页，微侧着头，有些心不在焉。

徐盈处的位置刚好能看到她半边的侧脸，柔美好看的轮廓让她瞬间又想起了秦止抱着的朵朵，忍不住皱了皱眉。

11

宁轻也注意到站在门口没动的徐盈，有些奇怪："你怎么了？"

徐盈摇摇头，走过去，倚着桌角站在她对面，问她："宁轻，你姐姐结过婚吗？"

宁轻摇摇头："没有吧。"

徐盈右手横在胸前，拖着左手肘，指尖有一下没一下地点着下巴，拧着眉，很困惑的样子。

宁轻看着她也困惑："怎么了？"

"你见过我大哥的女儿吗？"徐盈手肘半撑着桌面望她，一只手比画着，"四五岁的样子，长得和你几乎是一个模子刻出来的。"

宁轻脑中不自觉浮现出朵朵的样子。

"我从没听说过我大哥结婚的消息。我试着问大嫂的事他也回避了这个问题。"徐盈若有所思地分析，"那个孩子会不会是你姐当年生的？你和我哥都在一起六七年了，也不可能是你生的啊。"

徐盈话音刚落，门口就响起了敲门声，徐璟微笑着站在门口，左手臂屈起，轻叩着门板。

"两位女士，客人都陆陆续续地到了，妈说让你们下去帮忙招呼一下。"

徐盈抬头看了他一眼："知道了。"

先行出去了。

宁轻把书收好，也跟着出去，经过徐璟身边时，徐璟轻声叫住了她："等等。"

宁轻停下脚步，奇怪看他。

"头发乱了。"徐璟温声提醒，想替她将滑落在脸颊的那缕头发绾起，指尖刚碰到她的脸颊宁轻就下意识瑟缩了一下，侧开了头。

徐璟的手指一时间有些尴尬地僵在半空中。

他低头望她："宁轻，都四年多了，你还在抗拒我的碰触？"

向来温润的眼眸流转着一些宁轻看不懂的东西，从她从昏睡中醒过来，看到他的第一眼起，宁轻经常能在他眼中看到，却从来没有读懂过。

宁轻不知道自己为什么会一直抗拒徐璟的碰触。徐璟似乎也是，他碰她，她拒绝时，他也从不会强求，有时宁轻甚至觉得他会有松一口气的感觉。这让宁轻没有那么大的心理负担。

但是现在徐璟的眼神让她有些尴尬。

"抱歉，我……可能还不太习惯。"宁轻低声道歉。

"没关系。"徐璟扯了扯唇，眼神已经渐渐清明起来，手掌又伸向她，宁轻这次克制着没避开，任由他的指尖亲昵地勾着她的头发绾起。

徐璟还没把宁轻头发绾上，隐约觉得大腿正被一个小小的身子用力推着，宁轻也感觉到了腿部的压力，下意识低头，一下子愣住，一个软软的小身子正在努力地往她和徐璟中间挤，软乎乎的小身子缩着，很认真地往中间挤，挤着挤着发现徐璟大腿没移动，手肘就很着急地推着徐璟大腿，一边推一边以软糯的童音着急地说："哎呀，你动一下嘛。"

宁轻突然有些忍俊不禁，挪开了腿，半蹲下身与她平视，看清脸时有些愣："朵朵？"

朵朵原本还嘟着的小嘴一下子笑开了花："阿姨，你还记得我的名字？"

宁轻也忍不住跟着一笑，摸了摸她的头："你怎么会在这里？"

小嘴又瘪了下来，看着像要哭的样子："我找不到我爸爸了，我不记得我爸爸在哪个房间了。"

徐璟这时也蹲了下来，看清朵朵的脸时也震了下，下意识望向宁轻，眼神突然变得有些复杂。

宁轻没留意到他的眼神变化，只是一把将她抱起，问她："你爸爸和谁一起，你从哪里走过来的？"

"他和爷爷去谈事情。"朵朵说着扭过身，手指着身后一排闭着的门，很苦恼，"我不记得在哪个房间了。"

话音刚落对面左二的房门就被从里面拉了开来，秦止从屋里出来，黑眸四下一扫，叫了声："朵朵！"

"爸爸，我在这里。"朵朵挥着小手高声应道。

秦止循声望去，胸口突然重重一震，一大一小两张脸，她温柔地抱着她，她乖巧地歪着小脑袋倚在她的肩上，在梦中出现过无数次的片段突然猝不及防地出现，他的胸口却只剩下熟悉的钝疼在四肢百骸蔓延。

宁轻也有些怔，就这么远远地望着他，左胸口有些闷闷的疼，说不上是什么感觉，只是堵得很不舒服。

她怔怔地看着他，看着他从震惊中回神，冷静地一步步靠近，双脚却像生了根般，移动不了。

秦止走到近前，向朵朵张开双臂，冷静有礼地朝她说了声谢谢。

低沉的嗓音有些沙哑，宁轻喉咙也突然像被什么东西哽住，想回一声"不客气"却发现似乎开不了口，只能有些不自在地扯了扯唇角，牵出一个笑容，微微倾身，让他抱过朵朵。

两人的身体因为朵朵的移位靠得有些近，近得能闻到彼此的气息，熟悉的体香随着朵朵落入臂弯飘进鼻间，秦止怔了下，下意识往宁轻望了眼。

宁轻已从刚才的失控中回过神来，唇角保持着礼貌的弧度，客气提醒了句："今天这边人多且杂，她还小，还是别让她一个人乱跑吧。"

说完发现秦止正定定看着她。

"你叫宁轻？"秦止突然问。

宁轻愣了下。

徐璟替她接过了话："这孩子是？"

秦止不想当着朵朵的面讨论她的身世，没直接回答，只是软声让朵朵问好。

朵朵嘟着小嘴叫了声"叔叔好"，声音听着不太乐意。

徐璟笑了笑："小丫头对叔叔很有敌意啊。"

朵朵噘着小嘴不想理他。

秦止看了她一眼："小朋友不能这么没礼貌。"

朵朵"哦"着抬起头，勉强冲徐璟露出一个笑脸来。

徐璟也笑着揉了揉她的头发，对秦止说："有空多带孩子回来坐坐吧。"

秦止"嗯"了声，没多说，让朵朵和两人分别道了声谢就抱着她下楼了。

宁轻站在原地，怔怔地望着慢慢远去的背影，说不上胸口的闷疼从何而来。

她有些茫然地望向徐璟，徐璟已经冲她温和一笑："走吧。"

转身先下了楼。

吃饭时徐家一家人同一桌，一直被徐家当成家人的宁轻不可避免地和秦止同桌。

她和徐璟并排坐着，秦止和朵朵正好坐在正对面，席上秦止只是面色淡淡地吃着饭,不时低头照顾一下笨拙地握着筷子闷头吃饭的朵朵,替她夹菜或者擦嘴,动作温柔,柔化了他略显凌厉的眉眼。

一桌人都对秦止突然冒出来的女儿好奇,这种好奇不仅仅因为秦止突然冒出个这么大的女儿,更因为桌上一大一小相似的两张脸。

开桌前徐泾升便已经把秦止将出任旭景执行董事的事向大家宣布了,虽然也造成了不小的轰动,但秦止本身的气场及他的履历和旭景太子爷的身份还是让其他人有所忌惮,没敢明着站出来反对。只是到场的都是徐家的亲朋,明眼人都看得出来徐瑾和宁轻的关系,如今秦止却带着个肖似宁轻的女儿来,这中间的隐情突然有些耐人寻味起来。

徐泾升身为长辈,不免问起朵朵母亲的事来。

宁轻正吃着饭,也下意识往秦止望去。

秦止正捏着纸巾,小心地给朵朵擦嘴角上沾着的油迹,擦完才不紧不慢地往徐泾升看去:"爸,如果您真懂得照顾我女儿的感受,就别在她面前提起这些事。"

餐桌的气氛一时间有些安静,朵朵听不太明白,看大家都不说话了,小脸蛋从眼前的碗里抬起来,睁着圆溜溜的大眼睛往众人扫了眼,好奇地嘟着小嘴,像极了宁轻的神韵让众人不觉将视线投向宁轻。

宁轻一时间有些尴尬,默默地低头喝汤,徐瑾出声替她解围:"爸,妈,我和宁轻也不小了,合适的话我们想先把婚事办了。"

宁轻一口汤突然就呛在了喉咙里,咳了出来。

秦止往她望了眼,朵朵很贴心地抽了张纸巾递过去:"阿姨,给你擦。"

她个头小,手短,递不过去,秦止替她递了过去。

"谢谢。"宁轻低低道了声谢,望向徐泾升和何兰,"我工作刚上手,还是过段时间吧,而且这件事也没征求过我爸妈的意见。"

何兰点点头,借着这个时机把想将宁轻安插进董事会的想法提了出来:"林董事下个月就得离职了,宁轻迟早得嫁进咱们家,又是商学院毕业的高材生,正好可以让她顶替上,借这个机会磨炼一下。"

"不行。"秦止突然出声,往宁轻望了眼,定定望向何兰,"她不能进董事会。"

秦止不留情面的驳回让何兰面子有些挂不住,脸上的笑容有些僵硬,却还是努力维持住礼貌的样子,笑着道:"宁轻现在是年轻了点,但她迟早是徐家的人，进董事会也无可厚非，如果怕别人说闲话，先让她和徐璟把婚订了也成，毕竟是自家的公司。"

秦止微微侧头："用人讲究唯贤不唯亲，宁小姐资历太浅。当然，如果她能凭自己实力通过董事会和股东大会的票选，当我没说。"

秦止这番话还是挺照顾宁轻面子，没把话说得太直白。

宁轻觉得，以她现在的资历和成绩，别说进董事会，就是连投资并购部都是个问题，他没当场说裁掉她已经是很客气了。

只是何兰毕竟是被当场驳了面子，还是个晚辈，脸色当下不太好看了。

徐泾升出声打圆场："工作上的事到公司再说吧，一家人吃个饭不容易，别尽想着工作。"

徐璟也替宁轻说话："宁轻毕竟刚毕业一年多，资历浅，要学习的地方还很多，进了董事会也多了一份责任，我也担心她的身体吃不消。"

秦止往两人望了眼，没再说什么。

朵朵从一开始就没听懂大人在谈什么，只是好奇地一边啃着骨头一边看着众人，眼睛不时往宁轻那边望，原本还好好的，看到徐璟体贴地给宁轻夹菜，宁轻侧头冲他笑着说了声谢谢后手里捏着的骨头都有些索然无味了，小眼神一点点黯了下来，噘着小嘴默默地吃着饭。

吃过饭后秦止便带着朵朵先回去了，徐家一家人在门口送，朵朵也找不到机会和宁轻说话，当着这么多人更不敢跑过去扯宁轻的衣服说想要抱，只是有些闷闷不乐地噘着小嘴。

秦止是自己开车过来的，朵朵坐在后排座位的安全座椅上，车子转弯时能看到徐家大门口，望着和徐璟站在一起的宁轻，小眼神儿又黯了下来，鼓着腮帮子不说话。

秦止从后视镜往朵朵望了眼，软声问她："朵朵怎么了？"

朵朵闷闷地摇了摇头，好一会儿才抬起头看秦止："爸爸，阿姨明明就和照片里的妈妈一模一样，她为什么不要我？"

稚气的话语让秦止胸口又开始闷疼起来。

他视线转向车外茫茫夜色，好一会儿才低低道："她不是妈妈。"

"为什么啊？"朵朵有些急，"她明明就和照片里的妈妈一模一样。"

"她只是妈妈的妹妹。"

朵朵似懂非懂，歪着脑袋看他："那我妈妈去哪儿了？奶奶说你和妈妈在另一个世界里，可是你都回来了，为什么妈妈不回来呢？"

秦止沉默了下来。

朵朵奇怪地看了眼秦止，看他不说话了也不敢再追问，默默地坐在座位上，低垂着头，把玩着胸前的心形小吊坠。

秦止知道她喜欢随身带着和宁沁那张照片，特地拿照片去缩印了放在那个小吊坠里。

朵朵在看吊坠里的照片。

秦止从后视镜望着有些空荡的后座，越发的沉默，正常的家庭带孩子出去，有几个人是把孩子孤零零地扔在后排座位上的。他的女儿却是从出生到现在，总这么孤零零的一个人。

想到刚遇到朵朵时的样子，想到以前的宁沁，想到刚见到的那张异常熟悉又异常陌生的脸，熟悉的钝疼又在胸口隐隐地泛滥开来，秦止抿着唇，没再开口。

朵朵看着照片慢慢就睡了过去，回到家时也没醒过来。

秦止抱她下车，小小的身子在他臂弯里蠕动了下又嘤咛着睡了过去。

秦止将她放躺在床上时，她手里捏着的吊坠垂了下来，照片朝上。

秦止不自觉地往照片望去，迟疑了下，还是捏着吊坠拿了起来，他已经很久没敢仔细端详过宁沁的照片，每看一次，左胸口便针扎似的，疼得几乎无法呼吸。

照片上的宁沁依然眉眼如画笑得恬淡温柔，她的性子本来就不属于活泼爱闹的，就是特别温柔安静也不太会说话的女孩。

第一次见到她的时候她也就十八岁，即使后来过了这么多年，她已经生下了朵朵，恬静的脸上依稀还能看出当年羞涩的影子。

"今天去那边怎么样？"秦止正盯着照片失神时，秦晓琪声音在门口响起。

她已经在门口站了好一会儿，看秦止似乎有些走神才出声提醒他。

"就走个流程。"秦止放下吊坠，替朵朵拉好被子，站起身，望向秦晓琪，"您之前说徐璟有个谈婚论嫁的女朋友，那个人是宁轻。"

秦晓琪一愣："沁沁的妹妹？"

秦止点点头："大概吧。"

秦晓琪皱眉："什么叫大概。"

秦止薄唇微抿起："我想查下当年的事。"

秦止也说不上为什么突然兴起重查当年事情的念头，等他回过神来时，他已经在宁沁的伯母吴梦璃家。

宁沁家里条件不错，却是从小跟着爷爷奶奶伯父伯母住在小县城里，直到她高中毕业才回了家里住。

她的伯父伯母在她高中时在市里开了个土菜馆，宁沁大学时寒暑假有空偶尔会回去帮点小忙。

自从找回朵朵后，秦止已将近一年没来过吴梦璃家的土菜馆。

吴梦璃乍看到秦止时也诧异了一下，看到他站在餐馆外，盯着自家几年没变的红木大门，似是有些失神，出声叫了他一声，赶紧着把人迎进了屋里。

她不知道秦止因什么事来找她，看到人在，就忍不住问起朵朵的事来。

朵朵的事还是她告诉秦止的。秦止当初只能从宁沁的留言里读出她怀过孩子，但有没有生下来秦止并不知情，后来联系上了吴梦璃，秦止才知道宁沁当年给他生了个女儿，只是孩子刚生下没多久宁沁便出事，孩子也被送了人，具体送去哪儿了吴梦璃也不知情。

秦止找过宁沁父母几次，孩子送哪儿去了宁沁父母说不出个所以然来，秦止心灰意冷，和宁家彻底断了联络，这么多年来一直四处打听孩子的情况，花了将近四年时间总算把人给找回来了。

秦止把朵朵找回来时通知过吴梦璃，吴梦璃还特地跑去看过朵朵，只是那时朵朵刚回来，怕生，她和朵朵也没什么接触。

"朵朵也是个可怜的孩子，这么小就没了妈妈。人也走了这么多年了，你也留意一下身边有没有什么合适的女孩子，别耽搁了。"提起朵朵，吴梦璃不免也心酸，劝着秦止。

过去两人在一起多腻歪吴梦璃都看在眼里，也挺看好这一对，却没想到落得这么个结局。

秦止没接话，沉默了会儿："伯母，当年宁沁和宁轻出事的时候您去看过吗？"

吴梦璃摇头："她怀孕后就回了她家那边住，出事的时候也在那边，送医途中就不行了。我们当天晚上才收到消息，第二天赶过去的时候已经……"

吴梦璃没再说下去，虽然过了这么多年，提起来鼻头还是发酸，想起当年匆匆赶到医院，手术台上遮着的白布，喉咙便似被什么堵住了般，哽得难受。

秦止抿着唇转开了视线，以往极力避谈的问题，如今却不得不逼自己去探究。

"宁轻呢？当时宁轻怎么样？"他问，嗓音有些哑。

吴梦璃情绪稍稍控制了些："也伤得比较重吧，当时在重症监护室里，没见着人，后来还转去了美国治疗。她和我们家不怎么亲，沁沁葬礼结束我们就先回来了。"

秦止心脏因"葬礼"两个字狠狠揪疼了下，人沉默了下去，没再追问，能问的该问的，其实早在当年联系上吴梦璃时就已经问清楚了，只是昨天遇到宁轻，几乎一模一样的眉眼让他一夜无法成眠。

以前秦止是听宁沁提过她有个孪生妹妹，只是因为在国外留学，宁轻的家也不在本市，因此一直没见过面。

宁沁和宁轻因为从小就被分开养，一个被捧在手心里一个被扔在老家，虽是孪生感情却也不算很深，宁沁也鲜少提起过妹妹，身上也没有长大后的合影，秦止在见到宁轻前，从不知道，她和宁沁竟然那样相像，连眉眼间的神韵都几乎相差无几。

唯一不同的，宁沁以前看着他时眉眼里会带着些爱恋的暖意，宁轻却不会，只有客气。

"伯母，您有宁沁和宁轻的合照吗？"秦止问，突然想看看姐妹俩站一起时是怎样的对比。

"有一张全家福。"吴梦璃回屋去取。

宁沁和宁轻合影不多，这唯一的合影还是宁沁一家人回老家过年时一大家子人拍的全家福，那会儿宁沁刚大一。

照片里的宁沁和宁轻并排站一块儿，相似的体型几乎一模一样的脸，青涩漂亮，看着就像镜里镜外的两个人，就连眉眼间的神韵都几乎一模一样，安安静静不骄不躁的。

"还认得出哪个是沁沁吗？"吴梦璃看秦止盯着照片有些出神，问道。

秦止手指向左边那个："是她吧。"

吴梦璃笑："怎么认出来的，她们姐妹俩两家人从没认出来过，长得实在太像了，简直就像一个模子刻出来的，连性格都像。别的孪生姐妹一般都有一个相对活泼一些的，就她两个，从内到外都像了个十成。"

秦止也笑了下："感觉吧。"

宁沁曾问过他，假如有一天她和宁轻站在一起，他能不能一眼认出她来。

他说"能"时她还笑着说改天一定要试试，如今他真的一眼将她从两张近乎一模一样的脸中认出来了，她人却不在了。

秦止长长呼了口气，将照片还给吴梦璃，问她："伯母，既然这样，那有没有可能，当初活下来的是宁沁，只是大家都搞错了？"

吴梦璃一愣，然后笑着摇了摇头："都那么大个人了，哪怕其他人真的搞错了，她自己是谁还不知道吗，又不是失忆什么的。"

秦止眉心拧了下："她没失忆过吗？"

"没有吧，没听说过。"吴梦璃皱着眉说，叹了口气，安慰秦止，"我能理解你现在的心情，但是人死不能复生，人总要向前看的。"

秦止唇角动了动，勉强勾出个笑痕来，陪吴梦璃闲聊了会儿便先回去了。

回去的路上秦止心头越发苍凉，已经过去了这么多年，原本以为已经慢慢平静了下来的，却没想到……

想起昨晚在徐家见到的那张脸，秦止有些自嘲地笑了笑，心情堵得难受，中途将车往墓园那边开去。

吴梦璃所在的 A 市和他现在所在的 B 市只有三个多小时的车程，B 市的墓园在两市间的高速路边不远，宁沁就葬在那里。

已经是十月的天，空气里已经带了些秋天的萧瑟，墓园里静悄悄的没什么人，只有一座座白色的墓碑安静地立着。秋风卷起满地发黄的银杏叶，一阵一阵的，光秃秃的枝丫被秋风吹得"咿呀咿呀"地响，在夕阳下显得越发地萧条苍凉。

秦止不常来这里，不是不想来，只是不敢来。

宁沁的墓碑离大门口不算远，也不算偏僻。宁家虽然在她生前苛待了她，却也在她死后善待了她一回，将她安葬在了不算太差的墓园里。

秦止很轻易地就找到了宁沁的墓地。墓碑上的宁沁依然是美得很安静，青春甜美的脸蛋上始终带着安静的笑容，时间就这么永远地定格在了那美丽的笑容中。

秦止半蹲下身子，指尖在那张熟悉的脸蛋上轻轻移动着，勾勒着她的轮廓。

秦止轻敛着眼眸，嗓音也有些低哑："沁沁，你说，我该不该带女儿来看你？她一直相信你在另一个世界好好地活着，一直相信你会回来，我要不要戳穿她的美梦？"

没人应他，空气里只有低低嘶吼着的风声和枝丫交叉摩擦出的"咿呀"声，以及，踏着落叶而来的脚步声，很轻，秦止还是听到了，指尖突然就一僵，倏地扭头。

宁轻没想到会在这里遇到秦止，双脚在直直盯住她的黑眸下不自觉地停了下来，有些不知所措地望着秦止。

宁轻也说不上为什么会突然不知所措起来，她看着他突然扭头，幽深的黑眸直直地盯着他，她在他的眼睛里看到了类似狂喜与不可置信的情绪，这种情绪在她不甚自在的疑问"你……怎么会在这里"中慢慢消散，换上了客气的疏离。

他站起了身。

宁轻还是站在原地望他，稍稍侧头往被他挡住的墓碑看了眼，迟疑着问："你真的认识我姐？"

秦止只是微微抿着唇，望着她没有说话。

他的眼神让宁轻有些不自在，尴尬地扯了扯唇角："朵朵……真的是我姐的女儿吗？"

秦止终于收回了紧盯着她的视线，抬眸往西边已经落到半山腰的夕阳望了眼，嗓音淡淡的："这么晚了你还来这里做什么？"

"……"风马牛不相及的对话让宁轻一时间有些愣。

秦止已经起身往回走。

"早点回去。"擦身而过时，他留下一句话，人已经离去。

宁轻在原地怔了会儿，回过身时，已经看不到秦止的身影。

她在这边待了会儿就回去了，也理不清为什么突然想来这里看看宁沁，自从昨晚遇到朵朵和秦止，宁轻一晚上没能安睡。

自从当年出过事后，宁轻睡眠一向不好，徐璟给她开了一些助眠的药，这么多年来她鲜少再像昨晚那样，几乎失眠到天明，即使是浅浅睡过去，意识里也只是凌乱的梦境，没有重点。

宁轻回到家时刚好开饭，她的母亲黎茉勤招呼她赶紧洗手吃饭，父亲宁文胜已经坐在餐桌前等着开饭。

吃饭时黎茉勤又不免问起她和徐璟的情况来，这几乎成了每天餐桌前必备的话题。

宁轻心里烦闷，潜意识里有些抗拒这个话题，敷衍地应了句"挺好的"。

她的敷衍让黎茉勤有些不快，又开始唠叨起她来，无非是徐璟条件不错年轻有为要她用心点之类，这番话听了这么多年宁轻耳朵都起茧了，心里越发烦闷，想起朵朵的事来，也就随口问道："妈，宁沁以前是不是生过一个女儿？"

黎茉勤正舀着汤，闻言动作一顿，沉默了会儿："怎么突然问起这个来了？"

宁轻循着她的意思猜测："意思就是真的了？为什么这么多年从来没人跟我提过这件事？"

"又不是什么光彩的事，孩子都送人了还提它做什么。"说话的是宁文胜。

宁轻捕捉到了他话里的重点："送人？"

不知怎么的突然就愤怒了，音量不自觉地拔高了："那是你们的亲外孙女，她才多大你们怎么能把她送人？！以我们家的条件难道连一个孩子都养不起吗？"

吼着吼着眼泪却突然就流了下来，流得自己也莫名其妙，就只觉得心疼得难受。

宁文胜却因她的质问黑了脸，"啪"的一声放下筷子："我们养得起，但我们丢不起这个脸。她一个二十出头没结婚没毕业的女孩，带着个孩子成什么样子？以后还要不要嫁人了？"

"可是她已经不在了，为什么就不能留下她的孩子？"

宁文胜突然沉默了下来，闷着头没再说话。

黎茉勤也是沉默着没说话。

宁轻也没了胃口，将碗筷放下："我吃饱了，你们慢吃。"

先回了房。

宁轻一晚上都不太好受，胸口跟堵着什么似的，连徐璟约她也没心情出去，随便找了个理由搪塞了。

徐璟电话里隐约听出她的心情不太好，也就没打扰她，让她早点休息便先挂了电话。

第二天一早徐璟便来接宁轻上班。

徐璟平时很少来接她上班。他过去几年都是在纽约工作，去年底才回的国，自己开了个心理诊所。他的诊所和旭景不在一个方向上，诊所又是刚开起来，徐璟也比较忙，也就不会专门抽空来接她上班再去上班。

今天他突然过来，宁轻有些意外。

"昨晚你似乎心情不好，现在好点了吗？"刚上车，徐璟就笑着问，没有解释为什么会一早出现在这里。

宁轻也就没有追问，静静点了点头："嗯。"

徐璟侧眸盯着她，看了会儿："还是不开心？"

宁轻扭头冲他挤出一个笑容："没有啊。"

还是顺带问了句："今天怎么有空过来了？"将话题扯开。

"有些担心你。"徐璟慢声道，一边启动了车子，"昨晚是不是发生什么事了？你很少会有那么强烈的情绪起伏。"

宁轻有时真觉得，和徐璟在一起是一件挺可怕的事，透过一根电话线他就能轻易洞察她全部的心理。

她也不知道该怎么解释，也就敷衍着应了句："其实也没什么，只是和爸妈有些不愉快。"

"不愉快？"徐璟皱眉，"怎么了？"

宁轻摇了摇头，不想多谈。

徐璟也没再追问，只是转开了话题："宁轻，我们在一起也快七年了，现在你也硕士毕业了，我工作的事也基本稳定下来了，年纪都不小了，我们也该定下来了。"

宁轻偏头看他："怎么突然说起这个来了？"

"不是突然说了，只是你一直在回避这个问题。"

徐璟的答案让宁轻有些狼狈，她避开了他的直视。

"我工作刚上手，再给我点时间吧。"

徐璟没再说什么，一路沉默。

———

车子在旭景大门口停下，宁轻下车，道了声别，徐璟淡应了声"嗯"便已开车离去。

宁轻站在原处，怔怔望着渐渐远去的车子，心里有些说不上的烦闷。

"叭……"短促的喇叭声让宁轻回过神来，窘迫地发现自己站的位置挡住了路，有些歉然地冲车主做了个道歉的手势，连连退开了几步。

黑色的卡宴从她身侧开过，错身而过时，宁轻看到了驾驶座上的秦止，这让她突然生出些莫名的尴尬。

秦止没看她，只是径自开着车从她身侧开过，缓缓驶入车库。

宁轻突然发现自己尴尬得莫名其妙，拿出手机给徐璟发了条道歉短信后便回了办公室。

刚回到办公室就发现整个办公室在议论纷纷，新任的执行董事今天正式入职。

除了几个出席了徐泾升寿宴的高层，新任执行董事人选至今被捂得密不透风。

因刚入职时徐盈约宁轻一起吃过饭，部门里的同事也隐约猜到宁轻和徐家关系匪浅，因此宁轻刚一进来，就有同事过来向她打探消息。

公司没有邮件公布，宁轻也不好多说什么，只是礼貌地回了句："人事部应该很快会有邮件通知了。"

宁轻刚应完就听到了一句轻哼，声音不大，但在这不算大的空间里却也是清晰。

在这个人才济济的部门里，她大概属于异类，非海外名校毕业，被强塞进来的新人，没有耀眼的履历和成绩，哪一个被拎出来都能对得起那声不屑的轻哼。

这个团队每年为公司创造的利润惊人，却也恃才傲物自视甚高，这是宁轻入职半年来对这个团队的观感，都是一些才华非凡的人，却也在常年的备受追捧和仰仗中自我膨胀着，宁轻不太清楚徐泾升是怎么管理这么个精英团队的，只是隐约觉得，这是个被当祖宗供着却又被极力压榨的矛盾团队，以她个人的感觉来说，这个团队里的人，对公司的忠诚度并不高。

一个有能力有才华各大企业高薪抢着要也随时想着炒了老板的精英，确实不需要对她这种可能的"皇亲国戚"另眼相待。甚至是，因为她与徐家这层特殊的关系在，她就像是被高层安插进这个部门的眼睛，因此她在这个团队里有些被孤立。

这于宁轻而言确实算不得多美好的体验，好在半年下来她也渐渐习惯了，因此对于角落里响起的轻哼宁轻也假装没听到，神色未动地回了自己的座位。

上午十点的时候，人事调动通知终于正式下发了下来，公司官网上也正式发布了这一消息，秦止毫无悬念地接任徐泾升的位置，空降执行董事一职。

官网上对秦止的介绍简洁亮眼，徐泾升长子，三十三岁，哈佛商学院MBA工商管理硕士，曾在几大世界金融机构担任要职，去年升任某大型跨国集团亚太区总裁时突然辞职。

秦止的照片没被po到官网上，只是这么则新闻下来，整个公司却突然炸开了锅，没有人不对这个神秘莫测的太子爷好奇，毕竟公司这么多年来，从没听说过这么一号人物。公司历年的年会上，徐泾升何兰徐璟徐盈都会露脸，但从没有叫秦止的人出现过。

"小宁，你和徐总关系不错，你见过她这个大哥吗？人长得怎么样？"看完新闻，坐在右边的许琳先扭过头来问宁轻。

"帅吧。"宁轻在脑中勾勒秦止的容貌，确实属于好看那一型的了，一米八几的身高，身材挺拔有型，五官也长得恰到好处，如果按100分制给他打分的话，宁轻给他98分。

"和徐璟比呢？"左边的同事陈菲问，"就是徐总另一个儿子。"

这个问题宁轻不好比较，在她看来秦止的五官更加深邃立体，徐璟属于五官看着有硬伤，但组合在一起异常和谐好看，总之各有千秋吧。

但她各有千秋的答案显然不能让其他人满意，撺掇着非要她选出一个更好看的来。

"徐璟吧，徐璟比秦总好看一些。"宁轻说，毕竟是自己的男朋友，在外人面前还是要照顾一下他的面子。

宁轻话音刚落发现整个办公室突然都安静了下来，她有些奇怪，问许琳："怎么了？那个只是我个人看法而已，各花入各人眼，不代表什么的。"

许琳眼角在抽动，不断往门口望去。

宁轻平时虽有些迟钝，但还是看明白了她的暗示，下意识望向门口，看到站在那里的秦止时突然有些尴尬起来。

秦止是和徐泾升一起过来的。

她看过去时秦止也正看着她，黑眸深邃安静，没什么波澜却还是让宁轻尴尬了，白天不说人晚上不说鬼这么背后对人品头论足还被抓了个正着，这种感觉不太好受。

徐泾升是陪秦止过来的，以后整个投资并购部的工作由秦止全面接手，以后部门所有成员的工作汇报直接由徐泾升转向秦止。

秦止在徐泾升的介绍后做了个很简短的自我介绍，最后以"半个小时后开会"终结。

会议只是很常规的工作会议。秦止要做正式的工作交接，需要了解团队里每个成员的情况，因此会议上只是部门成员轮流的自我介绍和工作情况介绍，秦止一直保持着双臂环胸，侧头盯着众人的姿势，面色始终淡淡的看不出所想，只是偶尔针对大家的介绍提问，问题一针见血，整个会议从一开始的轻松慢慢被一种不怒而威的低气压笼罩，直到会议结束。

秦止朝大家淡淡颔首："今天辛苦大家了，详细的工作情况这两天我会一一找大家私下了解一下，散会！"

垂眸整理桌上的文件，拿起笔在名单上剔了个勾，头也没抬："宁轻，你先留下。"

宁轻刚收拾好会议笔记，正准备离开，闻言愣了下，下意识望向秦止。

秦止没抬头，依然保持着侧低着头翻阅文件的姿势，神色专注，握着钢笔的右手不时在文件上圈圈点点。

宁轻不确定是不是自己听错了，征询的眼眸转向正在收拾会议资料的许琳。

许琳打探八卦时很热情，这会儿却是直接忽略了她询问的眼神，收拾完会议资料往臂肘轻轻一搁，人就出去了，其他人也是。

整个团队都是极其注重工作效率和时间的人，会议一结束从不会浪费一分钟在闲聊上。

宁轻不得不转向秦止："秦董，请问您是叫我留下吗？"

秦止搁下笔，侧头望她："我没表达清楚？"

"……"宁轻发现秦止应是不太好相处的人，尤其在工作上，对下属约莫也是严苛到极致，不敢有丝毫放松，赔着笑小心问道，"秦董，有什么事吗?"

秦止将手中的报表往她这边一摊："你每天的工作内容、工作进展、已经完成的项目和进行中的项目、对公司未来投资领域的想法等等,把大致情况汇报一下吧。"

宁轻点点头,依言将自己这半年来的工作情况做了个详细汇报。

秦止很认真地听,坐姿却很随意,手肘撑着办公椅扶手,单手支额,捏着钢笔,另一只手随意搭在会议桌上,长指屈着,时不时轻点桌面,一直保持着微侧头倾听的姿势,微敛着眼眸,不时往她这边望一眼,面容淡漠专注。

宁轻发现这个角度这个姿势的秦止很好看,手也特别好看,手指白皙修长,骨节分明,很干净,隐隐透着种力量感。

宁轻看得有些走神,语速不自觉就有些慢了下来。

秦止抬眸望她一眼,半支着额角的手突然收回。

"宁小姐。"秦止随手从凌乱压着的资料下抽出一份资料,"你是怎么进的投资并购部?"

他的话题转换太快,宁轻一时间有些愣神。

秦止已经低头翻着那份东西,宁轻往那边瞥了眼,是她的简历。

"教育背景空白,工作经验空白,特长技能空白,除了名字年龄和一些无关紧要的家庭背景介绍……"秦止将简历扔给了她,黑眸紧锁着她的脸,"其他的,全部空白。你是怎么通过公司层层筛选进入到投资并购部的?"

宁轻指尖压着他扔过来的那份简历,抿了抿唇,定定望他:"我不是自己应聘进来的。"

秦止神色没动:"何兰把你安插进来的?"

宁轻迟疑了下,也不算是,但也脱不了干系,也就点了点头。

"理由呢?"秦止问,抽出了几份她上交的投资分析报告,漫不经心地翻了会儿,"我仔细研读过你的这些报告,假大空,几乎没有一点可研究的价值。你入职半年来,没有参与过任何一个成功的项目,换句话说,这半年来,你没有为公司创造过半分利润却在不断消耗着公司资源。"

他这话很重,意思也挑得很明白。

宁轻将手中的简历一合,冷静望他:"你单独留下我,有什么话你

就直说吧。"

秦止定定盯着她看了会儿,双臂慢慢交叉着横在了胸口。

"裁员!"他说,"只要是何兰安插进来的人,我一个都不要。"

将桌上的文件一收,秦止转身而去。

中午宁轻和徐盈吃饭时,徐盈问起她对秦止的印象,秦止入职第一天就先找了投资并购部开会,之后又留下了宁轻谈话,这事儿短短半个小时整个公司传得沸沸扬扬。

"我觉得他似乎故意针对我。"宁轻说,回忆着半个小时前秦止的态度,对她完全的不留情面。

徐盈"噗"的一口茶差点喷了出来:"你和他不就只见过一面?怎么就结仇了?"

宁轻也说不上来,他要动何兰安插在公司的那批人,她算是属于何兰那一派的,这仇自然得结着。

这话宁轻不好跟徐盈说,徐盈毕竟是何兰的亲生女儿,秦止敢这么明着和她说,她却是不好转述出去。

"大概因为我姐吧。"宁轻找了个理由搪塞,"他的女儿可能真的是我姐的。"

"还真的是一家人啊?"徐盈有些错愕,却也不解,"那么说起来你都是他的小姨子了,不是应该多照顾着吗?"

宁轻沉默了会儿:"以前我家有些亏待我姐吧,还有朵朵的问题……"

摇了摇头,宁轻捏着眉心:"具体的我也不是很清楚吧。这几年老像在做梦似的,很多东西都记得乱七八糟的。"

徐盈知道她当年出事伤到了大脑,还因此转去美国治疗了大半年,能恢复到现在已经不容易,徐璟也特意嘱托她不要让宁轻去回忆太多过往,怕影响到她,也就安慰道:"算了,你也别去瞎想。你姐的事我听你哥提过,你爸妈当年也是没办法。"

宁轻捏着眉心的手略略一顿:"那他跟你提过朵朵的事吗?"

她以前不知道朵朵的存在,也就没追问过宁峻,这段时间他去国外出差了,宁轻也没问过他,不知道他是否知情。

徐盈摇头:"没提过。"

宁轻点点头，没再追问，也没和徐盈提起秦止有意裁撤她的事。

下午时宁轻也没收到人事部的辞退通知，想来秦止只是提个醒，毕竟刚入职第一天，不可能就这么大张旗鼓地和何兰对着干。

下班时宁轻凑巧和秦止搭乘了同一台电梯。

她准点下的班，还以为秦止新官上任会晚点再走，没想到走得比她还准时，想来是要回去陪女儿。

因为会议上的那些不愉快，宁轻见到秦止时有些尴尬，也不好这么转身而去，也就不太自在地打了声招呼，人也跟着进了电梯。

秦止"嗯"地淡应了声，没多加理会她。

宁轻也远远站在另一个角落里不说话。

电梯快到一楼时秦止突然开了口："当年宁沁走之前有说过什么吗？"

他问得突然，宁轻又愣神了下。

秦止转过身看她，把刚才的问题重复了一遍："当年宁沁有留下过什么话吗？"

他的嗓音有些低哑，眼眸幽深，沉沉的墨色里一片死寂，又隐隐带着些期盼，就这么定定地望着她。

宁轻胃收缩着拧了下，莫名难受，却还是迟疑着摇了摇头，她记不起当天的事了。

"她就一句遗言也没交代过？"

"我……不太记得那天的事了。"宁轻捏着眉心，皱着眉头，头有些疼，"你能不能别再问了？我真的……"

话没完，手臂突然一紧，秦止扣住了她的手腕，把她整个人扯得往他靠近了几步。

"你失忆了？"他问，嗓音低沉，隐隐能听出其中的急迫。

宁轻没听明白，有些奇怪地望他："没有啊，我没失忆。我就是不太愿意去回想那天的事而已。你怎么了？"

秦止紧抿着唇，没应，黑眸就这么紧紧地盯着她，手掌依然紧扣着她的手腕没放。

宁轻被他盯得有些不自在，先将视线转开了，不自在地转动着手腕："秦董？"

秦止抿了抿唇，松开了手。

"抱歉。"低声扔下一句,电梯门一开,秦止先走了。

——

他回到家时朵朵已经放学,正侧躺着趴在沙发上看电视,小脸蛋被压得肉嘟嘟的,两条小腿也跟着一晃一晃的,看着似乎不太开心。

秦止走过去,将她从沙发抱起压着她坐正:"小孩子不能躺着看电视。"

朵朵嘟着嘴"哦"地应了声,小脑袋又歪歪地躺在了秦止大腿上。

秦止隐约察觉出她的不开心,嗓音不觉柔软了下来:"朵朵怎么了?"

朵朵长长地叹了口气,噘着小嘴仰起脸望他:"老师说元旦要表演节目,还会邀请爸爸妈妈来看我们的表演,可是我妈妈到时还没回来怎么办。"

秦止敛下眼眸,轻揉着她的头没说话。

秦晓琪从厨房出来,叹了口气:"你老这样回避她这个问题也不是办法。"

秦止抬头看她:"我总不能再去把宁沁的骨灰刨回来。"

秦晓琪一时间也沉默了下来,秦止这么干过,那是他知道宁沁的事后唯一的一次失控,不顾淅淅沥沥扑打在身上的雨滴,就这么单膝跪在宁沁的坟前,疯了般去抠挖着墓碑上的新土,挖得十指鲜血淋淋。

"人活着总要向前看。"秦晓琪叹着气,在他身侧坐了下来。

秦止没说话,一只手搭在沙发背上,仰头盯着天花板。

秦晓琪又是忍不住一声叹气:"宁沁都走了四年多了,你也该走出来了。朵朵毕竟年纪还小,总还是需要个母亲照顾着的。"

秦止神色未动:"我不想让别的女人取代她的位置。"

"真不知道你这样是爱朵朵还是害了她。当初刚把她带回来的时候我就说别跟她提宁沁的事,你非得给她照片,天天和她说她的事,你看看她现在,就整天惦记着她的的母亲了。"

"她有权利知道。"

秦晓琪不敢苟同:"你可以等她长大了懂事了再告诉她,你这样会影响到她的。"

"那个时候她已经对自己的母亲没有感情了。"秦止终于侧头看她,"妈,她是宁沁十月怀胎才生下的孩子。如果连自己女儿也不在乎她了,还有谁去在乎她？"

"可是她已经不在了。朵朵还有几十年要活。"秦晓琪有些动怒，"秦止，你就不能好好为你的女儿考虑考虑？难道你就要让她抱着宁沁的照片惦记一辈子？"

秦止抿着唇，没应。

秦晓琪看他那样也不好说什么，只是劝他趁着朵朵还不懂事，给她找个母亲。

这个问题秦晓琪已经唠叨了将近一年，当初她是极不赞成秦止把宁沁的事告诉朵朵的，只是他要说她也拦不了，如今朵朵天天惦记着宁沁能回来，秦止也任由着她惦记不去纠正，她在一边看着着急，看秦止年纪也不小了，还是希望他能趁着朵朵还不懂事给她找个母亲，就怕朵朵长大了，宁沁在她心里更加根深蒂固，再也不肯接受后妈这种角色。她一个当母亲的，到底是希望自己儿子和孙女有个完整的家。

秦止这次没打断她，只是看向朵朵，问她："朵朵想要个妈妈吗？"

朵朵一直在认真地听两人说话，没太听得明白，但妈妈两个字听明白了，很开心地点着头。

秦止望向秦晓琪："妈，你安排吧。朵朵喜欢就行。"

秦晓琪又忍不住皱了眉："你呢？就不管自己的心意了？"

"我还能有什么心意，合则来不合则散，关键看她会不会把朵朵视如己出，朵朵喜不喜欢她吧。"

秦止话都说到这个份上来了，秦晓琪也不好再多说什么，很快让人张罗着给秦止安排了一门相亲，时间安排在了周六下午，B市最豪华的帝锦饭店。

秦晓琪和秦止说起这个事时他没说什么，周六去见面时倒是把朵朵一起带上了。

秦晓琪不太赞成，毕竟第一次见面，这么带着个女儿过去总不太妥当。

"朵朵不去，我怎么判断她喜不喜欢。"秦止一句话堵得秦晓琪没了话说。

朵朵听说要去见新妈妈很开心，还特地让秦止给她穿上了粉色的小公主裙，在等的过程中就不时问秦止妈妈什么时候来。

秦止突然发现他理解中的"新妈妈"和朵朵理解中的"妈妈"可能

31

存在偏差。

果然。

当对面的座位被姗姗来迟的年轻女孩坐下时，朵朵先是愣了愣，然后很纠结地开口提醒："阿姨，您坐错地方了。那是我妈妈的座位。"

年轻女孩一愣，突然有些尴尬起来："不好意思，我可能找错地方了。"

歉然地笑笑，一边起身离开一边翻着手机打电话。

秦止没出声纠正，单手支颐，侧头盯着朵朵看。

朵朵很着急地扭头看秦止："爸爸，妈妈为什么还没来？"

眼角瞥见刚转身离去的女孩又折了回来，小拳头很担心地握了又握，眼看着人要到近前来，朵朵麻溜地从椅子上滑了下来，蹭蹭地绕到美女身侧的座位，小手撑着桌子就爬了上去，先占座。

女孩有些错愕地看了看朵朵，不太确定地望向秦止："你好，请问是秦先生吗？我是萧萌梦。"

秦止抬头往她看了眼，淡淡打了声招呼："你好。"

朵朵又着急起来："爸爸，我妈妈怎么还不来？"

小脑袋不断往门口扭，意外在人群中看到了刚好推门进来的宁轻，小眼神儿一亮，"骨碌"一下又从椅子上滑了下来，留下一句"爸爸，是不是妈妈来了"小身子就飞快地朝宁轻扑抱了过去。

宁轻今天答应了徐璟出来吃饭，刚推开玻璃门便觉得双腿被撞了下，一低头就看到了正抱着她大腿的朵朵，一时间有些错愕："朵朵？"

"阿姨。"秦止没让她叫妈妈，朵朵不敢乱叫，只是很开心地拉着她的手，"阿姨你终于来了，我和爸爸等了好久。"

边说着边拉着宁轻的手，拖着她往秦止那边走。

宁轻错愕地抬头望向秦止。

秦止依然是保持着单手支颐的姿势，就这么看着她，也没出声阻止朵朵，就这么任由她奋力地把宁轻拖过来。

萧萌梦望着那一大一小相似的两张脸，突然又尴尬起来。

"不好意思，我可能弄错了。"歉然一笑，尴尬离开。

宁轻有些莫名地往萧萌梦望了眼，有些在状况外。

"那位是？"宁轻忍不住问。

"相亲对象。"秦止淡淡应着，语气波澜不兴。

宁轻也尴尬起来了："不好意思，她可能误会了，我去向她解释一下吧。"

"不用了。"秦止出声阻止了她，伸手端过茶壶和空杯子，不紧不慢地倒了杯茶，指尖往前一推，推到了朵朵刚才占着的座位上。

宁轻被迫坐了下来。

朵朵心满意足地回到了自己的座位上，扭头仰着小脸冲秦止傻笑。

秦止看着她傻乎乎的模样，唇角不觉一弯，倾身在她脑袋轻揉了一把，有些无奈。

画面很温馨，宁轻望着浑然忘我的父女俩，竟隐约有些羡慕起来。

算起来，这还是宁轻第一次看到秦止笑，完全不设防，笑容很浅，却柔化了整个脸部线条，整个人看着也温和许多。

看得出来，秦止很宠这个女儿。只是这种温馨里她一个旁人插不进去也不好出声打断，默默地端起茶杯，借着杯身的余温温暖略僵硬的手指，低眉敛目，杯沿抵着唇畔，一小口一小口地啜饮着。

她今天穿着件带白色毛领的红色毛呢短外套，发丝整齐柔顺地收拢在脸颊两侧，随意地披散下来，微低头喝茶的样子安静美好，像是完全沉浸在自己的世界中，却有种说不出的恬淡。

秦止望过去时看到这样的宁轻突然有些怔，以前的宁沁喝茶时也总喜欢这样捧着茶杯低着头慢悠悠地一小口一小口地轻啜，一边喝一边走神，完全沉浸在了自己的世界里。

宁轻也在旁若无人地喝着茶，没留意到落在身上的两道视线。

秦止就这么看着她，那和记忆中几乎如出一辙的神态让他黑眸倏地眯起，人也跟着起身，绕过桌子，走到宁轻身侧，腰一弯冷不丁捞起了她的手腕，另一只手扣住她的袖口用力往上一推，小半根雪白的手臂露了出来。

举动太唐突也太突然，宁轻被吓了一跳，本能扭头看他："你干吗啊？"人又羞又窘地转着手腕，挣扎着想抽回手，天气虽然不算太冷，但他现在的脸色有些吓人，唇瓣也几乎抿成了一条直线。

朵朵也被秦止的举动吓到了，坐在座位上怯怯地叫了声"爸爸"后不敢过去，只是睁着水汪汪的大眼睛害怕地望着秦止。

秦止没应她，也没理宁轻，紧紧扣着她的手腕，将袖子推到了几乎肩膀上的位置后一把将她的手臂扭了过来，黑眸紧紧盯着她的手臂。

宁轻手臂几乎要被他扭断,被迫半屈着身子,扭过头问他:"你到底在干吗啊,你先放手。"

秦止没应,只是紧紧盯着她手臂,她的肤质很好,白皙几乎没有瑕疵,更遑论胎记红痣之类的东西。

秦止眸中的神采一点点暗了下来。

"抱歉。"秦止低声道了声歉,松开了她的手,回到自己的座位上,看朵朵正怯怯地望着他,眼神又惊又怕,知道自己吓到她了,一把将她抱了过来,软声安抚。

宁轻将袖子捋了下来,望向秦止,明明被冒犯了,可是看到他淡漠的侧脸时,指责的话到舌尖后又不自觉吞了回去。

"你……觉得我是宁沁?"猜测的话脱口而出,秦止接二连三莫名的举动让她没办法不往那方面猜。

秦止抬头,隔着桌子盯着她看了会儿,宁轻眼神澄澈,不避不闪地与他对望,很坦然,也很……陌生。

秦止先将视线移开了。

"你不是她。"他说。

宁轻嘴唇动了动:"我本来就不是她。"

秦止又沉默了下来,低头安抚被他吓到了的朵朵。

餐桌前的气氛一时间有些沉闷。

宁轻试图打破僵局,轻咳了声:"你……很爱我姐?"

秦止没应。

宁轻继续说:"看你们感情好像很深的样子,那为什么我姐一个人生孩子一个人带孩子呢,那段时间……你去哪儿了?"

上次和家人争吵时她爸提过宁沁是未婚生子,他们就是嫌这样丢脸才把孩子给送人了。至少从她所获得的讯息里,事情大概是这样的,而秦止自始至终没有出现过,朵朵那时应该也不是送给秦止的,送人和送回她爸爸那里,两者间还是有本质区别的。

秦止不知道是没听到,还是不想做回应,总之始终是神色淡淡地安抚着朵朵,没理她。

宁轻有些自讨没趣,忍不住嘀咕了句:"真不知道我姐以前怎么会看上你这样的男人。"

秦止终于抬头看她:"宁沁看的是人,不是脸。"

宁轻听出他话中意思来，拐着弯说她那天办公室说徐璟比他帅的事，也不跟他计较，只是对着那么一个一问三不应的人也有些无趣，也不知道徐璟来了没有，低头看了眼手表，拿出手机正要给徐璟打电话，徐璟电话先打了过来。

他刚到门口，问宁轻到哪儿了。

宁轻回头朝门口望了眼，看到推门进来的徐璟时冲他招了招手。

正委屈窝在秦止怀里的朵朵也看到了往这边来的徐璟，小嘴瘪了瘪，突然就想哭了："为什么那个叔叔又来了。"

秦止拍了拍她的背，低声安抚。

徐璟走了过来，客气地和秦止打了声招呼。

宁轻看人来了，也就跟着站起身，道了声别正要走，眼角瞥见泫然欲泣的朵朵，胸口突然一室，难受的情绪瞬间充斥在胸口。

朵朵轻咬着下唇，小心看着她，嗓音也细细的："阿姨，你能不能陪我吃完饭再走？"

小心翼翼地请求，想任性又不敢任性，宁轻鼻子突然酸得难受，理智回笼前，人已本能地应了个字："好！"

徐璟转眸看向她，眼眸里隐隐有着不赞同。因上次讨论结婚的事不欢而散，两人最近关系有些不太正常的紧张，徐璟本想借着约会好好缓和一下。

宁轻回过神来后也心知这样不妥，但看着朵朵那双倏然被点亮的双眸，她狠不下心来反悔，只好低低安抚了徐璟一句。

秦止看着两人，到底是比较理智，不像朵朵，因而也就淡淡道："你们有事就先走吧，改天有空再一起吃个饭。"

话没说完便觉衣袖一紧，下意识低头，看到朵朵正紧紧攥着他的衣袖，轻咬着下唇，眼睛也隐隐蓄着泪水，以着只有两人能听到的声音对他说："爸爸，让阿姨陪我吃饭好不好，就只要一会会儿。"

细软的嗓音都隐隐带了哭腔。

秦止胸口像被重锤砸下，疼得四肢百骸都难受，他没法拒绝她的请求，拧着眉心看向宁轻。

宁轻人已经走了过来，软着嗓音对朵朵道："朵朵，阿姨抱着你吃好不好，你想吃什么？"

朵朵眼底有着惊喜，却还是小心地看着秦止，直到秦止轻轻点了点头，脸上马上笑开了花，扭过身子转到宁轻身上。

"谢谢。"宁轻听到秦止低低的道谢。

宁轻牵唇笑笑，没说什么，只是抱着朵朵回到了座位上。

徐璟也不得不拉着张椅子坐了下来，索然无味地陪着吃了顿饭。

秦止也没什么胃口，对面一大一小两张脸，和谐却又刺得他心脏一阵阵疼得难受，同样的脸，却不是那个人，即便曾幻想过无数次的画面就这么出现在面前了，却正因为知道是假的，才更深刻地意识到，再也不会有了。

一顿饭下来，秦止几乎没说什么话，吃完饭时甚至是有些迫不及待地招手买单。

朵朵不明白大人的心思，她是打从心里把宁轻当成了母亲看，第一次有机会和"妈妈"靠这么近，一顿饭也吃得心满意足，临分别时反倒是越发舍不得宁轻了，从秦止买单开始，就一直拉着宁轻的手舍不得放。

秦止叫了她两次，她轻咬着唇蹭在宁轻怀里没动，只是讷讷地对他说："我想和妈妈在一起。"

秦止压抑了一晚上的情绪突然就因"妈妈"两个字爆发了。

"她不是你妈妈！她已经不在了。"沉怒的话语不经思考便已脱口而出，秦止脸色也有些沉，手已伸向了朵朵，"过来！"

朵朵从没被这么凶过，也从没见过秦止失控的一面，人倏地就被吓到了，两泡眼泪迅速涌上了眼眶，却憋着不敢哭，只是瘪着嘴，紧紧抱着宁轻的大腿，害怕地直往她身后躲，惊惧的模样让秦止理智瞬间回笼，胸腔里被懊恼的情绪充斥着，他花了大半年时间才让她从那个小心翼翼的世界里走出来了一小步，如今却又将一切打回了原形。

宁轻也因为秦止莫名的脾气沉了脸，想说点什么又怕吓到朵朵，朵朵惊惧地直往她身后躲的模样看得她心疼得难受，忍不住弯腰将她抱起，软声安抚着。

秦止也努力让绷着的脸部线条柔和下来，放软了嗓音："朵朵乖，爸爸不是在骂你。天已经黑了，我们先回家，明天再找阿姨玩好不好？"

上前一步想要抱过她，没想到朵朵越发往宁轻身后躲，一边摇着头，想哭不敢哭的。

秦止心脏揪着疼，嗓音越发柔软："朵朵？"

"我……我想要奶奶……"朵朵终于嗫嚅着开口，到底年纪小，再怎么想忍着，嘴一张就憋不住哭了，却不敢放声大哭，只是抽噎着，一抽一抽地哭得难受。

秦止眼眸黯了黯，软着嗓劝："爸爸明天再带你回去找奶奶好不好？"

宁轻以为朵朵嘴里的"奶奶"是秦止母亲，拍着她的背低声劝她："跟爸爸回去，一会儿就可以看到奶奶了。"

朵朵只是抽噎着，细细碎碎的哭声，哭得快断气了，连话也说不上来，只是秦止上来时小手就紧紧攥住了宁轻衣服，小身子甚至还轻颤着。

宁轻知道秦止刚刚是真的吓到朵朵了，秦止本身就有股不怒而威的气势，又是盛怒中，她一个成年人都被吓到了，更何况一个五岁的小孩，而且朵朵也不是从小就和秦止生活在一起，回来时间不长，心里对秦止到底还是有些惧意的。

秦止不是没察觉到朵朵对自己的恐惧，却也无计可施，他没有带孩子的经验，只能一次次软着嗓子想靠近，但收效甚微，朵朵不敢过去。

最终是宁轻看不过去，试着劝了朵朵一句："阿姨陪朵朵回家好不好？"

朵朵抽噎着点了点头，怯怯地看了秦止一眼。

这会儿别说是让宁轻送她回家，她就是要月亮秦止也会摘下来给她，但徐璟到底还在这儿。

秦止往徐璟那边看了眼。

徐璟隐隐有些无奈，苦笑着摇了摇头，对宁轻道："实在不行你就先送她回去吧。"

低头看了眼手表："我九点还有个病人，就不陪你过去了，你一个人注意安全。"

宁轻轻应了声，叮嘱了他两句这才抱着朵朵上了秦止的车。

徐璟的体贴多少让宁轻有些过意不去，怕他多想，路上还是给他发了条短信解释了一下。

徐璟很快回了短信："我明白，你别多想，她是个可怜的孩子，注意安全。"

宁轻忍不住笑了笑。

秦止正扯了纸巾递过来，看到她低眉浅笑的模样，略怔了下，但很快反应了过来，客气地道了声谢："麻烦你了。"

倾身想给朵朵擦鼻涕，小丫头哭得眼睛都哭肿了，情绪虽然比刚才平复了些，但刚才忍得厉害，现在还在一抽一抽地吸着鼻子，看得出来想极力克制着不哭，但到底只是个孩子，没那么大的自控力。

秦止手伸过去时她还是不自觉地瑟缩了下，宁轻担心秦止又吓到她，拿过了他的纸巾："还是我来吧。"

低头细细替她擦眼泪，软声安抚着。

秦止没有说话，只是这么侧头望着一大一小两个人，车里没开灯，但路边敞亮的灯光还是将两人的轮廓映照得清晰，宁轻侧低头露出的小半张脸柔美安静，眉眼也是说不尽的温柔，那是一种独属于母亲的神韵，就连对他这个陪伴了半年的父亲还会心生惧意的朵朵也像只温顺的小猫，乖巧地窝在她的臂弯里，不时噘着嘴抽噎着点头。

秦止突然想起了秦晓琪的话，朵朵需要一个母亲。他虽然一直在努力做一个好父亲，但显然，遇到今晚的突发状况时他还只是一个不合格的父亲，有些东西不是靠努力就能改变的，比如朵朵对他的畏惧，对母爱的渴望。

这样的认知让秦止无力，无奈地摇摇头，视线转向两人，从宁轻侧脸移向她搁在座椅上的手机，手机屏幕亮着，徐璟发给她的信息一眼便能看到，言辞间的理解和呵护显而易见，徐璟是个体贴的男人。

"你们在一起多久了？"秦止随意找着话题。

宁轻愣了下，很快反应过来，抬头看了他一眼："将近十年了吧。"

宁轻高三那年的暑假和徐璟正式在一起的，算起来也将近十年了。

秦止点点头，没再追问，视线落在朵朵脸上："今晚辛苦你了。她跟着我的时间不长，我平时大概看着也比较严肃，她一向有些怕我，但很懂事，很少像今晚这样哭闹。"

这还是认识以来秦止第一次主动提起朵朵的事，宁轻有点意外，想起第一次见面朵朵差点撞入她的车轮底下也是安安静静不哭不闹的，也就顺着他的话头接了话："她看着比同龄的小朋友懂事许多，也特别乖巧。"

秦止点点头："她从小就和她八十多岁的奶奶住在一栋废弃旧楼的小楼梯间里，晚上她奶奶要去捡废品或者卖鞋垫，照顾不了她就把她一个人锁在屋里，后来会走路了，就跟着她奶奶四处捡废旧瓶子或者卖鞋垫，我找到她的时候，她身上穿的棉衣还是她奶奶的旧衣服改成的，浑身脏兮兮的嘴唇脸颊都被冻得红通通的，零下几度的风雪天气里，就一个人守着那个小鞋垫摊，蹲在地上不停地搓着被冻裂的小手，看到有人路过就举着纳好的鞋垫怯怯地问要不要买。"

提起那天看到朵朵时的情景，秦止嗓音不觉低软了下来，望向朵朵时眼神不自觉地柔和，伸手轻轻揉了揉她的头。

朵朵还是瑟缩了下，蠕动着小身子在宁轻怀里挤了挤，脸上似乎被湿湿的东西砸下，小手抬起轻轻揩了把，下意识抬起头，看到她脸颊上的湿润时愣了愣："阿姨？你怎么哭了？"

小手不安地绞着。

宁轻回过神来，手指一碰发现脸颊似乎有些湿，突然有些狼狈，听着秦止讲朵朵以前的事，也不知道怎么就哭了，只是觉得胸口闷疼着难受，低头看着这张粉嘟嘟的小脸时闷疼更甚，手不自觉地将她搂紧了些，低头在她脸颊上亲了下："阿姨没事。"

尴尬地以手背擦了下脸颊上的湿润。

秦止抽了张纸巾递给她，宁轻心里越发觉得不自在，低低说了声"谢谢"："我……很抱歉，我不知道我爸妈为什么会……"

她想道歉，头脑有些混乱有些语无伦次。

"他们连自己生的都不要了，更何况不是自己生的。"秦止打断了她，嗓音很淡。

宁轻没办法反驳，她知道他说的是宁沁。

秦止没再说什么，启动了车子。

两人一路上没再交谈，朵朵一路上也安安静静的，很快在宁轻怀里睡了过去。

回到家时宁轻抱她上的楼，她连睡着都蜷成一团缩在她怀里，宁轻怕秦止接过她时吵醒了她。

将人放在床上时朵朵倏地一下就惊醒了，人还有些迷迷糊糊的，小身子就一咕噜爬坐了起来，灵敏却又戒慎的样子。

宁轻想起秦止提起的她那几年的生活，心脏又开始疼得难受，也不知道她过去几年是怎么过的，才会在睡觉时也这么警觉敏感。

她抱着她重新躺下，低声软软地安抚她，朵朵很快睡了过去。小小的身子很习惯地蜷成了一小团，挂在脖子上的吊坠垂了下来。

宁轻心疼地拍着她的背，看吊坠好看就拿了起来，看到心形外框下圈着的照片时突然有些怔。

秦止就站在门口，看到她捏着那照片也在看，出声解释："照片是朵朵四十天的时候拍的。这是宁沁和朵朵唯一的合影，朵朵很喜欢，我就让人做了这个。你和宁沁长得像，估计她误以为你就是她的母亲了。"

宁轻轻轻摇着头，望向他："这照片……能送我一张吗？"

秦止拧了拧眉："你家没有吗？"

但很快又释然，她连朵朵的事都不知道，宁家怎么会留下这样的照片来。况且这照片是宁沁的好友帮拍的。他特地从她那里要过来的。

"改天吧。"秦止说，"改天晒好了再给你。"

低头看了眼手表："今晚麻烦你了，天色也不早了，我送你回去吧。"

宁轻点点头，确定朵朵没再惊醒后，这才起身离开。

秦止送她回去。

宁轻暂时和父母一起住，这两年刚搬的家，从老城区的陈旧小区搬到了城郊的别墅区。

房子是徐家送的，宁轻大哥娶了徐盈后徐家给亲家送了这么个房子，旭景本就房地产起家，这一带别墅区的楼盘都是其名下产业，拎出一个来当作小两口的新婚礼物，房子不算大，但胜在独门独栋还有前后院。

秦止将车停在了宁轻家门口，抬头往房子看了眼："徐家对你们家倒是大方，看来你爸妈没押错人。"

宁轻隐隐听出他话中的讽刺，有些尴尬，也不好多说什么，低低道了声谢就下了车。

黎茉勤在屋里听到门外的声响，也就走了出来，看到宁轻招呼了声："回来了。"

以为车里的是徐璟，走过来打招呼："徐璟，又得麻烦你专程送轻轻回来，进来坐……"

"会儿吧"几个字在看清秦止的脸时尴尬地停在了舌尖上。

秦止走下车来，右手闲适地插入西裤口袋里，侧头望着她："伯母，好久不见。"

黎茉勤脸色陡地沉了下来，一把拉过宁轻："回去。"

宁轻被她拖得跟跟跄跄，却还是抽空回头看了眼秦止。

秦止只是立在车旁，就这么侧头看着她被狠狠地拖进了屋。

大门一关上黎茉勤就开始数落："宁轻你到底怎么回事，好好地怎么就和秦止给扯上关系了？你不是和徐璟去吃饭？"

宁轻若有所思："妈，你也知道他是姐姐的男朋友？"

黎茉勤还在气着："别跟我提他。"

宁轻却想着另一件事："妈，既然你知道他是孩子的爸爸，你们不想养的时候为什么就不能把孩子给他非得送出去。你知不知道那孩子这几年过的是什么生活？她一个人……"

想到朵朵那几年，宁轻突然哽咽得说不下去。

黎茉勤也动了怒："你以为我就不想，但我上哪儿找人去，要能找得到人你姐还至于没结婚就挺着个大肚子遭人指指点点？"

宁文胜走了过来："好了好了，刚回来吵什么吵的，事情过去就算了。"

转头看宁轻："你见到那个孩子了？"

宁轻点点头，心里不好受也不想多谈，低低留了句"我先回房了"就上了楼。

她心里不好受，连带着头也有些隐隐作疼着，当年的事故她伤到了头，落下了病根，这几年头总时不时疼一下。

医生检查过没什么问题，多半是心理和精神因素引起，加之她有段时间失眠严重，噩梦不断，徐璟给她调配了一些安神的药，头疼时服用镇痛的效果还是挺明显的，也没什么副作用。

宁轻捏着眉心，从抽屉里拿出了药，握着药瓶在手里看了会儿，想着连服了几年也没什么效果，又有些意兴阑珊地塞回了原处，将自己抛进了身后的大床里，却一夜没睡着。

第二章

　　一夜没睡好的代价便是第二天精神恍惚，竟将一份投资分析报告里的金额标错了，将小数点标错了地方，往后挪了一小位，例会上才被秦止看出了问题，虽在铸成大错前及时发现了问题，但宁轻还是免不了秦止一顿批，而且批评得完全不留情面。

　　宁轻虽才和秦止共事了几天，但隐隐感觉得出来，秦止是将工作和私事分得极开的人，哪怕昨晚因为她对朵朵的态度对她和颜悦色许多，工作上的错误，他也不会因此而姑息。

　　宁轻自知有错，他怎么批评她怎么接受，不敢吭声。

　　反倒是何兰有些看不过去，但也不好出声，只是全程黑脸开完了会。

　　她不属投资部，但自从秦止正式接手公司后，何兰便习惯于出席各个部门会议。

　　在何兰看来，秦止是故意当着整个部门的面给宁轻下马威的，秦止打算裁掉一批员工的风言风语她也有听到一些，但具体是哪些人何兰却是不知情的，像现在这般在会议上三番两次挑宁轻的毛病，在何兰看来明显是在营造宁轻工作能力不足的假象，防止到时落人口实。

　　开完会后何兰就将宁轻叫了过去，办公室门一关上就一顿数落："宁轻你到底怎么回事？来公司半年了一个拿得出手的项目都做不出来，当初你在力盛不是一连搞定了几个大项目？"

　　姚建积极从力盛挖的人就是宁轻，这事儿何兰一直有耳闻，她原是想公开宁轻身份，却不知道宁轻吃错了什么药，愣是说等自己拿下项目再说，她就陪着她等，结果等了半年没丝毫动静，反倒显得像个来吃白饭的，到处受人指指点点，何兰不免心里着急。

　　相比较而言宁轻却始终一副事不关己的模样，只是安静听着她训斥。

　　对于这位未来的婆婆宁轻的感情向来微妙。她知道何兰不喜欢她，但又极宠爱她的儿子徐璟，徐璟喜欢她，她也就爱屋及乌地接受了她，却又不时变着法儿委婉地告诉她，她必须得变得多优秀才配得上她的儿子。

这个要求从宁轻刚和徐璟交往开始就一直存在，宁轻，甚至是她的父母，为了让她配得上徐璟，不断在她身上下本钱，几乎耗尽了全家的积蓄来打造一个徐家满意的儿媳妇，形体仪态学习、插花琴艺学习、化妆保养……总之所有号称能培养名媛气质的课程宁轻都学了个遍，大学时甚至被送到海外镀一层金，宁轻总觉得，谈个恋爱还要被这么折腾着，其实也挺累……

宁轻怔了下，不知道怎么会突然用"宁轻"来形容自己。

何兰看宁轻没回应，音量稍稍拔高："宁轻，你有没有在听我说话？"

宁轻回过神，望向她，语气温婉客套："对不起，我会尽力的。"

何兰脸色缓了下来，宁轻唯一让她喜欢的，大概也就这一温婉听话的性子了，当初会愿意接受宁轻，除了徐璟非宁轻不娶外，宁轻这一性格也是她妥协的原因。

她叹了口气，语气也和缓了下来："宁轻，伯母也是为了你和徐璟。徐璟他爸老糊涂了非得把徐家的财产往外推，本来公司交给徐盈宁峻和你共同打理着也挺好，他非得把秦止请回来，也不知道以后要整成啥样。"

宁轻不太想掺和进徐家的这些家务事里，她毕竟没嫁给徐璟，以后会不会嫁现在也不好说，但也不好明着说什么，因此也就乖巧地应了句："伯母，我明白的。"

何兰向来吃她这一套，提点过了，人情牌也打过了，唠叨了几句家常便让宁轻先出去了。

宁轻刚走出何兰办公室就遇上了秦止，他正拿了份新打印的材料翻阅着。

他的办公室和何兰办公室就隔了两个房间，打着照面。

秦止看到她从何兰办公室出来时眉梢略略一挑，往何兰办公室扫了眼，眼眸里隐约掠过一丝了然，倒也没说什么，只是叫住了宁轻。

"凌宇的项目是你最近在负责是吧？"

凌宇是宁轻最近提出来的一个并购项目，一家老牌的手游公司，最近因为经营不善陷入困境，正在积极寻找融资途径。宁轻当初还在力盛时就跟踪了解过这家企业，除了市场所趋，无论是从企业员工的工作态度上还是从利润和现金流的角度而言，凌宇的预期财务回报是诱人的。

这个项目一直被搁置着，看现在秦止提起，也就点了点头。

秦止将手中的文件收起："行，下午你陪我走一趟凌宇。"

凌宇距离旭景有段不远的距离。

旭景就在B市的CBD，凌宇却在旧城区的大学城一带，开车过去差不多要一个小时。

秦止亲自开车过去的，她和他的助理小陈一起过去。

宁轻原是想不通秦止会亲自参与这个案子的谈判的，直到她在谈判桌上看到了萧萌梦。

宁轻不认识萧萌梦，也叫不出她的名字来，却是第一眼就认出了她是那天和秦止相亲的女孩。

长相温婉大气，笑容温暖，很容易让人记忆深刻。

秦止似乎早料到了对方是萧萌梦，乍见面时并没露出丝毫意外的神色，很客气地打了声招呼，反倒是萧萌梦见到秦止时很意外，失声问了句："秦先生？"

秦止笑容浅浅地点了点头："萧小姐。"

然后很客气地道："那天的事很抱歉，萧小姐别介意。"

宁轻不知道他说的那天的事是哪天，萧萌梦却是明白的，笑了笑，很客套："哪里哪里，是我自己没弄明白。"

略显疑惑的视线就转到了宁轻身上来，但是很技巧地转开了。

整个会议谈判过程还算顺利，秦止和萧萌梦全程主导这场谈判，宁轻基本是在观摩思量状态。

谈判前宁轻看过萧萌梦的一些相关资料。她是是凌宇老板的千金，经历和徐盈类似，都是大学时就在自家公司打磨，但日子过得没徐盈有野心。从履历看，她只是在公司里谋一份闲职就够了，目前的工作主要是负责商务谈判。

萧萌梦能负责这么大项目的谈判，除了本身的身份外，她自身的谈判能力也是不容小觑的。人虽然年轻，但到底也是在谈判桌上摸爬滚打了几年的人，背后还有一整个运营团队支持着，一言一行小心谨慎，不肯轻易松口，和秦止一样，彼此都想为己方争取利益最大化。

只是萧萌梦在秦止面前到底太嫩了，秦止几番利弊分析下来，萧萌梦差点就抢笔签字了,合约只要一签下来,凌宇出让的9%股份将顺利让秦止成为凌宇第三大股东。

但萧萌梦没能顺利签字,她提笔的瞬间背后人赶紧提点了下,在没争取到预期利益前萧萌梦不敢轻易签下那份合约,谈判暂时以无结果告终。

但买卖不成仁义在,更何况还有谈判空间,会后萧萌梦以着主人的身份请吃了顿饭。

席上秦止和萧萌梦基本算得相谈甚欢,至少以秦止和她交谈的字数与他和萧萌梦交谈的字数对比的话,宁轻觉得秦止和萧萌梦确实算得相谈甚欢了,萧萌梦合作的意愿很大,宁轻觉得,拿下合约是迟早的事。

吃完饭时刚六点多,下班的时间点,小陈家和秦止宁轻家不在同个方向上,一个人先走了。

秦止送宁轻回去。

刚上车秦止突然问了句:"你觉得萧萌梦怎么样?"

宁轻误以为他问的是萧萌梦人怎么样,想起他上次和萧萌梦相亲的事,也就掂量着说出自己的感受:"人看着挺舒服的,性格也好,看着似乎也喜欢小孩,可以考虑一下。"

刚说完便见秦止侧头看了她一眼,眼神含蓄。

宁轻有些愣:"你不是要和她交往的意思吗?"

发现秦止神色似乎不是这个意思,有些窘:"不好意思,我以为你要给朵朵找一个后妈。"

秦止收回了视线:"真要给她找后妈的话,你不觉得你更合适?"

"……"宁轻侧头看他。

秦止没再说话,宁轻手机这会儿响了起来,却是朵朵给她打过来的。

小丫头昨晚和宁轻相处过后,对宁轻越发地依赖起来,偷偷拿了秦晓琪的手机给她打电话。

秦止看着她温柔地与电话那头闲聊,在听到她似是要答应周末带朵朵去玩时,朝她比了个"把手机给我"的动作,拿过了她的手机,对电话那头软声道:"朵朵,阿姨有工作要忙,以后有空再带你去好不好?"

朵朵嗓音低落了下来,悻悻地"哦"了声。

秦止安抚了她两句,替宁轻挂了她的电话,然后对宁轻说:"你不用总这么惯着她,她只会越来越依赖你。"

"没关系啊。"宁轻拿过手机,"我很喜欢朵朵,我平时也没什么事,可以多陪陪……"

"不用了。"秦止打断了她,"你有你的生活,总不能这么一直陪着她。她和你相处的时间越长,只会越舍不得你,这对你对徐璟对朵朵都不好。以前是我想岔了,总觉得她有权知道她母亲的事,这无论对她还是宁沁都公平。现在看来,是我害了她。"

宁轻一时间沉默了下来,秦止确实有道理,她毕竟不是朵朵的母亲,不可能一直陪着她,她越依赖她,到时她不在这边时朵朵反而越走不出来,而且她毕竟是有个男朋友的人。

"我以后尽量不去看她。"宁轻低声说。

秦止点点头,顺路先将宁轻送了回去才回。

朵朵因为宁轻不能陪她玩的事有些闷闷不乐,一个人盘着腿嘟着嘴坐在沙发上。

秦晓琪是知道朵朵闷闷不乐的原因的,看秦止走过来,忍不住数落她:"朵朵还小,宁轻也是真心喜欢她,偶尔让她陪陪朵朵也没什么。"

"她和徐璟是要谈婚论嫁的人。我一个单身男人带着个孩子,她总这么过来合适吗?"秦止嗓音很淡,走了过去,"再说了,朵朵才见过宁轻几次,现在都黏成什么样了,再多见几次面,她就得巴着住到宁轻家里去了。"

朵朵在沙发上听明白了最后一句话,嘟着嘴低声插了句:"可她就是我妈妈啊,别的小朋友都是和妈妈一起住,我为什么不能和妈妈一起住。"

说完又有些委屈,小嘴瘪着,要哭不哭的样子。

秦止走过去安慰她,软声告诉她宁轻不是妈妈。

他不出声还好,一出声朵朵就憋不住了,眼眶瞬间红了,但对昨晚的事还是有些心有余悸,讷讷地道:"可她明明就和我妈妈长得一模一样……"

偷眼看了秦止一眼,话没敢继续说下去,只是细声问道:"那我妈妈去哪里了,她什么时候才回来?"

秦止看着她,想着她这半年多来对宁沁回来的一系列毫无意义的执着,叹了口气,正色看她:"妈妈去了一个非常非常远的地方,等朵朵大概这么高的时候,妈妈就回来了。"

秦止比了个高度，没想着朵朵眼眶越发红得厉害，怯怯问他："爸爸，我妈妈是不是死了？"

"死"字瞬间触痛了秦止，嗓音不觉跟着一沉："谁跟你说的？"

朵朵被吓到，声音喏嚅在嘴边："今天在学校，陆承曜告诉我的，他说我妈妈死了，再也回不来了，去了很远的地方都是大人骗小孩的。"

说完时自己没忍住，哽咽着先哭了，边哭边问他："爸爸，我妈妈是不是真的死了，所以才没回来看我？"

戒慎的语气像利刃般剜着心脏，秦止一直不肯用"死"这个字眼来形容宁沁，如今被朵朵这么赤裸裸地点明，嗓子眼似被什么堵着般，他只能抱着她小小的身子，一下一下轻拍着她的背。

朵朵只是小声地啜泣着，哭着哭着慢慢睡了过去。

秦晓琪看着这父女俩，心里也不好受，看秦止小心翼翼地把朵朵抱回床上，又忍不住劝起秦止给朵朵找个母亲的事来，毕竟还是个小女孩，心里对母亲的那份渴望不是他用物质能填补得来的。

秦止想起今天见到的萧萌梦，印象不深，却隐约记得是个性格很好的女孩。

"再说吧。"

秦止不想多谈这个问题，看朵朵睡着也就先回了屋，原以为这事过了几天淡忘了就好了，没想着第二天朵朵就出了事，人突然就不见了。

秦晓琪打电话过来时秦止正和宁轻在办公室里讨论凌宇项目的进展，讨论刚进行到一半就接到了秦晓琪的电话，电话那头秦晓琪又急又乱，只说朵朵不见了，楼上楼下哪里都找不到人。

秦止没来得及听秦晓琪说完，当下挂了电话，将报告一合："我有点事，这个项目你先跟进一下。"

转身便要走。

宁轻隐约听到电话那头的声音，急急问道："是不是朵朵出事了？"

秦止不想她牵扯进来，淡应了句"没事"，拉开办公室门就要往外走，动作神态哪个不说明着出事了。

宁轻心里着急，下意识地拉住了他的手臂："真没问题你怎么可能这么急，我刚也听到电话了，朵朵到底怎么了？"

何兰和她的秘书刚好从办公室出来，一眼就看到了两人，也看到了宁轻拉着秦止手臂的样子，脸当下沉了下来："你们在干什么？"

宁轻这才后知后觉发现自己拉住了秦止的手臂，尴尬收回了手。

秦止也没时间和何兰废话，手臂往她那边一格："麻烦让让！"

宁轻一门心思都在朵朵出事了的事上，人也本能地跟着秦止走。

何兰黑了脸："宁轻，你干吗去，回来！"

宁轻这会儿也没工夫考虑后果了，扭头对她解释了句："伯母，对不起，我现在有急事，回头我再给您电话。"

眼看着电梯门就要合上，手臂下意识往电梯门间一插，强行将电梯掰开，顾不得何兰陡然沉下来的脸，人就跟着挤进了电梯里。

秦止捏着眉心："你不用跟着过去，朵朵可能只是贪玩去哪儿了，我回去看看。"

宁轻听出他话中的含蓄，神色一紧："她是不是不见了？"

秦止没正面回答："何兰不是什么简单角色，她刚才已经误会了，你最好先回去向她解释清楚。"

宁轻现在哪里还管得了何兰误会不误会，光想到朵朵她就完全没办法冷静，这种情绪是她从没遇到过的，整个人整个心思都悬在一个人身上，甚至不顾秦止的劝阻，死皮赖脸地上了他的车，并在他将她轰下车前冷静地说道："我的事我自己会处理好。朵朵是我姐唯一的女儿，她也是我的家人，我不可能明知她出事了还能无动于衷地继续工作。"

语气是前所未有的冷静和强硬。

秦止看了她一眼，收回将她赶回去的念头，改将手机扔给她："报警，登报，找媒体，动用一切资源找到人再说。"

而后拿起另一部手机给秦晓琪打电话询问情况。

秦晓琪那边已经是急哭了，一边哭一边说，朵朵两个多小时前就不见人影了。

走之前也没什么异样，一个人拿着笔和画本趴在茶几上涂涂画画，秦晓琪回去补了个眠一出来人就不见了。

秦止和宁轻先回了家，在茶几上看到了朵朵的小画本。

画本上乱七八糟的画满了画儿，不是一家三口牵着小手站着就是佝偻的老人牵着个小孩，画得不算太好，她刚去幼儿园没多久，字也还不会写。

秦止和宁轻看图也看不出什么来，开着车在附近找了圈也没找到人。

宁轻在来的路上已经报了警，也让人登了报找了媒体和微博名人，发动网友帮着找人，但连着找了两个小时，完全没消息。

宁轻想起朵朵上次莽莽撞撞到她车轮底下的事，心里又急又慌却又无计可施，偏偏徐璟这会儿电话打了过来。

宁轻不知道何兰是不是和徐璟说了什么，电话里的徐璟一改平日的温文，语气是前所未有的强硬，限她在半个小时内回去。宁轻本就因为朵朵失踪的事慌得要崩溃了，徐璟一个当人叔叔的没过来帮忙找人就算了还逼她回去，人也有些失去理智了，脾气一下子就上来了，当下挂了他电话。

秦止扭头看了她一眼："你还是先回去吧。你在这边也帮不上什么忙，回去和徐璟好好解释清楚，他那人脾气好，估计又是他那个妈嚼了什么舌根。"

"我没事，找到朵朵再说吧。"

"不用。"秦止语气突然强硬起来，"你先回去。"

宁轻本就被徐璟气得憋着一口气，看秦止强硬脾气也上来了："先找人。"

"下去！"秦止直接赶人，摁开了车门。

宁轻突然有些失控："你们一个个到底怎么回事，朵朵一个五岁不到的孩子流落街头也不知道会不会出什么事。我只不过想快点找到她，我到底哪里做错了，再怎么说她也是我……"

宁轻突然怔住，不知道脑海中怎么会突然冒出"她也是我的女儿"几个字来。

秦止满腹心思都在她濒临崩溃的脸上，看着她湿润的眼眸，眼神有些复杂，抽了几张纸巾给她。

宁轻这会儿也冷静了下来："朵朵再怎么说也是我的亲外甥女，我想先找到她。"

秦止沉默了会儿，没再说话，将车门锁上了，启动了车子，大脑飞速运转着思索朵朵可能去的地方，想着她那幅画，想着画中的老人，以及她这两天的言行。

朵朵在这座城市没认识什么人，唯一能去的也就是当初收养她的刘婶那儿。但那边距离他住的地儿开车都得半个小时，大人都未必找得到路回去，更何况是一个五岁的小孩。但想着朵朵自小跟着刘婶在老城区四处晃悠，说不定……说不定她真能认路跑回去了。

秦止无计可施，仅能抱着心里的一点微弱希望，将车开回了朵朵当初和老人住的那个城中村。

他没想着真的在这里找到她。当他在那栋大门紧锁的破旧楼梯间里看到那道熟悉的小身影时，悬了一天的心突然就放松了下来。

朵朵正背着他给买的布偶背包，定定站在马路边，看着紧锁的大门，一动不动的。

深秋近初冬的天气，轻风从空荡荡的窄巷卷过时都带了秋冬的萧瑟。西斜的阳光及不远处几道袅袅升起的烟囱更将这个有些古旧的村落渲染得安静苍凉，周围偶有差不多同龄的小孩子嬉闹着路过，朵朵却只这么安静沉默地站在空荡荡的窄巷里，一动不动地盯着紧锁着的大门。

宁轻刚平静没多久的眼泪突然又毫无征兆地流了下来。

秦止叫了朵朵一声，嗓音嘶哑，喉咙深处像被东西哽住。

朵朵闻声回头，看到走到近前的秦止和宁轻时，落寞的小脸上掠过一丝怅然。

"爸爸，奶奶去哪儿了？"朵朵问，手指了指门，"我去叫了奶奶好久，她都不给我开门。"

秦止伸臂将她搂入怀中，心疼地在她脸颊上吻了吻："奶奶回她的老家去了。就是上次爸爸带你去的那里，还记得吗？"

朵朵似懂非懂地点了点头，小脸上看着还是有些落寞。

"我想来问问奶奶，我妈妈是不是真的不回来了，奶奶从来不骗我的。"

秦止没想着昨晚的话题她纠结到了现在，心疼得不行，抱着她亲了又亲，却没法回答她的问题。

宁轻倾身看着她，人放松了下来嗓子却还是哽咽的，手掌摸着她的头，却不知道该说什么。

朵朵闷在秦止怀里，低声问他道："爸爸，奶奶是不是也不会回来了？"

秦止嗓子里也堵得厉害，嗓音低哑："奶奶年纪大了，一个人住不方便，已经回老家去了。朵朵想去看奶奶是吗？"

朵朵迟疑着点点头。

秦止转头望向宁轻："今天辛苦你了，一会儿我先送你回去吧。我今晚先带朵朵回以前照顾她的刘婶那边看看她。"

朵朵轻扯了扯秦止的衣袖："阿姨可以跟我们一起去吗？"
语气隐隐带着期盼。
秦止不忍让她失望，宁轻这会儿已经开口："阿姨当然一起去啊。"

刘婶老家在临省一个偏远的小山村里，开车过去差不多得5个小时。
当年宁家本来是把朵朵给了刘婶儿子儿媳抱养，刘婶本也只是被儿子儿媳接进城来帮带孩子，却没想到刚收养朵朵没多久，两人双双遭遇车祸去世。刘婶儿子儿媳本只是进城务工的，家在偏远山村没什么文化，老人家不识字，儿子儿媳去世后这边也没了亲人，自己一个人年纪大了也不懂怎么回去，这么多年一个人带着朵朵生活。秦止刚找到朵朵时本想把刘婶一块儿接进来照顾，刘婶却是住不习惯，年纪大了想叶落归根，那边也还有些远亲在，看朵朵慢慢适应秦止了便一直想回去，秦止拗不过也就尊重她的意思把人送了回去，专门请了人照顾她和他们一家人。

秦止和宁轻、朵朵到那边时已经快八点。
朵朵之前和秦止来过，一下车看到空地边的古井马上认得了路，拽着宁轻的手在小巷子里穿行，在看到不远处的新建小平房后整个人都变得活泼了起来，拽着宁轻，边跑边喊："奶奶；奶奶，我回来了，我和爸爸和阿姨回来看您了……"
喊着就撒开了宁轻的手，蹦着奔向了人群。
借着暗黄的灯光，宁轻看到一位身形佝偻的老太太从藤椅上站了起来，朵朵小小的身子就飞蹦着跑过去抱住了老人的大腿，仰着小脸"奶奶，奶奶"地叫，即使夜色昏暗看不清她的脸色，但声音里的开心和雀跃却是真真切切的。
秦止也走了过去，秦止笑着打了声招呼："刘婶。"
顺道给宁轻和她做了个介绍。
刘婶眼睛不好，又是大晚上的，也看不清宁轻的脸，只当她是朵朵的后妈，看到朵朵有了爸爸妈妈疼也宽了心，连连说着"好，好"，一边让人张罗着准备晚餐，原本随意聊着天的邻里也都纷纷起身招呼，特别热情好客。

朵朵自从见了刘婶就黏着她不放了，几个月没能见上，如今见面了小丫头开心得不行，一扫这几天的低落，完全顾不上秦止和宁轻了。

宁轻和秦止本就不算熟，对这个小乡村也不熟，朵朵不来黏她了，吃过饭宁轻也有些闲得慌，一个人坐在后院的藤椅上，盯着天空发呆。

乡下的空气清新，夜空也干净得纯粹，没有一丝乌云，更没有城市的霓虹灯，黑沉沉的天幕上被星星密密麻麻地点缀着，或明或暗，宁静而漂亮。

宁轻看得有些失神，直到一个高大的身影从右侧走了过来，强烈的阴影压迫让宁轻稍稍侧头，看到了秦止。

秦止在宁轻并排靠着的藤椅上坐了下来。

宁轻往身后的屋里看了眼："你不陪刘婶说说话吗？"

"小丫头还缠着她不放。"秦止淡声应着，屈起左手，以手掌垫着头，仰头望着星空，看着看着神色就迷离了起来，像跌进了回忆中。

宁轻不好出声打扰他，转过头，也盯着星空望。

"你回过你们老家那边看过吗？"秦止突然出声，侧头看了她一眼。

宁轻皱着眉迟疑了下，脑海中没有很确切的记忆。当年受伤她昏迷过一段时间，那时她伤到了大脑，过去的很多东西都像在做梦，记得不真切，却也是有个模糊的印象的，潜意识里总觉得是回过的，也就点点头："嗯，回过。"

秦止注意力重新回到了那片星空上，沉默了会儿："以前我和宁沁在一起的时候也一起回过一次，暑假回去的，小住了半个月。那时候你爷爷奶奶搬回了乡下老家，把门口那一大块田地辟出来种水稻。宁沁担心他们累着了，拖着我回去帮忙。她和我一样，都从没干过农活，回去找人借了两把割水稻用的小镰刀就下了田……"

想到当年宁沁被稻穗糊得一脸泥的模样，秦止不自觉笑了笑："那半个月里，我和她每天晚上就像现在这样，坐在藤椅上盯着星空发呆。"

只不过那时候他靠躺在藤椅上，宁沁靠在他胸膛前，很安静地盯着星空，时不时指着天空告诉他，这个是什么星，那个是什么星座。

想起那时的情景，秦止有些自嘲地笑了笑，太过相似的画面，不知怎么地突然竟有了倾吐的冲动。

秦止不觉摇了摇头，侧头看宁轻，却见她正怔怔地看他，神色迷离，像在走神。

秦止眉心拧了拧，刚要出声，"爸爸"，朵朵俏生生的嗓音已在门口响起，话音落下，她小小的身子也飞扑了过来，手肘压着他的大腿，"爸爸，爸爸"开心地叫着，还侧头过去看宁轻，看到宁轻像在走神，走过去拉着她的手，仰着小脸眼巴巴地看她："阿姨，你怎么了？"

宁轻回过神来，垂眸望向担心的小脸，揉了揉，笑着道："阿姨在想事情。"

朵朵似懂非懂地"哦"了声，手肘撑着宁轻的大腿，爬到了她大腿上坐着，仰起头数星星，数了会儿累了又爬下来，看到旁边番石榴树上满树的番石榴，巴巴地又蹦回来拖宁轻起身。

"阿姨，我想吃那个，你可以帮我摘吗？"

番石榴树长得有些高，宁轻有些够不着，秦止走了过来，在一处枝丫下站定，手臂压着其中一根，将那一杈的果子压低，朵朵不停蹦着想要去摘，够不着，反手扯着宁轻的手："阿姨，阿姨，你抱着我，我自己来摘。"

宁轻弯身将她抱起，朵朵看着满树的果子小眼神儿都快冒光了，也不管熟没熟，伸着小手胡乱着就要摘。

宁轻软声提醒她："摘那些浅黄淡绿的就行，太绿的先别摘。"

朵朵好奇地回头："为什么？"

"绿色的味道涩不好吃，而且吃多了容易便秘拉不出便便，就跟山上的稔子一样，只能吃一点……"

"啪"树枝弹回的声音打断了宁轻，被压着横在她和朵朵面前的树枝突然弹回了原处。

宁轻奇怪望向秦止，却见他原本压着树枝的手不知何时松开了，像是无意识的动作，手掌还压在枝干上，只是忘了施力。

他正看着她，眼神深沉含蓄，像在看她，又像在透过她看另一个人。

宁轻突然想到了宁沁，想到了他刚才提起和宁沁在乡下的那段日子时，大脑里莫名浮现的模糊影像。

朵朵看秦止没再压着树枝了，着急出声："爸爸，我的果子，你再压下来一下下……"

秦止看了她眼，目光从宁轻身上一掠而过，然后重新压下了那根树杈，有些心不在焉。

这个季节的番石榴成熟的不多，朵朵挑了半天也就挑了四只，一人分了一个后终于心满意足地去睡了。

秦止带着朵朵去睡的。宁轻房间就在秦止隔壁。房子是当初把刘婶送回来时秦止花钱请人砌的，刚入住没多久，房子构造完全按别墅的规格来建，每个房间搭配了个洗手间和阳台。

宁轻梳洗完去阳台晾晒毛巾时看到了秦止，他一个人站在阳台上，长身玉立，一只手随意地插在西裤口袋里，盯着外面沉沉的夜空，一动不动的，没留意到宁轻。

他身上还穿着白天的黑西装，衣服质感很好，剪裁合体，黑色的竖条纹衬衫搭配黑白相间的竖条纹领带和黑色西装，沉敛不张扬。

宁轻发现秦止长得不是一般的好看，棱角分明五官立体，面容清冽淡漠，隐隐有些失神的迷离，灯光在他侧脸上造成的暗影强化了这种迷离，将整个人都笼罩进一种看不透的深沉中。

宁轻盯着他的侧脸，莫名的熟悉感攫住了她，一时间有些怔。

大概是眼神太过专注，秦止突然侧过头来，在她还来不及将视线移开时黑眸已转向她。

宁轻突然有些尴尬，还好面上能维持着自然的神色，冲他客气地笑笑。

"还没睡吗？"秦止问，嗓音平淡。

"正准备睡。"宁轻道了声晚安，先行回了屋，一晚上没怎么睡得好，秦止灯光下的侧影一直在梦里困扰着她。

第二天起来时宁轻气色不太好，幸亏精神还不错。

秦止本是想今天回去，但想着朵朵太久没和刘婶见面，也就在这边多待了一天。上午带着她和宁轻去果园摘了半天的橘子，下午还去爬了山。

这一带都是丘陵地势，整个村子都被连绵的小丘陵包裹在一个小山谷里，地势平缓，山也不陡不高，爬起来也是不慌不忙的。

南方的山上即使到了深秋也还是郁郁葱葱的，但绿意中夹着的枯黄及空气里的干燥和卷着枯叶掠过的西风加重了深秋的气息，阳光很好，空气也很好。

朵朵第一次来爬山，还是和秦止和宁轻一起，小丫头一整天都乐呵呵的，见到什么都觉新奇，每看到一株植物就拉着宁轻问，这是什么。

宁轻几乎能准确无误地将每一株植物的名字说出来，甚至连功用都说了个八九不离十，许多秦止认不得的植物宁轻都能轻易叫出名字来。

她自己没意识到，秦止看她的眼神却又带了丝深思，一抬头便看到秦止又以着昨晚那种深沉怔忪的眼神看她。

"怎么了？"宁轻有些奇怪，以为自己脸上有什么，还下意识地抬手碰了下脸。

秦止收回了视线，语气淡淡："没什么，只是突然想到了宁沁。"

"她小时候跟着你爷爷奶奶在老家住过几年，也对山里的植物和药性挺了解的。"秦止淡声补充。

宁轻不觉拧了下眉，也不知道自己怎么就知道这些东西，就是朵朵问起时它们的名字很自动地就浮了出来。

宁轻没能细想，朵朵已经扯着她的手，指着绿油油的藤条："阿姨阿姨，帮我拿这个给我编个帽子好不好？"

宁轻笑着点点头，弯腰扯了些藤条。

秦止也走了过来，帮忙扯了一些，低敛着眼眸，慢悠悠地编织着。

宁轻一扭头就发现他编的方向不对，忍不住出声指点他："这里，要绕回来，还有这里，绕出去，要相互交叉着才行，要不然一会儿会散开。"

刚说完便发现秦止又看她了，眼神深沉。

宁轻被他盯得有些不自在："你……"

话没能说完，秦止已经打断了她："你以前也是和宁沁一起在你爷爷奶奶老家过的吗？"

宁轻皱了下眉，然后轻轻点头："是吧。"年代有些久远，她不太记得清了。

"我记得宁沁说过后来你跟着你爸妈住。"秦止抬眸看她，"为什么你回去了她却留下？"

"我那时身体不太好。"宁轻低头编着花环，"被接回去治病了。"

秦止点点头，他是听宁沁提过，当年宁家家里穷，她们这对双胞胎是意外，生下来了也舍不得送人，送回了老家先让家里老人养着，只是宁沁身体不好，生过几次大病又被接回去了，治疗了几年下来宁沁也初中了，和徐盈成了闺蜜，徐盈看上了宁家儿子宁峻，常借着来找宁轻玩找宁峻，穷怕了的宁家是想着攀这门亲事的，也就不可能再把宁轻送回去，后来宁轻又因此认识了徐璟，还和徐璟在一起了，皆大欢喜的事儿，

55

为了能让宁轻也配得起徐璟，自然得在她身上花大价钱好好培养，全部家当都压在了宁轻身上，宁沁那边自然照顾不上，她连大学也是自己贷款念的书。

想到那时的宁沁，再看到如今的宁轻，秦止静默了下来，低头看了眼手中编着的藤条，手一扬，随手就扔了。

朵朵奇怪地问秦止："爸爸，那个帽子是不是给阿姨的，怎么扔了？"

秦止语气很淡："帽子编坏了。"

朵朵马上扯了几根藤条递了过去："这还有。"

秦止垂眸看她一眼，蹲下身，拿过她递过来的藤条，敷衍地编了个小草环，戴在了她头上，然后捏了捏她的脸："先回去了好不好？"

朵朵看了看秦止，再看了看宁轻，抿着嘴点了点头："好。"

几人当天晚上就返回了城里。

一路上秦止没怎么说话，一路沉默着，就连朵朵和他说话也是敷衍地应个一两句而已。

把朵朵送回家后秦止也顺道送了宁轻回去。

宁轻隐约感觉到他突然的冷漠与在山上有些关系，但也不好追问，车子在家门口停下时道了声谢就下了车。

秦止也没多说什么，客套了几句人就先走了。

车子回来时的车轮声惊动了屋里的黎茉勤，从阳台外看到了和秦止一起回来的宁轻，当下就沉了脸。

宁轻没留意到黎茉勤，看着秦止离开，也转身回了屋。

她手机关机了一天，除了昨天去刘婶那儿前给家人发了条短信说明了下情况，手机便没电了。

昨晚没休息好宁轻也有些累，回到客厅时冲厨房招呼了句"我回来了"后就想回房。

黎茉勤这时走了过来，面色很不好，走到近前时突然就一耳光甩了下来："你还有脸回来！"

宁轻完全没防备，头被巴掌甩得都歪到了一边，力道不大，但到底是被打了。

宁轻捂着被甩疼的半边脸，不可置信地望向黎茉勤。

黎茉勤沉着脸："你是要和徐璟结婚的人，就这么一声不吭地和另一个男人出去了两天，你想气死我是不是？"

"妈，什么叫我和一个男人一起出去？"伸手将凌乱垂下的头发拨开，宁轻定定看黎茉勤，"我是陪您外孙女出去，您的亲外孙女，那个您不想要了送出去流落街头的亲外孙女！"

　　她的嗓音自始至终很安静，只是突然想到了夕阳下的怔怔看着紧锁的大门的朵朵，胸口有些闷疼。

　　"昨天她失踪了，她想要知道她妈妈会不会再回来，想要找那个把她喂养大的奶奶，她就一个人，顶着寒风从城东走到了城西，走了整整一天，回到养她的地方，去找那个曾经养育她的老人，你知不知道她一个人站在夕阳下的时候看着有多可怜，她说她以前就是这么过来的，一个人在这个城市里游荡，她才五岁不到您知不知道！"宁轻说着说着突然就哽咽了，"你们不心疼她，但是我心疼！"

　　宁轻绕过了她，回了屋，又是一晚没睡好。

　　第二天起床时宁轻精神越发不好，被甩了耳光的左脸昨晚没处理，早上起来还有些红肿。

　　黎茉勤也已经起来，气色也不太好，看到宁轻时眼神有些迟疑，到底还是问出了口："那个孩子……真的是宁沁的孩子？现在已经和她爸住一起了吗？"

　　宁轻不太想多谈这个问题，淡"嗯"了声就去洗漱了。

　　黎茉勤迟疑着跟在她身后打转，却一直没说话，直到宁轻被她跟着有些莫名其妙了。

　　"妈，有什么事吗？"

　　黎茉勤摇了摇头，有些若有所思。

　　宁轻兀自去吃了早餐，黎茉勤坐在她对面和她有意无意地打听朵朵的消息。

　　"她现在过得很好，你们别去打扰她。"宁轻不想多谈朵朵的事，在这件事情上心里到底是有些怨着黎茉勤和宁文胜，随便喝了点粥就去上班了。

　　路上有点塞车，宁轻踩着点赶到了公司大门，这个点来上班的同事不少，行色匆匆，只是在看到她时都略有诧异地往她看了看，再将视线转开，眼神颇有深意又隐隐带着些探究。

宁轻估摸着这两天和秦止一起失踪公司里又有了什么闲言碎语,兀自想得出神时,走到电梯口就不小心和人撞上了,这一撞就被对方肩膀给撞在了红肿着的左脸颊上,疼得宁轻"嘶"地抽气了声,然后手臂被人拉着稍稍推开。

宁轻下意识抬头,看到同在等电梯的秦止时愣了下,唇角客气地牵出一个弧度,打了声招呼。

秦止面色极淡,没应,只是微微侧头,视线落在了她左边的脸颊上。

宁轻突然想到了脸颊上的红肿,不着痕迹地侧了下头,任由头发从脸颊上滑落,遮住了脸。

然后秦止做了一个让她意外的举动,他伸手拨开了她垂下来的头发。

这一举动不仅宁轻愣住了,同在等电梯的其他同事也纷纷侧目望着这边,好奇而八卦。

秦止似乎没看到,只是盯着她的脸颊看了会儿,撩着她长发的手指松了下来。

"一会儿来我办公室一趟。"秦止说,语气很淡,看电梯门开时,人已经率先踏了进去。

宁轻也跟着进去了,被其他人将她和秦止分别挤在不同的角落里,一路向上,没什么交谈。

回到办公室时宁轻也没真的依言去秦止办公室。

两天没来上班,工作积压了不少。办公室也是个制造八卦和传播八卦的地方,她一路从电梯回到办公室再去茶水间和洗手间转了一圈回来,宁轻收获了不少关于她自己的八卦,无非是她和秦止的关系或者和徐家的关系。

那天秦止拖着她去找朵朵时让何兰和她的助理看到了,或许更多的人也看到了,之后她和秦止双双翘了两天班,公司关于她和秦止的风言风语在他们消失的这两天里早传得沸沸扬扬,传来传去无非是她是秦止的女朋友或者妻子之类,这也就解释了她为什么硕士刚毕业一年就空降进入投资并购部,最近还成为了董事会替补热门人选。

也有知情人透露说宁轻其实是徐璟的女朋友,徐家内定的儿媳妇,如今却和秦止勾搭到了一块,还让人给撞到了,背后指指点点的有点多。

更多人是倾向于相信后者的,将一个看着无论姿色还是才情上无任何优势却又异军突起的女人往不好的方面踩是习惯,相信了后者再看着宁轻时眼神里多少也就带了些不屑，其他人如此，办公室里的同事亦如此。

再精英严谨的部门，总有那么几个喜欢八卦和幸灾乐祸的主儿，如今看到宁轻时，虽表面上客气，眼神中却总带了那么些不屑，那种眼神让宁轻想到了时下流行的三字词，白莲花，绿茶婊。

她没法辩解。那天跟着秦止离开她不是没想过这方面的后果，但朵朵安危莫名地就高于一切了，如今真的遇上了倒也能坦然接受了，因此当她抬头看到何兰面无表情地走过来时，宁轻还是站起了身，很客气地冲她打了声招呼："何总。"

何兰美艳的脸上没有丝毫表情，脸皮绷得紧，她的走近，整个办公室都能感受到她带过来的低气压。

办公室一时间有些安静无声，一个个担心却又好奇地盯着宁轻这边。

何兰走到了宁轻面前，绷紧的脸皮终于撕开了一道缝。

"舍得回来了？"冷冷带着讽意的嗓音响起，几乎在同一瞬间，她的手掌也跟着高高地扬了起来，照着宁轻的脸就要狠狠甩下来。

宁轻下意识抬臂挡住，一只手比她更快，牢牢扣住了何兰要挥下来的手。

"这是在做什么？"淡淡的嗓音从她身后响起，嗓音略低，隐隐带着不悦。

秦止不知何时已经走了过来，左手还拿着开会要用的文档夹，右手牢牢扣着何兰的手腕，目光清洌凌厉。

宁轻默默往秦止看了眼，报着唇没有说话。

何兰皱着眉，扭头看秦止，太过气愤，连平常关于伪装的平和面具也撕了下来，只是冷着脸看着秦止。

"堂堂一公司的副总，上班时间来找下属麻烦，丢不丢人！"秦止松开了她的手，语气很淡，却隐隐有一股气势在。

说完时秦止看也没看她，只是往办公室扫了眼："开会！"

宁轻从书架上抽出会议笔记本和签字笔，一声不吭地跟着众人去会议室。

"宁轻！"何兰在背后叫住了她，"会后来我办公室一趟！"

冷脸离开。

宁轻没应，在其他人探究的眼神下进了会议室，面容淡淡，将情绪掩藏得很好，开会时也没有因为这些小插曲影响到情绪，工作汇报简洁明了，字字戳重点，其他人还很是意外地往她这边看了好几眼，连向来喜欢挑她毛病的秦止也只是淡淡颔首，从会议开始到会议结束，将近一个小时的会议竟没再对她的表现有一丝挑剔。

会议结束时秦止叫住了宁轻："宁轻，你先留下。"

其他人默默收拾着会议笔记鱼贯而出，借着出门左转的机会偷偷往会议室看一眼，宁轻自始至终只是捏着笔低头在本子上写写画画，整理着会议笔记，白皙细长的脖颈随着她侧低头的姿势弯出了一个好看的弧度，线条优美，半张侧低着的脸温婉安静，却又极其专注，似乎完全没留意到周遭变化。

秦止轻叩了几声桌面，不紧不慢地。

宁轻抬起头看他，抿着唇，还是先道了声谢："刚……谢谢你。"

秦止看着她，视线从她眼睛里移到她微肿的左颊，再移回她的眼睛："脸是被打的？"

宁轻下意识伸手挡住了那一处，微微点了下头，很轻："算是吧。"

秦止唇角隐隐勾起了些弧度："你这都还没正式嫁进徐家呢，婆家还没教训，娘家倒上赶着先替婆家教训人了。"

他这话听着不太好听，宁轻没回应，轻抿着唇，看向他："秦董让我留下来有什么事吗？"

秦止看她一眼，从压着的资料里抽了份递给她："凌宇的项目重新修订了一些条款，旭景让步的底限仅限于此。你回去好好再看看，下一次的谈判你来主导。"

宁轻点了点头，拿了过来，翻了下，看没什么事，也就先回了办公室，想起何兰离去前的话，虽不太想去，到底还是上去了一趟，没想到在门口的时候又遇到了刚从会议室回来的秦止。

秦止手掌还握着门把，侧身看她："你是要上赶着来找打吗？"

"她不会的。"宁轻淡声应着，"她刚才就为了给我个下马威而已。"

敲了敲门，到底还是进去了。

办公室就何兰一个人在，神色隐隐还紧绷着，但比稍早前好了些。

宁轻叫了她一声："何总。"

何兰抬起头来，视线落在她脸上，然后慢慢移到了她有些红肿的左半边脸颊上，握着鼠标的手顿了下。

"脸怎么了?"何兰问,人就站了起身,走了过来。

宁轻抿了抿唇,没正面应:"您找我有事吗?"

何兰在她面前站定,长长叹了口气,语气舒缓了下来:"还在生伯母的气?"

宁轻敛下眼眸,违心地应了两个字:"没有!"

何兰又是一声叹气:"宁轻,你也甭想着骗我,我知道你心里委屈。"

宁轻沉默了会儿,抬起头,定定看她:"我没委屈,这件事情上我确实也有错。但是我从不认为我对不起任何人,更没有对不起徐璟,无论是我妈的耳光还是您的耳光,都不是我该受的。"

宁轻停了停:"那天的新闻你们也都看到了,朵朵不见了,一个五岁的小女孩失踪了,我担心她帮忙找她有错吗?她是我姐的亲生女儿,她唯一留下的孩子,从小就没了母亲,还被唯一的亲人抛弃了,我帮一下她怎么就错了?"

何兰脸色倏地就沉了下来:"所以你就不顾徐璟的感受跟着别的男人一出去就是几天?电话不接手机关机?"

"我没想那么多。我只是不想让她失望,至于徐璟,我想我和他都需要冷静冷静。"

"你……"何兰的手掌陡地又抬了起来,巴掌照着宁轻的脸颊就要打下来。

宁轻扣住了她的手腕,没让她真的打下来。

"伯母,我还没嫁进你们徐家。就算真嫁过去了,也不是你们家的丫鬟,说打就能打。请你们也尊重我一下。"

甩开了她的手,抿着唇:"如果没有什么事我先出去了。"

"站住!"刚走到门口,何兰冷着嗓子在背后说,"你这什么态度,徐家的大门都还没进现在就成什么样了?当初如果不是你哭着求着说会好好对徐璟你以为我真愿意让你进这个家门?"

"抱歉,我不记得了。"拉开房门,宁轻出去了。

她是真不太记得这些了,当年车祸后,许多事于她都像梦境般,真真假假虚虚实实。但宁轻一直很确定,自己是不大喜欢这位未来婆婆的,甚至连徐璟都算不上喜欢,和亲人在一起似乎只是一件顺其自然又很习惯的事。自她从事故中醒来后徐璟便已陪在她身边,那时她大脑伤得严重，许多东西总觉得像隔着层纱，记得不算真切，却又像是原本就该如此，就如同一睁眼就看到徐璟，丝毫没有陌生感，却也没何兰形容的那种哭着求着非徐璟不嫁的热烈感。

那段日子的徐璟将她照顾得无微不至，后来这几年她念书，他做研究，两人不在同个城市，除了每个月固定的心理治疗，能见面的机会也不多，这段感情只是靠网线和电话维系着，一直像白开水般不咸不淡地又走过了四年，一切似乎也就是这么水到渠成着。

宁轻这几年心思都在学业和工作上，大概和徐璟太过水到渠成了，也从没去想过喜不喜欢适不适合的问题，但最近，宁轻发现她似乎对这段感情产生了抗拒心理。

这不是好现象，她自认不是见异思迁的人，但这种莫名而来的抗拒以及心底隐隐的"不是这个人"的感觉让她心惊，甚至连中午徐璟约她吃饭时宁轻竟生出些烦闷的情绪来。

她克制着忽略了这种不明情绪，赴了徐璟的约。

两天没见，徐璟看着有些憔悴，也难怪何兰会动怒，她最宝贝这儿子，估计徐璟这两天状态不太好，何兰也就将怒气迁到她身上了。

"对不起，那天是我太心急了。"宁轻刚走到车前，徐璟突然向她道歉，语气诚恳。

徐璟的先低头让宁轻心里越发地内疚。她和徐璟从没吵过架，一直以来就那么无波无澜地过着，以前见面的机会少，甚至连电话也少，但徐璟确实是一个体贴细心的男人，也特别的温柔，那天大概也是心急了，他不理智，她也失去了理智。

面对这样的徐璟，宁轻也不觉弯了弯唇角："我也有问题。"

徐璟唇角牵出个松了口气的弧度："那我们算和好了？"

宁轻也不觉一笑："嗯。"

徐璟长舒了一口气，笑看向她："想去哪儿吃饭？"

"随便吧。"一如往常般，宁轻很少做决定。

徐璟带着她在附近找了家餐馆，席上一如过去，温柔地替她夹这个夹那个，聊些索然无味的话题。

宁轻常常觉得，她和徐璟或许已经更倾向于家人而非情侣了，她和他从没有那种热恋感。她最近常有种错觉，徐璟对她……似乎只要有她陪在身边就够了，其他都不重要，而她……似乎也只是习惯，就是把他当成家人的习惯，当初从昏迷中苏醒过来，一睁开眼看到他时的感觉就和看到了自己的父母一样，很自然而然地接受了他的存在，不会去想这个人是怎么来的，又会和他怎么走下去，似乎一切都只是顺其自然而已。

宁轻想去回想些她曾与徐璟有过的甜蜜，甚至是何兰嘴里的哭着求着嫁给徐璟时的坚决，思绪认真转了圈，宁轻发现，她似乎有些想不起来。

她一直觉得自己没有失忆症状的，很多东西记得不是很清楚，但是很多东西真被提起时，却是有这么个印象的。

但现在，她真要认真去回忆一件事时，宁轻发现真的只是一个模糊的印象，完全找不到一个确切的记忆点。

徐璟留意到她蹙起的眉心，柔声问她："怎么了？"

宁轻只是困惑地轻蹙眉心："没什么。"

"是不是又头疼了？"徐璟有些担心，手掌贴上她额头，"最近没继续吃药吗？"

宁轻点点头："最近感觉好了很多，工作忙也老忘记。"

"你总这样。"徐璟忍不住数落她，"当年的事故后你一直有心理阴影，原来还坚持定期做心理治疗，这两个月好些了又懒了，每次都以工作忙推脱，身体的事能开玩笑吗！还有你的大脑，当初头部就受了重创……"

徐璟一念叨起来宁轻就有些受不住，连连摆手："好了好了，我知道错了，改天吧，改天我有空了一定过去。"

徐璟扫了她一眼："别一拖又是半年。"

"知道啦。"宁轻敷衍着应了句，没点头徐璟又得没玩没了地念叨下去了。

徐璟也知道她不喜欢听他唠叨，无奈地看了她一眼后，也没再说什么。

饭后徐璟送她回公司，办公楼门口撞见了同事，早上何兰沉着脸欲赏她耳光的事也早已经传得沸沸扬扬，于是关于宁轻到底是秦止的女朋友还是徐璟女朋友的事也不用谁盖章了，事实摆在了面前，其他人看她的眼神也就多了些说不清道不明的味道。

秦止虽不关注公司八卦，但一些风言风语还是传到了他耳中。

下午下班时又在电梯遇上了宁轻。

两人都是六点一到准时走人的主儿，总能凑巧地同乘一台电梯。

宁轻看着没丝毫落寞或者难受的情绪，神色始终淡淡的，左颊上的红肿也已经消失，看到他时还淡淡打了声招呼，人就踏进电梯来，站在电梯角落里，与他一人一个角落。

偌大一个公司会踩着点儿下班的也就秦止和宁轻两人了，因此电梯里也就两个人。

"你没事吧？"电梯门关上，秦止侧身看了她一眼，突然问道。

宁轻有些诧异："怎么了吗？"

秦止看她似是没受影响，莫名放了心，淡声回了句"没什么"后便没再应了。

宁轻惦记着朵朵，本想去看看她，但想着秦止之前提醒的，怕朵朵越来越离不开自己，以及对徐璟的愧疚，宁轻想了想后，到底是忍住了没去。

朵朵等了几天没宁轻的消息，情绪又有些低落起来，但因为前些天的事，也不太敢和秦止再提要见宁轻的事，只是每次秦止回来时小眼神儿便期盼地盯着门口，眼中的光亮随着入门的秦止而黯淡下来，平时也总会有的没的提一下宁轻，却是没敢问宁轻什么时候会来看自己了。

秦晓琪把一切看在眼里，心疼得不行，越发觉得有必要给朵朵找个母亲。

她见过宁轻，虽说朵朵也喜欢宁轻，但宁轻到底是徐璟交往将近十年的女朋友了，估摸着最近也要结婚了，总不能把人给抢过来，况且秦止深爱着宁沁，对着宁轻那张脸，总还是不自觉地把人给当成宁沁，对谁都不公平。

秦晓琪惦记着上次给秦止介绍的萧萌梦，那个女孩子她挺喜欢，年轻漂亮，活泼识大体，关键是不介意另一半有没有孩子，她的母亲也是她多年的好友，知根知底的也放心，只是上次两人不知怎么地没相成亲，萧萌梦回去说认错人了，相亲的事不了了之。

那次是双方父母没跟着估计中间出了什么岔子，周末时秦晓琪和萧萌梦母亲特地约了各自带着儿女出去吃饭，就当不期而遇，让两个年轻人正式见个面，合不合眼缘会不会发展下去以后再说。

秦止不知道秦晓琪暗地里还有这安排，因此看到同样不知情的萧萌梦时皱了下眉，人就下意识往秦晓琪那边看了眼。

秦晓琪还没来得及说话，萧萌梦已经很意外地开口："又是你啊，好巧。"

看到朵朵正捏着勺子鼓着水汪汪的眼眸看她,小嘴却是往下弯着,眼神好奇又戒慎。

萧萌梦半弯下腰,微笑着冲朵朵挥了挥手:"小朋友,我们又见面了。"

萧萌梦长得漂亮,笑容也甜美,是朵朵喜欢的漂亮阿姨,但是朵朵却是开心不起来,只是戒慎地看着她,小手紧紧地攥着秦止的手掌,像怕他被人抢走了般。

秦晓琪给双方做介绍,秦止淡淡颔首,疏离有礼,没有因为秦晓琪的自作主张而甩脸走人,但也没表现得很热情,看着有些冷淡。

秦晓琪略尴尬,笑着打圆场:"他从小就这样的,面冷心热,还是很懂得心疼人。"

扭头对朵朵道:"朵朵,这个是萌梦阿姨,以后给朵朵当妈妈好不好?"

朵朵小脸怔了下,捏着胸前的吊坠,紧紧攥着:"可是我妈妈怎么办?"

落寞的小脸让秦止胸口不觉又是一窒,手臂心疼地将她抱紧。

朵朵小脑袋被抱着压靠在他胸前。

"爸爸,我们不要新妈妈好不好?"嗫嚅的嗓音从怀里传来,很低,断断续续的,不细听的话甚至听不出来。

秦止在她脸颊上亲了亲,嗓音略哑:"好。"

秦止对朵朵的疼惜让萧母很是满意。安排两人相亲前秦晓琪已经把秦止的情况介绍得很清楚,他有个已经去世的前女友,并且给他留下了一个女儿。

她原是不太同意安排两人认识的,以萧萌梦的条件不是找不到和秦止条件相当还不会拖家带口的男人,但秦止除了有个女儿的事,人确实不错,无论是品行或者工作能力外表长相,她都很满意。最重要的是,萧萌梦这几年玩野了,快28的人了连恋爱也不愿谈,成天嚷着不婚主义,而且很排斥生小孩,倒不是不喜欢小孩,只是不愿生,说什么生完小孩就变黄脸婆了,逼她相亲还非得对方愿意接受她不生孩子,这么一比较下来,条件优质又合适的男人也就秦止这么一个。

萧萌梦更不介意了,相亲本来就是被逼着来的,如今看着朵朵可爱也喜欢得很,吃饭时一直忍不住想逗她玩儿。

朵朵不太愿意理萧萌梦。

秦止的保证让她跟吃了定心丸似的，一扫刚才的郁闷，蠕动着从秦止怀里钻出来，右手捏着勺子，乖巧地大口大口地吃起饭来，不时咬着勺子咂吧着嘴歪头看萧萌梦。

萧萌梦本就喜欢小女娃，尤其朵朵长得粉雕玉琢地要多可爱有多可爱，如今被她这么歪着脑袋盯着看，萌萌的模样看着她很是欢喜，忍不住想逗她，朵朵却是噘着嘴不理她。

秦晓琪生怕朵朵这样吓跑了萧萌梦，忍不住轻斥了她一声，朵朵噘着嘴不敢回嘴，好在秦晓琪和萧母没多待，吃到一半就都随便找了个理由先走了，把空间留给年轻人。

朵朵一看奶奶走了，胆儿也大了起来，捏着勺子慢吞吞地戳着面前那半碗饭，小半张脸从饭碗里抬起头来，隔着桌子看着萧萌梦："阿姨，我不要你当我妈妈。"

萧萌梦"噗"的一声就喷了出来："小丫头，谁告诉你我要当你新妈妈了？"

朵朵抿嘴没应。

秦止侧着头将朵朵戳饭的手拉开，替她擦了下嘴，这才看向萧萌梦。

"萧小姐，今天的事我是被蒙在鼓里的。"

萧萌梦点点头："我也是。"

"我暂时没有给朵朵找后妈的打算。"

"我也暂时没有给你女儿当后妈的打算。"

秦止抿着的唇角略略放松，他端起玻璃酒杯，冲萧萌梦微微一举，萧萌梦也举起酒杯，礼貌地和他碰了下，浅浅地喝了一口，看向秦止："不过秦先生，我发现我似乎挺喜欢你女儿，而且你的条件挺符合我的择偶标准的，如果家里逼婚紧的话……"

萧萌梦冲他露齿一笑："秦先生到时就烦请多担待咯？"

秦止也微微一笑："拿凌宇9%的股份来换？"

萧萌梦又喝了一口："那不行，我追男人凭的是实力，不是钱。"

第三章

萧萌梦向来是前卫而极有行动力的人，秦止原以为她只是开玩笑，没想到那顿饭后萧萌梦反倒对他热情起来了，不时电话约他，且不管他答应没答应，每次都特别强调，要带上朵朵，她对朵朵的喜爱有点出乎秦止意料。

不过朵朵对萧萌梦的反感表现得很明显，秦止想起朵朵那天乍听到萧萌梦要当她新妈妈时的怔然，以及埋在他胸前嗫嚅着请求不要新妈妈的样子，他没法拒绝她，因此连着几天来，每次萧萌梦邀约，秦止都以不方便给拒绝了，拒绝发展的意思很明显。

但萧萌梦也不是那么容易放弃的人，她是真心喜欢着秦止家的小丫头。这天刚从秦晓琪那儿打听到朵朵学校，没下班就跑过去接她了。

朵朵刚到校门口就看到了萧萌梦，人马上变得戒备起来："你来我们学校做什么？"

"来接你啊。"朵朵越是防备，萧萌梦越是喜欢逗她，半蹲在她面前，捏着她的小手，"我们去游乐园玩好不好？"

朵朵抽回了手："不要。"

抬头看到了秦止的车正缓缓驶向这边，挥着小手冲车里喊："爸爸！"

秦止下车来，看到萧萌梦时眉梢一拧："你怎么在这儿？"

"来诱拐你女儿啊。"萧萌梦站起身，"不过你女儿怎么对我那么大的仇啊？"

"因为你觊觎她母亲的位置了。"秦止答得丝毫不留情面，走过去拉过了朵朵，带着她上车。

萧萌梦跟在他身后走："反正那个位置也空着。我被家人逼婚也逼得紧。"

看秦止和朵朵都上了车,她也拉开了车门跟着上去了。

秦止从后视镜往她看了眼:"下车!"

萧萌梦坐在原处没动,笑嘻嘻地转向朵朵,还没开口,朵朵已经软着嗓子提醒:"我爸爸叫你下车呢。"

"小朋友你这么对阿姨很不礼貌的,你知不知道?"萧萌梦开始说教。

朵朵咬着唇看了她一眼,换了另一种表达:"阿姨,我爸爸说请您下车。"

萧萌梦一愣,而后笑得前俯后仰,看着朵朵一本正经的小模样,越发笑得不可自已,扭头看秦止,边笑边道:"秦止你这走的什么狗屎运,生了个这么逗的女儿。"

秦止没应她,只是按开了车门,盯着后视镜里的萧萌梦:"萧小姐!"

萧萌梦也止了笑,视线与秦止在后视镜里交汇:"秦董,大家都是生意人,礼数还是要讲究的,你这么做是不是有点不厚道了?"

"私人时间不谈工作,还请萧小姐见谅。"

萧萌梦无所谓地耸耸肩,倒不纠缠,很爽快地下了车,临走前还不忘扯过朵朵,在她脸颊上打了个啵,揉着她那一头乌黑长发:"小朋友,我们待会儿再见咯!"

朵朵嫌恶地狠狠擦着脸颊,摸到湿湿的唾液时小嘴瘪得都快哭出来了。

秦止递了两张纸巾给她,朵朵一边用力擦着一边噘着嘴:"口水好脏。"

搓得小脸蛋都红了,秦止看着她嫌恶的模样,有些忍俊不禁,侧过身细细替她擦干净,又在她额头上轻吻了下,揉着她的头发:"好了,已经擦干净了。"

朵朵没再擦了,小嘴还瘪着:"阿姨真讨厌。"

当下车后又看到开车尾随而来的萧萌梦时,朵朵一张小脸都臭了。

萧萌梦笑嘻嘻地下车来,走到近前刚要去碰她,朵朵已经很机警地躲到了秦止大腿后。

秦止看着萧萌梦:"你怎么又来了?"

萧萌梦拍着手站直身,往餐厅偌大的招牌扫了眼,侧头看他:"这也是秦董家投资的餐厅?"

秦止没理她，牵着朵朵的小手进了餐厅，落座时萧萌梦也厚着脸皮跟着坐了下来。

朵朵戒慎地盯着她，萧萌梦刚颠了下屁股，朵朵马上紧张地往秦止怀里缩。

秦止正点着菜，抬头淡瞅了萧萌梦一眼："我女儿有洁癖。"

萧萌梦忍不住笑了："小丫头才多大都有洁癖了？"

走过来又弯腰冷不丁在她另一侧脸颊上亲了一个，存心逗朵朵，朵朵嫌恶地撇过头，正要推开萧萌梦，一道男音略诧异地在这时插了进来："秦董？"

另一道女声也跟着响起："秦董，也来吃饭呢。"

秦止闻声抬头，两人略眼熟，脑海中转了圈后想了起来，都是旭景里的人，男的应是运营部的经理，女的是投资并购部的，具体叫什么名字秦止没想起来，但依稀记得女的是坐在宁轻旁边的，叫许什么的。

秦止没能将人和名字对上号，却还是礼貌地颔首，打了声招呼。

许琳疑惑的眼神从萧萌梦身上转到了朵朵身上，再转回萧萌梦身上，心里暗暗诧异，也不好追问，打过招呼就和男友先上楼了。

第二天上班时许琳和宁轻说起这事来，旁敲侧击问宁轻知不知道秦止和萧萌梦在交往。

秦止有个女儿的事在前两天朵朵失踪时就已经传开了，包括他至今未婚一事。

凌宇的项目许琳也有过接触，她认得萧萌梦，只是没想着萧萌梦和秦止竟也走到一块去了。

许琳记得秦止入职以来几乎从不介入投资并购部的项目的，唯独凌宇的案子，不但亲力亲为，便连谈判也是亲自去，现在看来，大概是和萧萌梦多少有些关系。

宁轻对这件事也是完全不知情，许琳跟她说秦止和萧萌梦在一起时她还意外了下，自从那天秦止明确告诉她希望她和朵朵保持距离后，哪怕心里确实挺想念朵朵，宁轻也是克制着没去联系朵朵了，不过秦止即使真的和萧萌梦在一起了也不是多奇怪的事。宁轻记得那天在餐厅里秦止原是要和萧萌梦相亲的，凌宇的项目秦止也亲自负责，多少有些耐人寻味。

宁轻和萧萌梦接触过几次，确实挺不错的一个女孩子，比她大了差不多两岁，小孩心性却还很强，假如真结婚了应是也会好好对朵朵的。

宁轻觉得她应该替秦止和朵朵开心的，只是自许琳和她说起后她胸口有些说不上的闷，可能是秦止给她的观感里，一直是个对宁沁深情执着的人，如今这么快就找了另一个女人，让她对他的认知形成了落差，突然就发现，秦止也只是个普通男人，再深情不悔终究抵不过现实，他和宁沁，也终究不是活在童话里。但转念想想，宁沁已经不在了，他还有数十年要走，朵朵也还小，合适的年纪找个合适的女人结婚生子其实挺好的。

因此下午陪秦止一起去凌宇时宁轻也就真心实意地对秦止道了声恭喜。

秦止正开着车，闻言侧头看了她一眼："谁告诉你我和萧萌梦交往了？"

宁轻一愣："难道不是？"

上午许琳跟她说得有鼻子有眼的，宁轻虽不太了解秦止，但她隐约知道秦止是不太喜欢与人打交道的，尤其是女人，如果不是交往中，宁轻有点想象不出他和萧萌梦一起吃饭的缘由。

秦止没明说，淡淡应了三个字："想太多。"

宁轻不太摸得透这三个字的意思，像在澄清，又像在暗指她多管闲事。

在见到萧萌梦前宁轻觉得应是第一个，见到萧萌梦后，尤其是开完会后，萧萌梦轻快地蹦到秦止面前，仰着脸笑嘻嘻地问秦止，"秦止，一会儿我和你一起去接朵朵好不好？"宁轻觉得应是后者了，秦止不太想她再掺和进他的家事里，那天在刘婶那儿他突然变化的态度就已经表明得很清楚了。

宁轻自认是识时务的人，不管怎样，她家对不起朵朵是事实，不便多打扰也是事实，因此没等秦止开口，收拾好会议笔记的宁轻已经先行开口道别："秦董，下班时间也快到了，我先走一步了。"

萧萌梦对宁轻印象不错，之前还差点误以为宁轻就是朵朵的生母，后来秦晓琪跟她解释过后才知道自己误会了，这段时间工作接触下来也是挺喜欢宁轻的，也就笑着道："宁小姐留下来一起吃饭吧。"

宁轻笑了笑："谢谢萧小姐，不过今天可能不行了，已经约了我男朋友一起吃饭。"

朝秦止略略颔首，宁轻先行离开。

徐璟确实约了今晚一起吃饭。

出了凌宇办公大楼宁轻给徐璟打了个电话，徐璟知道她下午要来凌宇，特地过来接她，现在已经到附近了。

宁轻在楼下等他，刚等了会儿便看到秦止下楼来，却没看到萧萌梦。

秦止也看到了她。

"不是说要去约会？"秦止问。

"正准备过去。"宁轻刚应完就看到了徐璟的车，正慢慢驶进来。

宁轻冲他招了招手，歉然冲秦止道了声别，人就走了过去。

宁轻没想到一起吃饭的除了徐璟还有徐泾升和何兰。

在一起这么多年，徐璟的父母宁轻早已是见过，也一直被他们当儿媳妇看，见了倒也不觉陌生或者尴尬什么的，只是因为上次的小冲突，宁轻在这样的场合再见到何兰，心里到底是有些膈应。

"宁轻。"何兰也开了口，体贴地替她倒了杯茶，人看着也没有了那日在办公室的盛气凌人。

她将倒满的茶递给宁轻，冲她微微一笑："那天是伯母过分了，希望你别放在心里。"

徐璟抬眸望她："怎么了？"

"也没什么。"何兰把那天的事大致说了下，"我当时也是被那些流言蜚语给气昏头了，阿璟那两天情绪也不好，我一时担心就迁怒了。"

何兰视线转向宁轻："宁轻，伯母真不是故意的，你不会还在生伯母的气吧？"

何兰都把话说到这份上了，在场的都是长辈，宁轻也只能笑着应："是我的问题，让你们担心了。"

何兰也笑了，还很体贴地主动给宁轻夹了菜，聊着聊着也就提起了两人的婚事来。

徐泾升很满意宁轻这么个儿媳妇，两人在一起也好几年了，如今看着两人也到适婚年龄了，也是很赞成两人赶紧把婚事给办了。

徐璟是早有安排的，连求婚戒指都准备好了，他向她求婚时，宁轻的父母和大哥大嫂宁峻徐盈也出现了。

今天的饭局是一场精心安排的求婚，而且还很浪漫，周围的吃饭的人变成了观众，玫瑰气球蜡烛音乐，气氛很浪漫，众人都在起哄着让她点头。

宁轻盯着那枚钻戒，脑袋里有些空，虽早有心理准备，但一切太过突然，她甚至不知道该作何反应，只是怔怔地看着这一切。

徐璟牵起了她的右手，捏着钻戒将戒指缓缓套入她的无名指中，宁轻下意识地缩着手，隐约想逃避，但她动不了，脑袋混混沌沌地发疼，她只来得及看到徐璟将那枚戒指套入了她的右手无名指，然后在掌声中，宁轻昏了过去。

宁轻醒来时已经是第二天早上，在医院里。

徐家一家人和宁家一家人都在病房里守着她。

宁轻隐隐记起昨晚的事，下意识摸了摸右手，无名指上多了枚钻戒。

何兰看她已经醒了过来，似乎松了口气，笑着道："总算醒了，幸亏没什么事，医生说只是最近太疲惫，你好好休息就好，婚礼的事就别瞎操心了，交给我们几个老人就好。"

"结婚？"宁轻皱了皱眉。

"那当然啦。"接话的是徐盈，"宁轻，被求婚惊喜得昏过去你这算是史上第一人啊，昨晚那么多人看着，都争相把这奇观发到微博上呢，你和我哥都快成微博红人了，现在这婚也求了，也公告天下了，接下来肯定是婚礼嘛。"

宁轻想她大概真的是第一个被求婚时昏过去的女人，但绝不会是开心得昏过去的，被吓晕的可能性还是挺大的，只是她晕得似乎不是时候，一觉醒来，她成了徐璟的未婚妻，而且全世界都知道。

宁轻当天下午就出院了。

第二天去上班迎面而来的都是恭喜声。

其实她这个事在微博上并没有闹得多大，也没上热搜，毕竟不是什么明星，就一小部分人好奇看到而已，刚好这一小部分人里有公司的同事，一传十十传百也就传开了。

下午下班的时候宁轻和秦止在电梯又遇上了。

"听说你们要结婚了，恭喜！"电梯门关上时，秦止客气地道了声祝贺。

宁轻唇角动了动："谢谢。"

和秦止一前一后地出了电梯，刚走到大门口远远就看到了萧萌梦，开着车门立在车前。

看到秦止时还很得意地冲秦止招了招手。

秦止脸色淡冷了下来，像没看到般，转身往车库去。

宁轻奇怪地看了眼秦止，和萧萌梦打过招呼后也前往车库取车。

她的车位和秦止的刚好挨着，看到他上车要离开，也就随口问了句："萧小姐在外面等你，你不过去打声招呼？"

"不用了。"

淡淡的留下一句话，秦止上了车，开着车绕过萧萌梦，往家里驶去。

中途看到萧萌梦似乎开着车一道过来，车子几个利落打转，绕了个圈，甩了人，回了家。

朵朵已经被秦晓琪接回了家，正坐在沙发上一边啃着苹果一边翻着漫画书，电视还开着。

电视上正在播地方新闻，都是一些市民热点，徐璟向宁轻求婚的新闻刚好上了这一热点播报。

朵朵本来是安静地啃着苹果的，刚好抬头看到了，一眼认出了宁轻，马上放下漫画书，从沙发上爬了下来，拖着拖鞋跑到液晶电视前，双手撑在膝盖上，半弯着腰，睁大了眼睛盯着电视机前宁轻和徐璟的照片看。

秦止刚好回来，朵朵听到开门声时扭头朝他看了眼，问他："爸爸，什么叫求婚？"

秦止没想着朵朵会突然这么问他，一时愣了愣，想着应用尽量简单的语言向朵朵解释，也就随口答了句："就是和结婚差不多。"

"那结了婚之后是不是就会生很多的小宝宝？"

朵朵扭着头问。

秦止正在换鞋，也就点了点头："对啊，结了婚就可以生很多小宝宝了。"

朵朵小嘴马上瘪了下来，闷闷不乐地坐回了沙发上。

秦晓琪正好从厨房出来，正巧看到新闻，有些意外："徐璟向宁轻求婚了？还办得挺轰动的，连新闻都上了。"

秦止闻言往电视瞥了眼，果然是在播报徐璟求婚的画面。

好奇的网友将这个事给 po 到了网上，富有探究精神的记者很尽职地挖出了徐璟的身份来，旭景集团的大少爷。

外界不知道徐泾升还有秦止这么一个前妻生的儿子，一直误将徐璟当成旭景的大少爷。十多年前旭景刚上市时徐泾升何兰也高调，常带着一双儿女出现在媒体前，有一定的曝光量，虽然这几年来徐家整个低调了下来，但稍微敬业点的记者还是轻易能将这些旧新闻挖出来，有了旭景大少爷的身份加持，原本普通的小市民新闻也变得高大上起来，一则热点里还特地盘点起徐璟宁轻的交往史以及徐璟宁轻的职业来。

宁轻只是普通家庭出身普通学校毕业的普通女孩，没什么新闻价值，新闻也多半是围绕着徐璟来盘点的，包括他本科和研究生在美国专门攻读心理学，研究生毕业后主要进行科研工作，就连曾发表过的学术论文都一一报道了出来。

秦晓琪看着新闻，有些感慨："这徐璟搞这研究看着挺玄幻的，什么记忆移植什么的，怎么突然想不开跑回国内开个小诊所？"

秦止闻言抬头朝电视看了眼，液晶屏幕上介绍的是他研究生时期发表的一篇论文，讨论记忆移植与催眠相结合的可行性。

秦止不觉皱了下眉。

朵朵这会儿已经爬到他身上来，仰着头看他："爸爸，阿姨为什么要和那个叔叔结婚？"

秦止注意力转到朵朵身上，软声说道："因为阿姨到了该结婚的年龄了啊。"

朵朵听不懂什么是该结婚的年龄，噘着小嘴，越想越担心，一晚上没睡好，第二天去幼儿园时上课也老是走神，托着腮盯着老师看着看着就不知道神游到哪儿去了，没精打采的。

老师问她她也不太肯说，就是瘪着嘴说了句"我妈妈要结婚了"就不说话了，再问时就说"我爸爸不让我叫她妈妈"。

老师听得一头雾水也从朵朵的嘴里撬不出更多的话来，看她又闷闷不乐的有些担心，下午秦晓琪来接她时就把这事儿跟秦晓琪说了。

秦晓琪蹲下身问朵朵是不是想宁轻了，朵朵瘪着嘴连连点头，捏着秦晓琪的手掌，仰着小脸问她："奶奶，我可不可以去看看阿姨？"

秦晓琪是知道秦止不太希望朵朵再去找宁轻的，怕她又因此缠着宁轻，但看着小丫头泪汪汪的大眼睛她又心头软，很为难地点了点头。

朵朵小脸上一下子就笑开了花："奶奶，我们去阿姨的公司找她好不好？"

"不行。"秦晓琪当下拒绝。旭景当年是她和徐泾升联手创办的，后来婚姻关系破裂，她为了争秦止的抚养权主动放弃了公司的股份，这么多年来和徐泾升那边也没了联系，虽说秦止现在重新回到了旭景中，她到底还是不太想再过去。

"奶奶……"朵朵摇着秦晓琪的手，睁着水汪汪的眼眸，看着无辜又可怜。

秦晓琪向来心软，架不住朵朵的软磨硬泡，她向来拿这小丫头没办法，被她软着嗓子撒了会儿娇什么坚持都没了。

"在楼下看就行，到了那里我打电话叫你爸爸下来，你不许乱跑。"秦晓琪叮嘱。

朵朵连连点头。

两人到旭景那边时才五点多，还没到下班时间。

朵朵幼儿园平时都是四点半就放学了，秦止每周会至少抽出一天时间提前下班，去学校接她。

今天是秦晓琪接的她，秦止也就还在公司上着班。

这还是朵朵第一次来旭景，在车里看到高耸的大厦时小丫头就惊叹了一声，很惊喜地扭头看秦晓琪："奶奶，这是阿姨的公司吗？好大。"

秦晓琪被她脸上的惊喜逗乐，捏着她的小脸："不是，这是爸爸的公司。"

边说着边将车停在了广场上，开了车门。

朵朵指着大厦门口，扭头问她："奶奶，是从那里进去吗？"

秦晓琪点点头："你先等会儿，我打电话让你爸爸下来。"

"没事，我自己上去找爸爸就好。"小丫头一下车就忘了上车前答应了秦晓琪的话，冲秦晓琪一挥手，人就推开车门蹦跶着往大门口跑去了。

秦晓琪还要锁车，耽搁了些时间，一下车来时小丫头跑得人影都没了，又急又气，赶紧给秦止打电话。

朵朵跑进大厦时看到前台有人，不敢直接闯进去，跑到前台上，踮起脚尖，仰着小脸问前台姑娘："姐姐，请问你知道我妈妈在哪里吗？"

她年纪小个头也小，从小就营养不良，快五岁的人了个头还是比同龄人小了些，踮着脚尖前台也只看到她一小撮黑发。

前台姑娘有些惊奇地站起身，看着她："小朋友，这里是不能随便进去的，你妈妈呢，怎么一个人跑这边来了？"

"我就是来找我妈妈的啊。"朵朵小手掰着桌子稳住身子，小脸依然仰着，"姐姐，你能告诉我我妈妈在哪个办公室吗？"

"你妈妈叫什么名字呢？"

朵朵想不起来了，手指了指自己的脸蛋："长得很像我的就是我妈妈。"

前台盯着她的脸蛋看了会儿，眼睛掠过困惑，不自觉和另外一个前台姑娘交换了个眼神，两人都不约而同想到了宁轻。

旭景人多，宁轻在公司里算不得很吸引眼球的那类人，但因为最近几天的求婚新闻，徐家的准儿媳妇，整个公司还有谁人不识。

朵朵看没人理自己，眼角瞥见有人进来，是个年轻帅气的男人，正往电梯走，也就"吧嗒吧嗒"地跟着过去了，看他进电梯也跟着进电梯了。

男人看到这么个半大的小女孩，有些奇怪，问她找谁。

"我找我妈妈。"朵朵仰着小脸很认真地答，答完想想别人可能不知道又补了一句，"还有爸爸。"

"你爸爸妈妈叫什么？"

男人问，看电梯门开了，人先走了出去，朵朵也赶紧着跟着走了出去，小身子探头探脑地往整个走廊里看了下，然后抬头看向男人："这里是哪里啊？"

男人眉梢微微一挑："你不知道这里是哪儿就跑来找自己的爸爸妈妈？"

朵朵抿着唇角，对着手指不吭声，看最近的办公室门开着，想了下，留下一句话"我去找别人问问"就撒腿跑了，走到门口往里面探头探脑地看，看大家似乎都在很认真地工作，不敢开口问，只是踮起脚尖，仰着头努力往埋首在办公桌前的脸瞧。

她的出现让整个办公室起了不小的骚动，这么大一个公司里突然冒出个粉雕玉琢的漂亮小姑娘确实奇怪。

宁轻正认真看着手上的投资分析报告，办公室里的骚动让她不自觉也跟着抬起头来，望向门口。

朵朵刚好也正往这边看过来，眼神很凑巧地对上了。

朵朵小脸上一下子就笑开了花，俏生生地叫了声"阿姨"，人就跑了过来，手肘亲昵地撑着宁轻的大腿，仰着小脸"阿姨阿姨"地叫，全然不顾一下子静寂下来的众人。

一整个办公室的人，一个个目瞪口呆看着这一大一小两张脸。

朵朵看不懂大人神色，看到了宁轻整个人就喜滋滋的了，笑得眉眼都弯成了月牙状。

宁轻已经许久没见过她了，对她本就想念，突然看到人，心情都不觉轻松起来。

她弯腰将她抱起，侧头问她："怎么过来了？爸爸和奶奶知道吗？"

她上次偷跑出去的事还记忆犹新，宁轻估摸着朵朵又是自己溜进来的，觉得还是有必要通知一下秦止，拿过手机，正要打电话，姚建正好从办公室出来，看到宁轻正抱着个小孩，脸色就沉了沉："现在上班时间不知道吗？"

姚建向来严厉，从不管对方是否"皇亲国戚"，训斥起来丝毫不留情面。

朵朵听他语气凶，扭头朝姚建看了眼，小嘴嘟了起来："我不许你骂我妈妈。"

一声"妈妈"让整个办公室瞬间愕然，一个个望向宁轻。

宁轻无奈地捏了捏朵朵的脸颊，纠正她："是阿姨。"

抱着朵朵站起身，歉然地冲姚建说了句："抱歉，姚总，我先带孩子去找她家人。"

带着朵朵出去了，刚走出办公室门口的小走廊，一扭头就看到了快步而来的秦止，一边走一边拨电话。

朵朵先看到了他，挥着小手俏声冲他喊："爸爸。"

宁轻手机在这时响起，是秦止的电话。

秦止也看到了两人，挂了电话，走到近前来，神色有些严厉，看着朵朵不说话。

朵朵被他这么一盯着眼神就变得怯生生起来，软着嗓子低低叫了声"爸爸"。

秦止看她一眼："怎么一个人跑出来了？"

神色看着有些严厉，他一严厉起来朵朵还是有些怕，不敢正视秦止，小身子不自觉地往宁轻身后缩。

宁轻看着心疼，忍不住替朵朵说话："你吓到她了。"

秦止脸色缓和了下来，双臂伸向她："以后不许这样了知道吗，奶奶找不到你急坏了。还有，这里是叔叔阿姨们工作的地方，不能随便进来打扰，知道吗？"

朵朵连连点头："知道了。"

却不想让秦止抱，小手紧紧搂着宁轻的脖子，抿着小嘴看秦止，小心征求他的意见："我可不可以和阿姨玩玩？我已经好久没和阿姨一起玩了。"

小眼神儿犹犹豫豫的，看着可怜兮兮的。

秦止看向宁轻，宁轻不太明白秦止这眼神的意思，想到他前段时间说的让她少和朵朵接触，本是要帮忙劝着让朵朵回他那儿去，只是宁轻心里又心疼朵朵，这次也就站在了朵朵这边："我也想好好陪朵朵玩玩。"

秦止这次难得没有反对，还低头看了眼手表："还差几分钟下班，一起吃个饭吧。"

上一刻还怯生生不敢说话的朵朵小脸蛋上一下子笑开了花："好啊，我要吃那个麦当劳旁边的鸡腿。"

秦止看了她一眼："做错事的小朋友没有发言权。"

朵朵小嘴又瘪了下："那要吃什么？"

"吃饺子。"秦止说。

朵朵平时最不喜欢吃的就是饺子，一听要吃饺子小嘴噘得都快哭出来了。

秦止这次态度很强硬："今晚就吃饺子，不许讨价还价。"

吃饺子得买了饺子皮和馅回家自己包，答应了一起吃饭的宁轻因为朵朵的缘故不得不一起过去。

朵朵不喜欢吃饺子，但看到宁轻一起过来包饺子，小脸蛋一扫阴霾，还没到超市，就开始掰着手指头数要吃什么馅。

秦止没听她的意见，从后视镜里往宁轻看了眼："你想吃什么馅？"

"马蹄猪肉馅吧。"宁轻随口应道。

秦止视线在她身上停了下，朵朵这时仰着小脸问宁轻："什么是马蹄？"

马蹄一般用来炖汤，秦晓琪向来很少买这种东西，朵朵并不知道。

宁轻给她解释，比画着讲解完："一会儿到超市阿姨指给你看。"

"好。"朵朵点着头，眼角看到秦止似乎若有所思地在出神，问道，

"爸爸，你怎么了？"

"没什么。"秦止淡应，侧头往宁轻看了眼，"不吃什么馅？"

"韭菜鸡蛋。"朵朵先举手回答。

秦止看也没看她："做错事的小朋友不能提意见。"

朵朵小嘴又幽怨地噘了起来。

宁轻被她逗乐，忍不住捏了捏她的小脸蛋，答道："我也不吃韭菜馅的。"

"你不用将就她。"秦止淡道。

"我是真的不喜欢吃韭菜。"宁轻解释，倒不是将就朵朵，她是向来不喜欢韭菜的味道，饺子也尤其不爱吃韭菜鸡蛋馅。

秦止没说什么，买馅料时却还是买了把韭菜。

宁轻估计是他自己喜欢吃，也就没说什么。

朵朵则是捏着鼻子一脸嫌恶，看到马蹄时却是很喜欢，尤其是宁轻把一个剥了皮洗干净的马蹄塞她嘴里，甜脆甜脆的味道小丫头吃得心满意足。

回到家时宁轻陪朵朵在客厅看电视，秦止在厨房做馅。

秦晓琪难得今晚朵朵不缠她，早在旭景时就先去朋友家串门打麻将了。

宁轻自认自己是客，也不好去厨房帮忙，因此也就抱着朵朵在客厅看电视。

秦止从厨房出来，站在门口，叫了宁轻一声。

"嗯？"宁轻奇怪看他。

秦止："过来帮我下，我可能忙不过来。"

朵朵马上从宁轻怀里跪坐起身："我也去。"

秦止手指指着她，轻轻往沙发上一点："秦朵朵，你坐着不许动。"

看向宁轻。

主人都邀请了，宁轻也不好坐着干等吃的，劝了朵朵几句，起身进去帮忙。

宁轻刚进厨房秦止就将一把菜刀交给她。

"以前下过厨吗？"秦止随口问。

宁轻点点头。

秦止将马蹄交给她。

宁轻左手握着刀柄，在盆子里有条不紊地剁了起来。

秦止盯着她握刀的左手看了会儿："你们姐妹都是习惯左手用刀？"

"……"宁轻没想到秦止突然这么问，愣了下，低头看着自己握刀的左手，左手拿刀只是很下意识的动作。

宁轻不太记得宁沁是不是也是左手用刀了，想着孪生姐妹习惯应是也差不多的，也就点点头："应该是吧。"

"什么叫应该是吧？"秦止看着她，有点咄咄逼人的味道，"你们二十多年的姐妹难道连彼此生活习惯都不了解吗？"

"我和她不是一起长大的。"宁轻应，抬头看他，"你……今天好像有点奇怪。"

秦止淡淡看她一眼："怎么说？"

宁轻摇了摇头："说不上来。"

低头默默将馅料剁碎，然后交给他搅拌，她拿过饺子皮，试着先包起来。

秦止盯着她的动作，宁轻突然有些不自在，她本来就不太会包饺子，再被他这么盯着，她的手指都像被定住了般，笨拙地不懂该怎么动。

秦止走了过来，站在她身侧，手从她身侧伸了过来，拿过她手里捏着的饺子皮，一边示范一边说："这么包。"

他站得近，宁轻的后背几乎都贴在了他的胸膛上，能清晰感觉得出属于他的干爽气息。

宁轻站的地方本来就一侧靠墙的，他这么一站有点将她圈在了怀中的错觉。

宁轻不知道他是故意的还是无意的，只是这样的姿势过于暧昧，他温热的吐呐将她圈在了他的气息下，她的心跳有些快，更多的是不自在。

"我去叫朵朵一起过来。"宁轻急于逃离，胡乱找了个借口，推开秦止就想往外走。

她没能走出去，秦止突然伸手扣住了她的小臂，他甚至没有回头，只是这么背对着她而立。

宁轻奇怪转头，看向他，这个角度她只能看到他的侧脸，半敛着眼眸，神色淡得近乎面无表情。

"你……"宁轻正要开口，秦止扣着的手腕突然一用力，宁轻被扯着后退了两步，直到大腿撞上了身后的流理台。

秦止侧头看她，没有说话，手掌却一直紧扣着她的手臂没放松。

温热的触感从相贴着的肌肤传来，微烫，宁轻突然有些不太自在起来，尤其秦止正看着她，黑眸深沉专注，一瞬不瞬的，就这么面无表情地盯着她，也不说话，空气都因此变得稀薄起来。

宁轻连呼吸突然都觉得困难起来，心跳在他的盯视下有些乱，热气从脸皮底下一点点地冒起。

宁轻从不否认，秦止是一个很有魅力的男人，而且是一个气场足够强大总能在无形中给人巨大压迫感的男人，尤其是像现在这样，轻抿着唇角面无表情地紧盯着一个人不说话时，英俊而冷淡。

她有些招架不住。

"秦董。"宁轻不自觉地转动着手臂，想先将手臂拯救出来，她很想理直气壮，但话一出口就变得软绵绵的没有一点气势。

秦止往她转着的小臂看了眼，视线重新落回她脸上，也终于开口。

"宁轻，你真的是宁轻？"他问，嗓音特别冷静。

宁轻一愣，他的问题完全不在她的设想范围内。

秦止看她一眼，手掌冷不丁扣上了她的肩，手指屈着扣住衣领边缘，指背贴着她的锁骨，宁轻怀疑秦止是要撕了她的衣服，到底是不是宁轻也没有了求证的机会，朵朵已蹦跶着跑了过来，扶着门框，睁着圆溜溜的大眼睛好奇地看着他们。

"爸爸，阿姨，你们在做什么？"

秦止后退一步放开了她，宁轻有些尴尬地转过身，脸颊有些控制不住地发烫。

朵朵好奇地凑上前来，还踮着脚尖仰着小脸看，一边看一边扯宁轻衣角："阿姨，你转过来，让我看看。"

秦止拎着她肩上的衣裳，将她稍稍拉开，脸色不太好："不是让你乖乖坐在沙发上看电视？"

"我有在看啊。"朵朵回头朝沙发指了下，"可是我看到你和阿姨好像在做什么我就跑过来看看了……"

扭头看到已经剁好的馅料，小眼神儿一亮，一边往上扯着袖子一边喜滋滋地对秦止说："爸爸，是不是可以包饺子了，我也来帮忙包。"

秦止手臂往客厅指了下，不紧不慢："出去。"

81

小丫头轻咬着唇，声音低低的："可是我想和阿姨一起包饺子。"

朵朵简直是小救星。

宁轻转身拉过她的手，忍不住冲她笑："好啊，阿姨教你包。"

秦止往两人淡瞅了一眼，没再说什么，将馅料和饺子皮拿到桌前。

宁轻抱着朵朵坐下，手把手地教她包饺子，刚才的尴尬气氛完全没冲淡。

她不是很会包，教起来也是半生不熟的，朵朵学起来更是惨不忍睹，秦止看不过去，时不时伸手过来帮忙包，两人指尖难免偶尔会碰到，宁轻有些不自在，好在面上还是克制着不受影响，抱着朵朵一块总算完成了一顿饺子。

秦止包了不少的韭菜饺子，宁轻不爱吃，朵朵也不爱吃，虽然装碗时都小心避开了，但难免还是会舀了一两个进来。

宁轻是真的讨厌韭菜的味道，刚不小心咬了一口，韭菜的味道从舌尖弥漫开来时，下意识地嘴一张就吐了出来，刚好朵朵也吃到了一个韭菜馅的饺子，也是一口就吐了出来。

秦止看着这一大一小两张脸，不约而同的动作，一样的苦瓜脸一样的皱眉弧度就是连端水漱口的动作都出奇的一致。

宁轻漱完口发现秦止正侧头盯着她看，左手撑着额头，右手捏着筷子，有一下没一下地轻点着桌面，漱口水就含在了口里有些吐不出来了。

朵朵也已经漱完口，看到秦止正看着她，问他："爸爸怎么了？"

"没什么。"秦止淡淡应了声，往她碗里的饺子看了眼，筷子一伸，将她碗里韭菜馅的饺子都给挑了出来，然后指了指宁轻的碗，"边上有绿叶的是韭菜馅。"

"……"宁轻怀疑秦止是故意包的。

秦止没说什么，拿过另一双干净筷子，将里面的韭菜馅饺子都挑了出来。

"宁沁从不吃韭菜馅的饺子。"秦止一边挑，一边说，慢条斯理的。

宁轻眼神一顿，想到刚才在厨房里的情景，唇角微微抿起，看向他："我不是宁沁。"

她的眼神澄澈，很坦然。

秦止看了她一眼，没说话，一个人将挑出来的韭菜馅饺子都解决了。

刚吃完饭徐璟的电话就打过来了，他要过来接她。

她和朵朵去吃饭的事宁轻事先跟徐璟打过招呼，徐璟虽是不太乐意，大概因为之前的事也想通了，这次倒没有发脾气或者有任何不快的情绪。

　　宁轻挂了电话不到一个小时徐璟就到了，宁轻和朵朵道了声别就先回去了。

　　朵朵被秦止教育过，心情虽是因为徐璟的出现低落了下来，噘着小嘴，却还是乖巧地和宁轻道别，嗫嚅着问她："阿姨是不是回去后又很久都见不到了？"

　　宁轻没法回答她，只是抱着她亲了亲便走了。

　　秦止要照看着朵朵，没送两人下楼，只是在阳台上，从上往下看着楼下停着的车。

　　徐璟和宁轻一前一后地出现在楼下，走到车前，两人不知道说了什么，宁轻低垂着头，徐璟手掌有些宠溺地揉了揉她的头发。

　　秦止突然想到了以前他这么做时，宁沁浅淡羞涩的笑容。

　　阳台高朵朵看不到楼下，只是敏感察觉到秦止的异样，小手拉着他的手掌轻晃，问他："爸爸你怎么了？"

　　另一只手掰着阳台踮着脚尖可劲儿想要往下看。

　　秦止长长舒了口气，弯腰将她抱起，转身回了客厅，哄着她去洗澡，然后上床休息。

　　秦晓琪回来时已经晚上十一点多，朵朵早已睡下，秦止还在书房里，坐在电脑前，高大的身子随意地坐在电脑椅上，双手抱臂横在胸前，微侧着头，盯着电脑一动不动的，像在失神，桌上乱七八糟地摆了一堆照片。

　　秦晓琪走了过去，看到满桌的宁沁的照片时愣了下，看向秦止："怎么突然又把这些照片搬出来了？"

　　秦止和宁沁在一起两年多，拍了不少照片，自从宁沁出事后，秦止便将所有的照片都收了起来，不再去碰，如今却突然从箱底找了出来，秦晓琪未免有些奇怪。

　　"没什么。"秦止淡应，随意抽出了一张照片，盯着照片上的宁沁失神。

　　秦晓琪忍不住摇头，也早已习惯了，这几年来秦止每次一遇到宁沁的事就这样，总沉默着不说话，她这个当妈的也不知道他心里在想些什么。

　　秦晓琪知道他心情不好，也不好打扰他，手掌在他肩上拍了拍，无声地安慰了下，正要出去时无意朝电脑看了眼，看到上面开着的页面，都是一些关于记忆移植和催眠等的相关搜索，忍不住皱了下眉，她记得前两天看新闻提到徐璟在研究这个，却不知道秦止怎么也看起这些来了。

"这个不就是徐璟以前研究的东西？"秦晓琪忍不住问，"你看这个做什么，有什么困惑直接问徐璟不行？"

"问他干吗。"秦止顺手把网页给关了，"就随便看看，您别去找他瞎了解。"

秦晓琪当他是对徐家还有怨气，幽幽叹了口气："秦止，当年我和你爸离婚的事只是我们几个人之间的感情问题，和你和徐璟徐盈都没关系，你别因此怪到徐璟身上。再怎么说，你们到底还是兄弟。"

"他真的是徐泾升的儿子？"秦止扭头看她，反问。

秦晓琪一时被问住，这个问题她也答不上来，当年她和徐泾升离婚性格合不来是一个，徐泾升和何兰勾搭上了也是另一个原因，何兰口口声声说徐璟是徐泾升的儿子，这么多年来徐泾升也是把徐璟当亲儿子养，到底是不是她一个外人确实不知情，如今听秦止的意思，似乎也是另有隐情的样子。

秦止并不想多谈这个问题："老头子身体不好，脑子没病糊涂，两个都是儿子，一个晾了二十多年不闻不问，一个二十多年来捧在手心里疼，到头来却把偌大一个公司交给不闻不问的儿子，您真当他心里没计较？"

秦晓琪不太听得明白。

秦止也不想再继续这个话题，秦晓琪和徐泾升之间除了他这个儿子，二十多年来已经没什么牵系，如今也早已各有家庭，确实不需要再对彼此的事了解太深。

他关了电脑，将散落一桌的照片收好，叮嘱了句"好好休息"就先回房休息了。

第二天上班时秦止和宁轻又在电梯上遇上了。

宁轻发现她和秦止似乎特别有默契，无论是上班还是下班都喜欢踩着点来，因此几乎每次都能在电梯遇上。

因为昨晚的事，宁轻乍看到秦止时还是有些不自在，勉强扯着笑打了声招呼，秦止也只是淡淡颔首，似乎昨晚的暧昧并不存在。

中午吃饭时徐璟过来陪她一起吃饭，两人在公司附近餐馆吃饭，很凑巧遇到了独自用餐的秦止。

他们比秦止先到，坐在靠窗的位置，刚点完餐时秦止刚好进来，远远看到了他们，也就过来打了声招呼。

徐璟也客气地打了声招呼，并客套了句："一个人吗？要不坐下来一起吃吧。"

秦止也就很不客气地坐了下来。

三人关系看着虽亲，但其实都不算熟，秦止一坐下来气氛多少有些微妙起来。

秦止似乎没察觉到，拿过菜单多点了两个菜，点完合上了菜单，侧头往两人看了眼："婚期定下来了吗？什么时候？"

"就这一两个月吧。爸妈那边让人把生辰八字合一下，顺便挑个吉日。"徐璟笑着答道。

秦止点点头："婚后有什么打算？是以后都留在国内了还是回美国继续做研究？"

徐璟笑："这个还是看宁轻的意思。"

偏头看向宁轻。

宁轻从没想过这个问题。

"这个以后再说吧。"宁轻淡应，端起茶壶，给三人添茶。

秦止盯着她倒茶的动作，有些沉默。

宁轻被他盯得有些不自在，不自觉地看向他："怎么了吗？"

秦止摇头："没什么。"

徐璟端过了宁轻手中的茶壶："我来。"

给每人各倒了一杯茶，将话题转到了别处去。

秦止和徐璟虽名义上算是兄弟，但平时没什么接触，也都是明白人，没有因为上一辈的恩怨相互憎怨，因此交情也是很淡，只是有一搭没一搭地随意闲聊着，聊的也是一些男人的话题，宁轻插不上话，也就安静听着，看服务员端了菜上来，站起身帮忙端过菜。大概因为起身太急，宁轻身子趔趄了下。

徐璟和秦止几乎同时伸出了手，只是秦止的手伸到了一半就停了下来，沉默地看着徐璟扶住了宁轻。

"怎么回事，怎么突然晕起来了？"徐璟担心问道，压着她的肩强行将她压坐了下来。

宁轻有些不好意思："我没事，就是最近没怎么休息好，刚才又起身太急，眼前黑了一下而已。"

"还是休息不好？"徐璟皱眉，看向她，"是不是又没按时吃药了？"

秦止眉心拧了下，看向两人："怎么了？生病了吗？"

"没什么，宁轻就是睡眠质量不太好，给她开了些安神的药调理，总是身体好了些就胡来。"徐璟说起这事时还有些嗔怪。

宁轻被他说得有些窘。

"我真的没事了，只是最近工作比较忙睡眠时间有点不够而已。"

宁轻本是要为自己不按时吃药开脱，这话听在徐璟耳中就有些心疼了，下意识看向秦止。

"有些不是太重要的工作交给助理就行，没必要任何事都亲力亲为。"秦止淡道，"你的工作回头我另外安排一下。"

相当于给她开了特权。

宁轻没想着随便找的借口是这么个结果，正要开口解释，秦止看了她一眼："身体不好就先好好养病。"

这事就暂时这么定了下来，下午还重新分配了她一些工作。

宁轻有些过意不去，下班在电梯遇到秦止时忍不住向他解释，说自己只是害怕徐璟担心才胡扯的。

秦止没听她细说，淡声打断了她："你这几年身体一直不好？你身上似乎总有股药味。"

宁轻下意识抬手闻了下，从不知道自己身上有什么药味。

"我只是吃一些安神的药而已，量也不多，秦董确定没闻错？"

秦止收回视线："大概吧。"

没再多说，出了电梯便已分道扬镳。

朵朵已经放学，看秦止回来时就忍不住往他身后看一眼，想看看宁轻有没有跟着秦止一块回来。

她没看到人，撅着屁股把脸埋在沙发上，闷闷地问："爸爸，我什么时候才可以请阿姨来我家包饺子？"

秦止在沙发上坐下，拎着她翻了个身。

"你可以去阿姨家包饺子。"

朵朵一个鲤鱼打挺儿坐了起来："真的？"

"阿姨同意的话。"

朵朵马上拿过秦止手机给宁轻打电话,问她能不能去她家里玩。

朵朵问得突然,宁轻一时间有些愣,她和父母一起住,当年是黎茉勤和宁文胜遗弃了朵朵,宁轻潜意识不太想让他们打扰到朵朵的生活,也就不想让他们有接触的机会。

"下次阿姨再去你家里一起包饺子好不好?"

朵朵嗓音有些低:"可是我想去阿姨家里玩一下。"

宁轻想了一下,记起周六堂哥儿子满月,父母要回老家喝满月酒,当天赶不回来,也就征询朵朵意见:"那周六再过来好不好?"

朵朵求之不得。

周六秦止送朵朵过去的,宁峻和徐盈凑巧回来,看到秦止时神色都有些微妙。

徐盈是觉得不自在,宁峻则是黑着脸,因为当年宁沁的事,宁家除了宁轻没人对秦止有好脸色。

宁峻直接将秦止拦在了门外:"你来做什么?"

"我们来找阿姨玩。"朵朵抢先开口。

宁峻原是没留意到朵朵的,她出声他才注意到了秦止牵着的小丫头,此刻正仰着脸看他,那张和宁沁近乎一模一样的脸蛋让他呼吸倏地一窒,握着门把的手不自觉松了下来,吐出一个"她……"后突然就不知道该说什么了。

"她是宁沁的女儿。"秦止嗓音很淡,像在解释,又像在强调。

徐盈早知道朵朵是秦止和宁沁女儿的事,她对秦止这个大哥还是存着一份敬意,和秦止也没什么过节,不会像宁峻一样无礼地将人挡在门外,手拉着宁峻推开,笑着将两人让进屋来。

秦止也没客气,牵着朵朵就进去了。

这还是秦止第一次来宁家这套公寓,朵朵也是,一进来就睁着灿亮的眸子打量着屋子,打量完时看到宁轻正端了水果出来,就赞道:"阿姨,你家好漂亮。"

宁轻忍不住一笑,端着水果盘走了过来,叉了块苹果给她。

朵朵一边嚼着苹果一边问:"阿姨,你的房间是哪个啊,我可以去看看吗?"

"当然可以。"宁轻向来对朵朵的要求没有抵抗力,更何况只是带她去看她的房间。

朵朵一看宁轻答应了眉眼笑得都弯了起来，也顾不得秦止了，撒开了秦止的手就过去牵宁轻的手。

宁轻抱着朵朵回她的房间，小丫头第一次见宁轻的房间，很新奇，踮着脚尖这里看看那里望望，一边看一边赞："阿姨房间好漂亮，我也喜欢粉红色的枕头，还有被套，还有哆啦Ａ梦的小棉拖……"

一边说还一边四处转悠，溜达着就溜到了化妆镜前，眼角余光瞥见了桌上的药盒，小嘴就好奇地噘了起来："这是药吗？阿姨，你生病了？"

人就踮着脚尖靠了过去，伸长了手要拿，一边拿一边碎碎念："我看看是什么药。"

宁轻失笑："你看得懂吗？"

"我会认很多字了。"朵朵反驳，吃力地踮着脚尖取药，她个头小手也短，桌子高，踮着脚尖指尖勉强够到药盒边缘，宁轻还没来得及过来帮她取下来，她脚尖一个打滑，"呀"的一声，一不小心就打翻了药盒，药瓶滚落在地，玻璃包装应声碎裂，药片从药瓶里四处蹦跶开来。

朵朵不好意思地冲宁轻吐了吐舌头："我来帮你捡。"

后退了两步就要蹲下来捡药。

宁轻担心她踩到碎玻璃，急声阻止："别乱动。站在那里就好，等阿姨把地板打扫干净。"

"可是……"朵朵心虚地看着满地的碎玻璃和药片。

"没关系的。"宁轻软声安慰她，"乖乖在那站着别乱动，小心玻璃割到脚。"

"哦……"朵朵似懂非懂地点着头，站在化妆桌前不敢乱动了。

走廊外响起急促的脚步声，门被从外面推开。

"发生什么事了？"开口的是秦止，嗓音很沉。

徐盈和宁峻也先后出现在门口，一个个看向屋里。

秦止直接看朵朵："秦朵朵，又闯祸了是不是？"

朵朵又不好意思地吐了吐舌头，单脚来回晃着。

宁轻没想着还惊动了几人，温声解释："没什么事，只是不小心弄洒了药。"

转身去门口拿扫帚。

秦止往满地的碎玻璃和药片扫了眼，拿过了她手中的扫帚："我来吧。"

地板在清理，朵朵听话地不敢乱动，看着桌上还有其他药，好奇地一个个拿过来拧开，凑到鼻子上闻了闻，然后就摊开手掌心把药片倒了出来，再侧过头将药片一粒粒装到外套口袋里。

宁轻帮忙清理完地板上的碎玻璃和药片时，一抬头就看到朵朵正捏着外套口袋探头探脑地往里面看，随口问道："朵朵，在做什么呢？"

朵朵扭头笑："没干什么啊。"

然后晃了晃手中的药瓶："这里还有好多药哦。"

秦止侧头往她望了眼，视线在药瓶上停顿了半秒，出声提醒："秦朵朵，放下！"

宁轻过来将药收好。

朵朵看地板清理干净了，拍了拍沾了药粉的小手，牵着宁轻的手踮着脚尖一蹦一蹦地走了出去。

秦止黑眸扫了过来："不能有下次了，知道吗？"

朵朵连连点头。

小聚餐并没有因为这一点小插曲而有什么不愉快，只是因为宁峻和徐盈的意外回来，宁峻又一直臭着张脸，气氛多少有些微妙，吃过饺子也就各自散去。

朵朵待得不够尽兴，临走时一个劲叮嘱宁轻以后要来她家包饺子，看到宁轻点头了才放了心，和秦止回家。

秦晓琪没在家，难得有空又去找她那些麻将友搓麻将去了。

朵朵跟着秦止在沙发上坐下，看他一直没说话，忍不住仰着小脸看他，却见秦止手上多了两片白色的药片，捏在指尖上，拧着眉反复打量。

朵朵认得这药片，是她打破的那瓶。她看秦止看药片看得出神，以为秦止很喜欢，扯了扯他的衣角："爸爸，你很喜欢这个药吗？"

秦止垂眸看了她一眼，朵朵马上献宝似的掏口袋："爸爸，我这里还有好多。"

"……"秦止看着她跪坐起身，手忙脚乱地掏口袋，小手掌上抓了不少不同颜色不同形状的药，一边掏一边将药片放到秦止手中，还不忘碎碎念，"这里还有一个，这里也还有，等一下，那个口袋还有……"

没一会儿，秦止掌心上已经躺了一小堆大大小小的药片，朵朵还在翻着口袋找，直到将口袋里最后一片药放到秦止掌心里，仰着小脸冲秦止傻笑:"就这么多了。"

"……"秦止第一次发现他也有说不出话的时候。

朵朵开始清点秦止掌心上的药,一边点一边解释:"这些药是我在阿姨桌子上看到的,看着好多我就拿了一些回来。"

说完仰头看秦止,献宝似的笑嘻嘻的:"爸爸,奶奶说药吃完了病就好了,我把阿姨的药都拿完了她很快就能吃完药,那她的病是不是马上就可以好了?"

秦止发现自家女儿有时候真是可爱得……

他忍不住捏了捏她粉嘟嘟的小脸蛋,低头在她脸颊上亲了又亲。

不过可爱归可爱,该教育的还是得教育,尤其是这不问自取和拿完药病就可以好的问题,秦止还是很认真地教育了一番。

朵朵听得似懂非懂,看秦止说不能不问就拿宁轻的药,很认真地点了点头,两只小手马上朝秦止手掌抓去:"那我明天给阿姨送回去。"

她没能拿到,秦止手掌合上了。

"这些药脏了不能再乱吃,但是你不能再有下一次了知道吗?"

朵朵认真点头。

秦止第二天将药送去做了药检分析。他有个朋友肖劲是从事药检工作,专门进行药物成分检测和分析。

两人高中三年是同寝室的朋友,那会儿关系比较好的还有一个许昭。当年三人的关系好到连大学都报了同一个学校,只是肖劲运气稍差点,第一志愿被刷了下来,被北方某大学的药检专业录取,秦止和许昭则留在了南方,同校同专业同班。

肖劲和秦止已经很长一段时间没见面了,对秦止突然找他检测那些药还是有些奇怪。

秦止没有明说太多:"你就帮我分析一下这些药里面含有什么成分,有什么功效就行。"

肖劲也是爽快人,看秦止没有多说,也不追问,点点头:"行,估计得要几天,到时再给你。"

秦止:"麻烦你了。"

秦止的客气让肖劲一时有些感慨:"什么时候我们也要这么客气了。当年我们三个……"

秦止手臂伸了过来，在他肩上压了压，冲他一笑："兄弟间，肉麻话就不用说太多了吧。"

肖劲也忍不住一笑，这还是这五年来秦止第一次以"兄弟"二字定义两人的关系。

"许昭呢？"肖劲忍不住问。

秦止唇角的笑容收起："阿劲，如果你还把我当兄弟，就不要再在我面前提起他。"

肖劲不太明白两人当年的恩怨。大学不同城市，大学毕业后他留在北方工作了几年，和秦止肖劲的联系也没以往密切，很多事也不了解，就连秦止交了女朋友的事也只是听他提起过，过年回来时带出来见过一两次面，不熟悉。

秦止和许昭突然闹掰是在五年前。那会儿他在国内，他们两人同在国外。秦止那会儿无故被卷进一起金融诈骗案，那时的许昭是忙前忙后帮忙的，只是秦止刚无罪开释没几天，两人突然就彻底闹翻了，还从此老死不相往来。

肖劲也是过了很久才知道，秦止的女朋友在那段时间发生意外去世了，两者间是否有联系肖劲也不知情，这几年秦止不仅和许昭彻底断了联系，连和他也疏远了，许昭那边更是行踪飘忽不定，原本兄弟相称的三个人慢慢也就都疏远了。

"许昭听说也准备回国定下来了，估计这两天回来，要约他一起出来吃个饭吗？"肖劲还是忍不住问，两个人他都了解，总不相信秦止和许昭真能结多大的仇，连一起坐下来吃顿饭的机会都没了。

秦止站起身："阿劲，这么说吧，我这辈子最大的错，就是认识了他那么个人。药的事就先麻烦你了，改天再请你吃饭。"

话完时，秦止已转身离去。

肖劲五天后才给了他结果，宁轻吃的那些药很正常，就是一些安神镇定类的药物。

"确定没出错吗？"秦止翻着肖劲列出的那一长串的分析报告，皱了皱眉，"有没有可能含有致幻剂类的成分或者药效相互作用下产生疑似致幻剂效果，甚至是抹消记忆等可能？"

"……"

秦止将手中的报告合上，看向他："我记得以前有一则报道，哈佛医学家在研制一种类似于'忘忧药'的东西,能够永久地压制或抹除对过去痛苦或恐惧经历的记忆,是不是意味着有可能会存在利用药物帮人'重新书写'记忆的可能?也或者是,药物里面的致幻成分会使人在自我认知上出现偏差?"

肖劲忍不住一笑:"你科幻片看多了?这种事我不好说,但是你给我的那些药是绝对没有问题的,就是普通的安神药。"

秦止点点头,没再追问,和肖劲吃了顿饭就先走了。

他下午要带朵朵去吃饭,朵朵另外约了宁轻一起,小丫头自从得到他的应允后,现在几乎三天两头约宁轻陪她,宁轻无法拒绝朵朵,而他也一直这么放任着她。

宁轻因为有事,来得晚了些,赶到餐厅时秦止和朵朵已经到了。

朵朵一看到她过来马上从椅子上站起身,拿着筷子替她将碗筷外包装戳开。

秦止只是微侧着头在看她,若有所思的样子。

宁轻发现最近几天他看着她时总这么一副若有所思的样子,黑眸深沉,本就不是一个轻易让人看懂的人,现在更是让人看不透在想什么。

宁轻向来不太敢跟他对视,他的眼神太深沉,她有些招架不住。因此看秦止不说话,也就转过去和朵朵玩。

朵朵笨拙地倒着茶水要给宁轻洗筷子和杯碗,一边洗还一边关心问宁轻身体好点没,现在还有没有在吃药。

她这么一提起宁轻想起自己药瓶里的药莫名少了一半的事来。

"朵朵,你是不是偷拿了阿姨的药?"宁轻问,"药不能乱吃的知道吗?"

"我没乱吃。"朵朵不好意思地吐了吐舌头,"我就拿了一点点,然后被爸爸拿走了。"

边说着边指向秦止。

宁轻下意识看向秦止。

秦止面色淡淡:"那些药被朵朵直接装衣服口袋里,脏了都扔了。"

"你哪里扔了?"朵朵俏声反驳,手很着急地比画着解释,"我那天晚上都看到你装进瓶子里了,就那个白色的小瓶子你忘了吗?"

秦止侧头幽幽看了朵朵一眼。

朵朵继续比画:"回去我帮你找找看。"

"……"秦止抬手揉了揉她的头，嗓音轻软，"朵朵真乖，不用了。"

抬起头时眼角余光瞥见了门口迎面而来的男人，眸心一凝，整个人都变得冷凝起来。

宁轻明显察觉到秦止突然的情绪变化，下意识回头，看清男人的脸时，"许昭？"两个字自然而然地突然就脱口而出了。

秦止黑眸微眯起，紧盯着宁轻："你认识他？"

"或者说，"秦止语气不紧不慢，"你记得他？"

宁轻怔了下："他不是许昭吗？以前我姐怀孕的时候他常过来，帮了不少忙。"

秦止微眯的眸子凝着光。

许昭也注意到了这边的情况，下意识看向这边，看到宁轻时人突然就怔住了，隔着人群，怔怔地看着宁轻。

朵朵也留意到了许昭的目光，看着看着小嘴就不高兴地嘟了起来，叫了宁轻一声："阿姨。"

宁轻回过头来看她，朵朵嘟着嘴有些不高兴，人巴巴地从椅子下滑下来，跑到宁轻身边，蹭着要她抱。

许昭这会儿也走了过来，看着这一大一小两张脸，"沁沁"两个字不觉脱口而出。

宁轻忍不住笑笑："不好意思，我不是宁沁。"

许昭眼神黯淡了些，有些自嘲地笑笑："不好意思，我认错人了。"

当年宁沁怀孕时回家住了段时间，宁轻那段时间刚好回国也在家，许昭过来时同时见过姐妹俩，如果不是宁沁挺着个大肚子，他也未必认得出人来。

秦止面无表情地看着，慢条斯理地端起茶杯，轻轻啜了一口茶，自始至终都没开口说过一个字。

许昭往秦止看了眼，欲言又止。

宁轻隐约察觉到两人间的微妙，笑着打圆场："你吃过饭了吗，要不坐下……"

"宁轻。"秦止不紧不慢地开口。

"嗯？"宁轻下意识地看向他。

"闭嘴！"不紧不慢的两个字让气氛一下子就冷了下来。

许昭也是懂得看气氛的人,和宁轻也不是特别熟,随便找了个借口就先走了。

宁轻奇怪地看向秦止:"你和他不是很好的朋友?"

"你怎么知道?"

秦止反问得快,宁轻又是一愣,突然答不上来,她没去想过怎么知道这个问题,就是直觉而已。

"怎么不说了?"秦止紧盯着她。

"以前许昭常来家里,听宁沁说的。"宁轻估摸着应,隐约有这个记忆,却发现似乎很模糊。

秦止却是步步紧逼:"那许昭有没有告诉你姐,我为什么一直没回她信息?"

宁轻怔了下:"什么信息?"眼神全然的茫然。

秦止眼睑敛了下来,长长地吁了口气,轻摇了下头,嗓音有些疲惫:"没什么。"

没再说什么,吃过饭就带着朵朵先回家了。

朵朵年纪虽小,但对于大人的情绪变化特别敏感,一路上她都明显感觉到秦止压抑着的气息,下车时,小丫头很主动地拉过秦止的手,仰着小脸看他:"爸爸,你是不是又不开心了?"

秦止垂眸看她,盯着那张脸蛋失神了会儿,慢慢蹲下身,视线与她平视。

"朵朵,你为什么会觉得阿姨就是妈妈?"秦止问,声音很轻。

"因为她和我妈妈长得很像啊。"朵朵边说着边取出胸前的小吊坠,掀开吊坠上的小盖子,指着上面的照片给秦止看,"你看,她们都长得一模一样。"

"那如果另外有一个阿姨长得和妈妈也一模一样呢?"

朵朵一愣:"在哪儿啊?"

"爸爸只是说如果。"

"可是都没有啊。我就只看到一个和我妈妈长得一模一样的。"

"所以你就认定她是你妈妈了是吗?"

"那不是我妈妈怎么会长得一模一样呢?"

朵朵的反驳让秦止不觉笑了下,和一个五岁不到的孩子聊这样的话题根本没有任何逻辑可言。

朵朵不明白秦止的心思，看他笑了人也开心了，跟着"嘻嘻"地傻笑，傻乎乎的，让人忍不住心疼。

秦止有些怜惜地揉了揉她的头，牵着她回家。

秦晓琪也在，知道他们和宁轻去吃饭了，最近父女俩和宁轻一起吃饭的频率有些高，如果宁轻是单着的秦晓琪是没什么意见的，但如今宁轻都要结婚的人了，还嫁的是秦止名义上的兄弟，总归还是要避点嫌，因此看两人回来，就忍不住唠叨起这事来，秦止却是不紧不慢地打断她："妈，您觉得宁轻人怎么样？"

秦晓琪一愣："什么怎么样，你可别因为她和宁沁长得像就把主意打到她头上去，她是徐璟的女人。"

这话秦止不爱听，眼眸沉了沉："她真的是宁轻吗？"

秦晓琪又是一愣："这说的什么话，她不是宁轻难不成还是宁……"

话到这里一顿，有些担心地看向秦止："秦止，你不会真要把宁轻当宁沁吧？她们姐妹虽然长得像，但……"

"妈……"秦止打断了她，"你以前也是见过宁沁的，也相处过一段时间，你最近和宁轻接触，就不觉得她们很像同一个人？"

"除了那张脸哪里像了？"秦晓琪有些痛心疾首，"你别瞎动什么歪脑筋，也别瞎怀疑什么，宁轻真的是宁沁，她自己会不知道？就算她不知道，她的朋友她的家人，就没一个知情的吗？这都什么荒唐事就你会瞎想。沁沁已经走了快五年了，再爱也该放下了，难不成你还要抱着她的灵位这么过一生？"

停了停看到秦止还是一副深思的样子，又忍不住继续念叨："你天天这么疑神疑鬼地下去，身体没问题，脑子都想出毛病来了。秦止，听妈的劝，别再执迷不悟了，趁着朵朵现在还小，赶紧找个合适的女人。我记得萌梦就挺喜欢朵朵的，那女孩子也……"

"妈。"秦止看向她，"你最好把那女人弄走，上次瞎安排的事我还没跟您算，别什么乱七八糟的女人都往我这儿塞，您儿子这儿不是垃圾回收站。"

这话听着难听了些，秦晓琪被噎着："这说的什么话，萌梦多好的一个女孩……"

"奶奶，我不想要那个阿姨做我妈妈。"一直没能发表意见的朵朵难得插了话进来。

秦止看秦晓琪一眼："看到没有，连您孙女也瞧不上。"

不顾秦晓琪被气白的一张脸，牵着朵朵回去换衣洗澡。

只是萧萌梦向来是打不死的蟑螂般的存在。

第二天一早的时候人又扬着张笑脸意外地出现在秦家楼下了，说是要来带朵朵去秋游。

秦止是有打算和朵朵去秋游的，衣服都换好了，刚走到楼下就看到了不太想见的人，秦止神色很淡，侧头看了秦晓琪一眼，带朵朵去秋游的事只有一家人知道，他没说朵朵更没可能说，也就秦晓琪可能偷偷告诉萧萌梦了。

秦晓琪是有些心虚："父女俩出去有什么好玩的，多个人气氛也热闹些。"

"妈，你就非要把您好友的女儿往火坑里推吗？"秦止问，嗓音很淡，但隐隐听出些许不悦。

秦晓琪长叹了口气，也不知道该怎么劝。

秦止已经望向萧萌梦："萧小姐，我能请问下，我和我女儿哪点吸引你了吗？"

"你没吸引我，不过你女儿很可爱。"

"我女儿不喜欢你，这么明显难道您没看出来？"

"所以你女儿很有个性，我很喜欢。"萧萌梦笑着道，说着人就走了过来。

朵朵马上躲到了秦止的大腿后。

秦止扭头看朵朵："朵朵，给阿姨打电话。"

朵朵茫然抬头："哪个阿姨？"

"你想叫妈妈的那个。"

"哦。"朵朵马上去拿秦止的手机。

秦止告诉她："你就跟阿姨说，我们今天去秋游，叫她也一块儿去。"

秦晓琪忍不住皱了眉，萧萌梦虽然大大咧咧地不在意，但这么当面不给她面子总有些说不过去。

偏偏萧萌梦是看不懂脸色的人，一听要叫上宁轻，比朵朵还要兴奋："宁小姐也一起吗，好啊，人多更好，我顺便把我朋友也一起叫上。"

说着就要拿手机打电话。

"萧小姐，您要和朋友去玩您随意，但是，请不要打扰我们一家三口。"

萧萌梦轻哧："宁小姐什么时候和你们一家三口了？她不是要嫁那徐什么的吗？你这挖人墙脚也挖得忒不厚道了些。"

秦止神色未动，没理她，只是低头看着朵朵打电话。

电话早打通了，只是朵朵一和宁轻聊起电话来就没重点，半天没扯到秋游的事上来。

秦止朝她比了个"去玩"的手势来，朵朵顿时想了起来，软声嗓子问："阿姨，我和爸爸今天去秋游，你和我们一起去玩好不好？"

宁轻今天答应了和徐璟去试婚纱，都已经收拾好准备出门了，一听有些为难："阿姨今天有别的事呢，改天再一起好不好？"

刚好徐璟在门口催，说了婚纱什么的，秦止隔着电话听到了一些，但不真切，但隐约能听出是要试婚纱的意思来，下意识拧了拧眉。

朵朵也听到了，捂着话筒问秦止："爸爸，什么叫试婚纱？"

秦止给她解释："试婚纱大概就是阿姨大概要嫁给徐璟叔叔了。"

朵朵小嘴一僵："那怎么办？"

秦止看了她一眼："哭！"

不紧不慢的一个字让萧萌梦一下子就目瞪口呆了，下意识看向秦止，没想着秦止依然是面色不动神色淡淡的样子，反倒是朵朵，真的"哇"的一声就哭了起来，一边哭一边问宁轻今天能不能陪她出去玩，她好想和她一起去秋游。

萧萌梦被朵朵哭得心疼，忍不住冲上来，指着秦止骂："你这怎么当人家爸的，有劝自己女儿哭的吗？你这挖墙脚也挖得忒不要脸了点。"

秦止没理会萧萌梦乱吠，只是垂眸看着朵朵，小丫头还在抽噎，但却是慢慢停了下来，软着嗓子对电话那头："好的，那阿姨一会儿见，挂了电话，抬起头看向秦止时小脸蛋上还挂着眼泪，人却是不哭了。

"爸爸，阿姨答应和我们一起去秋游了。"

萧萌梦又忍不住指着秦止念叨："你这样会教坏她的好不好，朵朵多可爱一女孩子，被你这么教总有一天会长歪的。"

没人理她，秦止半蹲下身，细心地替朵朵擦干眼泪："朵朵，在爸爸确定妈妈身份之前，你不能让阿姨嫁人知道吗？以后也不能随便用哭来拿到自己想要的东西，就今天这么一次够了，以后不能再这样了知道吗？"

朵朵似懂非懂地点头。

秦晓琪在一边看着都要担心死，也不知道秦止今天这发的哪门子毛病，这么教朵朵。

秦止也没多加解释，替朵朵整理好衣服，牵着她上车，看萧萌梦要跟上，扭头冷冷瞥了她一眼："萧小姐，难道你真要我动手把你扔下去？"

萧萌梦："你不是还惦记着凌宇 9% 的股份？别忘了，现在是我在负责签约的事。"

"我要真想要，剩下那 91% 都是我的。"将车门甩上，秦止上了车，没让萧萌梦跟着来。

路上秦止给宁轻打了个电话，和宁轻约了在前面不远的十字路口见。

秦止到那边时宁轻也刚好到，秦止没想到的是，徐璟也在。

秦止和徐璟淡淡地打了声招呼，朵朵拉着宁轻的手，要她坐到他们的车上来。

宁轻稍早前还因为临时把试婚纱的事改为陪朵朵秋游和徐璟闹了些不愉快，只是徐璟比较纵容她，先妥协了，非得陪着她一块过来，现在知道徐璟心里多少有些不快，也就不好真的坐到秦止的车上来。

秦止也不强求，朝朵朵看了眼："朵朵，你喜欢和阿姨在一起的话，你和阿姨一块坐叔叔的车。"

朵朵点着头下车。

徐璟纵有意见也不好提了，一路上慢悠悠地开着车过去。

朵朵自上了车开始就和宁轻叽叽喳喳地聊，完全不给徐璟插嘴的机会，一下车就拉着宁轻往秦止那边走。

因为徐璟在，秦止也没了秋游的心情，尤其是看着对面那一对亲密无间的样子，阳光明晃晃的看着刺眼。

他给助理小陈打了个电话，半个小时不到，何兰突然一个电话打过来，急哄哄地把人给叫了回去。

徐璟也不知道到底出什么事了，看何兰催得急不得不先回去，但出来都出来了，也不好强行把宁轻一起带走，不得不一个人先回去了。

徐璟一走，气氛一下子活跃了些，尤其是朵朵，原本还安安静静的，徐璟一离开整个人都活泼了起来，半躺在草地铺着的席垫上，头靠着宁轻大腿，扯着草条随意编织着。

秦止坐在席垫的另一头，右手肘撑着膝盖，单手支颐，侧头看着这边不说话。

宁轻发现他今天几乎一整天都是这样，总这么一脸神深思地盯着一处出神，看着心事重重的样子，连她叫他，他也只是淡淡的侧头朝她这边静看了眼，抿着唇角没说话。

宁轻看他似乎心情不好，也没去打扰他，专心带朵朵玩。

秦止往这边看了眼，却突然开了口："你们的婚礼是什么时候？"

宁轻没想着他问的是这个问题，愣了下，回想了下："下个月二十吧。"

婚礼的事一直都是两家家长在操办，婚期也是他们定下来的，她只负责在那天穿上婚纱，和徐璟完成整个仪式就好。

这段时间以来宁轻从没细想过这个问题，现在秦止这么一问起，突然发现婚期竟已经这么近了，她竟然也已经要嫁人了。

宁轻有些怔，秦止也有些沉默。

好一会儿才问她："你是真心愿嫁给他？"

"是吧。"宁轻抬头看他，"都在一起快十年了，年纪到了结婚生子，好像也就那样吧。"

"你就真的觉得你是宁轻？"秦止直直看着她，问得直白。

这已经不是他第一次这么问她，宁轻唇角上的笑容微微收起："你还是把我当成宁沁？"

"我没这么说。"

"但你已经是这个意思了。"

"难道你觉得完全没可能？"秦止也把话摊开了说。

"这怎么可能？"宁轻忍不住笑，只是觉得荒唐，"我总不至于连自己是谁都不知道，反倒要让别人来告诉我我是谁。"

秦止沉默，何止是荒唐，简直是不可能的事，只是每次看着宁轻这张脸，他总克制不住去怀疑，眼前站着的，就是活生生的宁沁。

他从不知道，这个世界上会有两个人相像到，连气息和声音都能几乎无区别，可偏偏就是，没有一个人认同他的猜测，就连宁轻自己，也一次次在反驳他的怀疑，秦止甚至怀疑，是否因为太过思念宁沁，才总会不自觉地在宁轻身上看到她的影子。

秦止偏头看宁轻，惯有的沉默着，就是那样一张脸，连皱眉的弧度都和宁沁像了个十成十,可偏偏,她说她不是宁沁,所有人都知道,她不是宁沁,宁沁已经死了,早已经化成了一堆白骨。

左胸口隐隐闷疼着难受,秦止倏地站起身,抬头看了眼天色:"回去吧。"

朵朵还没玩够,一听要回去了小嘴就嘟了嘟:"怎么又要回去了?都没玩够。"

"天快黑了。"秦止低头看了眼手表。

朵朵不甘愿地起身了,嘟着小嘴又开始碎碎念:"太阳还那么高哪里就黑了,爸爸真不好玩,又让人家打电话叫……"

秦止手掌不动声色地捂住了她的嘴:"朵朵乖,再四处走走就差不多该回去了,你明天还要上学。"

"哦。"朵朵不太甘愿地应了声,主动过去拉宁轻的手,散了几圈步才回去。

朵朵路上一直让宁轻陪她回家里再玩会儿,缠着宁轻不肯放,宁轻向来对朵朵没有招架之力,也就陪她回去了,帮她洗澡,再哄她上床睡觉。

秦止一路沉默着,看着宁轻眉眼温柔地帮她洗换,帮她擦头发,再去哄她睡觉,那一举手一投足,怎么看都是宁沁的影子。

他站在房门口,看着宁轻哄着朵朵睡过去,再轻手轻脚地走出来。

在她从身侧擦身而过时,秦止突然伸手,扣住了她的小臂,宁轻还没反应过来,他已经扣着她的手腕将她旋了个身,一转身就将她压在了墙壁上,利用身高优势将她困在了他的胸膛和墙壁之间。

"宁轻。"他垂眸看她,居高临下地看着,眼神冷静,"你生过孩子吗?"

宁轻一愣,她从没去想过这个问题,她还没结婚,她身边也从没出现过任何孩子的痕迹,因此她从不去想过她是否生过孩子。

宁轻觉得应该是没生过的,只是模模糊糊的意识里,竟然隐约觉得自己是生过的。

她有些怔,揉着太阳穴,极力想去回想,第一次觉得脑子里是空白的,就像整个过去都是空白的一般。

"宁轻?"秦止叫她的名字,皱眉看着她。

"应……该没有吧。"宁轻迟疑着应。

"那好。"秦止依然居高临下地紧紧盯着她,"明天我们去医院,去检查看看，你到底有没有生过孩子。"

"你疯了？"宁轻只觉得莫名其妙，她一个快结婚的女人和一个单身男人去妇产科，怎么想怎么不妥当。

秦止却很坚持："你必须得去。"

"……"宁轻推挤着他，想从他的禁锢中挣脱开来。

秦止紧紧地压制着她不放，黑眸也紧紧盯着她，一字一句："宁轻，我以前从不相信直觉，我只相信我的判断，但这次我选择相信直觉。"

第二天上班时宁轻还是被秦止以工作的名义给带了出去，强行送到了医院，迫使她去检查。

宁轻觉得难为情，但秦止不容许她退缩，更不容许她离开，甚至在她打算转身离开时，强行扣着她的手腕，将她带回了诊室里，再将她压躺在了病床上，然后俯身，在她耳边一字一句地告诉她，如果她不愿意配合医生，他亲自来检查。

宁轻总觉得秦止是做得出这种事来的人，他要是真的强硬起来，她挣不脱。

宁轻被迫接受医生检查，只是和秦止因此闹得很不愉快。

检查的结果很明显，她生过孩子。

医生说，她那里有侧切过的痕迹。

乍听到这个消息时，宁轻只觉得脑袋"嗡嗡"地响，有些头重脚轻，整个身子轻飘飘的。

秦止伸手扶住了她，宁轻下意识地挥开了，她需要时间去冷静，她到底是宁沁还是宁轻，或者只是，她以前真的生过孩子，只是那个孩子呢，到底去哪儿了？

宁轻发现脑袋很乱，她什么也想不起来，越是努力想要去想，越是什么也想不起来，只是她下意识地有些抗拒秦止的碰触，也抗拒任何人的碰触。

她让秦止先送她回了家，她现在特别需要时间去冷静。

回到家时宁文胜和黎茉勤都在，看到她神色恍惚地进来，两人都吓了一跳。

"怎么了？"黎茉勤赶紧上前来，扶住她，"今天不是上班吗？怎么脸色突然这么苍白。"

宁轻只是摇头，精神状态不太好。

黎茉勤担心她，给徐璟打了电话，让徐璟过来看看。

"妈，我真的没事，只是有点累。"宁轻下意识阻止了黎茉勤，站起身，"我先回房休息一会儿。"

回到房间时宁轻根本没办法真的冷静下来休息，她甚至有些神经质地去翻找当初从美国带回来的行李箱，想去找找看，有没有在美国看病的病历卡。

徐璟过来时她还在忙乱地翻找着，翻得满屋子乱七八糟的。

"怎么了？"徐璟绕过满地的行李，走了进来。

宁轻跪坐在地上，正在努力翻找着里面的一堆档案资料，这些东西一直都在她房里搁着，她平时从没动过。

她一口气将档案袋里的东西全倒了出来，看到里面的照片时，手忙脚乱地去翻。

"出什么事了？"徐璟在她身侧半蹲了下来，看到满地狼藉，下意识要去帮她整理，却看到宁轻突然抽出了一张照片，怔怔地盯着那张照片。

徐璟看了一眼，眼眸暗了暗，伸手抽了出来。

宁轻下意识看向他，眼神里都是震惊，尽管只是一眼扫过，但她记得照片中宁轻凸起的肚皮，以及她青涩年轻的脸蛋，和徐璟一起，站在哈佛的大门口。

"这个……"宁轻想开口说点什么，发现嗓子眼像被什么东西堵住，嗓音艰涩。

徐璟抿着唇角，一声不吭地将照片反手压进了档案袋中，动作迟缓，眼睑半敛着，宁轻看不清他此时的神色。

"以前，我们……"宁轻想说点什么，发现自己有些语无伦次，"那个……孩……孩子呢？"

徐璟只是沉默着，一声不吭地将满地的行李收拾妥当，将所有的东西还原到最初的样子，就像从没被翻过一般。

宁轻沉默地看着他收拾，声音依然艰涩："我……我能知道到底是怎么一回事吗？为什么……我完全不记得怀孕的事了，那个……孩子呢？"

徐璟背对着她，沉默了许久，终于回头看她："孩子早产，有重度窒息、先天性肺发育不良等情况，刚出生不到一天就……"

徐璟没再继续说下去。

宁轻怔了怔，整个人有些失魂落魄的。

"宁轻。"徐璟看着她，"你记不起这事和当年记不起车祸的事原理是一样的，如果可以，我希望你一辈子都不要记起来。但是今天……"

徐璟长长叹了口气，没再说下去，走了过来，手掌轻扣着她的后脑勺，想将她压入胸膛中。

宁轻头微微一侧，下意识避开了。

"我想先冷静一下。"

今天的事冲击太大，她的确有点消化不过来。

徐璟抿着唇角看她："今天到底发生什么事了吗？怎么突然回来翻那些东西。"

宁轻摇了摇头："没事。"

徐璟看了她一眼，看她神色苍白疲惫，也没再说什么，让她先好好休息就先出去了。

第四章

宁轻在房里关了一天一夜，脑袋昏昏沉沉地涨疼得难受，她什么也想不起来，包括怀孕和生孩子，她甚至对那个孩子没有太多感同身受的伤痛，只是空茫，记忆里总觉得空空的像什么也没有了一般。

宁轻以前从不觉得自己是失忆的，很多东西她未必记得清楚，但有那个印象在，可是现在她真的想要去深究时，她发现她似乎什么也想不起来。

早上起来时她的脸色很苍白，整个人看着很憔悴。

黎茉勤被她的状态给吓到了，从昨天宁轻回来就什么也没说把自己关在了房里，徐璟来了会儿也走了，只是说让她一个人静一静，到底出什么事了也不说。

黎茉勤是真的担心宁轻，跟在她身后连声问到底出了什么事。

宁轻也说不清到底出了什么事，她脑子至今还乱糟糟的，敷衍了句"没事"就去吃早餐，黎茉勤跟着在桌前坐下，不停追问。

宁轻想起昨晚看到的照片，以及徐璟那番话，放下勺子，看向黎茉勤："妈，我生过孩子吗？"

她问得直白，黎茉勤一下子就被问住了，神色都不太自然起来。

"怎么突然问起这个问题来了？"黎茉勤问。

"不是您一直在追问的吗？"宁轻定定看她，"我昨晚烦了一晚上的事就是这个啊。"

黎茉勤看着她沉默了会儿："宁轻，都过去这么多年了，你又何必再提起这些伤心事。"

停了停，又道："你和徐璟这一路走来都挺不容易的，连生离死别都经历过了，现在好不容易修成正果了，你也别再弄出什么幺蛾子来。还有你姐那个孩子，现在她和她父亲一起也挺幸福的了，你也避嫌点，别总这么一起出去,让人误会。"

宁轻不想谈这个问题:"再说吧。"

吃过饭就去上班了。

她昨晚没睡好,整个人精神状态很差,开会时也频频走神。

秦止坐在会议桌一端,淡眉淡眼的面容清冷,不时往宁轻那边看一眼,难得这次没有说她。

开完会后秦止留下了宁轻。

自从昨天检查完后,宁轻一直状态恍惚,他送她回去后也一晚上没能联系上她,她一晚上没睡着,他也一晚上没能睡好。

人就在面前,看着是那个人,却又不是,想相信,却又怕只是空欢喜一场。

他在等她的答案。坐在会议桌的另一头,隔着长长的会议桌,沉默地看着她。

宁轻也在沉默着,时间在沉默的等待中一点点地流失。

"昨晚没睡好吗?"秦止终于先开了口,盯着她有些憔悴的脸。

宁轻轻点了下头,捏着笔端,酝酿着措辞。

"宁轻。"秦止先她开口,语速极缓,"昨天你说,让我给你点时间冷静,我尊重你的意思。现在呢?你……到底是谁?"

宁轻沉默了会儿,从会议笔记本里抽出了一张照片,指尖压着递向他。

照片是昨晚她找到的那张,挺着大肚子的宁轻和徐璟。

秦止看了她一眼,指尖压着照片旋了个圈,垂眸看了眼,神色一下子就静冷了下来。

"那个孩子……只在这个世界逗留了一天。"宁轻低声说道,知道已经不用再解释太多,收拾好会议记录站起身,低低说了句"我先回办公室里"人就先走了。

秦止半敛着眼眸,盯着那张照片,许久,手掌重重地压着桌面,将照片连同桌上的其他文件大力推开,任由东西散落一地,人也倏地站了起来,转身望向窗外。

百叶窗将窗外的阳光遮了一半,秦止依然觉得明晃晃的刺眼,不是她,她不是她!

每逼自己承认一次,胸口便像被人撕裂开个大口子,血淋淋的疼得难受。

在外面静候的助理听到会议室里面的动静，担心地敲了敲门，人就从外面推开门来。

"出去！"秦止没有回头，嗓音沉冷。

门再次被人从外面小心关上。

秦止回头看着那一地狼藉，有些木然，突然像被抽空了般，满心的疲惫。

经过了这么多年，心情本应该已经平复了下来的，至少不会再去想，不会再去奢望，甚至已经认命地接受了宁沁永远离开的事实。

可是当再看到那张脸，那举手投足间熟悉的影子，秦止发现他最近像疯子一样，不断地说服自己去证实那一个个近乎荒唐的猜想，每次刚燃起了一点希望，几乎还没来得及欢喜，又瞬间被掐灭得干干净净。

左胸口绞疼得难受，秦止终是不得不迫使自己打起精神，弯腰收拾一地的狼藉。

指尖在碰到掉落在地的照片时顿了下，秦止拿起，细细端详了会儿，那不是宁沁，他认得，明明一样的眉眼，他还是能轻易读出她和宁沁眉眼中的不同来。

秦止敛下眼眸，反手将照片压回了文件夹中，抄起桌上的会议笔记，起身回办公室。

工作过程中翻找文件时照片又掉了出来，盯着照片中的人，再想想平日里的宁轻，到底是有些不甘心，秦止按下了助理小陈的内线，让他进来一趟。

"秦董。"小陈很快进来。

秦止指尖压着整理好的资料，转向他："找人调查一下，包括她从小到大的履历，以及所有的看病就诊档案，尤其是近七年的，越详细越好。"

小陈伸手拿过，翻了下，看到是宁轻的资料，有些意外，下意识看向秦止。

秦止淡声吩咐："这件事别宣扬出去，调查结果越快越好。"

小陈也不好多问，点头应了声人就先走了。

下午是董事会例行会议，林董事前段时间离职的空缺一直没能补齐上来，何兰铁了心要把宁轻安插进来，几次都被秦止给否决了。

下午开会的时候何兰又旧事重提,这次还弄了个所谓的投票表决,董事会几乎三分之二都是何兰的人,投票也只是做个样子,一番投票下来,宁轻以三分之二的票数顺利通过。

秦止一直坐在主座上,单手支颐,偏着头看着众人投票唱票,神色未动,然后在何兰说要让宁轻替补时再次淡声否决了:"宁轻资历浅,工作能力一般,目前还在观察期,她不行。"

"她怎么就不行了?"连着被秦止驳回了几次,何兰火气也有些上来了,"徐璟有旭景 20% 的股份,宁轻就要嫁给徐璟,这 20% 还不是他们夫妻的共同财产,她代徐璟坐到董事会这个位置上,还有谁比她更合适吗?"

"那就等她真坐上了徐太太的位置再说!"秦止站起身,"散会!"

这是存心卡住把宁轻安插进董事会这条路。

何兰憋着一肚子气没处发,回到办公室就把宁轻叫进了办公室,劈头盖脸就是一顿训,宁轻入职半年多来没能做出半点成绩,秦止就只拿这条说事,他一点出何兰就只能认怂,明明宁轻研究生实习那会儿在力盛,那成绩单一拿出来是让不少人惊叹的,多少人等着挖她的墙脚,力盛对她保护得滴水不漏,她这还是靠着徐盈徐璟才把她劝回公司帮衬着,没想着回来半年别说像在力盛那会儿了,就是连一个拿得出手的项目都没有,能力看着连普通员工都比不上。

秦止是分分钟踢人的人,她在一边看着着急,偏偏就宁轻总这么不慌不忙的,也不像别人那般努力,下班时间一到就雷打不动地马上走人。

宁轻低敛着眉眼听何兰苦口婆心地劝,三天两头被这么耳提面命地唠叨心里也有些烦,现在不是她不想用心,只是这两年来旭景盲目扩张已经渐渐有些吃不消了,资金随时可能周转不过来,资金链一断按旭景这状况一不小心就是万劫不复,徐泾升也就是看出问题来了才非得坚持把秦止给请回来的,就何兰一人继续拎不清,秦止一来就生怕他跟徐璟徐盈争家产,整天想方设法把一屋子亲戚往关键部门塞,尽想着怎么捞钱了,哪里还管公司死活。

宁轻不想瞎搅和进去,但碍于身份也不能明着拒绝,也就唯唯诺诺地敷衍,敷衍完人也就出去了。

刚经过秦止办公室门口门就被人从里面拉开了。

秦止正从里面出来,看着像是要出去。

看到她走过来,下意识往何兰办公室扫了眼:"又被你未来婆婆提点了?"

宁轻点点头,不自觉地与他一道往电梯走去,边走边问他最近是不是把何兰怎么了,最近何兰的脾气有些大,对秦止也是咬牙切齿地恨着。

"只要我还在这个位置上,她哪天不暴躁了?"秦止淡声应着,人已不觉走到电梯前,顺手按下电梯按钮。

宁轻想了想,却也是大实话,何兰天不怕地不怕,就怕她惦记了二十多年的家产最后改姓秦了。

抬头看到电梯门开,也就和秦止一前一后地进去了。

电梯在电梯门关上时突然震了下,宁轻下意识抬头看向电梯顶端,却没想着电梯又是重重地一震,晃得宁轻身体也跟着失衡,直直倒向秦止,被他的手臂紧紧扶住。

电梯在失控往下掉,电梯里的灯也突然熄灭,宁轻心头"突突"地乱跳,慌乱中手臂胡乱地抓住秦止,看着他以着极快的速度迅速按下所有的按钮,之后在一声长长的"吱……"之后,电梯被险险地卡在了十三楼。

电梯里黑漆漆的一片,宁轻还有些惊魂未定,双腿有些酸软,整个人无意识地趴伏在秦止身上。

秦止下意识地伸手扶住了她,香软的身子紧紧地贴在胸膛前,鼻息间都是属于她的体香,在黑暗中尤其分明。

秦止有些怔,鼻息间流转的味道太过熟悉,却又遥远得陌生,若有似无地刺激着早已沉寂下来的心脏,左胸下的心脏鼓噪着,剧烈地起伏跳动,他扣着她腰肢的手掌有些按捺不住地收紧,再收紧……

宁轻被他勒得有些疼,意识倒是慢慢回笼了,后知后觉地发现自己正以着极暧昧的姿势伏在他怀中,本能地想要推开他,腰肢却倏地一紧,一只手掌扣住了她的后脑勺,他的头侧压而下,精准却又不容拒绝地吻住了她。

宁轻大脑有刹那间的空白,忘了要推开他,甚至连呼吸都忘了。

秦止也没给她任何反应的机会,手臂不断收拢着,捧着她的脸,吻得有些失控,鸷猛凶狠,几乎将她所有的意识都吸空,宁轻完全没有抵抗的能力,无意识地扯紧了他胸口的衬衫,被动地任由他攻城略地,直

第四章

到"叮"的一声细响，陡然射入的光亮也穿透了她混沌的意识，宁轻陡然清醒过来，头一偏，用力推开了他。

两人的衣衫都有些凌乱，秦止原本熨得干净平整的黑色条纹衬衫被她揪成了一团，胸口那处都是她揪出来的褶皱，胸口第二颗纽扣甚至不知何时被解了开来，露出了小半截肌理分明的麦色肌肤，性感诱人。

宁轻的上衣也满是被揉过的褶痕，头发早已被揉得凌乱，脸颊晕红着，双唇被吻得红肿。

彼此的气息都有些凌乱，衣衫也不是那么能见人。宁轻心脏还在狂跳着，她甚至不敢看向秦止，低垂着头低低说了句"我先走了"，人就逃也似的离开了电梯。

秦止还站在原地没动，长指从微润的唇瓣划过，那里还残存着宁轻的味道和气息，熟悉却遥远，分明该是宁沁的触感，宁沁的气息……

之后的几天里，宁轻一直在刻意避着秦止。

自从越了界，宁轻竟不知道该以怎样的心态去面对他。那天不只他失控了，她也失控了。

她沉沦在了他的吻里，最近几天甚至一直在不停地做梦，梦里都是他高大的身体将她紧紧压在床垫上，强健有力的手臂将她紧紧地箍进臂弯里，失控却又克制地吻她……

总之，她做了几天春梦，而春梦的男主角，是秦止。

宁轻这几天几乎要被那一场连一场的春梦逼疯，一边因为对不起徐璟而内疚着，一方面，每天开会她盯着他那张清隽淡雅的俊脸时，满脑子都是某些旖旎画面，脸颊也有些不受控地开始发烫发红。

"宁轻，你最近几天怎么了？"连着几天来的异样让许琳忍不住好奇。

秦止一声"散会"后，许琳就忍不住回头问她。

她这一出声秦止也淡淡朝她这边看了眼。

宁轻脸皮薄，脸颊本来就还有些红，被这么一看薄薄的脸皮下更有些不受控的发热起来，好在她控制不住脸红的速度，但还是能克制着情绪，然后镇定自若地回许琳："最近天冷，我皮肤一到冬天就不太透气，闷一点就特别容易脸红。"

许琳点点头："我也是，脸上皮肤干，冬天稍微穿多点脸就特别容易红。"

宁轻几乎要跟着狂点头了，一边收拾会议笔记一边和许琳就着皮肤问题转移注意力，没想到秦止突然朝她看了眼："宁轻，一会儿来我办公室一趟。"

宁轻脸上的笑容有些僵，自从那天推开他走后，这么多天来她还没和秦止单独在一个空间里待过。

秦止吩咐完也没等她的答案，抄起桌上的文档，人就回了办公室。

宁轻去洗手间洗了把冷水脸，让大脑清醒了下，顺道冷却掉脸皮上的温度才过去。

办公室就秦止一人在，正在忙，看到她推门进来时放下了手中握着的鼠标，隔着段不远的距离侧头看着她，也不说话。

他的眼神深沉，宁轻被他盯得有些不自在，尤其是她脑子里的香艳画面又开始争先恐后地冒泡。

宁轻敛了敛心神，走了过去："秦董，您找我有什么事吗？"

秦止没说话，依然保持着侧头看她的姿势。

宁轻脸上的笑容有些维持不住了："秦董？"

秦止终于换了个姿势，却还是看着她。

"宁轻。"他叫她的名字，不紧不慢的，"你最近是不是做春梦了？"

宁轻差点被口水呛到，唇角却依然维持着礼貌的弧度："秦董为什么会突然这么问？"

"你最近几天看我的眼神，像恨不得把我给剥光了。"秦止不紧不慢地道。

"……"宁轻脸皮又开始有些不受控起来。

秦止看了她一眼，从右侧的文件堆里抽出凌宇的项目，把话题转回到了工作上来："凌宇的项目还是没能谈下来？"

自从被萧萌梦缠上后，秦止干脆放开了凌宇这个项目，全权交给宁轻负责。

签合同原是十拿九稳的事，宁轻也本是有自信的，萧萌梦那边也没什么问题，却没想到就要签字时萧萌梦收到消息又暂缓了。

萧萌梦昨天还很抱歉地告诉她，项目负责人换了，现在她也没办法做主。

换的是谁宁轻还不清楚，还没约见，只是看凌宇这态度，要签下来的可能性比先前估计要小一些。

秦止安静听宁轻汇报完，拿起笔在本子上一画："萧家手上那9%的股份一分不要了。"

"……"宁轻有些意外看向他，秦止对这个项目比她还执着，怎么突然说放弃就放弃了。

秦止抬头看她："是放弃萧家9%的股份，不是放弃凌宇9%的股份。萧家一次次想狮子大开口，一次次反悔，我们没这个时间陪他们耗！"

抽出一份调查报告扔给她："凌宇目前的控制权在萧家手中，但仅持有35%的股份。另有65%的股份分散在不同人的手中，这段时间你就负责从其他人手中收集和购回凌宇的股票，收购的股票至少要占到36%的份额。"

宁轻皱眉，秦止这是奔着凌宇的控制权去的。

宁轻知道他向来野心不小，但一直以来他对凌宇的态度都是参股即可，没想着要变为自己的，突然改变了策略，就不知道是和萧萌梦有关，还是和新换的负责人有关。

秦止没多加解释，宁轻也不好追问，点了点头，和秦止商讨了些细节后就先出去了。

宁轻刚走小陈就进来了，给秦止带来了一份宁轻的调查报告，包括她从小到大的履历以及这几年的病历档案。

秦止在那一堆的资料里看到了宁轻的产检报告，很详尽。

她在美国念的大学也在美国怀的孩子，孩子出生一天不到就因病抢救无效身亡，出院后宁轻和徐璟一块回国，三个月后宁轻宁沁同时遭遇车祸，宁轻重伤，脑部受重创，脱离生命危险后送回了美国继续治疗，在美国治疗了将近半年。

所有事件和时间上都对得上，宁轻确实生过孩子，而且那个孩子只比朵朵大了三个月。

宁轻脑部在车祸中受过重创，又经历过失去孩子的痛苦，所以她记不起孩子的事，遗忘了部分关键记忆，一切都说得通，这份报告只是从侧面辅证了，宁轻就是宁轻，不是宁沁，更不是谁。

秦止有些颓然地将报告给甩在了桌上，长长地吁了口气，用力推开椅子，站起身，突然就没了工作的兴致，无论他怎么去怀疑，怎么去证明，宁沁就是已经死了，早在五年前的车祸里，走得干干净净。

胸口再次被无以名状的苍凉感紧紧攥住，整个空间都让他觉得窒息，他甚至一刻也待不下，弯腰拿起车钥匙，人就走了。

开着车在城里漫无目的地一圈圈地绕，绕过以前和宁沁一起走过的每一条街道，每一个景点，什么都没变，唯一变的，就是那个牵着他的手说要一起走到未来的人，走着走着就没了。

胸口依然闷疼着难受，秦止就这么漫无目的地开着车，直到太阳快下山，才将车开到了朵朵的幼儿园前。

朵朵已经放学快半个小时了，正站在门口焦急地四处张望，看到他的车出现时，小手开心地朝他挥动着，那张酷似宁沁的小脸蛋上熠熠生辉，连唇角划开的弧度都几乎和她的一模一样。

秦止敛下眼眸，强压下胸口的不适，将车停稳，下车来接人。

"爸爸。"朵朵朝他飞奔而来，拉着他的手，仰着小脸问他，"我们一会儿要去哪里吃饭？还要叫上阿姨一起吗？"

"改天吧。"秦止揉着她的头，"我们今晚回家吃饭。"

朵朵点点头，跟着他一块回家。

秦止下厨给朵朵做饭，以前和宁沁在一起时也多半是秦止下厨，他负责做饭，她负责洗碗洗衣，很简单平淡的小生活，在生死面前，却也成了奢侈。

秦晓琪十点多才回来。

回来时朵朵已经睡下了，秦止坐在她的床前，手里捏着那个小吊坠，盯着上面的照片失神。

秦晓琪看着就忍不住摇头，知道劝他不住，也就软声道："后天就是沁沁忌日了吧，真的放不下，就去看看吧。"

秦止有些怔，没想着一下子竟五年了，朵朵也满五岁了，一直刻意忽略着宁沁的忌日，连朵朵前些日子的生日也忘了给她庆祝了，这么多年来朵朵跟着刘婶估计也从没庆祝过生日。

但现在已经过去了一个多月，再庆祝也有些晚了。

秦止想着还是该挑个日子给朵朵隆隆重重地庆祝个生日的，宁沁的忌日，秦止想了想，当天还是过去了。

这几年来秦止从没在宁沁忌日的时候来看过她，心里从不愿接受她真的已经不在了的事实，哪怕是现在，总还是有些不愿接受这个事实。

但就像秦晓琪说的，他该来看看她了，也想问问她，她真的是宁沁吗？

秦止是下午才过去的，天气很好，阳光暖暖的，空气干燥，只是这种初冬的天气，墓地这种地方总带着些萧瑟的苍凉。

秦止前些时候才来看过，除了光秃秃的枝头，墓地里什么也没变，宁沁的坟冢也依然安静地立在一座座墓碑间，只是她的墓前，站着一个人，一个男人。

秦止脚步不自觉停下，看向墓碑前的男人，虽然只有一个背影，但他认得，是徐璟。

秦止是记得宁沁和家人不亲的，当年宁轻又常年在国外，徐璟也在国外，算起来，她和徐璟并不熟，只是一个不算熟的男人，却在她的忌日这一天，亲自来看她。

秦止不觉拧了拧眉，没去惊动徐璟，只是站在原处，远远地看着，看着他半蹲下身，伸出手，有些爱怜地轻抚着墓碑上的照片，一遍一遍地流连不去。

秦止对那样的动作和背影再熟悉不过，甚至连那背影中所透露着的伤痛都感同身受过。

就是因为太过感同身受，如今看到那样一个男人以那样的姿态出现在自己女朋友的墓前，秦止眉心几乎拧成了结。

他掏出手机，本想不动声色地拍个照，只是从手机的反光里，秦止看到了背后拿着花一步步走来的男人。

还真是热闹。

秦止收回手机，缓缓转过身。

许昭脚步慢慢停了下来，看向秦止，眼神复杂。

秦止也是淡眸看着他不说话。

许昭视线从他身上落向不远处宁沁的坟墓，看到墓前的徐璟时眸光闪了下，视线转回秦止身上。

"我……只是想来看看她。"许昭试着开口，许久没说话，嗓音有些干涩。

秦止没有说话，但这边的动静还是惊动了徐璟那边。

徐璟回过头来，而后缓缓站起身。

秦止也就干脆走了过去，往宁沁的墓碑看了眼，看向他："你认识宁沁？"

徐璟轻轻点头，视线转望向远处："我只是来看看她。"

"是吗？"秦止唇角扯了扯，"怎么认识的？我竟从来没听她提起过你。"

徐璟沉默了会儿，抬头定定看向秦止："她当年怀孕时在家里住，宁轻也在家。我经常去看宁轻，自然也就会认识宁沁。当初如果不是她，现在活下来的就不会是宁轻。"

秦止唇角动了下，有些讥讽。

徐璟默默地将视线转开，往许昭看了眼，陌生的脸让他的视线还是停顿了下。

许昭也在打量他，看他看过来，也就礼貌地点了点头。

徐璟也略略颔首，深吸了口气，转身离去。

墓园里一时间只剩下许昭和秦止两人。

许昭叹着气，弯腰将手中的花放在宁沁墓碑前，盯着墓碑上的照片有些失神。

秦止也只是盯着照片看，几乎面无表情。

"当年的事……"许昭终于开口，嗓音很低，"我很抱歉。"

秦止没理他，依然只是面无表情地盯着墓碑上的照片看，看着看着突然快步转身而去。

他下了山，上了车，沉着脸，一路上开着车狂飙，直接将车开到了宁轻家中，手指用力地按着门铃。

黎茉勤一个人在家，听着门铃急促，赶紧出来开门，看到秦止时脸色倏地就沉了下来，拉着门把下意识地就要关，被秦止给挡了下来。

他的手臂横在门把上，紧紧压着不让黎茉勤动，眼神深沉。

"宁轻在家吗？"他问，嗓音极沉。

"不在！"压着门板用力就要压下来。

秦止目光一冷，手臂一用力，强行把门给推开了，人就闯了进去，在客厅里高声叫了"宁轻"几声，没人应，又往楼上一个个房间地推开找人。

黎茉勤在一边气急败坏，指着秦止骂，什么糟蹋了她一个女儿又想再来糟蹋她另一个女儿的话都骂了出来。

秦止满屋子找不到宁轻，扭头看黎茉勤，眼神沉冷凶狠，黎茉勤不自觉就闭了嘴，手指着门口："出去！"

秦止神色没动，沉着嗓子问她："你口口声声说心疼您女儿，那好，你告诉我，您现在活下来的到底是哪个女儿？她到底是不是宁沁？"

最后一句秦止几乎是爆吼出声，压抑了一路甚至是几年的情绪瞬间飙到了一个临界点，爆发开来。

黎茉勤被吼得缩了下脖子，甚至不太敢正眼看秦止。

她对秦止不算熟，对他的印象就是他是宁沁的男朋友，还没结婚就让宁沁挺了个大肚子，人却消失得无影无踪，音信全无，直到宁沁不在了，才急哄哄地跑回来，四处找人。

宁沁最需要他的时候人影不见半个，人刚走再跑回来找她要人，黎茉勤是恨着秦止的，如果不是他，宁沁不会是那样的结局。

想到当年的宁沁，黎茉勤胆气也上来了，手往门口一指："出去！"

秦止有些失控，双掌冷不丁紧紧地扣压住了她的肩，执意索要一个答案："你说啊，现在的宁轻到底是不是就是宁沁，你不是她们的亲生母亲吗？活下来的到底是哪一个你会不知道？还是说，你根本就帮着徐璟联手骗了她？"

黎茉勤双肩被他扣压得生疼，想开口，却在他沉冷的眼神下不自觉地缩着脖子，奋力挣扎着："你到底在说什么，吃错药了跑我家来发什么疯，你再这么胡来我就报警了。"

"我没发疯。今天是什么日子，如果活下来的是宁轻，你的好女婿会千里迢迢地专程跑去看宁沁？他如果真要去感谢宁沁舍命救了宁轻，该是带着宁轻亲自去祭拜她，而不是一个人偷偷摸摸地去。你就老实告诉我，当年活下来的就是宁沁对不对？"

黎茉勤被他晃得头有些晕，依然执着地不断摇着头，扯着嗓子撒了泼地喊救命，有人要杀人了。

宁轻这会儿刚好下班回家，远远就听到了黎茉勤尖锐的呼救声，惊得赶紧往家里跑，一进屋就看到了秦止正扣着黎茉勤的双肩在逼问着什么，神色沉冷狂乱，本能跑过去想将人拉开。

秦止也看到了宁轻，陡地松开了黎茉勤，一把捞起宁轻的手腕："你跟我来！"

拖着她就要往外走。

黎茉勤惊得赶紧去拖住宁轻，疯了般地喊："你疯了吗你，我女儿没招你惹你你就这么冲进来抢人你到底想怎样？"

尖着嗓子冲门外喊"救命"。

秦止扣着她的手掌将她推开:"不想让你女儿也丢脸就给我闭嘴,如果你真的为你女儿好,五年前就不会一声不吭把她不满两个月的孩子送走!"

黎茉勤敌不过秦止的力道,握着宁轻手腕的手被掰开,人也被推了开来。

宁轻想挣扎,挣不开,秦止拖着她上了车,车门一锁,将她困在了车里,人也跟着上了车。

宁轻又气又急,也顾不得礼貌不礼貌:"秦止你疯了还是怎样,你究竟要带我去哪儿?"

秦止抿着唇角没有说话,脸绷得很紧,人一上车就倏地踩下了油门,车速几乎开到了最大,在马路上疯狂飞驰,车速又快又急,宁轻被颠得脑袋发疼,胃也在翻搅着疼。

但秦止不给她任何歇息的机会,车子刚在他家楼下停下,他已经绕过车头,将她从车上扯了下来,拖着她上了楼,拖进了他的房间,"嘭"的一声就把门给狠狠甩上了,宁轻被他的手劲推得身子旋了半个圈,人还没缓过神来,秦止一只手突然扣住了她的肩,一只手扯着她的外套狠狠一用力,宁轻的外套被他扯了下来。

宁轻是真的被秦止吓到了,下意识想要去护住自己的身体,秦止拉开了她的手,手掌扣着她里面的白衬衫往外狠狠一用力,素色的蝴蝶纽扣四处飞溅,他撕下了她的上衣。

衬衫被扯下来的瞬间,宁轻下意识地伸手挡在了胸口上,又羞又恼,反手就想一耳光朝秦止甩去。

甩出的手掌中途被秦止截了下来,他紧紧扣住了她的手腕,黑眸看向她。

"你要打要骂我随你,但今天我必须弄清楚,你到底是不是宁沁!"

手腕一用力,将她推倒在了床上,手掌扣住了她牛仔裤裤头,往下一用力,扯了下来。

宁轻奋力挣扎着,又惊又怕。

门外在这时响起了剧烈的捶门声,朵朵带着哭腔的声音在门外响起"爸爸,你开门,快开门。"

秦止刚才拖着宁轻上楼时两人都在客厅里，朵朵和秦晓琪都被秦止吓到了，赶着上来看是怎么个情况。

朵朵捶着门，秦晓琪试着去拧门锁，气急败坏："秦止你疯了是不是，你要把宁轻怎么样？快给我开门。"

没想着房门就被她从外面给拧开了。

秦止下意识地扯过被单盖在了宁轻身上。

秦晓琪也动作极快地拉着朵朵转了个身，不让她往床上看。

秦止嗓音有些沉："出去！"

朵朵用力挣扎着拼命想往回看，一边挣扎一边大声嚷："爸爸，你是不是欺负阿姨了，我不要你欺负阿姨。"

真的让她给挣了开来，急急地跑到床边。

宁轻已经坐起身，身上衣服有些乱，幸而被被子紧紧裹住，除了头发乱了点，人看着还好。

朵朵气鼓鼓地用力地推了秦止一下："爸爸好讨厌。"

走向宁轻，鼓着眼睛看着宁轻，要哭不哭的，小模样看着要多可怜就有多可怜。

宁轻忍不住伸出手揉了揉她的头，软声道："阿姨没事。爸爸只是和阿姨闹着玩儿的。"

朵朵小嘴噘了噘："可是爸爸看着好凶。"

人就巴巴地爬上了床，还想着往被窝里钻，和宁轻统一战线。

宁轻衣衫不整的，捂紧了被子不敢让她钻进来。

秦晓琪也不知道屋里是怎么个情况，但看着满地狼藉的，想来也不是什么好事，脸色有些沉："你今天到底在发什么疯，不是去看沁沁吗，怎么整成这样了。"

秦止唇角微微抿起："妈，你先带朵朵出去，我有点事要和宁轻谈。"

"我不要出去！"朵朵气呼呼地高声答，隔着被子搂住了宁轻，"我要和阿姨一起。"

宁轻心里有些暖，从被窝里伸出半根手臂，揉了揉她的头，看向秦止："秦董，能麻烦你先出去一下吗？"

秦晓琪推着他："出去。"

大门外在这时响起剧烈的捶门声，徐璟和黎茉勤的声音同时响起，又气又急地让他开门，外面乱糟糟的。

秦晓琪狠狠剐了他一眼："看你做的好事。"

转身去开门。

朵朵不知道楼下发生什么事了，好奇地扭头看宁轻："阿姨，谁在砸门啊？"

宁轻估摸着是黎茉勤打电话通知了徐璟，一家人上门来找人来了，想想自己现在衣衫不整的模样，揉了揉她的头发："朵朵，把你爸爸撵出去。"

"好。"朵朵马上滑下床，"吧嗒吧嗒"地跑到秦止身旁，两只手掌抵着秦止的大腿，用力推着他，边推边嚷，"爸爸你出去啦。"

秦止垂眸看她："朵朵，你还要不要妈妈了？"

"要！"朵朵答得斩钉截铁，继续推，"可是妈妈都要被你吓跑了。"

继续用力。

秦止挪了两步，抬头往宁轻看了眼，听着楼下急促的脚步声渐近，终是长长吁了口气，看向宁轻："你先把衣服穿上吧。"

连带着朵朵一起带出了房间。

徐璟和黎茉勤已经走了上来，徐璟脸色很沉，看房门紧闭着，下意识去推，秦止手掌紧紧扣住了门锁，不让他推。

"你……"徐璟脾气一下子就上来了，上前一步拎着秦止的衣领拳头就要狠狠揍下去，被秦止一个旋身反制在了墙壁上。

黎茉勤赶着上前拉架，秦晓琪担心朵朵看到了有心理阴影，赶紧上前来想要把朵朵抱走，没想到朵朵反而绕到了两人侧边，仰着小脸好奇地朝两人看了又看，还晃着两根白嫩的小手臂很兴奋地挥舞着："爸爸加油！"

吓得秦晓琪赶紧把人拉开，生怕她因此被教坏了。

房门这时被从里面拉了开来，宁轻从里面走了出来。

因为上衣纽扣被扯坏，宁轻被迫找了件秦止的T恤套上，腰间打个结，再套上薄外套，虽是如此，徐璟还是一眼看出她穿的是秦止的衣服，又是从秦止的房间里出来的。

徐璟目眦欲裂："你浑蛋！"

扯住秦止的衣领就想开打，但体力上毕竟比不过秦止，人又被紧紧压制着，撼动不了秦止半分。

秦止脸色也极沉："到底谁比谁更混账！她到底是宁沁还是宁轻，

你自己心里清楚！"

"你在胡说八道什么。"黎茉勤急声喊，想上前来帮忙拉开秦止。

秦止手肘一挥就将黎茉勤给隔开了。

"他不心虚，那好，你给我解释一下，他今天一个人跑去宁沁的坟前伤悲什么？"

宁轻下意识看向徐璟。

徐璟也沉着嗓子："宁沁因为救宁轻死了，宁轻对那件事有阴影，我代她在她的忌日去看她一下怎么了？"

宁轻皱了皱眉，若有所思地看了徐璟一眼。

朵朵好奇地扭头："宁沁宁轻怎么都一样的啊，哪个才是我妈妈啊？"

黎茉勤这会儿也注意到了朵朵，那张与宁轻几近一模一样的脸蛋让她抓着秦止的衣领不觉缓缓地收了回来，看着她，眼神有些复杂。

朵朵也注意到了黎茉勤的目光，那眼神看得她有些不习惯，奇怪地眨了眨眼睛，走了过去，仰着脸问她："奶奶，你怎么了？"

黎茉勤只是看着她不说话，眼神却胶结在她身上不下去。

朵朵被她的眼神盯得越发不自在，噘着小嘴揉了揉鼻子，看秦止就在眼前，转身就下意识地去抱住了秦止的大腿。

这一抱差点没把秦晓琪的魂给吓没。

秦止和徐璟还剑拔弩张的谁也不肯松开谁，她就担心两人一个不注意伤到了朵朵。

偏偏朵朵没有这种安全意识，抱住了秦止的大腿还抬头看徐璟，冲他吐舌头："你看你都打不过我爸爸。"

徐璟原是满肚子气，被她挤眉弄眼的样子一逗，再大的火气也莫名消了下来，看了秦止一眼，语气不太好："放手！"

秦止松开了他，朵朵这会儿也被宁轻给拉开了。

徐璟整理着衣领，没看秦止，扭头看宁轻："回去了！"

伸手就去拉她。

秦止手臂横了过来："你不能带她走。"

"我先回去了。"说话的是宁轻。

朵朵一听就下意识抱紧了她的大腿，瘪着嘴巴泫然欲泣地。

宁轻蹲下身安慰她："阿姨明天再来看你好不好？"

朵朵不断地摇着头，嗓音已经带了哭腔："不要。"

眼眶也红了，眼泪积在了眼眶中。

秦止神色微凛，嗓音也沉了沉："秦朵朵！"

朵朵瘪着嘴不敢哭了，怯怯地松开了手，小模样儿看着要多可怜就多可怜。

黎茉勤突然有些不忍心："她才多大，你凶她做什么，她要和宁轻玩就让她多玩玩。"

伸手去拉徐璟，劝他先一起走。

秦止神色没动，只是看着宁轻："都说母女连心，看着她哭，难道你就没有一点点心疼的感觉？"

宁轻有些怔，她怎么可能不心疼，每次看着朵朵她胸口都疼得难受。

徐璟没给她多待的机会，上前拉过了她。

秦止这次没阻止，只是看着宁轻茫然地被徐璟带走。

他在逼她，又没敢真的下狠心去逼她，她到底是不是宁沁，到底为什么会变成这样，秦止完全没有答案。

朵朵还在哭，只是不敢像过去那样放开了嗓子哭，憋着在低声呜咽着。

秦止看着心疼，蹲下身，将她搂了过来，一边安慰她一边软着嗓子道歉。

朵朵只是抽噎着，边抽噎边问："妈妈为什么还是不要我？"

问得秦止胸口邃疼，轻揉着她的脸蛋："妈妈不是不要朵朵了，她可能只是忘记了一些事。我们要慢慢帮妈妈想起来知道吗？"

朵朵哽咽着重重地点头。

第二天一放学就缠着秦晓琪带她去公司找爸爸。

秦止是默许过秦晓琪带朵朵去公司了的，看她缠得紧，也就带了她过去。

有了上次的经验，朵朵这次是轻车熟路。

下了车人就背着小书包撒腿儿往大厦跑，经过前台时也不用问，直接奔电梯。

电梯按钮有些高，她踮着脚尖也够不着，又心急不愿等秦晓琪，不断地跳起来去按，随便按了个按钮，看电梯门开了人就走进去了。

等电梯门再开时她也就依着上次的记忆走了出来，入眼的都是陌生的办公室，而且都是关着门。

朵朵不太记得地方了，想了想，过去一间间地推开门来找，没想到第一间就推开了何兰的办公室，助理不在，朵朵直接走进去了。

何兰正在办公，办公室门冷不丁被人从外面推开，看过来时却只看到了个半大的小孩，人下意识一愣。

她认得朵朵，徐泾升七十大寿时秦止带回家过一次，还让不少人误以为是宁轻的女儿。

小丫头机灵可爱的，何兰对她印象不差，脸色不自觉柔和了下来，冲她招了招手。

朵朵也认出了何兰，不记得该怎么叫了，看年纪和秦晓琪差不多，也就一律叫"奶奶"了。

"奶奶，我想去找我妈妈，你能带我去吗？"朵朵背着书包走了过去，礼貌问道。

何兰一愣，倒是不知道朵朵的妈妈还在公司上班，也就问她她妈妈在哪个办公室。

朵朵也说不上来，手比画着办公室的样子。

宁轻这会儿刚好上来，何兰十多分钟前让她上来一趟。

她敲门进来时朵朵先看到了她，小眼神一亮，俏生生地叫了声："阿姨！"

宁轻愣了下："朵朵？你怎么跑这儿来了？"

"我来找你啊。"朵朵喜滋滋地跑去拉宁轻的手。

何兰狐疑地看向两人，而后视线落在朵朵脸上："这是你妈妈？"

朵朵连连点头，一边把书包褪了下来，边低头拉拉链边说："阿姨，我给你带了好多照片？"

"……"宁轻一时理解不了她的话。

朵朵已经抱着书包"蹬蹬"地跑到了何兰的办公桌前，看办公桌空，仰着脸问何兰："奶奶，我能借你桌子用一下吗？"

何兰点点头，朵朵提着书包底"哗"的一下就把书包倒了个底朝天，里面的东西全都倒了出来，全都是照片，乱七八糟的满桌子都是。

朵朵两只手一边忙碌地把照片扒拢起来，一边扭头看宁轻："阿姨，我在爸爸抽屉里看到了好多你的照片，我给你送一些。"

"……"

朵朵继续道："以前爸爸说多看看妈妈的照片就可以记住妈妈长什

么样了,然后我就记住了。可是我没有照片给阿姨看,阿姨你看你自己的照片是不是也能记住自己了,然后就记得我了是吗?"

宁轻鼻子突然有些酸,走了过来,拿起桌上的照片。

何兰也好奇地扫了眼满桌的照片,拿起几张看了看,眉头不自觉地皱了起来,下意识抬头看宁轻。

宁轻也在看照片,有些怔。

朵朵仰着头眼巴巴地看着她。

何兰轻咳了声。

宁轻看向她,隐约知道何兰是不太开心的,也就对何兰道:"伯母,我先带朵朵下去,有什么事回头再说吧。"

何兰点点头,不忘提醒:"你和徐璟没几天就要结婚了,注意点影响。"

她一提宁轻想起这个事来:"婚礼的事……我想先缓缓。"

"什么?"何兰没想到宁轻突然说要缓,人一下子就站了起来,"这事你和徐璟商量过了吗?这帖子都发出去了,酒店婚纱什么都订好了,也没几天了,怎么能说不结就不结了?"

"我会和他商量。"宁轻说,"但是结婚的事,我昨晚考虑了一晚上,我还是希望先缓缓。"

"缓缓缓缓,你这一缓都缓了将近六年了。"何兰嗓音一下子就厉了起来,"当年怀孕的时候说要结婚,徐璟体谅你身体不好说等孩子生下来再举办婚礼,让先领证你们不同意,非得要先风风光光地办了婚礼再领证。结果这一拖就拖了这么多年,又是要先念书又是要以工作为重,你是仗着徐璟喜欢你非得这么吊着他是不是?"

吼完嗓音又软了下来:"宁轻,不是伯母逼你,你们年纪也不小了,现在这日子也定下来了,你和徐璟就安心结婚,趁着年轻赶紧生个孩子。你的身体你也是知道的,年纪大了更不容易保住孩子。"

何兰向来擅长这种软硬兼施,宁轻知道跟她向来也说不到一块儿去,敷衍了句"我再考虑考虑吧"就带着朵朵先出去了。

收拾桌上的照片时不小心遗落了一张在桌上,夹进了文件堆里没留意,何兰下班收拾时看到了。

她拿了过来,盯着照片上的宁沁,又忍不住皱了皱眉。

何兰是知道宁轻还有个姐姐的,和她长得很像,但到底有多像她没见过真人，如今看着照片，竟觉得一模一样，连眉眼里的神韵都像极了。

何兰是记得宁轻出事前性子比现在柔顺许多，说话也是轻声细语的，从不敢跟她顶撞，反倒是出事后，也不知道是不是仗着徐璟宠她，和她说话虽也还是轻声细语的，但总有些心不在焉，对她也喜欢敷衍了事。

以前没留意她还没觉得怎么样，现在一想起来竟隐约觉得现在的宁轻和以前比跟变了个人似的。

何兰因为这个问题纠结了好一会儿，连下班回到家也坐沙发上发呆想这事儿。

徐泾升已经退休在家，看何兰在出神，走了过来，问她出了什么事。

"你有没有觉得这几年的宁轻和前几年不太一样？"何兰忍不住问。

徐泾升忍不住笑她："有什么不一样的，还不是一样乖巧听话，就是人长大了些，多少也沉稳了些。"

何兰却觉得不像那么回事，徐盈回来时又特意问了徐盈。

徐盈被问得莫名其妙："哪有人会一辈子不变的。"

刚好徐璟回来，徐璟是和宁轻接触最多的，何兰忍不住又拿这个问题问徐璟。

没想着徐璟突然发了脾气："怎么就不一样了，还不是一样的脸一样的人，妈您能不能别整天疑神疑鬼的，还有你对宁轻的态度，她是您儿媳妇，您脾气就不能收敛着些吗，非要逼得她和我分手了才甘心是不是？"

何兰被吼得莫名，看徐璟脸色有些阴沉，也不知道哪句话触到了他的逆鳞，知道这个儿子一向宝贝宁轻，赶紧出声安抚："妈就随口问问，你发什么脾气啊？你不喜欢我对宁轻的态度，我以后再改改不就是了。"

想起宁轻提起的婚礼要延期的事，也就顺口跟徐璟提了句。

"不改！"徐璟倏地站起身，"婚礼必须如期举行，您尽管按原计划操办就好，其他的事我会跟宁轻说。"

宁轻和朵朵出了何兰办公室，朵朵紧攥着宁轻的手掌，小声说道："那个奶奶好奇怪哦，说话一会儿凶巴巴的一会儿又像在哄小孩子。"

童言童语让宁轻不觉一笑，竟觉得朵朵总结得非常到位，何兰看着确实喜欢恩威并施。

朵朵看宁轻笑了，也忍不住跟着傻笑。

笑声有点大，秦止在办公室里面也听到了，下意识皱了皱眉，起身出来。

朵朵眼尖，先看到了秦止，高声叫了他一声。

秦止往这边看了过来。

宁轻因为昨天下午的事再看到秦止时心境总有些微妙。昨天她就应该先狠狠甩他耳光的，秦止的行为完全算得上耍流氓，只是当时她没有机会，后来也就更不可能。

她不知道该以何种心态再面对着他，松开了朵朵的手，轻轻说了句："朵朵交给你了。"

转身要走。

秦止突然伸出手，扣住了她的手腕。

宁轻下意识想挣，挣不脱。

"昨天很抱歉。"秦止突然道歉，"我只是想确定你到底是不是宁沁，要是不是我也好趁早死了心。"

宁轻忍不住扯了扯唇："确定一身份需要那样吗？"

"你当衣服撕着好玩的？"

秦止的反问让宁轻一时间竟不知道该怎么回应。

她迟疑了会儿："我……身上有什么独属于宁沁的标志吗？"

"她右臂内侧靠近腋下外侧原本有一个类似于蝴蝶形的胎记。"

宁轻想起了之前吃饭，他突然掀起她衣袖的事来，她记得她那里很白皙干净。

"其他呢？"宁轻问。

秦止看了她一眼，没再说下去。

宁轻想到了他昨天下午的举动，估计也不是多能启齿的地方，迟疑了下："没关系，你说吧。"

秦止又看了她一眼，突然朝她勾了勾手指，让她靠近些。

宁轻下意识靠了过去，秦止贴着她耳边说。

他没说完，她先红了脸，很尴尬地推开了他，脸红得耳根子都开始泛红。

朵朵好奇地看着两人："你们在说什么？为什么不能说给我听？"

宁轻脸颊还火辣辣地烧着，眼神甚至有些不知道往哪儿瞟。

秦止轻咳了声，转开了视线。

朵朵有些着急，跺着脚："哎哟，你们都不肯告诉我的，到底在说什么嘛。"

嘟着嘴有些生闷气。

秦止弯腰将她抱起，转移了话题："一会儿想去吃什么东西？"

朵朵嘴一嘟："你先告诉我你们在说什么。"

"去吃炸鸡腿好不好？"

"到底在说什么吗？"

"吃菠萝船古老肉？"

"到底在说什么吗？"

"要不吃芝香椒盐虾、金玉猪肉卷、太阳花煎蛋和奶酪土豆泥？"

"好。"

秦止唇角不觉一弯，低头亲了她一下，看向宁轻："一起吃饭吧。"

宁轻还是尴尬，心情也微妙，下意识拒绝了。

秦止这次没强迫她，回办公室拿了一沓小硬皮本子给她，有些破旧，看着有些年代了。

"这些都是宁沁以前用过的日记本和记事本。"秦止说，"上面还有她曾经用过的 QQ 账号和密码、手机号等个人信息，空间里还有她曾经写过的一些心情和日记，包括她去游玩的一些照片，回头我再把她曾经给我发过的信息转发给你，如果可以的话，你甚至可以回 C 市你伯母家走一趟，如果说，你看完这些，还是没有一点印象的话，那或许真的只是我的错觉。"

秦止带着朵朵先走了。

宁轻还要加班，回家时已经八点多。

她带着那摞笔记本回了家，客厅没看到黎茉勤在，还以为她去了邻居家搓麻将。

宁轻径自上了楼，没想到刚推开房门就看到了黎茉勤，正站在梳妆镜前，也不知道在做什么，宁轻推开门把她吓了好大一跳，手掌轻拍着胸口。

宁轻有些奇怪："妈，你在我房间做什么？"

黎茉勤还有些惊魂未定："什么时候回来的，怎么走路一点脚步声也没有。"

宁轻低头看了眼脚上蹬着的高跟鞋："我穿的是高跟鞋，怎么可能没声音。是您自己心虚吧。"

边说着边往梳妆镜扫了眼："你在弄什么吗？"

"能弄什么。"黎茉勤没好气，一只手胡乱拧开了瓶乳液，"最近天冷了皮肤干得都要起皮了，你买的这些护肤品都几大百上千的，我就想试试和我的大宝有什么不同。"

边说着边挖了坨往脸上涂，边涂边问她："怎么这么晚才回来？和徐璟去吃饭了吗？"

"没，在加班。"宁轻将手上那摞笔记本放在了桌上。

黎茉勤下意识往那边看了眼："这是什么？"

说着就要伸手去翻。

宁轻本能伸手压住了，将那摞笔记本挪开："公司的一些材料。"

黎茉勤轻哧了声："你什么时候这么勤快了，你徐伯母还跟我抱怨，你每天六点一到就走人了，也不管别人忙不忙，雷都打不动的。"

"那她有没有跟你说，她没少拿这个事说我？"宁轻侧头看她，"都被说了多少次了，我勤快一下很奇怪吗？"

"你啊，都快嫁进徐家的人了，别总这么不上道。徐家就徐璟这么一个儿子，以后整个家迟早都得你当家，在旭景上班就好好上班，得当自家公司一样好好经营，别跟和别人打工似的不上心……"

"妈。"宁轻打断她，这些话她不爱听。

"徐家不是只有徐璟一个儿子，现在真正主事的，是您一向瞧不上眼的秦止。而且您也别以为徐家多有钱似的，现在整个旭景就一空壳子，哪天不小心倒了您这房子估计都得被收回去。"

黎茉勤抹脸的动作一停："真的假的？旭景那么大一公司哪能说倒就倒的。"

"那可说不定。不过真倒了您也不用担心，您这不是还有徐璟那么一个乘龙快婿吗，留美心理学和精神病学双料硕士，又是在美国主流科研机构搞过科研的，挣那点钱够孝敬您老人家了。"

"你这说的什么话，自己的男朋友怎么也酸溜溜的。"

宁轻看了她一眼："这不是给您派定心丸吗？"

低头换高跟鞋。

宁轻一说这些话黎茉勤就知道她不太开心，到底还是自己的女儿，那点小心思还是懂的，也就不打扰她，抹完脸就先走了，临走前不忘叮嘱她："徐璟说你最近气色很不好，还是得按时吃点药，调理调理。"

"哦。"宁轻淡应了声，顺手关上了门，回到化妆桌前，看着桌上摆着的药，有些恹恹的。

宁轻随手拿了起来，分量有点沉，宁轻不自觉皱了下眉。

她记得前些天朵朵偷拿了她不少药，药瓶了也没剩下几颗了，现在分量反而多了起来。

宁轻想到刚才进屋时黎茉勤被吓一大跳的画面，忍不住往门口望了眼，拿起药瓶，拧开，放到鼻间试着闻了闻，拧着眉心，顺手塞入了随身背着的包包里。

宁轻第二天请了半天假，拿着那瓶药去了药检所，想找人帮忙检测一下。

肖劲刚好来上班，远远看到宁轻，愣了下，下意识叫了她一声："宁沁？"

过去秦止和宁沁在一起时过年回来带着她出来吃过几顿饭，他对宁沁记忆深刻，如今看着这张形似神似宁沁的脸，一时间忘了宁沁已经不在了的事实，失声叫了宁沁的名字。

宁轻奇怪转身，确定对方叫的是宁沁的名字，最近常被误认为宁沁，宁轻已经很能接受，迟疑着问他："你认识我姐姐？"

她这么一说肖劲也回过神来了，知道自己可能认错人了，尴尬地笑笑："不好意思，认错人了，宁沁是我一个朋友的女朋友，以前一起吃过几顿饭。她和你长得很像。"

宁轻也笑笑："没关系。"

又迟疑着问了句："你是秦止的朋友？"

肖劲点点头，看她手里拿着一瓶药，又是出现在这个地方，也就问道："你这是要做药物分析吗？"

宁轻点点头："想看下里面有什么成分，但好像手续有些复杂。"

肖劲朝她伸出手："给我吧，我帮你检测一下，刚好我是做这行的。"

有人愿意帮忙，宁轻感激不尽，将药给了他。

肖劲做药物分析需要几天时间。

宁轻把药交给肖劲后就先回了公司。

秦止交给她的日记和相册她还没时间看，昨晚加班回家太晚，吃完饭洗漱完只来得及试着登录了一下宁沁的企鹅空间。

空间里面的东西不多。宁沁不是喜欢在公共场合记录生活的人，只有寥寥几句话和一些旅游日记，还有一些旅游照片。

最后一句签名，是她和朵朵四十天时的合影，配文很短："四十天的女儿，我在她也在，可是你呢？"

宁轻想起了网络上很流行的一句话，我们这代人，网络ID就是墓碑，每一次QQ签名都有可能是我们的墓志铭。宁沁当初写下这句话时，或许从没想过，有一天是他还在，女儿也还在，偏偏就只缺了她一个。

她的空间是开放的状态，签名下是一长串的留言，陌生的ID，伤感的留言，任谁也没想过，有一天好友列表那一长串的头像中，有一个是再也不会点亮的。

宁轻不知道秦止第一次看到这一条签名时是怎样的感受，更不知道这五年来，他每次点进来时是以着怎样的心情，也或许是，他再也没勇气点进来过。

她的心情从看到那一条签名开始就一直很压抑，宁沁的留言板上也被各种感伤的情绪侵占，宁沁的朋友原是不少，只是五年下来，她的空间已经慢慢变得荒芜，能记住她的，还记着她的，除了几个关系比较好的，大概也就只剩下秦止了，而五年来还走不出来的，大概也就只剩下一个秦止了。

甚至连她这个亲妹妹，除了不知名的伤感，竟也已经没了太多伤痛的情绪。时间是很好的疗伤药，只是在秦止身上失了效。

宁轻不知怎么的，突然有些心疼秦止。

虽然他从没说过当初为什么会在宁沁怀孕的时候音讯全无，黎茉勤也一直念叨着他无情无义，宁轻竟开始倾向于相信，他当年是有什么隐情，一个会记着她所有的喜好所有的生活习惯的男人，宁轻相信这样的男人不会是黎茉勤口中无情无义的男人。

因为昨晚看得心情太压抑，宁轻没再继续看下去，很早就睡了。

今天上班时宁轻没遇上秦止，早上晨会她请假去药检所了，下午也没什么交集的地方。

宁轻没什么事也不好去找秦止，况且她也确实没什么事，见面了也不知道该说什么。

下午下班时间没到徐璟就来接她，他约了她一起去吃饭。

吃饭时宁轻提起想暂缓婚礼的事，徐璟沉默了会儿，问她为什么。

宁轻也说不上为什么，那天之后，她只是突然对婚姻产生了恐惧，也隐隐对自己是谁有些怀疑。

宁轻说不上来是什么感觉，许多过去的东西她记得模模糊糊从没一个清晰的记忆，她从没费心去探究过，或者去追问过，她知道自己受过重伤头部也受过重创，她一向将这些归结于头部重创，向来很从容地接受这种现象，对她来说，认真地过完每一天就够了，实在没必要再去费心回想过去，因为那些于她似乎不是那么的重要。

只是最近总无意识说出的话，大脑无意识冒出来的一些片段总在若有似无地困扰着她，她潜意识里对朵朵的心疼，莫名想靠近秦止的感觉也让她困惑。不知道是不是受秦止的影响，在他一次次地把自己当成宁沁之后，宁轻甚至开始怀疑起自己是不是真的宁沁了。

这样的想法有些荒唐和疯狂，宁轻却控制不住，在她自己没想清楚前，宁轻不想轻易结婚，况且，她甚至觉得，她对徐璟没有爱情。

这些问题都不是曾经的宁轻会去考虑的，但现在她控制不住去思考。

宁轻没有把心里的真实想法告诉徐璟，她不知道该怎么说，也怕说出来后他说她有毛病。

徐璟是心理医生，还是精神病医生，宁轻怀疑她真把这些念头告诉他了，他会不会逮着她回去认认真真地给她做一个检查，这么多年来她一直在接受他的心理治疗，宁轻觉得自己是没事了的，徐璟却总不放心她，每个月总还要给她例行检查一次。

宁轻好不容易借着工作忙两三个月没光顾他的工作室了，不想再因为这些事又让他拿这个说事，因此面对徐璟的为什么，宁轻还是习惯地以工作忙当借口。

徐璟只是看着她，眼神安静，却像能洞穿人心般。

他也确实能看透她。

"宁轻，你在找借口。"徐璟说，徐徐的声调，不容反驳。

宁轻沉默了会儿，也就干脆看向了他："我是真的没有做好嫁人的准备，当初我也没打算接受求婚的，我是被吓晕过去的，一觉醒来就成定局了。说实话，我不太适应得了你家的生活，尤其是你妈，我觉得我的性格和她不对盘，她也并不是很喜欢我，只是因为她的宝贝儿子喜欢我了，她没办法才不得不接受我的。我不太敢想象，我嫁过去后将面对怎样一种生活。以我个人的经济能力，我完全可以让自己过得很舒服自在，可是我现在却莫名其妙地要将自己置于一种婆婆不喜丈夫不亲的陌生环境里，你说我这是何必呢？"

"我没有和你不亲。我承认我这几年为了工作是有些冷落了你，但绝对不是不爱你或者怎样。"徐璟反驳。

宁轻点点头："我知道，我不是抱怨的意思，我只是举个例子。但我是真的没做好从一个自由自在的单身女人向一个处处看婆婆脸色的小媳妇转变的心理。希望你能再给我一些时间。"

"宁轻。"徐璟沉吟了会儿，"我想结束这边的工作，我们婚后回美国定居吧，我们的条件可以很快拿到绿卡。"

宁轻一愣："回美国？"

她对美国没什么记忆，虽说大学是在纽约念的，但她因为当年受伤的缘故，研究生是在国内念的，宁轻发现她对大洋彼岸的那个国家没有那么大的期待。

"我不想去那边。"宁轻这次很坚决，"我不习惯那边的生活习惯。再说了，你妈好不容易才把你盼回来了，旭景也是她让我来的，她就愿意让我们去国外定居？"

何兰还惦记着徐家的家底，怎么会愿意让她这么个儿子两手空空地去国外定居。

徐璟却是完全不担心这个问题。

"我会说服她的。我的工作本来就是做科研的，你说你想留在国内工作，我是因为你才回来的，但是我发现，那边的科研环境更适合我。"徐璟看着她，眼神温柔，近乎哀求，"宁轻，这么多年来一直是我在让着你，你也为我让步一回行吗？"

宁轻垂下眼睑："去美国定居的事我可以再考虑考虑，但是婚礼的事，我还是希望能先缓缓。"

徐璟也退让了一步："让我再考虑考虑？"

宁轻自然是同意，毕竟是她刚提出来，他没有一口回绝就是要转圜的余地，徐璟一向尊重她。

徐璟看她点了头，人也松了口气，笑了笑："好了，我们好不容易抽个时间出来吃顿饭，别因为这个闹得不愉快。"

抬手招来服务员替她又点了份甜点。

两人吃饭吃到一半时徐璟手机响，有客人来访，挺重要的一个客人，助理让他回去一趟。

宁轻看他还要忙，也就说道："你先忙吧，我一会儿一个人回去就行。"

"一起回去吧。"徐璟说，"我总不能每次都丢下你就走。客人也只是咨询些事，要不了多长时间。"

"真不用，我过去又得打扰你工作了。"

徐璟叹了口气："宁轻，把你一个人扔在外面我不放心，一起吧，一会儿我顺路送你回去。"

宁轻还想拒绝，徐璟做了个"打住"的动作。

"你男朋友整天累死累活的，加个班你就不能稍微陪一下？"

徐璟说得可怜兮兮的，再配着可怜兮兮的神情，看着像被遗弃的小狗似的。

他话都说到这份上了，宁轻身为他的女朋友，也不好再拒绝，也就跟他一块儿回了他的工作室。

来访的客人是一名中年贵妇，宁轻也不知道她要咨询什么，一进去就将近三个小时没出来，宁轻在沙发上等徐璟，等着等着竟慢慢睡了过去。

宁轻第二天没去上班。

晨会时秦止没看到人，忍不住皱了下眉，连着两天没来，也不知道出了什么事。

"宁轻请假了吗？怎么两天没来了？"秦止往部门经理姚建看去，问道。

"她昨天下午有过来。"姚建解释，"今天是请假了的，直接向何总那边请的假。请了半个月婚假，过几天要结婚，估计得忙婚礼的事。"

秦止眉心不觉拧紧，脑袋一时有些蒙："今天几号？"

"十五号。"有人答。

十五号？

秦止记得宁轻提过婚礼就在二十号，没想到一下子就近了，更没想到，宁轻已经开始请婚假筹备婚礼了。

秦止突然没了开会的心思，草草听其他人汇报完，说了句"散会"

人就先回了办公室。

在办公椅下坐下时,秦止还特意拿过日历看了眼,确实已经十五号了。

宁轻把那些日记相册抱回去也有两天了,当初的短信秦止昨晚也全都发回去给她了,宁轻那边一直没什么反馈,也不知道是没想起来还是,她真的就只是宁轻……

秦止不愿去想后面这种可能,心情又开始莫名地烦躁,连向来喜欢的工作也完全没了心情。

秦止想了又想,还是给宁轻拨了个电话。

电话响了很久才被接起,接电话的是宁轻,嗓音带着浓浓的睡意,似乎还在睡觉,没怎么清醒过来。

"还在睡觉?"秦止忍不住皱眉,侧头看了眼电脑,都快十一点了。

浓浓的鼻音从电话那头传了过来:"对啊,请问您哪位?"

秦止定了定心神,嗓音清朗:"宁轻。"

宁轻那头听出他的声音来,有些疑惑:"秦董?"

秦止听她声音困意很重,皱了皱眉:"你没事吧?昨晚没睡吗?"

"嗯,昨晚没怎么睡好,和徐璟出去了……"她这话说得断断续续的,听着又像是要睡过去了,也没意识到自己说了什么。

秦止却听出了些暧昧来,再联想到她现在困得睁不开眼睛,胸口就像压了块大石般沉了下来,连嗓音也不觉沉冷了些。

"那些日记和相册你看了吗?就没有一点点想起来的?"

"嗯,没想起。"宁轻下意识跟着应,嘤咛着,人实在是困,打着哈欠问,"秦董,还有事吗,我好困。"

秦止几乎都能听到她手机滑下的声音。

"没什么事了。"秦止压着嗓音,"你婚假的事,明天先过来把工作交接清楚。"

"嗯。"很轻的一声应,电话那头已经响起了很轻微的呼吸声,宁轻又睡了过去。

秦止憋着一口气挂了电话,这口气一直憋到下班也没能消下去,冷着张脸回了家。

朵朵正在沙发上看电视,看秦止走过来,小丫头很懂得察言观色,一看秦止的脸色就知道他又不开心了,人就跪坐起身,仰着脸问秦止:

"爸爸，你怎么了？"

"爸爸没事。"伸手将她抱了过来，低头在她脸蛋上亲了亲，心情稍稍好转了些。

秦晓琪拿了封请柬过来，边走边拆："徐璟和宁轻的请柬，这周末在徐家旧宅里举办，邀请你的，去吗？"

朵朵看红红的帖子，坐起身拿了过来，好奇地翻："这是什么？"

"这是结婚请柬。"秦晓琪给她解释，看秦止神色淡淡一副不关己事的样子，拍了他一下，"去不去你给个话啊，你去不成我托人替你封个红包送过去，人家既然送了帖子，我们怎么说也不能丢了面子。"

朵朵抬起头："谁又结婚啊？"

秦晓琪想起她上次听到宁轻结婚就眼巴巴地骗她带她去旭景找宁轻的事，刻意不提此事，只是轻拍了下她头："大人说话小孩子不要插嘴。"

又去看秦止。

秦止眉梢都没动一下："去啊，为什么不去？"

秦晓琪点点头："过去也好，省得人家说咱们小家子气，好歹他也算你名义上的弟弟。不过朵朵就算了，留家里我带就好，省得她到时跑去砸场子。"

朵朵又好奇地抬起头来："什么叫砸场子？"

"砸场子就是……"秦晓琪下意识想解释，看她又眼巴巴地看，挥了挥手，"乖，看电视去，奶奶和爸爸在谈大人的事。"

"可是我以后也会变成大人啊。"朵朵一脸好奇，晃着秦晓琪的手，"也告诉我一下嘛。好想听。"

秦止长臂一伸，将她揽入臂弯中，侧头看她："我们去参加阿姨……"

"秦止！"秦晓琪急声喝住了他，"你又想把她弄哭是不是？她年纪小拎不清，你那么大的人还拎不清吗？那天直接把人逮到家里来，撕了人家衣服就想强上，把自己整得跟个流氓似的，也就宁轻脾气好没跟你计较，徐璟也是大度的人，要不然不知还得闹成啥样。"

"是啊，他大度，大度到看到自己的女人衣衫不整地从别的男人房间里出来还迫不及待地娶回家了。"秦止偏头看她，"妈，您就不觉得奇怪？"

秦晓琪轻哧："自己小肚鸡肠还非要这么去揣度别人，你羞不羞。"

133

秦止不说话，只是敛着眼眸，若有所思的样子。

秦晓琪一看他这模样就忍不住心软，语气也软了下来："宁轻就是宁轻，宁沁就是宁沁，朵朵分不清，你那么大的人了别老这么钻牛角尖。真信不过，大不了偷偷给朵朵和她做个 DNA 亲子鉴定……"

"怎么做？"秦止打断她，"你没看到她和宁沁都一个模样吗？两个人同卵双生，基因都快长一样去了，遗传基因几乎完全一致，差异太小基本可以忽略不计，我咨询过人了，穷折腾而已，测出来了也不能证明什么。"

秦晓琪长叹了一口气，也不知道该说什么了，劝也劝不住，查也查不到。

宁轻自己都否认过了，偏就秦止死心眼，拼命钻牛角尖。

朵朵还在为秦止刚提到一半的话耿耿于怀，扯着秦止的衣角："我们去参加阿姨的什么啊？"

秦晓琪直接将她抱走了，丢了个答案给她："就是去阿姨家吃饭。"

朵朵马上来了精神："什么时候去？"

"等你爸爸有空了再去。"直接敷衍过去了，小孩子年纪小，也听不出敷衍不敷衍，喜滋滋地跟着秦晓琪去洗澡了。

秦止还坐在沙发上发呆，一根手臂横在沙发背上，长指有一下没一下地轻扣着沙发背，一脸深思。

第二天宁轻果然也还是没有如他要求的般亲自过来请假。

秦止给她打电话，徐璟替她接的电话。

"她这几天累坏了，工作的事还是暂时缓缓吧。"徐璟替宁轻说话，语气中隐约藏着暧昧。

"她人呢？"秦止按捺着脾气，嗓音清冷。

"她刚睡过去，醒过来后我让她给你回个电话吧。"

秦止直接挂了电话，等了一天也没能等来宁轻的电话。

秦止有些等不住，下班时间没到，直接驱车去了宁家。

黎茉勤和宁文胜都在，看到秦止来，黎茉勤马上一副进入备战的状态，横在门边，戒慎地看着他。

"她人呢？"秦止开门见山，不想废话太多。

"不在。"

"去哪儿了？"

第四章

"她都要嫁徐璟了，当然是在徐璟那儿，她这几天都和徐璟住一块儿，你要找去他那里找人，别来这里。"

"嘭"的一声把门关上了。

秦止深吸了口气，掏出手机给宁轻打电话。

电话很快接通，宁轻接的电话。

"出来！"秦止直接说，嗓音有些沉。

宁轻刚睡醒，意识还有些迷迷糊糊的："怎么了？"

"让你出来就出来，废话那么多干吗，我在徐璟家门口等你。"

秦止说完挂了电话，开车往徐璟住所去。

他不知道徐璟住所在哪儿，他回国后并不住徐家，另外在外面买了套公寓。

只是他不知道，徐盈总是知道的。

秦止给徐盈打了电话，徐盈向来热情，她虽不知道秦止问来做什么，还是很爽快地报了地址。

秦止到徐璟公寓楼下时，宁轻没下来，徐璟下来的，手里还拿着那摞他给宁轻的笔记本。

"她人呢？"秦止冷声问。

"她最近有点不舒服，忙婚礼的事也累坏她了，刚吊了水回来，又发着烧，走了没两步就头晕，我让她先在屋里休息了。"

徐璟歉然解释着，将那摞日记本和相册还给秦止："这些东西对你应该很重要。她本来想亲自送下来还你，但走了没几步就晕乎乎的，托我拿下来了。"

秦止往他拎着的那摞日记本看了眼，眸心微凝，看向他："她说的？"

徐璟点点头："她这几天有空就在那看，也不知道什么东西，但我看着上面有宁沁的照片，估计是宁沁的，也不好多问。"

提着东西的手晃了晃。

秦止伸手接了过来。

"我要见见她。"

徐璟依然是一副为难的样子："以后有的是时间，先让她休息一下好吗？"

秦止看了他一眼，唇角勾了下："行！婚礼见！"

转身回去了。

接下来几天，秦止没再见过宁轻。反倒是整个公司，因为老板儿子娶妻，到处洋溢着一片喜气，又是挂红绸又是派发喜糖和红包的，总之到处一片喜气洋洋。

婚礼当天，秦止一早换了西装就准备过去，朵朵不知道秦止去干吗，但是平时秦止换衣服的时候都会带她出去，因此她看到秦止换了西装，也马上跑回自己房间，翻箱倒柜地找出冬裙和外套换上，自己收拾得漂漂亮亮的，背上包包，穿好鞋子，先在门口站着等着了。

秦晓琪凑巧从厨房出来，一看她穿得漂漂亮亮地站在门口，略微奇怪。

"朵朵，你在干吗？"

"出去玩啊。"朵朵俏声应着，眼角瞥见秦止出来，冲他招了招手："爸爸，走吧！"

"……"不仅秦晓琪愣住了，秦止也愣了愣。

"朵朵，你这是要去哪儿玩？"

"啊？不是去玩啊？"朵朵吐了吐舌头，过去抱着秦止大腿，撒娇，"那爸爸你去哪儿，我能不能跟着一起去。"

秦晓琪担心秦止一个想不开真把朵朵带去砸场子，赶紧过来将她抱走："爸爸去工作。"

"可是今天周末啊。"

秦止心里也是想着别的事，不能带着朵朵，抱着她亲了下："爸爸真的是工作，改天再带你一块儿出去。"

先出了门，中途手机就响了。

电话是肖劲打来的。

"秦止，你能联系得到宁小姐吗？"肖劲问，药检分析结果出来了，宁轻一直没去取，他也一直没联系上人，肖劲也不知道宁轻是不是出了什么事，想好宁轻宁沁的关系，估摸着透过秦止能找到宁轻，也就打了秦止电话。

秦止心下有些奇怪："你认识宁轻？"

"她前几天拿了瓶药过来让我帮忙检测一下，药有点问题，可她人一直没来取结果，电话也没接，就想问问你这边能联系上她吗？"

"药？"秦止微拧眉，"什么药？有什么问题？"

"就类似于……"肖劲那边突然断了线。

秦止不觉又皱了皱眉，肖劲关键时刻总是掉线。

他重新给他回拨了过去，电话关机了。

秦止迟疑地开着车，低头看了眼手表，距离婚宴正式开始不到一个小时了，肖劲现在人也不知道是在家里还是在外面，他开车过去找人来回都得一个多小时，时间上也来不及。

秦止想了想，给肖劲发了条短信，让他看到信息马上回他电话，顺道给助理小陈打了个电话，让他替他跑一趟肖劲那儿，借手机送手机给他怎么都行，关键是让肖劲说清楚，什么药，药到底有什么问题。

秦止心里着急，却也没办法，一路慢悠悠地开着车去了徐家旧宅。

秦止到那边时宾客已经陆陆续续地到了，整个徐家旧宅徜徉在一片喜气中，鲜花红绸，气球红毯，整个婚宴现场布置得喜庆漂亮。

何兰徐盈和徐璟都在门口帮忙着招呼宾客，一个个脸上堆满笑容，喜气洋洋的。

何兰平时对秦止再怎么有怨气，这么个日子里，表面功夫也还是要做的，笑容满面地上前来招呼。

她心里惦记着朵朵，也就随口问道："朵朵怎么没一起带过来，人多点热闹点。"

"我怕她真过来了你们会吃不消，还是留在家里吧。"秦止淡道，往徐璟看了眼，唇角扯了下，"恭喜。"

徐璟也微笑着颔首："谢谢！"

徐璟今天穿着套白色礼服，衣服笔挺修身，妆容经过收拾，人看着也温文帅气许多。

都说人逢喜事精神爽，这话用在徐璟身上再适合不过。

何兰忙着招呼其他宾客，朝徐盈吩咐："先带你大哥进去坐会儿，顺便去看看，宁轻那边怎么样了，别误了吉时，这里交给我就行。"

徐盈点点头，带着秦止先进去了。

宁家别墅就在不远处，宁轻在家里化的妆。时间差不多了，徐璟带着一群小年青开着彩车过去迎亲。

浩浩荡荡的婚车，将附近马路点缀得热闹喜庆，奢华的派头也吸引了不少路人围观。

秦止坐在宾客休息席上，单手支颐，垂眸看着右手心上的手机，手机没响过,也没什么信息,秦止待得有些心神不宁。

旁边坐着的也都是旭景合作的大客户,都认得秦止,忍不住想借这个机会拉关系套近乎,秦止没什么心情,客套了几句就先出去了。

人刚走到门口,外头就起了骚动。

迎亲的队伍回来了,漂亮的婚车正一辆辆从院外往里面缓缓驶进来。

车道两旁被宾客围得满满当当,都争相看新郎新娘。

秦止就站在主屋旁的台阶上,从他的角度看过去能看清院内的所有景观。

何兰和徐盈看新娘子接过来了,也都从里屋出来,没一会儿,徐璟身侧已经围拢了不少宾客,多是徐盈宁轻那边的朋友,叽叽喳喳的,秦止不觉皱了下眉,站在原地没动,只是远远地看着婚车慢慢停了下来,徐璟先下的车,绕过车子另一头,将宁轻从车里牵了下来。

宁轻穿着曳地的白色抹胸婚纱,飘逸好看。

都说女人结婚这一天是最美的,穿着婚纱的宁轻精神看着虽是不太好,却依然美得惊人。

绾起的发髻搭配洁白的头纱,以及脸上清雅的淡妆将她恬淡安静的气质衬得越发分明。

秦止隔着人群,远远看着低眉敛眸的宁轻,不自觉地就想起了宁沁,在一起这么久,她连女儿都给他生了,却自始至终没有为他披上过一次婚纱。

左胸口又开始隐隐作疼,闷慌得难受。

秦止敛着眼眸,看着徐璟牵着宁轻的手,缓步踏上红地毯,一步步走向司仪台,捏在掌心里的手机有些不自觉地收紧。

手机很适时地在这里响起。

秦止几乎在手机振动的一刹那就已经接起了电话。

电话是小陈打过来的,他刚找到肖劲,肖劲手机没电了。

"给他接电话。"秦止嗓音有些沉,甚至有些急。

肖劲接过了手机,还没来得及解释,秦止已经先打断他:"药是怎么回事?"

"就宁小姐那天拿了瓶药过来要检测,那药外形上和你那天送过来的一些是一样的,但成分不太一样,加了点有致幻成分的东西……"

周围太吵,秦止没听太清楚,只是隐约听到他说成分不太一样。

"再说一遍。"秦止捏着手机往人少的地方走,经过徐盈身边时刚好听到徐盈在和身边的女伴在聊宁轻,隐约听到了"整形"两个字,脚步不觉缓了下来。

徐盈没留意到秦止这边,只是光顾着和身边的女伴聊天。

女伴是宁轻和徐盈的朋友,当年宁轻出车祸的时候整根右臂严重擦伤,被车体刮得血肉模糊面目全非是几个赶到现场的朋友都知道的事,现在看着宁轻光滑如初的手臂,不免问起怎么做到的,是不是整形之类的。

这事儿徐盈是知道的,也就淡声解释道:"就做了个疤痕去除手术。当时她整根右臂被刮得血肉模糊的,好了之后那些疤痕也去不掉,看着有些狰狞,女孩子夏天穿裙子什么的不好看,当时在美国治疗,也就顺道做了个疤痕去除手术,效果是挺不错的。"

秦止脚步硬生生刹住,倏地转过身,望向已经快走到司仪台前的宁轻,视线落在她光滑的右臂上。

肖劲那边没听到秦止这边的动静,也不知道发生了什么事,在电话那头加大了音量:"秦止?怎么了,能听得到吗,就是致幻剂,你上次说的那个,致幻成分……"

"检测结果给我留着!"秦止沉声说了句,挂了电话,突然用力拨开人群,快步往司仪台上跑。

众人都被这突然的一幕给吓到了,纷纷侧目,却见秦止沉着脸,不顾一切地将挡在前面的人一个个用力拉开。

宾客席上的动静也惊动了司仪台前的徐璟宁轻和徐泾升何兰,一个个下意识转头看向这边。

"这是……"何兰一时间太错愕,忘了要说什么。

秦止已经冲上台来,直奔宁轻,走近时冷不丁伸手一把将宁轻扯了过来,冷着脸,转头一只手拎住徐璟的衣领,一拳就照着他的脸狠狠揍了下去。

第五章

徐璟脸被打得歪向了一边，还没来得及反应，另一边脸也狠狠挨了一拳，牙齿硌着嘴唇，被揍得嘴角流了血，人也晕乎乎的，正要抬头，脸上又挨了一拳。

秦止这一拳直接揍在了他的正脸上，门牙被打断半颗，鼻孔也流了血。

何兰这会儿也回过了神来，人被吓坏了，手忙脚乱地上前来想拉开秦止，徐泾升和其他人也赶紧上来，忙着要将两人拉开。

底下的宾客炸开了锅，一个个担心却又好奇地盯着台上看。

宁轻脑袋晕乎乎的，有些茫然地看着这一切，被人群挤得往后退了几步。

徐泾升和司仪拉住了秦止的手臂，徐泾升气急败坏："这发的什么疯，今天什么日子你闹什么闹？"

秦止用力一挣就挣开了："你问问他到底做了什么好事！"

右腿一屈，膝盖狠狠撞在了徐璟的小腹上。

徐璟疼得弯了腰。

何兰简直快被急哭了，赶紧着要将徐璟拉开，一边拉一边尖声叫："报警啊，你们还在看什么看，快帮忙报警啊。"

徐璟被何兰和其他人合力拉了开来，秦止也被徐泾升和司仪给拉了开来。

秦止一个用力又挣了开来，吓得何兰下意识推着徐璟要往里屋去，徐璟挣着想回头。

秦止冷冷朝他看了眼，没再上前，反而转身扣住了宁轻的手臂。

"跟我走！"

拖着她就要往外走，宁轻只是迟疑了瞬间，下意识跟着他的脚步。

徐璟突然挣脱了开来，人虽然有些狼狈，但这会儿是回过神来了，上前一步就扯住了宁轻的另一根手臂。

"你不能带她走。"

兄弟俩为了个女人这么拉拉扯扯的着实难看，还是在公开场合，徐泾升瞬间黑了脸："你们这是在做什么，有什么话到屋里好好说，这婚礼还要不要办了，还嫌不够丢脸是不是？"

"今天这婚礼不能办！"秦止扭头看他，一字一句地说得清晰，手指向徐璟，"你就问问你的宝贝儿子，现在站在他面前的，到底是宁轻，还是宁沁？"

徐泾升怔了下，看向徐璟，有些困惑。

徐璟抬手将唇角的血丝缓缓擦干："你就因为这个来闹我的婚礼？我告诉你，她就是宁轻，宁沁死了，她早在五年前就死在了那场车祸中，活下来的就是宁轻！"

徐璟几乎是吼着出来的，狼狈的脸上，神色痛苦狰狞，眼神复杂凶狠。

这还是宁轻第一次见到这样的徐璟，失控疯狂，她有些怔。

徐璟已经狠狠将嘴角的血擦掉，转望向宁轻，眼神柔和了下来。

"宁轻。"他叫她的名字，嗓音轻柔，甚至带了一丝祈求的味道，"婚礼继续，好吗？"

秦止倏地捏紧了宁轻的手腕，将她扯到了身边。

"她现在连自己是谁，现在在哪在做什么都未必清楚，她就算点头了也不能做数！"

"她自己不能做主你一个外人能做主？"

徐璟脾气也上来了，扯住宁轻的手臂，往回一拉，"你哪也不许去！"

秦止眼眸一眯，冷不丁抬腿，一个利落旋踢，脚跟狠狠朝徐璟扣住宁轻的手腕踢去，徐璟本能松了手。

秦止一把将宁轻扯了回来，拉着她走下阶梯。

宁轻本能地跟着他走，脑袋昏昏沉沉的，甚至连自己现在哪儿，在做什么，都有些不太分辨得清楚，整个人跟梦游似的，只是遵循着本能走。

众宾客都目瞪口呆地看着这突发的一幕，到现在也闹不清楚到底怎么个状况，只知道新郎新娘要结婚了，突然冒出个男人上来抢亲，新娘还一声不吭地跟着男人跑了，新郎反倒是颓然地站在台上，怔怔地看着自己的新娘跟着别的男人走。

这戏剧性的一幕让所有宾客都有些发蒙，萧萌梦也懵懵的看不清楚，只是看着新郎狼狈地站在台上，眼神里的颓然绝望让她突然萌生出些许同情来，下意识地从人群里站了出来，挡住了秦止和宁轻的去路。

秦止眉心一皱："又是你？"

萧萌梦微扬着下巴："我说人家结婚好好的你瞎掺和什么啊，没看到新郎官都快哭了吗？"

秦止直接拖着宁轻绕过她，没想着萧萌梦还不依不饶了，干脆扯住了宁轻的手腕，劝她："宁小姐，您和徐先生都十年的感情了，就这么在婚礼上一走了之不太好吧，有什么话不能坐下来好好地谈吗？"

"你闭嘴！"秦止嗓音沉了沉，"我告诉你，她不是宁轻，在这所有的事情里，她才是最大的受害者，谁都可能做错了，唯独她没有错！"

"……"萧萌梦下意识松了手，不太听得明白，看向宁轻，却见她只是皱着眉，看着像头疼的样子，隐隐有些在状况之外，心里隐约有些奇怪，正要问，秦止已经把人带了过来，走到门口就将人给推上了车，自己也上了车，开车而去。

原本热热闹闹的婚礼一下子落得个人去楼空的下场，何兰在一旁气急败坏，徐泾升也黑着张脸，唯独徐璟，一直保持着失魂落魄的样子，俊雅的脸上被揍得青一块紫一块，嘴角还在渗着血，看着要多狼狈有多狼狈。

萧萌梦被他的神色触动，迟疑了下，走了上去。

她和徐璟不熟，甚至可以说根本就不认识，今天过来喝喜酒也只是代表家里人过来。

凌宇和旭景有生意上的往来，徐家办喜事，也就给了萧家一份请柬，萧萌梦替父亲过来，却没想到会撞上这狗血的一幕。

她走到他面前，有些担心地看他："那个……你没事吧？"

何兰和徐盈也走了过来，劝他先回去处理伤口。

也闹不清到底怎么一回事，秦止执意要把宁轻带走，宁轻也跟着走了，也不好强行阻拦，看看徐璟都被揍成什么样了。

徐泾升胸口憋着一口气，从秦止强行把宁轻带走就没消散过，秦止这么个儿子他管不了也教训不了，也就只有把他辛苦养大的秦晓琪能管。

徐泾升已经将近二十多年没和秦晓琪联系过，只是心里实在憋不下这口气，找来了秦晓琪的电话，一个电话过去劈头盖脸就一顿骂。

秦晓琪被骂得莫名其妙，二十多年来还勉强维持着面上的和谐，被莫名这一顿骂，脾气也上来了，面上却还是维持着八风不动的模样，等着他咆哮完，不冷不热地回了句："我儿子总算做了一回好人。"

挂了电话，面子上要把徐泾升气得跳脚，秦晓琪胸口也压着一股火，她千防万防不让他带着朵朵，生怕朵朵去砸了人家的场，结果他倒好，亲自上阵了。

朵朵在一边看秦晓琪气得红了脸，人本来还在为不能跟着秦止出去而生闷气，这会儿看秦晓琪也气着了，自己也就不气了，跪坐起身，问她："奶奶，你怎么了？"

"还不是你爸，小的不省心大的也不省事，这都闹的什么事儿。"秦晓琪也不管朵朵听不听得懂，只管着宣泄胸口那口气。

朵朵只听懂了爸爸，连忙问："我爸爸怎么了？"

朵朵不提还好，一提起来，秦晓琪又来气，拿过手机给秦止打电话，问他今天的事。

秦止刚把宁轻送到医院。

宁轻除了人是活的，整个人看着都不太对劲，眼神迷离，精神恍惚，秦止甚至怀疑她可能连自己在做什么都未必清楚。

秦止不确定徐璟是不是给她喂了那些乱七八糟的药。路上他电话咨询过肖劲，宁轻送过去的药里确实检测出了致幻剂一类的成分，其主要作用是改变使用者的意识状态。因其产生的效应难以预测，导致的结果常常取决于使用者自身的心理预期和所处的环境，通常情况下，服用之后会让人产生非常奇异的梦幻状态，造成感知觉紊乱，时间、空间以及体像和界限认识也可能产生错乱等。

宁轻现在的状态和肖劲对药物的描述中有类似点，秦止更担心的是徐璟还综合药物对宁轻用了什么催眠或者其他。

秦止记得前些时间在网上了解这方面的讯息的时候，有看到过暗示条件下的错误记忆类的研究，记忆不仅仅是对过去的原本复制，而是一个不断重造的过程，这个过程中容易发生错误和歪曲，暗示条件下的记忆歪曲和记忆移植都有可能存在。

他不知道徐璟在这方面的造诣怎么样，但大一就开始提出记忆移植与催眠相结合这样的课题，还在国际刊物上获了奖，并一直在这个领域埋头钻研了十多年又是在国外正规实验室工作了多年的人，秦止不太敢轻视他这方面的能力。

他甚至怀疑徐璟已经将催眠和精神药物结合得炉火纯青了，才这么有恃无恐地挟着宁轻进礼堂。

医生给宁轻做了个详细的身体检查，除了胃液里残存的部分药剂，她没什么事。

只是两天下来，宁轻精神状态还是很不好，整个人昏昏沉沉的，整天昏睡。秦止还专门咨询了精神科医生和心理医师，也都说不上是怎么个情况，只是建议秦止让她先好好休息，观察几天。

秦止有些担心她的状况，从医院出来时一路开车去徐家找徐璟。

徐璟因为那天被痛揍的事，人还在家里养伤。

何兰徐泾升也在，一见秦止何兰就一副刺猬状态，指着秦止便骂："你把宁轻藏哪儿去了？她人呢，这几天躲哪儿去了，丢下这么一个烂摊子，人倒好，躲得人影都没了。"

秦止径自走到了沙发前，腰一弯，就将徐璟给拎站了起来。

"你到底对她做了什么？"秦止嗓音很沉，山雨欲来。

两天没见徐璟憔悴了许多，被打缺掉的门牙也补上了，除了看着狼狈了些，神色却是很从容淡定。

"她人呢？"

"我问你到底把她怎么了？"秦止嗓音沉了几分，猛地将他推坐在了沙发上，手指紧紧钳制住了他的喉咙。

何兰在一边看着又急又怒又担心，和徐泾升上前来拉秦止，拉他不住，急急地赶紧打电话报警。

徐璟脸色因为缺氧渐渐转青，嗓音也断断续续的："她……过两天……就……就会没事了。她……人……到底在哪？"

秦止看他脸色已经渐渐转白，松手放开了他，只是依然沉着嗓子："你是不是对她动用了什么催眠或者记忆移植之类的东西，你别否认，我知道你在研究这个。"

"你在胡说八道什么。"徐泾升在一边怒声，"宁轻人呢，捅出这么大一娄子好歹让她出来给两家人一个解释。"

"我已经说了，这件事和她没有任何一点关系，责怪她之前先问问你的宝贝儿子干了什么。"秦止完全放开了徐璟，站起身。

宁轻还在医院里，他也不敢把她一个人留在那儿太久，生怕她出了点什么意外，徐璟一口咬死了宁轻就是宁轻，一时半会儿也问不出什么来，知道宁轻过两天会好转起来也算是半放下了心来。

"如果她有个什么三长两短我找你算账！"冲徐璟撂下狠话，秦止先赶回了医院。

宁轻果然如徐璟所说的，精神慢慢恢复了过来，两天后除了看着疲惫些，整个人看着也精神了许多。

人有精神了，这几天的零碎的记忆片段也慢慢涌了出来，只是记得而不太真切，整个人跟做了个长长的梦似的。

她醒过来时秦止刚好出去了，病房里没人，只是在另一边的空病床上，有一件有些皱的婚纱。

宁轻不觉皱了皱眉，婚纱她认得，前些天和徐璟一起买的，留着结婚时穿的，她甚至隐约记得自己是已经在婚礼上了的，然后秦止突然冲上来，揍了徐璟一顿，带着她离开。

这些记忆都在，只是又断断续续地像在梦中，宁轻一时间有些分辨不出自己到底是在现实中还是在梦中。

门外在这时传来了敲门声。

宁轻说了声："请进。"

门被从外面推开来，萧萌梦俏丽可爱的脸蛋出现在病房门口。

"你果然在这里啊。"萧萌梦颇为意外地道，她今天过来看一个朋友，刚才碰巧看到秦止从病房里出来，猜想着这几天让徐家宁家找翻了天的宁轻就在这里，试着来看看，没想到人真的在。

宁轻认得萧萌梦，有些意外会在这里遇到她。

萧萌梦不知道宁轻的情况，只是往旁边的婚纱看了眼："你和徐璟的婚事就这么告吹了，你不回去跟他解释一下吗？他看着挺可怜的。"

"婚事？"宁轻皱眉，下意识往那套婚纱看了眼。

秦止刚好回来，看到趴在门口的萧萌梦脸色顿时就沉了下来，扯着她的手臂将她拉开："在这里做什么？"

"聊天啊。"萧萌梦一脸好奇，"那天你问她到底是宁轻还是宁沁，这到底是怎么回事啊？"

宁轻对这话有印象，手指捏了捏眉心，总觉得哪里不对劲，她记得她那天是和徐璟吃饭，跟他提起婚礼延迟的事，然后他同意考虑了，他有客人来访，让她陪他一起回他工作室，她坐在沙发上等他，然后她睡了过去，再然后……

宁轻发现自己有些想不起来了，再然后似乎就到了婚礼上，就是她要结婚了，可是她怎么会同意就这么结婚了，是怎么出现在婚礼上的，她一点记忆也没有，宁轻越往下想，心越慌，脸色也苍白着，额头沁着细汗。

"宁轻！"秦止也注意到了她的异样，赶紧进屋来，人还没走进，宁轻突然掀被下床。

"我回徐家一趟！"匆匆留下这句话，宁轻人已快步往病房外冲。

她的动作太突然，秦止几乎没能反应得过来，等他追出去时，她已经上了门口泊着的出租车。

秦止也赶紧上车追了过去。

宁轻去了徐家，出租车刚在门口停下人就拉开车门快步往里面冲，连车费也没付，还是秦止给她垫上的。

徐璟正坐在沙发上失神，远远便看到穿着病号服急奔而来的宁轻，下意识站了起身："宁轻？"

人就走了出来。

宁轻在他面前站定，神色有些茫然："你是不是对我做过什么？"

徐璟没想着她突然问这个，一时间愣住。

宁轻有些失控："说啊，你到底是不是对我做过什么？"

徐璟依然只是沉默，宁轻一咬唇，踮起脚尖突然就狠狠一耳光抽在了他脸上。

"你说啊，你到底对我做了什么，我到底是谁？"

何兰听到动静赶紧着从楼上下来，刚走到楼梯口就刚好看到宁轻甩了徐璟一个耳光，当下变了脸。

"这是在做什么，婚礼上一声不吭地落跑，现在反倒有脸回来打人了？"

宁轻没理，只是定睛看徐璟，他越是沉默，她情绪越被逼到临界点，甚至是有些控制不住自己，手一扬，咬着牙又狠狠甩了他一耳光。

"你说啊，我到底是宁沁还是宁轻，为什么这么多年来我会一直认为自己就是宁轻？你所谓的心理干预到底是什么东西？"

徐璟抿着唇角，终于看向她："因为你就是宁轻！自始至终你就是她！"

"我要真的是她，那这几天算什么？我真的是她有必要对我催眠下药，让我这么稀里糊涂地去结婚？"

"因为自从他出现后你的心思就全在了他身上。"徐璟倏地指向着急跑进来的秦止，"宁轻，我们这么多年都走过来了，为什么就不能好好走下去，我不在乎你婚礼上丢下我，我们重新开始，只要你在我身边，好不好？"

"你……"宁轻一咬唇，扬手又是一个耳光，打得她手掌发麻发疼，也顾不得其他，就是想狠狠地宣泄一顿。

假如她真的就是宁沁，他就是操纵她抛弃了自己亲生女儿的元凶。

想到朵朵这几年过的日子，宁轻手掌又忍不住扬起，想再狠狠甩下去，中途被何兰硬生生给拦了下来。

"闹够了没有？这么多年他是怎么对你掏心掏肺的，你这几天又是怎么对他的？"

何兰脸色已经极沉，手掌紧紧扣住了宁轻的手腕，拧得宁轻几乎能听到骨头"吱吱"的响声。

秦止也已经快步走了上来，手掌倏地钳住了何兰的手腕，何兰吃疼松开了手，秦止扣着宁轻的肩将她带了过来。

宁轻只是颓然，侧低着头，就这么一瞬不瞬地盯着徐璟，执意索要一个答案。

秦止搂着宁轻的画面刺激到了徐璟，像被激怒的野兽，吼了声"你放开她！"后就黑着脸想上来硬抢，秦止护着宁轻旋了个身，避开了他的手。

这样的举动再次惹怒了徐璟，疯了般，手臂又疾又狠地伸过来想掐宁轻的脖子，被秦止险险隔开。

何兰也赶紧上来拉住他，一边往后推一边苦口婆心地劝："以你的条件，要什么样的女人没有，又何必为了这种女人把自己弄成这样？"

"你懂什么？"徐璟突然一声暴喝，"我这辈子就只要一个宁轻。除了宁轻，我谁都不要。"

眼神直勾勾看向宁轻："宁轻，过来！"

秦止护着她拉开了些距离，看向何兰："你真的为你儿子好，最好带他去检查一下他的精神状况。"

带着宁轻先离开。

上了车时，宁轻还是有些失魂落魄的，整个人看着很茫然。

"宁轻？"秦止有些担心她，"没事吧？"

宁轻只是摇了摇头，人却还是茫茫然的，眼神有些失焦。

秦止手臂不自觉伸了过来，手背还没碰到她的脸颊，宁轻已经本能侧头避开了。

秦止手臂微僵，盯着她，神色复杂。

宁轻唇角蠕动了下："我想先回家。"

"那个家你不能回去。"

"我要回去。"宁轻终于看向他，"我必须回去。"

"不行！"秦止很坚持，"你的身体还没恢复过来，先跟我回去，我让朵朵过来陪陪你。"

"别。"宁轻下意识抗拒，甚至有些不敢去见朵朵。

"宁轻，听话。"低沉的嗓音近似诱哄。

宁轻只是摇着头："我只是想一个人静一静，我现在脑子很乱，我要想想清楚我到底是谁，我……"

宁轻有些说不下去，头转向了窗外，窗外的路灯将她大半张侧脸隐在了阴影下，将她和他隔绝开来。

秦止唇角微微抿紧，收回了手："我在白江那边还有个公寓，我送你去那里吧，宁家你不能回去。"

"我说了我要回去！"宁轻突然有些失控。

"我说了你不能回就不能回！"秦止也是突然喝了一声，宁轻安静了下来，他也冷静了下来，手掌转着方向盘。

"宁轻，这种时候我不想再给你雪上加霜，但是你那个家，真的还能待吗？这么多天你是怎样的情况他们为人父母会不知情？还有那些药，你送到药检所的那些药，检测报告里就明明白白地写着，就是含了致幻成分的。"

秦止从座椅下抽了份文件递给她，那是肖劲给他的药检分析报告。

宁轻拿了过来，翻了会儿，人倒是平静下来了。

"我就是想回去问问清楚，到底是为什么。"

"要问以后有的是机会，你现在精神状态和情绪都不稳定，听话，先回去好好休息。"

宁轻沉默了下来，没再坚持。

秦止把她送回了他在白江的公寓。

那边公寓是他这两年置办下来的，一直空着没住。

宁轻身上只穿着一套病号服，秦止屋里也没女人的衣服，经过楼下铺面时，秦止顺道给她买了两套。

宁轻洗了个澡后精神状态好了很多，秦止一直坐在沙发上等她。

她走了过去，站在沙发边。

"你先回去吧，我没事。"

"我不放心你，要不你跟着我回去，朵朵也在，让她多陪陪你。"

宁轻低垂着头，有些沉默，她的状态没调整好，一时间还不知道怎么面对那张脸。

秦止知道她的心结，也不逼她："要么我留下陪你，要么你跟我回去，你选一个。"

宁轻唇角动了一下："那还不是一样。现在的你对于我来说，就和个陌生人差不多，而且假如我真的是宁沁……"

宁轻沉默了下来，她没做好接受自己是宁沁的事实，而且当年为什么只有她一个人怀着朵朵，一个人生下朵朵，甚至害她就这么被送走了，宁轻觉得，真要认真起来，她是没办法和秦止再这样心无芥蒂的，她有了自己是宁沁的认知，但是没有宁沁当年对秦止的感情。

这样的认知突然让她有些绝望。

秦止手臂伸了过来，侧头看她，长长叹了口气："别想太多，你现在需要好好休息。"

低头看了眼手表："我下去买点吃的，你先在这儿休息会儿，别乱跑。"

宁轻点了点头。

秦止站起身，走到她面前时突然停了下来，手臂冷不丁抬起，压着她的背将她搂入了怀中，手掌揉着她的头发，有些怜惜的味道。

宁轻怔了下。

他低下头，在她额头上亲了下，很轻。

"好好休息，别胡思乱想，我买完东西就回来。"

他的嗓音有些嘶哑，说完时，人已经放开了她，先出去了。

宁轻盯着关着的房门失神了会儿，额头上被吻过的地方隐约还带着他的温度，她不自觉地伸手揉了揉，在沙发上坐下。

秦止给她的那份药检分析报告还搁在茶几上，刚才回来时宁轻随手搁下了。

宁轻伸手拿了过来，看着页面上关于致幻剂的成分解析和产生的效应，脑海中不自觉地就掠过那天加班回家，黎茉勤在她房间鬼鬼祟祟的事来，越看心越觉得寒，手臂也微颤着。

宁轻突然有些控制不住，也忘了秦止叮嘱的，让她留在这里等他的事，捏着那份报告倏地起身，转身下了楼，打了车，往家里去。

家里就黎茉勤和宁文胜在。

宁轻这几天音讯全无，两人急坏了，但是知道人在秦止那儿也不好报警，在家里担心了几天，突然看到宁轻进来，黎茉勤赶紧着迎了上去，人是又急又气的，语气也好不到哪里去："你这几天跑哪儿去了？还有婚礼上，你说你怎么就犯糊涂……"

念叨着念叨着发现宁轻隐约有些不对劲，从进屋开始就面无表情的，似乎没在听她说什么，只是径自上了楼。

黎茉勤和宁文胜有些担心，互相看了眼，赶紧着跟着宁轻上了楼，刚走到门口却见宁轻将整个抽屉都拉了出来，抽屉被徐璟给她开的药占了一半空间。

"你这是在做什么？"黎茉勤皱眉问道，却见宁轻突然搬起整个抽屉，"咚"的一声就全部狠狠砸在了地上，砸得又重又狠，把黎茉勤和宁文胜吓了一大跳，还没回过神来，宁轻手中捏着的药检分析报告就狠狠甩在了她脸上。

"这话不是该我问你们吗？"宁轻问，转身抓起梳妆镜前的药，"这是什么，你们老实告诉我，这些到底是什么，到底谁给你们的？"

黎茉勤胡乱地抓起脸上的文件看了眼，脸色变了变。

"怎么？都没话说了吗？"宁轻冷不丁将手中的药狠狠砸向了黎茉勤身后的门板，惊得黎茉勤和宁文胜捂着头连连往旁边退了几步，险险避开了玻璃瓶。

宁轻看着黎茉勤和宁文胜狼狈地抱头，一个个却没说话，心里的气更是消不下去。

转身将整个桌面上的药都扫落在了地上。

"你们告诉我,我到底是谁?"宁轻有些失控地冲两人吼,"说啊,现在站在你们面前的到底是谁?"

"轻轻……"黎茉勤迟疑着看她,又担心她又突然朝她扔东西,今天的宁轻让她胆战心惊。

"轻轻,东西先放下。"宁文胜软着嗓子劝,"有什么话好好说。"

"好好说,行,那你们就好好告诉我,我到底是谁?"

"你当然是宁轻。"黎茉勤软着嗓音劝,捏着手中那份药检分析,戒慎地盯着她手里的药瓶,"那些药只是为了让你安眠的,你从哪找来……"

"你们还要骗我?"宁轻倏地打断了她,"如果我真的是宁轻,为什么你们要偷偷给我换这些药还要骗我每个月接受心理治疗,为什么我会记得一些属于宁沁的东西,为什么我每次看到朵朵都会那么难受和舍不得她,如果你们真的没心虚,为什么就这么迫不及待地骗我结婚骗我回美国去,我在美国那半年你们到底对我做过什么?"

整个人情绪都在失控边缘,特别的心寒,入目处看到摆在梳妆镜前的相框,宁轻想也不想拿起就往地上摔了,转身去翻箱倒柜地把宁轻所有的东西全搬了出来,一转身全摔到了地上,这个屋里的东西都是宁轻的,什么东西都是她的,就是没有宁沁的东西,也没有宁沁的房间,从她醒过来开始,所有人都告诉她,为免看着触景伤情,宁沁的东西全都收起来了,她在这个家里从来就没能看到宁沁的任何东西,全部都是宁轻的,无论是过去的还是现在的,就只有一个宁轻的。

宁轻近乎崩溃地把宁轻所有的照片和档案资料全摔到了地上,想去找出一点点宁沁的东西来,但她没能去找,宁文胜急急地过来将她抱住了,阻止她几乎再胡乱地扔东西,黎茉勤又心疼地将满地的照片和东西挪开。

宁轻看着她小心翼翼的动作,胸口突然胀疼得难受。

"她的东西就只是一些死物而已,你们都得这么宝贝着,我的女儿你们却就这么送出去了。从小到大没花过一分钱养我就算了,为什么还要这么对我的女儿,为什么就得这样操纵我的人生?"宁轻吼着吼着就控制不住哭出来,整个人像被抽空了般,颓然地倚着桌角,哭得难以自已。

这还是宁文胜和黎茉勤第一次看到宁轻哭得这么声嘶力竭,两人看着心里也难受，黎茉勤也跟着红了眼眶。

"轻轻……"她迟疑着试图叫她的名字。

"轻轻？为什么到现在都还要这么叫我？"宁轻看着她，"我到底是谁，你们说啊，我到底是不是宁沁，为什么我会变成宁轻？"

"你……"宁文胜眼神有些复杂，眼眶也微微红了些。

"宁轻。"徐璟在这时从外面闯了进来，被宁轻抽过的脸颊上还红肿着，从宁轻跟着秦止离开没一会儿他就赶这边来了。

看到徐璟来，宁文胜和黎茉勤简直像看到救命恩人一般，黎茉勤软着嗓子劝："你来了正好，劝劝她吧，她现在情绪不太稳定。"

宁轻神色一冷，手朝门口一指："滚出去，全都给我滚出去！"

"宁轻。"徐璟踏着地上的空处想要往里面走，宁轻转身拿起桌上的东西，也不管是什么，手一扬就朝徐璟扔去，徐璟躲闪不及，额角被宁轻砸过来的乳霜给砸到，砸破了皮，鲜血慢慢沁了出来。

黎茉勤一惊，下意识去拉徐璟，却没想到徐璟突然一把推开了她，沉着脸："伯父伯母，你们先出去。"

宁文胜和黎茉勤看着这阵势哪里放心把宁轻一个人留在这里，软着嗓子劝。

"出去！"徐璟突然一声暴喝，人就朝宁轻走了过来。

他的脸色太过骇然，宁轻下意识往旁边躲，却还是被他给扯住了头发，用力一拉，就想将她往回扯回来，秦止刚好匆匆赶来，神色一凝，想也没想一个旋踢就朝徐璟脸上狠狠踢去，徐璟松了手，秦止将宁轻拉了过来，看她哭得厉害也不敢多耽搁，先将她给带了出来。

回到家时宁轻还在哭，情绪没完全缓过来，哭得一抽一抽的特别伤心。

秦止在一边看着又急又气，也没缓过气来，刚才买了晚餐回来就不见了她人影，秦止就担心要出事，一路上开着车赶紧追过去，没想到还是晚了一些，看着宁家满地的狼藉，估计宁轻又失控在家里大闹了一场。

"别哭了。"他长臂伸展着将她圈入怀中，软声劝着。

宁沁依然只是哭，一抽一抽的有些缓不过来，认识这么多年来，秦止从没见她哭得这么伤心过。

他抱着她，手掌拂过她的刘海，低头在她额头上轻轻地吻了吻，又轻轻吻了吻她的唇："乖，别哭了。"

宁轻没有避开，只是任由他轻吻着，压抑得太久，情绪还是有些控制不住，依然是抽噎着。

秦止轻抚着她的脸，将她抱紧，给她擦眼泪，不断低头轻吻她，吻着吻着不自觉地加深了。

宁轻手臂也下意识地紧紧攀住了他的肩膀，头有些晕乎乎，下意识地回吻，四片唇一相贴，彼此都有些失控，他压着她倒在了身后的沙发上。

位置的变化也让宁轻猝然回过神来，手掌轻推着他。

秦止也冷静了些，看她情绪不稳神色疲惫的，也没强迫她，吻了吻她后就放开了她，起身去厨房给她热了些吃的。

宁轻确实精气神都不太好，人也疲惫，吃过东西没一会儿就睡了过去。

秦止看着她的睡颜，下意识地拉起她的右臂看了眼。

右臂上很光滑，但细看的话隐约还是可以看出一些不同来。

秦止不自觉地伸手摸了摸，有些停顿，视线有些不自觉地落向她的下半身，手掌有些蠢蠢欲动，有些迫不及待地想确认，她就是宁沁，哪怕心里已经有了99%的把握，但她没亲口承认，他没亲自确认，那1%可能的变化还是让他有些不安。

手掌隔着棉被轻落在她的胯部，秦止迟疑了会儿，到底是没掀开她的衣服来。

宁轻这一觉睡得很沉，也很踏实，直接一觉睡到了第二天中午，醒来时她不仅看到了秦止，朵朵也在。

秦止把她接了过来，她就一直好奇地趴在床头上看着她，眼睛扑闪扑闪的，宁轻刚睁开眼朵朵就惊喜地冲门口喊："爸爸，阿姨醒了。"

秦止走了过来，在床畔坐下，伸手在她额头上摸了摸，看她："今天好点了吗？"

宁轻点点头，还是没太习惯这种亲昵。

朵朵跪坐起身："我去看看做好饭没。"

人一溜烟就跑了。

秦止对着门口叮嘱："偷吃菜之前要记得洗手知道吗？"

"知道了！"俏生生的嗓音从客厅外传来。

秦止注意力转到宁轻身上，解释道："她几天没见到你，非得吵着要过来。"

宁轻嘴唇动了动："谢谢你。"

秦止唇角划开一点弧度，很浅，他伸手揉了揉她的头："先起来吃饭吧。"

宁轻"嗯"了声，掀被下床。

洗漱完的时候朵朵已经两手交叠着端端正正地坐在餐桌前了，正睁着水灵灵的大眼睛看着她，看宁轻坐下来，马上很乖巧地给她夹了块肉，放到宁轻碗里："阿姨，你尝一下。"

宁轻鼻子突然有些酸，在开始有了自己就是宁沁这个认知后，这个身份还是让她陌生的。她明明就该是宁沁，却像个外人一样顶着宁沁的身份，认知上和心理、情感上还是没办法统一起来。

"别胡思乱想。"秦止像猜透她的心思般，手掌伸了过来，在她头上揉了揉。

朵朵看得有些目瞪口呆，她虽然不太知道这算怎样一个情况，但是记忆里她的爸爸和妈妈没有这么亲密过，于是问道："爸爸你在做什么？"

秦止看了她一眼，给她夹了菜："小朋友安静吃饭。"

"哦。"朵朵应了声，埋头吃肉，吃到一半又抬起头来，问秦止，"爸爸，我可以也搬过来和阿姨一起睡吗？"

"不……"秦止正要拒绝，宁轻打断了他，"让她搬过来吧。"

朵朵小脸上马上笑开了花，冲秦止咧着嘴笑："阿姨答应了爸爸不能反悔。"

秦止有些无奈地捏了捏她的脸颊。

吃过饭后宁轻手机就响了起来，黎茉勤打过来的。

秦止看她捏着手机在失神，往她手机看了眼，一声不吭就拿过了她的手机，摁断了电话，顺道关了机。

"宁轻。"秦止将手机还给她，"你这几天状态不太稳定，无论是宁家还是徐家，你还是先别接触。"

这几天的事对她的冲击不是一般的大，几乎算是一夕之间被颠覆了整个人生和认知，一个一直以为自己就是自己的人，有一天却突然发现自己可能是另一个人，但是又没有那个人相关的记忆在，秦止觉得，无论是谁都需要一个慢慢适应和调整的过程。

宁轻确实需要一个适应的过程，她将手机扔回了桌上。

"下午出去走走?"秦止问,征求她的意见。

宁轻点点头。

朵朵在一边听到了,赶紧举手:"我也去!"

秦止这次没阻止她,带着她和宁轻一块儿出去了,一起回了宁轻伯母那边。

他跟她说,他想带她重新走一趟以前一起走过的地方。

这还是朵朵第一次去宁沁伯母那边,一下车,看到古色古香的装扮,好奇地回头问秦止:"这是哪里?"

"爸爸妈妈第一次认识的地方。"秦止说,将车门锁上。

朵朵若有所思地点点头,扭头看到宁轻正盯着眼前的屋子失神,凑过去,小手主动扣入宁轻的手掌,侧仰着头:"走吧。"

掌心下绵软的温度让宁轻回过神来,下意识低头看她,朵朵冲她笑得眉眼弯弯的,像尊小弥勒佛。

宁轻忍不住也跟着一笑,弯腰将她抱起。

吴梦璃刚好从厨房出来,远远看到了这边,夕阳下的一家三口,一时间有些愣,"沁沁"两个字差点就脱口而出了。

秦止也看到了吴梦璃,招呼了声,和宁轻一块儿走了过去。

"伯母。"宁轻也打了声招呼。

朵朵不知道该怎么叫,扭头看秦止。

"叫大外婆。"秦止对她道。

朵朵也就跟着乖巧地叫了声"大外婆"。

这还是吴梦璃第一次见到朵朵,陡然看到这张像极了宁沁的脸,一时间有些鼻酸,连声说着"好,好",把人让到屋里去。

已经是下午四点多,服务员和厨房的师傅们的用餐时间,在门口的桌边摆了四五桌,看到秦止和宁轻走进来,一个个好奇地看向这边。

有些在这边干了五六年的老师傅和服务员认出宁轻来。

"沁丫头?"一声略带着意外的男嗓响起,一个穿着厨师制服的中年汉子回过头来,很是热情,"这几年去哪儿了,怎么也不回来看看我们?"

吴梦璃手掌往中年汉子头上拍了一记:"老六,你瞎叫什么呢,这不是宁沁。"

"老板娘你又逗我呢。"老六大大咧咧地笑,很豪爽地扒了一大口饭,"咚"的放下饭碗,一边嚼一边道,"人虽说是比以前更漂亮了些,但脸蛋还是那张脸蛋,怎么就不是沁丫头了。"

说着转向宁轻:"小丫头当初刚交了男朋友的时候还天天跑到厨房缠着我要跟我学做菜,一转眼就这么多年来,哟,连女儿都这么大了。"

胖乎乎的手就伸向朵朵:"这小丫头长得跟她妈一个模子刻出来的似的,水灵水灵的,叫什么名字,来,伯伯抱抱。"

朵朵甜甜地问候了声:"伯伯好。"

乖巧的模样逗得老六"哈哈"大笑,笑声爽朗,不由得又对宁轻一阵赞。

宁轻有些下意识的:"刘叔,您太客气了……"

话没说完便见秦止和吴梦璃都在看她,秦止若有所思,吴梦璃则是有些失神。

老六没留意到,只是又是一阵爽快的笑嗓:"老板娘,你还糊弄我,还敢说这不是宁沁丫头,这店里上上下下来来去去一百多号人,哪个不是老六老六地叫我的,就沁丫头会叫我刘叔。"

宁轻笑容有片刻的僵硬,她没想什么,就是"刘叔"两个字很自然而然地就叫出来了。

吴梦璃已回过神来,笑着道:"成天就说我糊弄你。好了好了,赶紧吃,帮我去厨房另外弄几个菜出来。"

"好嘞。"老六爽快应道,"我就去给沁丫头准备几个她最爱吃的菜来,等着哈。"

端起大碗匆匆扒了几口饭,放下碗,旋身便进了厨房捣鼓。

吴梦璃把秦止和宁轻让到里边收银台边的桌前坐下,一边招呼着一边解释:"老六性格就这样,大大咧咧的没个正经,以前宁沁在这边的时候宁沁帮了他不少忙,和宁沁也投缘,很疼她,这几年就冲着宁沁的面子任凭别人怎么高薪挖脚也不肯过去,就守着我这小店当个掌勺的,人特别义气,宁沁的事我也一直没敢跟他说,怕知道了又得难过。"

提到宁沁时不免神色有些黯然,宁沁虽不是她亲生的,但毕竟在一起生活了这么多年,从小就跟着他们一家一起住,感情还是在的。

"伯母。"宁轻抿了抿唇角,迟疑了下,伸手握住了她的手掌,看着她,"我……大概是宁沁。"

"……"吴梦璃有些错愕地看向她。

"沁沁因为当年的事有些记不住过去。"秦止给她解释。

吴梦璃还是一头雾水:"可是当年宁沁不是已经……"

"这件事我们现在也没办法给您解释清楚,只是现在坐在您面前的,真的是宁沁。"秦止还是用了一个肯定的字眼,不是很喜欢用猜测类的不确定字眼。

吴梦璃突然有些想哭,情绪一下子上来了有些控制不住,拉着宁轻的手:"还活着就好,还活着就好。"

"我……我先回去看看老六晚餐准备得怎么样了。"不太习惯将自己的狼狈展现在后辈面前,吴梦璃随便找了个借口就回了厨房。

秦止侧头幽幽看向宁轻:"你对刘叔有印象?"

宁轻没想着秦止突然这么问,愣了下,下意识道:"我也不知道,就是下意识的念头。"

秦止长指一下一下地轻点着桌面:"你对很多人很多事,都会有一些下意识的反应,为什么独独对我,就从来没有一点点的印象呢?"

宁轻听着秦止这话似乎有些酸,想了想:"有啊。"

秦止眉梢微微一挑:"比如?"

"嗯……"宁轻想了下,"春梦。你那天不是问过我吗?"

朵朵好奇,下巴一下一下地跟着秦止的手指轻点着桌面,问宁轻:"什么叫春梦?"

秦止轻咳了声,端起茶壶,倒了杯茶递给她。

朵朵默默喝了口,喝完继续追问:"爸爸,你还没告诉我什么叫'春梦'。"

"嗯……就是不能说的梦。"秦止说,换了个话题,"大外婆家漂亮吗?"

"漂亮。那怎么样才是不能说的梦呢?"

"想不想以后多来这里玩?"

"想。"朵朵点点头,继续缠着他,"什么是不能说的梦?"

"我们以后和妈妈常来好不好?"秦止软声问。

朵朵注意力被"妈妈"两个字吸引,张着黑白分明的大眼睛,小心翼翼:"我可以叫妈妈了?"

"当然。"

朵朵马上抬起头，甜甜地冲宁轻叫了声"妈妈"。

宁轻忍不住一笑，摸了摸她的头，看向秦止："你……就不担心你认错人了？"

想起那天婚礼的事，忍不住看他："那天婚礼你怎么会突然上来了？为什么你就认定我是宁沁了？"

"老实说，我真没证据。"秦止说，侧头看着她，"但我之前就跟你说过，你的气味你的习惯你的神态等等的小细节都和宁沁一模一样，我甚至偷偷拿你的药去检测过，想找出你可能被药物控制的证据来，但什么也没有。我几乎要相信你就是宁轻了，但那天在婚礼上，肖劲告诉我，你带去的药里掺了致幻剂成分，我又凑巧听徐盈说，你当初车祸的时候手臂被伤得血肉模糊，手臂做过疤痕去除手术。"

"所以……你就来抢亲了？"宁轻皱眉，"也就是说，其实你也不能证明我就是宁沁？"

秦止看了她一眼，朝她稍稍凑过去，手掌勾着她的头，将她拉近了些，以着低沉的嗓音在她耳边低低道："沁沁，信不信今晚我就能证明你就是你？"

那天在他办公室门口他贴耳说的话不期然地在脑中浮现，宁轻有些尴尬地红了脸，推开了他。

朵朵看着两人，有些生气地嘟起了嘴："哎哟，又不告诉我了，每次都这样。"

秦止有些失笑，伸手安抚地揉了揉她的头。

朵朵仰着脸噘着嘴："我也想听嘛。"

"爸爸只是跟妈妈说，今晚要不要把你送回奶奶那里。"秦止说。

朵朵想也没想："我不要。今晚我要和妈妈睡。"

人还可怜巴巴地跑去抱住了宁轻，宣告主权。

秦止有些无奈地捏了捏她的脸，也没真的把她送回去，在这边吃过饭待了会儿后就先回去了。

朵朵怕秦止真的半夜把她送走，人回到家洗完澡就早早地钻进了被窝里，瞪着秦止看。

床很大，只是宁轻还有些……接受不了和秦止同床共枕的现实，洗过澡对浴室里的秦止道："我和朵朵先睡了，一会儿你在隔壁睡就好。"

朵朵还没睡，听到后也对秦止道："爸爸，你不能和我抢妈妈。"

朵朵没有听床头故事的习惯，小时候没那个条件，这半年多来虽然跟着秦止，但到底不是从小被娇养起来的，风餐露宿惯了，随便抱着一个枕头就能睡过去。

宁轻回房陪着她睡了会儿，朵朵就先睡了过去。

宁轻也有些困，关了灯翻了个身正要睡，身后就想起了轻微的门锁转动声。

沉稳的脚步声自门口徐徐靠近，即使没有睁开眼，宁轻也能轻易感觉到秦止高大的身影在靠近，带着巨大的压迫感。

宁轻突然有些紧张，下意识翻了个身，伸手拉开了床前的壁灯。

秦止在床边坐下："还没睡？"

宁轻点点头，看他光着膀子，下半身只随意地围了条大毛巾，紧实的肌理一览无遗，两道线条分明的人鱼线从紧实的小腹慢慢延伸至毛巾裹着的小三角地带，宁轻突然有些口干舌燥，轻咳着将视线转开。

秦止低头往身下看了眼，看向她，身体微微一倾，左臂撑在了床头上，将她困在了床板与他的胸膛间。

温热的气息随着他伏低的身体扑面而来，裹着沐浴露的清新，宁轻突然觉得有些呼吸不畅。

她望着悬在眼前的紧实胸膛，想推开，又不敢乱动，右臂屈着搁在耳旁，屏着呼吸，有些紧张地看着他。

秦止身体伏低了下来，盯着她的眼睛，幽深的眼眸异常的黑亮。

"沁沁。"他叫着她的名字，嗓音异常嘶哑，"你在紧张。"

"废话。"宁轻不敢乱动，手指轻轻戳了下他的手臂，"你想干吗，朵朵在旁边睡着呢。"

秦止侧目往朵朵看了眼，小丫头睡得正酣，半侧着身子，一条腿大咧咧地搭在棉被上，粉嘟嘟的脸蛋被挤压出半个苹果形来，不时咂着嘴。

秦止视线移回了宁轻脸上。

"我会轻点。"他说。

"……"宁轻下意识想踢人，秦止手掌已捧住了她的脸，指腹轻轻摩挲着她的脸颊，黑眸有些眷恋地胶结在她脸上。

"沁沁。"他的嗓音温柔低哑，夜色迷人，听着特别容易让人迷醉。

宁轻有些抵挡不住，下意识"嗯？"地应了声，一时间忘了还在旁边躺着的朵朵，怔怔地看着他，直到他缓缓侧低下头来，以着轻柔却又不容拒绝的力道，吻住她。

她的意识有刹那的回笼，但很快又在他炽热的唇舌里迷失。

秦止刚开始还吻得温柔克制，慢慢就有些克制不住，渐渐失控起来，手掌揉得她的头发凌乱，但到底还是保持着一丝理智，在失控前放开了她，气息有些凌乱。

"我们到隔壁去。"他说，混着情欲的嗓音异常沙哑诱人，宁轻还有些回不过神来。

秦止手臂已经按压着她的肩将她带了起来，想将她带到隔壁去。

宁轻刚刚起身到一半，朵朵就咕哝着睁开眼。

"妈妈，你要去哪儿啊？"小丫头没睡醒，只是迷迷糊糊地嘟哝，说完时翻了个身，大腿压在了宁轻身上，惊得宁轻心脏跳得有些快，好在秦止早已是翻身侧躺在了她的身侧，手臂绕过她的后颈环着轻按着她的肩。

宁轻不敢乱动，侧抬头看了下秦止，这一吓神智也回来了。

秦止垂眸往朵朵看了眼，正要将她的腿拉开，没想着朵朵又咕哝着往宁轻怀里缩，一边缩还一边抬头往秦止看了眼，叫了声"爸爸"后又继续往宁轻怀里蹭，边蹭边嘟哝："爸爸，今晚我要和我妈妈睡。"

小手还揽过了宁轻的腰，紧紧搂住，轻蹭着。

宁轻手肘轻轻撞了下他的肋间："你去隔壁睡。"

秦止往大床扫了眼，看着还有位置，人就拱着她躺了下来。

"今晚我睡这里。"

宁轻还不太习惯，还想赶人，秦止已经拉好被子，还顺手关了灯："睡觉。"

人就直挺挺地躺着了。

两个人身体贴得近，宁轻明显感觉到他绷紧了的身体以及身体上的温度，滚热滚热的。

他躺得笔直，一动不动的，似乎在极力调顺身体的气息。

宁轻试着轻推他一下，指尖还没碰到他手臂，手掌就被他的手掌给包覆住拉开了。

"别乱动，安心睡觉。"嗓音听着都有些克制的嘶哑。

宁轻倒是想安心睡觉，身侧躺了那么个大热炉，蒸得她一晚上没能睡安心。

秦止就更不用说，几乎保持着同一个姿势躺了一晚上，鼻间都是熟悉的气息，若有似无地撩动着，他也一晚上没能安睡。

第二天醒来时就朵朵一人神清气爽，一睁开眼看到爸爸妈妈都在，小丫头还很开心地在宁轻怀里蹭，蹭了会儿后就蹭到了两人中间去了，不时去挠秦止的胳肢窝，然后"咯咯"地笑。

秦止侧过身，单手撑着头抬起，垂眸看她："今天早上精神这么好了？"

朵朵重重地点头："昨晚睡得好舒服，抱着妈妈好暖。"

秦止侧眸看宁轻，看她刚睡醒，神色还很困顿的样子，伸手在她头上揉了揉。

"还没睡够？"秦止问。

这还是一家三口第一次以这样的方式醒过来，混沌了多年的脑子像是突然清明了般，宁轻不觉一笑："还好。"

捂着嘴打了个哈欠。

"看着就像没睡好。"秦止说，微微倾过身，冷不丁在她额头上吻了下，手掌揉了揉她的头发，"你带朵朵再睡会儿，我先起来准备早餐。"

把朵朵往被子里一塞，人就掀被下了床。

朵朵已经睡饱了，人也从被窝里跪坐起身："我也去帮忙。"

宁轻也没了什么睡意，坐起身，伸手拉过朵朵："来，妈妈帮你穿衣服。"

很自然而然地一句话就这么说出口了。

秦止不觉看了眼她，宁轻被她看得突然有些不自在，拉过朵朵，替她拢着头发。

秦止穿好衣服，低头在朵朵脸颊上吻了下，对宁轻说："你先帮她收拾一下，我去准备早餐。"

宁轻虽然算起来算是第一天当妈,但给朵朵打扮起来也是得心应手。

朵朵没什么衣服在这里，发饰什么的也没有，想好好打扮一番也打扮不起来。

宁轻想起朵朵平时穿的衣物，也不是说不好看，就是搭配起来比较随意，到底是妈妈不在身边的孩子，平时穿着打扮都有些粗糙。

吃饭时宁轻就和秦止提起这个事来，想带朵朵去多买些衣服发饰，好好帮她打扮。

今天刚好也是周末，朵朵不用去学校，吃过饭后秦止也就亲自开车载着两人去逛商场。

平时朵朵的衣物都是秦晓琪负责买，也是她看中了就顺道买回来了，秦止偶尔也会带朵朵亲自去逛商场买一些衣物，但毕竟是跟着爸爸出来，商场里哪里都是和爸爸妈妈一起或者和妈妈一起去的，朵朵每次出去买衣服时兴致都不高，往往都是秦止拿起一件衣服问她喜不喜欢她点个头说"喜欢"秦止就付账带着她回来了。

今天大概因为有宁轻在，一到商场朵朵就跟脱了缰的野马似的，看到好看的衣服鞋子，就可劲儿地拖着宁轻的手往店里钻，一会儿拿起这件在身上比画比画，一会儿再拿起那件比比，一边比一边扭头问秦止和宁轻好不好看，看着总算有了这个年龄的小姑娘该有的快乐。

宁轻和秦止是恨不得把过去几年欠朵朵的时间都能一一还回去，因此一整天很尽心地陪她逛各种童装店和精品店，任由朵朵挑，只要是她喜欢的，无论多贵都给她买回去。

一整天逛下来，宁轻和秦止手里已经大包小包地都拎满了衣服鞋子和玩具，全都是给朵朵买的，朵朵全身上下也换了一身行头，经过宁轻一番精心挑选和打扮，整个人看着更可爱时尚了些。

买完衣服时一家人就近找了家餐馆吃饭，没想着会在那里遇到了徐璟。

徐璟是和客人来吃饭的，远远看到了宁轻和秦止，眯了眯眼，人就走了过来。

秦止为了让宁轻情绪彻底平复下来，这几天刻意让她关了机和远离网络，避开宁家和徐家那些人，没想着出来吃个饭还会遇上。

经过这两三天的恢复，徐璟看着已正常许多，只是大概因为那天他突然用力扯住她的头发将她往后拉的事，宁轻发现自己对徐璟似乎有些阴影，看他走过来时人就下意识绷紧了些，连握着汤匙的手都不自觉地捏紧，戒慎又警惕地看着他。

秦止桌下的手握住了她的手，无声安抚。

朵朵不明白大人间的恩怨，看到徐璟走过来就嘟了嘟嘴，先发制人："不许和我抢妈妈。"

徐璟看了眼她，沉默地在对面拉了张椅子坐了下来。

"有事？"秦止问。

徐璟视线落在宁轻身上，沉默了会儿："宁轻，那天……对不起。"
他的神色是认真的，隐约还能看到晦暗的神色下的懊悔。
宁轻抿着唇角没说话。
"你这几天去哪儿了？"徐璟继续问，"我和伯父伯母找了你几天，担心你出事。"
秦止直接伸手招来服务员买单。
朵朵奇怪地扭头看秦止："爸爸，可是我们还没吃啊。"
秦止摸了摸她的头："一会儿再吃。"
让服务员买了单，和宁轻朵朵想先离开。
徐璟下意识想伸手拉住宁轻，手伸到一半又有些悻悻然地收了回来，苦笑了下："我只是想跟你说声对不起。"
秦止看了他一眼，将东西交给宁轻。
"你和朵朵先到车上等我会儿，我一会儿就过去。"
宁轻有些担心。
"我没事的，听话。"秦止揉着她的头发侧头在她额头上吻了下，推着她和朵朵先出去了。
徐璟神色有些黯然，站在原处没说话。
秦止走了回来："谈谈吧。"
人就率先往餐馆厕所旁边无人的走廊走去。
徐璟也跟着走了过去，刚走到拐角无人处，秦止突然转过身，手掌以着极快的速度，出其不意地拎住了他的领带，用力一扯，将他整个人给扯着往身后的阳台护栏一压，徐璟半个身子几乎悬空。
秦止紧紧抵着他，压低了嗓音，很沉："你到底还想怎样？别以为我现在不追究就是放过了你。"
拎着衣领又是一收，秦止继续道："你要真的对她感到抱歉，那就老实告诉我，你到底对她做了什么？为什么这么多年来她会一直认定自己就是宁轻。她到底有没有失忆，到底要怎样才能想起自己来？"
"她现在就是宁轻。"徐璟因为悬空的身体气息有些喘，侧头往楼下看了眼，面色却是平静的，定定地看着秦止，坚决不肯松口。
秦止拎着领带的手差点就失手松了开来，任由他这么摔下去一了百了，只是理智到底还是在的，勒紧了领带，将他整个人拉了起来。
"你还要自欺欺人到什么时候？你人为地把她变成宁轻她就是宁轻

163

了？我告诉你，真正的宁轻已经死了，现在活着的，是宁沁！"

"她没死！"一提起宁轻已死的事徐璟就特别激动，人用力挣扎着想要挣脱秦止的禁锢，试了几次没能挣开，也就放弃了挣扎，只是定定地看着秦止，一字一句很清晰，"我告诉你，宁轻没死，现在活着的就是宁轻。我把记录了宁轻记忆的芯片植入了她的体内，她就是宁轻！"

"……"秦止一个克制不住，一拳头就照着他的脸狠狠揍了下去，揍得他的头歪向了一边，再拉起，又是狠狠一拳。

"你他妈浑蛋！"又是一拳。

秦止几乎从不爆粗，现在却似乎只能借由这句粗话和手中的拳头才能发泄心头的怒火，一拳一拳地揍得徐璟鼻孔都流了血。

动静太大惊动了厕所的人，有人跑了过来，想要将秦止拉开。

秦止只是狠狠地扯着他的领带，双目赤红："你老实告诉我，她还能不能恢复过来？到底要怎么才能恢复过来？"

徐璟吃力地摸着嘴角的血丝："你该担心的，是她会不会还有其他后遗症。我才是研究这方面的专家，这么多年我一直注意着她的精神状态和心理状态，你得把她交给我，要不然……唔……"

嘴角又狠狠吃了一个拳头，揍得又狠又重，刚补上的牙齿又被揍得飞了出去。

旁边人怕出人命，赶紧着上来将两人给拉开了。

秦止双眸赤红着，手指狠狠指着他："她要是有个三长两短我拿你偿命。"

用力一挣，从拉着他的人手中挣脱开来，拨开人群，走了出去。

宁轻和朵朵还在车里等着他。

宁轻等得心里着急，等了半天没见着人，带着朵朵又不好下去找，又急又担心，忍不住掏出手机给秦止打电话。

手机在一遍遍响过后秦止终于接起。

"你到底去哪儿了，没事吧？"宁轻问，担心不已。

"我没事。"秦止软声安慰，怕宁轻担心，先去洗手间整理了一下，这才往车里走去。

宁轻看着他走过来，人不像有事的样子，悬着的一颗心才稍稍放松了下来。

"你们谈什么了，怎么去了这么久？"宁轻问道，到底还是有些担心，往外面瞥了眼没看到徐璟。

"没什么，就随便聊聊。"秦止没明说，摸了摸她的头，"先去吃饭。"

带着她和朵朵先到附近吃了饭。

秦止看着似乎有些心不在焉，总若有所思地盯着她看。

宁轻直觉和徐璟有关。

"到底怎么了？"

秦止摇了摇头，端过茶壶给她倒了杯茶，指尖推着移给她："你这段时间精神状态不太稳定，又被徐璟这么乱七八糟地喂药，也不知道会不会对身体产生危害，明天我们去医院做个详细的体检吧。"

"……"宁轻困惑看他，"我没事啊，怎么突然要做什么体检。"

"我只是担心那些药会不会有什么副作用。"秦止说，握了握她的手，"就当一次常规体检，检查完了没什么问题我也好放心一些。"

朵朵在一边好奇："为什么要去体检？那我要去吗？"

秦止摸了摸她的头："你半年前才体检过了，暂时不用。"

朵朵似懂非懂地点点头，看宁轻蹙眉若有所思的样子，赶紧安慰道："妈妈，体检不疼的，就是医生让你张开嘴检查一下你的牙齿，再摸摸你的肚子，量一下你多高，最多就是抽一下血，疼一下就没事了。"

认真的神色让宁轻一个没忍住，"噗"的一声就笑了出来，摸着她的头："朵朵记得好清楚。"

"那当然。"朵朵得意扬扬，"我都不怕的。"

秦止也忍不住笑了笑，看向宁轻："怎么样？"

征询她的意见。

宁轻想着也很久没体检过了，也就答应了下来。

第二天秦止带宁轻去做了一个全套的体检，包括全身 CT 检查。

朵朵自从认了妈妈后就黏着宁轻不放，连体检都得跟着来。

秦止和宁轻拗不过她，也就把人一起给带了过来。

做完体检时宁轻去洗手间，秦止和朵朵在 CT 室等她。

秦止沉吟了会儿，问医生："假如她体内有什么芯片的东西，能不能检查得出来？"

医生愣了愣，忽而一笑："科幻片看太多了。普通人体内不可能有这种东西的。"

朵朵听得好奇，她记得她看过的动画片里有提过，扯着秦止的手好奇地比画着:"爸爸,是不是那种这么大,然后在脖子上割一个口塞进去的那种?"

医生忍不住笑道:"小姑娘懂得真多。"

朵朵得意:"我看电视的。"

秦止却是若有所思:"假如真的有人这么试验过,而且可能已经隔了四五年,还有可能检查得出来吗?"

医生点点头:"不过按正常情况来说,一般不会有人在体内植这种东西。除非被庸医忽悠,认为植入这种东西能治疗什么病这种就另算。"

秦止点点头,没再说什么,类似的新闻倒是看过一些。

宁轻刚好从洗手间回来,看到秦止若有所思的样子,也就随口问道:"在讨论什么呢,怎么神色这么凝重?"

朵朵脆生生地应:"我们在讨论芯……唔……"

秦止手掌不着痕迹地捂住了她的嘴,看向宁轻:"先去吃饭吧,CT结果要下午才能出来。"

宁轻点点头,伸手牵过朵朵。

朵朵对突然被捂住嘴的事颇有怨念,一边反手拉住秦止的手,一边碎碎念:"爸爸的手老是分不清我的头和脸在哪里,每次都不小心就捂住了人家的嘴巴,上次也是,我刚想跟妈妈说那什么爸爸就不小心捂住了我的嘴,害人家想说话都说不了。"

秦止伸手摸了摸她的头,从善如流:"对不起,爸爸以后会注意的。"

"没关系。"朵朵决定小孩不计大人过。

宁轻看她那认真的小模样,有些失笑,侧头看秦止:"有什么不能让我知道的,非得捂着她的嘴?"

秦止语气淡淡:"手放错了。"

朵朵仰着头,嘟着小嘴,有些愤愤:"看吧看吧,我就知道。"

秦止失笑看她:"爸爸以后会注意的。"

朵朵嘟着的小嘴咧开了笑,又很欢快地扭过头和宁轻聊天了。

因为不赶时间,这顿饭吃了将近两个小时,边吃边聊,气氛很温馨,除了秦止会时不时盯着她有些失神,总一副心不在焉的样子,问他他也不说什么,只是说有些感慨,宁轻忍不住笑他多愁善感。

吃过饭时秦止回去拿了宁轻的CT检查报告和其他的检查报告,她的身体很好，没什么问题。"

秦止有些放心不下，忍不住拉过医生："确定她体内真没什么芯片类的东西吗？"

问过之后便见医生以一副看精神病人的眼神看他，含蓄克制："检查结果很正常。"

"谢谢。"秦止牵唇道了声谢，带着母女俩去游乐园逛了半天才回去，晚上时总还有些若有所思，昨天白天徐璟附耳低语的话不时干扰着他本就绷得紧的神经。

第二天周一，请了几天假，秦止和宁轻终还是回去上了班。

秦止刚到办公室，人还没坐下，办公室门就被人从外面狠力推了开来。

秦止转过身，一眼便瞥见何兰拿着份报告怒气冲冲地走了进来。

秦止眉梢微微挑起，漫不经心地松着领带："有事？"

"啪！"何兰手中的文件被用力甩在了办公桌上。

秦止垂眸看了眼，是徐璟的验伤报告。

秦止下意识伸手拿了起来，低头翻阅着。

何兰沉着脸："徐璟怎么就得罪你了，你非得把他打成这样？婚礼上把那个女人带走让他下不了台就算了，三番两次的打人，你就仗着你爸现在宠你了我们娘儿俩不敢拿你怎么样了是不是？"

"被打得很严重吗？"秦止问，翻阅着，"只是断了鼻梁骨而已，看来还打轻了。"

将验伤报告还给她。

无关痛痒的语气让何兰越发的气急："别以为我真的就不能拿你怎么样了。那天多少人看着，人证物证可都还在，别以为我不敢报警。"

"去啊。"秦止双手撑着桌面，缓缓倾体，视线与她平视，"你马上就去报警，让警方来查查清楚，您儿子到底是怎么蓄意杀人的。他为了逃避宁轻死亡的事实，趁着宁沁伤重意识不清时，利用职业之便，硬生生将她改造成了另一个宁轻，这已经是杀人了，他差点就亲手杀了宁沁！"

最后一句话几乎是暴喝出来的，把何兰吓了一大跳，下意识地后退了几步。

秦止突然一把抓起桌上的验伤报告，一把甩在了她的脸上："我告诉你，这件事我跟徐璟没完！别以为我揍他两顿就恩怨两消了。"

何兰颤着手拿下被甩在脸上的验伤报告，整个人脑袋还是晕乎乎的，什么宁轻宁沁的，她听不太明白，却又隐隐听出不对劲来，正要问，秦止手已经往门口一指："出去！"

何兰黑着脸出去了，越想越觉得蹊跷，想着前段时间和徐璟说的觉得宁轻和以前不太一样的事来，他当时的反应，忍不住皱了皱眉，打电话给徐璟，问他现在的宁轻到底是不是以前那个宁轻，没想着徐璟脾气一下就上来了。

"妈，别人不相信您儿子您还不相信吗？她就是宁轻，现在活下来的就是宁轻，您别再跟着别人神神叨叨的。"

挂了她的电话。

徐璟越是在这个问题上暴躁何兰心里越是不安，晨会时就忍不住不时盯着宁轻瞧，越瞧竟越觉得陌生起来。

宁轻虽在认真开着会，但不时瞥过来的一双眼睛也干扰着她，自那天失控当着黎茉勒的面甩了徐璟几个耳光后，这还是两人的第一次见面，人现在冷静下来了，见面时心情总有些微妙。

会议结束时，何兰叫住了宁轻："宁轻，一会儿来我办公室一趟。"

"她有事！"秦止想也没想，先替她回绝了，低头收拾着桌面上的会议笔记。

何兰神色未动："她是我的下属，我找她谈一下工作的事怎么了？"

"她的工作直接向我汇报，有什么问题直接跟我提就行。"秦止淡道，将笔记本往臂弯里一搁，"宁轻，一会儿来我办公室一趟。"

人先出去了。

何兰也沉着脸出去了。

其他看戏的同事一个个好奇地看着宁轻，那天的婚礼几乎整个部门的人都去了，自然也见证了秦止强行抢亲的一幕，只是都不明白到底是怎么个情况，之后两人双双请了几天假，今天刚上班，一下子又让秦止和何兰给杠上了。

"宁轻，那天……"许琳犹疑着打探，"你们怎么回事啊？"

"没事啊。"宁轻淡应，收拾好人也先出去了，将东西带回办公桌放好，就先去了秦止那儿。

秦止正在忙，他刚开完会助理小陈就将最新的调查报告交给秦止了，正在办公室里面汇报最新进展情况。

徐璟的工作信息依然是查不到，但是调查到了宁轻当年在美国读书时留下的一些指纹信息。

宁轻推门进去时秦止正拿着那份指纹图片在看，看宁轻走过来，朝她招了招手："过来。"

"怎么了？"宁轻疑惑走了过去，却见他拉过她的手腕，捏着拇指在印泥上一按，然后压着她的拇指按在了旁边的白纸上。

"干吗呢？"宁轻有些莫名其妙。

"没什么。"秦止收起了两份指纹图片，看向她，"怎么样，调整了几天，今天能工作了吗？"

宁轻忍不住一笑："难道我今天会议上的表现又让你不满了？"

没想到秦止还真的认真地点了点头："是不太满意。"

看宁轻想抓文件扔他的意思，才笑了笑，抽了份文件给她："你先看看。"

"这是什么？"宁轻伸手接过，低头翻了起来。

"凌宇的合作意向书。"秦止说，"萧萌梦发过来的。你再斟酌斟酌。"

宁轻捏着纸张的手一顿，想起那次他和萧萌梦相亲的事来，她记得之后那段时间萧萌梦和他走得挺近的，而且许琳那会儿似乎说过，他在和萧萌梦交往，一家三口的模式似乎还挺幸福的呢。

宁轻放下合作意向书，看向他："萧萌梦对你好像挺不一样的啊，你和她……"

宁轻努力想着措辞。

秦止放下手中的工作，单手撑着额头，慢悠悠侧头看她："我和她怎么？"

"嗯……"宁轻想了想，"假如不是我出现了，你和她是不是就要皆大欢喜了？"

"什么叫假如不是你出现？"秦止看她，语速不紧不慢的，"难道不是我一开始就先认出了你，然后是你一直在不断地否认，不断地误导我？"

"……"宁轻皱了皱鼻子，"我哪有了。"

"你别否认。"秦止轻拈起那份文件，"从在徐家第一眼看到你，我从你手里把朵朵抱过来时感觉就不对劲。之后每次我一认定你就是宁沁，你马上先跳出来误导我，比如，没有失忆啊，手臂没什么事啊，你也生过孩子啊，你就是宁轻啊……"

秦止一个个给她历数，瞥了她一眼："就连你和徐璟的婚礼也是我先发现问题了，就差那么一点点，你就嫁了徐璟，你还好意思说，假如不是你出现？"

宁轻默默摸了摸鼻子："在说你和萧萌梦的事呢，又扯我身上干吗呢。"

抬头看他："说实话，你和她如果都在谈着了，现在我算不算第三者介入了？"

"相亲是有过，但没谈，你女儿也看不上她。"秦止稍稍俯身，盯着她，"沁沁，你都要跟我算起旧账来了，那我是不是也要算一算……"

"……"宁轻疑惑看他，"算什么？"

"在你眼里，徐璟就真的比我好看了？"

"……"宁轻愣了下，轻咳了声，"真难为你惦记了这么久。"

宁轻想起那天他面无表情的那张脸，以及会后把她留下时撂下的狠话，还说要开了她，到现在竟也没个动静。

宁轻忍不住问起。

"别岔开话题。"秦止站起身，伏低了身体与她对视，"说，在你眼里，就真的觉得徐璟比我好看，比我好？"

"……"宁轻一时间有些无言。

秦止已经轻轻捏着她的下巴抬了起来，迫使她迎视他的目光："沁沁，明眼人都看得出来，我明明比徐璟长得好看，就你认定了他更好看。都说情人眼里出西施呢。算起来，我们在一起连三年都没到，你和徐璟在一起却都四年多了吧。"

想到这个秦止不觉拧了拧眉，四年时间已经足够一个人爱上另一个人，而且那个人还是一直以着男朋友的身份在身边无微不至地照顾着的。现在的宁轻除了拥有宁沁的壳子，其他什么都不是，她现有的记忆、现有的情感……

秦止不觉敛下眼眸，捏着她下巴的手慢慢松了开来。

宁轻唇角抿了抿，抬眸看他，秦止已经伸手替她将垂下来的头发拂到身后去，捏了捏她的脸："先回去工作吧。"

宁轻轻轻点头，拿起了那份合作意向书，迟疑了下，看向他："其实你现在和徐璟挺像的。"

抿了抿唇，宁轻先出去了。

就在刚那么一瞬间，宁轻突然有些明白，这么多年来，徐璟每次靠近她时为什么会眼神开始变得复杂起来，然后再慢慢将她推开。

他想将她改造成另一个宁轻，但是意识却又是清醒的，他知道她终究不是宁轻，才会在每次靠近时，又矛盾地没办法真的将她当成宁轻。

刚才的秦止，也是。她不是宁轻，也不是宁沁。

宁轻鼻子突然有些酸，脚步有些不自觉地加快，身后的门突然被拉开。

"沁沁。"秦止从里面出来，从身后扯住了她的手。

宁轻下意识想甩开，甩不掉，那根手臂突然用了力，拖着她往后退了两步，直直撞入他的胸膛。

他的手掌扣住了她的腰，牢牢扣住，另一只手掌扣着她的后脑，微微使力，迫使她抬头看他。

"对不起。"秦止垂眸看她，深沉的目光落在她眼眸中，"我没别的意思。你还活着，对我来说已经是最大的惊喜。"

宁轻抿着唇角："谢谢。"

他的黑眸带了一丝深沉，盯着她没说话。

"我知道，我没事。"宁轻低声说，想推开他，没能推动，秦止已经低下头来，微冷的唇碰上她的。

她有些僵，想推开他，他突然用了力，狠力将她揉入了怀中，吻变得凶狠失控。

宁轻不知道怎么的鼻子突然有些酸，眼泪一下子就滑了下来。

温热的泪水沿着眼角滑落，从秦止手掌慢慢渗入，一直渗入到掌心里去，温温热热地烫得他胸口疼。

他吻得越发失控，却又有些克制，直到彼此呼吸都有些乱了才放开了她，复杂的目光纠缠着她。

宁轻眼眶里还有些湿润，突然有些狼狈，大概因为到底没想起和秦止的过去，即使在认定自己就是宁沁了，也没办法像过去的宁沁那样，可以肆无忌惮地在他面前骄纵任性或者撒娇。

她狼狈地想推开他，却被他的手臂紧箍住不放，几乎半强迫地逼她接受这种亲昵的意思。

"咳咳……"一声轻咳在这时插了进来。

宁轻从他怀里抬起头来，视线穿过秦止的肩膀，看到了何兰，端着咖啡杯面无表情地走过。

"这里是公司，请注意点形象。"从秦止身后经过时，何兰冷声说道，人闪身进了茶水间。

秦止稍稍松开了宁轻，指腹轻抚着她脸颊上的泪滴："对不起。"

他突然道歉，嗓音很哑，宁轻总觉得他还是想要说点什么的，只是不习惯说太多。

经过何兰这么一个小插曲，宁轻也冷静了下来，冲他挤出一个笑容："我真的没事。"

秦止也笑了笑，摸了摸她的头："别胡思乱想。"这才任由她回办公室。

宁轻回到办公室后还是没什么心情，开了电脑，登了宁沁那个停用了五年的QQ，试着点进去看，看着看着就走神了，眼睛有些失焦地盯着电脑看，常常要许琳叫她几次才回过神来。

快到午餐时间时宁峻过来找她，她这几天音讯全无，家里急坏了。

宁峻过来时宁轻又走神了，怔怔地盯着电脑不知道神游到哪儿去了。

宁峻俯身往电脑看了眼，似是叹了口气，轻拍了下她的肩。

宁轻回过神来，下意识回头，看到宁峻时不自觉抿了抿唇："哥。"

"一起吃个饭吧。"宁峻说，"才几天没见，人看着怎么像是瘦了些。"

"没有啊。"宁轻扯了扯唇，"这几天过得挺好的。"

看饭点时间也到了，收拾了下桌面，也就和宁峻一起去吃饭了。

"这几天住哪儿啊，到处找不着人。"和宁轻在外边找了家餐馆坐下，宁峻边点着菜，边问道，没有提那天她回家闹的事，也没提婚礼的事。

宁轻沉默了会儿："哥，当年的事你也是知情的吗？"

宁峻抿着唇角，盯着她看了会儿，沉默着，没应。

宁轻垂下眼睑："你只要告诉我，是还是不是。"

宁峻在沉默了会儿后终于点了点头："是。"

宁轻倏地将眼前的茶一推开，一声不吭站起了身，转身时宁峻伸手拉住了她。

"沁沁，这对当时的你来说，是最好的安排。"宁峻说。

第五章

宁轻一把甩开了他的手，扭头看他："什么叫最好的安排，你们问过我了吗？把我变成了另一个人，把我的女儿送走了，然后来告诉我，这都是为我好？你们还能更要点脸吗？"

"那个孩子当初是她爸先不要她了的。"宁峻很冷静，"沁沁，你一个大学没念完的女孩子，还带着个孩子，你以后怎么嫁人，她从小就在没有父亲的家庭里成长，对她就真的好吗？当初把她送走时爸妈是经过挑选了的，是选了个不错的人家，只是没想到后来那家人会出事，他们只是想让朵朵有个健康完整的家庭环境，让你后半辈子也过得舒服些。"

"是，你们这么做都是迫不得已都是为了我好，是我不识好歹我不该不按着你们给我安排好的人生继续走下去，我活该现在什么也不是。"宁轻一个没控制住，端起桌上的茶水，"啪"的一下子泼宁峻脸上去了。

"对不起，你们对我的好，我受不起！"

转身而去。

刚到门口手机就响了起来，秦止给她的电话。

宁轻盯着手机，有些失神，想到了稍早前他突然收回的手掌。她感觉得出来，秦止到底还是在介意她不是宁沁。

宁轻心下有些怆然，明明就是自己，却又谁也不是。鼻子突然就酸涩得厉害，胸口也憋闷得特别难受却无处发泄。

出了门宁轻就随意拦了辆出租车。

"小姐，请问要去哪里？"车门刚关上，司机大叔便问道。

宁轻也不知道要去哪儿，沉默了会儿："师傅，您就随便开着吧。"无力地靠坐在了车椅上。

秦止又打了电话过来，宁轻没什么心情，只是看着手机响，盯着手机屏幕失神，看着屏幕亮了又灭，灭了又亮，终是接起了电话。

"怎么一直没接电话？"低哑的声线从电话那头徐徐传来，音质很好听。

第六章

宁轻："刚没留意到手机。"

"吃过饭了吗？"

"嗯，在外面吃着。"

"在哪里？我过去找你。"

"不用了，我和朋友在一起，你也早点吃。"

宁轻挂了电话，捏着手机，长长地吁了口气，胸口那口气还在憋得难受，眼眸有些漫无目的地盯着车外看，熟悉的街景，却突然找不到了熟悉的过去。

徐璟的心理咨询所就在附近。

宁轻已经记不清来过几次这里让他给她进行心理治疗。

心理治疗……

宁轻眼眸敛了敛，视线转向司机："师傅，右转，康景路53号，日康心理咨询所。"

日康是徐璟开的咨询所，右转过去不到十分钟就到了。

下了车，宁轻直接走了进去。

"徐璟在吗？"进了屋，宁轻问道。

"宁小姐？"一道略熟悉的女声在耳边响起，宁轻循声回头，看到了萧萌梦。

她似乎来了段时间，正坐在休息室的长沙发上，百无聊赖地玩手机。

"萧小姐。"宁轻客气打了声招呼，转向前台，重复刚才的问题，"徐璟在吗？"

"他在里面会客人，我帮您通知一下他。"前台小姐说道，拿起座机就要打电话，宁轻阻止了她，"不用了。"

径直闯进了他的办公室。来过这里不少次，她知道徐璟的办公室在哪儿。

办公室里除了徐璟，还有来访者在。

看到她进来，徐璟皱了皱眉，正要让她先出去等会儿，宁轻已面无表情地转向来访者："出去！"

那人皱了皱眉："诶你这女人哪里来的怎么这么不懂礼貌。"

"出去！"

掷地有声，那人却还是一动不动地站在原地看她。宁轻看了他一眼，手中的挎包冷不丁脱了手，以着极猛的力道朝门口右侧的小药柜狠狠甩去，"哐啷哐啷"……药瓶应声落地。

那人脸色白了白，有些仓皇地推开了椅子，逃也似的走了。

徐璟皱着眉看着宁轻，宁轻手再用力一收，柜上的东西全被她的包勾着扫落在了地上。

巨大的动静惊动了在外面的工作人员和萧萌梦。

萧萌梦赶紧着走了过来，站在门口，看着满地的狼藉，有些错愕，看向宁轻。

徐璟也已起身走了过来，皱着眉："你这是在干什么？"

"我不干什么，我只想知道，你当初是怎么把我变成宁轻的，我到底要怎样才能彻底想起来！"

宁轻一字一句问得清晰，人也很冷静。

徐璟也很冷静，黑眸凝着她，不言不语。

反倒是萧萌梦愣了下，有些担心地看她："你没事吧？你不是宁轻吗？"

宁轻没看她，只是定定地看徐璟，执意索要一个答案。

徐璟长长舒了口气，目光落在她脸上，答案还是原来那个："你就是宁轻，你还想从我这里了解什么？"

"都什么时候了你还要自欺欺人到什么时候？"宁轻面上维持的冷静有了裂痕，嗓音有些崩溃，"你到底还在坚持什么？难道你以为你告诉我我是宁轻，我就真的相信了我就是宁轻我就会再回到你身边吗？你醒醒好不好？宁轻已经死了，她早在五年前就已经死了她已经……"

"她没死！"徐璟突然一声暴喝，冷不丁就扣住了她的手腕，拉着她往眼前一拖，黑眸紧盯着她，"我告诉你，你就是宁轻，宁轻就是你，死的是宁沁。"

他的眼神森寒，宁轻被他盯得背脊发凉，下意识地转着手腕想要退开，转不动。

萧萌梦也被这样的徐璟给吓到了，扯着宁轻的手，在她耳边低语："你人活得好好的干吗要咒自己死啊。其实秦董人不错是不错了，但你都和他都快十年感情了，这么对他不太好吧。"

宁轻皱眉："你还没发现问题吗？和他有十年感情的是宁轻，我不是宁轻，我是宁轻的姐姐宁沁，是他自己放不下硬生生要将我变成另一个宁轻。"

"……"萧萌梦错愕地张大了嘴，看向徐璟。

徐璟已经恢复冷静，扫了她一眼："别听她胡说八道，我没那个本事。"

身子往宁轻那边一倾，冷不丁扣住了她的手腕："你跟我来。"

宁轻有些心惊，说什么也不敢和徐璟独处，怎么也是不敢陪他一个人进去，偏偏萧萌梦还在一边推波助澜："去吧去吧，你们两个是应该冷静下来好好谈谈。"

宁轻手机恰在这时响起。

宁轻也不管是谁，急急地先接了起来。

手指有些颤，不小心触到了免提键，秦止熟悉的嗓音从电话那头徐徐传来："沁沁。"

"沁沁"两个字似乎又刺激到了徐璟，脸色一沉一声不吭弯腰就夺过了宁轻的手机。

宁轻心里一沉，也顾不得其他，"救命，我在徐璟工作室这边。"几个字就这么脱口而出。

宁轻也不知道秦止有没有听到，徐璟夺过手机后就顺手扔在了地上，手机电池都被摔了开来。

萧萌梦看这架势不太对，小心劝道："徐先生，你们有什么话冷静下来好好说，没必要这样吧。"

徐璟却是用力将宁轻扯了过去："跟我进来！"

这样的徐璟让人心惊，宁轻突然有些惶恐，手掌下意识扯住了门框，对着萧萌梦吼："你还在愣着干什么，报警啊。"

"啊？"萧萌梦一愣，有些迟疑，"没这个必要吧。"

绕过宁轻，走到徐璟身边，劝他："徐先生，有什么话你们好好谈谈不行吗，这样有点吓人啊。"

看徐璟无动于衷，壮了壮胆，过去使劲儿想将徐璟扣住宁轻的手掌掰开，没想着徐璟另一只手突然挥向她："让开。"

他的手劲大，萧萌梦完全没有防备，这一挥就被挥了开来，宁轻下意识伸手去拉她，没想着徐璟也突然松了手，宁轻身体一个失衡，人是把萧萌梦拉了回来，她却因此被甩了出去。

满地都是宁轻刚才扫落的药瓶，玻璃碎片溅了一地，宁轻就这么毫无防备地压坐了下去，眼看着就要摔下去，宁轻手掌下意识地往地板上一撑，钻心的疼从手掌心袭来。

徐璟脸色一变，下意识要将她拉起，宁峻在这时从外面闯了进来。

刚才吃饭时看宁轻失魂落魄地离开，他放心不下，买了单也打了车跟着她走，却没想着才迟了那么会儿工夫，竟出了事。

宁轻整个右掌压在了碎玻璃上，鲜血淋淋的看着有些吓人。

"到底怎么回事？"宁峻急声问道，上前将宁轻拉了起来。

徐璟看着她，神色有些复杂。

宁峻拉起她的手，看到她掌心里细碎的玻璃，沉了脸："我送你去医院。"

推着她就要往外面走。

"宁轻。"徐璟突然叫住了她。

宁轻脚步一顿，回头看他。

徐璟也在看着她，似乎有什么话想要对她说，却又终是什么也没说，弯腰捡起摔地上的手机，递给了她："你的手机。"

宁轻嘴角动了动："谢谢！"

秦止在电话里听到了宁轻那声"救命"，再给她打电话时已经联系不上，给徐璟打电话也没人接。

他没敢耽搁，挂了电话就开车往徐璟这边赶，生怕宁轻再出点什么事。

到了徐璟这边时就快步走了进来，直奔徐璟办公室，门也没敲，握着办公室的门把就用力推了开来。

"她人呢？"秦止问，嗓音很沉，眼角瞥见满地的玻璃碎屑，心沉了沉，握着门把的手臂青筋隐隐浮起。

徐璟正坐在办公桌前，两只手交叉着撑着额头，听到秦止的声音缓缓抬起头来，看了他一眼，没说话，神色却是极其疲惫。

"宁沁人呢？"秦止重复了一遍，将门推了开来。

徐璟依然是面色淡淡地没说话，人却是慢悠悠地站了起来，走了过来，走到近前时冷不丁出拳，又疾又狠，秦止满腹心思都系在宁轻身上，一时间没防备，就这么白吃了他一拳，好在反应及时，在他第二拳揍下来前挡住了他的拳头，用力往旁边一掰，反制住了徐璟。

徐璟奋力挣扎着："被你揍了这么多顿，我揍你一顿又怎么了？"

秦止没时间跟他废话，脸色极冷："她人呢？"

"我凭什么告诉你？"徐璟奋力想要挣脱开来，"她人是我拼了命救回来的，是宁轻用命才换回来的，如果不是宁轻，她早就没了，还轮得到你现在和她你侬我侬吗？宁轻用命换了她一条命，她替宁轻活下去又怎么了？她跟着我又怎么不好了，你问问她，她这几年过得不幸福吗，你为什么就非得打破这一切，你现在就算戳穿了她，但是她想不起来，她分不清自己到底是宁轻还是宁沁，她甚至可能会被这种混乱的认知给折磨成精神分裂，甚至是人格分裂，变成性格迥异的两个人，这就是你为她好的方式？你……唔……"

话没能说完又吃了秦止一拳。

秦止拎着他的衣领，将他整个重重地压制在墙壁上："你少为自己找借口。就算宁轻真的是为了救宁沁而死，那只能证明，她想要宁沁好好地活下去，而不是代替她活下去。如果你真的是为她好，你就别再自欺欺人，放了你自己，也放了她，让她好好安息。"

"我凭什么放过她，她一声不吭，说走就走了。我知道孩子的事对她打击很大，可是我就比她好受吗，为什么就不多给我一点时间？我是一个心理医生，我救了无数的患者，我却救不回她，她怎么能……"徐璟赤红着双眸，低声嘶吼咆哮着，神色痛苦失控。

这样的心情秦止再熟悉不过，过去的几年里他已经数不清有多少次像徐璟那样，痛苦绝望，恨不得将人从坟墓里掘出来，就这么一直抱着她，直到地老天荒。

许是因为太过感同身受，秦止抵着他衣领的手不自觉松了些："什么叫……你救不回她？你只是心理医生……难道她当初有什么问题？"

秦止听得出来，徐璟的语气对宁轻似乎是爱得入骨又恨得入骨的，深爱的人遭遇意外去世，不应是这种又爱又恨的情绪。

秦止眉心拧了下，看向他，徐璟只是茫然着，颓然地靠着墙壁，失魂落魄的，什么也没说。

"徐璟。"秦止碰了碰他，也没时间去探究，心里到底还是担心着宁沁，"宁沁在哪儿？"

"她在医院……"

话没能说完，衣领倏地一紧，徐璟又被秦止给拎紧了衣领。

秦止沉着脸，山雨欲来："你把她怎么了？"

徐璟往地上那一堆碎玻璃扫了眼，碎玻璃里还残留着斑斑的血迹。

秦止神色一紧，拎着徐璟的衣服下意识一紧："她人在哪个医院？"

"我不知道，宁峻送她过去的。"

秦止倏地松开了他的衣领，转身出门，走了两步又停了下来，回头看他："宁沁到底还能不能想起来，要怎样才能想起来。我带她检查过了，她体内没任何芯片之类的东西。"

徐璟扯了扯唇："早取出来了，要能成功她现在就是彻头彻尾的宁轻了。"

停了停，才缓声道："她总能自己想起来的，本来就不算是失忆，大概就是前期的记忆移植和长期暗示条件及药物刺激下形成的错误记忆，造成了认知上的错误，具体是不是我不敢确定，我想她总有一天会想明白的。"

秦止握在身侧的拳头又有些蠢蠢欲动，看着他还没恢复的鼻梁，到底没真的一拳狠狠揍下去，只是改而一抬膝，往他腰腹狠狠一顶，然后松开了他，转身出去了。

宁峻把宁轻送到了附近的医院，好在受的只是皮肉伤，只是手掌上扎了不少碎玻璃，要一点点清除，处理起来也花了不少时间。

黎茉勤早在宁峻给她电话时匆匆赶了过来，看到兄妹俩正在急诊室里，急急问道："怎么回事，到底出什么事了？"

宁轻没想着黎茉勤会来，自从那天后她已经好几天没和家里联系过，也没回家，再看到黎茉勤时心情总有些微妙。

宁轻沉默不语。

"轻轻？"黎茉勤担心地看了她一眼。

宁轻唇角勾了勾，勾出一个自嘲的弧度，抬头看她："轻轻？都现在了你还叫我轻轻？"

"我……"宁轻的反问让黎茉勤有些局促，绞着手站在原地，低垂着头，像做错事的孩子。

"对不起。"黎茉勤低低地道歉，"是妈不对。一切都是我的错，我只是想补偿你，想让你后半辈子过得舒服点而已，我没想着……"

"补偿？"宁轻打断了她，"把我亲生女儿扔了就是补偿我？从小没管过我却在我伤重时把我变成另一个人，弄得我现在人不像人鬼不像鬼的就是补偿我？你们看看你们的补偿把我现在变成了什么样子？我的女儿我爱的男人就站在我的面前，可是我却只能像个外人一样看着他们，我连自己是谁都分不清了这就是你们所谓的为我好，补偿我？我不需要！"

吼着吼着宁轻情绪有些激动，手往门口一指："出去！"

"轻轻？"黎茉勤担心地看她，越发局促不安，想上前，又怕刺激到宁轻。

"出去啊！"宁轻吼，有些声嘶力竭。

宁峻神色复杂，看了黎茉勤一眼，软声劝着："妈，你先出去。"

"你也出去！"宁轻用手去推他，"你们都给我出去。"

宁峻和黎茉勤担心地看着她，不敢走开。

宁轻牙一咬，拎起包包转身出了急诊室。

"轻轻。"黎茉勤和宁峻急急追了出来。

"别跟着我！"宁轻站在出租车前，回头看他们，"看到你们让我恶心！"

拉开了车门，弯腰坐了进去。

车门一关上，强压着的情绪突然就崩溃了。

司机看她哭得伤心，有些不忍地想劝她。

"我没事。师傅您先开车吧。"宁轻哽咽着说。

司机漫无目的地开着车，宁轻也不知道要去哪儿，公司不想回去，连个家也没有。

宁轻想去接朵朵，但看看现在的狼狈，怕吓到她，到底还是没敢去。

宁轻最终还是去了临市的吴梦璃那儿，突然就想过去看看长大的地方了。

她到那边时已经是下午七点，正是餐厅生意最旺的时候，红木酒楼前的空地已经被大大小小的车给占得满满当当，门口挂着的大红灯笼也已亮了灯，店里生意火爆，嘈嘈杂杂地却又异常热闹火爆。

空地里的保安大哥忙前忙后地指挥着车子进进出出，点单的服务员和送菜的服务员进进出出地忙忙碌碌，来吃饭的顾客来来往往，没人留意到她。

宁轻站在外头，有些茫然地看着这一切，隐约觉得熟悉，却又觉得陌生。

"沁丫头？"一声爽朗的男嗓从厨房门口响起。

宁轻循声抬头，看到站在厨房门口的老六，不觉微笑："刘叔。"

"这么晚还回来看你伯母呢。吃过饭了吗？"老六爽朗地笑，"我马上回去给你做几个拿手菜。"

扭过头扯着嗓子冲吧台喊："老板娘，沁丫头看您来了。"

宁轻知道吴梦璃这个时候是最忙的，忍不住笑着阻止了老六："我回去找她就好，她估计忙得抽不开身来。"

话音刚落，便见吴梦璃略圆润的身子已经快步从里面走了出来，看到她先是一愣，然后人就笑了开来："怎么过来也不提前打个招呼，吃过饭了吗？"

扭头冲老六喊："老六，赶紧去炒几个菜过来。"

让服务员在酒楼背侧安静处张罗了张桌子，拉着宁轻一块儿到那边坐着。

宁轻担心影响到吴梦璃工作，劝她先回吧台看着，她在这边等会儿没事。

"吧台有收银的看着，哪里需要我时刻盯着，在那里也就看电视而已。"吴梦璃无所谓地道，拉着她的手，想着眼前的是活生生的宁沁，人还是有些感慨，直拉着她的手不放。

宁轻鼻子有些酸，也忍不住反手握住了她的手掌："伯母，这几年让你们担心了。"

"说的什么话呢。"吴梦璃轻哧，往门外看了眼，"怎么只有你一个人过来，秦止和朵朵呢？"

宁轻敛了敛眼眸："他们没过来。"

抬眸看她:"我就是突然想来看看你们,就一个人过来了。"

吴梦璃忍不住笑了笑:"有空常回来坐坐,把这里当自己家就好,还和伯母客气什么。"

宁轻也忍不住笑了下:"伯母,以前我在您这边住了这么久,还有没有一些用过的东西或者照片在呢?"

"有,有,你的房间都还在呢。"

吴梦璃一家当年做生意赚了不少钱,在这边买了个多房的复式楼。她家孩子不多,就一儿一女而已,除去自家人的房间还有空房,也就专门给宁沁留了个房间。

如今这么多年过去了,房间还一直空着没人住,过去宁沁用过的东西也没舍得扔,到底是跟着他们住了这么多年了,虽不是亲生的,但感情还是在的,人不在了,她的东西却一点没舍得扔。

吃过饭后吴梦璃便带她回了她的房间。

"房间几年没人住,不常换洗,可能有些脏,你今晚要不住到你堂姐房间去,她最近也刚到外地出差了。"开了灯,吴梦璃有些赧颜地道。

宁轻笑了笑:"没关系的,伯母,房间已经很干净了。"

吴梦璃看她不介意,估摸着也是有些念旧,也就没再坚持,转身去拿干净毛巾替她将床垫都抹擦了一遍,再给宁轻换了一床新的被褥,这才松了口气。

宁轻反倒有些过意不去,吴梦璃笑:"还和伯母客气什么。"

替她铺好了床褥,陪宁轻聊了会儿,店里还有事便先去了店里。

宁轻扫了眼房间,异常的熟悉感,房间的布置简洁明朗,没太多的小女生的东西。

门口靠右侧的墙上挂了不少相框,有她的照片,有她和秦止的合影,也有一些明星的海报。

宁轻站在照片墙前,盯着照片上青涩的自己和秦止,异常地熟悉亲切,鼻子有些酸。

似乎真的回到了这个房间里,在这个自己曾经亲手布置又住了多年的房间里,才有种自己才是宁沁的真实感,彷徨了许久的心,似乎突然就踏实了下来。

长长地吁了口气,抑郁了一下午的心情突然平静了许多。

宁轻从包里拿出了手机。

手机中午被徐璟那么一摔之后有点问题,她下午试了下没能开机就一直没理会了,心里到底有些担心朵朵找不着她会担心。

好在电池多拆卸了几次后,手机终于能开机了。

刚开了没一会儿手机便被一长串的短信给挤爆,全都是秦止的未接来电提醒,从下午到现在,几百条短信。

宁轻给秦止回了电话。

"你跑哪儿去了?"电话刚接通,低沉的嗓音便从电话那头徐徐传来,有些气急。

他找了宁轻一下午,从公司到徐璟那儿,再从徐璟那儿到医院,哪个都是赶到前人她就先离开了。

电话打不通,人也没回公司,问宁峻宁峻只知道她上了出租车走了,去哪儿了也没个消息,大晚上的也没回来,秦止生怕她发生了什么意外,五年前那种晴天霹雳的感觉这辈子再也不想重新经历一遍,如今人是好不容易回来了,再也不愿体验这种大喜大悲的经历。

宁轻听得出他话里的焦灼,有些内疚。

"我现在我伯母家。下午手机有点问题,打不出电话。抱歉让你担心了。"

"宁沁,下次你去哪儿之前能不能无论如何都想办法先给我一个电话报平安。这种找不到人的滋味我真的不想再经历一次,你知不知道我……"

秦止停了下来,极力克制着情绪。

"当年你不也是音讯全无的吗?"宁轻幽幽道,几乎是下意识的反应,应完她便愣住了。

秦止那边也顿住了,屏着呼吸:"沁沁?"

小心翼翼的,像带着极大的惊喜却又小心克制住:"你……想起来了?"

"没……没有,只是突然就冒出来了。"宁轻回过神来,想再去细想,却发现大脑又空白了。

"没关系,慢慢来。"秦止软声道。

停顿了会儿,才徐徐道:"沁沁,当年我没有故意让你找不到。我当时卷进了别人的案子里,出不去也没办法联系你……"

"我没有介意当初的事。"宁轻软声打断了他,"现在的我其实和

一个旁观者没什么区别了，我记不得前因后果也就对当年的事没有什么感同身受的体会，但是从我这段时间对你的认识里，我总觉得当初一定发生了什么的。"

"谢谢。"秦止低声说，嗓音有些苦涩。理智里明白知道，宁沁记不起曾经的痛苦是好事，再怎么有误解，一整年的时间里总还是留下了阴影，形成了心结，只是情感上到底还是无法接受，人好不容易就在眼前了，却又不是那个人。

他的"谢谢"让宁轻不自觉扯了扯唇："不用客气。天色不早了，我先睡了，朵朵也睡了吧，她就麻烦你先照顾了。"

"她还没睡。"秦止阻止了她，"你现在是在伯母那儿吧，我去找你。"

正在被窝里准备睡觉的朵朵"噌"的一下就弓着身子从被窝里坐起身："我也去。"

转身满床找衣服穿。

秦止伸手压住了她，软声劝："乖，先去睡觉。"

"可我想去找妈妈。"童音里带着些委屈，说话间朵朵已经随便找了件外套套在身上。

宁轻在电话那头听到了朵朵的声音，微微拔高嗓音，叫了她一声："朵朵？"

秦止给手机开了免提。

朵朵趴着靠了过来，软软地叫了声"妈妈"，绵软的嗓音里还隐约带着睡意："妈妈你在哪儿啊？是不是又像以前一样再也不回来了？"

宁轻鼻子突然就酸了："妈妈只是去大外婆家，明天就回来。忘记告诉朵朵了，对不起。"

"没关系。"朵朵吸了吸鼻子，"妈妈，我好想你，我可不可以也跟爸爸去找你？"

"天很晚了，妈妈明天就回来，你乖乖睡觉好不好？"

朵朵有些担心："可是你明天真的会回来吗？"

童言童语听得宁轻心里越发内疚，软声安慰了几句，朵朵才勉强放下心来，把手机还给秦止。

"我明天就回去了，你不用专门过来。"宁轻说。

秦止捏着手机，沉默了会儿："你早点睡。"

宁轻唇角动了下:"你也是。"

挂了电话。

秦止捏着手机坐在原地没动。

朵朵盘着腿坐在被窝里,嘟着小嘴看秦止:"爸爸,我们去找妈妈好不好?"

秦止侧头看她,手掌轻揉着她的头发:"天太黑了,爸爸一个人过去接妈妈回来,朵朵今晚去和奶奶睡好不好?"

朵朵噘着嘴缓缓摇着头:"我也想去找妈妈,要是妈妈又不见了怎么办?"

眼睛泪汪汪的,愣是憋出了两泡眼泪来。

秦止看着心软,将她抱过来,亲了亲,带她去换了衣服。

秦止和朵朵赶到吴梦璃那边时已经十一点多,一直吵着要来找妈妈的朵朵在车上就睡着了,秦止抱着她下的车,迷迷糊糊地醒了一下,问了句"到了吗"又趴在秦止肩上睡着了。

吴梦璃给两人开的门,看到趴在秦止肩上睡得香甜的朵朵时愣了下。

"伯母。"秦止温声打了声招呼,"宁沁在吗?"

"在房间呢,估计睡着了。"吴梦璃压低了声音道。

秦止往她房间看了眼,房门紧闭着,也熄了灯。

"我去找她吧。"秦止说着就要抱着朵朵往楼上去。

"朵朵我来抱吧。"吴梦璃朝秦止伸出了手,"不介意的话今晚就让她陪我睡吧,家里没个小孩陪着还挺不习惯的。"

秦止看向她,吴梦璃也在冲他微笑,眼里带着些许过来人的了然。

秦止也笑了笑:"麻烦您了。"

轻轻将朵朵放至她臂弯里,朵朵嘤咛了下似乎要醒,秦止轻拍着她的背,软声哄着,小丫头又熟睡了过去。

秦止上了楼。

敲门声响起时宁轻还没睡,一个人躺在偌大的床上,盯着天花板失神,心底空空的睡不着,满脑子都是今天在办公室里秦止突然疏离下来的态度,以及电话里彼此的客气,朵朵害怕委屈的嗓音也不断地在耳边响着,五年亲情的缺失给她造成了极大的不安全感。

敲门声让宁轻稍稍回神,以为是吴梦璃,赶紧起身去开门。

门刚拉开宁轻便愣住了:"你⋯⋯"

秦止看着她，视线从她的脸上落在了她颤着白纱布的手掌上，眸心微凝："手怎么了？"

宁轻抬手看了眼："没什么，就是不小心被玻璃扎了一下。"

看到他嘴角似乎有一圈淤青，下意识："你的脸……"

"没事。"秦止淡声应着，往屋里扫了眼。

宁轻下意识就拉开门让他进来了。

秦止往房间扫了眼，视线落在墙上的照片上，立在照片前就打量了起来。

宁轻走了过来："这么晚了你怎么还专程跑过来？"

"我不放心你。"秦止侧头看她。

宁轻脸上还残留着哭过的痕迹，他的目光太过专注，宁轻突然觉得狼狈，下意识转开了视线，转身想退开。

秦止伸手拉住了她的手臂："你哭了？"

他问，却是肯定的语气。

宁轻低敛着眼眸："没有。"

秦止扣着她的手臂没放，黑眸定定看她："是因为上午办公室的事？"

宁轻沉默了会儿，长长舒了口气，抬头看他："部分原因吧。我突然就不知道自己是谁，家在哪里了。徐璟想将我变成宁轻，又很理智地知道我终究不是她。你知道我是宁沁，但我除了还拥有这个壳子，其实内里也不是宁沁了，你也很清楚这点，所以在面对我的时候，你也介意了。"

宁轻将视线转开："所有的人，无论是我爸妈，我哥，徐璟还是你，其实都在把我当成另一个人，他们既知道我是宁沁，又把我当宁轻，但在靠近时却还是说服不了自己我就是宁轻。你和他们刚好相反，认定了我是宁沁，但是靠近时却还是说服不了自己我就是真正的宁沁。其实你们所有人都在有意无意地抗拒现在的我，这让我……"

宁轻突然有些说不下去，转着手臂想将手抽回来，转不动，秦止手掌牢牢地箍住了她的手臂。

他箍得不算紧，却让她没办法抽回，宁轻试了几次就放弃了，吸了吸鼻子，抬头看他："挺晚了，这里还有空房，我让伯母给你收拾个空房间吧。"

转身想走，被秦止扯了回来，整个人撞入他胸膛里，他的手臂也随之按住她的腰，将她牢牢禁锢在了臂弯间。

"沁沁。"秦止低头看她，深沉的目光落在她眼睛里，定定地看她，"我是很介意你记不得我，记不住我们的过去，甚至担心，你可能真的已经变成了宁轻，你记忆里情感里的一切，包括你爱的人，可能都已经不属于宁沁所拥有的了。"

"我没有！"宁轻下意识反驳，他的话刺激到了她，她挣扎着想要挣开，秦止拉下了她的手腕，"听我说完！"

他的嗓音有些沉，不怒而威，宁轻瞬间就冷静了下来。

"对不起。"宁轻低低道了声歉。

秦止轻按着她的后脑，迫使她抬头看他。

"宁沁，我从不否认我介意你不记得我了，但我从没有抗拒过你。你还活着对我来说已经是我这辈子最大的惊喜。你不是我，你永远都体会不到这五年来，我有多么的绝望和后悔，那种心如死灰的感觉是你永远都没办法体会到的。我什么也不想要，只要你能活生生地站在我面前，然后告诉我，你回来了，这就够了。我只要你，无论你是记不记得，我就只要你一个人，你明白吗？"

宁轻鼻子突然有些酸，看着他，一时间不知道要说什么。

秦止也在看着她，定定的，就这么一直看着，好一会儿，他低下头，微凉的唇碰上她的唇，很快又离开，黑眸盯着她，指腹拨着她鬓间的细发推开，唇又压了上去，手臂收紧，吻由浅而深。

宁轻迟疑了下，反手勾住了他的脖子，唇舌疯狂纠缠着，渐渐失控，粗重的呼吸随着渐渐激烈的纠缠而起，衣服被一件件地扯落，凌乱地散落在地板上……

朵朵第二天很早就醒了，人还睡得迷迷糊糊的，一睁开眼就发现不是在自己家里，心里一慌，急急地弓着身子从被窝里钻起来，边起身边软声嘀咕："唔……我爸爸妈妈呢？"

吴梦璃正睡得沉，听到动静也醒了过来，看到朵朵坐起了身，试着叫了她一声："朵朵？"

朵朵没能认出吴梦璃的声音，黑灯瞎火的也没能看到脸，一听声音陌生人就慌了，衣服也没穿就急急地滑下床："爸爸妈妈又去哪儿了，我……"没说完，人就失控哭了起来，不敢大声哭，只是一抽一抽地哽咽着，慌乱地找着鞋子。

吴梦璃赶紧开了灯，起身将她抱过："乖，别哭，爸爸妈妈在隔壁房间。"

朵朵抬起迷蒙的泪眼，看到吴梦璃，怯怯地问："大外婆？"

她泪眼汪汪的模样吴梦璃看着心疼，抱着她亲了亲："是大外婆，爸爸妈妈在隔壁房间，一会儿就来找朵朵了。"

朵朵吸着鼻子："大外婆带我去找爸爸妈妈好不好，我想看到他们。"

吴梦璃往窗外看了眼，天刚亮，担心秦止和宁沁还在睡。

"等天亮点好不好？"吴梦璃软声劝。

朵朵连连摇头，小嘴嘟着，想哭不敢哭的："我想看到爸爸妈妈。"

吴梦璃听秦止提过她那几年的经历，估计朵朵很缺安全感，看不到秦止和宁沁怕是要吓坏她了，想了想，起身穿衣服，带她去找秦止和宁沁。

秦止和宁沁这么多年来第一次，昨晚都有些失控，折腾了一晚上，天蒙蒙亮刚睡过去。吴梦璃过来敲门时宁沁还睡得沉，秦止听到敲门声先醒了过来，披了件衣服起身开门。

门刚打开，"爸爸"朵朵带着哭腔的嗓音已经响起，小丫头也撒开了吴梦璃的手，朝着他的大腿扑了上来。

吴梦璃有些尴尬："她一早醒来没看到你们就哭了，着急地要找你们。我担心她，就把她送过来了。"

"麻烦伯母了。"秦止笑，真心感谢。

吴梦璃也笑笑："客气什么，那你们先歇会儿，我先回去了。"

人便先回了房。

朵朵还在轻轻抽泣着，秦止弯腰将她抱起，有些心疼，伸手替她将脸上的鼻涕眼泪揩掉，软声劝："乖，不哭了，爸爸妈妈都在这儿呢。"

朵朵只是抽噎着，双手紧紧搂住秦止的脖子不放。

"我们再去睡会儿好不好？"秦止侧头看她，问道。

朵朵抽噎着点点头。

秦止刚抱着朵朵来到床前宁轻就醒了过来，看到朵朵时以为自己还在做梦，不确定地叫了声："朵朵？"

朵朵也看到了宁轻，"妈妈"一声后就从秦止臂弯里爬了下来，掀开被子想要钻进去。

秦止伸手压住了棉被："乖，和爸爸睡这边。"

指了指床的外侧。

朵朵吸了吸鼻子："可是我想和妈妈睡在一起。"

又要去扒棉被，没想着秦止紧紧压着不放，另一只手从她腋下穿过，拎着将她给搂到了外侧。

"听话，我们先睡这儿。"

宁轻也有些尴尬，捏着被角对朵朵说："朵朵先躺好，妈妈一会儿再跟你换位置好不好？"

"哦。"朵朵掀开棉被乖乖躺了下来。

秦止侧头看了宁轻一眼，宁轻脸色有些烫，往地上的衣服看了眼，越发觉得尴尬。

秦止也往地上的衣服扫了眼，他也不好起身去捡，一起身朵朵怕是又直接从被窝里溜到宁轻那边去了，只好这么坐着。

宁轻伸手去勾床单，秦止扯了过来扔给她，单手撑着斜躺下来，将被角一直拉到朵朵头顶处，手指掀开被角让她透气，没想着朵朵"咻"的一下，小脑袋又从被窝里钻了出来，一边钻一边抱怨："爸爸，你盖到我眼睛了。"

"对不起，爸爸忘了。"秦止道歉，手掌挡着她的脸，阻挡着她的视线。

"妈妈呢？"小丫头转着眼珠子，没看到宁轻回应，从被窝里钻出来就要去找宁轻。

"妈妈在这儿。"宁轻一边应，一边小心扯着被单盖住身子。

秦止压着朵朵不让她动，手掌挡着她的脸："乖，天还早，先睡会儿，我们一会儿起床再和妈妈一起玩。"

"可是我睡不着了。"小身子又蠢蠢欲动，却让秦止连人带被地压着动不了，隐约察觉到宁轻正跨过床外沿下床，人就推着秦止的手掌想要去看，边推边着急地问："妈妈，你起床了吗？"

秦止手掌纹丝不动，低下头在她脸颊上亲了亲，挡住了她的视线，软声劝着："妈妈去上厕所。"

"哦。"朵朵没再乱动了。

没一会儿宁轻总算穿上了衣服回来，走到床边时秦止在看她，黑眸深沉，目光灼灼有些烫人，宁轻被他看得脸皮都烫了起来，轻咳着避开了他的视线，在床沿上坐了下来，催着他躺进去点，自己掀开被子在外侧躺了下来。

朵朵看宁轻又回来了，终于又心满意足地偎入宁轻怀中，一大早的精神好，"叽叽喳喳"地说个没完。

秦止轻捏了捏她的脸："妈妈还没睡饱，先让妈妈休息，一会儿醒来再和你玩好不好？"

朵朵看宁轻不断地打哈欠，赶紧着点头："好。妈妈你快点睡。"

宁轻确实困得厉害，昨晚被折腾了一晚上，五年来第一次，身体有些受不住，很快就睡了过去。

再醒过来时已经是早上十点多，秦止和朵朵都起床吃过早餐了，小丫头没地方去，就这么趴在床沿上看着她睡觉。

宁轻睡饱了精神也足了，在她脸颊上亲了亲，这才起身洗漱和吃早餐。

吴梦璃店里还要忙，一早准备好早餐就去了店里。

秦止和宁轻都还要回去上班，朵朵也要回去上学，一家人吃过早餐就去向吴梦璃告别，昨晚打扰了她一晚上，宁轻心里还是有些过意不去，反倒是吴梦璃没放在心上，一个劲地劝宁轻和秦止常带着朵朵回来坐坐。

一家人陪吴梦璃吃过午餐后便先回去了。

回去路上经过墓园，看着肃穆的"墓园"两字和连绵的墓碑，宁轻突然就想到了以着宁沁的名字沉眠在那里的宁轻，心头有些酸，抬头对秦止说："我想去看看宁轻，要不你和朵朵先回去吧。"

秦止不太放心她一个人："我陪你进去吧。"

将车停在了墓园外，与宁轻和朵朵一道进去。

这还是朵朵第一次过来，秦止一直不愿意承认宁沁去世的事，从没带朵朵来看过。

朵朵牵着宁轻的手，好奇地仰头看她："妈妈，我们来看谁吗？"

"来看一个阿姨。"宁轻应，脚步却不自觉停了下来。

秦止也停下了脚步。

朵朵奇怪地往前看，看到宁沁墓碑前立着的徐璟时下意识道："是那个叔叔……"

徐璟正站在墓碑前，背影挺拔萧瑟，一动不动的，似乎已经来了有些时间了，墓碑前的鲜花有些都被风吹得有些蔫了。

他没留意到身后站着的人，只是一动不动地站在那儿，盯着墓碑看。

朵朵也不自觉安静了下来，攥着宁轻的手掌心。

时间在一点一点地流失着，徐璟一直站着没动，像被石化了般，寒风萧瑟，孤零零的背影，宁轻突然不想去打扰了，侧头看秦止："我们先回去吧。"

朵朵低低说了一句："那个叔叔看着好像好可怜哦。"

她的声音惊动了徐璟，徐璟缓缓回过头来。

宁轻看到了他通红的眼眶，整个人似乎被一种巨大的悲哀笼罩着，死寂的。

徐璟将视线转开来了，没有说话，半蹲着，只是盯着墓碑一动不动的。

宁轻也敛下了眼眸，没再去打扰。

"走吧。"牵着朵朵，和秦止一道出了墓园。

一路上心情多少有些受影响，朵朵也没怎么说话，好在小孩子忘性大，回到家里也就跟没事人似的了。

秦止下午还有个重要的会议，得去公司一趟，将母女俩送回家就先去了公司。

宁轻看只剩半天了也就没再送朵朵去学校，陪她在家玩。

朵朵在家闲不住，拉着宁轻要她陪她去逛街，还想买漂亮衣服。

宁轻对朵朵的要求向来没什么抵抗力，她喜欢出去，也就陪她去商场扫荡了圈，买了不少儿童的衣服玩具，这一逛就逛到了下午五点多，两人都有些饿，尤其是朵朵，早嚷嚷着饿得受不了，宁轻也就就近找了家店吃饭。

这一带秦止常带朵朵来吃饭，朵朵对附近的美食几乎如数家珍，看宁轻要带她进餐馆，扯着她的手："妈妈，我知道有一家店的菜很好吃，爸爸很喜欢带我去。"

扯着宁轻的手就往前走。

宁轻发现朵朵的方向感极强，认路能力也特别好，她带着她拐了几个弯，宁轻都被绕得有些晕了，朵朵终于停了下来。

"就是这里了。"说着就拉着宁轻往里面走，走到门口就仰着头看向收银台："阿姨，我要吃菠萝古老肉、芝香椒盐虾、金玉猪肉卷、太阳花煎蛋和小熊蒸肉饼……"

点到一半又扭头对宁轻吐了吐舌头："妈妈你想吃什么？"

拖着她往靠门口的座位走:"我们坐这儿。"

完全一个小大人的模样。

宁轻不觉微微一笑,摸了摸她的头:"妈妈吃什么都行。"

抱着她入座。

朵朵伸手拿过菜单,一个个点给宁轻看:"这个很好吃,香香脆脆的爸爸说妈妈很爱吃。"

"还有这个,糯糯的爸爸说妈妈以前特别喜欢点这个。"

"这个也很好吃,爸爸特别喜欢吃这个。"

"这个也是,爸爸说妈妈老喜欢吃这种香香脆脆的,每次都要点一个。"

"这个也好好吃,爸爸说这些都是妈妈以前喜欢吃的。"

……

一口气数了十几道菜下来,如数家珍,几乎每道菜都是宁沁爱吃的。

宁轻发现,其实秦止一直在试图将她的生活带进朵朵的生活里,才会在每一次吃饭时,把她的口味和习惯一个个告诉朵朵,朵朵很用心地记住了她的每一个口味,就连吃东西的喜好也在不自觉中和她保持着一致。

秦止在以他的方式让她活在他和朵朵的生活中,因此当她真的回来时,朵朵很自然而然地接受了她的存在。

宁轻突然有些感动,低头在她脸颊上亲了亲:"爸爸今晚可能要回来晚点,我们就先点几个最喜欢吃的,一会儿再打包些回去给他好不好?"

朵朵点点头,一口气点了几道菜。

宁轻抬手让服务员过来下单,一抬头便看到许昭从外头走了进来,下意识愣了下,见他也刚好看过来,也就客气地冲他笑了笑。

许昭也客气地笑了笑,走了过来。

"来吃饭呢。"以前宁沁怀孕时他去过几次宁家,也认识宁轻,那天吃饭时也遇到过,因此看到也不觉陌生,甚至隐隐有种熟悉感,尤其在看到朵朵时,那张像极了宁沁的小脸蛋总让他有些感慨。

朵朵认得许昭,对那天吃饭他盯着宁轻的眼神记忆犹新,一看他坐了下来,整个人就进入了戒备状态,手紧紧地抓着宁轻的手,睁着双水灵灵的大眼睛戒备地盯着他看。

宁轻看许昭坐了过来，也就微笑着打了声招呼："不用上班吗？"

"刚忙完，一天没吃东西正准备来吃点填填肚子。"许昭应道，往旁边空位扫了眼，"就你们两个人吗，不介意坐下来一起吃？"

许昭话都说到这份上了，宁沁也就客气地应了句："没事啊。"

朵朵小嘴噘了噘，不太开心，但也不敢说什么，默默地推了一套餐具过去给许昭。

许昭笑了笑："小朋友真乖，叫什么名字啊？"

"我小名叫朵朵。"朵朵下巴轻点着桌面，慢腾腾地应道。

"真好听。"许昭笑道，看向宁轻，有些感慨，"她是宁沁的女儿吧？一转眼竟也这么大了，刚出生的时候才那么点大。"

宁轻听许昭这话似乎和宁沁很熟，下意识问道："朵朵出生的时候你也在医院吗？"

许昭点点头："当时还是我过来帮忙把人送到医院的。"

朵朵听不明白大人在聊什么，一个人坐着无聊，扭头看宁轻："妈妈，借手机我玩玩。"

宁轻将手机递给她。

朵朵伸手接了过来，手指一边娴熟地在手机屏幕上划着，一边扭头看宁轻："妈妈，我给爸爸发短信玩。"

宁轻有些失笑："你会发短信了？"

"我已经会认很多字了。"朵朵不无得意，"而且我背得爸爸的电话号码。"

宁轻忍不住笑，摸了摸她的小脑袋："真聪明。"

抬起头发现许昭正看着她，神色复杂难懂。

"她……怎么也叫你妈妈了？"许昭迟疑着问道。

这个问题宁轻不知道该怎么解释，她一个死了五年的人，现在告诉别人，她就是宁沁，宁轻觉得自己都还没能完全接受得过来，更何况是其他人，也就敷衍着应："小孩子喜欢这么叫吧。"

朵朵奇怪地抬头看了许昭一眼："她就是我妈妈啊。"

低头继续玩手机，花了差不多二十分钟，才笨拙地给秦止编辑了条短信："爸爸，我和妈妈在吃饭，那个讨厌的叔叔又来了。"

一句话不太懂得完整打出来，半文字半拼音地打了出来，然后就给秦止发了过去了，发完就盯着手机安静等回复。

宁轻一看她安安静静地盯着手机不动了，担心疏忽她了，赶紧问道："朵朵怎么了？"

"没事。"朵朵应，"我在等爸爸给我回短信。"

拿起手机看了看，没看到短信回过来，小嘴噘了噘，马上给秦止拨了个电话过去。

电话很快被接通了，秦止那边还没说话，朵朵已经埋怨道："爸爸，你都不回我信息的。"

"朵朵？"秦止皱眉，"对不起，爸爸刚在开会，没看到信息。"

"没关系。"朵朵压着手机伏低了身体，趴在桌面上，捂着嘴很小声地对秦止说，"爸爸我跟你说，那个讨厌的叔叔又来和我们吃饭了。"

"……"

朵朵看秦止那边没反应，有些着急："哎哟我是说真的，那个叔叔还一直盯着妈妈看好讨厌。"

宁轻看她伏着身体的样子，侧头看她："朵朵，怎么了？"

"没什么，我在跟爸爸打电话。"朵朵抬起头来，把手机给宁轻，"妈妈，你要和爸爸聊天吗？"

宁轻拿过手机，指尖不小心碰到了免提键，熟悉的"沁沁"两个字突然从电话那头传来，许昭面色一震，下意识看向宁轻。

宁轻没留意到，关了免提，对电话那头说："我和朵朵现在外面吃饭了，你先忙你的，一会儿我们顺道给你打包。"

秦止还在开会，也没时间，点了点头："好的，早点回去。"

宁轻挂了电话，抬头看到许昭正震惊莫名地看着她，下意识："怎么了？"

"他……刚才叫你沁沁？"许昭迟疑着问，整个人犹处在巨大的错愕中。

宁轻下意识看向他，许昭的反应让她有些莫名的古怪感，不大舒服。

他的反应像秦止，只是在宁轻的理解里，普通朋友不该有类似秦止那样的反应。

许昭也意识到自己失态了，尴尬地笑了笑："不好意思。"

宁轻也就顺着台阶下："没关系。"

人有些若有所思，许昭也是若有所思的，不时往她这边看，欲言又

194

止的样子，到底什么也没说，吃过饭就先走了。

许昭的反应让宁轻觉得奇怪，想到那天初见时，秦止对他的态度，总觉得哪里不太对劲，却又想不出来。

回到家时宁轻还有些若有所思的，连秦止回来也没留意。

反倒是朵朵，一听到开门声就赶紧爬下沙发了，穿了拖鞋就跑过去帮忙开门，看到秦止就笑嘻嘻地抱着他的大腿："爸爸你回来了。"

贴心的举动让秦止忍不住笑了笑，揉了揉她的小脑袋："吃过饭了吗？"

抬头往客厅看了眼："妈妈呢？"

"妈妈在沙发上呢。"朵朵应，"我和妈妈给你打包了好多好吃的。"

宁轻也起身走了过来："回来了。还没吃饭吧，我去给你热一下菜。"

转身进了厨房。

朵朵还对下午许昭吃饭的事耿耿于怀，扯着秦止的衣角："爸爸，我告诉你那个叔叔来和我们吃饭了你都不理我的。"

秦止有些失笑："妈妈也会有朋友，偶尔和一些叔叔阿姨吃饭没什么的。"

"可是那个叔叔一直盯着妈妈看的。"朵朵有些不开心，压低了嗓音，"还问妈妈是不是沁沁。"

秦止闻言皱了皱眉，下意识往厨房看了眼。

宁轻正把打包的熟食放在微波炉里加热，有条不紊的。

秦止抱着朵朵坐回了沙发上，若有所思的。

宁轻很快热好了东西出来，看秦止正在看她，忍不住笑了笑："怎么了？"

秦止摇摇头："没事。"

起身去吃饭。

宁轻带朵朵去洗澡，哄她入睡。

秦止洗过澡也走了进来，走到床前低头就在她唇上吻了吻。

宁轻还不太习惯这样的亲昵，却又很喜欢他带给她的这种宠溺的感觉。

"听朵朵说，你们今天吃饭遇到了许昭？"秦止问，额头抵着她的额头。

"嗯。"宁轻点了点头，"我们以前和他是不是很熟啊？"

秦止沉默了会儿，点点头："嗯。"

看向她："沁沁，你还是和他保持点距离。"

宁轻皱了皱眉："为什么？"

秦止长长吁了口气，没应，只是低头在她唇上吻了吻："信不信得过我？"

宁轻本能点头。

秦止忍不住笑了下，手掌按着她的后脑勺，吻住了她，含糊着道："我们到隔壁去。"

宁轻小心地掀开被子想要下床，没想着惊动了朵朵，朵朵一下子就醒了过来，抱着宁轻的大腿："唔……我要和妈妈一起睡。"

秦止有些哭笑不得，看着她："不是睡着了吗，怎么又醒了？"

"妈妈起来了我就醒了。"朵朵睡眼蒙眬，抱住宁轻的大腿不放，"我要和妈妈一起睡。"

宁轻轻咳了声，推秦止起身："你还是去隔壁睡吧，我先陪朵朵休息。"

秦止掀开被子想躺下，宁轻想起上次两人都没法睡的事，推他："到隔壁去。"

秦止看了她一眼，有些不甘心地低头在她唇上狠狠亲了下才下了床。

朵朵抱着宁轻睡了一晚上，第二天起来神清气爽，秦止起身时小丫头已经起来了，正趴在宁轻胸前轻蹭着，心满意足。

秦止轻咳了声，朝朵朵招手："朵朵，起来穿衣服吃饭了，一会儿还要去学校。"

"哦。"朵朵应着爬起身，去找衣服穿。

宁轻起身帮朵朵收拾好，带着她去洗漱。

经过门口时秦止拉了朵朵一下。

朵朵对宁轻说："妈妈，你先去刷牙，我一会儿再去。"

宁轻有些奇怪地往这父女俩看了眼，点了点头，先过去了。

秦止蹲下身，与她平视："朵朵，你还想不想要妈妈和爸爸一直住在一起了？"

朵朵很认真地点点头："想啊。"

"那你还想不想以后有个小弟弟小妹妹了？"

朵朵又是认真点头："想。"

秦止揉了揉她的头："那以后不要每天晚上都霸占着妈妈，要留一点时间给爸爸知道吗？"

朵朵有些迟疑："可是我只有晚上才可以和妈妈在一起一会会儿，你天天白天都可以和妈妈在一起。"

小丫头看着特别委屈，秦止头疼地捏了捏眉心，搂着她亲了亲，换了种方式："奶奶以前天天送你去学校，还天天给你做好吃的，你晚上是不是也该多陪陪奶奶？"

朵朵点点头："嗯。我也很喜欢陪奶奶。"

"那朵朵以后每个星期晚上陪奶奶睡三天，再陪妈妈睡四天，轮着来好吗？"

朵朵想了想，点头答应了。

宁轻刚好洗漱完出来，看两人还在说什么，奇怪地往两人看了眼："一大早的你们父女俩在那嘀咕什么呢？"

冲朵朵招招手："朵朵，来，跟妈妈去刷牙洗脸了，一会儿上学要迟到了。"

"好的。"朵朵俏声应着，决定把和爸爸刚协议好的话告诉妈妈，"妈妈，我刚刚答应爸爸以后每天……唔……"

小嘴又被秦止的手掌给捂住了。

秦止神色如常："我带她去刷牙吧。"

宁轻视线从他脸上慢慢落向他的手掌，又移了回来，点点头："好。"

一家人吃过饭后秦止和宁轻先送朵朵去学校才去的公司。

上午要开会，下午要出去谈项目。

宁轻两天没上班，手头的工作一下子就多了起来，一整天忙得连吃饭的时间都没有，中午还是打包叫的外卖，在办公室一边工作一边解决的，和秦止也一天没见着，下午开会时才算匆匆见了一面，却连话也没能说上。

会议中场休息，宁轻去茶水间打开水冲咖啡，刚打完转身就撞到了人，惊得宁轻手中的咖啡差点洒了，从身侧探过来的一只手及时替她扶住了咖啡杯。

"做什么亏心事了，一惊一乍的。"熟悉的男嗓自头顶响起。

宁轻松了口气，发现自己正以一种极其暧昧的姿势被困在他的胸膛和流理台间,怕被同事看到,推了推他:"快放开,让人看到不好。"

秦止纹丝未动,一只手端着咖啡杯,一只手将她圈在怀里,垂眸看着她:"一上午在忙什么呢,连吃饭时间都没了。"

"下午有个项目要去谈,我两天没看了,得准备一下。"

宁轻推着他,眼神还得小心往门外瞥,生怕有人进来,偏偏秦止没那个自觉,圈着她腰的手臂收紧,低头就吻住了她,然后两人刚吻上,门口就响起了何兰冷凝的嗓音:"这里是公司,注意点!"

宁轻下意识推了秦止一下,秦止放开了她。

宁轻从秦止肩膀往门口看了眼,何兰正黑了脸,端着咖啡杯走了进来。

秦止松开了宁轻,拉着她离去。

"都说在公司要注意点了。"宁轻有些抱怨,被人三番两次地撞见总觉尴尬。

秦止神色淡淡,贴着她耳朵低语:"沁沁,昨晚我一晚上没能睡好。"

宁轻下意识用手肘捅了一下他的肋骨:"在公司注意点形象。"

秦止笑了笑,手掌在她头上揉了下,倒没再逗她。

开完会宁轻便出去了,她要去的是凌宇,谈了这么久的项目,总算是签了下来了,一切都很顺利,按着预期走,唯一不按预期的,宁轻意外在那里遇到了许昭。

许昭似乎也是过来谈合作的,宁轻和他只是在会议室门口打了个照面,出来时又很凑巧地遇上了。

许昭忍不住一笑:"真巧。"

宁轻也忍不住笑了笑:"真巧。"

想到昨晚秦止提到许昭时的沉默,以及他提醒的少和许昭接触,心里有些困惑,忍不住皱了皱眉。

看着许昭不像什么大恶的人,而且听许昭的意思,当初她生朵朵时,还是他帮忙把她送到医院的,算起来应也算是她和朵朵的救命恩人,心里对他也排斥不起来,也就笑了笑:"来谈工作吗?"

"对啊,有个项目要谈。"许昭笑着应道,与宁轻一前一后地去等电梯。

电梯还在上面的楼层里没下来,许昭低头看了眼手表,侧头看宁轻:"一起吃饭吗?"

宁轻已经和秦止朵朵说好下班一起吃饭了，有些歉然："我已经约人了。"

许昭笑笑："没关系，那改天吧。"

一前一后进了电梯，一时间两人也没什么话题可交流，各自安静地站在电梯角落里。

许昭目光凝着宁轻侧脸，许久，才幽幽道："你和宁沁是真的像。"

"我……"宁轻本想说自己就是宁沁，想到秦止昨晚的话话又咽了回去，不太自在地笑了笑，"我们是同卵双生。"

换了个话题："你这几年都在国外吗？"

许昭点点头："当初宁沁出事后我就回了美国。这么多年来一直没回来过。"

"当初……她怀孕的时候你也帮了不少忙吧。"宁轻迟疑着问道。

许昭沉默了会儿："她那时就一个人。秦止不在，家里人又不管的。"

"谢谢你。"宁轻抬头，虽然记不起他帮了什么，还是真心道了声谢。

许昭笑笑，有些自嘲，没再说什么。

电梯门开宁轻就先走了，刚走了没两步，"沁沁。"许昭突然叫她的名字，宁轻脚步本能地顿了下，疑惑地回头看他："你……"

想说点什么，却终是含蓄地什么也没说。

许昭歉然地笑笑："抱歉。"

宁轻唇角动了动："没关系。"

转身先走了，对许昭刚才的反应有种挥之不去的古怪感，感觉像是，他在试探。

宁轻说不上是怎样一种感觉，总之不太喜欢。

宁轻摇了摇头，没太去想，还没到下班时间，还得回公司一趟。

回公司路上经过朵朵学校，秦晓琪这几天去外地走亲戚了，也没时间去接朵朵，宁轻也就徇私了一回，顺道去接了朵朵。

朵朵发现不是回家的路，奇怪扭头问宁轻："妈妈，我们要去哪儿玩吗？"

"妈妈要先回一下公司，先跟妈妈过去好不好？"

小丫头求之不得，拍着小手："好啊好啊，一会儿我们去找爸爸玩。"

"爸爸还没下班，去到那里不能瞎吵知道吗？"

朵朵认真地点头，下了车也没敢像上两次那样一下车就溜得没影儿

了，但还是像脱缰的小野马，特别开心，一个人一路蹦着，背上的小书包不断地从肩上滑落，肩膀一耸又把书包给提上来。

宁轻看不过去，伸手替她将书包取了下来，拎在手里，先回了趟办公室才陪着她一块去找秦止。

刚到秦止办公室门口，宁轻还没来得及敲门，朵朵已经扯着嗓子"爸爸，爸爸"地叫开，宁轻也就直接拧开了门锁。

宁轻没想着办公室里还有访客，有些歉然："不好意思。"

拉过朵朵就想先出来。

"不用了。"来访的女人站了起身，客气地和秦止握了握手，"希望秦董能好好考虑一下。"

人就先出来了。

经过宁轻身侧时脚步似乎迟疑了下，往宁轻和朵朵看了眼，眼里掠过一丝疑惑。

她在打量她的时候宁轻也不自觉地打量她，是张很年轻漂亮的脸，打扮很干练，看着有些眼熟。

宁轻不觉拧了下眉心，一时也想不起对方是谁，看她在看她，也就客气地冲她笑了笑。

女人看她的眼神隐约带了一丝困惑，但显然是个懂得隐藏情绪的人，也礼貌地颔了颔首，人就先出去了。

"爸爸。"朵朵撒开了宁轻的手，跑向办公桌。

她的个头刚比办公桌高了一点点，这么站着下巴刚好抵着桌面。

朵朵就这么撑着办公桌，踮着脚尖仰头看秦止："爸爸，你可以下班了吗？"

"等会儿，爸爸收拾一下。"秦止应，抬头看宁轻，"不是去凌宇那边谈合作吗，怎么把朵朵也一起带过来了。"

"今天比较顺利，花不了多少时间，回来路上就顺便去把她一块接过来了。"宁轻应道，也走了过来，"还没忙完吗？"

"差不多了。"

将桌面收拾一下，秦止关了电脑，绕过办公桌时，弯腰一把将朵朵抱了起来："走吧。"

宁轻拎着朵朵的书包跟他一块儿出去。

"今天回家自己做饭吃，不在外面吃了好不好？"系好安全带，秦止扭过头，对朵朵说。

朵朵点点头："好啊。"

眼角瞥见不远处的面包店，揉着小肚子，瘪着嘴："可是现在好饿，我能不能先买点蛋糕吃？"

"不行。"秦止严厉禁止，"一吃起来你就连饭都不肯吃了。"

朵朵嘟了嘟嘴，扭过头看宁轻："妈妈……"

宁轻心疼朵朵，对秦止说："你先在外面停会儿车，我去买点蛋糕。"

秦止有些无奈："你这样会宠坏她的。"

到底还是在面包店外停了车。

宁轻带着朵朵下车去买蛋糕。秦止一向禁止朵朵吃太多蛋糕，也很少带她来逛，现在终于有了机会了，一到面包店朵朵就有些不受控了，知道宁轻不会像秦止那样，这个不许她吃那个不许她吃，撒开了宁轻的手就冲到玻璃橱窗前，一个个地点："妈妈，这个，这个，这个，还有这个……我们都买吧。"

再一撒手，转手往另一侧的玻璃橱窗一溜点过："我还想吃这个，还有这个，这个看着也好好吃，这个好漂亮，哎呀这个也好好吃，我们也买一个这个吧……"

一口气下来都快把人家面包店给包下来了。

宁轻有些失笑，没真的由着她，只是掂量着挑了些，没敢买太多。

结账时，朵朵拎着那一袋蛋糕踮着脚尖往收银台上放，宁轻怕她摔着，赶紧扶住了她，没想着手肘撞到了人，对方手中的面包应声落地。

"不好意思不好意思。"宁轻赶紧道歉，弯腰帮忙捡起东西，一抬头人就愣住了。

对方也愣了下："是你？"

宁轻回过神来，歉然地笑笑："真的很抱歉。"

她认得她，下午带朵朵过去时正在秦止办公室谈工作的年轻女子，看着还是莫名的熟悉，只是一时间想不起来。

女子客气地笑笑："没关系。"

低头看了眼正仰头看着的朵朵，有些怔。

宁轻看了眼她，忍不住拧了下眉，朵朵已经拿着钱包一角轻戳她的手掌："妈妈，给钱。"

朵朵的这声"妈妈"让女人回头冲她看了眼，眼神隐约有些困惑，人却是笑笑后便走了。

宁轻也有些若有所思，付了钱便和朵朵先回了车里。

"买了这么多？"秦止往宁轻手里拎着的面包袋看了眼，"你太宠她了。"

"已经很少了。"朵朵反驳。

宁轻也笑着道："她恨不得包下整个面包店呢。"

秦止有些无奈，伸手揉了揉朵朵的头："她对蛋糕面包类的甜点没什么抵抗力，一吃起来就没完没了，什么米饭啊菜啊都不肯吃，所以我现在都没让她吃那些东西。"

"可是蛋糕真的好好吃。"朵朵抽空为自己辩驳。

"好吃也不能多吃。"秦止淡声道，"小朋友吃饭要保证营养均衡才能长得快。"

宁轻发现秦止确实是一个不错的父亲，他宠朵朵，但又不会盲目地宠着她，对朵朵的教育很有原则。

"怎么了？"从后视镜看到宁轻正盯着他看，秦止问道。

他的嗓音沉缓柔和，黑眸也正盯着她，宁轻有种偷窥被抓现行的错觉，轻咳了声，转开视线："没什么，只是发现你挺会教育朵朵的。"

无意瞥见车窗外疾掠过去的车子里坐着的女人时，宁轻声线不自觉弱了一下。没想到这么凑巧，又遇上了。

秦止也捕捉到了她声线里的变化，下意识往前面驶过的车子看了眼，"怎么了？"

"没什么。"宁轻收回视线，"就是好像看到了刚才在你办公室的那个女孩，刚在面包店也遇上了。"

"她只是来谈工作。"秦止解释。

宁轻忍不住笑了下："我又没说什么。"

秦止也笑了下，漫不经心地往前面的车子看了眼。

朵朵所有的心思都在蛋糕上了，没留意到大人在聊什么，拿起小蛋糕吃了一口，就举起来给宁轻："妈妈，你也尝一下，好好吃。"

给宁轻吃了又想举给秦止："爸爸，你也尝一下。"

宁轻赶快拦了下来："回家再给爸爸吃，爸爸要专心开车。"

秦止转着方向盘："没关系。"

抽空空了一只手出来，接过刚被宁轻咬了一口的蛋糕，嘴一张便往

202

嘴里送，完全不介意宁轻刚吃过，反倒是宁轻有些窘迫："有口水呢。"

刚说完便见秦止意味深长地侧头看了她一眼："口水算什么，我们连朵朵都有了。"

宁轻自认脸皮不算薄的人，只是秦止这话听着让她忍不住有些想歪，莫名就想到了前天夜里某些少儿不宜的画面，脸皮就被刺激得红成了一片。

秦止幽幽地侧头看了宁轻一眼："又开始往歪的想了？"

宁轻窘迫地白了他一眼："你才往歪的想。"

秦止笑笑，难得没再逗她，快到家时，车子拐了个弯去了超市，买了菜才回家。

回到家里宁轻拎着菜先进了厨房忙活着，秦止刚往沙发上一坐朵朵就趴在了他胸膛上，轻蹭着："爸爸，你不去帮妈妈做饭吗？"

"去啊。"秦止说着已经把她从身上拎了下来。

朵朵马上坐起身："我也去帮忙，上次包饺子好好吃。"

秦止长指点着轻轻一压："你先在这里看电视。"

"可是我也想去帮忙欸。"

"改天好不好？"秦止抱着她坐正，贴着她耳朵，"你还想不想有小弟弟玩了？"

"想。"

"那不要老是和爸爸抢妈妈知道吗？"秦止轻捋着她的头发，"乖乖在这儿别乱跑，好不好？"

"哦。"朵朵迟疑着点头，乖乖坐在沙发上不动了。

"真乖！"秦止低头亲了亲她，这才起身去厨房。

宁轻正在厨房里忙着，刚洗了米下锅，这会儿正在低头择菜，侧脸安静。

秦止忍不住站在门口看了会儿，走了过去，从背后就将她环入了怀中。

宁轻冷不丁被吓了一跳，有些嗔怪地屈着手肘撞了下他的肋骨："朵朵在外面呢。"

"在公司你担心被人看到，在家里还得担心被朵朵看到。"秦止语气有些幽怨，轻蹭着她的发丝，"怎么我一天到晚都得偷偷摸摸的。"

宁轻无言："朵朵都没抱怨。"

侧过头看他："朵朵呢？怎么不在外面陪她？"

"她在看电视。"秦止应，侧头看她，"你怎么就张口闭口都是朵朵了？"

"……"

秦止手臂突然收紧，侧下头就吻了下去。

宁轻惦记着朵朵，想先将他推开，手刚抬起便被秦止拉了下来，束缚在身侧，侧低着头，加深了这个吻。

他一来真的宁轻就有些招架不住了，鼻息间都是他熟悉的气息，温热的触感让她竟有些想念，下意识转过了头，反手搂住了他的脖子。

秦止吻得越发恣意，收紧了手臂，宁轻几乎招架不住，他松开她时她几乎整个身体都攀附在了他身上，气息有些不稳。

秦止气息也不太稳，身体紧绷得难受，也烫热得难受，但理智到底还是在的，朵朵在客厅里，也不好太过失控。

秦止突然有些后悔没让朵朵跟她奶奶去走亲戚。

正想着，小丫头俏生生的软嗓就在门口响了起来："好了吗？"

秦止回过头，发现朵朵正站在门口，睁着圆溜溜的大眼睛好奇地往这边看。

宁轻下意识想推开他，秦止搂着没放，只是盯着朵朵："朵朵，刚刚答应爸爸什么？"

朵朵不好意思地吐吐舌头："我没乱跑，我就在厨房门口看看。"

秦止朝客厅指了指："回去坐好。"

"哦。"朵朵噘着嘴蹦回去了。

秦止也没真的要继续下去，放开了宁轻，帮着一起把晚餐准备好了。吃过饭后秦止去厨房洗碗收拾，宁轻收拾房间。

这里是秦家，不是秦止让她住着的那套小公寓。

自从朵朵认了妈后，秦晓琪也松了口气，这几天抽空走亲戚去了。

宁轻把地板扫了遍去清理书房，朵朵没事做，也屁颠屁颠地跟着去帮忙，看桌上有些乱，小丫头就踮着脚尖把桌面上的文件整理好了，然后去拉抽屉，用力过猛，"哗"的一声就把抽屉整个给拖了出来了。

"啊呀啊呀……"朵朵急急地赶紧抱住了抽屉，力气太小，还是没能抱住，抽屉打了个侧翻，里面的照片东西都被打翻在了地上。

"有没有被磕到？"宁轻赶紧过来收拾，把朵朵拉开，生怕她被砸伤。

"我没事。"朵朵应，蹲了下来，"我来帮忙捡。"

看到地上有照片，先伸手去捡了照片，拿起来看了看："咦，这个是爸爸吗？"

朵朵指着照片扭头问宁轻。

宁轻拿了过来，照片是秦止的高三毕业照，已经有些年代，画面上七十多个人，朵朵竟也能一眼认出了秦止来，确实挺不容易。

"这里还有照片。"看到桌角下的照片，朵朵弯腰去捡了起来，看了又看，拿去问宁轻："妈妈，这个是那天一起吃饭的叔叔吗？"

宁轻往照片看了眼，秦止和许昭肖劲的合影，青葱的年纪，恣意美好。

从照片里隐约看得出来，三人感情很好。

宁轻看着照片有些失神。

朵朵见宁轻看照片看得认真，拿过了她手里的集体照："我看看还有没有我认识的人。"

低头就开始认真找了起来，看了会儿"呀"了一声，拉着宁轻的手："妈妈，这个是不是今天我们碰到的阿姨？"

宁轻下意识看了过去。

朵朵小指尖指着坐在秦止前面的女生："这个这个。"

那女生模样青涩好看，造型虽有些土气，看着和现在的时尚干练大相径庭，但轮廓看着确实像今天遇到的年轻女人。

宁轻不太确定，盯着照片细细打量，朵朵等不及，扯着她的手腕，催促着她："妈妈，是不是吗？"

在厨房里远远就听到了动静的秦止这会儿走了过来。

"发生什么事了？"秦止问，走了过来，看到满地狼藉，拧了拧眉心。

朵朵抬起头看他，不好意思地吐了吐舌头："我不小心把抽屉弄散了。"

然后献宝似的举起手里捏着的照片："爸爸，我看到你了。"

宁轻笑着解释："她正拿着你高三的毕业照一个个找熟人。"

"我找到了那天和我们一起吃饭的叔叔。"朵朵马上接口，"还有今天遇到的漂亮阿姨。"

秦止有些失笑："小丫头眼神这么好。"

朵朵也跟着"咯咯"地傻笑："我再帮你看看有没有我认识的。"

宁轻无言，才多大的人，能有几个认识的朋友。

她推着她站起身："乖，先和爸爸出去，妈妈先收拾一下。"

朵朵捏着照片跟着秦止先出去了。

宁轻将满地散落的东西收进抽屉里。

抽屉没什么东西，就一些小本子、笔啊照片之类。

秦止大概是不喜欢收藏照片的人，照片只是很随意地塞进了抽屉里，夹着书，被朵朵这么一捣腾，全掉了出来了，也没几张照片，除了朵朵拿走的那张集体照和宁轻刚才看到秦止许昭肖劲三人的合影，还有零零散散几张，几乎全都是三人的合影，不同的造型、一样的笑脸，那种情同手足般的友情，即便是在时隔十多年后的照片里，依然能感觉得出来。

宁轻盯着照片里的三张笑脸，有些失神，不太明白曾经那么要好的三个人，现在怎么就天各一方了。

"还没收拾完吗？"秦止出现在门口，看她还蹲在地上，走了过来，蹲下身帮她一道捡起地上的东西，见她在盯着照片，看向她，"怎么了？"

宁轻把照片转向他："以前你们几个关系真的挺好的。怎么现在好像都不联系了。"

秦止往照片看了眼，有些走神。

宁轻轻轻碰了他一下："怎么了？"

秦止呼了口气，拿下了她手里捏着的照片，看也没看，两只手捏着一错开，"嘶"的一声细响，照片被撕成了两半，再叠着一撕……

没一会儿，好好一张照片被撕成了一堆碎纸。

宁轻不自觉看向他，秦止脸色很淡，淡得近乎没有表情，照片撕完扯到电脑桌下的垃圾桶就随手扔了进去。

"你们……到底发生什么事了吗？"宁轻迟疑着问道。

"沁沁。"秦止看向她，"所有人都告诉你，当年是我不要你和孩子的，你到处联系不上我，你就不好奇那年为什么联系不到我吗？你不介意吗？"

宁轻怔了怔，然后笑了下："我没想过。可能那年真的挺难受的吧。但是我想不起来了，记不得当时有多痛苦现在也就无所谓了吧。反正自从这段时间我认识你以来，你不是那样的人，当年大概有什么不得已的苦衷吧。"

大概这也是她记不起自己的唯一好处了，无论对秦止的感情还是认知几乎都是从零开始，没有了过去痛苦过的经历，也就无所谓真相怎样了。反倒是这段时间认识的秦止，会因为宁沁的死而痛苦绝望，会记得宁沁的每一个细小的习惯和喜好，甚至会将与宁沁有关的记忆一点点地渗透进他和朵朵的生活里，这样的男人，宁轻总觉得当年应是有什么误会的。

她的话让秦止不觉笑了下，似乎有些无奈，伸手揉了揉她的头，叹了口气，才徐徐道："你给我信息的时候我没看到，我当时在美国，被拘押了，手机没在我身上。我托许昭带消息给你，他……"

秦止自嘲地笑笑："他对你说了什么大概也只有你和他知道了。总之那一年里，他带给我的消息里，我只知道你很坚决地要分手。然后就在我出去的前一天，他告诉我，你出车祸去世了。自始至终他从没跟我提过朵朵的任何一个字，我是从你伯母那里知道朵朵的存在的，只是我赶到你家时朵朵已经被送走了。"

宁轻看向他："你那时是不是很恨我？"

"没有。"秦止说着已经站了起身，将抽屉推入了原处。

"口不对心。"宁轻轻哧了声，看到桌脚下还有一张照片，也就顺手捡了起来。

照片是秦止肖劲许昭和另外几个同学的合影，有男生有女生，一起合影的还有他们的班主任。

在一堆男生女生中，宁轻一眼就认出了朵朵刚才指认的"漂亮阿姨"，刚好和秦止并肩站一块儿。

宁轻忍不住反过来看了看后面的名字，简琳。

名字看着也有熟悉的感觉，宁轻觉得自己以前也是认识她的，要不然也不会从人到名字都觉得异常熟悉。

秦止回头看她还在捏着照片发呆，眉心一拧："还没收拾好？"

"差不多了。"宁轻站起身，拿着照片在他面前晃了晃："简琳是不是就今天在你办公室那个啊？我也认识的吧？"

秦止伸手拿过照片，看了眼："算是认识吧。"

"什么叫算是认识吧？"宁轻有些不满，"你们这都至少中学三年的朋友了吧，现在又和你有生意往来，今天她看到我和朵朵时的眼神……"

宁轻说不上来，扯了扯他的衣角："你们两个是不是以前有过什么关系？"

秦止将她的手拍了下来："想太多了。"

将照片往掌心一揉，揉成一团便扔进垃圾桶。

宁轻看着心疼："这些照片很珍贵的你别又是撕又是扔的。"

过去替他捡了回来。

秦止轻轻捏了下她的脸颊："又不是你的你瞎心疼啥呢。"

还是把照片给扔了。

宁轻跟着他一块儿出了书房。

朵朵还在拿着照片找熟人，两条腿吊在沙发上，一晃一晃的兀自看得认真。

宁轻在她身侧坐了下来，往照片看了眼，问她："找到你的熟人了吗？"

朵朵噘着嘴："都不认识的了。"

有些无趣地把照片还给了秦止。

宁轻怕秦止又把照片给撕了，赶紧拿了过来，拿回去收好。

秦止瞥了她一眼："我怎么觉得你比我还紧张这些照片。"

"我是没得珍藏了没办法，你还保留着就继续留着嘛，偶尔拿出来缅怀一下青春还是不错的。"

秦止侧头看了过来，若有所思。

"怎么了？"宁轻看他眼神有些深沉，忍不住问道。

秦止摇摇头，手绕过朵朵，落在她肩上，有一下没一下地拨弄着她的头发，微侧着头，像在深思。

宁轻安静地玩着他的手指，看他不说话，也就不出声打扰他。

"沁沁。"过了好一会儿，秦止突然出了声，侧头看她，"假如说你一辈子都想不起来，你会介意吗？"

宁轻愣了下，没想着是这个问题，想了想："能想起来是好事，要是想不起来的话，顺其自然吧。"

"我那天问徐璟，她说你这不是失忆，按道理应该是可以想起来的，只是时间问题而已。"

宁轻皱眉："你什么时候问他了？"

"你手受伤那天。"秦止指了指她刚拆了线的手。

宁轻想到了他脸颊上的青黑，有些恍然："原来你脸是他揍的啊。"

"爸爸还骗我说是被墙撞的。"朵朵逮着机会控诉。

秦止笑着揉了揉她的头，目光却是纠缠在宁轻脸上："那天我和徐璟聊了下，我感觉……当年的宁轻是有抑郁症的。"

宁轻拧了拧眉心。

秦止不想给她过多的心理压力，拍了拍她的肩："别多想，想不起来就算了。"

宁轻点点头，也没费心去想，却还是惦记在了心上。

第二天上班时宁轻遇到了宁峻，在茶水间里，她刚好去打开水冲咖啡，宁峻也是。

因为那天的事，宁轻和宁峻也已经几天没说话。见到人宁轻也没打招呼，冲完咖啡转身便想走。

"沁沁。"宁峻叫住了她。

宁轻长舒了口气，虽然不大待见宁峻，还是不由自主地停下了脚步。

"沁沁，当年的事我们真的很抱歉。"宁峻说，嗓音低缓，"当初把你一个人寄养在老家，爸妈一直觉得亏欠你，想要好好补偿你。你怀朵朵的时候才大四，身体不好，秦止又联系不上，你不知道我们当时看着有多心疼。"

"你一个没有经济能力的学生，如果真生下孩子了，到时你再带着她，不仅拖累了你自己，可能连她也拖累了，爸妈只是出于现实考虑才劝你打掉那个孩子，你不愿意，非得把孩子生下来。爸妈当时就是担心你带着孩子不好嫁人，才想要把孩子送走的。他们的做法未必是对的，但是出发点却是为了你考虑。后来你和轻轻一同出事，轻轻当场就伤重身亡了，你还剩着一口气，好不容易把命救回来了，却昏迷了很长一段时间。

"把你变成轻轻是徐璟提出来的，爸妈一开始是不愿意接受的，这已经等于在抹杀了你的存在了，可是那一年你活得有多痛苦大家都看在眼里，秦止又音信全无，那时全家都觉得他就是一个骗子，你被一个骗子骗了感情骗了身体还傻乎乎的走不出来，考虑了很久才答应了徐璟的提议，试着把记录了轻轻记忆的芯片移植到你体内，不断地给你催眠，让你以轻轻的身份好好活下去，一个是觉得这样你能彻底从过去那段感情中走出来，另一个也是考虑到，徐璟家境好人品好，你成为了轻轻，后半辈子也能衣食无忧地好好活下去。他们的做法未必是对的，但是出发点绝对是为你考虑的。"

宁峻停了停："孩子是在爸妈做了这个决定后才送走的，当时挑的是条件很不错的人家，那家人怕到时又要要回去，送走时就约定了以后都不能去看孩子，孩子刚送过去没多久他们也搬了家。所以我们完全不知道孩子后来的情况。但是这五年来，你确实要过得比过去好。在秦止出现前，我们一直都相信这对你是最好的安排，你不再像过去那样陷在那段感情里出不来，这几年你和徐璟也过得很好，一直过得很幸福，衣食无忧。"

"所以你们就心安理得了是吗？"宁轻侧身看他，"我现在是想不起来了，怀孕那一年有多绝望过我都想不起来了，或许那时候你们真的是为了我好，心疼我，可是帮我走出来的办法有很多，为什么就非得把我女儿送走，把我变成了宁轻才是为了我好？在你们眼里我就真的那么脆弱，一段感情都挺不过来了？那当初你们把我一个人扔在乡下二十年，我每次回去都像个外人一样看着你们一家人其乐融融的时候，你们就没想过我也会挺不过来吗？"

宁峻被宁轻指责得无言以对，沉默了许久："沁沁，你要恨我们怪我们都可以，确实是我们错了。我跟你说这些，只是想把整个真相告诉你而已，无论你想不想得起来，你有权利知道这一切。"

宁轻唇角动了动："谢谢。"

捧着水杯转身出门，走到门口就定住了。

徐盈正站在门口，脸色异常苍白，她大概已经来了有些时候，整个人怔怔地站在原处，眼神复杂地看着她。

宁峻脸色变了变："徐盈。"

上前想要拉住她，徐盈后退一步避开了，苍白着一张脸："你们说宁轻五年前就死了？她怎么就死了，为什么一直没人告诉我，她不是就是宁轻吗？"

徐盈的反应让宁轻有些不忍，这几年徐盈对她不薄，两个人的感情一直很好，她一直当她是宁轻，她也一直当自己是宁轻，如今真相摊了开来，最无法接受的反倒是亲如姐妹的徐盈。

"为……为什么。"徐盈抖着唇，看向宁峻，"为什么你们要这么做，为什么都要瞒着我？"

"徐盈。"宁峻神色复杂，拉住了她的手臂，想让她先冷静下来。

"徐盈。"宁轻有些担心地看向她，明知不是自己的错，还是低低道了声歉，"对不起。"

"和你没关系。"徐盈虽受打击大，理智还在，只是有些接受不了这样的事实，用力推开宁峻，转身走了，迫切想要去找徐璟证实。

宁轻站在原地，没有追过去，她不知道徐盈以何种心情接受宁轻已经不在的事实，只是知道她不太好受，她也不好受，这么多年来，关系真正好的朋友也就徐盈这么一个，宁沁的朋友早在她五年的"被死亡"里慢慢疏远了。

宁轻指腹摩挲着手中的咖啡杯，静默了会儿，慢慢转身往办公室走，刚转了个弯就看到了秦止，他正站在走廊尽头，安静地看着她，身形修长挺拔，包裹在剪裁合体的黑色西装里，就这么一动不动地站在那里，眼神温柔，远远地落在她身上，宁轻突然就平静了下来，忍不住冲他一笑。

他也露出一个浅浅的笑，站在那儿等她。

宁轻走了过去，刚走到近前就被他的手掌扯到了怀里。

"没事吧？"他问，嗓音柔软。

宁轻忍不住一笑："我没事。"

抬头看他："你怎么下来了？"

"刚看到徐盈。"秦止解释，手掌有些怜惜地揉了揉她的头发，"没事就好。"

送她回了办公室，自己才回去。

宁轻心里还担心着徐盈，一个下午都有些心神不宁的，下班时抽空给她打了个电话。

徐盈手机关机了，不知道是没电了还是怎样，越是联系不上人宁轻心里越是担心，连吃饭时也没什么胃口。

"她不会有事的。"秦止安慰她，给她夹了块肉，"别自己瞎想来吓自己。她和宁轻感情再好，总还只是好朋友，难受是肯定有的，但因此而做出什么过激的行为……"

秦止抬头看她："你想太多了。"

宁轻还是担心，叹了口气："我就担心她去找徐璟。说实话，徐璟平时看着正常，但谁一提到宁轻死了，他就跟变了个人似的，六亲不认，我都怀疑他有精神问题。"

朵朵正扒着饭，闻言抬头看宁轻："妈妈，你是说那个很可怜的叔叔吗？"

自从前几天在墓园见过背影萧瑟的徐璟后，朵朵对徐璟的称呼就从讨厌叔叔变成可怜叔叔了。小丫头年纪小也没什么是非观念，之前不喜欢徐璟只是单纯因为他要跟她抢妈妈，现在妈妈回来了，也就忘了曾经讨厌过他的那回事了。

秦止不太愿意朵朵一起来讨论这些事，摸着她的头："乖，先吃饭。"

"哦。"应了声，朵朵笨拙地捏着筷子，低头扒了口饭，有些憋不住，又忍不住抬起头来问，"爸爸，那个叔叔那天是不是哭了？看他哭得好可怜，那个是谁的坟墓啊？"

"那个是小姨的墓。"宁轻给她夹了块肉，"乖，安静吃饭。"

秦止看向她："你实在放心不下她的话，一会儿吃过饭后我送你过去看看她。"

"还是算了吧。"宁轻不太想见到徐家人和宁家人，到现在也没调整好心情去面对他们，想了想还是不去招惹了。

第二天上班时宁轻特地去了徐盈的办公室，没想着人没来，开会的时候发现何兰也没来。

何兰向来掌控欲强，对于攸关公司命脉的投资并购部，虽不是直接领导，却几乎是每场会议必出席，生怕秦止暗中做点什么小动作，如今没病没灾的突然没来，宁轻心里有些不安，会后赶紧着给徐盈打了电话。

她的手机还是关机状态。宁轻心里担心，也顾不得对宁峻的介怀，赶紧给宁峻打电话。

"她在医院。"宁峻嗓音嘶哑，掩饰不住浓浓的疲惫。

宁轻一颗心瞬间提了上来，跟秦止招呼了声，就赶紧往医院赶了。

秦止不放心她一个人过去，放下工作陪她一块儿去了趟医院。

徐泾升何兰宁峻宁文胜黎茉勤都在医院，一个个脸含担忧，守着病床上昏迷不醒的徐盈。

徐璟也在，只是没进去，一个人站在病房门口，头靠着墙，神色木然死寂。

"徐盈怎么了？"推开病房门，宁轻急声问道。

何兰脸色不好："你来做什么？"

宁峻走了过来，将她稍稍拉开。

"她撞伤了头。"宁峻说。

从宁峻断断续续的描述里宁轻拼出了个大概，徐盈昨天听到宁轻早已经去世，是徐璟拿她替代了宁轻的消息后去找徐璟确认，和徐璟发生了争执，兄妹俩情绪都比较激动，徐盈不小心触了徐璟的逆鳞，争吵中一直强调宁轻死了，徐璟突然失控，失手给了她一耳光，用力过重，徐盈被甩得撞在了沙发角上，撞伤了头，连带着她肚子里两个月大的孩子也没了，徐盈从昨天开始就一直昏迷不醒。

医生说没什么大问题，只是身体太虚弱了，宁轻有些放心不下，在医院多待了些时间，下午的时候，徐盈终于幽幽转醒，一屋子人围着上前嘘寒问暖，徐盈视线却穿过众人，落在宁轻身上，看了她一眼，对何兰说："妈，你们能先出去吗？我想和宁轻谈谈。"

何兰一愣，不满嗔怪："你刚醒来，有什么话等养好身体再说。"

"我就说几句。"徐盈虚弱应道。

何兰无奈，招呼着其他人先出去。

秦止在宁轻耳边低低说了句："我在外面等你。"

人就先出去了。

宁轻走了过去，看她脸色苍白得厉害，有些担心："你没事吧？"

徐盈摇了摇头，鼻子一酸，突然就哭了出来，一边哭一边说着"对不起"。

"你跟我道什么歉啊，又不是你做的。"宁轻不大会处理这种情况，有些手忙脚乱地找着纸巾，递给她擦鼻涕和眼泪。

"朵朵的事我听说了，都是我哥间接造成的。我没想到我哥会是那样的人，他一直以来很优秀，我一向很敬重和崇拜他，我没想到宁轻的死会让他这么丧心病狂，说实话，我有点接受不了这样的他……"徐盈抽泣着，停了停，看向她，"宁轻……"

刚叫了声便意识到自己叫错了，尴尬地吸了吸鼻子，改了口："宁沁。"

宁轻笑笑："宁轻宁沁都没关系了，你喜欢就好。"

徐盈点点头，静默了会儿："宁沁，我有点怀疑我哥精神状态有问题，我真的挺担心他这样下去会毁了他自己和所有人的。你……能不能帮我劝他去做个精神鉴定，他到现在还是认定了你就是宁轻，也只肯听你的话而已了。"

宁轻笑容僵了一下，不太愿意再和徐璟有过多牵扯，没敢马上答应下来。

徐盈自嘲地笑笑："没关系，我能理解，我现在都有点怕见他。"
宁轻抿了抿唇角："我再考虑看看吧。"
陪她坐了会儿，看她神色疲惫，劝她先休息就先走了。
出来经过门口时徐璟还站在原地没动，神情木然，整个人都死寂沉沉的。
经过他身边时，宁轻本想就这么走过去，脚步还是不由自主缓了下来，直至停了下来。
"她醒了，你不进去看看她吗？"
徐璟神色依然是木然的，一动不动，像一尊石化的雕像。
宁轻沉默了会儿，拉着秦止就要离开。
萧萌梦刚好匆匆赶过来，刚上楼梯，远远就看到了亲密挽手的秦止宁沁，以及神色木然的徐璟，强烈的反差对比，看着竟觉得两人故意在落魄的徐璟面前秀恩爱似的，带了点志得意满的味道，心里突然就很不是滋味起来，两人走时就伸手拦住了路。
宁轻有些奇怪看她："萧小姐，怎么了？"
萧萌梦看着她，眼神复杂难懂。
"宁小姐，虽然说每个人都有追求自己幸福的权利，我也只是一个外人，不该说什么，但抱歉我实在憋不住了。你们这样明晃晃地跑到他面前秀恩爱不觉得过分吗？你们要追求真爱，这没什么，但真爱若是以伤害别人为前提，这和下三滥有什么不同。我一直以为你们会是不错的朋友，没想到你们会是这样的人，一个勾搭自己兄弟的未婚妻，一个抛弃未婚夫，把自己的快乐建立在别人的痛苦上，还光明正大地跑来秀恩爱，你们有没有想过他的感受？"
萧萌梦憋着一口气说了一大通话，也不知道自己在说什么，只是觉得心里憋得难受，看着徐璟那样她就难受。
她和徐璟确实算不得熟，只是那天婚礼上徐璟的神色给她造成的冲击太大，让她忍不住去靠近了，这段时间恰好她陪一个患了抑郁症的姐妹去看心理医生，没想到主治医生是徐璟，一来二去也算熟悉了起来，她自己也有些心理方面的问题想要咨询，刚好公司也在附近，也就有事没事常往徐璟工作室那边跑。
今天发现他没去上班才知道出事了，担心他太自责，赶紧不管不顾地赶过来了。

徐璟有多爱宁轻萧萌梦看得出来，她从没见过一个男人会对一个女人痴情到这种地步，在她对男人的认知里，男人都是肤浅滥情的，见一个爱一个，唯独徐璟，爱得让人没来由的心疼。

宁轻被萧萌梦这番念叨得莫名其妙，她以为上次在徐璟那里她已经把话说得很清楚了，没想到到头来原来只有她自己一个人明白了，徐璟没听进去，萧萌梦也没听进去。

"萧小姐……"宁轻下意识想要解释，秦止已经截过了话头，"你有病吧？徐璟自己拎不清，你也要跟着他一起拎不清吗？我最后一次重申，现在站在你面前的是宁沁，是徐璟自我催眠成宁轻实际上却是宁轻姐姐的宁沁。"

萧萌梦怔住。

秦止已经反手拽过宁轻，带着她先回去了。

第七章

徐盈因为头伤加小产身体比较虚弱,在医院多住了几天院。

宁轻和徐盈多年的姐妹,虽是顶着宁轻的身份,但对彼此的好却是真的,到底还有姐妹情分在,宁轻也还是会抽空去看看徐盈。

朵朵喜欢缠着宁轻,一听说她要去医院看徐盈,说什么也要跟着过去。

宁轻拿她没法,也就带着她一块去看徐盈。

徐盈和朵朵接触不多,却是很喜欢朵朵,再加上自己也怀过孩子,母性本能下,对朵朵总多了几分怜爱。

朵朵在徐盈面前也特别乖巧,帮宁轻把鸡汤放好后,软着嗓子对徐盈说:"姑姑,你要好好休息,早点好起来。"

童言童语逗得徐盈心情好了许多,笑着对宁沁道:"这丫头真乖巧。"

说着突然就想起了宁轻徐璟那个没缘的孩子,叹了口气:"当初宁轻的孩子活着的话,现在也这么大了。"

这还是宁沁第一次从第三者口中听到宁轻和徐璟孩子的事,下意识看向她:"那个孩子真的存在过吗?"

徐盈点点头:"刚出生没多久就夭折了,对宁轻和我哥打击很大。宁轻当时是意外怀孕吧,她当时精神状态就不太好,抑郁症比较严重,时好时坏的,一直吃药,还不小心怀了孩子,我哥担心对孩子不好,要她打掉,她不肯,非得坚持生下来,结果可能真的是合该无缘吧,孩子刚生下没两天就各种并发症夭折了。这件事对宁轻和我哥都打击很大,特别是宁轻,抑郁症又变得严重起来,我哥担心她出事,陪她一块儿回了国休养,没想到三个月没到,她也出事了,大概因为这些事接二连三,我哥承受不起这么大的打击,才变成这样的吧,他是真的很爱宁轻。爱到甚至不惜以断绝母子关系逼我妈接受宁轻。我妈那人……"

徐盈无奈地笑笑:"你也和她接触过几年,知道她什么性子,虽然接受了宁轻,但是肯定也是对宁轻各种高要求的,宁轻可能也给自己各种压力,那时她什么都逼自己去学,什么都要学到最好,也不懂得去放松自己,可能慢慢的就得抑郁症了。"

宁沁没想着宁轻还有这么一段故事,这几年来她一直就是宁轻,也从没人告诉过她这些事,就连孩子的事还是徐璟被逼急了的情况下才说的。她不知道当时的自己有没有发现宁轻有抑郁症,她们虽是同卵双生,但不住在一起,或许也没有那么多的心有灵犀,况且宁轻抑郁症最严重那段时间里,也是她怀着朵朵联系不上秦止的时候,两个负能量的人聚在了一起,得到的只是源源不断的负能量。

朵朵听不懂大人在聊什么,这个看看那个望望听不明白,一个人待着有些无聊,软软地留下一句"妈妈我出去走走看"人就往外跑了。

"朵朵别乱跑。"宁轻赶紧阻止道,生怕她走丢了找不到人。

"我不会乱跑的,我就在门口玩。"朵朵应,拉开了房门,一侧头,刚好看到了徐璟。

徐璟带了篮水果和一些补品来,也不知来了多久,一直坐在外面的长椅上不动,东西搁在了门口侧边上,似乎没有进去的意思。

朵朵好奇地往地上的水果篮看了眼,走了过去,在徐璟面前站定,犹豫了下,问道:"叔叔,你不进去看姑姑吗?"

徐璟看向她,没有说话。

朵朵嘟着嘴犹豫了下,主动走了过去,拉住他的手掌:"叔叔,我决定不讨厌你了。"

徐璟有些失笑,看向她:"为什么决定不讨厌叔叔了?"

两天几乎没合过眼,他的嗓音异常的沙哑。

朵朵掰着他的手指头玩:"不想讨厌就不讨厌了。"

然后指了指病房门口的水果:"那些是你买的吗?"

徐璟点点头。

"那……"朵朵想了想,"我可以偷偷拿一个来吃吗?"

"……"

"我去帮你洗了送回去给姑姑好不好?"

宁轻在屋里隐约听到朵朵在和人说话,担心她傻乎乎地跟人跑了,赶紧出来看。

"朵朵，在和谁聊天……"未完的话在看到徐璟时停在了舌尖。

徐璟看了她一眼，站起身。

"那些东西对徐盈补身体有好处，你拿给她吧。"

转身便走了。

朵朵嘟着嘴走了过来，仰头看宁轻："妈妈，叔叔为什么不进去看姑姑啊？"

"叔叔还有事。"宁轻弯腰拿起地上的东西。

徐盈看着她手里拎的东西，皱了皱眉："这是？"

"你哥送过来的。"宁轻说，"人刚到门口就走了。"

"他大概觉得没脸见我吧。"徐盈接口道，嗓音很淡。

宁轻没接话，不好多做评论。

徐盈也没再提起徐璟，毕竟是自家大哥，要恨也恨不起来，但是说不恨却又心存芥蒂，对他大概就介于一种又怜又恨的状态。

徐盈不知道宁轻是怎样一个心态，会不会追究徐璟的责任，她和秦止都没表态，也不敢过问。

宁轻在这坐了会儿便和朵朵先回去了。

回到家时秦止也在，今天周末，一下午都待在家里不出门。

"徐盈是你妹妹你怎么也不去看看她？"靠着他在沙发上坐下，宁轻忍不住道。

"我和她又不熟，过去在那杵着反倒打扰你们了。"

宁轻想想也是，忍不住和秦止说起宁轻的事来。

"抑郁症？"秦止捕捉到了这几个字，拧着眉心，想起那天徐璟的话来。

"怎么了？"宁轻看向他，车祸的事秦止没跟她提过，她也不知道他在想什么。

秦止摇摇头："没事。"

长臂往宁轻肩上一搭，微勾着压着她的头靠在颈窝上，侧头看她："明天大学一老师庆祝生日，陪我过去吃饭？"

正在奋力往两人中间挤的朵朵钻出半颗脑袋来："我也去。"

秦止无奈地轻拍了拍她的小脑袋："去哪儿都少不了你的份。"

朵朵吐着舌头傻笑。

宁轻仰头看他："什么大学老师？"

"曾经做过我的导师，后来又做过你导师的大学老师。"秦止说，"以前我们常一块儿去他们家吃饭，你和老师师母都很熟，过去说不定你还能想起点什么来。"

第二天下午秦止便和宁轻去了大学导师那边。

朵朵因为秦止昨晚没明说带不带她去，心里很不安，一早起来就很自觉地穿好漂亮衣服等着出门了，下午秦止宁轻出门前，两人还没开口，自己就跑过去拉着宁轻的手不肯放了。

秦止和宁轻自然不敢真把她一个人留在家里。

一路上小丫头显得异常兴奋，基本上只要是和爸爸妈妈一起出去玩她都会异常兴奋，一路上叽叽喳喳的问个没完。

宁轻对秦止口中的那位导师没什么记忆，只是从昨晚秦止的意思里，宁轻发现原来她和秦止还曾经是校友，而且还同是经济管理学院金融系的学生，只不过秦止大了她好几岁，她念大学时秦止早已经毕业。

宁轻总觉得那时的秦止应是作为系里的名人毕业出去的，昨晚她问秦止他以前大学时是不是特别优秀，秦止没说是或不是，但宁轻总觉得应该是的，她在公司网站对他的介绍里看到过他大学作为交换生去哈佛进修的介绍。

秦止要去拜访的导师住在大学城附近的教师小区里。

导师叫简临章，在那边住的是独门独户的小别墅楼。今天是他的七十大寿，应是有不少学生自发过来看他，别墅门口停满了大大小小的轿车。

宁轻原以为客人会不少，没想着一进门发现也不过七八个人左右，过来的都是简临章过去的得意门生。

简临章带了那么多届学生，也就秦止这一届最让他满意，在社会上混出名堂的就只有七八人，包括秦止许昭，因此今天过来的也多半都是他们这一届的学生。

屋里确实多是些有头有脸的人，财经杂志和新闻上常露脸。相比起来，宁轻发现她这个挂着简临章学生的人，大概是这堆人里混得最平庸的一个。

简临章以前最喜欢的学生便是秦止，这几年来秦止也不时回来看他，两人感情深厚，因此秦止刚挽着朵朵进屋，简临章便一眼认出人来，朗笑着上前招呼，手掌用力拍着秦止的肩膀，"哈哈"笑着："什么时候回来了,竟一直没来看老师。"

秦止也笑了笑:"年初就回来了,这段时间一直忙,一转眼就到年底了,今天才抽着了空来看您。"

说着侧头伸手将朵朵从宁轻怀里抱了过来:"朵朵,向爷爷问好。"

朵朵刚在车上睡着了,下车时刚醒来,还睡眼惺忪的,一边揉着眼睛一边软软地叫了声:"爷爷好。"

宁轻也笑着道:"老师生日快乐!"

她刚出声简临章便有些诧异地看着她,再看看朵朵,视线在大小两张脸上来回移动。刚进屋时宁轻抱着刚睡醒的朵朵,大半张脸被朵朵给挡住了,简临章也没注意看宁轻,如今看清了脸整个人都有些错愕,宁沁当年去世的事他也知道一些。

宁沁大学算不得特别出类拔萃的学生,在年级上至少不是特别醒目那类,就是成绩比较出色但为人比较安静低调,很多老师对她的印象也仅限于知道那么个人但名字不太对得上号,后来对宁沁印象深刻还是因为宁沁和秦止在一起了,秦止常带着宁沁一块儿到他家来蹭饭才渐渐对这个学生有了印象。

当初听说她去世他还惋惜了阵,确实是个资质不错各方面条件都很优秀的学生,年纪轻轻就没了确实让人惋惜,他那时还挺担心秦止的状态,后来还专程给秦止打了电话,只是没联系上人,后来再联系上时,秦止已经绝口不提宁沁的事了。

如今看到已经去世多年的人突然活生生地站在眼前,简临章整个人都没缓过神来,迟疑着道:"这是……宁沁?"

宁轻点点头,突然就坦然接受了自己就是宁沁的事实,客气笑道:"老师好久不见。"

"哐啷……"的水果盘落地声很突兀地从客厅里响了起来,秦止和宁沁下意识地循声望去,意外地看到了许昭。

许昭正怔怔地看向这边,神色像是受到了巨大的震惊,挽起了袖子的手上还沾着水,脚边凌乱地撒了一地的葡萄。

秦止脸色陡地冷淡了下来。

简临章不知道两人的恩怨,看许昭怔怔地看着这边,出声打圆场:"你也被吓到了是不是?老头子也被吓得不轻,当年不是说……"

简临章含蓄地没把话说下去,但话里的意思已经很明显。

"这事儿比较复杂，回头有时间我再跟您说。"

秦止客气应道，话音刚落下，一道熟悉的女嗓已经从厨房门口响了起来："发生什么事了……"

尾音隐去，看着门口这边的一家三口。

宁沁也循声看向她，她认得她，前段时间一天偶遇了三次的漂亮女孩。

宁沁记得秦止照片背面上的名字好像是……简琳吧。

简临章简琳，都姓简，想来应该是父女了。

简临章看简琳走了出来，冲她道："琳琳，过来帮许昭收拾一下地板。"

简琳回过神来："好的。"

许昭也回过了神来，眼神复杂地朝两人看了眼，低头收拾满地的葡萄。

简临章笑呵呵地转向秦止和宁沁，招呼着两人入座。

来贺寿的多是秦止那一届的学生，除了宁沁，大家都认识。

都是多年没见的朋友，现在好不容易有这么个机会聚在一起，也就不免一块儿叙旧。

宁沁不太插得进话题，况且在场的都是男士，她在一边坐着也尴尬，看女家属们都在厨房忙，也就干脆起身去厨房帮忙。

朵朵没人陪她玩，光听大人聊天她也听不懂，一直窝在秦止怀里也觉得没意思，看宁沁去厨房帮忙，马上从秦止大腿上溜了下来："我也去。"

愣是跟着宁沁进了厨房。

简琳母亲正在炒菜，简琳在切菜和择菜，另有两个女孩也在帮忙，都是简临章学生里带过来的女家属，刚才在客厅时相互介绍过，打过招呼。

"有什么需要我帮忙的吗？"宁沁问，牵着朵朵走了过去。

简琳抬起头来，看到宁沁，有些意外，客气地冲她笑了笑："怎么不在外面坐着？这里有我们就行。"

宁沁也笑笑："外面都是男人在聊男人的话题，我在一边干坐着有点不好意思。"

"这倒是，所以我赶紧闪进厨房来了。"简琳也笑着应，递了把扁豆给宁沁，"你择一下这个豆吧。"

朵朵踮着脚尖："我也来帮忙。"

拿过扁豆就有模有样地择了起来，看着还真像那么一回事。

简琳忍不住笑："小朋友真懂事。"

看向宁沁，有些欲言又止的，但又很快转开了视线。

宁沁觉得她应是想问她她是宁沁的事的，只是大概觉得立场问题不便多问，也就没去追问。

在见到简琳之前宁沁没想着简琳和秦止还有这么一层渊源在，两人不仅是中学同学，原来秦止竟也还是简琳父亲的得意门生，看秦止和简临章见面时的热络，想来那时秦止也是常去简临章家拜访的，宁沁突然有些好奇秦止当年和简琳的关系。

"你和秦止大学那会儿也是同学吗？"

询问的话就这么自然而然地脱口而出，刚问完便见简琳眼神略奇怪地看了她一眼。

宁沁歉然解释："过去有些事我不太记得了。不过我在他书房里见过你们中学时的合影。"

简琳了然点点头，笑笑："难怪那天见面时你的眼神会那么陌生，我还一直以为我认错了人。"

宁沁也笑了笑："不好意思。"

简琳不在意地摇了摇头，这才道："我和秦止大学时确是同班同学，后来交换生的时候，我和他是那届唯一的交换生，一起去国外学习了段时间。"

宁沁没想着还有这么段关系在，从中学到大学再到交换生学习竟都是一起的，缘分的东西有时还真有些微妙。

朵朵听明白了"同班同学"几个字，抬起头来插话道："阿姨，我在我爸爸的照片里看到过你呢，我一眼就认出你来了。"

简琳忍不住笑："是吗？什么照片啊？"

"就你们高三的毕业照里，她一眼就把你认出来了。"宁沁笑着解释，摸了摸朵朵的头，朵朵低下头继续认真择扁豆了。

简琳有些感慨："一晃眼就高中毕业十多年了。"

朝朵朵看了眼："连秦止女儿都这么大了，我们那时还打趣说秦止一定是最迟结婚的，没想到他反倒是一群朋友里最早有孩子的了。"

宁沁有点想问简琳结婚没，想想自己和简琳不熟，这么问又有些突兀了，也就笑了笑，到底没真问出口。

许昭从外面走了过来："各位女士有什么要帮忙的吗？"

简琳笑着赶人："你大男人来瞎凑合什么，刚还摔了我一盘葡萄。"

许昭不以为意，人却是走了过来，站在宁沁旁边，帮着择扁豆。

大概因为之前的几次接触，他这么靠近过来宁沁总有些不自在感，也不好这么堂而皇之地换位置或者走人，想了想，手就不动声色地捏了朵朵一下，朵朵抬头奇怪地看了宁沁一眼，宁沁也看了她一眼，朵朵突然就开了窍，俏生生地道："妈妈，我想去上厕所。"

宁沁差点没把朵朵抱起来狂啃一顿，小丫头何止是妈妈的贴心小棉袄，简直是住她心房里头的小人精，她想什么一个眼神就给领会了过来。

带着她去洗手间时，宁沁忍不住抱着她亲了又亲，朵朵被她的发丝扎得"咯咯"地笑，边笑边问："妈妈，你是不是也想我出来上厕所？"

宁沁觉得不能带坏小孩子："妈妈什么时候说了？"

"你都捏我了还不承认。"朵朵不以为意地嘬了嘬嘴，倒没放在心里，嘬嘴说完又嘻嘻地笑着拉过宁沁的手，"走，妈妈，我们去外面散步。"

拉着宁沁就出去了。

许昭从厨房里看到牵着手一道散步的母女俩，沉默了会儿，择完扁豆也先出去了。

宁沁没想着许昭也到花园来，看他走过来，也就微笑着打了声招呼，朵朵虽然不太喜欢许昭，却还是乖巧地道了声"叔叔好"。

许昭也笑了笑，摸着她的头："真乖。"

视线落在宁沁身上，眼眸里情绪复杂，似乎藏着许多话，却又欲言又止的，最终只是笑了笑："没想到你真的还活着。"

"我也没想到。"宁沁含蓄应道，牵着朵朵的手。

"当年……到底是怎么一回事？"许昭迟疑着问，"当年我赶到医院的时候，我明明看到你已经被白布给盖上了，医生正要把你送往太平间，你的家人都说你已经……"

许昭自嘲摇了摇头，抬眸看她："不过不管怎么说，人能活着就好。"

宁沁笑笑："对啊。"

想到他当初应是也帮了自己不少忙的，也就客套了句："当年真的很谢谢你。"

许昭摇摇头："应该的。"

朵朵拽着宁沁的手掌："妈妈，我想去那边玩。"

手指着花园另一端。

宁沁歉然对许昭笑笑："不好意思，我先带她过去走走。"

"没关系。"许昭笑着道，闲着没事，也就跟在宁沁身侧，边走边闲聊着。

朵朵不开心了，扯着宁沁的手要抱。

宁沁将她抱起，朵朵特地要靠在右手的臂弯里，挡着许昭的视线，叽叽喳喳地问东问西，抢回宁沁的注意力，没想到转个弯的时候，许昭站到了宁沁的左侧去。

许昭不知道朵朵的小心思，只是自从知道站在眼前的是宁沁，有些克制不住心里激荡的情绪，忍不住和宁沁闲话些家常。

"这几年过得怎么样？"与宁沁这么一前一后地走着，许昭随口问道。

"还好。"宁沁右手抱累了，换了只手抱，朵朵被挪到了左边。

许昭看出宁沁抱着朵朵有些累，笑着捏了捏朵朵的小脸蛋："小丫头都这么大了还要你妈妈抱啊？"

说着朝她伸出了手："来，叔叔抱抱。"

"我想要妈妈抱。"朵朵软软地挥开了他的手，趴在了宁沁肩上，一抬头便看到了也走到门口来的秦止，开心地高声冲他招手："爸爸！"

秦止往这边看了眼，眸光沉沉，脸色很淡，人也走了过来。

"外面这么冷，怎么出来了？"

在母女俩面前站定，秦止软声道，说话间已经朝朵朵伸出了手，朵朵很愉快地转到秦止怀里去了，秦止顺手帮宁沁把围脖拉好，便淡声道，"别吹感冒了。"

许昭看着两人，面色有些静。

秦止似没看到他，替宁沁拉好围脖后，已经软声开口："先回屋里吧。"

拉着她便要走。

宁沁虽见到许昭会觉得不自在，但想着许昭当初毕竟帮过自己，这么不给面子到底有些说不过去，也就回头冲许昭笑笑："外面风大，你也……"

话没能说完，秦止的手掌横着伸了过来，硬是扣着她的后脑勺将她的脸给掰正了回来。

"回去了。"嗓音静冷静冷的。

许昭摇头笑笑:"你们先回去吧,我在外面吹吹风。"

宁沁跟着秦止先回去了,走到许昭约莫听不到的地方才压低了声音道:"你和他似乎挺大的仇,当年会不会有什么误会啊?"

秦止侧头看她:"你别替他说话。"

宁沁摸了摸鼻子:"不说就不说嘛,那么凶干吗。"

朵朵侧头看秦止:"爸爸,你也不喜欢那个叔叔啊?"

秦止不想大人的情绪影响到朵朵,淡着嗓音回她:"没有。"

"骗人。"朵朵噘着嘴,从秦止脖子后绕过去看宁沁,"妈妈你说是不是?"

宁沁不好这么当面拆秦止的台,轻咳了声,转移话题:"朵朵,乖,下来自己走,别总让爸爸妈妈抱。"

"哦。"朵朵听话地从秦止臂弯里滑了下来,绕过秦止,特地走到宁沁身边,拉着她的手,仰头看她:"妈妈,你说爸爸是不是在骗人?"

秦止淡瞥了宁沁一眼:"你就这样一句话还想转移她的注意力?"

宁沁不服:"你会?"

秦止侧头朝朵朵招招手:"朵朵刚刚在厨房忙什么?"

"我帮忙择扁豆。"朵朵应完头又转向了宁沁,"妈妈……"

"厨房里还有什么菜吗?"秦止继续问。

朵朵掰着手指头数:"有扣肉、有鸡肉、有羊肉、有香菇……"

一口气数了十几道菜下来,数完就喜滋滋地冲秦止笑:"爸爸,好多菜,奶奶做得特别好吃。"

开始讨论吃的去了。

秦止抽空侧头看了眼宁沁,似笑非笑的,眼神里似乎在问她"学会了吗?"

宁沁忍不住笑,伸手推了秦止一把,秦止也笑了笑。

简琳刚好从屋里出来,看着两人恩恩爱爱的模样,眼眸敛了敛,却还是笑着招呼:"开饭了。"

扬声冲远处的许昭也招呼了声。

吃饭时桌上的氛围很好,秦止虽然和许昭互不搭话,但毕竟是大风

大浪里过来的人，也默契地没让其他人看出其中的端倪来。

两人不和的事除了肖劲这种特别熟的朋友，其他人也不知情，只是大家都是同个系里的，都知道当年秦止和许昭关系多亲密，虽两人都克制地没露出什么破绽来，但两人自始至终没说过一句话还是让简临章有些奇怪，也就问了起来。

秦止神色淡淡："这几年大家工作都比较忙，联系也就少了些，其实也还好。"

说着端起酒杯，朝坐在对面的许昭以及他身侧的女孩举了举杯："许昭，余小姐，我在这里先祝你们早日喜结良缘，百年好合。"

坐在许昭身侧的女孩叫余筱敏，是许昭今天带过来的女朋友，简临章几个学生里带过来的为数不多的女眷，长得温婉可人。

宁沁刚才在厨房里跟她打过招呼，挺漂亮客气的一个女孩，看秦止举杯祝贺，也就和许昭浅笑着回敬了杯，道了谢。

秦止打了这么个头，简临章也就顺着这个话题问起两人结婚的事来。

余筱敏和许昭大概事先没商量过这个事，侧头看了许昭一眼，温声应道："这个看许昭那边吧，我不急。"

许昭也笑着道："短期内估计还不会，这两年我们工作都比较忙。"

余筱敏笑容僵了下。

秦止往许昭看了眼，眼神深远。

整个生日家宴并没有因此而被影响到，大家都是多年没聚的人，氛围其乐融融。

吃过饭后开蛋糕庆祝，整个氛围一直很好，简临章被一大群得意门生围着，心情也特别好。

宁沁不太插得进话，也就和师母在一边闲聊着，中途朵朵吃撑了带她出去散步消化了下，回到客厅的时候没见着秦止，许昭也没在，宁沁心里有些奇怪，想到两人相处时的异样，等了会儿没见人回来，有些担心，也就去带着朵朵去花园看看，刚转了个弯就看到了凉亭里的两个男人，许昭和秦止。

两人似乎起了冲突，秦止正拎着许昭的衣领将他压抵在了围栏下，许昭上半身悬空着，奋力挣扎却挣不开。

宁沁怕出事，赶紧走了过去，刚走到近前便听见秦止沉了嗓音道："无论她是宁沁也好，宁沁也好，我警告你，别再打她的主意。当年就因为你那点小私心,她们母女俩差点连命都搭上了。"

宁沁脚步不觉停了下来。

两人没察觉到宁沁和朵朵的靠近。

许昭喘着粗气:"当年如果不是我,连朵朵都不会存在。我承认我手段是卑鄙了点,但是那时你面临着终身监禁的可能,难道你就忍心让她挺着个大肚子这么等你一辈子?"

话音刚说完就被秦止给扯着领带往护栏上狠狠一撞:"所以你就心安理得地把我和她的所有情况都瞒了下来,把她发给我的短信一条不余地删掉?"

说着又是重重一拎,压制了几年的怒火在面对这张脸时还挥之不去。

许昭只是喘:"告诉了你又能怎么样?你能出去陪她?你能去帮她?你自己都自身难保了你觉得你还能去逞英雄吗?"

"至少你不该骗她我和别人在一起了!"

"这是让她忘掉你、快点走出来的最快途径!"

"你他妈放屁!"秦止忍无可忍一拳照着他的脸颊挥了下去。

拳头落下,许昭还没呼疼,朵朵已经皱着脸说了声:"哎哟,好痛。"

她的声音不小,惊动了秦止和许昭。

秦止下意识回过头来,皱了皱眉:"沁沁。"

宁沁抬头,神色看着有些茫然,眼神没什么焦距,空茫空茫的。

秦止下意识放开了许昭,走了过来,在她面前站定:"沁沁?"

宁沁回过神来,晃了晃头。

秦止有些担心:"怎么了?"

"没……没什么。"宁沁轻应,指尖揉着太阳穴,"我只是刚刚……好像想起了些什么,现在好像又不记得了。"

"想不起就算了。"秦止揉了揉她的头发,让她别胡思乱想。

宁沁迟疑着点点头,往凉亭里已经站起身的许昭看了眼:"今天老师的生日,难得开心,你还是别破坏了他老人家的心情。"

秦止敛着眼眸,轻应了声:"嗯。"

牵着她的手便要回去。

朵朵有些担心地回头朝许昭看了眼:"爸爸,那个叔叔好像很疼呢,我们要不要帮他叫医生啊?"

"不用了,他自己会去医院。"

"哦。"朵朵若有所思地点点头,反手牵着秦止的手掌,一前一后地回了屋。

天色已经不早了,秦止和宁沁回去和简临章道了声别便先回去了。

一路上宁沁总有些若有所思的样子,连和秦止说话也有些心不在焉的。

朵朵玩了一天也有些累了,在车上就睡了过去,到家了也没醒来。

秦止抱着她回房休息,将她安顿好后,从卧房里出来发现宁沁正靠坐在沙发上发呆,怀里抱着朵朵的泰迪熊抱枕,下巴抵着泰迪熊,似乎走神得厉害,连他走近也没发现。

"怎么了?"秦止在她身侧坐了下来,手掌往她后脑勺轻轻一扣,侧低头看她。

宁沁幽幽抬起眼眸,摇了摇头:"没什么。刚才你揍许昭的时候,听你们的交谈,有那么一瞬间我觉得我好像想起什么了,但很快又什么都想不起来了。"

就是那一瞬间心痛的感觉特别强烈,但又很快便过去了,快得抓不住。

"说实话,我觉得这中间是不是有什么误会啊?"宁沁转过身看他,"他那时……"

"沁沁。"秦止打断了她,手掌轻揉着她的头发,"我们能别再谈他吗?"

宁沁看向他,他也在看她,眼眸深邃,像外面的天幕,深沉却又安静。

宁沁不自觉抿着唇角,点了点头。

秦止唇角也勾出些浅淡的弧度,低下头,在她唇上吻了吻,浅浅地吻,却又有些难以克制,慢慢加重了起来,按着她的后脑勺和腰……

朵朵第二天起来时,经过沙发时看到了被抓揉得皱成一团的碎花沙发套,奇怪地"咦"了声,扭头问宁沁:"妈妈,沙发怎么了?"

秦止刚好从厨房出来,往被折腾得有些惨烈的沙发看了眼,轻咳了声,转开了视线,冲朵朵招招手:"朵朵,过来,跟爸爸去刷牙。"

"哦。"朵朵有些恋恋不舍地往沙发看了眼,妈妈还没告诉她怎么了。

宁沁脸皮有些烫,推着她往秦止那边走,转身去把沙发套拆了下来,转而扔进了洗衣机里。

朵朵洗漱完出来时看到变了样的沙发又"咦"了一声,正要开口,宁沁已经撩着她的头发说："朵朵，头发有些长了，我们去把它修掉好不好？"

朵朵头发长得快，已经到背上了。

大概因为前几年的营养不良，她的发质不太好，尤其是发尾那些地方，干枯开叉的。

以往秦止和秦晓琪没怎么在意这些细节，宁沁自己当娘的却是在意一些，到底想着把自己女儿每天打扮得漂漂亮亮的。

朵朵被宁沁这么一带就忘了沙发的事，顺手抓过自己的头发，看了看，有些舍不得："可是我喜欢我长头发的样子欸。"

"只是把黄黄的这些剪掉。"宁沁在她面前蹲了下来，拨了拨她长得有些遮眼的头发，"还有你的刘海都遮到眼睛了，要修一下。"

朵朵不太放心地点点头："哦。"

吃过早餐宁沁便带朵朵去了自己常去的发型屋剪头发。

那家发型屋在宁家那边的路段，离秦止这边也不是很远。

有过几次失败的做头发经历，宁沁平时剪头发做头发习惯找固定的发型师，就只去那一家。

朵朵原还是很乖地坐在椅子上让发型师剪头发，结果发型师几剪刀下来，刘海剪得短了些，乍一看不太好看，朵朵往镜子看了眼就瘪了嘴，扯着宁沁的手："好丑，妈妈我不要剪头发了。"

要哭不哭的样子。

宁沁觉得还好，拉着她的手软声劝："乖，一会儿剪完就会好看了。"

结果等发型师把头发剪完后，刚取下围在身上的布，朵朵往镜子看了眼，小嘴一瘪，"哇"的一声就哭了："我要我的头发……"

宁沁没想着朵朵会哭，抱着她赶紧劝她，过几天就长出来了。

小丫头还是哭，边哭边以着手背擦眼睛："妈妈骗人，刚才你就骗我说剪完后会好看的，现在更丑了，我要我的头发，呜呜……"

旁边的发型设计师被逗笑，半蹲下身看她："你是嫌弃叔叔的手艺不好是不是？"

没想着朵朵真的抽噎着点了点头，越想越伤心，跺着脚，搂着宁沁的脖子："我不要现在这个样子了，我要我的头发……"

宁沁没想到剪个头发还能让她哭得这么伤心，突然有些明白秦止一直没带她修理头发的原因了，抱着她又是劝又是保证一定会把她的头发还回去的，小丫头这才抽抽噎噎地止了哭，宁沁也稍稍安下心来，带着她付了钱便要回去，刚走到门口便见朵朵叫了声"奶奶"。

宁沁下意识抬头，看到了迎面而来的黎茉勤。

没有人教过朵朵黎茉勤该叫什么，凡是和秦晓琪差不多年纪的她都很自发地叫她奶奶了。

黎茉勤也看到了宁沁，脚步不觉停了下来。

"沁沁？"黎茉勤迟疑着叫了她一声。

宁沁收回视线，没理会，弯腰抱起朵朵绕过她便走了。

"沁沁。"黎茉勤转身跟了过来，"当年的事是妈不对，是妈对不起你和朵朵，你别这样……"

宁沁没应，抱着朵朵走到自己车前，拉开了车门，让朵朵先进去。

朵朵没进，只是攥着她的手掌，仰头好奇地看着两人。

"沁沁。"黎茉勤在她面前站定，局促不安。

"您挡住我的路了。"宁沁淡声道，面无表情。

"沁沁……"黎茉勤看着她的眼神越发复杂起来，"是我对不起你，从小我和你爸就亏待了你，我们真的只是逼不得已，真的没有不要你的意思，你的东西我们一直都好好收着没扔，只是怕你看到想起了什么才没敢让你知道。"

宁沁握着车门的手微微一顿，转头看她："我的东西还在？"

黎茉勤连连点头："在的在的，都在家里。"

宁沁狐疑看她："真的没有骗我吗？"

眼神里的怀疑让黎茉勤心口刺了一下，敛下眼眸："沁沁，你现在连妈也不敢相信了吗？"

宁沁唇角勾起些自嘲的弧度："我还敢相信你吗？"

黎茉勤沉默不语。

宁沁想回去看看自己过去的生活，想看看能不能想起些什么，迟疑了会儿后，还是带着朵朵一块儿回了趟宁家。

宁家就宁文胜一人在，看到宁沁回来脸色震了一下，赶紧站起身迎了上来，朵朵乖巧地叫了声"爷爷"，宁沁虽是不太愿意再和家人牵扯，但觉得还是有必要纠正一下朵朵称呼人的习惯，也就低头对她说了声："是外公和外婆。"

她这一声纠正让宁文胜和黎茉勤脸上掠过一些复杂的喜色，正要开口，宁沁已经淡声开了口："我的东西呢？"

"在楼上，我去给你拿。"黎茉勤说着往楼上走。

宁沁带着朵朵上了楼，黎茉勤从她房间的柜子里搬出了个纸箱子，纸箱子里装得满满的，都是宁沁的东西，照片、日记、小饰品等等，很多，包括了她怀着朵朵时所有的产检报告。

宁沁看着那一箱的东西，有些怔。

朵朵一看到满箱的东西早忘了丑哭的发型，好奇地抓着箱子边沿往里面看："这些是什么东西？好多啊。"

看到里面有照片，弯着身子就去拿，边翻边看："哇……好多妈妈啊……"

"你以前收着的照片和日记本，你喜欢的东西都在这里了。"黎茉勤局促地道。

宁沁视线转到她身上，又转了开来："谢谢。"

将朵朵拉了起来，弯腰抱起那一整箱的东西。

"我来帮你搬。"黎茉勤下意识伸出手。

"不用了。"宁沁避开了她的手，搬着虽然有些吃力，却还是咬着牙搬下了楼，搬上了车。

黎茉勤宁文胜站在车前，犹豫着。

"沁沁，你能不能……原谅爸妈这一次？"黎茉勤局促着开了口。

宁沁吸了吸鼻子，转开了视线："我先回去了。"

黎茉勤神色黯淡了下来。

宁沁没去看她，面无表情地上了车，驶了出去。

朵朵奇怪地扭头往车尾后看，看到宁文胜和黎茉勤还怔怔地站在原处没动，扭过了头，问宁沁："妈妈，你为什么不和外公外婆说再见啊？他们还在等着我们说呢。"

宁沁特别不想在朵朵面前做这样一个不好的表率，她年纪小，没什么是非观念，只是她心里确实是对她的父母有怨恨的，这种怨恨让她没办法像正常的儿女那样面对自己的父母，更没办法在朵朵面前做那样一个表率，也不可能教自己的女儿跟着自己一样去怨恨着他们。

"妈妈刚才悄悄跟外婆道别过了。"宁沁扯着谎。

朵朵似懂非懂地点了点头，又往车后看了眼，没再说什么，注意力回到了宁沁身上，看她似乎不太开心，软着嗓子问："妈妈，你是不是不高兴啊？"

"没有，妈妈很开心。"宁沁趁着等红灯的空当，回头冲她笑了笑，伸手摸了摸她的头。

"哦。"朵朵点了点头，"没关系，不开心我们打电话给爸爸。"说着就跪坐起身问宁沁要手机。

"爸爸在开会，别打电话去打扰他。"宁沁摸着她的头，防止她真打电话去打扰秦止了。

"没事，我就给爸爸发短信玩。"朵朵俏声应着，没真的给秦止打电话。

回到家时宁沁将那一箱的东西搬了下来，搁在沙发边，随意翻了翻，突然觉得疲惫，不想去看了。

朵朵好奇心重，箱子一放下就开始扒着箱子一件件地翻，想找找看有没有好玩的。

秦止刚回到家来就看到朵朵一人正蹲在纸箱子旁，大半个身子塞进了箱子了，很认真地在翻找着什么。

"朵朵，在干吗呢？"秦止出声问道。

"在找好玩的。"闷闷的嗓音从纸箱里传来。

宁沁站起身："回来了？"

很自然而然地走到他身边，替他将领带解了下来，这似乎是一个已经习惯了很多年的惯性动作，秦止每次回来就习惯地扯松了领带而已，从不会去认真解开，宁沁有些看不过去，因此他一回来就很习惯地过去替他把领带解开。

秦止顺势低头在她额头上轻吻了下："怎么脸色这么难看，今天怎么了？"

"没什么，就顺便见了下我爸妈。"宁沁低声应着，不太想多谈这个。

秦止抬起手揉了揉她的头发："不开心见到他们就先别见。"

宁沁点点头："我先去厨房把菜热一下。"

"好。"低头在她唇上轻印了一下，这才任她离开。

朵朵塞在箱子里的脑袋这会儿终于抬了起来，扭头冲秦止叫了声"爸爸"。

秦止走了过去："这是什么东西？"

"这是妈妈在外婆家找到的好东西。"朵朵说，手里举着一堆照片，

"好多妈妈。"

小脑袋又往箱子里钻:"我还看到了昨天被你打的叔叔的照片。"

说着手里就捏了张照片举了出来:"在这里,和妈妈在一块儿。妈妈肚子好大。"

秦止伸手拿了过来,眼眸黯沉了些。

朵朵继续把挖到的宝贝往秦止手里塞:"这里还有好多写了字的小本子,还有好多大大的黑黑的像照片的东西。"

朵朵塞进秦止手里的是几个小日记本和几张B超图片。

秦止抽了出来,对着光线照了照。

"咦?这是什么?"朵朵好奇地凑了上去,看着图片上蜷着的小阴影,"长得好奇怪哦。"

秦止瞥了她一眼:"那是秦朵朵。"

"不是。"朵朵下意识反驳,指着照片上的轮廓,"我不长这样的。"

"这是你在妈妈肚子里的时候的样子。"

"爸爸骗人。"朵朵不信,拿起另一张对着灯光看,"我才不是这样的。"

秦止也不和她争辩,由着她自己去看,只是去翻开了朵朵塞进他手里的日记本。

宁沁没有记日记的习惯,只是自从怀上朵朵后,她记了将近一年的怀孕日记,厚厚的一本,都是她怀孕时的日常,有宁沁、有她的家人朋友,甚至是有许昭……

日记本里巨细靡遗地记录了许昭陪她产检陪她度过那段日子的整个过程,甚至于她心境的变化……

秦止"啪"的一声合上了日记本,声音有些大,惊动了埋首在那对B超图片里的朵朵。

"爸爸,怎么了?"朵朵奇怪问道。

秦止摇了摇头,伸手将被朵朵挖到沙发上的东西全部塞进了纸箱里,然后抱起纸箱回了书房。

朵朵拖着拖鞋眼巴巴地追了过去:"爸爸,我还没看完呢。"

"爸爸就把东西放在书房里,你吃完饭再来看好不好?"秦止摸着她的头,说道。

朵朵听话地点点头:"好。"

秦止冲她抿出一个笑容，拍了拍她的头："去厨房看看妈妈热好饭没。"

"好。"朵朵转身走了。

秦止抱着那纸箱走向书桌，往桌上重重一放，人就坐在了办公椅上，转了半个圈，盯着窗外看。

朵朵去了厨房又折了回来："爸爸，妈妈热好饭了，叫你出来吃饭。"

发现秦止没应她，人就走了过去，两只手肘撑着秦止膝盖，仰着头又叫了声："爸爸？"

秦止垂眸看她，摸着她的头不说话。

"爸爸你又怎么了？"朵朵奇怪问道，抓着他的手掌，一根根掰着玩。

宁沁热好菜也走了过来："吃饭了。"

看到箱子被搬进了书房里，皱了皱眉："怎么搬这里来了，我回头还得再整理一下看看里面有什么东西。"

"放在客厅占地方，朵朵翻得满地都是，我就先搬回来了。"秦止说着站起身，"热好饭了吗？"

"对啊，赶紧吃吧，天气冷一会儿又得凉了。"宁沁笑着道，伸手拉过朵朵，"来，跟妈妈去洗手。"

秦止也笑笑："好，我这就出去。"

看着宁沁带着朵朵出去了，往纸箱里扫了眼，转身走到纸箱旁，把刚翻到的日记本抽了出来，以及里面的几张照片，秦止一并抽了出来，塞进了日记本里，顺手拉开抽屉扔了进去，上了锁。

秦止出去时宁沁已经把饭菜都摆上了桌，就等着他了。

他走过去时冷不丁低头在宁沁脸颊上吻了吻，朵朵在一边看着笑："爸爸羞羞。"

秦止忍不住笑了笑，伸手捏了捏她的小脸蛋："你亲妈妈就不羞羞了？"

朵朵"咯咯"笑着侧头避开："我是小孩子。"

还仰头冲宁沁求支持："妈妈你说是不是。"

宁沁也忍不住笑，随声附和："是。"给她盛了碗汤。

朵朵得意地扭头冲秦止笑，秦止略无奈地捏了捏她的小脸蛋。

宁沁扭头看他："过几天我想回伯母那边住几天，我还有不少东西在那边，你要一起过去吗？"

秦止侧头看她："沁沁，你很想早点想起来？"

"不是你一直都这么希望的吗？"宁沁好奇反问。

秦止笑笑，没再说什么。

宁沁总觉得今晚的秦止有些不太对劲，总若有所思的样子。

从吃过饭她带朵朵去洗了澡又哄她睡了觉，他就一直坐在沙发上，也不知道在想什么，似乎总在走神。

"你今晚没事吧？"宁沁洗完澡走了过去，在他身侧坐下，"怎么看着像有心事的样子？"

秦止侧眸看她，摇了摇头，手臂往她肩上一搭，勾着微微一用力，宁沁就被拉着跌入他怀中。

宁沁下意识挣扎着要起身，腰被秦止按住，她刚抬头，他的头就侧压了下来，唇贴上了她的唇。

宁沁想起早上朵朵指着沙发问的事，推了推他的胸膛："别在这里。"

秦止揽着她的腰一收，将她拦腰抱了起来，回到房间往床上一抛，宁沁还没回过神来，他的身体就压靠了下来，唇压着她的唇，又凶又狠……

宁沁像砧板上的鱼，被翻来覆去折腾了一夜，秦止完全不克制，他很尽兴，她也很尽兴，只是第二天醒来时都有点起不来，还是朵朵过来叫的两人才起了床。

平时两人都不会任由朵朵一人睡的，半夜过后秦止一般都会过去把朵朵抱回来。

宁沁知道自小的生活让她很没安全感，一觉醒来看不到他和秦止就慌得厉害。昨晚两人都有些失控了，累得本想歇会儿再过去抱她过来，没想着竟都睡了过去，好在这是在自己家里，朵朵一早醒来没看到两人也没哭，就是急急下了床来敲门看他们还在不在。

看着她慌乱的小眼神宁沁有些自责，抱着她又亲又哄的，抽空忍不住暗暗拧了秦止一把，昨晚也不知道哪里吃错了药，这么不管不顾的。

她拧得重，秦止拧了眉心，手指暗暗在她腰上也拧了把，柔滑的触感让他心口又像被什么挠着似的难受，身体绷得紧有些蠢蠢欲动，只是顾忌着朵朵还在，也就有些惩罚似的倾身在她唇上狠狠咬了一下，从宁沁怀里抱过朵朵，安慰了会儿，起身做早餐。

宁沁已经连着两天没去上班，今天也不好不去，替朵朵收拾好便带她起了床，想到昨晚被自己带回来又扔在地上的那箱东西，宁沁想了想，还是趁着上班前去书房收拾了下，收拾着收拾着就觉得好像有点不对劲，总觉得少了什么。

秦止刚好来书房叫她去吃早餐。

"这里东西是不是少了啊？"宁沁抬头看他，"我记得昨天好像有几个小日记本呢，是不是朵朵给弄到沙发底下去了。"

"那几个日记本很重要吗？"秦止走了过去，替她将箱子里的东西一点点拿出来。

"也不是，只是说不定看过后我就能想起点什么了呢。"宁沁低头翻找着。

秦止眉心凝了下，手掌压向纸箱："先去吃早餐吧，东西都在这里还能丢了不成，今天别迟到了，你已经连着旷了两天班了。"

他这一点醒宁沁有些不好意思地吐了吐舌头，扭头看他："我这不是想多陪陪朵朵嘛，反正现在你说了算，你就当通融通融了。"

秦止笑，轻拍了拍她的头："快去吃饭。"

把人赶了出去。

宁沁因为两天没上班，早上开晨会的时候被何兰给点名批评了。

她本不负责投资并购部，却向来以着公司副总的身份来出席，会议上也不免发表些意见。

她职位上压了宁沁几个级，宁沁也确实自己理亏在先，因此她点名批评时也就安静地不发表意见。

反倒是秦止，一直低眉敛目地安静听着，长指有一下没一下地轻叩着桌面，等着何兰念叨完，终于抬眸看她："何总，假期是我批的，难道我连给员工批假的权力都没了？"

"哪敢啊？"何兰笑着，皮笑肉不笑的，"只是你也知道现在是什么情况，她负责的项目这两天出了大问题，这种关键时刻，她人却不在公司，还不知道别人要怎么想呢。"

宁沁有些意外，下意识地看向秦止。

这两天她没来上班，比较重要的工作却是交接在秦止手上的，他的工作能力她很放心，也就没去过问工作情况，也不知道到底出了什么问题，现在看何兰的语气似乎问题还不小。

秦止看了她一眼："你先回去。"

黑眸淡淡朝众人扫了眼："散会。"

宁沁迟疑着不太想离开，秦止眼神扫了过来，强调了一遍："沁沁，你先出去，我和何总有点事要谈。"

秦止话都说到这份上，宁沁点点头，没再坚持，回了办公室，问许琳，许琳也不知道怎么个情况。

看情形秦止是要低调处理的意思，只是何兰在会议上给捅了出来。

不仅宁沁好奇，其他人也是觉得奇怪，毕竟在这么个部门，竟也没听到一丁点风声。

宁沁从其他人口中也打探不出什么来，只能等着秦止那边的情况，没想着秦止跟何兰没谈完，中途就有事先出去了，似乎挺急的一个事，中途给她打了个电话让她中午吃饭不用等他便挂了。

秦止这一出去到下午下班也还没回来。

秦晓琪走亲戚还没回来，宁沁要去接朵朵放学，也就提前了两个小时下班，到朵朵学校时朵朵刚好放学，人刚从教室里出来，远远就看到了她，冲她招手。

宁沁过去把她接了出来。

"爸爸没来吗？"拉过宁沁的小手，朵朵就习惯性地找秦止。

"爸爸有事要忙。"宁沁解释，看她发箍戴得歪歪扭扭的，低头替她重新戴好，朵朵这时低低说了声"那个叔叔怎么也在这里？"，宁沁愣了下，下意识回头，意外地看到了许昭。

许昭不知道是来接人的还是只是路过，车子停在了路边，人刚从车上下来，看她回过头，也就冲她微微一笑，走了过来。

朵朵下意识就攥紧了宁沁的手，戒慎地看着他。

"嗨。"宁沁看他走了过来，也就冲他打了声招呼。

"来接朵朵吗？"许昭也笑着道，在母女俩面前站定，看到朵朵正鼓着双黑亮的大眼睛盯着自己看，忍不住一笑，在她面前蹲了下来。

"怎么了？朵朵不喜欢看到叔叔吗？"许昭笑着问道。

朵朵鼓着嘴巴挪到了宁沁的大腿后，抱着她的大腿不说话。

宁沁拉着她的手，看向许昭："你怎么也在这儿啊，来接人吗？"

"没有，刚路过，看到你们在这儿，就顺便下车打声招呼了。"许昭站起身，低头看了眼手表，"你们也还没吃饭吧，一起吃个饭？"

237

"我要吃爸爸做的饭。"朵朵鼓着嘴巴插了话进来,仰着头可怜兮兮地看着宁沁,生怕她真的答应许昭一起吃饭了。

宁沁隐约明白朵朵那份小心思,摸了摸她的小脑袋,有些歉然地看向许昭:"改天吧,她爸爸已经做好饭在家里等着了。"

许昭笑笑:"秦止……原来也还会下厨啊,记得以前他最讨厌的就是下厨。"

"人都是会变的吧。"

"那你呢?"许昭冷不丁问道。

宁沁一愣:"啊?"被问得有些莫名其妙。

许昭看了她一眼,眼神有些深:"沁沁,你是不是失忆了?"

宁沁不太喜欢被许昭叫"沁沁"的感觉,秦止这样叫她总让她有种很亲昵很幸福的感觉,她喜欢他这样叫她,就像独属于两个人的幸福般,如今另一个男人却以着这样亲昵的语气这么称呼她,她心里上有些接受不来。

"你以后还是直接叫我名字吧。"宁沁不太自在地纠正,"不好意思,我不太习惯别人这么叫我。"

许昭看着她,没有说话。

他的眼神让她越发地不自在,拉过朵朵,对许昭道:"我们先回去了,回聊。"

低头对朵朵说道:"跟叔叔说再见。"

朵朵嗓音里马上变得生机勃勃起来:"叔叔再见。"

"沁沁。"许昭突然伸手拉住了宁沁的手臂。

宁沁下意识想挣开,挣不开,脸色当场冷了下来:"许先生,抱歉,我现在已经是有家室的人了,请您放尊重点好吗?"

朵朵踮着脚尖用力掰着许昭的手:"放开我妈妈。"

许昭垂眸看了朵朵一眼,宁沁怕他做出什么对朵朵不利的行为,赶紧将朵朵扯了回来,安静看着许昭。

许昭也看着她,眼神有些复杂,却终是收回了手:"我很抱歉。"

"没关系"三个字宁沁说不出口,唇角勾了下,拉过朵朵,上车先走了。

许昭没有跟过来,宁沁从后视镜里往后面看了眼,他还站在原地没动。

宁沁原是对许昭这个人没什么感觉的,虽不至于会喜欢但也不会厌恶,只是那天无意听到秦止和他的对话后,心底莫名就对那么个人产生了些反感心理。

朵朵还有些气鼓鼓的,嘟着嘴不说话,她对许昭抓着宁沁的手臂不放的事很耿耿于怀,在她心里就觉得只有爸爸才可以拉妈妈的手,但是现在别的叔叔也拉了,回到家里时还有些气鼓鼓的不说话。

秦止回来就看到她正鼓着张小嘴坐在沙发上不动,看着不太高兴。

"朵朵,怎么了?"秦止坐了过来,拎着将她抱坐在了大腿上,"是不是在学校不开心了?"

"才不是。"朵朵侧过身,鼓着小嘴看着秦止,"爸爸,今天我又看到那个讨厌的叔叔了,他也来我们学校呢,还拉着妈妈的手不放,好讨厌。"

她这话听着有歧义,还特别容易让人误会,秦止听着心口沉了沉:"他和妈妈一起去学校接你?"

朵朵点着头:"对啊,我和妈妈出来就看到他了。"

秦止试着去理清她这话的前后逻辑:"你是说,妈妈先去接你,然后你们准备回家时看到了那个叔叔?"

"嗯嗯。"朵朵赶紧点头,刚点完就被秦止在脑袋上拍了一记,她揉着脑袋,不太明白地看着秦止,"为什么打我啊?"

秦止看着她一头雾水的模样,有些失笑,揉了揉她的小脑袋:"没事,但是以后跟爸爸说话要讲清楚明白知道吗?"

朵朵不明白,也听不明白,对许昭的事还是梗在胸口:"爸爸,我不喜欢那个叔叔拉我妈妈的手怎么办?"

秦止不知道是怎样一种"拉",五岁孩子的逻辑都是简单直白不会太过详细地还原得了当时的场景,只是这样的说法让他有些心堵,下意识往厨房里忙碌着的宁沁看了眼。

朵朵得不到回答,扯着秦止的衣领,不太耐心地追问:"爸爸,你还没告诉我呢。"

"妈妈一定也不愿意被叔叔拉着,下次再看到你要去帮妈妈知道吗?"秦止软声应。

"哦,我今天帮忙了。"朵朵有些得意,说完小脸蛋又黯淡了下来,"可是妈妈又把我拉开了。"

"妈妈只是担心你受伤。"秦止低头在她小脸蛋上亲了亲,"下次再看到你就打电话给警察叔叔。"

"好的。"朵朵放了心，小脸蛋又笑开了花，秦止忍不住又揉了揉她的小脑袋，"乖乖坐在这里看电视，爸爸先去厨房帮妈妈做饭了。"

抱着她亲了下，这才起身去厨房，看宁沁正在忙着，走过去，从背后就将她搂入了怀中。

宁沁已经慢慢习惯他这种出其不意的搂抱，他似乎很喜欢这样从后面将她搂入怀里。

"怎么回来了？"宁沁侧头看他，"都忙完了？"

"嗯。"含糊地应了声，秦止头微微一侧就吻住了她，好一会儿才有些意犹未尽地放开了她，手臂却依然紧箍在她腰肢两侧，双掌交叉扣着，将她紧紧困在胸膛里。

他这样搂着她她做菜不太方便，手肘轻撞了下他的肋骨："别闹，朵朵还等着吃饭呢。"

"你眼里就只有朵朵了。"

这话听着有些酸，宁沁有些无奈，侧头拉下他的头，与他眼对眼鼻对鼻地对望："你今天怎么了？"

秦止黑眸也凝着她："我听朵朵说，今天你们遇到了许昭？"

宁沁点点头，把当时的事大致说了下。

"他拉着你的手是怎么回事？"秦止问，"我听朵朵的描述有那么点不对劲的感觉啊。"

"她虽然是你的女儿，但只有五岁，你别太相信一个五岁孩子的语言表达能力。"宁沁说，拧了他的手臂一下，"我也想知道他到底怎么回事，突然就握住了我的手臂。"

想了想，抬眸看他："欸，他以前不会真喜欢我吧？"

"如果我说是呢？"秦止盯着她，"你会不会转而喜欢他了？"

"当然不会。"宁沁推了他一下，"你今晚不对劲就是吃他的干醋？难道我看着是这么不坚定的人吗？"

她不问还好，一问腰肢就被他给狠狠掐了把："谁知道呢？"

又有些发狠地吻了吻她的唇，这才放开了她。

宁沁嘴唇差点被他咬破了皮，有些恨恨地推了他一下，秦止却是笑了下，有些歉然地摸了摸她的唇瓣。

"沁沁，许昭照顾了你一整年，你最艰难最无助的那段时期都是他陪你度过的，我就特别担心，你想起来的时候，你发现你已经对他有了感情，甚至是已经爱上了他，可是我又特别希望你能全部都记起来，记得我，记得我们整个完整的过去。"

宁沁忍不住笑了笑："我们过去很甜蜜吗？"

秦止点了点头："很甜蜜。"

"那我们是怎么在一起的？"宁沁突然来了兴趣，抓着他的手臂，"你追的我还是我追的你？"

"你追的我。"

宁沁不信："怎么可能，我这么被动的人，怎么可能会去倒追你。"

宁沁突然有点好奇当初是怎么在一起的，秦止是比较高冷内敛的人，她也是比较内敛安静的人，都不是主动的人，到底谁先提议在一起的，宁沁发现自己想不起来有点吃亏，那时从动心到真正走到一起，宁沁总觉得那应该是一个很幸福的过程，只是这种幸福她现在回味不到了。

她扯着秦止的袖子："说嘛，当初我们是怎么在一起的？你看你大了我六岁，我念大学的时候你都工作了，怎么交集上的？"

"我和许昭去你伯母家吃饭，你当时刚高考完，在你伯母店里帮忙，就这么遇上了。"

"然后呢？"宁沁眼巴巴看他，"你对我一见钟情了？"

"……"秦止轻咳了声转开视线，"我对你手里那只活蹦乱跳的鸡一见钟情了。"

"……"

"我那时只是奇怪，我要半只生鸡炖火锅，你把一只活蹦乱跳的活鸡拎到我面前是几个意思。"

"……"宁沁轻咳了声，"我那时大概只是觉得，生鸡和活鸡是一个概念。"

秦止笑，眼睛里的笑容暖了整张脸："你后来也是这么解释。看来无论徐璟怎么给你催眠，骨子里还是那个宁沁。"

"那当然。"宁沁不无得意，扯着他的手臂，"后来呢？后来怎么在一起了？"

后来……

秦止看她一眼："后来……我回去吐了一天。"

"……"宁沁觉得自己总不至于长得这么让人倒胃口。

秦止吐确实不是因为宁沁长得怎么样，事实上那会儿也没太记住她的长相，毕竟不算长得让人特别惊艳的人，只是那会儿她很纠结地拎了只大活鸡过来后，一桌人愣了好一会儿，秦止指着她手上活蹦乱跳的小母鸡问她："这个能直接下锅？"

意会过来的宁沁又羞又窘，一张脸红得像要烧起来，那会儿刚出校门的她还只是个容易害羞的小女生，拎那么只大活鸡过来估计也是纠结了半天才窘着一张脸拎了过来，却没想着自己理解错了，他这么一提出她就红了脸，尴尬地连声道歉，赶紧回厨房换了只杀好的鸡上来。

那时秦止是和许昭及几个大学朋友一起来吃饭的，这么段小插曲本也没什么，他那时也没太过留意宁沁这么个人，后来吃饭吃到一半时火锅的汤底快干了，也就让她给加点汤底过来。

刚好那会儿还是上午，厨房还没开始熬当天的汤底，大锅里只有半锅前一天熬剩的猪骨头和涮锅水，在那泡着，宁沁不知道没换，屁颠屁颠地将那半锅涮锅水盛了半壶出来，一股脑儿全倒进了他们那一锅火锅里。

秦止喝了一口就觉得不对劲，皱着眉问她："这不会是洗锅水吧？"

宁沁还特别认真地向他保证："不会，都是正宗骨头浓汤，可能刚开始熬，味道还没出来。"

于是一桌人就在她的一再保证下忍着那股怪味几乎吃完了那半锅火锅，本来就这么下去也没啥事，顶多在心里奇怪一下而已，只是没想着宁沁太实诚了，她回了趟厨房，老六看她拎着提汤水的壶，赶紧问她是不是把锅里的汤底加到客人火锅里去了，宁沁不明所以，也就愣愣地点点头，老六马上气急败坏起来："那是洗锅水，昨晚泡了一夜……"

他话没说完她就凝着一张脸跑到秦止桌前，二话不说端起了那锅汤泼了，然后手足无措地解释她误将洗锅水当汤底加进来了。"

想着那猪潲水一样的汤底，一桌人当下都没忍住，全吐了，一个个吐得差点连胆汁都出来了。

秦止那会儿就觉得这女孩子太实诚了，要是遇上较真的客人，估计得大闹一场，没准儿还得告到工商所去。

宁沁听着秦止描述当初吐得上气不接下气的画面，不知怎么的有些想笑，看他隐隐有些咬牙切齿的模样，没敢笑出声，轻扯着他的衣袖："那洗锅水是什么味道？应该让你终生难忘吧？"

秦止正在洗着锅，闻言握着锅铲盛了一些就挪到了她面前。眼眸觑了她一眼:"要试试?"

宁沁连连后退了几步,生怕他真的一个没忍住报当年的小仇。

秦止瞥了她一眼,也没真的去闹她,慢悠悠地将锅铲挪回了锅里,一边洗着锅,一边慢声道:"被人当猪给喂了趟泔水,能不终生难忘吗?"

那时虽然是咬牙切齿,但看着她手足无措地拿着纸巾站在那儿,又是道歉又是想帮忙的模样,再大的脾气也发不起来,收拾干净买了单也就走了,之后没敢再去过那家店,和宁沁也一直没再见过,直到那年的教师节,他去看简临章,宁沁作为简临章那一届带的新生,也和班里的同学一块儿去给他庆祝教师节,在简临章的家里两人不期而遇。

大概因为那次洗锅水喝得太过记忆深刻,在那二十多个女生中,秦止一眼就将她认了出来。

宁沁是那种安静不爱闹的女生,一个人坐在最角落的沙发上,安静地看着众人围在老师师母身边有说有笑的,听到好玩的也就跟着微微笑笑,恬淡安静。

这点跟他有些像,在热闹的场合里都是喜欢一个人安安静静地待着,只是那时的秦止是简临章的得意门生,又专门抽空过来看他,人一出现自然是被众星拱月般地对待着。

在一群刚挤过高考的独木桥兴高采烈地进入大学校园的小女生里,一个英俊低调才华横溢的师兄本身就自带魅力的光圈,更何况秦止本身的魅力值也比这些刻板的形容词要高一些,一米八三的身高,匀称性感的体型和深邃冷淡的五官单从外形上就已经俘获了不少少女心,那种举手投足间的气度和优雅,从哈佛时期的哈佛交换生到投行届迅速窜起的黑马,气质上和履历上的加持也为他增添不少魅力。

总之,那个时候秦止刚出现在简临章家门口的时候,宁沁觉得那一瞬间大概一半的女生都会出现过心动的感觉,包括她自己。

宁沁隐约记得这种感觉的,现如今听着秦止以着熟悉的语调徐徐说着那段往事,宁沁竟隐隐觉得记起了那一瞬间心跳加速的感觉,那种炫目却又觉得高不可攀的挫败,宁沁觉得她应是有过的,任何一个稍微有点自知之明的女孩子,都知道以秦止的条件,他不可能会注意到自己,而她那时也确实没试图做点什么去引起他的注意,只是没想着他会留意到她,大概是那锅涮锅水让他太过难忘,刚好那一屋子的女生里他也就只认得她这么个人,所以他走了过来,温和地问了句"我可以坐这里吗?"

就在她身侧那不算大的空位里坐了下来,那时人多,沙发有些拥挤,他坐下来时身体贴着她的身体,宁沁觉得她和他相贴的那半边身子都是发烫的,他的注意力虽然没落在她身上,但是周边都是他清爽的气息和体温,她的心跳失控了一晚上。

"怎么了?"正在不紧不慢地炒着菜的秦止发现宁沁有些走神,轻碰了她一下,问道。

宁沁回过神来:"我好像记起一些事来了。"

"嗯?"秦止捏着锅铲的动作略略一顿,侧头看她。

"就是当时在老师那里那次,你坐在我旁边,我好像记起来了。"

"好香啊,爸爸在炒什么菜。"朵朵在这时循着香味跑了过来,吸着鼻子跑了过来,抱着秦止的大腿,仰着头想看锅里是什么。

她个头不够高,使劲儿踮着脚尖,鼻翼翕动着。

宁沁怕她被油滴溅到,赶紧将她拉到一边。

"我想看看炒什么菜嘛,好香,肚子好饿了。"朵朵揉着肚皮,恋恋不舍地踮着脚尖回头看。

秦止瞥了她一眼:"秦朵朵,等奶奶回来你去和奶奶住几天好不好?"

朵朵小嘴噘了撅:"为什么?"

"不为什么。"秦止侧身点了下她的小鼻尖,"小电灯泡。"

朵朵不明白什么是电灯泡,扭头问宁沁,宁沁轻咳了声,先将她带出厨房,看秦止菜已经炒得差不多了,也就先去布置餐桌,朵朵帮忙摆完碗后就端坐在餐桌前,两手托腮等着上菜了,吃饭时小脑袋又被秦止轻敲了记。

朵朵食欲好,忙着往嘴里塞饭菜,没空理会秦止。

秦止终于抽了空,继续刚才的话题:"想起了多少。"

"一点点。"宁沁手指比画着,想起来的并不多,就是他提起了那些事,那些事也就像影像一样在大脑里一一浮现出来,她记得那天晚上刚看到秦止时的诧异和心跳,也记得他挨着她坐下时火辣的脸颊。

那天晚上两人并没有什么太多的交谈,他多半只是安静地听简临章说话,眉眼温淡,她也只是假装安静地听简临章说话,连眼角也不敢斜视半秒,就一直保持着同一个姿势僵坐了几乎一晚上,一直到十一点多,他起身告别,她们也起身告别,宁沁和秦止没有过半句交谈,她甚至连正眼都没敢看过他，那天晚上宁沁失眠了一晚上。

那天晚上她被前所未有的挫败席卷。她一向对自己的出身和生长环境处之泰然，从不觉得这样有什么不好，直到那天晚上，那样一个优秀得夺目的男人出现，如此近距离地在她的身边出现过，那一瞬间，她突然也想变得优秀起来。

之后那很长一段时间里，宿舍里讨论最多的便是叫秦止的学长，胆子大一点的老四林沐菲甚至已经打听到了秦止的企鹅号和校内网账号，那个年代的校内网在大学校园里风靡一时。

那时的林沐菲青春漂亮，能歌善舞身材好刚入学就已经很抢眼，整个宿舍都觉得她会很快把秦止攻下来，却没想着半个学期下来还是没一点消息，下半学期的时候学院开了就业指导课，因为是涉及到实际就业领域，学院领导那次没有照本宣科地介绍理论，反而是请了一些比较优秀的毕业生回来给他们传授一些必要的求职经验和职场技能，其中就包括了秦止。

宁沁和秦止的交集是从那时才开始多起来的，秦止的第一堂课的第一个问题，点了宁沁起来回答问题。

宁沁记起了这个事，筷子另一头轻戳了他一下："当初你为什么会点我名啊？"

秦止瞥了她一眼："我忘带点名册了，刚好就只认得你，你又坐第一排讲台下，不点你点谁？"

"⋯⋯"秦止的答案让宁沁有些无言，幸而她也没对他抱太大的期许，当年被点了名也很有自知之明，不会因为被点了名就暗自窃喜，在某些方面，宁沁觉得自己确实挺不错的了，比如说定力和自我认知方面。

只是那时秦止确实不太会做人，也不太会照顾女孩子的面子。那会儿林沐菲就坐在她左侧，秦止那只修长有力的手掌往宁沁面前轻轻一点，"请这位同学起来回答一下"时，宁沁觉得应是叫她起身的，但是林沐菲也觉得他叫的人是她，因此很欢喜地站了起来，然后秦止噙着温和疏离的笑容看了她一眼："不好意思，请这位同学起来回答一下这个问题。"直接点着宁沁说，之后整个教室就鸦雀无声了，林沐菲很尴尬，宁沁也很尴尬，就因为这个事，宁沁和林沐菲的关系四年里都处在一种很微妙的气氛中，简而言之，秦止那天莫名给她招了仇恨。

秦止不太记得这个事了，一边不紧不慢地嚼着菜，看了她一眼："林沐菲是谁？"

朵朵也从那一碗的鱼香肉丝里抬起头来，睁着圆溜溜的眼睛看着宁沁，重复了一遍秦止的问题："妈妈，林沐菲是谁？"

"妈妈的一个朋友。"宁沁替她将碗里的饭拨匀了些，"慢点吃。"

顺便又给夹了点红烧肉给她，朵朵又埋头继续吃了，两耳不闻窗外事。

秦止手机在这时响起。

秦止搁下筷子，从裤兜里掏出手机，手机在掌心里轻巧地转了圈，秦止按下了通话键："你好。"

宁沁看秦止要打电话，也就不出声打扰她，抽了几张纸巾给朵朵擦了擦满是油迹的嘴角。

朵朵年纪小，牙齿也没怎么锋利，小手捏着一块鸡肉都能在嘴里撕扯半天，吃得满嘴满手的油渍，看宁沁拿着纸巾伸手过来，小脸就自动自发地凑了上去，一边津津有味地嚼着肉一边任由宁沁给她擦嘴，眼睛还好奇地盯着秦止看。

宁沁也就下意识地往秦止那边看了眼，秦止正微侧着身体听电话，也不知道那边说了什么，脸色看着有些凝重。

他这通电话打了好几分钟，电话挂上时一边拿起筷子匆匆吃了几口饭，一边叮嘱宁沁："我今晚有点事出去，你和朵朵早点睡。"

"什么事啊？"宁沁有些担心，想到他早上和何兰在办公室争论，之后又出去了一整天，"是不是我的那些什么项目出了什么问题？"

"这次不是，就是旭景控股的一个子公司出了点小事故，我得过去查看一下。"秦止说着已经搁下了饭碗，叮嘱，"我今晚不一定能赶回来，你和朵朵两人在家要注意安全。"

"对了。"秦止又补充了句，"你几个月前负责的线上一对一英语培训项目的投资方案，出了点状况，早上何兰会上提的就是这个事，估计明天早会她还是会拿这个说事，我不一定能赶得回来，你防着点她，估计她要在这事上大做文章。"

秦止这一提起宁沁想了起来，这个项目是她进入旭景以来负责的第一个投资项目。经过这几年的观察，宁沁虽觉得英语培训市场虽然已经趋于饱和状态，但随着互联网和智能手机的普及，宁沁隐约觉得外语一对一线上培训市场上还是有很大的开发空间，尤其是在口语培训方面，正在从传统的面授模式向线上模式转型，但在这行真正做大的还没有，因此在权衡对比了几家线上英语培训机构后，选中了一家叫新飞的一对一英语培训机构合作，注资了五百万，以新飞第二股东的身份正式入驻教育培训市场。

签订项目合同后旭景便交由别的同事去具体负责这整个项目，宁沁平时只负责关注财务报表和一些运营情况，就目前来说，这个项目一直处于亏损状态，这个事宁沁是知情的，尤其是近两三个月，即将进入寒假，整个英语培训市场也进入了淡季，业绩萎缩，在宁沁看来这些都不算多大的事，当初提出这个方案时就没作为一个短期收益的项目来看，更侧重的是长期受益，因此也没太在意这几个月的亏损状况，毕竟风险还在可控范围内。

现在听秦止这么一说，宁沁下意识便道："这个项目不是一直处于亏损状态吗？难道又另外出什么状况了吗？"

"如果只是亏损倒不是多大的问题。"秦止转向她，"问题就出在，在经过大半年的亏损后，新飞的老板涂新卷款潜逃了，现在还欠着整个公司三百多号人三个月的工资没发，最重要的是，还欠着学员的钱。这两个月新飞大规模招生，在原来学费基础上增开了几个所谓的黄金课程，学费翻了三倍，你也知道学员采取的是先交费后学习的方式，涂新连同这一部分的学费全卷走了，造成了巨大的资金缺口，现在老师要闹，学生也闹，这事儿说大不大，说小不小，但是何兰一定会拿这个事大做文章的。"

宁沁没想着两天没上班竟发生这么大的事。

"你也先别担心，这件事我会想办法解决，不过明天的早会你还是得悠着点。"秦止软声安慰道，低头在她额头上亲了亲，"我先出去了，早点休息。"

转而又去抱了抱朵朵。

朵朵侧着头看他："爸爸你又要出去了吗？"

"对啊，爸爸有事，今晚不能陪你睡觉了，要听妈妈的话知道吗？"

朵朵小嘴噘了噘："你已经很久没陪我睡过觉了，我天天晚上醒来都是自己一个人睡。"

语气颇为怨念。

秦止和宁沁不觉笑了笑，秦止抱着她亲了又亲："下次一定不让你自己一个人睡了。"

"哦。"朵朵也回头吻了下他的脸颊，"那爸爸注意安全。"

秦止不在宁沁吃过饭也就早早带朵朵上床休息了，惦记着新飞培训的事，没怎么睡得着，第二天送朵朵去了幼儿园就先去了公司，让秦止的助理小陈把相关资料都发给她仔细看了遍，心里也有了个底。

早会时何兰果然拿起这个事说事，现在大老板卷款潜逃在外，善后的事自然落到这第二股东的身上来。

宁沁仔细算了下，员工工资加上学员学费退还以及加盟商的加盟费，零零总总算起来是两千多万的缺口，这对旭景来说虽然算不得什么大钱，但加上先期投入的五百万，单这个项目就亏损了两千多万元，更遑论给公司带来的负面影响。

现在事情是被秦止压着，媒体没播出来，但是如果现在不解决，也压不了几天。

何兰的意思这是宁沁的判断失误所导致的损失，不应由公司买单，言下之意，这两千万的缺口只能宁沁一个人填上。

宁沁别说是两千万，就是两百万她也拿不出来。

何兰态度强硬，坚持在事情解决前停掉宁沁的职务。

秦止不在，宁沁也就一个小打工的，没什么实权，何兰说要辞了她也不可能说不走，但也不可能就这么走了，只是告诉何兰，她尊重公司任何决定。

但是公司的任何重要决定需要经过秦止的批准，包括辞退宁沁和追究宁沁的相关法律责任。

何兰是公司的副总，手中持有的股份仅次于徐泾升，因此直接绕过了秦止向人事部下达了一份人事调令。

秦止下午赶回来时便收到了人事部下达的人事调令，投资并购部宁沁因个人失误导致公司形象受损以及面临巨额债务，经董事会商议后决定，暂对宁沁进行停薪留职观察，另追究她在此事上的相关法律责任。

秦止看到邮件时当下沉了脸，手掌压着笔电，"啪"的一声就关上了，拿起人事部送过来的人事调令，转身出门，去了何兰的办公室，门也没敲，拧着门锁就直接推了开来。

何兰脸色很不好，站起身："你这是在做什么？"

"这话不是我在问你吗？"秦止嗓音很沉，走到桌前，手中捏着的人事调令反手一压，狠狠拍在了何兰的办公桌上。

他看着她，黑眸沉沉："这是在做什么？"

何兰垂眸瞥了眼："这是按照公司规章制度做出的决议，公司明文规定，如个人原因造成的公司财产损失，将追究个人责任并有权将其辞退，有问题吗？"

"这算个人原因吗？"秦止问，"再退一步讲，按照公司规定，公司重要的人事变动需要经过执行董事审核批准，这事经过我批准了吗？"

"宁沁只是一小小职员，还算不上重要人事变动。"

"抱歉。"秦止手臂撑着桌面，直直地望向她，"根据公司规定，投资并购部工作直接向执行董事汇报，换句话说，我才是他们的顶头上司。录用或者辞退，我说了算。"

秦止目光深沉凌厉，被他这么一动不动地盯着时，何兰心里竟隐隐有些发怵，握着鼠标的手不自觉收紧，气势上却不想落了下风，下巴微扬起，冷凝着张脸："她是我安排进来的人，是去是留我说了算！"

"很好！"秦止唇角缓缓扯出个淡讽的弧度，人蓦地站直身，拿起扔在桌上的人事调令，两手一错开，慢条斯理地撕了开来，揉成一团，转身出了屋，约了人事经理。

"以我的名义下达一封人事调令，正式聘请宁沁为投资并购部项目组长，兼任执行董事投资顾问，同时列入董事会候选名单。"秦止淡声吩咐，强调了一句，"注意，是宁沁，不是宁沁！"

人事经理一愣，宁沁宁沁的事没闹得很开，大家只是听到一些风言风语，具体怎么个情况也没个人知情，如今看秦止特意强调"宁沁"，想到最近风传的孪生姐妹被替换的事，隐约又觉得真有那么一回事了。

秦止看他在发愣，淡眸一扫："还有别的问题？"

"没有。"人事经理赶紧摇头，只是皱着眉，迟疑着道，"何总刚下令停了宁小姐的职，您现在又升她的职，这事儿要不要先请示一下何总？"

身在高层圈的人都知道，公司的两大股东是徐泾升和何兰，秦止虽然处在执行董事的位置，但手中没有多少股份，和公司外聘的管理人员差不多性质，实际上也没有多大实权，董事会和股东会那边真要下手，随时可以让秦止走人。

何兰从嫁给徐泾升开始就进入了公司，跟着他一块把公司做成了现在的规模，二十多年的经营，人换了一茬又一茬，如今董事会留下的人，起码三分之二都是她的人，只要过得了徐泾升那关，秦止辞职离开是分分钟的事，因此在权衡过之后，人事经理还是倾向于以何兰的话为准。

秦止是明白人事经理的顾忌的，只是从徐泾升将他请回来的第一天

249

起，他心里一直很清楚，徐泾升已经是看不惯何兰这么胡作非为了。

何兰才五十岁出头的人，跟在徐泾升身边打拼了二十多年，耳濡目染下生意手腕不比他差，更何况还有她一手培养起来的宁峻和徐盈夫妇，以三个人的能力要管理这么大个公司是没太大问题的，可偏偏徐泾升却放着那三个人不理，过去一年里以着各种手段将他逼了回来，秦止知道，徐泾升信不过何兰，老头子身体虽不太好了，但脑子还是清醒的，而他自己，也是一直很清醒。

"她要是问起，你就让她直接来找我！"秦止淡声吩咐，"她要是拿这事对你问责，你直接来找我！"

秦止话都说到了这份上，人事经理也不敢再耽搁，回去后马上颁布了新的人事调令。

邮件一发全公司哗然，太过戏剧的转折让众人像看戏般期待何兰的反应。

在辞退宁沁一事上，略知情的人都猜测何兰是故意借此给秦止敲山震虎，意在强调她在公司的地位，同时也算是为婚礼的事给自己和徐璟出一口恶气，如今半天不到秦止不但把宁沁返聘回来了，还升了职，甚至是列入了董事会候选名单，摆明了要和何兰对着干。

收到邮件时何兰也气黑了脸，没等到下班就先回了家，回到家时重重把高跟鞋一踢，人就重重坐在了沙发上，兀自生着闷气。

徐泾升正在看电视，侧头看了她一眼："谁又惹你生气了，一回来就臭着张脸。"

徐泾升自从将工作交接给秦止后，慢慢就当了甩手掌柜，不太理会公司的事，遵照医嘱安心在家养病。

他不问还好一问何兰火气就上来了："还能有谁，还不就是你那个……"

话到一半又硬生生吞了下来，徐泾升瞒着她花了多大力气才把秦止请回来的她知道，老头子现在对秦止看重着，她也不好就这么在他面前诋毁他，不得不逼着自己冷静了下来，长长地舒了口气："没事。"

徐泾升反倒奇怪了，瞥了他一眼："想说什么说一半留一半的，你就不能一口气把话说完？"

"其实也不是多大的事。"何兰坐着朝他靠近了些，旁敲侧击，"老头子，公司你就这么交给秦止了，你不帮忙看着些？年轻人就怕一时头脑发热盲目扩张什么的。"

"别人不好说，但是他不会。"徐泾升慢声应着，扭头看她，"况且现在不还有你和董事会的在把关嘛。"

"话是这样没错，但我到底只是个第二股东，他是你特别交代，他的决定即代表你的决定，他要做出点什么，我就是想阻止也没那个权力啊。"何兰叹着气道。

徐泾升不紧不慢："那你就由着他好了。他是有分寸的孩子。"

何兰被噎了噎，一时间竟不知道该怎么作答。

徐泾升拉过她的手掌，轻拍着："现在是年轻人的天下，你也一把年纪了，别成天这么辛苦，是时候该退下来颐养天年了，到时徐璟徐盈都生了大胖小子下来，在家带带孙子也挺好的。"

何兰扯了扯唇角，没应声。

徐璟徐盈刚好在这时回来，两人都没到下班的点就先回来了，不约而同。

"爸妈，又在说我们什么呢？"徐盈先出声问道，休养了几天，她的身体已经基本痊愈，只是和徐璟心里那道坎彼此都还过不去，虽一块儿回来却都没打招呼。

徐璟只是淡淡朝两人瞅了眼，打了声招呼就先上了楼。

何兰看着心疼，看着他回了屋，轻扯着徐泾升的手臂："老头子，你看徐璟这段日子，自从和宁沁分开后，他整个人整天失魂落魄的，你说这……"

"那是宁沁。"徐泾升淡声纠正她，虽然心理上有些无法接受，却总还是得逼自己去承认。

何兰轻哧了声："他们说是什么就是什么了？还不就是为着掩盖自己的丑陋。"

徐盈有些看不下去："妈，您别和哥一样自欺欺人，她就是宁沁，指纹比对结果我都看过了。"

"你闭嘴！"何兰扭头看她，"有你这么向着外人的吗？那结果是你亲手做的？现在什么不能造假。我看她明明就是宁沁。"

徐泾升偏头看了她一眼："当初第一个说宁沁不对劲的人是你，现在真的确定她确实不是宁沁了，你又不肯承认了。"

"那怎么能一样，我怀疑她不对劲只是因为担心她骗了徐璟……"

"所以现在证明是您儿子骗了人家您就认定人家是货真价实的宁沁了是不是？"徐盈嘴快接了过来，看何兰当下黑了脸，也就不再撩拨她，只是叹了口气，"妈，反正不管您做什么您都有您的道理，都是为了我和哥好，您别到头来坑了他就好。"

话说完人就先上了楼，想到下午的事，虽然不是自己干的，心里到底觉得有些对不住宁沁，想了想，还是给宁沁打了个电话。

宁沁还在去接朵朵的路上，上午收到停薪留职的邮件时，她连假都不用请了，吃过午饭直接不回公司了，在外面兜了圈，快到朵朵放学时间才去接人，却没想着这个点还遇上了堵车，如今正被堵在路上。

徐盈是打电话来向地道歉的。

宁沁有些意外，毕竟这件事怎么扯也扯不到徐盈身上去，不过徐盈确实是个有心的人，这么点小事都记挂在了心里，宁沁有些感激，两人毕竟五年的姐妹了，虽是身份上有些不一样了，但毕竟感情还在那儿，摊开了也没有因为最近的事有太多嫌隙，也就聊了开来，这一聊也就聊到了宁沁到朵朵学校的时候才挂了电话。

因为堵车的缘故，宁沁来得有些迟了，朵朵已经在十分钟前就来校门口等着了，只是她还没看到宁沁，反倒先看到了许昭。

许昭是特意过来蹲点接她的，远远看到朵朵出来，人就朝她招了招手，笑着朝她走了过去。

朵朵对许昭有种天生的戒备。

他一靠近她整个人就不自觉地往老师大腿后退了退。

老师看朵朵对许昭有戒备，她也没见许昭来接过人，哪怕许昭面容和善，和朵朵似乎也熟，她也没敢让许昭把朵朵接走，只是陪着她站在校门口等宁沁。

宁沁一下车就看到了校门口处似是对峙着的双方，她还没能出声，朵朵已经先看到了她，扬着嗓子冲她喊了声："妈妈。"

宁沁走到近前时她才敢撒开了老师的手跑过来抱着宁沁，嗓音里隐隐带着些哭腔："妈妈你怎么才来，我怕那个叔叔。"

她这话让许昭有些尴尬，宁沁虽是不太乐意又看到许昭，到底还是成年人，会照顾着对方的面子，也就软着嗓子安抚朵朵："叔叔只是来看看朵朵而已，别哭。"

朵朵"嗯"着吸了吸鼻子，惦记着秦止说的叔叔要是再缠着妈妈就打110找警察叔叔，于是扯着宁沁的手："妈妈，借你手机我玩玩。"

宁沁没想着其他，掏出了手机给她。

许昭注意力也回到了宁沁身上，笑了笑，走了过来："怎么这么晚才来接她？"

宁沁总觉得自己以前应是不讨厌许昭这么个人的，但是最近两次他总以着这种特别熟的语气跟她说话，让她心里微微生出些反感来，因此语气虽是极力克制着，却也不太好得了："你怎么也在这儿？"

"公司就在附近，顺便过来看看。"许昭笑笑说道，隐约也察觉到宁沁的厌恶，眼睑稍稍敛着，"沁沁，你现在是不是很反感我？"

宁沁看他，抿着唇角迟疑了下，点点头："你的行为举止和说话的语气让我有点适应不了。我总觉得，你不应该是现在这样的。"

她的坦诚让他微微一愣，而后摇着头笑了，有些沧桑的脸上隐隐带着些自嘲的笑意。

许昭和秦止一直不太属于同个类型，秦止一直都是清雅从容的，哪怕在失去宁沁的那五年里人看着虽是落寞孤寂了些，但总还抱持着那份沉定从容，许昭则一直是带着股颓废的艺术气质，无论何时，整个人从内到外都透着那么股颓丧的味道，人却是爽朗的。

他刚刚的笑容里让宁沁稍稍从他脸上找到些许当初第一次见面时的味道来，但只是稍纵即逝，许昭已冷静看向她："一起吃个饭吧。"

宁沁一如既往地拒绝："今天不太方便。改天吧。"

许昭看着她的眼神有些深："你似乎习惯拒绝我。"

宁沁以他的话反驳："你似乎习惯约我。但是你不觉得很荒谬吗？我是有丈夫有女儿的人，你是有女朋友的人。"

许昭沉默了会儿："我只想和你好好吃顿饭，听你聊聊，你这几年过得好不好，想知道，当年到底是怎么一回事。"

许昭抬头看宁沁，指了指朵朵："我差一点点就成了朵朵法律上的父亲！"

"……"许昭的话冲击太大，宁沁脸色不由一白。

许昭只是看着她，不说话。

早已打完电话的朵朵扯着宁沁的手掌，仰着头看她，有些担心："妈妈，你怎么了？"

宁沁有些回不过神来。

朵朵急得快哭了，扯了几下宁沁的手看她没反应，小嘴一瘪，上前往许昭大腿上用力一拍："坏人！"

眼角刚好瞥见对面快步走来的两名民警，她认得警察叔叔的打扮，挥着小手："叔叔，我在这儿。"

两名年轻的民警走了过来："刚才谁报的警？"

"是我给警察叔叔打电话的。"朵朵手指着许昭，"叔叔是坏人，他要抓我妈妈。"

宁沁惊得回过神来，拉过她，还没开口问，朵朵已经噘着嘴解释："爸爸说叔叔要是再缠着妈妈我可以找警察叔叔。"

"……"宁沁一时间竟不知道该怎么回答，既不能说朵朵对了，但也不能说她错了。

警察已经走了过来："怎么回事？"

朵朵指着许昭重复："那个叔叔要抓走我妈妈。"

警察疑问的眼神转向许昭，路人也都纷纷停下脚步看向这边，许昭有些尴尬："误会误会，只是老朋友叙叙旧。"

警察目光转向宁沁，宁沁也有些不太自在，总不好真的说许昭要对她意图不轨，他言行举止上也确实没有达到意图不轨的地步，也就澄清："只是个小误会。"

大人都澄清了，警察也不好再问什么，个高的警察半蹲下身，与朵朵平视："小朋友，叔叔已经帮你问过了，现在没事了，好好和妈妈回家知道吗？"

说着还摸了摸她的小脑袋。

朵朵困惑地嘟着嘴："可是你们还没抓他。"

嘟嘟嘟的模样让高个警察不觉一笑："你先和妈妈回家，叔叔一会儿再抓好不好？"

朵朵想了想，点点头："好吧。"

又补充了一句："谢谢叔叔。"

拉着宁沁的手想走，想想又有点迟疑，转过身，迟疑地仰头看许昭："叔叔，只要你以后不来抓我妈妈了，我就让警察叔叔不抓你了。"

小脸蛋特别认真，宁沁有些忍俊不禁。

许昭也不自觉笑了笑："可我没有要抓你妈妈啊。"

"你明明就有。"朵朵小嘴又噘了起来了，"我想要我妈妈和我爸爸在一起，我才不要妈妈和叔叔一起玩。"

朵朵这话容易让人误会，路人和警察略带深意的目光都不觉投向宁沁来。

宁沁轻咳了声，赶紧将朵朵拉了过来，有些歉然地对许昭笑笑："许先生，今天的事实在不好意思，谢谢您来看我女儿。但是她年纪小，不经吓，我担心这些事会对她造成阴影，所以希望您以后别再这样了。"

拉着朵朵向民警道了声谢，先带着她回去了。

朵朵上了车还忍不住扭头往车尾看，想看看许昭有没有被警察带走，只是她没能看到，宁沁车头掉了个弯，幼儿园大门口就甩在了后面。

朵朵有些悻悻然地坐正了回来，看向宁沁，有些忧郁："妈妈，你说那个叔叔会不会被警察叔叔抓走啊？"

宁沁从后视镜里往她忧郁的小脸蛋："你是希望叔叔被抓走还是不被抓走咯？"

"只要他不来找妈妈了我就希望他不要被警察叔叔抓走。"朵朵说着小嘴就嘟了起来，侧头眼巴巴地看着她，"妈妈，我都不喜欢你和别的叔叔在一起玩的，我只想要你和爸爸在一起玩。"

宁沁不觉一笑："那如果爸爸和别的阿姨在一起玩呢？"

朵朵缓缓地摇着头："也不喜欢，我只喜欢看爸爸妈妈在一起玩。"

"那以前萧阿姨……"

宁沁想说萧萌梦，话没说完，朵朵已经先截过了她的话："我也不喜欢她和我爸爸在一起，还老是亲我的脸，好讨厌。"

"那……那时爸爸和萧阿姨在一起的时候爸爸有没有很开心？"

"才没有呢。"朵朵马上反驳，"爸爸对那个阿姨好凶的，有一次还很凶地赶她下车。"

朵朵说着来了兴致，凑了上来："妈妈我跟你说，那个阿姨那时候也老是像那个叔叔一样来我学校找我，然后爸爸每次都对她好凶，比你对刚刚那个叔叔还凶很多呢。"

朵朵认真八卦的小模样看着特别逗，宁沁忍不住就笑了，拍了拍她的小脑袋，大致能想得出秦止当初对萧萌梦的样子，确实算不得多温和的处理方式，至少和对她的态度是截然相反的两个极端。

宁沁发现她还是挺喜欢这样的秦止，桃花问题处理起来快刀斩乱麻，完全不留情面，相比起来她似乎反倒有点优柔了……她拿不出秦止那种魄力来呵斥许昭，大概也只是因为，他目前的举止也还在一个朋友的合理范围之内，她反应大了反倒显得自作多情了，只是……

想到许昭刚才提到的他差点就成为了朵朵法律上的父亲，宁沁脸上的笑容不自觉僵了僵，这句话的字面意思很清楚，当年她差点就嫁给许昭了。

这样的认知让宁沁心底没来由地发慌，她突然有些担心她那一年已经移情别恋，爱上了许昭，一个能让她答应走向婚姻的男人，如果没有爱情，她怎么会答应？

宁沁越想心底越发地慌，一路上一直很忐忑，连回到家里也有些心不在焉的，切菜的时候还不小心切到了手指，菜刀一刀下去，差点没把手指头给切了下来，宁沁惊得甩开了菜刀，菜刀"哐啷"一声落了地，又重又响。

秦止刚好下班回来，刚开门便听到了厨房里的动静，神色一紧，鞋子都没来得及换，快步走了过来。

"出什么事了？"嗓音有些紧。

朵朵也在听到动静时滑下了沙发，奔到厨房门口，眼尖先看到了宁沁捂着的伤指，鲜血从指缝里沁了出来，朵朵捂嘴惊呼："妈妈的手流了好多血。"

秦止将手中的公文包随手往朵朵怀里一塞："帮爸爸拿去放好。顺便去抽屉里拿点止血贴出来。"

朵朵抱住公文包："好。"

转身"吧嗒吧嗒"地往沙发跑。

宁沁抬起头来，吸了吸鼻子，出声安慰："我没事，就是切菜的时候不小心切到了手指。"

"都多大的人了怎么这么不小心。"秦止嘴里数落着，人已走了过来，拿开她握着伤指的手，皱了皱眉，"怎么切这么重，你当在砍排骨呢。"

扣着她的肩将她推出了厨房，压坐在了沙发上。

朵朵刚好拿了止血贴过来。

秦止看她手指的伤口有点深，血流得也凶，起身去另外找了消毒水和纱布过来，一点一滴替她处理伤口。

朵朵伸长了脖子，好奇地蹲在宁沁面前看。

秦止嫌太过血腥，拍了拍她的脑袋："到旁边看电视。"

"我看一下嘛。"朵朵说着已经双掌扶着膝盖撑站起身，凑近了看，小嘴巴张得圆圆的："好多血哦，妈妈是不是很疼啊？"

宁沁安慰她："妈妈不疼。"

"真的吗？"朵朵朝那处伤口伸出了手，"那我可以捏一下吗？"

指尖碰上前被秦止拍开了："乖，去那个抽屉里帮爸爸找剪刀过来。"把人给支了开来。

秦止视线重新回到那根伤指上，看到那深可见肉的刀口，眉心拧得都快打成结了，忍不住念叨："想什么事想得这么入神，怎么切了这么深？"

宁沁也不好告诉他她在想她有没有移情别恋，这事儿她自己都不清楚，他当年不在身边更不可能知情了，真说出来了反倒两人都添堵，也就抿着唇角无辜道："我哪里乱想什么了，就是切菜太快了，反射弧有点长，没反应过来。"

刚说完便见秦止瞥了她一眼。

他这一眼看得她有些心虚，嗓音不自觉就软绵了下来："我说的是真的。"

秦止轻哧了声："你每次口不对心的时候就会此地无银地强调一句，我说的是真的。"

边说着边就着白纱布利落地打了个结，手掌轻揉着她的头："你就是不愿对我说实话，朵朵也会主动交代的。"

嗓音略略一扬："朵朵！"

"爸爸怎么了？"朵朵马上拿了剪刀过来。

"今天下午是妈妈去接你的吗？"秦止问，伸手将她拉了过来，侧低着头看她。

朵朵连连点头："对啊，妈妈来接我的。不过那个讨厌的叔叔又来了，还来得比妈妈早，在学校门口看着我，我都好怕他呢，后来妈妈一来他就去找妈妈说话了。"

秦止侧头看向宁沁，似笑非笑。

宁沁被他的眼神看得有些窘迫："好啦，我承认是和他有点关系，但绝对不是你想的那样。"

"我想的哪样？"

"反正就是没有任何暧昧没有任何对不起你的地方，我就是看他老是天天去朵朵幼儿园蹲点，对他有点烦而已。"宁沁避重就轻地应道，自己还没弄明白，到底不知道该怎么提自己当年可能精神出轨的事，但是对许昭总这么天天在朵朵学校蹲点的事确实有点困扰。

秦止面色清冷了些："他天天去？"

"对啊。"朵朵接过了话茬，一提到这个人就先喜滋滋的，"不过今天我打电话给警察叔叔了，然后警察叔叔很快就来了，还把那个叔叔抓走了。"

"……"秦止目光转向她，朵朵的答案让他意外，报警只是他随口说的，没想着朵朵是行动派，竟真的打了"110"。

宁沁伸手戳了戳他的肩膀："你别尽给她出损招好不好，她年纪小小脑袋绕不了那么多弯弯，大人说什么她就跟着做什么了。"

"招是有点损，不过不得不说，我女儿很棒！"秦止这话是真心话，有这么个机灵的女儿还真是让他省了不少心，他忍不住抱着朵朵，在她脸颊上狠狠亲了几下，发尖刺得小丫头"咯咯"直笑，停不下来。

宁沁看着这父女俩玩得开心，想到晚餐还没做，起身要去继续做菜，人刚动了下就被秦止拉住了手臂。

"手受伤了就好好坐着，别乱动。"

宁沁无言地看了看被包裹得严严实实的食指："只是一根手指，只要不碰水就没事了。"

"我就怕待会儿不仅碰了水，还补了一刀。"秦止揉着她的头发，像哄朵朵般，"乖，好好在这儿陪朵朵。"

低头在她额头上亲了亲，扭头冲朵朵喊："朵朵。"

"到。"朵朵马上应，看秦止正亲昵地揉着宁沁的头发，吐着舌头又开始说，"爸爸羞羞。"

秦止有些无奈地拍了拍她的小脑袋："爸爸去做饭，乖乖在这里看着妈妈知道吗？"

倾身在她脸颊上也亲了亲，脱下西装，这才回厨房准备晚餐。

宁沁不自觉看向厨房，从沙发的角度只能看到他的背影，袖子已经被不紧不慢地卷起压在了小臂上，弯着腰捡起了掉在地上的菜刀，有条不紊地切起了菜，背影挺拔认真。

宁沁看着看着就有些怔，大脑又有些不受控制地又想起了下午许昭那句话以及带来的一串猜测，突然想到了前几天从宁家搬回来的那箱东西，她记得里面有不少日记本，自从搬回来后一直搁在书房里没去翻过，宁沁突然想去看看那一年自己写过什么东西。她看了眼朵朵，看朵朵正抱了本漫画在翻，注意力没在她身上，也就站起身，回了书房。

第八章

那一箱东西被秦止搁在了角落的旧书桌上,这几天宁沁忙,对那箱子里的东西也不是很上心,一直没去翻过。

今天许昭的话干扰了她。

箱子里的东西还是保持着搬回来时的样子,就五六个硬皮的日记本。

她从中学开始在老师的要求下有记日记的习惯,后来就慢慢养成了习惯,高中后又有些犯懒,日记也记得断断续续的,她13岁到21岁的生活几乎浓缩进了那几个厚本子里。

宁沁想找找看有没有她怀孕那年的日记本,她记得应该是有的,那天在宁家,黎茉勤搬出来时她随手拿起来翻的,就是她怀朵朵时的日记。

她将所有的日记本都翻找了出来,一本本地看,竟没找到那个日记本。

宁沁不觉皱了皱眉,指尖捏着眉心,不确定自己是否记错了,因为被当成宁沁的事,最近她对自己的记忆总有些不太敢轻信,真假虚实有点分不清楚。

朵朵翻完漫画发现宁沁不见了,心里牢牢记住爸爸叮嘱的好好看着妈妈,自语着说了声"糟了"后马上放下漫画书,从沙发上滑下来,拖着拖鞋赶紧回房间找人。

她去卧室没找到宁沁,赶紧去书房,看到站在纸箱前的宁沁,赶紧跑了过去,抱着她的大腿仰头看:"妈妈,你又不听爸爸的话乱跑了。"

"妈妈没乱跑,只是回来找点东西。"宁沁揉着她的小脑袋安抚,搬过箱子继续往里边翻,想看看有没有遗漏了。

朵朵看到了宁沁翻出来搁在桌上的日记本和不少B超照片,喜滋滋地拿过来:"妈妈,爸爸说这上面的人是我,是不是啊?"

宁沁心思都在日记本上,也就敷衍着应了声"是",想起那天东西搬回来朵朵一人钻进箱子里乱翻,也不知道她有没有把东西给弄掉沙发底下去了,想了想,转身出了屋,蹲在沙发前,拉开了沙发罩,低着头往沙发底下看。

朵朵看着好奇,也跟着蹲下,侧低着头往里面看,黑白分明的大眼睛圆溜溜的,一边看一边压低了声音问宁沁:"妈妈,你是不是在找什么宝贝?"

"妈妈在找一个小本子。"宁沁应,抽空看了她一眼,"朵朵那天翻出来玩,有没有弄掉什么东西?"

"没有啊。"朵朵摇着头,"我全部给爸爸了。"

秦止刚好从厨房出来,看母女俩一个两个地都半趴在地上,像在找什么东西,也就随口问道:"在找什么?"

"妈妈说在找一个小本子。"朵朵仰起头来应。

秦止眉心拧了下,黑眸深深地往宁沁看了眼,叫她:"沁沁?"

"嗯?"宁沁站起身,将朵朵拉着站了起来。

"在找什么本子?"秦止问。

"没什么,就一个小日记本,我怀疑我是不是还落了一个本子。"宁沁有些想不起来了,不确定那天翻完是不是随手放在了黎茉勤桌上了。

秦止皱眉:"找那个本子做什么,很重要吗?"

"也不是。"宁沁不好明说,不自在地冲他笑笑,"就是坐着无聊,想去整理一下那箱东西。"

秦止有些无奈地笑笑,视线落在她还隐隐沁着血丝的手指上:"你手刚受伤,别去瞎碰东西,一会儿又得磕出血来了。"

"只是一根手指而已我没……"

"听话。"两个字有些分量,宁沁也不敢坚持了,噘着嘴点着头:"好啦,知道了,你快去做饭,朵朵要饿坏了。"

秦止笑笑,转头叮嘱朵朵:"朵朵,好好陪妈妈知道吗?"

这才转身回了厨房。

宁沁心思还在那个日记本上,越想想起来,反而越不确定是不是真一起带回来了,还是落在了宁家里。

她有点想回去找找看,心里又有些矛盾地不太愿意再踏进那个家。

宁沁承认她现在对家人的感情是矛盾又微妙的,那天再怎么装作冷漠，看着黎茉勤和宁文胜那样欲言又止的眼神，似乎想要靠近，却又怯懦地不敢靠近，她心里很不好受，那样的他们，真的只是一对做了错事，想要乞求女儿原谅却又觉得没脸乞求的可怜老人，或许宁峻确实没说错，他们只是出于补偿心理，想好好补偿她，一切只是为了她的未来考量，只是用错了方法，以着最大的爱意却在做着对她伤害最大的事。

假如说朵朵不是被他们亲手遗弃的，朵朵那几年也没有过得那么心酸，宁沁总觉得她应该不用这么矛盾着，她不仅是一个女儿，也是一个母亲，双重的身份让她没办法很清醒理智地去处理好与家人的这份关系，只能鸵鸟似的逃避。

宁沁想了一天一夜，也犹豫了很久，最终还是决定先放下心结，回宁家找找看，日记本有没有落在那边。

她是去谈完项目，看看还有时间才顺道过去的。

家里就宁文胜和黎茉勤在家。

自从宁峻结婚后两人也就都辞了工作，安心在家养老。

宁沁站在门口迟疑了许久才去敲门，黎茉勤来开的门，看到站在门口的宁沁时，原本落寞的眼睛掠过一丝光亮："沁沁！"

"怎么过来了？吃过饭了吗？来来，先进屋里。"赶紧着把人让进屋里去。

宁沁做不到像以前那样亲昵地回应她，也没办法像个陌生人一样面无表情，嘴角在心底的矛盾作用下勉强地扯动了下，宁沁一声不吭地跟着黎茉勤进了屋。

宁文胜看到宁沁也赶紧起身走了过来。

"……"宁沁低垂着脸，没有看向两人，"我只是想来看看我上次还有没有什么东西落在这里。"

黎茉勤嘴角的笑容僵了僵："没关系，先多坐会儿再走。"

说着本能去拉宁沁，宁沁却下意识地侧了侧身子避开了。

她这个完全是无意识的动作，等回过神来时，不仅黎茉勤僵了僵，她自己也变得有些僵硬，"对不起"三个字梗在喉咙里说不出口。

她转开了视线，低声问她："您上次把我以前那箱东西给我时，我拿起过一个本子，那个本子有没有落在您房间里？"

黎茉勤也想不起来了，皱着眉："我也记不清了，你那会儿急着回去，还有些东西没拿，我一起都收拾了放你房间里了。"

宁沁不自觉地抬头往那间她以着"宁沁"的身份住过的房间："是那个吗？"

黎茉勤知道宁沁很介意这件事，有些尴尬地点了点头。

宁沁也轻轻点了点头："谢谢。"

语气客气得连自己也不敢再多停留半秒，转身上了楼。

房间里还是保持她当初住着的样子，满地的狼藉已经被收拾干净，桌上也看不到那些瓶瓶罐罐了。

宁沁站在门口往屋里扫了眼，到底是经历过了那么多事，如今再看着这个房间时，心情突然变得沉重。

她是宁沁，那也意味着宁沁死了，那个和她几乎一模一样曾经鼻息相偎的姐妹，真的已经不在了。

走进这个房间，她就像重新经历宁沁的猝死一样，心里很不好受。那种失去亲人的痛苦过了五年后才慢慢变得鲜明起来，在她还是宁沁的时候，宁沁于她似乎只是一个慢慢远去的背影，模糊不清，心境上并没有太大的感触，但是现在，当她清楚地知道自己是宁沁，清楚地知道宁沁已经不在了，这份生离死别才真正变得鲜明而痛苦起来。

她把宁沁的东西都翻了出来，轻抚着每一个她使用过的东西，突然间胸口疼得难受，鼻子有些酸，眼泪控制不住，"吧嗒吧嗒"地往下掉。

宁沁的遗物都被收拾得很完整，整整齐齐地装在角落的柜子里。

以前大概只当是一些旧东西，宁沁从不去翻，也不去碰，现在全部翻了出来，宁沁才发现原来自己对这一切竟是这么的陌生，无论是泛黄的老照片还是泛黄的日记本，看着都是陌生却又心口绞疼。

宁沁随手抽了本绿皮的日记本出来，大概因为是孪生姐妹的缘故，即使在一起生活的日子不多，但某些习惯却总是惊人的相似。

日记本是五年前的，宁沁怀孕到去世前那段时间的了。大篇幅大篇幅的文字里，记录了当初意外怀孕的惊喜，以及失去孩子后的痛苦绝望。哪怕是五年后第一次翻到这本日记本，温润清淡的笔触里，宁沁将她那段时间所有的喜悦和痛苦都倾注于字里行间，宁沁几乎能感同身受地体会到她那时所有的情绪波动，尤其是在失去孩子后的那种痛苦绝望，宁沁看着胸口翻搅着疼，那种痛苦大得她有些承受不住，捏着日记本急急地将页面翻过去，想让自己喘口气。

日记本压磨的刻痕让宁沁指尖随手一翻便落在了记录页面的最后一页。

宁沁手掌压着左胸口喘着气，不断调整着自己的呼吸和情绪，本想就这么将日记本合上，眼角余光不意瞥到页面上的"宁沁"、"解脱"等有些意外的字样，下意识皱了皱眉，所有的注意力瞬间被那几个词吸了回去。

"和姐姐宁沁的最后一天

今天是朵朵出生四十天的日子，早上和沁沁带着朵朵去拍了照片留念。镜头前的沁沁笑得很美，很甜，看着似乎已经从那个男人带给她的伤害和产后抑郁症中走了出来，我原本也真的是这么以为的，真好，我们姐妹两个总算还有一个像正常人的。可是原来还是我太乐观了吗？走出镜头后她又变回了从前的样子，她就要结婚了，可是她还是开心不起来。

那个男人我见过几次，虽然不是朵朵的亲生父亲，但对沁沁是真的好呢，自从她怀孕后一直无微不至地照顾着她，完全不介意她怀着别人的孩子，甚至连全家人都反对沁沁把孩子生下来的时候，依然站在她身后支持她，尊重她的决定。所有人都看得出来，他是真的很爱沁沁。我们都说能遇到这样的好男人是沁沁几辈子修来的福气，劝她好好珍惜。我看得出来她一直在抗拒，却又一直在妥协着，她不能不妥协，她还没有足够的经济能力去抚养一个孩子，连孩子的户口都搞不定，她有严重的产后抑郁，这样的她是没办法照顾一个孩子的，爸妈一直计划着要把朵朵送走，他们怕耽搁了她，也怕她耽搁了孩子，我却什么也做不了，我连自己都快控制不了了，又怎么再去帮得了她。

这段日子以来是我们姐妹俩最靠近彼此的时候，我们一起讨论过无数个让彼此解脱的办法，可是惊醒过来后又忍不住抱头痛哭，我们怎么能这么自私，怎么能这么懦弱地抛弃所有爱我们的人呢。昨天她终于答应了那个男人的求婚。那个男人向她求了五次婚。他说他愿意把朵朵当成自己的亲生女儿，一辈子好好照顾她们母女俩。

沁沁说她心动了，她突然就不敢等了，怕再等下连朵朵也保不住了。而且那个男人对她是真好啊，从不嫌弃她，从她怀上朵朵开始，第一次发现怀孕，第一次产检，甚至连生下朵朵的那一天，都是他先发现了问题，不管多晚都一刻不停地赶到她身边，然后不离不弃地照顾她，陪着她一起迎接朵朵的出生，像家人一样无微不至地照顾着她和朵朵，就是连爸妈都做不到这样的无微不至，自从发现沁沁怀孕，他们就一直想方设法地逼她打掉那个孩子，甚至不惜以断绝母女关系相要挟，逼得她离家出走时也是那个男人收留了她。

其实我很开心沁沁终于想通了，终于愿意好好珍惜那样一个男人了。可是她说她很痛苦，从拍完照片回来，她看着照片就一直哭一直哭，朵朵在旁边睡得香甜，她却哭得完全停不下来，我也停不下来，我看着睡得香甜的朵朵，突然想到了还来不及长大的睿睿，想到了今天早上经过爸妈房间时，他们说已经给朵朵联系好了人家，他们是要趁着沁沁不注意时把朵朵送走了吧。

我突然觉得这样也挺好的。离开了我们，朵朵或许就能更好地长大了，沁沁抑郁那么严重，她都活不下去了，我也没办法说服自己强撑下去了，谁又还能照顾得了那个孩子……

我跟沁沁说，我们为什么非得逼自己活得那么痛苦，不如我们……"

宁沁捏着日记本的手剧烈地颤抖着，眼泪控制不住地大滴大滴地往下滚落，整个头像要炸开般，从大脑内部剧烈地疼着，像有什么东西要破壳而出，疼得她纤弱的身体几乎承受不住。

她的左手撑着左半边额头，身体因为疼痛不自觉地屈着，几乎半伏在了梳妆桌上，整个意识在流失，很快被巨疼带来的黑暗席卷而去，"哐啷"几声，瓶罐落地的纷乱响声四起，宁沁身体一软，整个人失去了意识，身体落在地上砸出的巨大声响惊动了楼下的宁文胜黎茉勤。

两人脸色一变，赶紧上楼来，刚走到门口便看到无意识瘫软在地的宁沁。

"沁沁！"黎茉勤神色一白，赶紧走了过去。

宁文胜赶紧下楼找手机打急救电话。

秦止下午开完会后已经五点多，凌宇的项目需要找宁沁再谈谈进展，估摸着宁沁这会儿人应该已经去接朵朵了，于是给宁沁打电话问，没想着电话没人接。

宁沁下午出去前没报备过他，他也不知道人不在，直接找不到宁沁，也就转宁沁的上司姚建电话，让他帮忙叫一声，没想着姚建说宁沁已经出去了，她下午有项目要谈，两点就出去了还没回来。

秦止不自觉皱了皱眉，大概因为宁沁之前去哪儿之前都会向他报备一下行踪，如今她一声不吭地出去了，电话也没打通，他有些不习惯，更多的是担心，心头突突地跳，没来由地有些发慌。

当年骤听到宁沁死讯的消息太过惊痛，过去那五年的生离死别也太过刻骨，秦止对于宁沁总有极大的不安全感，患得患失得厉害，恨不得一天二十四小时把人绑在眼皮底下牢牢盯着，一时半会儿找不到人，或是电话没人接心头就"突突"瘆得慌，所有的思绪几乎被自己脑补的种种可能给占满。

如今听姚建说宁沁出去了三个多小时了，电话却一直没人接，秦止有些坐不住了，又试着给宁沁拨了几次电话，每次都是光听到铃声响，就是没人接。

时间拖得越长，秦止心头越发地瘆得慌，他甚至让姚建给合作方那边打了电话，想看那边能不能转接个电话帮忙找到宁沁，没想到那边说宁沁早在一个小时前就已经离开了。

秦止试图让自己先冷静下来，想着朵朵放学了，或许她又是顺道去接朵朵了，她向来喜欢这样，估计是正在开着车不方便接他电话。

心里虽是这么安慰着自己，秦止却是踏实不下来，想了想还是决定给朵朵老师打个电话，问问朵朵有没有被接走，没想着电话还没拨过去，朵朵幼儿园的老师电话先打了过来了，问他怎么没去接朵朵，学校已经放学快一个小时了，其他小朋友都陆陆续续被家人接走了，就朵朵一人在校门口等着没人来接，小丫头现在急得都快哭了。

"她妈妈也没去过学校吗？"秦止下意识问道，声线有些紧。

"没有啊，没人来过啊。"

老师甜软的嗓音让秦止心底的恐惧突然就放大了，好在他还能克制住，冷静地感谢了句，让老师再陪会儿，他马上过去。

挂了电话秦止就先去学校接朵朵了，路上不停拨打宁沁电话，却一直没人接，他心里越发不安。

秦止带着这种不安一路加速赶到了朵朵学校。

朵朵已经等待多时，大概因为放学了一直没等到爸爸妈妈来，又想起了小时候被遗弃的经历来，整个人变得很焦躁，站在大门口，两手扒着铁栏不时往车子进来的方向看，不时回头问老师爸爸妈妈为什么还没来，或者是爸爸妈妈会不会不会来了，整个人特别担心，以至于看到秦止的车出现时，人一下子就崩溃先哭了。

秦止刚下车便看到朵朵还在抽噎着，老师不时在给她抹眼泪。

秦止赶紧走了过去，人还没来得及开口，朵朵已经扑过来先抱住了他的大腿，一边抽噎着一边问："爸爸，你怎么才来接我？"

"对不起，爸爸刚才在开会一下子抽不开身，让朵朵等久了，是爸爸不对。"秦止很能体会她心底的恐惧，抱着人，又是亲又是安抚的。

朵朵吸了吸鼻子："那爸爸和妈妈下次不能来接我能不能先打电话告诉老师，要不然我好怕爸爸妈妈又不来了。"

"好，爸爸下次一定提前告诉老师。"秦止抱着她又亲了亲，总算把人安抚住了。

朵朵不哭了，这时才想起了宁沁来，奇怪地往秦止身后看了眼："咦，妈妈呢？今天怎么没见妈妈？"

她不提还好，一提秦止心头又控制不住地"突突"地跳了，有些担心，但没敢让这种担心让朵朵察觉，她年纪虽小，但心思敏感，怕她又胡思乱想，于是软声劝她："妈妈还有点工作要忙，晚点才能回来。"

"哦。"朵朵似懂非懂地点了点头，也不追究，反手牵着秦止的手，"那爸爸我们先回家做饭，等妈妈回来吃饭。"

秦止唇角有些牵强地扯了扯："好。"

先带朵朵回了家，心里压着事，秦止心神不宁的，也没办法安心做饭，凑合着煮了顿面让朵朵先吃着。

朵朵没等到宁沁回来，有些担心，人坐在餐桌前不肯吃饭，只是噘着小嘴看秦止，不断问他妈妈为什么还没回来。

秦止答不上来，从回到家里开始他的手机几乎把宁沁手机给打没电了，电话就是一直没人接。

他突然想起了多年前，他也是这么一遍遍地重拨她的电话，一遍遍地拨到绝望，却再也没打通过。

秦止捏着手机的手掌不觉收紧了些，无意识地任由手机在掌心里翻滚，心底开始被不知名的恐惧攥住。

他是不太愿意再去回想当年的事的，在经历过那种突然的失去过后，秦止总怀疑自己患有很严重的焦虑症和幻想症，只要不能及时联系上宁沁，这种焦虑症和幻想症几乎控制住了他所有的理智，因此他不太愿去胡思乱想，怕连基本的判断力都会失去。

现在也才六点半而已，就是正常上下班，这个点也未必能回到家了。

秦止心里安慰着自己再等等，上次宁沁去吴梦璃那里也是大半天联系不上，不也还是没事的。

朵朵奇怪地看着秦止，看着手机在他手机里不断地翻过来翻过去的，好奇地凑上去："爸爸，手机也很烫吗？"

左手背好奇地去碰了碰面前的面碗，又趴着桌子跪坐起身想去试试他的手机是不是真的很烫，手指刚碰上手机就被秦止给握住收了回来。

秦止看了她一眼："乖，先吃面。"

朵朵有些担心地看着被他紧紧握住了的手机："爸爸，手机不烫了吗？"

"手机不烫。"秦止说着给她碰了下。

朵朵放下心来，捏着手机一角，使劲扯："爸爸，借我给妈妈打一个电话好不好？她不回来我都吃不下面条了。"

秦止捏住手机没动，眼睛看向她："妈妈在开车，接电话不安全，你先吃面，一会儿妈妈回来看到朵朵这么乖会很开心的。"

"哦。"朵朵嘟着小嘴应着，没再坚持拽手机，勉强吃了小半碗面，看外面天色都黑了下来，宁沁还没回来，她吃不下了，放下筷子，两手托着腮眼巴巴地看着秦止，"爸爸，妈妈是不是迷路了？我们去接妈妈回家好不好？"

"妈妈一会儿就回来了。"秦止只能这么安慰着，又试着拨了一遍她的手机，依然是没人接。

秦止有些坐不住了，努力想着宁沁可能还会和谁联系。

自从她成为宁沁的这五年里，她就把和过去所有的好友都给断了，秦止一时间能想到的人还有联系的只有徐盈。

给徐盈打了电话，没想着徐盈那边也不知道宁沁的情况，宁沁没跟她联系过。

秦止给黎茉勤打了电话，虽是认定了宁沁不会联系家里人，但是能想到的也就宁家了。

第一遍时黎茉勤没接电话，第二遍才接起，冷冰冰地回了句"不知道"就挂了电话。

秦止判断不出这句话的真假，毕竟宁沁心里对宁文胜和黎茉勤还很介怀，她不会无故回去找他们，而且黎茉勤的意思听着也不像是知情的人,但是宁沁不在徐盈那儿,也不在宁家,秦止几乎想不出她能去了哪儿,还一直连电话都没接。

秦止甚至试着给徐璟打了电话,也给吴梦璃打了电话,人都不在。

他甚至有些忍不住想要给许昭打电话,手机上按出了那串号码,想要拨过去,却迟迟没能按下拨号键。

他怕拨过去的时候,接电话的是宁沁。

秦止不是对自己没信心,更不是对宁沁没信心,只是突然想起了昨晚宁沁的异样,想到了那个被他藏了起来的日记本。

在他和宁沁失联的整整一年里,她的绝望,她的痛苦,她对他的失望,甚至是恨意毫无保留地被宣泄在了那厚厚的日记本里。

迟迟等不到他回复的宁沁在一点点地将对他的爱恋变为担心,再到恨意,直至释然后的云淡风轻。

不会爱了,才不会失望也不会恨了,才会真的释然了,然后终于放下心结去接受那个一直陪伴在她身边、不离不弃地照顾她的许昭。

"今天他又向我求婚了!第五次了,我这辈子被人求了六次婚,五次都是同一个人,最初求婚的那个人,在他将钻戒套进我右手无名指的瞬间,我竟天真地以为,我们真的会白头偕老,没想到⋯⋯

早在很早以前我就已经摘下了那枚戒指,却一直没舍得扔,今天突然就释然了,扔的时候竟已经没有了留恋的感觉。我跟轻轻说,我心动了,我接受了他的求婚,轻轻很惊讶,然后恭喜我说,我终于做了一个正确的决定。对啊,我告诉自己我已经爱上他了,那么好的一个男人,我怎么可能不会爱上,所以嫁给他,我会幸福的,朵朵也会幸福的,我们一家三口⋯⋯都会很幸福的⋯⋯"

日记本的最后一页,短短几行字却似尖刀似的扎得他心尖疼,哪怕没有用心去记忆,那寥寥数语,却像刻在了心尖上般,总在不经意时,像拓印般一字一字地在脑海里一一浮印起来,既担心宁沁看到想了起来,又担心她看到没想起,却依然对许昭有了记忆。

现在的宁沁是他趁着她想不起过去,以着卑劣的手段将她强行留在身边的,将这几天来秦止没敢跟宁沁提起过日记本的事,他不确定,今天联系不上宁沁,是否因为她想起来了,然后又对他失了望,甚至是发现原来她已经爱上了许昭,现在的她,是否就在许昭那里?

秦止捏着手机的手指有些颤,眉目低敛着,盯着屏幕上的那串数字,却迟迟没敢真的拨出去。

秦止发现他从来没有像这一刻这般懦弱犹豫过。

朵朵盯了秦止半天,发现他一直只是盯着手机不看她,忍不住好奇地往她这边凑,想看手机上有什么,没看清人就被秦止给抱坐了起来。

秦止将手机反扣在了沙发上,侧头看朵朵:"妈妈还有工作要忙,可能会回来晚点,爸爸去帮妈妈,让徐盈阿姨来陪你好不好?"

秦晓琪访亲还没回来,秦止能想到的适合在这个时候照顾朵朵的就只有徐盈,能信得过的也只有徐盈。

朵朵有些不放心:"那你们什么时候才回来?"

秦止亲了亲她的脸蛋:"爸爸一定赶在朵朵睡觉前回来好不好?"

朵朵有些勉强地点了点头。

秦止给徐盈打了电话,徐盈没到半个小时就赶了过来。

一进屋没看到宁沁,也就随口问了句:"沁沁还没回来吗?"

她最近因为宁沁宁沁的事和宁峻一直没和好,两人也分居住了好几天,互不搭理,并不知道宁家的事。

秦止点点头:"估计去朋友那儿了,我去找找看。"

"她在这边还有什么特别好的朋友吗?"徐盈忍不住皱眉,宁沁是年初才回来的,这几年不是在国外治病就是念研究生,本地确实没什么朋友,以前的朋友也都随着宁沁的"去世"而慢慢不联系了。

"我问问看吧。"秦止没太明说,将朵朵交给徐盈,"你先帮我看会儿她,我一会儿就回来。"

又低头亲了亲朵朵,软声安抚了几句才出了门。

秦止直接去了许昭那儿,那个电话终究没办法拨出去。

他有些担心,宁沁如果在他那儿的话,如果她真的生着他的气,即使他电话打过去了,她也不一定会透露行踪,再退一步讲,即使宁沁不在那边,许昭会不会利用这件事从中作梗,秦止不确定。

路上秦止给肖劲打了个电话,肖劲和许昭还有联系,他知道许昭住哪儿。

从他这边过去许昭那边花不了半个小时。

将车子停在许昭住的小区楼下后,秦止径直上了楼。

许昭住九楼,906。

秦止在门口按着门铃,一下一下的,很有节奏。

"谁啊。"略颓丧的嗓音这时在门内响起。

伴着落下的嗓音，许昭已经过来开门，拉开了半道门缝，看到站在门口的秦止时愣了愣："秦止？"

秦止抬眸看他，面无表情。

"有事吗？"许昭有些莫名地看他，手握着门把没松开，只拉开着半道门缝，没有让秦止进去的意思。

秦止看了他一眼，手掌往门板上一压，稍稍一用力，冷不丁就推开了门。

他一声不吭地绕过了许昭，进了屋，黑眸往客厅里迅速扫了眼，又一个个房门推开，再推开厨房门，甚至连浴室门和阳台门也没放过，一个个推开一个个迅速扫了眼，动作流畅，一气呵成。

许昭跟在他身后，对他的举动莫名其妙："你这是在干吗？找人吗？大半夜你这么闯进来……"

话没说完，秦止已经倏地转过身，黑眸紧盯着他："就你一个人？"

"不然呢？"许昭反问，刚巧茶几上的手机响，他往茶几看了眼，绕过秦止，过去接电话。

秦止看着他，却见他神色一凝，留下一句"先稍等，一会儿我打过去给您"，反手挂了电话，转头对秦止说："抱歉，我还有事，你……"

做了个请便的动作，之后便转身回了房，出来时已经换了套衣服，看着像是要出门的样子。

"秦止，我公司还有点事要赶着去处理，我不能陪你了。"许昭一边换着鞋一边歉然道，"我今天一整天都在上班，刚回来吃了饭，屋里确实没什么人，喏，餐桌上还有一只空碗可以作证。"

秦止往餐桌那边看了眼，唇角抿了抿："打扰了。"

转身出了门。

许昭看着他离去，换了鞋子，拿过茶几上的钥匙，下楼便上了自己的车，给刚才的电话回拨了过去。

电话是黎苿勤打过来的，宁沁出了事，磕伤了头，现在还在医院昏迷不醒着。

许昭赶到医院时宁沁还没醒来，宁文胜和黎苿勤在一边守着，担心得坐不住，搓着手来回走。

"怎么了？"看到病床上面无血色的宁沁，许昭皱眉问道。

"她不小心晕过去了，磕伤了头，医生说没什么大问题，但不知道为什么一直没醒过来。"黎茉勤焦急道，转身看向许昭，"许昭，以前你那个医术很了得的舅舅还能不能联系得到，能不能再麻烦你出面请她过来再给沁沁看看，她之前头部就受过伤，我现在不大信得过其他的医生。"

当年宁沁头部重伤，是许昭特地出面请了他舅舅帮忙抢救的。许昭舅舅在脑科手术上经验比较丰富，声誉在业界很高，是脑科手术领域的权威，那段日子恰逢他回这边休假，许昭就将人请了过来。

那会儿宁沁宁沁出事，徐璟先赶到了现场，宁沁当场重伤不治，宁沁虽还剩着一口气，但伤势比较严重，抢救了一天才勉强度过了危险期。

让宁沁替代宁沁的念头是徐璟在宁沁抢救时提出来的。

那时许昭因为在外地出差，宁沁答应许昭婚事的事也还没和宁文胜黎茉勤说起，在两人看来，许昭也就是个对女儿有好感的男人，一双女儿同时出事，也没想着要去通知许昭，因此许昭赶到时黎茉勤和宁文胜已经答应了徐璟荒谬的提议，等宁沁伤势稳定后将宁沁转去美国治疗，徐璟尝试将记录了宁沁记忆的芯片植入宁沁体内，让宁沁代替宁沁活下去。

那时黎茉勤也是经过深思熟虑才答应了的。姐妹俩出事不是意外，宁沁留了遗书才和宁沁一起出门的，只是他们发现得太迟，没有人来得及阻止悲剧发生。黎茉勤担心宁沁伤愈后还是会像宁沁一样，她有严重的产后抑郁症，宁沁就是因为抑郁症才走上了那条路的，一家人已经承受不起再失去一个女儿，徐璟一再保证说经过这样的记忆移植和后期催眠进行记忆重塑，那些痛苦的记忆被抑制住了，相关的诱因也就不会存在，重新活过来的宁沁会是重生后的宁沁。

黎茉勤和宁文胜被徐璟的一再保证动了心，那时也是还想着攀住徐家那么一门亲事，徐璟不计较宁沁的过去，想着重生后的宁沁无论在物质上还是心理上应该都会过得更好的，稀里糊涂下也就答应了徐璟的提议，因此对外一律宣称死的是宁沁。

姐妹俩长得像，没人认得出来。

许昭匆匆赶回来时只来得及看了"宁沁"最后一面，第二天便被火化了。他明明不知道活下来的是宁沁，却是依然让他的舅舅亲自出面救治宁沁，之后便再也没有出现过。

因为这个事，黎茉勤一直对许昭很有好感，也有些愧疚，只是当时在徐璟和许昭的两相权衡下，徐璟能救得回宁沁，还是宁沁多年的男友，与宁家关系早已亲如家人，知根知底的，而许昭却只是一个恋慕着宁沁的路人，哪怕那一年里他对宁沁照顾有加，宁沁怀的毕竟不是他的孩子，他们也不放心就这么把宁沁交到他手中，因此两相权衡下，终是一边对许昭抱歉着，一边站在了徐璟一边。

如今宁沁有难，就这么打电话找许昭帮忙，黎茉勤心里多少是很过意不去的，只是她是真的没办法了，宁沁一直昏迷不醒，她实在担心她再有个意外。

许昭前些天联系过她，质问过她宁沁的事，她也是因此才知道许昭回来了，而且一直对宁沁念念不忘。

从下午落在宁沁脚边的日记本，黎茉勤也才知道，宁沁当年竟是已经答应了嫁给许昭的，她应是已经想了起来，才会有那么大的冲击和反应。黎茉勤总觉得，清醒过来的宁沁，或许也是更宁愿看到许昭的，也因此，她本意只是想让许昭出面请他舅舅过来帮宁沁再好好诊治诊治，许昭却这么一生不吭这么赶了过来时，她心里也是有些欢喜的。

许昭有些等不及，在床前坐下，看了看依然昏迷不醒的宁沁，有些担心："医生怎么说？"

"医生说能醒过来的话应该没什么大问题，但担心颅内有积血什么的，具体的我也不清楚，她的头以前受过伤还没完全好，我实在放心不下。"黎茉勤担心得都快哭了，"你舅舅在不在这边，你能不能让他帮忙给好好再检查检查。"

"伯母你先别急，我打个电话问问。"许昭软声安抚，掏出手机给舅舅打电话。

黎茉勤手机也在这时响起，宁峻打过来的。

他有个重要会议，刚开完会，手机刚开机便看到了家里打过来的电话，好几个，也不知道出了什么事，赶紧打电话过来问。

秦止从许昭那儿离开后又试着去宁沁平时可能去的几个地方找了下，没找着人，心里越发慌得不行。

宁沁的手机甚至已经关了机，不知道是没电了还是她关了机，秦止没办法知道，只知道给她的电话她一个没接也一个没回，信息也一条没回。

徐盈电话也打了过来，朵朵这么晚还没等到他和宁沁回去，大概心里不安了，一直哭，怎么劝也劝不住，她也不懂得该怎么哄了，让秦止先回去看看。

秦止担心着朵朵，不得不先回了家。

朵朵哭得梨花带雨的，一抽一抽的好不伤心，嗓子都哭哑了，看到秦止回来人就先扑了过来，抱着他的大腿不肯放。

徐盈看着心疼："她说你和沁沁都不回来了，一直哭一直哭，我也不知道该怎么哄了。"

说着往他身后看了眼，担心地皱了皱眉："还没找到人吗？"

秦止点了点头，抿着唇角没应，只是半蹲下身，抱着朵朵，无声安抚。

徐盈也不知道是个什么情况，心里担心，面上却不得不佯装轻松："也许去朋友那儿了吧，说不定明天就去公司了。"

秦止唇角动了动："或许吧。"

心里却是没底，隐约能明白当年宁沁四处联系不上他时的那种心情，就是电话一直打得通，短信也发得出去，偏偏就不回你，到最后干脆关了机，再也没去理会你，到底是怎么个情况，完全不知情，让人忍不住又慌又乱又急又气，所有的思绪都被胡思乱想给占据着。

光是一个晚上他几乎被折磨得要疯掉，更何况当年的宁沁是整整一年。

秦止一晚上没能睡，几乎是捏着手机一直睁眼到天明，手机快没电时就赶紧冲，不敢让手机有一时半会儿的关机可能。

他在回来之前就报了警，既怕接到警方的电话，又盼着警方能确切告知宁沁的下落，一颗心就这么被反复煎熬了一晚上。

朵朵也睡不好，一直抱着他的大腿不敢松手，秦止稍微挪动了下朵朵马上被吓醒过来，就连他去个洗手间也得贴身跟着，天快亮时才模模糊糊地睡了过去。

第二天朵朵一睁开眼就一骨碌翻坐了起来，抓着秦止的手臂："爸爸，妈妈回来了吗？"

"妈妈去了大外婆家，要晚上才能回来。"秦止哑声应着，抱着她亲了亲，软声安抚，带她去洗漱吃早餐。

大概因为秦止昨晚的反应不太对劲，朵朵不太信得过秦止，吃过早餐后说什么也不肯去学校，非要跟着秦止。

"要是我放学后你们又不来接我了怎么办？"

当朵朵紧紧攥着他的西装衣角泫然欲泣地说出这句话时，秦止怎么也没办法再坚持把她独自一人扔在幼儿园里，带着她去了公司。

人刚到公司秦止便迫不及待地先去了宁沁办公室，没看到人。

"宁沁还没来吗？"面对下属，秦止嗓音还算冷静。

姚建反倒有些奇怪地看了秦止一眼，宁沁不是向来都和秦止一块儿上下班的吗，他怎么来这里问起人来了。

这话姚建没敢明着问，只是恭敬地回他："还没来。"

秦止敛下眼睑，点了点头，带着朵朵往电梯走，先回办公室。

朵朵不明白到底发生什么事了，只是奇怪地仰头看秦止："爸爸，你不是说妈妈去大外婆家了吗？"

秦止摸着她的头没应，看电梯停了下来，就带着她先进了电梯。

徐盈也刚好来上班，人正在电梯里，看秦止神色不太好，担心问道："还没找到沁沁吗？"

秦止点点头："还没消息。"

没再说话，看着电梯开了门，就先带着朵朵出去了。

徐盈也跟着走了出来，远远便看到了从何兰办公室拿了资料出来的宁峻，脸色微微一冷，转身便欲走。

宁峻也看到了她，也顾不得秦止和朵朵，"徐盈"地叫了她一声，跟着追了过来，扯住了她的手臂。

"放手。"徐盈嗓音有些冷。

宁峻软着嗓音劝："徐盈，你还要气多久，这件事我错了，我们就不能好好谈谈吗？"

"没什么好谈的。"

徐盈用力将手臂挣了开来，转身猛按着电梯按钮。

宁峻看着她没说话。

他不说话了徐盈反倒有些不习惯了，侧头看了他一眼，看他神色颓靡，精神不济的样子，下意识皱了皱眉，还是忍不住问了句："你怎么了？"

她语气里不自觉的关心让宁峻眼眸揉入了些光亮，软声解释："没什么，只是昨晚在医院陪了沁沁一晚上，精神……"

他这声音不算大，也不算小，秦止迈出的脚步硬生生地刹住，倏地回过头："你说谁在医院？"

宁峻扭头看到秦止，脸色不大好："人在医院躺了一天一夜不见你人影，这会儿装什么深情……"

话没能说完，被徐盈冷声打断了："他找了沁沁一晚上，质问人之前你就不能先打听清楚什么是个情况？"

秦止已经顾不得与宁峻理论，弯腰将朵朵抱起，转身便要往回走。

他不太清楚宁沁个什么情况，怕带着朵朵不好，想让徐盈帮忙看会儿，没想着人没放下，朵朵已经察觉到他要抛下她，小嘴瘪了瘪，死搂住了他的脖子不肯松手。

"我要跟着爸爸一起去。"朵朵说这话时嗓音都带了些哭腔。

"乖，爸爸一会儿就回来，你先和姑姑一起在这里等爸爸好不好？"秦止软声劝着，按下了电梯按钮。

朵朵使劲儿摇着头，搂着他的脖子不肯松手："我不要，我想跟着爸爸出去。"

徐盈看着朵朵可怜，也就软声劝秦止把朵朵带上。

"沁沁没什么大问题。"宁峻看了他一眼，有些心不甘情不愿地说道，"她在市医院，住院部二楼第一间，201。"

"谢谢。"道了声谢，看朵朵眼睛里慢慢蓄满了泪水，瘪着小嘴要哭不敢哭的，看着也心疼，也就干脆把她一块带上了。

秦止和朵朵赶到医院时宁沁终于幽幽转醒。

昨天倒下时头不慎撞到了地板，磕破了头，醒来时头还有些疼，整个人意识也有些迷迷糊糊的，一睁眼便是一片刺目的白光，人下意识地就闭上了眼睛，一双手掌却比她还快，温热的手掌替她遮住了眼皮，略熟悉的男嗓也在这时在耳边响起："你醒了吗？屋里光线强，你刚醒来，先别急着睁眼。"

略沙哑的音质伴着温热的掌心一点点地渗入神经末梢，慢慢传递到大脑皮层，宁沁有瞬间晃神，下意识睁开了眼，倏地坐起身。

黎茉勤急急地过来压住她："你昏睡了一天一夜了，刚醒来别这么急着起床，先好好躺着。"

"妈？"宁沁皱眉，意识还没完全清明起来，转动着眼珠子往周围

扫了眼，发现自己正在病房里，"这是医院？我为什么……"

头有些疼，宁沁下意识伸手揉了揉眉，一只宽厚的手掌伸了过来，想替她揉眉心，指尖刚触到宁沁就下意识地往后瑟缩了下，避开他的手掌。

她抬起头来，看到了许昭。

"你……你怎么会在这儿？"困惑的话就这么脱口而出。

"你昨天在房间里昏倒了，是妈请许先生过来的。"黎茉勤解释道。

她这一解释，宁沁神思陡地清明了起来，昨天回家，看到日记本……之后昏倒……

宁沁脸色一白："我昏睡了多久了？"

"快一天一夜……欸，你找什么？"黎茉勤话刚说到一半，发现宁沁白着一张脸转身翻找着什么，赶紧压住她，"你刚醒过来，头也受着伤，先好好躺着，要什么东西妈帮你找。"

"我手机呢？"宁沁急声问。

"手机还落在家里呢。"黎茉勤解释。

许昭将自己的手机递了过去："是要打电话吗？先用我的吧。"

宁沁唇角扯了扯："谢谢，不用了，我用我爸妈的就行。"

说着就要转身问宁文胜要手机，许昭往她看了眼，冷不丁弯下腰，拉起了她的手掌，强行将手机塞进了她手中："哪个不一样。"

秦止刚好带着朵朵赶到，病房门口开着，一抬头便看到许昭握着宁沁的手塞手机的样子，眼眸倏地就深黯了些，手掌屈起，有节奏地敲了敲房门，朵朵也看到了宁沁，先叫出了声："妈妈！"

宁沁下意识抬头，看到抱着朵朵站在门口的秦止时，捏着手机的手很本能地就松了手。

黎茉勤也回过了头，看到秦止时脸色就沉了下来："你来做什么？"

秦止冷着眸看了她一眼，唇角微微抿起，抱着朵朵走了进来，视线转向许昭。

许昭也已站直身，目光定定迎向他。

秦止面无表情，只是搂着朵朵的手臂有些失控地收紧了些，朵朵疼得皱了皱眉，不太明白大人间发生了什么事，但见许昭也正定睛看着自己爸爸，想到刚进来时许昭倾身在宁沁床前的画面，小嘴瘪了瘪，正要开口，秦止已经冷着嗓子先开了口："出去！"

黎茉勤有些看不过去，冷着脸："到底谁该出去你先搞清楚……"

"你也出去！"秦止视线转向她，音质冷沉了几分。

"……"

黎茉勤被气着，正要开口，秦止已经面色一冷："都给我出去！"

"这是我女儿的病房凭什么……"

"滚出去！"秦止再次打断她，嗓音极冷，压着怒，说话间视线已经转向宁沁，就这么居高临下定定地看她，黑眸深邃冷凝。

宁沁胸口一紧，往黎茉勤宁文胜看了眼："你们先出去吧。"

"沁沁？"黎茉勤不太放心。

许昭也不放心，下意识想走过去，秦止突然伸出了一根手臂，挡住了他，神色未动："别再让我说第四次！滚出去！"

宁沁吸了吸鼻子，语气也强硬了几分："都出去！"

黎茉勤还想再说什么，宁文胜扯了扯她的手臂："先出去吧。"

顺道拉过许昭，许昭还有些不太想走，秦止侧头看他，眼神极冷，宁文胜怕两人起冲突，强行将许昭一道拽了出去。

门被关上的瞬间，整个病房安静得诡异，朵朵也明显察觉到屋里流窜着的异样气氛，轻咬着下唇让秦止放她下来，然后跑到了宁沁那边，看着她头上裹着的白纱布，担心地问她："妈妈你怎么了？疼不疼？"

"妈妈没事。"宁沁弯身将她抱上床。

秦止看了她一眼，走了过来，在床沿下坐了下来，唇角依然紧抿着，却向她伸出了手掌，贴着她的额头试了试额温："没事吧？"

宁沁低敛着眼眸，轻轻点头："嗯。"

沉默了会儿："我刚醒过来。"

算是解释了许昭为什么会在病房里，她也不知情。

秦止神色稍霁，手掌依然贴着她的额头，轻轻抚着："怎么受的伤？"

"我……"宁沁唇角不自觉抿了下，抬眸看他，"我无意中翻到了宁沁死前的日记。"

秦止眉心微拧起，突然间就想到了徐璟那次说的，是宁沁为救宁沁而死的话，以及听到那番话后心里挥之不去的古怪感。

胸口隐隐有些不安，秦止垂下眼睑，手掌轻揉着她的头，转开了话题："怎么突然一声不吭回宁家了？"

"我……"宁沁一时间答不上来，敷衍着低声应，"就是突然想回

去看看了。"

秦止看了她一眼，眼神有些深，宁沁转开了视线，看朵朵正仰着脸，睁着圆溜溜的大眼睛一瞬不瞬地盯着她看，不觉揉了揉她的头，将她抱坐到怀中，低头问她："昨晚妈妈没回去是不是哭了？"

朵朵赶紧点头："我和爸爸等了妈妈好久，爸爸还出去找了好久，我都很害怕你又不回来了。"

宁沁听着有些心疼，低头在她额头上亲了亲，轻揉着她的头发。

"妈妈再也不会离开朵朵的。"宁沁低低地道，像在道歉，又像在保证。

朵朵听不出话中的深意，只是听着她再也不会离开了人就开心了，撒娇地钻入她怀中，心满意足，不时抬头问她："妈妈，爸爸一会儿说你在工作，一会儿又说你在大外婆家，你为什么会在医院里了？"

宁沁估摸着秦止是怕朵朵担心才这么变着法儿骗她，也就顺着她的问题圆谎："妈妈早上才不小心撞到了头。"

朝秦止看了眼，秦止也在看她，又不像是在看她，看着像在走神。

"你没事吧？"宁沁忍不住问道。

秦止摇了摇头，看到了人，悬着的一颗心也算是放下了一半，估摸着宁沁刚醒来也还没吃东西，也就低头看了眼手表："还没吃饭吧？我去给你带份早餐上来。"

宁沁轻轻点头："麻烦你了。"

语气里不自觉的客气让秦止眼神不觉在她身上停了停，眼眸有些深。

宁沁唇角动了动，敛下眼眸，看着朵朵。

朵朵侧头催着秦止："爸爸，你快点去给妈妈买吃的，妈妈要饿坏了。"

秦止唇角牵出一个清浅的弧度："好。"

拉过朵朵，贴着她耳边叮嘱："好好看着妈妈知道吗？"

朵朵连连点头。

秦止看着她认真的模样，不觉笑笑，低头在她脸颊上亲了下才起身。

宁文胜和黎茉勤都还在外面等着，一看秦止出来，两人脸色都不太好。

秦止往两人看了眼，面无表情地绕过两人就要出去。

"站住。"黎茉勤冷声叫住了他。

秦止脚步没停。

"你知道沁沁为什么会突然昏倒吗？"黎茉勤在他身后说，"她就是看了轻轻的日记本，日记本里仔仔细细地记录着当年你是怎么抛弃她们母女俩的。改天我就让你好好看看，那一年里她是怎么过来的。她找了你整整一年，等不来你半点消息。我不就让你一晚上找不到她而已，和你比起来，到底谁过分了？"

秦止脚步略停："你不是和许昭熟吗？你好好问问他，当年他是怎么趁着我出事在我和宁沁之间挑拨离间的。"

话音落，人先下楼了，往医院大门口走去，刚走到大门口就遇上了他以为已经离开的许昭，打包了份早点，看着似乎是要带上去给宁沁的。

看到秦止时他脚步不自觉停了下来，定睛看他。

秦止瞥了他一眼，面无表情，绕过他便欲离开。

"秦止！"许昭出声叫住了他，"我们谈谈吧。"

他不出声还好，一出声秦止胸口憋着的那口气一下便提了上来，冷不丁一转身，手掌拎住了他的衣领，往墙上便重重撞去，动作凶狠利落。

秦止身高本就比许昭高一些，大学那会儿也是专门练过些防身术的，人真狠起来，许昭在他面前完全没有招架之力。

他这一撞撞得又狠又用力，许昭被撞得头晕眼花。

"我已经警告过你了，别再在宁沁身边出现，别再打她的主意。"秦止嗓音冷沉，话音落下时，右腿膝盖利落一屈，狠狠朝他胯下撞去，许昭疼得白了一张脸，人也捂着那处弯下腰来，冷汗涔涔。

虽是如此，他依然咬着牙，一字一句："现在到底是谁在横刀夺爱？她出事前她已经答应嫁给我了，她已经接受了我的求婚，我才是她名正言顺的未婚夫，你凭什么回来霸占属于我的一切。别忘了，当年你们是吵架分手的，你们已经分手……唔……"

秦止一拳头狠狠砸在了他下巴上："你他妈的放屁。"

回身又是一个拳头，砸得他关节发疼，人却是怎么也没法解气。

医院保安看到这边有冲突，赶紧过来拉人。

秦止被两名保安从身后给拉开来了，人虽怒着，理智还在，没想着这个时候把事情闹大，这会儿进了局子等于再给了许昭机会，都说朋友妻不可欺，他从没想到过，他身边潜了头白眼狼，还是自小当兄弟看待一起长大的许昭，两面三刀，玩得一手好阴谋。

他在看着他，他也在看着他，嘴角被揍得磕破了皮，一丝鲜红的血丝正缓缓从嘴角沁出来。

许昭抬起手，一点一滴地擦拭掉。

"秦止，你别自欺欺人了，沁沁现在只是想不起来，才会这么稀里糊涂地被你糊弄着，等她真的想起来了，你以为，她真的还爱你吗？"

秦止唇角勾出个淡讽的弧度："爱不爱我不知道，但至少我知道，她会看不起你！"

转身而去。

买了早点回去时秦止没在病房遇到许昭，宁文胜和黎茉勤也还在，只是病房里的气氛有些沉闷，一屋子人相对无言，就连平时喜欢碎碎念的朵朵也只是好奇地这个看看，那个望望，不敢开口说话，直到秦止回来，才脆生生地叫了声"爸爸"，打破了屋里的沉闷。

"你们先回去吧。"宁沁扭头对黎茉勤宁文胜说。

"沁沁……"黎茉勤迟疑着。

宁文胜欲言又止地看了宁沁一眼，倒是没再说什么，拉着黎茉勤先离开了。

两人离开前的眼神让宁沁心里难受，端着秦止打包回来的那碗面没什么胃口，人刚醒来也没什么精神，躺了会儿人就睡了过去。

秦止盯着她苍白的睡颜，人有些失神，许昭刚才那番话和刚进来时看到的画面刺得他胸口直疼。

朵朵怕打扰到宁沁休息，下了床，趴在床边双手托着腮侧头盯着宁沁看，再抬头朝秦止看看，越看越觉得秦止不对劲，压低了声音问他："爸爸，为什么看到妈妈了你还是不开心啊？"

"爸爸没有不开心。"秦止摸着她的头，嗓音有些哑，没有看向她。

朵朵嘟了嘟嘴："爸爸明明就不开心。"

在床头站了会儿有些站不住了，就想出去看看，留下一句"爸爸我去门口看看"人就跑了。

秦止侧头叮嘱她："只能在门口站着，不许跑出去。"

"哦。"朵朵应着拉开了门，看到门口站着的许昭时人就愣了愣，然后小嘴就瘪了起来，朝许昭刚敷了药的脸上看了眼，有些好奇："叔叔，你是不是又被我爸爸打了？"

她这话问得太直白，许昭脸色不太好，有些尴尬，却还是强扯着笑，

280

将手中拎着的水果和补品递给她:"朵朵,拿回去给妈妈补身体好不好?"

朵朵背着手没去接:"我不要。我爸爸有很多钱给妈妈买好吃的。"

秦止在房间里听到门口的声音,拧了下眉,起身走了过来,看到站在门口的许昭时就下意识把朵朵拉了回来,面无表情看他:"被揍得还不够狠吗?"

"嘭"的一声关上了房门。

许昭人还算识相,没再敲门,只是再见着那么个人,秦止本就沉郁的心情又沉了几分,偏偏让他辗转不安的女人睡得香沉。

朵朵理解不了秦止满腹郁气,关了门就开始碎碎念,碎碎念了半天看没人理她,打了个小哈欠,指着病床另一侧问秦止:"爸爸,我好困。"

秦止抱着她上床躺下,小丫头昨晚一晚上没睡好,头一沾床很快就睡了过去。

秦止坐在床沿上,背靠着墙壁,微仰着头,盯着天花板,一动不动的。

宁沁醒来时便见他这样一动不动地坐着,看着像神游得厉害,偏偏她动了一下他又回了过神来,低头看她:"醒了?"

"嗯。"宁沁轻声应着。

秦止突然低下头来,手掌冷不丁就牢牢扣住了她的后脑勺,唇压了下来,狠狠地吻住了她,唇舌用力纠缠住她的唇舌,吻得凶狠疯狂,像在发泄某种情绪,又似要紧紧抓住什么,突然又鸷猛,宁沁几乎招架不住,近乎被动地任由他攻城略地,直到被吻得几乎呼吸不得,他终于放开了她,唇瓣却依然轻抵着她唇上,手掌也依然紧紧扣着她的后脑勺,迫使她看着他。

他也在看她,眼眸深沉如墨,沉静安定。

"宁沁,"他开口,声线比平时沉哑了几分,"我要你老实告诉我,你想起来了吗?过去所有的一切,你到底想起了多少。"

宁沁眼睑微微敛起,沉默了会儿,终于定睛看他:"全部。"

他扣着她后脑勺的手掌微微松开,脑门"嗡嗡"地响,眼神复杂,他盯着她,不说话。

宁沁也在看着他。

他微抿着唇角,沉默了好一会儿,终于看她:"那你再老实告诉我,许昭在你心中到底是怎样的一个存在?"

他的嗓音压得很低，很沉，黑眸也紧紧盯住她不放，唇角几乎抿成了一道直线。

宁沁能清晰感觉到他的紧绷，情绪上的，包括身体上。

"宁沁。"迟迟等不到她的答案，他扣着她后脑的手掌不自觉地收紧，迫使她看他。

宁沁呼了口气，眼眸看他，终于给了他答案："现在什么也不是。"

秦止神色未动："以前呢？"

"没爱过。"宁沁应，嗓音很轻，却一字一句说得很清楚，"但是秦止，你应该知道，在那样一个环境下，有那样一个人存在，我不可能完全无动于衷的。"

秦止胸口有些沉："所以说，他还是在你心里占据了一个很重要的位置？"

宁沁摇摇头："不是，我曾经很感激他。但你得相信，那个时候的许昭已经是我最后一根救命稻草了，如果没有他，我肯定坚持不下来，所以那段时间我写过什么东西，有过怎样的心情，那也只代表那一瞬间的心情而已，不能说明什么，你明白我的意思吗？"

秦止紧抿着的唇角终于慢慢放松下来，抿出一个上扬的弧度，嗓音有些哑："我明白。"

宁沁看他："那么，请问能把我的日记本还给我了吗？"

秦止垂眸看她："怎么发现的。"

"猜的。"宁沁说，只是这两天安静了下来，想起了些事，也想起那天朵朵跟她说，她把东西给秦止了，再看秦止的反应，就这么瞎猜而已。

秦止唇角的弧度上扬了些，手掌一下一下地轻揉着她的头发："最后一个问题。"

"你说。"

"现在在你心里，我又算怎样一个存在？"

宁沁没细想过，下意识皱眉。

秦止稍稍扣紧了她的后脑："说。"

宁沁看了他一眼："肯定不会是能让你开心的。"

他的眼眸变得有些深，与她眼对眼地盯着她看，像在打量。

好一会儿，才徐徐问："你还在怪我？"

宁沁徐徐摇头："不是。"

"怨我？"

"没有。"

"还在介意？"

"不是。"

"那么，"秦止紧盯着她，声线低沉危险，"你是想告诉我，你已经爱上别人了？或者是，你已经对我没感觉了？"

手掌又牢牢扣住了她的后脑勺，大有她一点头便失控捏碎的架势。

宁沁长长吐了口气，手臂突然抬起，交叉着搂住了他的脖子，将他的头微微压下，微微侧头，两片唇瓣很意外地吻住了他。

秦止有那么一瞬间的怔愣，很快反客为主，压住她的头，唇舌狠狠纠缠住她的舌头，抵死缠绵，直至彼此气息都凌乱了，才意犹未尽地放开了她。

宁沁气息很喘，双臂还在软软地搂住他的脖子，额头抵着他的额头，眼眸看着他，眼神安静。

"秦止，我回来了。"她说，嗓音很轻，很软，手掌压着他的脖子拉下。

秦止鼻子突然一酸，手臂有些失控，一把便将她狠狠揉入了怀中，双臂紧紧箍着不放，揉得她身体有些发疼，却只是安静地任由他紧紧搂住。

"欢迎回家。"

头顶传来他低沉的嗓音，异常的沙哑，甚至隐隐带着些哽。

宁沁不自觉反手也紧紧搂住了他，久违的熟悉，久违的心跳，她眼眶突然有些湿热，人甚至是有些贪恋地汲取着他胸膛里熟悉的温度。

秦止也贪恋地紧紧箍着她不放，好半响，才有些恋恋不舍地放开了她，看她眼眶微湿，以着拇指指腹在她眼眶上轻轻刮了下，人还是有些克制不住，侧低下头又吻住了她，吻得难分难舍，有些失控，一时间忘了躺在身后的朵朵，秦止吻着宁沁就压了下去，宁沁后背刚贴上朵朵身体，朵朵便被吓醒了，人一骨碌就迅速往枕头方向爬了起来，溜得又快又敏捷，坐稳后小手轻拍着胸口："吓死我了，吓死我了。"

宁沁早在后背贴上朵朵的瞬间便想起了朵朵来，及时推开了秦止，这会儿人有些尴尬，秦止也有些不自在，尤其是朵朵还睁着双圆溜溜的眼睛盯着两人看，然后嘟着小嘴问他："爸爸妈妈，你们在干什么啊，刚才吓死我了。"

秦止手掌卷起在唇边轻咳了声,过去将她抱起:"有没有被压到?"

朵朵连连摇头:"我爬得很快的。"

宁沁看到了,刚才爬得滑溜得跟个泥鳅似的。

朵朵看宁沁精神不错,人又开心了起来:"妈妈你没事了吗?"

宁沁点点头,将她抱了过来:"有朵朵在,妈妈怎么会有事呢。"

朵朵咧着嘴傻笑,秦止还惦记着宁沁头上的伤,医生建议她在医院多住两天观察一下,秦止想着许昭阴魂不散,跟宁沁商量了一下,干脆给宁沁转入了 VIP 高级病房,并叮嘱院方不要把宁沁的住院的任何消息泄露出去,别人如果问起,就说她出院了。

第二天许昭来探望时护士如实转达了这个意思,许昭讪讪离去。

黎茉勤过来看人时也找不到,气急败坏地给秦止打电话,电话一接通劈头盖脸就一顿骂:"你又把人藏哪儿去了,沁沁人刚醒来身体状况还不稳定,你给她瞎折腾什么,你就这么看不得她好是不是?"

秦止接电话时是在病房里,宁沁也在,隐约听得出电话里的骂声。

黎茉勤到底还是宁沁的母亲,秦止态度上没太强势,只是转向宁沁,征询她的意思。

宁沁沉默了会儿,右手伸向秦止:"电话给我吧。"

秦止将电话递了过去。

黎茉勤听出这边手机换了主人,不太确定地问了句:"沁沁?"

宁沁这声"妈"怎么也叫不出口,情绪上还算平静:"我没事。"

"你出院了吗?你的身体还没恢复,怎么能就这么贸然出院。"

"我没出院。"

黎茉勤突然沉默了下来,再怎么迟钝,也知道宁沁是在躲着她了。

她的嗓音低了下来,这次没再像过去那样死皮赖脸地求宁沁原谅,只是低低地道:"那你好好休息,你的手机我让阿峻送去公司给你。"

挂了电话。

宁沁捏着手机,一动不动地坐在那儿,低敛着眼眸。

秦止吁了口气,轻握住了她的手,也不出声打扰她。

他知道她的心结,却帮不了她什么。

从黎茉勤占着母亲这个位置开始,她的所作所为就注定了不可能像对待许昭徐璟那样,完全不用留情面,尤其是,她的出发点是站在一个母亲的角度上，打着为宁沁好的心理，却不断地给予她最重的伤害。

宁沁叹了口气，扭头看秦止，冲他笑了笑："我没事。"

秦止也笑笑，握着她的手没说话。

宁沁在医院住了三天，医生确定没什么大问题后便出了院。

因为她头部还受着伤，秦止强行让她在家多休息了几天，没让她回去上班。

宁沁在家闲着没什么事，白天秦止上班，朵朵上学，就她一个人在家，闲得有些慌。

人一闲下来就忍不住去胡思乱想很多东西，想到了当年和秦止走到一起的事，想到了恋爱那两年里的点点滴滴，想到了怀着朵朵时候的事，也想到了宁沁。

宁沁抱着自己那一箱旧东西，一点一点地收拾好，许多东西都因为有了记忆，捏在手里反而倍感亲切熟悉起来，就连日记本里的文字，一点一滴地读着时，也不再像在读着别人的故事，而是在回忆着过去的心情。

宁沁突然想知道那一年自己写了点什么，起身去秦止书房找日记本。

那天在病房里半开玩笑半认真地说让秦止把她的日记本还她，这几天来秦止并没有归还，她也没刻意去记起来，只是今天闲下来了，才想去找来翻翻看。

秦止没有特意把日记本藏在她找不到的地方，只是很随意地扔在了抽屉里，宁沁很轻易地便找到了。

她拿了起来，慢慢翻着，刚翻到一半秦止和朵朵就回来了，今天他提前回来，顺路先去接了朵朵。

秦止看到她在翻那本日记本，走过去，从身后就给拿走了。

"都想起来了，还看这个东西做什么。"

秦止说着便将日记本重新扔回了抽屉里，顺道将抽屉给推上了，手掌改而落在宁沁肩上，低头在她脸颊上吻了下。

宁沁转头看他，双臂自然而然地就环上了他的脖子："你就这么怕我看到我自己写过什么东西？"

"嗯。"秦止点了点头。

秦止认真的模样让宁沁不觉一笑，手臂勾着他的脖子，将他的头拉下，额头抵着他的额头。

"真的假的？"宁沁问，"难道我看个东西还能跑了不成？"

秦止掐着她的头重重揉了把，有些咬牙切齿："还真有可能会。"

宁沁撇了撇嘴，秦止笑笑，扣着她的头，低头吻了下来，原本只是想浅尝辄止，一沾上便有些难分难舍，连朵朵进来了也没发现。

朵朵只是来找妈妈，走到门口看到爸爸妈妈抱在一起，人就好奇地走了过来，站在两人脚边，仰着头好奇地看，也不出声，只是小脑袋跟着两人头部移动的方向在转。

看了半天终于好奇地出声了："爸爸妈妈，你们在做什么啊？好好玩。"

凭空冒出来的一句话把宁沁扎扎实实吓了一跳，连秦止也有些被吓到了，上一刻还难分难舍纠缠在一起的唇舌瞬间分了开来，扶着桌子侧过身，而后不约而同地看向朵朵。

朵朵一脸莫名，特别无辜："怎么了？"

宁沁不太自在地摸了摸鼻子，秦止也轻咳了声，蹲下身，与朵朵平视："你怎么进来了？"

"我帮你找妈妈啊。"

秦止伸手将她抱了过来，侧头看她："朵朵，奶奶可能今晚就回来了，你回去和奶奶住几天好不好？"

朵朵小嘴瘪了瘪，看着有些不乐意。

宁沁赶紧将人拉过来哄。

朵朵瘪着小嘴有些委屈："爸爸每次都要骗我去奶奶家。"

控诉的语气让宁沁有些忍俊不禁，揉着她的小脑袋："朵朵喜欢和爸爸妈妈一起住就和爸爸妈妈一起住，爸爸只是担心朵朵想奶奶了。"

"才不是。"

朵朵还有些气鼓鼓的，看着很是气愤，秦止抱着她又抱又亲的噘着的小嘴才稍稍放松了下来，拽着宁沁的手："妈妈，我们先不理爸爸了。"

把宁沁拖了出去，让她给她讲故事。

秦止不得不一人去厨房准备晚餐。

朵朵四肢大开地坐在沙发上，仰着头盯着天花板看，故事书翻开了盖在小脸上，整个人看着特别惬意。

宁沁看她也没心思理她，想着起身去厨房帮忙，人刚动了下朵朵就扒着书本露出一只眼睛来，"妈妈"，脆生生地叫了声，人就翻了个身，整个人都窝进宁沁怀里去，手臂搂着她的脖子，不让她起身。

"乖，先在这里看电视，妈妈去帮爸爸做饭。"宁沁轻拍着她的背，劝着。

朵朵抱着她不肯动："不要。我不喜欢爸爸了。"

"……"宁沁无言看她，"为什么不喜欢爸爸了？"

"每次爸爸和妈妈亲亲的时候就说要把我送回奶奶家。"朵朵嘟着小嘴，苦大仇深的模样，说完人又好奇了起来，"妈妈，爸爸为什么很喜欢和你玩亲亲？"

"这是爸爸爱妈妈的意思，就像爸爸爱朵朵一样。"

"那为什么爸爸要亲那么久，我刚才都在那里看了好久了你们都不理我。"

宁沁轻咳了声，这种少儿不宜的话题她有些不懂得怎么应付，正头疼着，秦止刚好从厨房里出来，接口道："朵朵，以后再看到爸爸这样亲妈妈，要马上转过身然后帮爸爸妈妈关上门知道吗？"

"为什么？"朵朵转过头。

"因为朵朵还想要小弟弟啊。"

朵朵听不懂其中的逻辑，但是注意力被小弟弟吸引了，人喜滋滋地从宁沁身上爬下来，跑过去拉秦止，仰头比画："是不是有小弟弟了我就是姐姐了？那我是不是就可以每天抱着他玩了。"

秦止笑："当然。"

朵朵也咧嘴笑："太好了。那我下次帮爸爸关门。"

"……"宁沁无言看了秦止一眼，总觉得秦止这样的教育方式会把朵朵带歪。

"她不会的。"秦止倒是有这个自信，走过去拉起宁沁进厨房帮忙。

他向来不喜欢下厨，尤其是一个人下厨的时候。

朵朵难得没去缠宁沁了，整个人还沉浸在有弟弟的喜悦中，连门外响起开门声，秦晓琪开门进来也没发现，倒是秦晓琪先看到了她，笑着叫了她一声："朵朵，奶奶回来了，看奶奶给你带了什么回来？"

朵朵扭过头，看到秦晓琪，俏生生地"奶奶"地叫了声，人就从沙发上爬了下来，跑过去帮秦晓琪拎东西，一边拎一边问："奶奶你怎么去玩了那么久才回来，我好想你。"

小嘴甜得秦晓琪合不拢嘴,摸着她的小脑袋一阵夸,随口问了句:"爸爸妈妈呢?"

"他们在做饭呢。"吃力地帮秦晓琪把手中的一个行李袋放在沙发上,朵朵很得意,"奶奶,爸爸说我要有小弟弟了。"

"……"秦晓琪先愣了好一会儿,然后整张脸都被喜意笼罩,"真的啊?爸爸说的吗?"

朵朵很认真地点点头:"对啊,爸爸刚才说的,然后他就拉着妈妈去厨房了。"

秦晓琪一听就皱了眉:"你爸爸真不懂事。"

放下行李赶紧去厨房。

秦止刚回头便看到了进屋来的秦晓琪。

"妈?"秦止不确定地叫了声,低头看了眼手表,"不是说得十点半才到吗,怎么现在就回来了?"

"改乘了四点的航班。"秦晓琪解释,看到宁沁还在忙,忍不住又皱了眉,"这地板这么滑,沁沁怀着身子你怎么能让她进来。"

"……"宁沁脑子一下子没转过弯来,看到秦晓琪走过来,也就浅笑着叫了声"伯母",这还是她恢复记忆以来与秦晓琪的第一次相处,以往虽然和秦晓琪关系不错,但这中间毕竟隔了这么多年,也发生了这么多事,乍这么一见,人还是有些不太自在。

秦晓琪也是不太自在,之前宁沁到家里来还是以着宁沁的身份,她对那时的宁沁虽说算不得态度恶劣,但毕竟也是客客气气的,之后知道宁沁的真实身份,整个人还是有些蒙蒙地没缓过神来,那会儿宁沁因为这事秦止一直让她住在这边,两人也没正式见过面,现在算是这么多年后的第一次见面了,她也不太适应,但心里惦记着宁沁"怀孕"的事,因此尴尬地笑笑后,走过去对她道:"沁沁,你还怀着身子,厨房里的事交给秦止就行,你先到客厅去休息。"

"……"宁沁下意识低头往自己肚皮看了眼,"我没怀孕啊。"

秦止也是皱了皱眉:"妈,你这段时间不都在外地吗,大老远的,听谁说沁沁怀孕了?"

秦晓琪也愣住了,转过身,手指了指站在门口的朵朵:"朵朵说的。"

朵朵正抓着门框好奇地往里面看,一双圆溜溜的大眼睛圆鼓鼓的,看秦晓琪指她,嘟着嘴一脸莫名:"怎么了?"

"朵朵，你刚才是不是告诉奶奶你有小弟弟了？"秦晓琪软声问。

朵朵连连点头："对啊，爸爸说我要有小弟弟了，然后我就可以当姐姐了。"

这话听着没什么问题，但又好像有问题。

秦晓琪不敢奢望一个五岁的孩子能把这个问题表述得多清晰，疑问的眼神转向宁沁。

宁沁有些尴尬："小丫头胡说八道而已，我没怀孕。"

秦止也替宁沁解围："是我误导了朵朵。"

秦晓琪干笑："没事没事，总会有的。"

干笑着把朵朵带出了客厅，不时往厨房里看一两眼，看着不时侧头低语的两人，甜蜜的气氛几乎要溢出客厅来，再想着过去五年里如同行尸走肉的秦止，一时间感慨万千，吃饭时不时往两人看看，手中的筷子便不自觉伸向盘子，给宁沁夹菜。

以往宁沁和秦止在一起时秦止带回来过几次，她对宁沁印象不错，关键是秦止喜欢，她也就乐见其成，只是没想着宁沁会出事，在经过秦止那五年的生活，如今宁沁人也回来了，她是真心希望两人能就此好好的了，一家人就这么好好的了，别再出什么幺蛾子。

心里这么惦记着，就忍不住问起两人的婚事来。

宁沁没考虑过这个问题，因为有朵朵在，自从知道自己是宁沁后，就很自然而然地将自己当成了秦止的另一半了，也就没再去想这些有的没的事。

"妈，这事儿我肯定有我的打算，您别瞎担心。"秦止说。

朵朵下巴轻点着桌子，一下一下的，若有所思："爸爸妈妈你们为什么还没结婚啊？你们看我都这么高了。"

秦止给了她一个无懈可击的理由："因为爸爸要等朵朵长大了给我们当小花童啊。"

"什么是小花童？"朵朵好奇问。

"就是要在爸爸妈妈结婚的时候，帮妈妈托着婚纱，或者帮爸爸妈妈撒花瓣。"秦止倾身捏了捏她的脸蛋，"想不想看妈妈穿上漂亮的婚纱？"

朵朵重重地点头："想。"

又有些苦恼："那我能不能等弟弟长大了再和弟弟一起给爸爸妈妈

当花童？我站在左边，弟弟站在右边，一定好好玩。"

"这不行。"秦晓琪赶紧阻止，"等弟弟也和你这么大，还得等好久好久，到时妈妈被别的叔叔拐跑了怎么办？"

"才不会呢。"朵朵马上反驳，"我会看住我妈妈。"

说完人又有些可惜了："可是从弟弟生出来到像我这么高还要好久好久，但是不等弟弟他都不能和我一样给爸爸妈妈当花童……"

小眼神儿一亮，眼巴巴看向秦止和宁沁："爸爸，妈妈，等弟弟也像我这么大的时候你们再结一次婚好不好？"

"……"秦止发现朵朵果然是个会爱护弟弟的姐姐，影儿都没有的事，已经开始为弟弟争取权益了，以后要是宁沁没给生一个出来，小丫头不知道得失望成什么样子。

"这个事以后再说，朵朵今晚和奶奶睡好不好？"秦止软声问，看朵朵为难地皱着眉，挑着眉淡声提醒，"弟弟。"

"好。"

朵朵是个行动派，答应了下来，洗完澡就很自觉地拉着秦晓琪回房睡觉了，连故事都不要妈妈讲了。

宁沁习惯了朵朵天天晚上陪着睡，软软的身子抱着暖暖和和的，还很舒服，现在她不黏她了她反倒有点不习惯。

秦止也是不太习惯，但某些事朵朵在确实不方便，也不尽兴。

锁着门得担心隔壁的朵朵会不会醒来找不到他们哭，会不会掉下床，会不会出点什么意外，不锁门还得担心她会不会突然闯进来，总之是没一回能完全尽兴的，如今秦晓琪回来了，有秦晓琪照顾着，也算是无后顾无忧，这一夜秦止特别不克制，隐忍了五年，人也克制不住，一次又一次，各种花样各种尽兴，宁沁被折腾得不行，气若游丝的感觉，昏睡前就想着女儿在就好了。

第二天朵朵跑来掀被子的时候，宁沁软软地压着被角，软声哄着朵朵："宝贝，今天晚上轮到妈妈陪你睡了好不好？"

朵朵自然欢喜，笑嘻嘻地连连点头。

秦止只不紧不慢地提醒了两个字："弟弟。"

朵朵点头的频率就慢了下来，直至停住，噘着嘴看宁沁："妈妈，可是我还是想先和奶奶睡。"

说完怕宁沁失望，赶紧补充道："妈妈等星期天我就和你睡，爸爸说我一个星期可以和妈妈睡三天。"

开始掰着手指头数："那我星期天睡一天，星期一睡一天，星期二睡一天，星期三睡一天，星期四睡一天，剩下的四天我把妈妈让给爸爸。"

秦止瞥了眼她掰下来的五根手指："秦朵朵，多少天了？"

朵朵掰着手指头低声"一、二、三、四……"地数了下，然后脆生生地应："五天。"

"一个星期多少天？"

"七天。"

"那七减五等于多少？"

"七减五啊？"朵朵歪着脑袋开始掰手指头数，越数小脸蛋越困惑，手指掰来掰去，来来回回数了几遍后，朝秦止比了个四："四。"

小嗓音特别响亮。

秦止脚尖轻踢了宁沁一下："你的好基因。"

"我的数学哪有这么差。"宁沁嘟哝着应了句，拉过朵朵，掰着她的手指头给她纠正。

朵朵小脸纠结成了一团："原来只有二啊，那我再分一天给爸爸好了。"

"四天。"秦止提醒。

"我才三天，还要分四天给你……"朵朵小嘴又噘了起来，"那我还要欠你一天呢，我都不能陪妈妈睡了。"

"……"宁沁被朵朵的神逻辑绕得也有些晕，她思维跳跃得让她有些跟不上来。

秦止捏着朵朵的小鼻子："那你就先欠着，等妈妈生弟弟了再还给爸爸。"

朵朵顺着他的饵歪头想了想，点点头："好吧。"

"来，拉钩。"秦止朝她伸出了右手小指，嗓音里隐隐带着些笑意。

朵朵也很欢喜地伸出了右手小指："拉钩上吊一百年不许骗人。"

"骗人了是小狗哦。"

朵朵重重点头："好的。"

点完头又觉得好像不对，一下子又想不起来哪里不对，秦晓琪这会儿已经做好了早餐，在门口敲门。

朵朵拖着宁沁起床去洗漱，一边刷牙一边觉得不对劲，吃饭时，两手托着腮想了半天,问宁沁:"妈妈,我每个星期都欠爸爸一天,那我什么时候才还得清啊?"

宁沁看着她认真地小模样,有些忍俊不禁,捏了捏她的小脸蛋:"你别理爸爸。"

秦止淡淡瞥朵朵一眼,提醒她:"骗人是小狗。"

朵朵噘着嘴捏着汤匙,舀了一口粥往嘴里送,一边吃一边想,一边想一边想不明白,越想不明白越伤心,她本来每个星期还有三天陪妈妈一起睡的,为什么现在一天都不能陪妈妈睡了,还要欠爸爸一天了。

朵朵伤心得吃不下饭了,苦大仇深地瞪着秦止。

"怎么了?"秦止放下筷子,问她。

朵朵噘着嘴:"为什么我的三天不见了?"

秦止面色不动:"因为你分给我了啊,你忘了?"

好像是。

朵朵闷闷不乐地"哦"了声,没话说了。

宁沁桌子下暗暗踢了秦止一脚,朵朵年纪小逻辑不清,他还这么拐着她。

秦止只是淡淡一笑,伸手捏了捏她的脸颊:"快点吃,一会儿我们出去一趟。"

朵朵下意识先举手:"我也要去。"

宁沁奇怪看他:"去哪儿?"

"去了你就知道了。"

朵朵很着急:"我呢?"

秦止瞥她一眼:"你不是正坐在桌子前吗?"

话完又被宁沁暗暗踢了一脚。

秦止笑了笑,轻捏着朵朵的小脸蛋:"爸爸妈妈去哪儿还能不带上你吗?"

朵朵马上笑逐颜开,吃过饭很乖巧地跑回房间翻箱倒柜找漂亮裙子穿。

秦止带宁沁去了卡地亚的专柜,去买钻戒。

当年订婚那枚戒指被宁沁给扔了,隔了这么多年也找不回来了,秦止也没那么执着那枚旧戒指,到底是带了些不太好的回忆了,也就干脆另外买一对。

大概因为老夫老妻的感觉了，宁沁竟也没觉得意外，很淡定地选了几款戒指，让店员拿出来看看。

朵朵第一次见到这么多珠宝，"哇哦，好漂亮"地惊呼了一声后就踮着脚尖扒着玻璃柜可劲儿往下看。

秦止淡淡提醒她："朵朵，要是把姐姐家的玻璃压坏了就把你留在姐姐家抵债了好不好？"

他不提醒还好，这一提醒朵朵马上收回了手，却不想动作太迅速，手掌扫过了店员刚拿出来、搁桌面上的钻戒，"哗啦"一下就把戒指连带盒子给扫落在了地上。

朵朵小舌头一吐："我去捡。"

蹲下身追着戒指追，戒指滚着滚着终于在靠近门口方向停了下来，朵朵下意识伸手去拿，没想着一只穿着皮鞋的脚恰在这时踩了下来，连着戒指和她几根手指一并踩在了鞋底下。

"朵朵。"追着过来的宁沁一声惊呼，心疼得整张脸都煞白了。

朵朵"哇"的一声就哭了出来，拼命用手捶着踩住了她手掌的脚板。

余筱敏一时间有些愣住，反倒是一块进来的许昭先反应了过来，沉声喝："抬脚。"

秦止那边也放下了手中的戒指，快步走了过来，在余筱敏抬起脚后一把将朵朵给抱了起来。

余筱敏刚和许昭有些不愉快，走路快，脚步也沉，这一脚踩得有些重，又是完全没预兆地踏了下去，压得朵朵几根手指都失了血色，指节泛白着，大概是真的太疼了，朵朵一抽一抽地哭得难以自已，还不断甩着手。

秦止心疼得心脏都快揪成了一团，抱着她不断哄，不断亲她脸颊，轻拖着她的手查看有没有伤到骨头，也不敢去碰。

宁沁也心疼得不行，捡起了戒指站在旁边软声劝着。

朵朵抽抽噎噎："好疼。"

宁沁看向她被秦止托在掌心里的小手，青青白白的，不敢去乱碰，只是轻轻给她吹风。

余筱敏有些无措，走过来，连声道歉："对不起啊，我真不是故意的。"

"没关系，是小孩子不小心。"宁沁客气道，这才注意到她，因许

昭就站在她身侧，宁沁一眼便认出她是许昭的女朋友，也就顺道打了声招呼。

许昭注意力都在哭得稀里哗啦的朵朵身上，眉头拧成了一团："朵朵没事吧？"

转过头便忍不住对余筱敏呵斥："走路怎么也不小心着点，看把孩子踩成什么样了。"

余筱敏被呵斥得有些尴尬，碍于宁沁和秦止在不好回嘴，只是尴尬地道着歉。

宁沁出声解围："跟余小姐没关系啦，是朵朵没注意。"

秦止压根没去理会许昭，注意力都在朵朵身上，看朵朵哭得厉害，心里到底担心伤到筋骨，抱着她亲了亲："爸爸带你去医院看看好不好？"

朵朵抽噎着点头。

宁沁将手中的戒指拿回柜台前，道了声歉，和秦止带着朵朵便欲先离开，店员不太想就这么错过这么一桩生意，赶紧道："请问这对婚戒需要先给你们留出来吗？这款戒指比较好卖，我怕过两天被人买走了。"

许昭下意识看向秦止和宁沁。

秦止侧头看了眼店员："先留着吧。"

抱着朵朵先出去了。

许昭站在原地看着一家三口离去，未动。

余筱敏盯着他侧脸看了许久，毕竟认识两年多了，她对许昭还是了解的。

她看得出来，许昭对那个叫宁沁的女人不太一样，眼神很不一样，从前段时间在他导师简临章那儿就看得出来，他一晚上眼神都在盯着宁沁转，就连她出去他也追着出去了。

"许昭。"她扯了扯他的衣角。

许昭今天本来是答应了陪余筱敏来买生日礼物，突然没了兴致，从钱包里抽了张卡出来，塞到她手里："你自己挑吧，看到喜欢的拿这卡去刷就行。"

余筱敏垂眸看了眼塞进手中的卡，没接，只是抬头看他："许昭，我不缺钱。"

将卡重新塞入了他手中。

许昭沉默了会儿。

余筱敏往秦止和宁沁离开的方向看了眼："你最近想分手就是因为她吗？"

"不是。"许昭淡声应，"只是觉得我们两个并不合适，在一起前我就跟你说过了，我心里有人。现在她回来了。"

"可是那时你明明说她已经不在了。"余筱敏还算冷静，"现在她回来了又能怎么样，你没看到她已经有老公有孩子了吗？"

"她没有！"许昭倏地转身看她，嗓音有些厉，"我告诉你，我才是她名正言顺的未婚夫，她只是失忆了。"

强行将手中的卡塞进余筱敏手中，撇下她转身而去。

余筱敏看着渐行渐远的背影，眼泪突然就滑了下来，手中的卡片用力一折，狠狠朝许昭砸去。

许昭没回头，走到自己车前上车便走了。

秦止和宁沁把朵朵送到了最近的医院。

上了车后朵朵渐渐不哭了，只是还在抽噎，宁沁轻托着她的手掌给她吹。

"还疼吗？"宁沁问。

朵朵瘪着小嘴点点头，眼眶里还满是眼泪，梨花带雨的，宁沁看着心疼不已。

好在只是些皮肉伤，去医院拍了片检查，没伤到筋骨，就是小孩子手嫩，骨头也嫩，被这么硬生生地一脚踩下去疼得受不住，等痛感慢慢过去了朵朵也止了哭，只是心疼地摸着自己的小手掌。

"以后捡东西要注意看看周围明白吗？"抱着她从医院出来，宁沁忍不住教育，想到了第一次见到她时，也是追着一张纸这么不管不顾地从角落里冲出来，差点就钻到了她车轮下，现在想起来还有些心有余悸。

朵朵哽咽着点头，教训惨痛，也不敢这么不管不顾了。

宁沁手机在这时响起，她正抱着朵朵接不了手机，干脆用手肘捅了捅秦止手臂，让他帮忙接个电话。

秦止从包里拿过手机，看到手机屏幕上的"许昭"两个字时皱了皱眉，将手机转给宁沁："怎么还存着他号码？"

宁沁哪记得特地去删电话，没想起来前没去简家吃饭前也不知道许昭是那样一个人，那时还是觉得许昭人挺不错，在她怀孕时帮了不少忙，他给她打电话，也就顺道存了个号码，之后也不记得了，哪还会想着专门去翻翻看有没有存着。

　　秦止看了她一眼，一声不吭就摁断了电话，右手往西裤口袋里一掏，拿出了自己手机。

　　宁沁也不知道他要干吗，就看着他长指利落地在他手机上按了串数字，没一会儿，他左手里的手机就响了，那是宁沁的手机。

　　宁沁心里"咯噔"了下，正要开口，秦止左手已经转着手机面向她，神色淡淡："你连我手机号码都没存，就存了许昭的号码？"

　　"我……"宁沁往手机上那串号码看了眼，有些无法辩解，她是真没记得存，在她是宁沁时两人基本没电话联系过，后来成为了宁沁，他的电话号码在心里都滚瓜烂熟了，也就没去备注了。

　　秦止只是微微挑眉："你什么？"

　　"我都能背你的号码了存不存也没那个必要了吧。"

　　秦止轻哼了声，手掌在她头上狠狠揉了把："狡辩！"

　　面色淡淡的看着有些不悦。

　　宁沁忍不住瞥了她一眼："要不要这么小气啊。"

　　拿过手机当着他的面把许昭手机号码给删了。

　　秦止还是淡着一张脸，又舍不得对她摆脸色，回到车里时，手掌扣着她的头，也不管朵朵还在看着，压着就在她唇上狠狠吻了一记，在她唇边有些咬牙启齿："在这种事上我就是小气！"

　　"好啦好啦，我错了，你看我都把他电话号码删了。"宁沁软声安抚。

　　秦止哼着放开了她，拿过她手机，替她存他的号码，还特地让她输入备注名称。

　　宁沁自然是下意识输入"秦止"两个字，秦止"嗯哼"了声，不满意。

　　宁沁想着要备注成"男朋友""老公""亲爱的"字样就觉肉麻，纠结着不肯备注。

　　朵朵好奇地往手机看了眼："我来。"

　　伸手拿过了手机，这会儿也不记得手疼了，很愉快地在宁沁手机上，把秦止备注成了"爸爸"。

　　宁沁："……"

　　秦止拍了拍她的小脑袋："爸爸又不是给你打电话。"拿过手机还是改成了"老公"两个字,顺道把许昭刚刚的通话记录一并给删了。

"以后少和许昭联系。"把手机抛还给了宁沁。

宁沁倒是想啊,只是许昭有些阴魂不散。

两天后她陪客户吃饭时就又遇上了许昭。

以前没想起时遇上了还能心无芥蒂地打声招呼,现在宁沁发现面对许昭时心境上总变得有些微妙。

毕竟当年几乎是朝夕相处了将近一年的,在她因为是否堕掉孩子这个问题和家人闹翻时,也是许昭寸步不离地陪在身边安慰她,产检是许昭陪她去的,就连生孩子坐月子也是许昭在照顾着,之后还答应了嫁给他,这些都是无法抹杀的存在,鲜明的记忆让她在面对许昭时也没办法像过去那样纯粹,再面对时只剩下尴尬。

许昭也是陪客户来吃饭的,两边人去吃完饭时在餐厅门口遇上了,刚好两边人都熟悉,平时有生意上的往来,也就寒暄着坐到了一块儿去。

吃饭过程中没什么交流,中途时宁沁出去接了个电话,许昭也跟着出去了。

电话是秦止打过来的。

现在只要一没见着她人他就习惯时不时发个信息打个电话过来确认她的安危,哪怕明知她是出来陪客户吃饭。

宁沁是在餐厅走廊外侧的阳台处的接的电话,那边清静,心思也都在电话上,挂了电话时一转身人就冷不丁被身侧人扣住了手腕。

宁沁下意识抬头,看到许昭时惊了一下。

许昭面无表情,扣着她的手腕稍稍往回一拉,宁沁被拖着往回走了几步,腰部撞到了阳台上。

"你干什么?"宁沁气急,面色有些冷。

许昭抿着嘴不应,只是伸出手,将她困在墙壁护栏和他胸膛围拢成的小空间中,从西装口袋里掏出了个戒指盒,拇指摁着一压,戒指盒弹开,一枚精致的铂金戒指安静地躺在戒指盒里,宁沁认得那枚戒指,当初他向她求婚时买的就是这款戒指,买了一对,一枚在她那儿,一枚他戴着。

"沁沁,"许昭终于出声,眼眸紧紧盯着她,"你就真的不记得这个了吗?"

宁沁垂眸往那枚戒指看了眼,看向他,很冷静:"许昭,我已经是有孩子的人了。"

许昭扯着她的手臂有些收紧:"你当年就已经有孩子了,我说过了我不在乎。"

"但我在乎!"宁沁试着挣扎,挣不开,也就干脆站着不动,只是定睛看他,一字一句,"许昭,我已经想起来了,过去的所有的事,我都想起来了。我爱秦止。"

许昭面色有些苍白,扣着她的手臂有些松动,一动不动地盯着她。

"许昭,你是亲眼看着我和秦止走过来的,你应该很明白我对他的感情。当年事我很感激你,我谢谢你帮了我这么多忙,但是你也骗了我,如果不是你,我不会软弱到需要你照顾的地步,所以严格算起来,我们谁也不欠谁了,求婚的事我们就当一个闹剧吧,过了就过了。"

宁沁说着要推开他,推不动,许昭紧扣住了她的手臂:"我只想知道,你当年到底有没有爱过我?"

"没爱过!"宁沁说,话完被扣住的手臂倏地一疼,许昭无意识收紧了手。

宁沁疼得皱了眉,许昭却似没看到,沉沉的黑眸依然紧紧盯着她:"为什么,他到底哪里比我好了?当初明明是他先和简琳牵扯不清的,明明是他先抛下了你去美国才出事的,为什么你就能那么轻易原谅他却总是对我视而不见?是,当年我是做错了,我不该趁虚而入,不该从中作梗,但是你们当时已经分手了,我追求我喜欢的女人又错了吗?"

宁沁抿唇沉默了会儿:"那只是正常的情侣吵架,我们的分歧也不是因为简琳。"

"你别自欺欺人了好吗?"许昭嗓音很沉,"当年老师是怎么撮合他们两个的还要我提醒你吗?而且我告诉你,简琳到现在都还没嫁人,秦止和简琳现在都还有生意往来,他们关系从来就没断过。"

宁沁自然是知道简琳和秦止还有生意上的往来,上次她带朵朵去他办公室找他的时候就撞见了,只是她那时没想起她来,简琳也没把她当宁沁,这些事她心里都明白着,不需要许昭继续这么挑拨离间着。

她有些待不下去,推着他,想先离开。

许昭紧扣着她手臂不放,将她整个人逼困在角落里。

"放手!"宁沁被激怒,狠力推着他。

"我不可能放手。"许昭扣着她的手臂用力往墙壁上一压,"宁沁我告诉你，这五年我受够了，没有得到过没有失去过你永远体会不到那种生不如死的绝望。这五年里我满世界地跑，沙漠、原始雨林、冰原，我几乎跑完了整个地球，但是我没一天真的放开过，你不知道我有多后悔那天没陪着你，现在你还活着，你回来了，我为什么还要放开，如果不是那场车祸，你早已经是我的妻子了，我才是你名正言顺的未婚夫！"

话音落，头就朝她压了下来，想要强吻。

宁沁拼命摇着头，想要避开，力气却不及他的大，躲闪中他的牙齿还是碰到了她的唇瓣，磕破了皮，宁沁几乎能尝到唇瓣上的血腥，她下意识地屈膝，狠力想要往他胯下撞去，动作却没他快，中途被他给截了下来，强行压了下来，手掌牢牢扣着她的头，唇就要强吻下来。

那一瞬间宁沁近乎绝望，就在他的唇要压下来的瞬间，一声"许昭"的尖叫从许昭身后响起。

许昭动作因此有刹那的停滞，宁沁得以趁机用力推了他一把。

许昭回过头，宁沁也下意识抬头往他身后看去，她看到了余筱敏，苍白着一张脸，右手掌捂着嘴，眼睛里满是泪水，刚那声尖叫是她发出来的。

和余筱敏一起的，意外地还有个何兰。

何兰脸色似乎也是处于极大的震惊中，愣愣地看着她和许昭。

宁沁抿着唇角，朝许昭看了眼，唇瓣不觉一咬，右掌抬起，狠狠用了他一个耳光，推开他，冷着张脸转身而去。

许昭似乎还想拉住她，只是碍于女朋友在场，伸出的手微微僵在了半空中，到底没真的这么当着余筱敏的面去拉她。

"你怎么来了？"许昭收回手，往宁沁离开的方向看了眼，淡声问道。

余筱敏只是哭。

何兰若有所思地往宁沁背影看了眼，视线又转回许昭身上。

"徐夫人。"许昭打了声招呼，因为余筱敏和何兰最近在洽谈生意的缘故，和何兰有过几面之缘。

何兰到底是大风大浪里来的人，也收回了满腹心思，客气地打了声招呼，看余筱敏还在哭，也就道："我还有事先走一步，你们先聊。"

转身便先走了，在停车场遇到了正欲离开的宁沁。

宁沁因为这个事也待不下去了，刚回包厢里道了声别便先走了，没想着在停车场又遇到了何兰。

她心情不好，也没强颜欢笑的心情，面无表情看了她一眼，拉开车门便弯腰坐了下去。

何兰过来敲她车窗。

"亏秦止这么紧张你，你却背着他和别的男人在外面偷偷摸摸，这事儿要是让他知道……"

宁沁没等她说完，一声不吭拉上了车窗，扭着钥匙一旋，踩下油门，握着方向盘一转，就这么把车开了出去，何兰半伏在车身上的身体差点因此摔倒。

她脸色沉了沉，因为宁沁的态度到底有些气怒，沉着一张脸，回到家里时也没舒展开来。

"谁又惹着你了？"正在看电视的徐泾升抽空瞅了她一眼。

"没事。"何兰不冷不热地应了声，看徐泾升也没理她了，心里更加来气，但也不好发作。

徐泾升最近身体越来越不好，前些天还让律师来了几趟家里，想来是立遗嘱的事。

何兰也不知道他遗嘱要怎么个立法，只是想着他最近对秦止的纵容，心里越发地不安，私下里向他的律师旁敲侧击过几次，无奈人家嘴巴紧，她也没问出点什么来，心里是越发地急。

最近秦止大有把她踢出公司的意思，她现在也就仗着第二股东的身份还有点说话的地儿，但她手中握着的股份不及徐泾升股份的五分之一，秦止最近也频频有动作，大有将公司控股权收回手中的意思，也不知道徐泾升要给秦止留多少股份，何兰怕就怕在到时秦止继承了徐泾升给他的那部分股份就摇身一变成了公司最大股东。

心里越是这么想着她越是坐不住，侧头往老头子瞥了眼，看他慢慢眯了过去，轻轻叫了他一声，徐泾升没反应。

何兰抿了抿唇，起身上了楼，回了他的书房。

夫妻二十年，她对家里里里外外的事也算是了如指掌，她知道徐泾升书房有个保险箱，重要的文件都在保险箱里，她甚至连密码都知道。

只是这次她没能打开，徐泾升悄无声息地改了密码。

何兰突然有些心寒，老头子是在防着她。

同床共枕了二十多年的丈夫在防着她！

她几乎是有些泄愤似的捶打着保险箱，密码试了一个又一个，没一个打得开，人有些颓然地坐在办公椅上，拖着抽屉用力一拉，抽屉被拖了出来，抽屉坠地的响声惊动了已经回来的徐璟。

他走了过来，看到正在蹲在地上捡东西的何兰，皱了皱眉："妈，怎么了？"

"没事。"何兰语气好不起来，虽是泄愤地把东西给拖散一地，到底不能放任着不管，还是捡了起来。

徐璟看了她一眼，走了过来，蹲下身帮她捡。

徐璟在，何兰也有了说话的兴头，话题不自觉就绕到了宁沁身上："刚妈在酒店遇到宁沁了，和一个男人在一起，又搂又抱的。"

徐璟皱眉，看向她。

何兰明白徐璟这眼神的意思，接着道："不是秦止，余氏集团的总经理，余总的准女婿，许昭，还让他未婚妻……"

未尽的话在看到手上捡起的那份"股权转让书"时停在了舌尖，何兰翻了翻，脸色倏地有些苍白，手臂颤抖着。

徐璟满腹注意力都在"许昭"两字身上，没留意到何兰的不对劲，皱着眉问她："就是当年那个照顾了宁沁很久的许昭？"

说完才发现何兰脸色不对劲，叫了她一声："妈？"

何兰回过神来，不动声色地将手中那份资料一起压在了掌心下，不太自在地应了他一声，点点头："嗯，应该就是他吧。"

看徐璟若有所思的样子，轻拍了拍他的肩："是不是工作太累了，看你脸色不太好，先回去休息吧。"

徐璟含糊着"嗯"了声，起身回了房。

他桌上还摆着张和宁沁当年的合影，视线不意触及到时，看着照片上笑靥如花的宁沁，胸口又是一痛。

他反手将照片压了下来，拿过桌上的手机，捏在掌心里转了会儿，给宁沁打了个电话。

宁沁没想着徐璟会给她打电话。

她从餐厅离开后一直在外面瞎晃着没回家，心里有些乱，一个人漫无目地的开着车，唇瓣上被磕到的小伤口结了痂，也留了点小疤。

徐璟电话打过来时她没接，刚避开了一个许昭又来一个徐璟，宁沁只觉得累，没心思理会。

她刚挂断徐璟电话秦止电话就打了过来，下班没看到她回来，也就顺道打电话问下她现在哪儿。

"我一会儿就回去。"宁沁软声应着,绕了圈,还是先回了家。

秦晓琪已经把晚餐准备好,一家人就等着她回来开饭。

宁沁刚回到门口秦止便走了出来。

"回来了?"秦止问,走过去替她将大衣拿了过来。

宁沁点点头,转身便欲先回房。

秦止敏感察觉到她的不对劲,拉住了她,黑眸在她脸上来回打量了圈,最后落在她唇瓣的殷红的小点上,黑眸蓦地有些深。

"发生什么事了?"秦止问,嗓音很轻。

朵朵奇怪地往关上的房门看了眼,捏着筷子的手停了下来,有些担心地看向秦晓琪:"奶奶,爸爸妈妈怎么了?"

秦晓琪也不知道是怎么个情况,扭头往秦止卧室看了眼,人也有些担心,看朵朵正睁着圆溜溜的眼睛看她,也就安慰道:"爸爸妈妈有点事要谈,乖,我们先吃饭。"

替她夹了块肉。

朵朵有些吃不下,只是嘟着嘴担心地看着紧闭的房门,想了想:"我过去看看。"

放下筷子就扶着桌子从椅子上滑了下来,人就往那边跑去,踮着脚尖拧门锁。

门被秦止从里面反锁了。

他推着宁沁回房后反手就先锁了门,而后转头看她:"发生什么事了?"

宁沁刚才哭只是一时情绪绷不住,这会儿人冷静下来了面对他探究的眼神,有些不自在,吸了吸鼻子,摇着头低声说:"没事,就是今天情绪突然莫名低落了下来。"

说完抬头,发现秦止只是侧头盯着她不说话,眼神安静柔和。

他在等她说实话。

宁沁抿着唇角不知道该说些什么,唇瓣上的小伤口随着抿唇的举动刺痛了一下,宁沁下意识地松了开来。

秦止视线落在那一点殷红上,沉默了会儿:"那里怎么回事?"

第九章

宁沁在犹豫，坦白了，他心里膈应，她也膈应，不坦白，她心虚，他心里有疑虑。

"沁沁？"秦止轻握住了她的手臂，握得有些紧，迫使她回神看他。

宁沁迟疑了会儿，终是抬头看他："我今天陪客户吃饭遇到了许昭。"

手臂倏地一疼，秦止不自觉收紧了手掌，眼眸有些沉，面色也瞬间紧绷了起来，定睛看她。

宁沁估摸着他误会了些什么，尤其是唇上过于醒目的疤痕。

"你先听我说。"宁沁下意识反手握住了他的手，把下午的事大致说了下。

秦止神色很难看，手掌却是改而压在了她背上，压着她的后脑勺将她压靠在胸前，动作很轻柔，隐隐带着安抚的感觉。

宁沁突然觉得很安心，就这么任由他搂着她。

好一会儿，秦止终于放开了她，低头看她时神色已经恢复如常，指腹轻点了下她唇角的小伤口，宁沁疼得瑟缩了下。

秦止看了她一眼："很疼？"

宁沁摇摇头："没事。"

迟疑了下，抬眸看他："你很介意？"

"沁沁，这种事没有哪个男人会不介意。"秦止说，嗓音徐徐，指腹也轻抚着她的唇瓣，"只是看介意的是那个男人还是女人。"

"那你呢？介意哪个？"

问完唇瓣那一处小小地刺痛了一下，秦止轻压了一下，他在看她。

"你觉得呢？"秦止反问，语气淡淡的，宁沁不大听得出他话里的意思，但隐约觉得，他介意的是许昭，他压制着的怒气也是因为许昭。

宁沁不确定，低敛着眼眸，轻吁了口气："秦止，你能不能别再以这种似是而非的语气来敷衍我？当年的事你我都并不是完全没过错的，难道还要再因为这些幼稚的你猜我猜的游戏再彼此伤害一次吗？"

秦止微微一怔，倏地垂眸看她，手掌轻扣住了她的细肩。

宁沁抬头看他："我已经说过了，我全都想起来了，包括我们不断争吵不断冷战直至最后闹分手我都想起来了。我没再提起，不是因为我不介意了，只是经历了这么多事，有些事我看得更明白了而已。其实我们都应该庆幸，我是在想起来之前先接受了自己是宁沁的事实。"

"今天许昭问我，你到底哪点比他好了，为什么就能轻易原谅了你却不肯再给他一个机会。"宁沁停了停，"其实真不是你比他好了多少，只是在我还是宁沁的时候，我亲眼见过你对宁沁的种种悔痛和在意。我以一个旁观者的角度，看到了一个男人因为一个女人的死去流露出的绝望痛苦，爱得深才会伤得痛，我能体会得出来，所以现在我才没办法再去纠结那些前尘往事。我现在只想和你，和朵朵就这么好好的，难道你真希望哪一天再逼得我们天各一方吗？"

秦止垂眸看着她，眼眸很深。

他的唇角微微抿紧，手掌稍稍用力，压着她的背将她搂入胸膛中。

"对不起。"他的嗓音有些沉，徐徐的，伴着浅浅的叹息，"我没有介意你。"

宁沁稍稍心安。

"沁沁。"秦止手掌轻揉着她的头发，一下一下的，很轻，"其实我并不喜欢听你说这些话。我要的不是你曾经见过我怎样，所以你决定留下来了，或者是，你觉得我爱你爱得足够深，你因此不去计较那些前尘往事和我继续在一起了，更不是因为朵朵。我只是想要你像过去那样，纯粹只是因为你爱着那个叫秦止的男人，然后心甘情愿地陪在他身边。"

宁沁伏在他怀中不语，突然因此产生了困惑。

秦止迟迟等不到她的答案，胸口一点一点地冷了下来。

他放开了她。

"先去吃饭吧。"手掌在她头发上轻揉了揉，秦止转身出去了。

朵朵一看到门打开马上跳下椅子，"蹬蹬"地跑了过去，拉住秦止的手，仰头"爸爸"地叫了声。

秦止唇角动了动，摸了摸她的头，没说话。

朵朵不自觉看向跟在他身后一起出来的宁沁，叫了声"妈妈"，却见宁沁也只是勉强地扯了扯唇角，应了声。

朵朵小嘴不自觉地又嘟了起来，这个看看，那个看看，有些闷闷不乐。

秦止蹲下身，抱着她亲了亲："先去吃饭。"

嗓音隐隐有些哑，话完时已经抱着她回到了餐桌前，宁沁也跟着坐了过来。

秦晓琪招呼着给两人添了饭，隐约察觉到两人之间的异样，往两人各看了眼，欲言又止，最终只是叹了口气，什么也没说。

吃过饭后秦晓琪收拾桌子去洗碗，宁沁帮忙着一起收拾，秦止抱着朵朵在客厅沙发上看电视，人却是有些心不在焉的。

秦晓琪有些担心地往客厅外看了眼，想了想，还是迟疑着问宁沁："你们两个怎么了？秦止今晚看着不太对劲。"

宁沁下意识往沙发那边望去。

朵朵正拿了本故事书窝在秦止被窝里，不时仰头看他，叽叽喳喳地念叨着什么，秦止却只是心不在焉地偶尔低头看她一眼，单手支颐，神色很淡，灯光下的轮廓像隔着重纱的远山，雾蒙蒙地看不太真切。

宁沁胸口突然便觉得闷疼起来。

"沁沁？"秦晓琪有些担心看她。

宁沁勉强冲她挤出一个笑："我没事。"

侧头幽幽往秦止那边看了眼，声音低了下来："我们没什么事。"

帮着秦晓琪把最后一个碗洗干净，宁沁走了过去，在沙发上半蹲下身。

"妈妈。"朵朵欢快地叫了她一眼。

秦止也侧眸看了她一眼，往旁边挪了挪，给她空出一个座位来。

宁沁挨着他坐下，他手臂展开，勾着她的肩便将她压着靠躺在颈窝处，没怎么说话，只是若有所思地想着什么。

"秦止！"宁沁抓着他的手掌，一根一根地数着他的手指，然后慢慢地张开手掌和他的手掌贴在一起，十指紧扣。

"嗯？"秦止侧头看她。

"我没有说不爱你。"宁沁低声说，打量他手掌与她手掌十指相贴的样子。

秦止唇角勾出些许清浅的弧度，抽回了手，轻揉着她的头发，嗓音温润："我知道。"

他并不知道!

宁沁觉得他并不知道,或者是并不相信,当天夜里的秦止特别的失控,动作比以往都要失控和凶狠,掐着她的腰,俊脸上明明是很淡很冷静的神色,腰下却是一下一下的,又重又狠,一整个晚上,一遍一遍"沁沁,沁沁"地哑声叫着她的名字,像在叫她,又不像。

他想要的,不过是当年那个喜欢牵着他的手,喜欢仰头对他羞涩地微笑,纯粹爱着他的女孩。

在所有的绚烂突然抵达顶点的一瞬间,他大脑是空的,胸口也是空的,整个人突然就被不知名的悲哀浓浓地笼罩着,那么近,那么远。

宁沁想伸手抱他,想开口说点什么,太过疲惫,人搂着缩在他怀里,很快就抵不住困意睡了过去。

秦止盯着她的睡颜看了一夜,一夜无眠。

第二天上班时秦止精神状态不太好,人看着却还是精神的,刚到办公室就被桌上一块光盘给吸引了目光。

秦止拿起,光盘是新的。

他不觉皱了皱眉,按下内线让助理小陈进来。

"这东西怎么来的?"秦止捏着那份光盘,问道。

"早上快递公司送过来的。"小陈说道,"送快递的说,寄信人说让您务必看一看。"

秦止眉心拧得更紧,垂眸看了眼,挥手让小陈先出去了,本不太想理会,但拿起反复看了几次,还是忍不住将光盘插入了电脑中。

光盘很快读取播放。

画面上许昭将宁沁困在墙角,姿态亲昵,不知道说了些什么,许昭捧着宁沁的脸强吻了下去,镜头角度的原因,画面中看不出宁沁是在反抗,还是慢慢屈服在了许昭的强吻中,总之她摇头的幅度在慢慢地变小,直至许昭的脸彻底侧压了下去,很缠绵的镜头,然后画面截然而止……

秦止"啪"的一声压下了电脑,动作很大,惊动了门外的助理,忍不住往屋里看了眼,有些被秦止的脸色吓到,一个个噤若寒蝉。

秦止将电脑往旁边用力一推,人就重重坐了下来,压得椅子"咿呀"作响。

办公椅跟着转了半圈,椅背对着门口,单手支额。

小陈在门外,偷眼往他那边觑了眼,不敢吱声。

第九章

秦止入职这么久,这还是他第一次看到他发这么大的火,也不知道光盘里是什么东西。

他心里好奇,却也不敢多嘴问,一个人坐在办公桌前,不时忐忑地往秦止那边看看,心里寻思着要不要给快递打个电话问问情况。

秦止在这时转了过身,叫了他一声。

小陈赶紧着进来了,恭恭敬敬地打了声招呼:"秦董。"

秦止脸色很淡,有些面无表情。

他取出了那块光盘,捏在指间,晃了晃:"寄快递的人有没有留下什么话?"

小陈摇摇头:"他就说让你务必亲自过目。"

"打个电话给他,问清楚,这光盘到底谁寄过来的?"

秦止说着已经站起身,低头看了眼腕表,随手拿过桌上的会议笔记,那块光盘往书页一夹,拿起便出去了。

十点钟的晨会,今天提前了半个多小时。

宁沁刚把今天会上要做的报告整理好,还没来得及打印便见秦止走了进来。

"开会。"淡淡一声吩咐了一下,人就先出去了,视线自始至终没在她身上落下过。

宁沁想起昨晚,暨摸着他还在介意,早上两人起来时也没有太多的交流,一路来上班也都是没怎么说话,总之都各怀心事。

宁沁幽幽叹了口气,先去打印室打印了会议资料,因为这个事迟到了点时间,推门进会议室时大家都已经在等着了。

秦止坐在主座上,看她推门进来,淡淡朝她瞅了眼,视线转向了其他人:"开会吧。"

他没有刻意刁难她,却也没像以往那样眼睛里带着温度。

宁沁感觉得出来,今天的秦止有些不对劲。

一直到会议结束,秦止依然一副拒人于千里之外的冷漠,眼神静冷。

散会的时候宁沁没先离开,只是坐在原处等其他人先走。

秦止没看她,慢条斯理地收拾完,跟着其他同事一道出去。

经过宁沁这边时宁沁扯住了他的衣角。

秦止回头看了她一眼,视线在接触到她平静的眼眸时,眼眸带了些温度,长吁了口气,转身将东西扔在了桌上,抵着桌角,双臂抱胸,就这么站着看她。

"到底发生什么事了？"宁沁问，定睛看他。

秦止只是看着她，不说话。

宁沁也在定睛与他对视，原以为他会开口，没想着他就这么侧头动也不动地看她，眼眸很深，像心事很重，又像神游了。

最终还是宁沁先软了下来，站起身，走到他面前，垂眸往他随意撑在桌上的手看了眼，轻轻拉了起来，扣在手心里轻握着，仰头看他："秦止，我做错什么了你直接告诉我行不行？你让我改让我离开都没问题，但是你能不能别再用这种态度对我，我不想混混沌沌地过完五年后，再和你这么不冷不淡地过一辈子，我的人生已经崩溃过一次了难道还要我再崩溃一次你们才甘心吗？"

说到最后时嗓音隐隐有些哽咽，眼睛里有泪花在闪，却强忍着没流下来。

"对不起。"秦止终于开口，说话间长臂伸展着已经将她拥入怀中，"你没有做错什么，是我心不够宽。"

"我昨晚说那些并不是为了证明爱不爱这个问题，只是觉得我们有这样的问题，想要摊开来讲，仅此而已。"

秦止长舒了口气，手掌轻拍着她的背，没接话。

"秦止？"宁沁仰头看他。

秦止垂眸看她，手掌在她头上轻揉了揉，松开了她："一会儿你跟我出去一趟？"

宁沁皱了皱眉："出什么事了吗？"

"没什么事。"秦止淡声应，"只是早上我收到了一块光盘，关于你和许昭的。"

宁沁扯着他衣衫的手一定："什么光盘？"

"总之对你不太好的光盘。"秦止说，放开了她，"我先回办公室，十分钟后在楼下等你。"

人先回了办公室。

宁沁脑袋有些昏沉沉的，秦止的话让她有些不安，她和许昭的光盘，专门寄给秦止的光盘，秦止今天的异样，想来也不会是多好的事，只是宁沁想不起来她和许昭是否做过对不起秦止的事了，在她看来她是没做过的，但是既然过去几年里都能把自己二十多年的记忆给忘得干净了，这是否意味着,她又对某个时间段失忆了,然后和许昭做了什么见不得人的事。

宁沁心底有些发冷,这事由不得她不胡思乱想,毕竟专门制作了一张光盘寄给秦止看着太微妙,秦止今天上午对她的态度也太过微妙。

这种打心底的冰冷从秦止离开后就没停过,整个人手脚都有些凉,在楼下等秦止时,哪怕是站在大太阳底下,整个人也像身在冰窖里,浑身发冷的感觉。

秦止下楼来便看到宁沁一人站在阳光下,走神得厉害,叫了她两声也没应,走近时发现她脸色很白,阳光照射下形成了一层透明的白,整张脸没任何血色,手掌也冰冰的没有一丝温度。

"沁沁?"秦止皱眉,拉着带入臂弯间。

宁沁勉强冲他挤出了个笑容,沉默地跟着他上了车。

秦止替她系好了安全带,侧头看她:"沁沁,自从我提了光盘的事后你很不对劲。"

宁沁嘴角动了动:"秦止,你应该知道,在经历过徐璟这事后,我不敢相信我的记忆的。我不知道我是否又曾在意识不清的时候做过什么我不记得的事了,我会这样不是心虚,我只是担心,你明白吗,我担心我是不是又被人下了药催了眠,然后背着你和朵朵做了什么对不起你们的事了,如果真的是这样,我真的没办法再去面对我自己和你们,你……"

话没说完,人已被秦止压着搂入怀中了。

"你别想太多,只是昨天许昭强吻你的光碟而已。"秦止说,嗓音有些哑,徐徐的。

是他先疏忽了这一点,经过那么多的事宁沁别说对身边的人没安全感,就连对自己的记忆也没了信心,刚才他一门心思都在那块光碟上,没细说清楚。

宁沁心稍安:"昨天我解释过了。"

"嗯。"秦止拍了拍她的背,"我只是想调查清楚,到底谁寄过来的。"

放开了她,启动了车子:"我们去一趟你们昨天吃饭的餐厅。"

刚才小陈给快递那边打过电话,那边只说是一个助理模样的人寄的,估计也是别人托的。

能拿到这么段监控，想必是去找过餐厅老板了，秦止想去了解看看，到底是谁寄的。

秦止和宁沁过去时，他又遇上了许昭，在餐厅的洗手间里。

他公司就在附近，常光顾这家餐厅吃饭，没想着上个洗手间会遇上秦止。

秦止也没想着会遇上许昭，面无表情地看了他一眼。

许昭原是还想打招呼的，看秦止没理他的意思，也就面无表情地从他身侧经过，先去上了个厕所。

从厕所出来时，许昭发现秦止还站在洗手盆旁，水龙头拧开着，不紧不慢地洗着手，修长白皙的手掌在清澈的流水中莹润干净。

许昭朝镜中的他看了眼，抿着唇角，走了过去，站在秦止右手边的洗手盆边，低头洗手。

秦止侧眸往他看了眼，手掌冷不丁抬起，掐着他的后颈一个用力，将他的头狠力按在了洗手盆里。

许昭下意识挣扎，却怎么也挣不脱秦止的手劲，"呜呜"地挣扎着，满脸满头的水，眼看着要窒息，秦止掐着他的衣领一把将他的头给拎了起来。

"你他妈背后偷袭算什么男人！"许昭沉声怒骂。

秦止神色自始至终没变，扯着他的衣领一个用力，拖着他往最近的厕间走去，脚一抬便一脚踢了开来。

许昭死命挣扎，但力气抵不过一个满腔怒意的男人，人愣是被扯进了厕间里，一个拳头下来，头被揍歪向了一边，人还没回过神来，没想着后颈突然一沉，秦止压着他的头，硬生生将他的脸一把塞进了马桶里。

经过洗刷的马桶并没有太大的恶臭，只是心理作用下，强烈的恶心感还是从胃下汹涌而起，许昭疯一样的挣扎，手掌拽着他的腰，想要将他一道扯下来，只是体力和姿势上都屈于下风，人也使不上劲来，反倒被秦止压着后脑用力一压，再拎着衣领给扯了上来。

许昭脸上沾上了些马桶水，从刘海处大滴大滴地往下掉，看着特别狼狈。

秦止看了他一眼，面色清冷："许昭，到底是你变了还是我变了？为什么我们就得弄成这种剑拔弩张的地步？当年我和沁沁在一起，你也曾真心实意地祝福过我们的，为什么要变成这样？"

"心甘情愿？"许昭伸手扯唇苦笑，没再说话，只是抬手在脸上狠狠地抹了一把。

"秦止，除了沁沁，我自认这辈子没有愧对过你这个朋友。当年你被牵连入狱，我四处托人找律师帮你洗刷罪名，就为了把你捞出来，就这么把公司转手卖出去了我也没眨过一下眼皮。我那时就想，只要你能平安出来，那都算不了什么，我们可以从头再来。唯独沁沁……"许昭转向他，"我承认我那时是卑鄙了些。我就是鬼迷了心窍，就是想着既然你可能再也出不来了，我就……我就……"

许昭没办法再说下去。

"你什么时候喜欢上她的，还是觉得和我抢人很有成就感？"

"在你注意到之前我先注意到了她，如果不是我你或许根本没有去留意过她这么个人。"许昭看着他，"你说，我是什么时候喜欢上她的。"

秦止抿着唇角没应，当年他确实因为许昭常提起宁沁这么个人才开始去留意她，也确实因为宁沁恰好在许昭手下实习，和她的接触才多了起来，也因此才慢慢走到了一起。

只是那时的许昭和宁沁是没有丝毫暧昧的。许昭自身条件好，感情上也比较随意，大概属于多情那一类的男人，光大学就谈了四段感情，没一段真的长久，倒不是那些女孩不好，就是许昭感情上太过收放自如，新鲜感过了也就没了谈下去的心情，因此女朋友换了一个又一个，但因为向来懂得照顾女孩子的心思，嘴甜也懂得哄人，女性朋友不少。

宁沁那时刚好在他底下实习，许昭是她的上司，工作上对她也算照顾有加，加之她性格安静略古板，许昭性格放荡不羁，有些看不过去她的一板一眼，因此常喜欢有事没事找她开些无伤大雅的玩笑，偶尔同事聚餐或朋友聚餐时也是以着上司的身份半强迫地让她跟着大家一块儿过去，秦止和肖劲这些一起长大的兄弟自然也是跟着一块儿吃个饭，一来二去秦止和宁沁接触也就多了，后来也就各自看对了眼，在一起了。

许昭特别记得当秦止和宁沁正式以男女朋友身份出现在他面前时，胸口突然掠过的闷疼，在那之前他从不知道他不知不觉对那个总一板一眼没什么趣味的小实习生上了心，之后那两年多里，每每看着两人成双成对恩恩爱爱地出现，胸口的刺疼便深一分，有时候放不下，只是因为没得到过，当念想成了执念，那个人反倒慢慢变成了扎进心底的刺，时不时被拨着疼一下，当有那么个机会在面前时，便忍不住想好好再把握一次，只是越是纠缠得深，越是得不到，越是不愿这么放过自己。

这么多年下来，许昭已经分不清，宁沁究竟是心头那颗朱砂痣白月光还是真的爱得非她不可，只知道这么多年来，因为她的离世想得胸口疼，也悔得不能自已，只能借着近乎自虐的自我放逐让自己好过些，当那个人再次活生生地出现在眼前时，只想就这么牢牢抓在手中。

许昭给不了自己答案。

秦止也给不了他答案，把人痛揍了一顿，心里也稍稍舒坦了些。

秦止松开了他，一声不吭转身出去了。

宁沁看他走过来，脸色不太好，有些担心看他："怎么去了这么久？"

秦止摇摇头，端起桌上的茶猛灌了一口，这才缓缓道："我揍了许昭一顿。"

"……"宁沁惊诧地看向他，下意识往厕所方向看了眼，许昭也刚好从里面出来了，人看着很狼狈，满头满脸都是水，大滴的水珠正沿着一缕缕头发往下掉，他人已把西装外套脱了下来，拎在右手里。

他衬衫也湿了大半，还在滴着水，他的手指正拎着衣领将湿漉漉的衬衫拉起，防止贴到肌肤。

宁沁看过去时他也正看过来，抿着嘴角，没有说话，看了她一眼后便转身先出了门。

秦止侧头看了宁沁一眼，手掌从她眼角处横过，扣住她的后脑勺，强行将她的脸给掰了回来。

"餐厅老板回来了吗？"秦止淡声问。

宁沁还没问过，也不清楚，一直坐在原处等他。

秦止往吧台那边看了眼，拉着宁沁站起身，直接去了吧台那边询问。

收银员说还要十多分钟左右人才到。

秦止就这么拉着宁沁站在吧台边等了二十多分钟，终于看到略矮胖的餐厅老板行色匆匆地走了进来。

"彭老板。"秦止客气地打了声招呼。

收银小姐站起身解释："老板，这两位就是我刚才电话里跟您提过的秦先生和宁小姐，他们等您好一会儿了。"

老板笑着打了声招呼，伸手与秦止礼貌地交握了下。

秦止也没拐弯抹角，直接提起来意。

老板有些为难："秦先生，你看这事儿我是答应了别人的，咱做生意的不能言而无信啊。"

"彭老板，我理解您的难处。"秦止客气笑笑，"本来我也没打算追究下去，但因为对方是特意截取了些敏感片段寄过来，意图很明显，就是为了破坏我和我太太的感情。这一次不成总还有下一次，我不能就这么放之不管是不是？"

"是这样没错，您的心情我也能明白，只是我答应了别人的事，秦先生，这事儿我真的没办法帮您。"

老板语气听着虽客气，但态度隐隐强硬。

秦止唇角隐隐勾出些许弧度，他慢条斯理地从西装口袋里抽了张支票单出来，指尖压着递给餐厅老板。

支票上的数额不算小，十万块，买他一个消息，怎么算都是很划得来的买卖。

秦止明显看出他眼中的犹豫，却似是有顾忌，盯着那支票犹豫了好半响，还是咬了咬牙根给拒绝了。

"再加一倍呢？"秦止问，指尖压着那张支票没动。

餐厅老板迟疑摇摇头："秦先生，说实话，我是很心动不假，但是我也是答应了对方的，这事儿不能让第三个人知道，您就别再让我为难了。"

秦止了然地点点头，收回了支票："彭老板，我能理解您的难处，希望您也能理解我的难处。"

抬头往门口外的广场看了眼，随口道："这整个都是华辰的物业吧？"

彭老板没想其他，笑着点点头："对啊。我们也是靠着租个铺面做生意，做了好几年了，就靠着口碑和信誉维持着，我现在要是就这么把朋友给卖了，也说不过去，您说是吧。"

秦止点点头："我理解。"

继而又道："不过彭老板，我也希望您能理解我想守护我的家庭的用心。您就这么将店里的监控出售给别人非法他用，这本身也不太合适，日后如果有什么得罪的地方，还希望您多见谅。"

这话彭老板没听太明白，只是听着隐隐有些不安，想追问，秦止已经礼貌地道别而去。

彭老板因此心里总不大安生，他不知道秦止和宁沁到底什么来头，只是秦止临走前那句话让他有些忐忑，这种忐忑终于在两天后明白了过来。

华辰物业那边突然找了过来，说是铺面另有用途，不得不临时终止租赁合同，违约会依照合同照常赔付。

彭老板租赁合同本也是明年到期，刚和物业那边谈好续租条件，只是合同没签，如今华辰那边要收回铺面的话，即使赔偿也赔偿不了几个钱。

他的生意这两年刚好了起来，正处于上升期，混得正风生水起着，就这么换了铺面的话这生意一落千丈不说，新店址一时半会儿也找不着合适的。

彭老板想找物业那边说情，又是请客又是送礼的，但负责人做不了主，说这是上边 Boss 的意思。

彭老板辗转要到了华辰 Boss 的电话，专程给唐旭尧打了个电话。

给唐旭尧打电话时秦止宁沁也在。

一起的还有陆然、小兮然和朵朵。

旭景和华辰有业务上的往来，秦止和唐旭尧算是旧识，但是不算特别熟，这次因为光碟这个事，秦止特地找了唐旭尧，让他帮忙给彭老板那边施个压，怎么着也得套出寄光碟的人来。

大家都是生意场上的人，也不是多大的事，唐旭尧也就顺道卖了秦止一个面子。

秦止也就特地约唐旭尧吃个饭表示感谢，唐旭尧带上了陆然和一岁多的女儿小兮然一起过来，秦止这边也带上了宁沁和朵朵过来，看着反倒像是两家人聚会。

陆然是广告人，又是当地名门望族陆老的孙女，前两年还因为牵扯进知名女导演陆然的事里在媒体前也火了一把，就连宁沁没怎么关注娱乐八卦的人都知道当年的事。

那会儿一向被外界误以为单身的唐旭尧突然被爆出已离婚两年，继而前妻陆然也被爆了出来，还是与陆燃捆绑爆出。那会儿陆然只是名普通小职员，因为陆燃的新戏要上映莫名卷入了她的绯闻炒作中。宁沁记得那会儿炒得特别火，舆论基本是一边倒的偏向陆燃，什么陆然介入唐旭尧陆燃感情致其分手陆然是飞上枝头的麻雀等等言论层出不穷，直至唐旭尧公然站出来维护陆然才算平息了这场风波，后来华辰酒会，被嘲为攀高枝的陆然以陆家唯一孙女的身份跟随陆老公开现身，不知道当场打了多少人的脸，这场被人为控制的舆论风向才算是真真正正地扭转了过来。

宁沁是记得那时那场酒会上陆然公开承认和唐旭尧已离婚两年并且即将嫁人的，那会儿还有些感慨，却没想如今陆然和唐旭尧的女儿小兮然竟也一岁多了。

小姑娘小脸蛋粉嘟嘟的长得很像陆然，性子也安安静静地特别乖巧，宁沁第一眼看着便很喜欢，朵朵更是喜欢得不得了，陆然刚抱着小兮然走过来便扯着宁沁的衣角小声地说："妈妈，那个小妹妹好漂亮哦。"

看陆然走近人就"吧嗒吧嗒"地跑了过去，仰着小脸问陆然："阿姨，我可以抱抱妹妹吗？"

陆然失笑："可以啊，不过妹妹快和你差不多高了，你抱得动她吗？"

朵朵偏头想了想："抱不动。"

有些不舍地看着小兮然肉嘟嘟的小脸蛋。

"那我捏捏妹妹的脸蛋好不好？"

朵朵问道，话音落下时人已好奇地半弯下腰就去捏小兮然的小肉脸，快得宁沁都阻止不及，她这一捏下去小兮然小嘴就瘪了瘪，泫然欲泣，奶声奶气地扭头冲唐旭尧说："疼……"

朵朵闻言赶紧噘着小嘴给她吹："姐姐给你吹一下就不疼了。"

几个大人看得有些失笑，本还有些生疏的气氛一下子就热络了起来。

落座时朵朵怎么也不肯和宁沁坐一块儿了，非得挨着陆然坐，眼里就只剩一个妹妹了，也不管大人说什么了，就光顾着逗小兮然了，一会儿要给她夹菜一会儿要给她讲故事，越玩越喜欢，快吃完饭时人就有些惆怅起来了，嘟着小嘴仰头问陆然："阿姨，我能不能把妹妹抱回我家玩两天再还给您？"

"我会每天给她洗澡每天给她穿很多漂亮的新衣服的。"朵朵补充道，巴巴地看着陆然，"阿姨，可以吗？"

小兮然隐约有些明白这话的意思，扭着身子往陆然怀里钻："不……不要……"

朵朵轻拍着她的小手："姐姐会好好照顾你的，我家很大很漂亮的。"

秦止轻咳了声："妹妹还小你照顾不了她。"

陆然也有些忍俊不禁："要不你跟我回我家住，这样你就可以天天和妹妹玩了？"

朵朵很纠结地皱了皱小脸，没想着真的转过身问宁沁："妈妈，可以吗？"

"……"秦止长指有节奏地轻叩着桌面，"秦朵朵，你以后都要住到阿姨家里陪妹妹玩，不要爸爸妈妈了吗？"

朵朵又纠结了，缓缓摇着头，有些怨念地看了宁沁一眼："可是都这么久了妈妈还没把弟弟生出来。"

"你来我家多住几天很快就能看到小弟弟了哦。"陆然继续游说，侧头对着她笑。

朵朵有些心动，又有些舍不得爸爸妈妈，小脸都快纠结成了一团。

唐旭尧忍不住笑笑，对秦止道："有这么个女儿还真的是万事足。"

秦止也跟着笑笑，朝陆然怀里的小兮然看了眼："你也是。"

小兮然才一岁半，人刚学会走路没多久，说话也没说流畅，只是懂得一些简单的单句，但看着聪明漂亮，粉嘟嘟的特别招人喜欢，秦止没机会见过朵朵一岁多时的样子，从出生到四岁时的样子他和宁沁都没机会再见或者陪伴，也没有任何照片记录，心里多少有些遗憾。

想起这个便不免想起许昭、想起徐璟和宁家人来，太多事太多人，也就想起光碟的事来，也就顺带问起。

秦止刚问起唐旭尧手机便响了，餐厅老板打过来的。

唐旭尧看了秦止一眼，将手机递给了他。

"彭老板。"秦止出声，电话那头似乎被吓到，一时间有些不确定，"秦先生？"

"是我。"秦止淡道，"彭老板，抱歉我们要以这种方式再次联系。大家都不容易，与人方便便是与己方便，我也不想把这事做得太绝，但是您知道，这件事对我很重要。"

"我……"彭老板一时间语塞，好半天才道，"我再想想……"

挂了电话。

秦止将手机还给了唐旭尧。

"怎么说？"唐旭尧问，接过了手机。

"他明天应该会说的。我隐约能猜到人，但不确定。"

宁沁不知道秦止猜的是谁，这两天他没跟她提过这个问题，只是常一个人若有所思，两个人之间总还似隔着层纱，看得见摸得着就是不真实。

回去的路上，宁沁还是问起了这个事。

"你觉得是谁寄过来的？"宁沁问，那块光盘秦止至今没给她看过，她也不知道到底是剪成什么样子，或者，根本就不只是许昭强吻她的那段。

秦止侧头看她，沉默了会儿："许昭。"

宁沁摸朵朵头的动作稍稍一顿："不可能吧。"

"他有这个动机。"

"那天许昭女朋友和徐夫人也看到了，她们更有动机。"宁沁低声说，正说话间手机便响了起来，陌生的号码。

宁沁接起。

"宁小姐。"略熟悉的嗓音，"能约您吃个饭吗？"

好一会儿，秦止终于放开了她。

彼此的气息都有些喘，秦止轻拨开滑到她脸颊上的长发，眼眸盯着她："你这几天心事很重。"

宁沁嘴角动了动："你不是应该最清楚是什么原因吗？"

隐隐一声叹息传了过来，秦止手掌横穿着插入她发中，微微一用力便将她的头压靠在了颈窝前。

宁沁下意识想抬头看他，秦止压着没让她乱动。

"沁沁，我没有迁怒你的意思。"低哑的嗓音从头顶幽幽传来，"只是经过了这么多事之后，我对你突然就没了那么大的信心。无论是许昭还是徐璟，他们都或多或少在你心里留下过痕迹，这是我最不愿看到却不得不迫使自己去承认的。我完美主义的倾向很严重，你一向都知道的。我只是想你能继续像过去那样，心里眼里就只有一个秦止，无论做出怎样的决定，纯粹只是因为，我是秦止，不是其他。"

他的语气很轻，语调徐缓，一直很平静。

宁沁知道能让他挤出这么番话来已经很不容易。

秦止向来不是很善长表达的人，他的情感就如同他这个人一样，一向深沉内敛，肉麻的话他不会说，甜言蜜语他也学不来，却总在不经意间流露出独属于他的温柔和体贴来。

本质上他们都是一类人，独占欲强，却又完美倾向严重，恨不得对方眼里心里，自始至终就只有彼此，自始至终只是纯粹地爱着对方，爱过对方。秦止如此，她亦如此。

宁沁环着他腰的手臂不自觉地收紧，人蹭在他胸膛里，脸轻蹭着他的衣裳，许久才软声咕哝：“秦止，那天在医院里我告诉你，我回来了，我就是真的回来了，难道你就真的不明白吗？那天你明明很激动的。"

秦止没再说话，只是箍紧了她的腰，手掌在她头上轻轻揉着，人没说话，宁沁却能分辨得出他胸腔里渐渐平稳的脉搏，安定沉静，尘埃落定了般。

她抬起头看他，他低头在她唇上亲了亲，指腹摩挲着她的脸颊，有些流连不去，眼神纠缠着她的眼神。

宁沁也在看他，看着看着人先慢慢笑了开来，秦止唇角也慢慢勾起些弧度，低头在她唇上轻轻吻着，反复轻啄，动作轻柔缠绵，隐约带着淡淡的怜惜和释然。

宁沁很喜欢他这样吻她，像被捧在掌心里的珍宝。

吻着吻着秦止反倒有些克制不住，渐渐变得急促起来，手掌绕过她的肩，捧着她的脸，浅浅地吻，来回地吻，有些难以自已，就在两人差点失控时，宁沁手机响了起来，稍稍冲散了车里的暧昧。

电话是朵朵打过来的，上了楼才发现爸爸妈妈没跟着一起回来，人就有些慌，赶紧要了秦晓琪的手机打电话过来追问。

宁沁有些赧颜，挂了电话稍稍收拾了下和秦止便赶紧着上去，回到客厅门口朵朵就噘着小嘴扑上来抱大腿，泫然欲泣的：

"明明我们一起回家的，为什么你们会突然又不见了。"

咕哝着说完时，小嘴又委屈地噘了起来，看着好不可怜。

下了车秦止便恢复成平日里那个冷静自持的秦止，他向来知道怎么哄朵朵，弯腰将人抱起后，抱在怀里又亲又蹭的，朵朵很快便忘了回头没了爸爸妈妈的事，小脸蛋上又笑了起来。

因为今天和小兮然玩得开心，她心里惦记着弟弟妹妹的事，吃过晚饭洗完澡后还很乖巧地自己爬秦晓琪屋里去了，没去缠着宁沁和秦止。

宁沁因为和秦止都把话说了开来，心情也轻松了许多，这一夜和秦止异常的和谐。

秦止在床事方面向来照顾她的感受，人一温柔起来，宁沁几乎招架不住，整颗心暖得像化了般。

第二天醒来时也是精神特别好，去上班时连许琳她们都能轻易感觉得出她和前几天的不同，一扫连日来的阴霾，整个人也神清气爽的，许琳还忍不住调侃她是不是前一晚上和秦止特别和谐美满，整个人才跟涂了蜜似的，春风满面。

宁沁倒觉得还好，心情好精气神自然也好。

她下午有个项目要出去谈，和秦止吃过午餐便先出去了，谈完项目时已经快五点，宁沁想着干脆先去接朵朵，却没想着手机先响了起来。

余筱敏给她打的电话，她有事想约她谈谈。

宁沁突然想到了她那天撞见许昭强吻她时的画面，整个人像被人狠狠捅了一刀般，眼神空洞受伤，脸色苍白，羸弱的身体像风中的柳絮，脆弱易碎。

那时她看着都禁不住心疼，却不知道许昭怎么就狠得下心去伤害这样一个深爱他的女孩。

宁沁心里对余筱敏有些歉然，不知道她约她有什么事，想了想，还是答应了。

余筱敏约她在帝星吃饭。帝星是位于老城区大厦的一家老牌星级酒店，餐厅就在楼下一楼，距离朵朵学校那边也不远，宁沁担心朵朵等太急，也就顺道先去接了朵朵，路上给秦晓琪打了电话，让她过来帮忙带人回去。

朵朵已经在学校等了好一会儿，好在经过上次的事，秦止宁沁不能及时赶到学校时都会先打电话给她的老师，让老师告诉她先等会儿，因而即使没见着爸爸妈妈，朵朵也没再像前两次般焦灼，看到宁沁时人还很开心地扑上来抱大腿，蹭着她的大腿撒着娇儿："妈妈，你来得好快。"

边说着就边反手拉住宁沁的手掌："走，我们回家去。"

语气完全小大人的模样，听着反倒像是她来接人的人。

宁沁每次看着朵朵心情都会不自觉地明朗起来，抱着她亲了亲："妈妈一会儿还有事，你先和奶奶回去，回到家先和爸爸奶奶一起吃饭，妈妈晚点再回去好不好？"

朵朵小嘴困惑地嘟起："可是你不是已经下班了吗？为什么还不能回家啊。"

"妈妈和一个阿姨约吃饭了，晚点再回去陪你好不好？"

"我也去。"朵朵扣着她的手掌，仰着小脸看她，"妈妈，我陪你去。"

宁沁失笑:"下次再陪妈妈好不好?"

朵朵迟疑着摇头,非得跟着去,秦晓琪过来时也没肯跟着她回家。

宁沁想着带着朵朵不方便,没肯让她一起,没想着朵朵突然就哭了起来,紧拉着她的手不肯松开,边抽噎着边道:"我不要妈妈去了,妈妈你不许去陪阿姨吃饭。"

越说人越是哭得大声,非要缠着不让宁沁走。

秦晓琪被朵朵哭得心疼,看向宁沁:"是什么朋友啊,很重要吗?改天再赴约行不行,你看这孩子哭得……"

"已经答应人家了的。"宁沁不好反悔,"只是去吃个饭而已,一会儿就回去了。"

弯腰来抱着朵朵,又是亲又是劝的。

平时朵朵很听话,她要出去也从不会随便哭闹,哄一两句人就开开心心的了,今天却是怎么哄也不太肯松手,只是瘪着嘴抽噎:"可是我就是不想让妈妈出去。"

"为什么?"宁沁揉着她的头发软声问。

朵朵缓缓地摇着头:"不知道,就是想要妈妈跟我回家。"

扯着她的手:"妈妈,我们回家好吗?"

宁沁在她脸颊上亲了亲:"乖,妈妈一会儿就回去,先和奶奶回去,嗯?"

朵朵噘着小嘴没应,眼睛还湿湿的。

"朵朵?"宁沁继续问。

朵朵终于迟疑着点了点头:"那妈妈你要注意安全。"

小大人的语气让宁沁忍不住笑了笑,轻蹭着她的脸颊:"妈妈知道了,你和奶奶也要注意安全知道吗?"

看朵朵认真地点着头,这才将人交给秦晓琪带回去。

朵朵在车上时还忒不放心地回头朝宁沁那边看,看完时幽幽地长叹了口气,嘟着小嘴不说话。

秦晓琪从后视镜看了她一眼,看着她那副忧国忧民的神伤模样,有些忍俊不禁,问她:"朵朵怎么了?"

朵朵小脑袋缓缓地摇动着:"没什么,可是不知道为什么我好不放心妈妈哦。"

秦晓琪忍不住笑了:"小丫头,你知道什么是不放心吗?"

"就是很担心很担心啊。"朵朵偏着脑袋看她,"爸爸好多次和妈妈说话时,都会说,我不放心你。"

朵朵学着秦止的语气说完,又是幽幽叹了口气:"我也不放心妈妈。"

秦晓琪忍不住地笑:"你回家乖乖吃完饭妈妈就回来了。"

朵朵有些心不在焉地"哦"了一声,人还是有些闷闷不乐的,回到家里时捧着《童话故事》时老走神。

秦止回到家便看到她正四肢呈大字状地仰躺在沙发床上,小脸蛋被一本故事书给盖得严严实实的,只露出两只水汪汪的大眼睛,正一动不动地盯着天花板,看着像心事重重的样子。

秦止在她身侧坐下,手掌在她眼前晃了晃:"朵朵!"

朵朵一把扯下脸蛋上压着的书,一骨碌马上翻身坐了起来,"爸爸"地叫了声,整个人蹭在他怀里,仰着小脸看他:"爸爸,你怎么回来了?"

秦止笑着捏捏她的小脸蛋:"怎么,不欢迎爸爸回家了?"

"可是你都还没去接妈妈回家。"说话间朵朵几乎整个人挂在了秦止身上,歪着脖子咧着嘴冲他笑,"爸爸,我们去接妈妈好不好,我好不放心妈妈哦。"

秦止笑:"你不要爸爸妈妈担心就不错了,怎么担心起妈妈来了。"

"哎哟,我就是担心嘛,妈妈又不肯让我跟着。"朵朵说着小嘴又瘪了起来,"我今天就是不想让她去和那个什么阿姨吃饭,一点都不想,我也不知道为什么。"

秦止原是没觉得有什么,被朵朵这么神神叨叨地一念,心里竟也隐隐不安起来,以前听老人说某些时候小孩子的直觉出奇地准,竟有些担心朵朵是不是预感到什么不好的事了。

这个念头在脑海中窜起时秦止心里的不安也就不自觉地跟着放大了,侧头看朵朵,问她:"朵朵为什么不想让妈妈出去?"

朵朵茫然地摇着头:"我不知道啊,就是不想嘛,想要和妈妈一起。"

扯着他的手臂:"爸爸,我们去接妈妈回家好不好?"

说话间整个人都从他身上爬了下来,想要去换衣服,被秦止给压坐在了沙发上:"你在家等爸爸妈妈。"

朵朵这次难得没有吵着要跟着一起去,愣愣地"哦"了一声后,叮嘱他:"那你们要早点回来哦。"

321

秦止笑笑,抱着她亲了下这才转身出门。

秦晓琪正在厨房里忙活,看秦止刚回来又要出去,回头问他:"不是刚回来吗,怎么又要出去?朵朵刚哭了好一会儿,你多陪陪她。"

"我有点事要先出去,你和朵朵先吃着饭。"

秦止换了鞋,没多耽搁,先出了门。

大概因为朵朵那莫名的担心,秦止心里越发不安,下了楼便马上给宁沁打电话。

宁沁正和余筱敏在吃着饭,十五分钟前才和秦止打过电话,看到他又来电,也不知道发生了什么事,接起便问道:"怎么了?"

"你现在还在帝星那边吃饭吗?"秦止声音听着像隐隐松了口气的感觉。

"对啊,怎么了?"

"没事,我刚好也在附近陪客户吃饭,我顺便过去接你吧。"

宁沁皱眉:"刚不是说要回家了吗,怎么突然和客户吃饭了?"

"临时决定的,我一会儿就到,你吃完在那里先等我会儿。"

"好的。"

宁沁挂了电话,抬头便见余筱敏在看她,但眼神似乎没什么焦距,像在看她,又像是在穿过她看什么,神色有些缥缈,人却还是在听的,看宁沁挂了电话,冲她微微一笑:"你和秦先生的感情真好。"

宁沁也不自觉地跟着笑笑:"他很懂得疼人。"

余筱敏神色又变得飘忽起来:"许昭以前也是。"

这个话题宁沁没办法接,她现在也闹不清楚余筱敏约她出来为的是什么,从见了面开始两人便是这么有一句没一句地聊着,她问她,她也只是苦笑着摇头。

余筱敏较之前几次憔悴了许多,人也瘦削了些,精神状态不太好,看得出来,是个被爱情折磨的女孩。

"你和许昭……"宁沁迟疑着看她,还是把话敞开了谈,"你们没事吧?"

又解释道:"我和他不是你想的那样,我对他没有爱情。"

余筱敏看她,摇头苦笑:"他很爱你。或者说,他放不下你。"

"他这样给我的生活造成了很大的困扰。以前我觉得是我亏欠了他,可是当我了解整个事情的始末的时候,我发现有亏欠的,是他,不是我,所以我不可能因为他过去对我的好就对他再感恩戴德，更不可能因此和他再有点什么。我现在和我的男朋友我的女儿过得很好，如果可以的话，我希望你能替我转告他，别再来打扰我的生活了。"宁沁看向她，"余小姐，我看得出来，你是个好女孩，许昭是怎样的人我一个外人也不好妄加评论，但是作为一个朋友，真心希望你能幸福。"

余筱敏看她："你也是在劝我分手吗？"

她的眼神有些说不清道不明的东西，看得宁沁心头莫名一寒。

"你别误会。"宁沁赶紧澄清，"大家都是女人，我只是觉得无论发生什么事，我们都应该对自己好点。"

余筱敏没应，抓起啤酒瓶给彼此满满地倒了杯酒，端起来狠狠灌了一口，大概因为以前不怎么喝过酒，一口下去就被呛得直咳。

宁沁抽了张纸巾递给她。

余筱敏好一会儿才缓过气来，低声说道："我今天约你出来，就是想看看，那个被他放在心里惦记了五年的女孩到底是怎样一个人，到底有什么魅力让他这样念念不忘，在他心里，到底是你重要，还是我重要……"

最后一句话慢慢低了下去，余筱敏叹着气默默喝了一口酒，再看向宁沁时眼神已经清明起来："我和他是在丹麦旅行时认识的，我半夜自己一个人回家时遇到了意外，差点被强暴，他救了我。我们有很多相同的喜好，也一起走过很多地方，从第一天开始认识我就知道你的存在，他最初吸引我的也是他的这份深情，却没想到……"

余筱敏苦笑："最后最伤人的，也是这所谓的深情。"

又是喝了一口，余筱敏也不管宁沁有没有在听："我和他认识了五年，去年才正式在一起的，我觉得他已经走了出来了，至少我觉得是，他人特别好，对我也特别好，比秦止对你还好，可是自从发现你还活着后……他跟变了个人似的，他想要分手，铁了心的要分手，说不能耽误了我……"

端起酒杯又要灌，被宁沁拦了下来。

余筱敏看了看被压着的酒杯，笑笑，也没再灌自己，只是看着宁沁："你说，是不是得不到的永远比主动送上门的来得珍惜，一个窗前的白月光，圣洁美好，一个白衬衫上的蚊子血，不好看还惹人嫌……"

余筱敏没再说下去了。

宁沁沉默了会儿："余小姐，说句不太好听的话，是许昭配不上你，你实在没必要为了这种男人糟蹋自己。"

　　余筱敏摇头笑笑："我知道。说实话，我挺羡慕你的。有个这么爱你的男朋友和这么可爱的女儿，还有个男人这么死心塌地地爱着你。"

　　宁沁笑笑，没接话，外人只看到了她现在的幸福，却不知道她眼前的幸福，是那个叫秦止的男人费尽心血才换取来的，是他执着地找回了朵朵，也执着地相信她还活着，不顾一切地把她带了回来。

　　心头因为他而柔软起来，宁沁看也吃得差不多了，余筱敏今天约她似乎也只是叙叙家常，正要出声辞别，余筱敏已经笑着道："不好意思，今天约你出来尽让你替我倒苦水。"

　　低头看了眼腕表，看时间也差不多了，招来服务员买单，这才一块儿起身离去。

　　两人一块儿出了门，走到大厦楼下时，宁沁侧身与余筱敏道别。

　　余筱敏笑笑："今天真的谢谢你。"

　　"我也没做……"宁沁笑着应，话没说完，周围却突然尖叫声四起，隐约有人急声吼，"退后！"

　　宁沁愣住，看大家都在往上看，下意识抬头，却见一块巨型的广告牌正直直朝她和余筱敏站的地方砸下来……

　　几乎与此同时，一道凶猛的力道从旁边袭来，两道高大的身影同时扑向她，秦止动作稍快了些，比许昭快一步先推开了宁沁，抱着她一起失衡落地，往旁边地板滚了两圈，"轰"的一声巨响，重物落地的声音在身后响起。

　　宁沁脸色有些苍白，下意识抬头，视线从秦止肩后看向他身后的地板，巨型广告牌被摔得四分五裂，许昭正站在宁沁刚才站的位置斜角，怔怔看着宁沁这边。

　　余筱敏一动不动地站在原地，直挺挺地站着，神色木然，一道猩红的血迹沿着她的额头，缓缓从脸上爬下，怵目惊心。

　　宁沁心一惊，"筱敏"两字脱口而出，手肘撑着秦止要站起来。

　　秦止所有的注意力都还在她身上，手掌扶着她的肩，掰着她转了半圈："有没有伤到哪里？"

　　"我没事。"宁沁低声安抚，扶着秦止一道站起身。

　　许昭朝她这边看了眼，眼神有些复杂，而后转头看向余筱敏。

宁沁原以为他至少会去看看余筱敏有没有受伤，却没想到他上前一步，右手扬起，狠狠就给了余筱敏一个耳光。

宁沁惊住。

余筱敏却似没有任何反应的木头人，动也不动地任由他手掌将脸甩向了一边，神色自始至终都是木然的，全然的空洞，宁沁一个外人看着都心疼，下意识走过去拉开了余筱敏，看向许昭时神色有些冷："许昭你好好看清楚，你现在打的是谁，你这样伤害一个深爱你的女人，你到底还有没有良心？"

许昭抿着唇角没出声，黑眸死死盯着余筱敏，隐隐夹着怒。

宁沁不知道余筱敏头上的伤是怎么个情况，她额头上的血还在不停地流着，看着触目。

她推着她，软声劝："我送你去医院。"

余筱敏没动，嘴角动了动："你别白费力气了，广告牌是我故意让人动的手脚，许昭也是我通知他过来的。我就想知道，假如你真的不在了，他还会不会继续念着你不放，假如我和你一起有危险了，他到底会先救谁。"

她的嗓音很轻，死寂沉沉的，整个人像被抽了魂魄般，没有一丝一毫的生气。

宁沁手臂有些许的停顿，竟也没觉得太意外，刚才吃饭时余筱敏的表现她就隐隐觉得不对劲，离开前她看了表，也是她提出要离开的，在楼下站着告别时也是她先叫住了她的，广告牌又这么凑巧地从天而降，宁沁没觉得真的只是意外，只是没想到余筱敏会承认得这么坦荡。

哪怕明知道她差一点就要了她的命，但面对这样一个被爱情折磨得没有一丝生气的女孩，宁沁发现她对她恨不起来，只是同情，甚至是心疼。

宁沁叹了口气，拉着她的手臂没放："你又何必呢，就为了那样一个男人这么赔上自己值得吗？"

"不值得。"余筱敏幽幽看了许昭一眼，终是收回了视线，左手攥着右手无名指，将无名指上的戒指一点点地攥了下来，紧紧攥在掌心上，手掌握得紧紧的，然后像是下了极大决心般，很突然地松了手，掌心里的戒指滚落在地。

宁沁看到了她掌心里被戒指划开的伤口，在沁着血丝，她却似没感觉得到般，额上，脸上也是。

都是完全不懂得爱惜自己的主儿。

宁沁吸了吸鼻子，拉过她的手臂："你身上的伤还是得处理一下，我先送你去医院吧。"

余筱敏迟疑着回头看了她一眼，宁沁不由分说将她拉了过来，推着她往车里走。

余筱敏只是迟疑了片刻，嗫嚅着说了句"谢谢你"后，便一声不吭地跟着宁沁先走了。

秦止抬头往广告牌掉下来的方向看了眼，抿着唇角，转身时看了许昭一眼，许昭只是木然地站在原地，一动不动地没有说话，也没有追过去。

秦止过去帮忙把余筱敏送去了医院。

她的头和脸被广告牌尖锐的斜角划过，伤口很深，失血有点多，刚到医院人就昏了过去。

宁沁从她包里找出她的手机通知她的家人过来照顾她，人到了才离开。

转身拉着秦止欲走时才发现秦止走路有些奇怪，一跛一跛的，左手臂也不太自然。

刚才过来时秦止开的车，宁沁注意力都在失血过多的余筱敏身上，没太去留意秦止，现在才隐隐觉得不对劲，想到他刚才扑上来护着她往旁边打滚的事，心里一惊，拉住了他："你腿和手都怎么了？"

"没事。大概就是刚才倒地时冲击有点大。"秦止软声解释，听嗓音隐隐有些虚弱，说话间还几不可察地皱了下眉心。

宁沁试着往他大腿上压了下，抬头便见秦止脸色白了白。

"你傻啊你，受伤了怎么也不说一声。"宁沁抱怨着鼻子突然有些酸，过来拉过他的手臂想要扶住他，手臂刚绕过他的背，不知道碰到了哪里，突然见秦止"嘶"地抽了声气，脸色苍白，额上还沁出了一层薄汗。

宁沁脸色一变，也顾不得现在还在人来人往的大厅处，轻扯着他的衣领微微往外一拉，一道还沁着血的伤痕映入眼中。

"你……"宁沁鼻子一下就酸了，"都受伤了刚才怎么也不说一声，还逞什么强去开车，我……"

指责的话也说不下去，想到自己刚才竟没先去查看他是否受伤，心里又内疚得难受，吸了吸鼻子，扶着他的手臂把他往急诊室推。

"只是一点小擦伤而已。"秦止安慰她，"真的严重的话不用你说我都先去找医生了，哪可能真去管余筱敏死活了。"

话虽是这么说，刚把秦止肩上的西装和衬衫被褪下时，宁沁看到他肩上那道深长的划痕时还是难受得差点没哭出来。

他救她的时候动作虽快，但到底比不上从天而降的广告牌，广告牌的一角还是险险擦着他的肩而过了，伤口都凝了血。

他肩上的西装都被划破了道口子，只是她没留意到，她竟没留意到……

看着他肩背上的伤口，宁沁突然就内疚得特别难受，闷闷地说了声"对不起"，却又不知道该说什么了，只是紧紧握着他的手没放。

秦止看她一眼："总算良心发现了一回。"

半调侃的语气，说话间手掌已经落在她头上，轻轻揉了揉，冷不丁低头在她额头上轻吻了下："好了，又不是多大的问题，你瞎内疚什么。"

宁沁半噘着嘴没说话，自己还是有点生自己的闷气，好一会儿才吸了吸鼻子看他，转开了话题："你是不是知道我会出事，专程过来找我的？"

"嗯。"秦止点点头，"朵朵一整个晚上都在念叨着不放心你，我也被她念叨得心神不宁的了，幸好……"

幸好及时赶到了，想到刚下车看到的那幕，秦止还隐隐有些心有余悸，那一瞬间竟有种肝胆俱碎的感觉。

巨大的广告牌就这么毫无预兆地脱落，从天而降，而她却毫无所察地站在原地，就差了那么一点点，她整个人差点就被那广告牌砸成了肉酱。

秦止吐了口气，手掌压着她的后脑勺，将她的头轻靠在胸口处，好一会儿，直到医生处理好了肩上的伤口才放开了她。

他的左膝上也有些擦伤，宁沁担心他伤到骨头，还是强制让他先拍了个片才回去。

朵朵还没睡，尽管回来前宁沁特地打了个电话回去给她，小丫头没看到人还是不肯去睡，正穿着她的小熊睡衣抱着只小龙猫抱枕坐在沙发上，下半张脸几乎都埋在了小龙猫身上，看着郁郁寡欢的，直到听到开门声，小丫头小脸才一下亮了起来，扔开抱枕马上滑下沙发，趿着棉拖笨拙地往门口跑，看到秦止和宁沁进来时就俏生生地叫了声"爸爸妈妈"。

秦止想到是朵朵劝他去找宁沁的，心里头对这个女儿宝贝得不行，蹲下身来拉过她往怀里一抱,在她小脸蛋上一阵亲,额前的碎发刺得朵朵小脸蛋痒痒的,被亲得"咯咯"直笑。

被亲完了才从秦止怀里钻出半颗脑袋来看宁沁:"妈妈有没有事啊。"

宁沁不觉一笑:"妈妈没事啊。"

惦记着秦止身上的伤,怕朵朵没轻没重地不小心压到了他的肩,张开了手臂看她:"来妈妈抱抱。"

朵朵马上从秦止怀里钻了出来,扑入宁沁臂弯间,又是被宁沁一阵猛亲。

"朵朵为什么会觉得妈妈今天出去会有事啊?"宁沁亲着她的脸蛋问。

朵朵听不明白,也回答不上来。

"我就是担心妈妈出事嘛。"童言童语的,纯粹只是担心而已。

只是她莫名其妙的担心,反倒是救了她一命。

宁沁又忍不住抱着她亲了亲。

秦止这时站起身来,朵朵眼尖,一眼便看到秦止走路姿势不太对。

"爸爸怎么了?"小手赶着扯着宁沁的手问。

"爸爸只是磕伤了脚而已。"

朵朵若有所思地点点头。

"那我去牵着爸爸走。"人就抛下了宁沁去牵秦止的手了。

秦晓琪这时也走了过来,看到秦止这样,宁沁耳旁也有点小擦伤,忍不住皱了皱眉:"发生什么事了?"

宁沁怕秦晓琪担心,把刚才的事挑着说了下,刻意避开了些凶险的地方,也没有特地提起余筱敏所为。

大概因为心里上倾向于同情弱者,当这份同情占上风时,宁沁对余筱敏也没办法真的介意起来,第二天还是打电话给她的母亲问了下她的情况。

余筱敏早上已经醒了过来。

宁沁打电话过去时她也在,她拿过了母亲的电话,沉默了会儿,对宁沁说了三个字:"对不起。"

宁沁对余筱敏虽是恨不起来,却也没办法像昨天那样心无芥蒂地聊,叮嘱了几句便挂了电话,没想到第二天余筱敏让人送了个文件袋过来,还特地叮嘱让她亲自签收。

邮件是秦止替宁沁签收的。

宁沁正在客厅里给朵朵讲故事,看秦止出去后又拿了个文件袋回来,然后将文件袋朝她晃了晃:"余小姐寄给你的。"

"这是什么?"朵朵先从宁沁怀里钻了出来,伸手就接过了文件袋,边说着边开始找边开拆,"我帮你拆开来看看。"

话音刚落就被秦止给抽了回来。

秦止摸不准里面是什么东西,不敢轻易让朵朵碰,也没让宁沁碰。拿过后便自行拆了开来。

朵朵伸长了脖子,探头探脑:"是什么?"

比宁沁还急切。

宁沁也想不出余筱敏有什么东西要寄给她的,侧着头看秦止,却见秦止从文件袋里拿出了一小叠的照片,扔在茶几上,手掌压着往旁边一摊,照片被一张张摊开来了。

宁沁看着心里突地就"咯噔"跳了一下,朵朵好奇伸手去拿。

"我看看是什么东西。"中途被秦止给拦了下来,轻扣着她的肩将她转了个身,让她去找秦晓琪。

朵朵扭着小身子,很着急:"等一下嘛,我先看一下下,奶奶现在还没空陪我玩。"

弯着腰要去拿桌面上的照片,一边念叨:"我看一下好不好看。"

宁沁伸手将她抱了回来:"去书房的纸箱里帮妈妈把以前的照片拿出来好不好?就上次我们在外婆家搬回来那个。"

"好。"朵朵瞬间便忘了茶几上的照片,从宁沁大腿上滑下来,趿着棉拖鞋"吧嗒吧嗒"地往书房跑。

宁沁往她那边看了眼,吐了口气,伸手拿过了照片,照片很多,分两个信封装,有她和许昭的,还有许昭和何兰的。

她和许昭那些从许昭专程到幼儿园等她和朵朵,到那天酒店里强吻她的照片,巨细靡遗。

宁沁估摸着秦止是担心朵朵看到这样的照片,才想着要把她支开的。

秦止随手拿了几张起来,随意扫了眼,拧着眉心又放了下来,拿过了另一沓许昭与何兰碰面的照片,看着看着眉心就蹙了起来,若有所思的样子。

宁沁也拿过来看了看,许昭和何兰大概是约着谈生意,只是宁沁一时间想不起来两人生意上能有什么交集,也猜不透余筱敏寄这些照片给她是出于什么目的,尤其她和许昭那些,让秦止看了,存心让他误会呢,但是她又是特地叮嘱一定只能她本人签收的。

宁沁皱眉,电话刚好这时响起,余筱敏打过来的。

"宁小姐,邮件您收到了吗?"余筱敏问,嗓音还有些虚弱和沙哑。

宁沁点点头,嗓音平静镇定:"你寄这些东西……"

"你和许昭的照片不是我拍的。"余筱敏澄清,"我无意中在许昭书房找到的,我想你们应该也还有收到过什么光盘啊照片啊之类的吧。"

宁沁没想着东西真的是许昭亲自寄过来的,突然有些细思极恐,他和秦止兄弟多年,把秦止的性子摸得很透,他很懂得怎么在秦止和她之间制造嫌隙。

宁沁下意识抬头看了秦止一眼,秦止也在侧头看她,眼神很深。

"宁小姐?"余筱敏那边没能等到宁沁的回应,皱眉问道。

"我在。"宁沁回过神来,淡声应着。

"宁小姐,我没别的意思,我相信以你和秦先生的性格,都不会真的在意这些东西,我转寄给你,只是想提醒你一下而已,别又着了许昭的道,他最近和徐夫人走得比较近,徐夫人和秦先生关系紧张微妙都不是什么秘密了。"

余筱敏点到为止,没有把话挑得太明。

宁沁明白她的意思。

挂了电话时发现秦止还在看她。

"怎么了?"秦止问。

"光盘的事,彭老板那边有消息了吗?"宁沁没直接回,只是提起了这个话题,前两天因为唐旭尧的帮忙,彭老板那边确实松了口。

"许昭寄过来的。"秦止淡声应道,挨着她在沙发上坐了下来,弯身将照片拿起收好。

宁沁看着他不紧不慢地收着照片:"余筱敏说,我的那些照片是许昭拍的。"

秦止没意外:"看得出来。"

侧头看宁沁在看他,眼睛里隐隐有些担心的意思。

他脸上的线条不自觉柔和了下来,微微倾身,手臂绕过她身侧,落在她身后的沙发背上,宁沁被他困在了他的臂弯和沙发间,他正垂眸看她，居高临下的，隐隐造成些许压迫感，宁沁突然生出些脸红心跳来。

"你干吗呢。"宁沁轻推着他，"一会儿朵朵就出来了。"

秦止纹丝未动，眼神纠缠着她的脸，看了会儿，突然缓缓低下头，唇轻轻印在她唇上，贴着轻轻吻了会儿，又离开。

"我没介意这个。"秦止说，手掌捧着她的脸，指腹轻轻摩挲着。

宁沁不太自在地推着他："我又没说你介意了。"

惦记着他肩上的伤，担心他这个姿势又扯裂了伤口，推着他："你正经点，一会儿又扯到伤口了。"

秦止又在她唇上吻了吻才坐正了回来，拿起整理好的照片，慢条斯理地塞入信封里。

朵朵刚找好了照片出来，远远看到秦止已经在收照片了，挥着小手喊："爸爸，等一下，我还没看呢。"

"吧嗒吧嗒"地赶紧跑了过来，还没能去抢到照片，人就被秦止拎着抱进了怀里，问起她元旦跳舞的事来了。

秦止记得她几个月前就惦记着元旦晚会跳舞的事了，那会儿宁沁还没回来，她提到时还郁郁寡欢的，如今人回来了，元旦也快到了，反倒不见她提了。

秦止这么一提起朵朵就开始吐舌头："跳舞好难。我都不想跳了。"

"怎么难了？"宁沁捏着她的小脸蛋，她没什么舞蹈天赋，但当妈的都希望自己的女儿琴棋诗画舞中有所专长。

"这个又要这样扭那个又要那样扭……"朵朵从秦止大腿上滑下来，扭着手和腰艰难地比画着，"还有和我一起练的曜曜，每次都不肯让我拉他的手，都跳不了的。"

朵朵提到这个就有些愤愤然："他说我是女生都不肯让我碰他的手的，一点都不好玩。"

朵朵提的那个曜曜宁沁见过，也是姓陆的，很好看的一个小男生，性格相对内敛含蓄一些，小小年纪跟个小大人似的，很懂事。

"他大概是觉得不好意思，下次你主动拉他的手，或者好好跟他说就好了嘛。"宁沁软声建议她。

朵朵噘着小嘴："可是我想和小轩一起跳，他好好玩。"

"你们下课后也可以一起玩啊。"秦止劝她。

朵朵噘着嘴点点头："等你们来看我跳舞我再告诉你们谁是小轩，

他好好玩的。"

开始念叨着小轩的好,只字不提她的小舞伴曜曜了。

宁沁有些失笑。朵朵入学迟,这还是她第一次这么主动的提起其他小朋友,之前她还担心前几年的生活让她不好融入小朋友中去,现在看来她适应得很好。

元旦在一个星期后,这一周来朵朵因为下课后还要排练舞蹈,放学时间也晚了些,余筱敏那边宁沁没再去联系过,她也没再联系她,也不知道是怎么个情况了,许昭那边也暂时沉寂了下来,没再见着人,也可能是他没这个机会。

最近上下班都是和秦止在一起,就连偶尔外出谈项目秦止只要没什么重要会议,都借着工作的名义陪她一块出去了,因此这么久以来,没人打扰她,也打扰不到她和朵朵。

朵朵学校的元旦晚会在元旦前一天终于举行。

早上刚醒来朵朵就特别兴奋,人也起来得特别早,自己把舞衣先准备好了。

秦止和宁沁送她去的学校,临别时拉着宁沁的手再三叮嘱两人一定要来看她跳舞,碎碎念地叮嘱了一大通后才恋恋不舍地回了教室。

时间还很早,两人到公司时大部分人还没来上班。

宁沁有点想偷懒,昨晚一晚上没怎么睡好,进了电梯就主动抱住了秦止的手臂,巴巴地跟他上楼。

秦止看着她不断地打哈欠,手掌在她头上揉了揉,侧头看她:"很累?"

宁沁点点头,又大大地打了个哈欠,整颗脑袋几乎都枕在了他手臂上:"有点困。"

又是一个大哈欠,带得秦止都差点没忍住跟着打哈欠了。

他手臂顺道一伸就把她揽入怀中:"那先回我办公室睡会儿,一会儿开会再下去。"

宁沁可没敢真的睡到十点半开会,上班到底还是得有上班的样子,就想着其他人都没来,回秦止办公室趴会儿养养精神。

董事办的办公室房门没锁,大开着,宁沁估摸着有谁来上班了,忍不住回头看秦止,赞道:"你办公室的助理还挺勤快的,离上班时间还差四十分钟呢。"

"是都挺勤快的。"秦止表示赞成,"不过平时我来得迟,倒不知道他们都这么早上班了。"

宁沁忍不住笑:"你该给人家加工资了。"

跟着秦止一前一后进了屋,一眼扫过去却没见着人,办公室空荡荡的没人在。

宁沁忍不住皱了皱眉:"没人啊。"

秦止也是跟着拧了下眉心:"估计谁忘锁门了。"

抬眸看到他办公室房门虚掩着,眉心的褶皱几乎拧成了"川"字,宁沁也注意到了,眉心蹙起,本能抬头与秦止互望了眼,跟着他一前一后地往他的办公室走,正要去拉门,没想着门突然被从里面拉开了,把宁沁吓了一大跳,手掌下意识就揪住了秦止的手臂,秦止手臂也本能环住了她,将她拉了过来,黑眸看着门内站着的人。

屋里的人大概也没想着门外有人,开门的瞬间也被吓了一跳,但很快镇定下来,客气地打了声招呼:"秦董。"

宁沁循声望去,她认得他,何兰的贴身助理何林。何林家那边的亲戚,似乎是她大哥的儿子,几年前大学毕业后就被何兰安排进公司里,这几年来一直跟在何兰身边做事,目前是总经理特别助理,因为何兰这层关系在,在公司地位不低。

只是何兰身边的总经理特助,这个点却出现在秦止的办公室里,宁沁下意识往屋里扫了眼,何林礼貌地笑笑,将臂弯里的文件递了上来:"秦董,这是何总让我给您送过来的财务报表,刚过来看到门没锁以为您在里面,没想到……"

赧颜地笑笑:"这么擅自闯入您的办公室,真的很抱歉。"

秦止侧眸看他,唇角微抿着,没有说话。

何林手中的文件夹递过来了些:"秦董。"

秦止视线从他手里捏着的文件夹缓缓移到躺在他臂弯里的文件夹上:"那是什么?"

"这个是何总今天开会要用的财务报表和项目企划案。"何林应,镇定自若,看着并无异样。

"都一起给我吧。"秦止淡道,伸手推开了办公室门。

何林面有难色:"这个……何总那边……"

"怎么,我身为公司执行董事,看一份财务报表和企划案都得先经过何总同意了？"

"不是。"何林低敛着眼眸赶紧将手中所有的文件都奉了上去。

秦止伸手接了过来，淡淡看了他一眼："何助理，公司有公司的规定，下次你敲门如果我里面没反应，你可以先给我打个电话确认一下我在不在。"

何林低垂着头没敢抬起："好的，我明白了，今天是我冒昧了，对不起。"

秦止收回视线："你先出去吧。今天的事希望不会再有下一次。"

"谢谢秦董。"何林很快转身离去。

秦止侧转身看他的背影，看着他身后的西装随着脚步翻出些许飞扬的弧度，眸子深凝。

"怎么了？"宁沁没留意看何林，只是留意到了秦止的神色，下意识问道。

秦止摇了摇头，转眸看向门锁，手掌落在门锁上，试着轻轻转动了一下，门锁是好的。

"你也觉得他有问题？"宁沁问，也跟着去试了试门锁。

秦止抬眸看她："一个有着七年工作经验的总经理特助，会未经他人允许就擅自闯进办公室里，你觉得会没问题吗？"

抬头看到助理小陈刚好走进来，冲他道："小陈，一会儿让人把我办公室的锁给换了。"

"啊？"小陈没想着向来九点准时踩点的上司这个时候会在，更没想着一见面就是吩咐他换锁，一时间没反应过来，"为什么要换锁？"

"你照做就是。"秦止淡声吩咐，"还有外边的门锁，谁最后一个离开，记得锁门。"

随手将办公室门关上，将何林交给他的那沓资料和手里的钥匙随手扔在了办公桌上，人就弯腰开始翻箱倒柜起来，似乎在找什么东西。

宁沁拿过他扔在桌上的那沓文件，秦止抬头看了她一眼："不用看了，这东西真有问题的话他不会这么爽快地扔过来的。"

拉开了抽屉，扫了眼，看里面的东西没被动过，又推了进去，试着去拉上了锁的抽屉，没拉动，抓过刚扔在桌上的钥匙，开了办公桌右侧最上面的抽屉。

抽屉里都是一些重要的文件和公司签章，里面的东西摆放得整整齐齐，一如他昨天离开前的样子。

宁沁看秦止光是盯着抽屉看，抿着唇角，没说话，也没去动什么东西，走了过去，往抽屉看了眼："有什么问题吗？"

她平时从不会去看他的东西，也不知道抽屉原本是怎么个情况，现在看也瞧不出点什么来。

秦止徐徐摇着头："看上去似乎没问题。"

伸手拿起了公司的印章，翻过来看了眼，而后从左侧那叠废纸里抽了张白纸过来，印章竖着在白纸上轻轻一压，"旭景地产集团有限公司"字样清晰地印在了白纸上，秦止右手食指指尖往那殷红的字样上轻轻一抹，反过来，指腹上沾上了鲜红的印记，隐隐还带着些许新鲜的湿润感。

秦止视线从指腹上的红印移向白纸上有些糊了的印章，若有所思。

宁沁也伸着指尖轻轻压了压，抬起时白皙的指腹上已经沾上了点红印，湿湿的还带着点水雾样子。

宁沁突然就有些明白了，抬头看他，却见秦止不紧不慢地把印章重新装回了抽屉中，按下内线："小陈，你进来一下。"

小陈很快进来，"秦董"地打了声招呼。

秦止压着抽屉推上，看向他："通知下去，公司公章失窃，从保卫处调取这一周的监控视频，一个个排查；另这件事已经向派出所报案，公章已报失，近一周内签订的合同一律作废。"

小陈一愣："公章不见了？"

"先照我说的通知下去。"

小陈点点头，不敢耽搁，赶紧出去通知了，没一会儿公司公章失窃的消息便传遍了整个公司，尤其是一个小时没到，还有警察过来了。

大家也摸不准是个什么情况，但公章失窃，问题可大可小，只是每个经过总裁办的人都有些担心，生怕自己成了嫌疑。

何林看到警方过来后更是有些坐立不安，也不知道是怎么个情况，毕竟早上是在办公室被撞上的，也不知道秦止会不会把这公章遗失的罪名给安到他头上来，正焦灼不安时，没想着何兰先进来了。

"到底怎么回事？公章早不丢晚不丢刚好就在这节骨眼上不见了，我不是让你盖个章而已吗，你怎么把东西一块儿带走了。"门一关上，何兰劈头盖脸就是一顿训。

何林被训得冤："我没事拿它干吗，这不见了损失的还不是我们。

早上我都还用了，谁知道姓秦的葫芦里卖的什么药。"

"早上？"何兰骤然眯了眼，"说清楚。"

何林迟疑着看她，他原是昨晚就应该去把事情处理妥当的，晚上没人，也不容易被揪住把柄，只是没想着昨晚两杯黄汤下肚，人有些晕沉，把这事儿给耽搁了，早上醒来怕何兰这边责难，想着趁其他人没来上班先去把事情补办了。

总裁办的人向来都是八点五十分左右才到的，何林观察了很久，从没出过差错，他特地提前了一个小时过来，本是万无一失的，即便出了事秦止查起来，一般只会查谁晚上没回去，也不会想着查谁早到的，没想着今天偏偏倒了大霉，万年不早到的秦止竟赶了个大早，还在办公室里打了照面，如今也不知道到底是真的把秦止糊弄过去了还是没有，他心里也没底，更没敢跟何兰老实交代，一张脸犹疑着。

"支支吾吾地做什么，说。"何兰受不了他这副欲言又止的模样，冷了脸。

何林迟疑着把早上的事给说了，话音没落，何兰气得差点没一耳光甩他脸上去，一张老脸都给气红了，指着他的鼻子骂："你猪脑子是不是？一大早的还去什么去，还让人给逮了个正着，落了把柄在人那儿，你……你真是气死我了。"

"他未必会起疑的，我只是说要去把文件给他，我当时的表现很正常，他……"

"正常你个头。"何兰恨不得去掐着他的耳朵拧，"人家正设了个套把你往里套你还有脸在那沾沾自喜……"

话没能说完，门外突然响起了敲门声，"咯咯咯……"一下一下的，很有节奏，何林底下一助理敲的门："何特助，秦董有事找您。"

何林脸色煞白了一下，抬头看向何兰时，却被何兰狠狠剐了眼。

"姑妈……"何林征询何兰的意思。

何兰又是一眼剐过来："闭上你的嘴。"

轻咳了声，扬着嗓子："什么事？"

"何总，秦董正在外面。"助理的声音软了下来。

何兰过去开门，下巴扬着，看到门外站着的秦止宁沁以及两名民警时，神色未变："有什么事吗？我和何特助还有工作要谈。"

秦止看她一眼，唇角勾出一个客气的弧度："关于公司印章失窃的事，有点问题需要请何特助配合警方做个调查。"

何兰笑笑："难不成还怀疑是他偷的？何特助平时虽是笨了点，但为人踏实诚恳，又是我的人，他要个公章做什么。"

秦止也跟着笑笑："我自然是相信何特助的人品，只是最近一周来，何特助是唯一一个进入了我办公室的人，到底是怎么个情况还是看警方的调查结果。"

侧头朝他身侧警察看了眼："张警官，麻烦你们了。"

被唤作"张警官"的警察点点头，人已经走了过来，解释了个大概，就先将人带回所里调查了。

何兰在一边看着，想去说情，但人是秦止请来的，她也无能为力。

秦止看着何兰："何总，何特助在这件事情上恐怕一时半会也摘不干净，为避免给公司形象造成影响，在真相调查清楚前，按照公司规定，我希望还是先给何特助进行停薪离职再说，他的工作我会另外安排人接手。"

秦止说完时已经和宁沁先出去了，也不看何兰骤然冷下来的眼神。

转身时宁沁朝何兰看了眼，看得出她脸色特别不好，心腹大将就这么毫无预兆地被换了下来，连反对的机会都没有，平白暗暗吃了那么大一个暗亏，换谁谁都给不了好脸色。

秦止察觉宁沁在偷眼看何兰，手掌往她脸颊一拦，掰着她的脸就转了回来，压着她的头靠压在颈窝处。

"有什么好看的。"秦止淡声道。

"就随便看看嘛。"宁沁仰头看他，在公司还是不习惯跟秦止这种亲昵，挣着想要从他的禁锢中出来，没想着秦止反而收紧了手臂，带着她回了办公室。

宁沁心里还惦记着印章的事，有些担心看他："你真不去报失吗？"

"这么一闹，你觉得何兰还敢把她手里那份东西拿出来？"秦止反问。

宁沁觉得何兰确实不敢，毕竟也辨不出个真假来，她向来不做没把握的事，只是也不会就这么白吃这么大个闷亏就是了。

秦止也是摆明了要和何兰来硬的，回到办公室便让人事部发了通知，何林因个人问题暂停总经理助理的工作，交由他人负责。

因为这个事，公司又高潮了阵，不久前何兰才解雇了宁沁，没两个月秦止也把何林给开了,在外人看来多少带了点挑衅的火药味,何兰一整天脸色都没好过,秦止却是心情丝毫没受影响,下午提前了一个小时和宁沁离开了公司,去幼儿园看朵朵的元旦表演。

朵朵的元旦晚会晚上七点才开始,秦止和宁沁过去时朵朵正换了小舞衣化装准备。

小丫头长这么大第一次上台表演,下面还黑压压地坐满了家长和小朋友,平时看着倒是没脸没皮的,这会儿反倒是紧张起来了,看到宁沁进来,就噘着小嘴拉她的手:"妈妈,我怕。"

宁沁失笑:"你怕什么?"

"好多人。"

宁沁半蹲下身,抱着她亲了亲,安抚她:"你跟着音乐和其他小朋友一起跳就可以了,不要往人多的地方看就好了。"

朵朵嘟着嘴"嗯"了声,人看着像是放松了些,却还是紧抱着宁沁不放。

一个差不多大的小男生嬉皮笑脸地走了过来:"朵朵羞羞脸,还要妈妈抱……"

坐在朵朵旁边的小男生马上回道:"你才羞羞脸,昨天你妈妈没来你还哭。"

朵朵扭头看宁沁,指着替她说话的小男生说:"妈妈,这就是我的同班同学小轩轩。"

朵朵强调"同班同学"几个字时特别认真,宁沁忍不住笑笑,和她的同班同学打了声招呼。

小轩也礼貌地冲秦止和宁沁叫了声"叔叔阿姨"。

宁沁看到朵朵经常念叨的小轩后,就下意识想看看那个总是不理她的曜曜了,眼睛随便扫视了眼就看到了坐在另一边角落里的小男生,穿着个演出用的小西装,正端端正正地坐着,周围围了一圈小朋友,叽叽喳喳的好不热闹,偏偏就他端端正正地坐着不说话,帅气的小脸蛋配着不言不笑的神色,倒衬出几分高冷的味道来了。

"曜曜。"宁沁正盯着曜曜打量着,一声略熟悉的女声响起,她下意识回头,意外看到了抱着小兮然缓步而入的陆然。

曜曜也看到了,高冷的小脸蛋上露出一个浅浅的笑容:"姑姑。"

"你爸爸妈妈说有点事要晚点才能过来,让姑姑先过来看看你。"

曜曜乖巧地应了声"好的"就从座位上滑了下来，过来和小兮然玩。

陆然这会儿也留意到了宁沁，笑着打了声招呼。

朵朵看到小兮然人也很自觉地从座位滑了下来，"妹妹"地叫了声，走过去拉起裙摆就要抱妹妹。

小兮然正慢悠悠地舔着棒棒糖，小嘴和脸上被糖渍糊得黏黏的，一个人正舔糖舔得津津有味，陆然怕小兮然嘴里的糖弄脏了她的演出服，赶紧着先将她轻推开："妹妹手里脏，一会儿会把你衣服弄脏的。"

"没关系，我不怕脏。"朵朵说着就想去牵小兮然的手，没想着曜曜这会儿走了过来，一把将小兮然拉了过去，不让她碰。

朵朵噘着嘴看着两人，也不知道怎么的，不敢上去了，只是有些渴望地看着小兮然，眼巴巴地看着特别可怜。

陆然看着心疼，赶紧拉过小兮然想让朵朵过来牵着，曜曜突然抬头："我不要她碰我妹妹。"

曜曜语气不太好，听着特别认真，陆然听着都觉得尴尬，当下就板起了脸："陆承曜！"

曜曜抿着嘴角不说话，拉着小兮然的手。

朵朵小嘴也瘪着，眼眶有些红，细声嗫嚅着："我才不要碰你妹妹。"

泫然欲泣的小模样儿看着特别可怜，宁沁心疼不已，虽然只是小朋友间的小打小闹，但是眼看着自己女儿被小伙伴这么明着排斥，还是会心疼，赶紧抱着安慰："乖，曜曜只是担心妹妹手里的棒棒糖把你的衣服弄脏了而已，朵朵不哭。"

陆然也扭头看曜曜，难得严厉："陆承曜，向朵朵道歉。"

曜曜撇过了头，带着妹妹玩。

秦止笑着出声圆场："小孩子玩笑话而已，没事的。"

朵朵扭头扑在宁沁大腿上，瘪着嘴说了句："我再也不要和他玩了。"人就控制不住哭了起来，也不哭出声，就是抱着宁沁大腿，一抽一抽地抽噎着。

宁沁赶紧安慰，小轩也过来拉着她的小手一个劲地劝她别哭了。

朵朵不是多愁善感的人，哭了会儿就自动停了下来，也没再想着找小兮然玩了，反倒是陆然过意不去，给小兮然擦洗干净了让她过去找姐姐玩。

朵朵怯怯地往曜曜那边看了眼，心里还惦记着刚才赌气说的不要碰妹妹了,看曜曜没看她这边来,马上露出了笑,拉着妹妹玩。

陆然松了口气,有些歉然地冲宁沁笑笑:"曜曜从小就被惯坏了,熊孩子一个。"

"小孩子嘛,这个年龄的小男生排斥女生很正常。"宁沁笑着道,往曜曜那边看了眼,曜曜本也在看着她,看她看过去,大概是害羞还是怎么的,转开了视线,看着倒不是不懂礼貌的小朋友。

陆然笑:"不管怎么说回头还是得跟我嫂子说说这事才行,让她好好教教,小屁孩这样傲可不行。"

想到他刚才对朵朵的态度,人还是心疼朵朵,下意识朝朵朵看去。

朵朵年纪小忘性也大,哭过后就跟没事儿人似的了,和小兮然玩得正开心着,也没再去理会曜曜。

老师在这时走了过来,手掌交叠着拍了几下,让小朋友排好队,快轮到他们上场了。

朵朵和曜曜是一组,要牵着手一起走出去。

大概因为刚才的事,朵朵不太敢主动去牵曜曜,别的小朋友都已经拉着小手站好了,她还嘟着小嘴怯怯地站在原处没动。

宁沁劝她走过去,朵朵人虽是听话地走过去了,手却背在身后不敢伸出来主动拉曜曜。

陆然朝曜曜使眼色:"曜曜,拉朵朵的手。"

曜曜抬头看了她一眼,站在原地没动,老师劝也没用。

陆然看着头疼,走过去拉过他,软声劝。

她平时说话还是有些分量,曜曜也还是会听她的话,虽然是心不甘情不愿的,却还是主动拉起了朵朵的手,反倒是朵朵有点不乐意让他拉,嘁着嘴,却也没挣脱,就这么跟着其他小朋友上了场。

宁沁和秦止陆然在前台看,曜曜的爸爸妈妈陆仲谦和秦嫣在节目表演前赶了过来,陆然介绍着两家人做了个认识。

陆仲谦是国际刑警,当初秦止那件跨国金融诈骗案恰巧参与过调查,和秦止也有过一面之缘,虽是隔了几年,却也还是一眼就认出了他来,早几年前就知道是一起冤案,因此再见到时也不意外,大大方方打了声招呼。

朵朵他们的表演很顺利,几个孩子在台上没怯场,配合得很好,最后还拿了个第一名。

颁奖一结束，朵朵换了衣服便从舞台上朝宁沁这边飞扑了过来，抱着她的大腿仰头追问她跳得怎么样。

宁沁专门带了摄像机录了VCR，摸着她的脑袋连连夸赞。

曜曜这时也走了过来，大概是男生的缘故，也没像朵朵这样黏着大人，只是安安静静地站在陆仲谦身边，一大一小两张脸仿佛同个模子刻出来的，连俊脸上的冷峻和严肃都快如出一辙了，完全没遗传到秦嫣的活泼。

因为晚会的事，小朋友下午都只是集体在食堂匆忙吃了点东西，大家都是熟人，也就约着一块儿去吃饭。

朵朵想要陪小兮然玩，吃饭时特地坐到陆然身边，要喂妹妹吃饭，自己握筷子都还没利索，已经笨拙地夹着菜要去喂妹妹了，小模样儿还特别认真。

秦嫣在一边看着，越看越喜欢这小丫头，半开玩笑地对陆承曜说："曜曜，以后在学校要多照顾朵朵妹妹知道吗？"

没想着曜曜慢悠悠地抬头朝朵朵看了眼，"不要"两个字就很爽利地脱口而出了，完全没顾忌这话合不合适，说完还补了一句，"我不喜欢她。"

秦嫣没想着儿子还会说出这些话来，有种白教了的感觉，捏着他的脸颊："陆承曜，瞎说什么呢，朵朵多可爱。"

朵朵这会儿也抬头朝曜曜这边看了眼，小嘴嘟着："我也很讨厌你。"

嘴里虽是这么说着，人看着却有些委屈，大概是从没被人这么直白地嫌弃过，年纪小也还不会控制情绪，要哭不哭的样子。

秦止看着心疼，赶紧把人抱了回来低头安慰。

秦嫣掐死自己儿子的心都有了，虽然是年纪小，童言无忌，但这话怎么听怎么伤人，也尴尬。

她正要出声，陆仲谦已经先开口了："陆承曜！"

嗓音沉沉，不怒而威。

陆承曜吃饭的动作就停了下来，心不甘情不愿地扭头看秦止和宁沁："叔叔，阿姨，对不起。"

就是没向朵朵道歉。

宁沁也不知道自己女儿怎么就这么不招这小男生待见了，估摸着小伙伴闹矛盾了，也就笑着摸了摸他的头："没关系。"

朵朵没真哭出来，只是觉得委屈而已，被秦止抱在怀里安慰了会儿后人就像没事人般了，后半场饭也没再生波折，一桌人有说有笑地吃完了这顿饭，气氛很温暖，饭后告别时曜曜也很礼貌地冲秦止宁沁道了声别，朵朵也是礼貌地和陆仲谦秦妈还有陆然道了别，就是没和陆承曜说话，两个小朋友跟杠上了似的，谁也不理谁，大人撮合着打圆场也都是不甘不愿的。

回去的路上，宁沁忍不住问起她和曜曜在学校的相处来，她不问还好，一问朵朵又委屈起来了，噘着嘴："他都不肯和我说话的，也不让我碰他，以前还把我写给妈妈的信撕了，好讨厌。"

宁沁想起第一次见到朵朵时，她追着那张信纸就这么窜进她车底下，连命也不要了，后来她把被绞烂的信纸从车轮下取出来时，朵朵那会儿还特别宝贝地收在怀里，那些信纸对她来说就跟宝贝似的，曜曜还把她的信纸给撕了，也不知道要哭成个什么样了。

"那他为什么要撕你的信呢？"宁沁低头看她，"可能是他以为你不要了，才帮你撕掉扔垃圾桶的。"

"才不是呢。"朵朵嘟嘴反驳，"我都跟他说了我要给我妈妈写信，妈妈收到信后就会回来了，然后他说我妈妈才不会回来了，还说妈妈死了，死了都是不能回来的，还抢我的信撕了。"

宁沁突然就心疼起来，也不知道当时曜曜这么做时小丫头哭成什么样了，一个小孩在以着小孩的方式去撕碎另一个小孩对生活的期许，宁沁甚至觉得那会儿的朵朵是否会有绝望的心情。

秦止在这时回过头来，看了宁沁一眼："那次她哭得惨着呢，听老师说她还扑过去和曜曜抢，抢不过来就蹲在地上哭，一直哭一直哭，哭得声嘶力竭的，谁都劝不住，后来老师不得已赶紧通知了我，我赶过去时她哭得嗓子都哑了，一抽一抽的说不出话来，就断断续续地重复着说妈妈才没有死……"

宁沁完全能想象得出当时的场景来，那会儿估摸着也是她刚去到新学校，刚到一个新环境和谁都不熟，本来就怯生生的，看着别的小朋友每天都是爸爸妈妈地接送着，想妈妈了，不断给妈妈写信，盼着妈妈能回来，结果信还被撕了，还告诉她她的妈妈死了，一个人孤立无助的。

光想着那会儿她蹲在地上哭得声嘶力竭宁沁就心疼得受不了，抱着她不停地在她脸蛋上亲，朵朵被亲得"咯咯"笑，不明白宁沁的心思，只是一边"咯咯"笑着一边说："后来我不生气了，我去找他玩他都不肯理我了。妈妈，为什么他们会不喜欢我啊？"

朵朵是真不明白这些问题，问得也认真，宁沁也答不上来，眼缘这东西有时候真的是没法解释的事。

"他大概觉得害你这么伤心难过觉得很内疚，就不敢和你玩了。"宁沁试着以最不伤人的方式给她解释，"我们朵朵这么可爱怎么有人不喜欢你呢。"

蹭着她的脸亲了亲，朵朵一边笑着一边闪躲，心情并未受这些小事影响，回到家时开了门就冲秦晓琪喊："奶奶，我跳舞得了第一名。"

"这么厉害啊。"秦晓琪从沙发站起身，走过来把她抱怀里就是一阵猛亲，"我们朵朵太棒了。"

宁沁看着笑得开心的朵朵，微悬着的一颗心稍稍放下，幸而过去那些事没给她造成什么心理阴影，但是想着曜曜对她避之唯恐不及的态度，宁沁也有些头疼，就怕总这样以后会影响到她的成长，毕竟女孩子心思敏感，总这么被嫌弃着总会自卑的。

秦止对这个倒是乐观："她才不会去自讨没趣。而且小朋友之间，谁没个小磕小碰的，过段时间就好了。"

朵朵在那边听到爸爸妈妈在说自己，下意识就抬起头来去听说自己什么，没想着一抬起头来秦止和宁沁都没说了，她也没在意，只是今晚和小兮然玩得意犹未尽，也就顺道问道："爸爸妈妈，今晚和妹妹好好玩。我们家什么时候才会有妹妹啊？"

提到这个事秦晓琪就想起秦止和宁沁一直没办婚事的事来，朵朵当初都属于非婚生了，下个孩子总不能也还像朵朵一样，也就出声道："你们两个什么时候赶紧把婚事办了？上次说去买戒指，结果又不了了之了。"

上次买戒指的事因为朵朵手受伤没买成，后来秦止和宁沁工作都忙，这事儿也就暂时被搁置了下来。

秦止原本是想等把手头的事都解决完再去筹备婚礼的事，无论心境上时间上都能宽松些，一家人再趁这个机会去度个长蜜月什么的，把过去错过的那几年时间都给慢慢补回来，但是现在事情没处理完，许昭那边虎视眈眈的，徐璟那边最近没了动静也不知道怎么个情况，秦止想来

想去，觉得还是应该先去登记了。"

这事儿秦止还没有和宁沁商量过，因而也就道："妈，我们会考虑的，您别老操心这个。"

秦晓琪对秦止这敷衍的态度不满意，到底是自己儿子娶别人女儿，还是要看宁沁的意思，对秦止的敷衍只是挥了挥手："这事儿不能你一个人说了算。"

转向宁沁："沁沁，你的意思呢？"

心里盼着她先点个头，她点头了，秦止那边也没什么可敷衍的了，没想着宁沁只是微微一笑："我听秦止的就好了。"

她在这件事情上没什么意见，经历了这么多，婚不婚似乎都显得无关紧要起来，只要能和秦止好好守着朵朵，让她以后都这么快快乐乐下去就已经足够了。

秦晓琪听着就忍不住叹气了："沁沁啊，这结婚是一辈子的大事，你怎么也能这么随意。"

秦晓琪说者无心，秦止听着却是有了丝微妙，下意识往宁沁看了眼，眼神有些深。

宁沁没留意道，笑着道："女儿都这么大了，婚不婚什么的好像也没那么重要了。"

朵朵没听明白大人间的意思，仰着小脸一个个好奇地看着。

宁沁看她脸上还挂着些妆，先带她去洗澡，哄她入睡。

秦止洗完澡回房时宁沁还没睡，正靠坐在床头前，捧着本书在看，朵朵已经被秦晓琪抱回了她房里。

秦止走了过去，手臂绕过她的身体，撑在她头右侧的墙壁上，低头就先给了她一个火辣辣的吻，待彼此气息都紊乱了才意犹未尽地放开了她，眼睛盯着她的眼："沁沁，你似乎比我还不着急结婚呢。"

他刚洗完澡，大冷天的腰间只随意披了个毛巾，赤着胸膛，头发还微湿着，凌乱垂下的黑发带着些湿气，就这么居高临下地看着她时，整个人透着股致命的性感，宁沁看得口干舌燥，下意识推了推他："你别老这样看着我。"

秦止唇角勾出些浅淡的弧度，像故意的般，身体更朝她压靠近了些，将她抵在他的胸膛与床头间，嗓子低哑了几分："你还没回答我，你怎么比我还不着急？"

宁沁挑眉："你连这个也要吃醋？"

秦止笑笑，捏着她的脸颊："当然。"

手指随意撩起她的一缕黑发，缠绕在指间把弄着，好一会儿才慢慢道："沁沁，元旦假后我们就去领证。嗯？"

宁沁先是一愣，然后很爽快地点了头："好啊。"

秦止微绷着的俊脸突然就释然了，指腹轻轻软软地捏弄着她的脸颊，低下头，重新吻了上去……

领证需要拿户口本。

宁沁户口本在宁家，不得不回去拿。

秦止不放心宁沁一个人回去，趁着元旦长假彼此都有空，也就专程陪她过去。

两人过去时宁家人都在，黎茉勤和宁文胜都在看电视。

自从上次秦止暗中给宁沁换了病房后两边人便没再见过面。

黎茉勤想去看宁沁却也没敢去，宁沁也不知道该怎么面对，一直以来只是以着鸵鸟的心态对待这件事，如今这么回来，宁沁也总还有些不知所措的样子。

黎茉勤对宁沁的回来很是意外，显得比宁沁还不知所措，干笑着把人迎进屋里。

"我……我是来拿户口本的。"宁沁不太自在地道，"我和秦止打算先领结婚证。"

"结婚？"黎茉勤音量稍稍拔高，往站在宁沁身后的秦止看了眼，"怎么这么着急结婚了？"

宁沁抿着唇角："我女儿都五岁了，不早了。"

黎茉勤看了宁沁一眼，又往秦止看了看，有些欲言又止，终是什么也没说，幽幽叹了口气："我上楼给你拿去。"

"谢谢……"宁沁低声道谢，"妈"这个字怎么也没办法像过去那样心无芥蒂地说出口。

黎茉勤也没再说什么，只是上楼拿了户口本下来交给宁沁。

"爸妈……也没有什么可以给你的，希望你幸福吧。"把户口本交给宁沁时，黎茉勤低声道。

户口本很轻，可是搁在掌心上时却似带了很大的分量。

宁沁垂眸看向手中的户口本，嘴角动了动："谢谢。"

黎茉勤笑笑，没再说什么。

宁沁和秦止待了会儿便先回去了。

"心里又难受了？"上了车，看到宁沁头靠着车窗一动不动的，也不说话，秦止转过身来，摸着她的脸问道。

宁沁抬起眼眸，看向他："你说，我这样对我爸妈是不是不太好？"

"其实当年的事也不能全怪他们，毕竟当初我有严重的产后抑郁，如果不是因为他们让我以另一个身份活下来，我醒过来时发现轻轻不在了，说不定我真的没办法一个人独自活下来。"

幽幽地叹了口气，自从想起来后宁沁一直不太愿意再去回想当年的事，当初宁沁跟她提出那个想法时，如果她能及时拉住她，哪怕是反对得稍微坚定一点，宁沁兴许也就不会出事了。

秦止手掌轻捋着她的头发，看着她，眼神温柔："你也别自责，宁沁这件事其实也说不上谁对谁错，要是真要追根究底的话，那也该是徐家给她的压力造成了她后来的抑郁症。"

宁沁抿着唇角："那我爸妈这个问题上呢，你觉得我应该原谅他们吗？有时候我又觉得他们是为了我好，他们这么大年纪了我不应该这么对他们，可是他们说是为了我好却又把我女儿这么送出去，我一想到朵朵从小吃的那些苦，又觉得没办法心无芥蒂，就是特别矛盾……"

宁沁语无伦次的，也说不上来是怎样一种心境，想体谅，却又对女儿的事耿耿于怀。

"这件事急不来的。"秦止安慰，"想不通就先不要自寻烦恼了，时间总会给你答案的。"

宁沁忍不住笑："怎么文绉绉的了，感觉你比我还会逃避这个问题。"

秦止也笑笑："因为我也不会处理这种选择题。对我来说顺其自然是最好的解决方式。"

宁沁叹口气，虽然不敢苟同，却似乎也反对不了，干脆先搁着不去想，和秦止先回去了。

这三天是元旦长假，民政局没上班，登记的事不得不暂时搁置下来。

一家人趁着这个小长假专程去外地玩了两天，这还是宁沁回来后一家人出远门，朵朵显得特别的开心，早忘了一天前和曜曜的不开心，一个人玩得乐不思蜀了，秦止说要回去，她却拖着他和宁沁多蹭了一晚上，不想这么快回学校。

宁沁很早以前便发现朵朵不大愿意去学校，原来是以为只是她之前自由惯了，刚开始接触学校有些排斥心理，现在看来，似乎也不只这么简单了，不过好在她适应能力强也忘性大，不愿意去学校的时候多半是在周一，周末两天可以尽情赖床周一得早起不太乐意而已。

回去上学第一天早上朵朵就不肯起来了。天气冷缩在被窝里不肯起来，人也没睡够，宁沁去叫她起床时她抱着抱枕说什么也不肯起来，支吾着一会儿说头疼一会儿说肚子疼一会儿头发疼一会儿指甲疼的，身上能疼的地方都疼了个遍就是赖在被窝里不肯起来。

宁沁看着又好气又好笑，掐着她的小脸蛋："再不起来去学校又要迟到了。"

"可是我真的觉得不舒服。"绵软的嗓音里都带了哭音，小手紧紧攥着被角不肯松开，眼睛还紧闭着舍不得睁开来。

宁沁有些无奈："那你告诉妈妈哪里不舒服？"

"眼睛不舒服。"朵朵揪着被角翻了个身，半趴在床上不肯动，小嘴嗫嚅着，"你看我眼睛都睁不开了。"

压着被角又睡了过去。

"那是因为你不肯睁开眼睛。"宁沁揪着被角要把被子扯开，软声劝着，"乖，起来了。"

"嗯……不要……"眼睛没睁开，小手已经胡乱地挥着抢被子。

秦止在这时走了进来，朝床边对峙的母女俩看了眼："还没起来啊？"

宁沁无奈看她一眼："她不肯起床。"

秦止走了过来，弯腰一把便将她从被窝里拎了起来："乖，起床了。"

朵朵"嗯"地虚应了声，两根细嫩的手臂往他脖子上一抱，人就趴在他肩上睡了过去。

秦止侧头看她，手掌轻拍了拍她的脸蛋："朵朵？朵朵？"

没人应。

秦止神色未动："朵朵，一会儿我和妈妈要去一个很好玩的地方，你就乖乖在家睡觉知道吗？"

"我也去。"上一秒还趴在他身上不肯睁眼的小丫头突然抬起头来，揉着惺忪的睡眼。

秦止低头看她:"不睡了?"

朵朵揉着眼睛摇摇头:"我跟你们去玩。"

"先去洗脸。"宁沁赶紧过来把人抱过来,带她去洗漱换衣服。

朵朵惦记着去玩的事,动作一下子就干脆利落起来,坐在餐桌上时,一边利索地喝着粥,一边问秦止:"爸爸,一会儿吃完饭我们要去哪儿玩?"

话音刚落就被宁沁轻敲了记额头:"玩玩玩,就知道玩,以后上学了怎么办?"

朵朵吐着舌头:"我考试都得一百分的。"

秦止抽空瞥了她一眼:"爸爸什么时候说带你一块儿去玩了?"

朵朵一愣,然后慢慢一回想似乎真没说过,小嘴慢慢就噘了起来:"那你们要去哪儿嘛。"

秦止和宁沁要去的是民政局,去登记结婚。

朵朵一听马上来了兴致:"我也去好不好。"

秦止原是担心带着朵朵照顾不过来,没想着秦晓琪却是希望把朵朵也带上,毕竟登记也是大事,带着朵朵就当做个见证。

今天登记的人不算多,一路下来都很顺利。

拍照的时候朵朵不知道在干吗,只是看到爸爸妈妈拍照没带上她有些不开心,站在秦止身后拽着他的大腿拼了命地要往两人中间挤,想要坐到台上去。

挤了半天没挤进去朵朵有些着急,扯着秦止的衣角,仰着小脸看他:"为什么你们拍照都不带我了?"

"这个照片只能爸爸妈妈一起拍,等朵朵长大了再和别人一起拍。"秦止牵着她的手拉开,软声劝着。

朵朵不解:"那我以后要和谁一起拍啊?"

"和朵朵喜欢的人一起拍啊。"秦止指了指旁边的椅子,"乖,先去那边坐着等爸爸妈妈。"

朵朵一边点着头往椅子边走,一边好奇:"可是我喜欢很多人啊,小轩,佳琪,梦梦……"

朵朵掰着手指头数了一串名字出来,人已经撑着椅子坐了上去,远远看着秦止,问他:"爸爸,那我以后要和哪个拍啊?"

秦止正忙着调整姿势拍照,也就随口应了句:"只能和男生拍。"

朵朵若有所思地点点头，第二天去学校时和小伙伴们提起昨天的趣事，就想起了陪爸爸妈妈去拍结婚照的事来，很开心地比画着："昨天我和我爸爸妈妈去拍照玩，然后爸爸妈妈还一人拿了一个很漂亮的红本子。"

说完就"噔噔"地跑回座位，抽出书包，从书包里拿出一个小红本子来，然后举起来给小伙伴们看："就是这个小本子，好漂亮。"

班里都是些四五岁的小孩儿，没见过什么结婚证，一个个好奇地围了过来，看着朵朵翻开那个小红本本，然后指着上面的照片说："我想和我爸爸妈妈一起拍，然后爸爸说这个要长大后和男生一起拍的，不能和他们拍。"

朵朵说着扭头看小轩，很是开心："爸爸说以后我可以和你一块儿拍这个欸。"

老师刚好在这时走了进来，看朵朵手里晃着个小红本子，看着像结婚证的样子，奇怪地走了过来："朵朵，你手里拿的什么啊？"

伸手拿过来看是结婚证还被吓了一跳，没想着秦止和宁沁会把这么重要的东西给她拿来玩，担心她弄丢，下午秦止和宁沁来接人时老师还是提了个醒："朵朵今天拿着你们的结婚证在玩，小孩子有时候不走心怕拿丢了，这么重要的东西你们还是收好才是。"

宁沁听着却是一愣："结婚证？"她记得昨晚回去时她已经收好了的。

她的视线下意识转向朵朵，朵朵笑嘻嘻地拽着她的手："妈妈，这个本本好好看，我拿来给我同学也看看。"

又开心地转向秦止："爸爸，今天我问小轩了，他答应以后也和我去拍这个照片玩。"

"……"秦止一时间竟说不出话来。

宁沁无奈地拍了拍她的小脑袋："小丫头什么都没懂就瞎定新郎官了。"

刚好秦妈也过来接曜曜，远远便听到宁沁的玩笑话，也笑着道："朵朵定了谁当你的新郎官了？是不是曜曜哥哥？"

"才不是。"朵朵鼓着小嘴，"我又不喜欢和他玩。"

秦妈低头拍自个儿子："曜曜，你看连朵朵也不喜欢……"

话没说完，曜曜已经先开了口："我要回家了。"

秦妈无奈地拍了自个儿子一记，和宁沁秦止寒暄了几句便先回去了。

宁沁掌心还捏着那个小红本，想着朵朵这么一声不吭地把东西带来学校玩，觉得有必要借这个机会好好教育一下她，也就道："朵朵，这是很重要的东西，以后不能随便拿这个东西去玩知道吗？"

朵朵连连点头，有些不好意思："妈妈我帮你收好。"

伸手就要去拿，宁沁稍稍抬起隔开了。

"妈妈收好就……"

宁沁未完的话在看到意外出现在这里的黎茉勤时停在了舌尖上。

黎茉勤看着有些尴尬："我……我想来看看朵朵。"

视线落在她手里捏着的结婚证上，迟疑了会儿："你们领证了？"

宁沁点点头："嗯。"

朵朵不明白大人间的微妙，她认得黎茉勤，也知道她叫外婆，也就脆生生地打了声招呼："外婆。"人就要朝她跑过去。

经过宁沁身边时宁沁很下意识地伸手拉住了朵朵，几乎完全本能的举动，当她意识过来时人有些尴尬和难受，尤其是在瞥见黎茉勤突然暗下来的眼眸时，眼睛里的受伤让她越发地不好受。

大概因为当初遗弃朵朵的事，在朵朵这个问题上她对她的母亲有了种本能的防备。

"我……我只是想来看看朵朵。"黎茉勤嗫嚅着道，很尴尬。

朵朵老师有些不确定地朝黎茉勤看了眼："原来你是朵朵外婆啊。"

转向宁沁："你妈最近经常在校门外看孩子呢，但都是远远看着，我以为只是路人也就没留意。"

黎茉勤笑得越发地尴尬："我只是最近没什么事，住得离这边也近，就过来看看。"

宁沁抿着唇角没说话，但拉着朵朵的手却是松了开来，任由朵朵跑去黎茉勤那边。

秦止视线落在宁沁身上，沉默了会儿，看向黎茉勤，淡道："一起吃个饭吧。"

黎茉勤没反对，宁沁也没反对，一家人在餐桌上气氛还算愉悦。

朵朵虽没和黎茉勤相处过，但自小是跟着刘婶长大，特别懂得和老人相处，年纪小也不理解大人的是是非非，想着是外婆也就要对外婆好了，笨拙地捏着筷子，一会儿给她夹肉一会儿青菜的，一边夹一边说：

第九章

"外婆,这个红烧肉好好吃,你尝尝……"

"这个土豆也好软。"

"外婆,你喜欢吃什么,我给你夹……"

……

看着特别地懂事。

宁沁没出声,也没阻止,只是看着朵朵懂事地给黎茉勤又是夹菜又是聊天的。

朵朵越是懂事,黎茉勤越尴尬,越是食不知味。

朵朵心思敏感,看黎茉勤慢慢地没动筷子了,有些担心地看她:"外婆,你怎么不吃了?是不是不舒服啊?"

黎茉勤尴尬笑笑,摸着她的小脑袋:"外婆没事,外婆只是吃饱了。"

宁沁看向她,终于开口:"妈,这就是你当年执意遗弃的外孙女。"

黎茉勤沉默着没说话。

宁沁也没再开口,专心给朵朵夹菜,朵朵吃了会儿要上厕所,她便带她去了洗手间,餐桌前只剩下秦止和黎茉勤。

黎茉勤迟疑着看向秦止:"你们真结婚了?"

秦止点点头:"昨天刚领的证。"

搁下筷子,看她:"我不知道您最近频繁来看朵朵是出于怎样一种打算,但是如果你真的为了她们娘俩好,就别再打着为沁沁好的旗号做着违背她意愿的事。"

黎茉勤沉默,自嘲地笑笑:"我还能做什么,你们连婚都结了还能强行拆了你们不成。"

转身从包里取出了个日记本,递给秦止:"这个是轻轻当年的一个日记本,沁沁那天就是看到这个才想起了一切,我不求别的,希望你好好看看这个本子,看看在第三者眼里,当年她过的是怎样的日子,好好待她。"

第十章

秦止视线在她脸上停了停,而后转向她指尖下压着的日记本,没动。

黎茉勤嘴角动了动,收回了手:"我是不喜欢你,任何一个当母亲的对曾经抛弃过自己女儿,害得她差点自杀的男人都不可能喜欢得起来,但是她非要嫁给你,甚至为了你连我们都不要了,我也不可能再怎么样。我就是想要你好好看看,当年她因为你过的是怎样一种日子,但凡还有点良知的男人,看到一个女人曾为了他那样辛苦,都会懂得心疼和照顾她。"

秦止看了她一眼,视线慢慢移回了桌上的日记本,拿了起来,随手翻了翻,而后又压上,看向她:"我已经解释过了,当年我没有故意抛弃她们母女俩,我只是被困在国外回不来也联系不上沁沁。"

黎茉勤唇角隐隐带着讥诮:"你联系不上她就不能通知其他人告诉她一声?"

秦止神色未动,侧头看她:"这就要问许昭了,你不是很乐意让他当你女婿吗,怎么不问问他情况?"

黎茉勤抿着唇没再说话,也看不出来到底是信了还是没信他。

秦止也没在意,兀自拿起了日记本,随手翻了翻,眼角瞥见宁沁带着朵朵从厕所那边出来,不紧不慢地把日记本塞回了公文包里。

"怎么了?"带着朵朵回座位坐好,宁沁发现秦止和黎茉勤都各怀心事的样子,转向秦止问道。

秦止冲她微微一笑:"没什么。"

看朵朵急不可耐地去拿鸡腿,转眸看她:"手洗过了吗?"

"洗了。"朵朵十指张开给秦止看,"你看,白白嫩嫩的。"

秦止不觉一笑:"有鸡腿嫩吗?"

"有。"朵朵马上点头,手肘撑着桌子要爬起来拿鸡腿,整个人都快爬到餐桌上了,黎茉勤挑了只大个的递给她。

朵朵马上很开心地接了过来，"谢谢外婆。"俏生生地道了声谢，也抓起另一个递给黎茉勤，"外婆你也吃，好好吃的。"

黎茉勤连连点着头接过，却没吃，只是看着朵朵，五味杂陈。

宁沁抬眸朝她看了眼，也不知道该说什么，默默地吃着饭。

黎茉勤也没说话，低头吃着饭，却有些食不知味，快吃完时才犹豫地看向宁沁，视线不时往朵朵身上瞥一眼，欲言又止。

宁沁看她："有什么话你直接说吧。"

黎茉勤有些局促不安："沁沁，我想，你以后能不能……能不能也常带朵朵回家坐坐。"

"为什么？"宁沁放下筷子，侧头看她，"当初不是你们执意不肯要她的吗，你们不是不喜欢她吗，不是非得把她扔了让我变成宁沁吗，现在要她回去做什么。"

宁沁语气有些冲，黎茉勤脸色因她这一连串的反问有些苍白，局促不安，嗫嚅着没法反驳。

宁沁撇开了视线，心情很不好，脸色也好不起来，秦止在桌下的手轻握住了她的手，温暖有力，掌心的温度将她从稍稍失控的情绪里拉了回来，却一时间不知道该怎么面对黎茉勤。

朵朵明显察觉到桌上的气氛不太一样，抬头朝黎茉勤看看，再看看宁沁，也不知道发生了什么事，只是担心地皱着眉："外婆，妈妈，你们怎么了？"

秦止摸着她的头："乖，先吃饭。"

朵朵没吃，搁下了鸡腿，若有所思地看着大人："你们怎么了嘛，都不说话的。"

黎茉勤勉强挤出一个笑来："我们在讨论事情，朵朵乖，先吃鸡腿。"

朵朵"哦"地应了声，却还是不时朝宁沁看看，再朝黎茉勤看看，也看不明白，整个人有些蒙蒙的。

宁沁深吸了口气，转开了视线。

"对不起。"低低地道了声歉，语气还是不太好。

黎茉勤也是尴尬，干笑着道："当年是妈糊涂。"

宁沁没再说话，一直沉默着，直到一桌人都吃饱了，秦止买了单。

朵朵不理解大人间的是是非非，也没有人会去刻意告诉她，是外婆在她小时候时不要她了，让她别和黎茉勤亲近之类的，单纯的心思里只

353

是知道黎茉勤是妈妈的妈妈，是外婆，因此对外婆在心理上也有种亲近感，分别时还有些依依不舍，拉着黎茉勤的手让她以后多来她家里玩，黎茉勤也就尴尬地虚应着，宁沁秦止不出声，她也不敢真的过去。

朵朵不明白爸爸妈妈为什么不叫外婆一起，回去路上就好奇地问宁沁："妈妈，为什么外婆从来不来我家玩啊，你看我们都和爸爸的妈妈住一块儿，那为什么不和你的妈妈住一块儿呢？"

宁沁垂眸看她，沉默了会儿："朵朵很喜欢外婆吗？"

朵朵认真地点着头："对啊，外婆是妈妈的妈妈嘛。"

宁沁没再应，手掌一下一下地揉着她的头发不说话，有些出神。

朵朵看宁沁在想事情，也就没出声打扰她，安心窝在她怀里，半路就睡了过去。

回到楼下时宁沁抱朵朵上楼，正要推开车门时秦止突然转身拉住了她的手腕。

宁沁奇怪看他，秦止冲她露出一个笑："别想太多，也别给自己太大压力，如果你还是会因为自己对他们态度而内疚难受，就试着放下过去，多去想想他们曾对你的好，看看还愿不愿意心无芥蒂地重新接纳他们，如果你还是介意大于内疚，那就先什么都别去想，顺其自然就好。"

宁沁沉默了会儿："我也想顺其自然好了，可是每次看着他们内疚局促的眼神就特别难受，想到他们都这么大年纪了，说不定哪天就没了，就怕到时会追悔莫及。"

"那就试着放下过去？"

宁沁看向他，迟疑着，没办法点头，也没办法摇头。

秦止倾身，给了她一个拥抱："好了，先别想了。"

宁沁点点头，抱着朵朵先上了楼。

秦止取出那本日记本，扫了眼，也先上了楼。

忙了一天有些累，秦止冲了个热水澡便先睡过去了，第二天上班时，开过会后才想起那个日记本，手头上没什么要紧事，也就拿了起来，一页一页地翻看着。

宁沁的日记本里对宁沁的着墨并不算特别多，只是站在一个旁观者的角度，随意几句话却已很真实地将那一年宁沁的生活还原了出来。宁沁的日记和宁沁的日记结合，就是过去那一年里完整的宁沁。

秦止第一次知道，原来宁沁在生下朵朵后有严重的产后抑郁症，也第一次确信,当年的宁沁和宁沁是一起自杀的。

姐妹两个人,如果当初有一个心态还是平和的,至少在一个人痛苦时,还有一个人能帮着开解,但当两个都痛苦,两个都被抑郁症折磨时,痛苦也被放大成了双倍,一念之差,失却了清醒的那个人,后果已是万劫不复。

秦止视线盯着日记本最后一页,唇角紧抿着没说话。

"咯咯……",门外响起节奏的敲门声,随着声音落下,宁沁熟悉的嗓音也已在门口响起,"看什么呢,这么入神。"

秦止抬头看她,视线落在她脸上,眼神隐隐有些复杂,却没说话。

"怎么了?"宁沁奇怪,走了过去。

秦止不着痕迹地合上了日记本,压着放入了桌下。

"没什么。"他淡声应着,将办公椅转了半个圈,看向她,"怎么过来了?"

宁沁将手中的文件朝他晃了晃:"喏,给你送材料过来了。"

秦止伸手拿了过来,手掌顺势扯着她的手腕一拉,宁沁一个失衡,人便被拉着跌坐在他大腿上。

宁沁下意识挣扎着要起身,秦止扣住了她的腰。

"别乱动。"秦止说,嗓音有些低哑,"让我抱会儿。"

手掌压着她的背就将人压进了胸膛中。

宁沁从他胸膛中抬起头来:"你怎么了?"

早上开会似乎还好好的。

秦止垂眸看了她一眼:"昨晚我女儿把我老婆抢走了,我孤枕难眠了一晚上,补回昨晚的。"

"……"宁沁掐了把他手臂,"少距我。"

秦止笑笑,也不说话,只是就这么抱着她不动,脸贴着她的脸,也不知道在想什么。

宁沁还惦记着工作的事,倾身拿过刚递给他的文件,戳了戳他:"欸,工作时间呢,你看看这份投资案,我怎么觉得有点不对劲……"

秦止垂眸看了眼,伸手扯了出来:"这个案子你先别管。"

"……"宁沁皱眉,"为什么?"

"我安排的。"

"……"

"嗯嗯……"

门外在这时响起了敲门声,助理小陈的嗓音也随之响起:"秦董,简小姐到了。"

宁沁抬眸看他。

"一些合作上的事。"秦止解释,扶着宁沁站起身,宁沁手肘不小心撞到了键盘出的托板,"嘭"一声细响,书本落地的声音。

宁沁下意识看去,一眼便认出了宁沁的日记本。

"怎么会在你这儿?"宁沁皱眉,下意识弯腰捡起来,秦止已经先捡了起来。

"你妈给我的。"秦止说,看向她,"那天吃饭的时候给我的,她说让我好好照顾你。"

宁沁面色微微一僵:"我妈真是……"

也不知道该说什么,不自在地摇头笑笑,下意识伸手想去拿日记本,指尖刚碰到就被秦止拿走了。

"不是已经看过了吗?"秦止说,指尖推着将日记本推远,"一会儿看完你又得在那内疚难受好几天。"

"不会的,我能控制。"宁沁说着伸手就想去抢,没抢过秦止。

门外在这时又响起了敲门声。

"秦止?"简琳的声音。

宁沁从他大腿上站起身:"我先出去了。"

秦止点点头,拉过她在她唇上亲了下才放开了她,对门外朗声道:"进来!"

宁沁起身出去,趁秦止没注意时还是拿过了那本日记本,秦止伸手想去抢,却已经抢不回来,门在这时被从外面推了开来。

简琳站在门口,穿着驼色的毛呢大衣搭配黑色长筒靴,身材高挑,看着利落干净,一推开门便见两人正抢着什么,微微一愣,有些尴尬:"不好意思……"

宁沁从容地将日记本收入手中,转过身,冲她微微一笑:"没关系,我正要出去。"

看秦止还在眼眸深深地盯着她和她手里的日记本,忍不住对他微微一笑:"我先出去了,你们先聊。"

转身便走了,与简琳错身而过时相互打了声招呼便替两人将房门关上了，一个人回了办公室，日记本扔在桌上，有些心不在焉。

许琳侧头看了她一眼："怎么了？"

宁沁摇摇头："没什么。"

拿过日记本翻了翻，又放了下来，抬手看了眼腕表，已经到了午饭时间，秦止还没给她电话，估摸着和简琳那边还没谈完，也就没去打扰他，自己一个人先去吃饭，却没什么胃口。

她确实不大适合去看那日记本，每次去翻开时总忍不住想起宁沁。

她和宁沁虽然相处的时间不算多，从小也是被区别对待，姐妹间的待遇天差地别，但姐妹到底是姐妹，宁沁自小身体比她差一些，心思也敏感细腻一些，对她也没有小心眼，好吃好喝的也还是会留着她一份。

她肚子大起来那段日子也幸亏她在旁边陪着照顾着，那三个月是姐妹俩这么大以来最亲密的时候，姐妹俩总有些惺惺相惜。

宁沁不是不爱徐璟，只是受不住徐家和徐璟给她的压力，常年的抑郁症折磨和孩子夭折的打击，让她最终还是自私地选择了一走了之。

宁沁总觉得，如果宁沁哭着向她提出那么个想法时，她那时能拉一把，结局大概也就完全不一样了，只是那时她也糊涂了一回，整个人跟魔障了似的，不想家人，不想朵朵，谁都不想，就想着自己太累了，撑不住了，一了百了挺好的，却没想到关键时刻却是宁沁先清醒了过来，她护住了她。

宁沁永远也忘不了，宁沁气若游丝地抱着她，告诉她，她后悔了。如果宁沁能活下去，代她向徐璟说一声"对不起"。

宁沁还欠徐璟一声对不起，宁沁一直没有机会把这句话带给徐璟。

宁沁突然想去看看宁沁，随便吃了点东西便开车过去了。

这个季节的墓园没什么人，寒风瑟瑟的，只是在宁沁的墓前，宁沁还是看到了徐璟，一动不动地站在墓碑前，双手随意地插在大衣口袋里。

宁沁沉默了会儿，还是走了过去，将手中的雏菊轻放在宁沁的墓碑前，转头看徐璟："你怎么在这？"

徐璟眼皮未动，声音死寂沉沉的："我天天在这。"

宁沁突然觉得鼻酸，也不知道该说什么。

徐璟眼眸动了动，往她看了眼，又移回了墓碑上的照片，照片是宁沁的，墓碑上的名字也是宁沁的。

"改天请人把墓碑改过来吧。"宁沁低声说，"她生前就没什么朋友了,走了之后连个祭拜她的人都没有。"

徐璟没应,只是微抬着下巴把视线转向了别处,好一会儿才哑声问:"听说你恢复记忆了?"

宁沁点点头:"对。"

徐璟视线转向她:"恭喜!"

宁沁看着他神色未动,抿着唇角。

"当年她应该有让你带话给我吧。"徐璟问,语气很平静。

"她想跟你说对不起,如果可以重来,她一定不会那么做了。"

"对不起?"徐璟低声咀嚼着这几个字,忽而一笑,"我要她的对不起做什么,活过来啊,真觉得对不起我就活过来啊,像当初你出现在秦止面前那样,活过来,然后好好看着我!"

徐璟突然就疯了般,用力踢着墓碑,失控地嘶吼着:"宁沁,你出来啊,真觉得对不起我你就出来啊……"

宁沁赶紧去拉他:"你别这样,她已经走了五年了,再舍不得也该放下了。"

"谁说五年了!"徐璟用力一甩,宁沁被甩了开来,徐璟指着她,"宁沁,你忘了吗,这五年来是你背着宁沁的记忆在活着,是你在替她活着,你的记忆你的思想都是宁沁的,如果不是秦止多事,你就是她,我们会结婚,会一辈子都像以前一样,很幸福地走下去。"

徐璟的眼神有些癫狂,整个人都像陷在一种失控的癫狂中,神色也是狂乱的,每一句话出口,他便朝她逼近一步,寒意一阵阵地从宁沁背脊窜起,她甚至不敢独自一人在这人迹罕至的墓园里面对这样一个徐璟。

她下意识地往后退,一边退一边软声劝:"徐璟,你冷静点。"

捏着包包的手有些控制不住地打战,右手颤巍巍地伸入包中,捏着手机颤抖着想打电话。

宁沁电话没能拨出去,徐璟突然上前一步扣住了她的右手腕,他力气大,动作突然,宁沁冷不丁被吓到,强自镇定,软声叫了他一声:"徐璟?"

左手不动声色地,抖抖索索地往身后的树干摸。

徐璟像没听到,扣着她的手腕用力一拉,宁沁被拖得整个身体往他那边倒去,半路又被强劲的力道反弹了回来,晃得她头晕眼花,不得不伸手揉着眉心,人小力弱反抗不了,不得不试着先软声安抚。

只是徐璟没能听进去，整个人处于一种让人恐惧的癫狂中，双目赤红着，死死地盯着她："再来一次，这次我一定能把你完完全全变成她，然后我们一起离开这里，让谁都找不到，就只有你和我两个人。"

"你疯了！"宁沁控制不住，声调不自觉地拔尖，"你知不知道你现在做什么？你就这么站在轻轻的墓前，告诉她，要把另一个和她一模一样的人变成她，她要是地下有知你让她怎么想，徐璟，我拜托你清醒点好不好！"

"她要真是地下有知，她真的能地下有知？"徐璟赤红着眼暴喝，"你以为她真的地下有知？她要是真的地下有知怎么会五年来一次都没出现过在我梦里，哪怕一次，一次也好。既然她回不来，她不肯回来，那就由你来替代她，反正你的命也是她救的，你这张脸和她也没什么分别，这五年来我们也很幸福不是吗？"

扯着宁沁又是重重一拉，凛着脸拖着她往墓园外走。

宁沁挣不开，也打不了电话自救，心底惶恐，不得不扯着嗓子喊救命，徐璟没理会，也不阻止，只是拖着她，大跨步地往大门外走去。

这个季节这个点的墓园里没什么人，偌大的园区里除了她空荡的求救声，余下的只是"呼呼"的风声，所以当宁沁手机突然响起时，显得尤为清晰和刺耳。

徐璟回头往她包里看了眼，眼眸一凛，一声不吭拿过了她的包，宁沁趁着他垂眸的这一空当，冷不丁抬脚朝他胯下狠狠踢去，徐璟下意识松了手，宁沁趁机挣脱开来，也顾不得去抢回包包，没了命地往园区外跑，只是她穿着高跟长筒靴，园区都是些石子路，刚跑了没几步脚跟就不小心拧到了，剧疼从脚踝处袭来，宁沁疼得额角都沁出了一层细汗，却不敢停留片刻，身后徐璟的脚步声沉重而缓慢，他没有跑，只是以着惯有的速度，不紧不慢地朝她走来。

宁沁不知道徐璟现在是怎么一个状态，随着他脚步的逼近，每一步重重地像踏在心尖上，惊得一颤一颤的，墓园阴冷的气氛放大了这种恐惧感，宁沁觉得自己就像处在幽深昏暗的长廊里，身后的脚步声"嘚嘚嘚"有节奏地、由远而近地响着，空旷清晰，毛骨悚然，她一个人像困兽般，慌乱而惊恐地寻找着出口。

她的手机还在响，一遍遍地响着，停了又响，响了又停，徐璟没去接，也没去按断，视线一直很认真地纠缠在宁沁身上，看着她跟跟跄跄

地往园区外跑。

她银灰色的POLO车就在眼前，宁沁几乎是屏着一口气想要不顾一切地奔过去，只是徐璟没让她如愿，像是欣赏够她的惊惶和挣扎了般，徐璟突然也加快了脚步。

渐渐逼近的脚步声进一步放大了宁沁心底的恐惧，因此当她再次被徐璟追上，很突然地落入他的禁锢中时，心底绷着的那根弦突然就断了，所有的恐惧那一瞬间达到了最大化，让她控制不住地挣扎和尖叫。

徐璟双臂紧箍住了她，以着低柔沉缓的嗓音在她耳边徐徐道："别怕，乖，跟我回去，睡一觉就好了。"

宁沁拼了命地挣扎，她从没像这一刻这么恐惧过，她从不知道一个人无形中能给人造成这么大的惊悚感，她甚至不知道她此刻面对着到底还是不是一个正常人，只能凭着本能，对他又踢又咬，试图甩开那样一个人。

徐璟没理会她的胡闹，圈着要将她往车里带，就在这时，"吱……"的一声，车轮摩擦地面的响声尖锐地响起，宁沁下意识抬头循声看去，看到从小车里出来的萧萌梦时，扯开了嗓子冲她喊："救命，徐璟疯了！"

萧萌梦一愣，看向徐璟，看着徐璟神色未动地要把宁沁往车里塞，宁沁在用力地挣扎，面色倏地一变，"徐璟！"地冲他喊了一声，人就跑了过来，紧紧扯住徐璟的手臂，惊惶又担心地用力往外掰，嘴里一边气急败坏："你到底知不知道你在做什么，快松手啊。"

徐璟像没听到，执意把宁沁塞车里。

萧萌梦又气又急，扯着他的手臂低头就狠狠咬了下去。

徐璟无关痛痒："你干什么！"

手臂一挥，萧萌梦差点被甩了出去，人越发地急，冲着徐璟吼："这不是我在问你吗，你要把她带哪儿去，她是宁沁，不是宁沁，你到现在都还是不肯接受这个事实吗？宁沁已经死了，她已经死了你为什么就不能学着放下来？"

她的话触怒了徐璟。

他的脸色瞬间阴沉了下来，手指着宁沁："只要她还活着，轻轻就还活着！别再管我的事，滚开！"

把宁沁用力往车里一塞，人也开了车门要进去。

宁沁看萧萌梦还要扑上来和徐璟理论，冲她道："你报警啊，或者找秦止，他已经疯了听不进去的。"

萧萌梦像瞬间醒过来般，点着头仓皇地往自己车里跑。

徐璟没去追，除了锁了车门不让宁沁出去外甚至没限制她的行动，只是不紧不慢地启动了车子："我没疯！我知道自己在做什么。"

侧头瞥了眼宁沁那个被他随手扔在副驾驶座上的包包，看手机还在响，一边慢悠悠地转着方向盘，一边替她掏出了手机。

大概因为徐璟这会儿也表现得稍稍像个正常人了，宁沁也冷静了些，手伸向他："手机给我！"

徐璟没给，捏着她的手机扫了眼，按下了通话键，替她接通了电话。

"妈妈！"电话刚接通的瞬间，宁沁隐隐听到了朵朵的声音，软糯软糯的，隐隐带着焦急。

徐璟绷着的神色突然间就柔和了下来。

"是朵朵吗？"徐璟问，嗓音也很温柔，听着与正常人无异，宁沁刚放下的一颗心却陡的悬了起来，身体本能朝驾驶座方向靠。

朵朵没想着是一个男人的声音，人愣了愣，透过电话没怎么听出徐璟的声音来，人一下子就凶巴巴起来："我妈妈的手机为什么会在你这里？你是谁啊？"

"朵朵，你不记得徐叔叔了？"

朵朵瞬间想了起来，语气稍霁，脆生生地叫了声"叔叔"。

徐璟微微一笑："记起来了？"

"对啊。"朵朵也跟着笑了，心里还惦记着妈妈，"叔叔，我妈妈手机为什么会在你这里啊，我妈妈呢？"

"你妈妈在叔叔车里呢。"

"可是我妈妈今天和我爸爸去上班了啊。"朵朵困惑道，"那你给电话我妈妈好不好，我想和妈妈说话。"

"叔叔和妈妈现在去接你好不好？"徐璟问，"叔叔带你们去一个好玩的地方。"

宁沁心头一凛，冲着电话喊："朵朵，快去找爸爸，说妈妈被绑架了！"

朵朵依稀听到宁沁的话，皱眉："什么是被绑架了？"

正坐在她旁边画画的曜曜抬头看了她一眼："笨，就是被抓走了。"

人就站起身跑去隔壁桌找老师，扯着老师的衣角，指着朵朵说："她妈妈被坏人抓走了。"

老师正在哄其他小朋友，下意识看向了朵朵，朵朵已经快急哭了，对着电话说道："叔叔，你为什么要抓我妈妈啊？我都决定不讨厌你了你为什么还要抓我妈妈。"

徐璟一愣，好一会儿才道："叔叔没有抓你妈妈啊。"

"那你都不肯给我妈妈听电话了，你把我妈妈还给我好不好吗，我以后天天陪你玩。"

宁沁不知道朵朵那边说了什么，但看徐璟嘴角还隐隐勾出些笑来，估计还在和徐璟瞎扯，人快急疯了，冲着电话喊："秦朵朵，快去找老师给爸爸打电话！"

朵朵被宁沁这一吼也吓到了，赶紧放下电话要回头找老师，手机已经被老师拿去了。

"你好？"老师不确定地问道，徐璟那边已经先挂了电话。

朵朵着急地扯着老师的衣角："快给我爸爸打电话，妈妈……妈妈……"

人急得语无伦次的。

老师不敢耽搁，赶紧着给秦止那边打了电话，电话很快接通，朵朵抢过了手机直接和秦止说："爸爸，妈妈叫我给你电话，她在叔叔的车里，就是姑姑家的那个徐叔叔。"

秦止刚接了萧萌梦的电话，人正在车上，往墓园方向赶，软声安慰她："好的，爸爸知道了，你先好好和老师在学校，哪也别去知道吗？"

让她把电话给老师，对老师叮嘱了几句便先挂了电话。

徐璟在听到电话那头换了人后一声不吭地挂了电话。

宁沁看着他把手机随意扔在了副驾驶座上，沉默了会儿："徐璟，我知道你现在很清醒。"

徐璟从后视镜看她："然后呢？"

宁沁也从后视镜看他，两人视线在镜子里交汇。

他的眼神很冷静，全然没有了刚才的狂乱，但也没有之前的温度。

宁沁先收回了视线，双臂交叉着环在胸前，靠坐回了车座上，头转向了车窗外，抿着嘴角没说话。

徐璟也不说话，依然不紧不慢地开着车。

好一会儿，宁沁终于出声："那天在医院看过徐盈。回到家的时候，我女儿对我说，她在医院看到叔叔了，一个人坐在外面看着好可怜，她决定以后再也不讨厌叔叔了。"

她视线转向他："她在今年以前都是自己一个人的，从在襁褓中开始，她就没有过一天好日子，她就是从垃圾堆里一点点长大起来的，她在学校里还有小朋友因为这个嫌弃她脏，但是她常跟我说，只要有妈妈在，她就每天都很开心了。你明明也很喜欢她很疼爱她，难道你就非得再次剥夺了她快乐的权利吗？"

徐璟不语，握着方向盘的手慢慢变得有些紧。

宁沁吸了吸鼻子，转开了视线，没再说话。

徐璟也一直没说话，一路沉默地开着车。

车子在转入市区环路的时候，一辆熟悉的银灰色卡宴迎面而来，车势又快又狠，逼得徐璟不得不将车子拐向边上，最后险险地逼停在二楼路边。

银灰色卡宴在徐璟车子后漂亮打了个转后也很快停了下来，车门被推开，秦止从车上走了下来，黑色的西装，冷凝的脸，整个人都被一种沉冷的气息笼罩着，他的手上甚至握着根棒球棒，一步步地朝这边走来。

宁沁伸手去推门，没能推开，徐璟锁住了车门没开。

宁沁转向他："开门！"

徐璟没搭理她，只是看着秦止一步步走近。

宁沁以为秦止至少会先和徐璟打声招呼，没想到他刚走到近前，握着棒球棒的手突然利落朝窗玻璃砸去，动作又快又狠，"哐啷"的碎玻璃落地声刺耳尖锐，四处飞溅，徐璟本能伸手挡住了头。

秦止砸碎了驾驶室的窗玻璃和挡风玻璃，自始至终连眉头也没皱一下，神色沉定，墨色的眼眸在看向徐璟时终于有了波动。

"下车！"

徐璟不紧不慢地推开了车门，人坐在座位上没动，任由秦止将宁沁从车里拖了下来。

宁沁脚尖刚着地右脚踝便钻心地疼，秦止没发现，将人扯下车后一把就将她推到了身后，动作有些重，黑眸一直冷冷看着徐璟，徐璟却始终像个没事人一样坐着不动，也不说话。

秦止手中的棒球棒用力一甩，棍棒从手中脱落，在"呼"的一声巨响后狠狠砸落在了车顶上。

他丢开了棒球棒，唇角紧紧抿成了一道直线，不发一语，转过身，看到宁沁额头上沁出的细汗以及眉心拧起的褶皱，神色稍霁。

"没事吧？"

宁沁摇摇头："我没事。"

秦止视线转回徐璟身上："你到底还想怎么样？"

徐璟侧头看她："我要宁沁！"

秦止扣着车门"嘭"的一声将车门甩上了。

"徐璟，别逼我把对你的最后一点同情都耗尽！"

秦止撂下话，拉过宁沁转身回车。

宁沁跟跟跄跄地被他拖着坐回到他车上时，额头上已经冒出了一圈圈的细汗。

秦止视线落在她脸上，然后慢慢下移，看到她手掌握着脚踝，黑眸眯了眯："脚扭了？"

"刚想要跑开的时候不小心扭到了。"宁沁音量不自觉放低，现在的秦止让她不自觉的害怕。

秦止收回了视线："我送你去医院。"

嗓音很淡，说话间人已经启动了车子。

宁沁侧头看他，他侧脸绷得很紧，眼睛专注地盯着路前方。

宁沁知道他在生气，却不知道是在气徐璟，还是在气她。

"对不起！"下意识的，宁沁还是先低声解释了起来，"我只是想来看看轻轻，我没想到他会在那里，还会突然失控。"

秦止终于转头看她："以后别自己一个人来这种地方，你想要去看她，至少先跟我说一声，我陪你过来，今天即使不是徐璟，要是其他人呢？"

宁沁被他训得不敢吭声，嗓音不自觉地放软："对不起。"

秦止深呼了口气，没再说话。

到医院时直接抱着她下了车，送去急诊室。

宁沁整个右脚踝都肿了起来，好在只是扭伤了，没伤到筋骨，拍了片上了药便可以回去了。

秦止一张俊脸自始至终都紧绷着，也不和她说话。

上了车，宁沁侧头看了他一眼，看他似乎还没有要搭理她的意思，迟疑着主动握住了他的手："你还在生我的气？"

"没有！"秦止否认得太快，反倒有些欲盖弥彰了。

宁沁低敛着眼睑，低低地又道了声歉。

"我真不是故意的，我没想到徐璟会在那里。已经过去了这么久，我以为他已经接受这个事实了，这段时间不是没见过面，你也看到了，他整个人很正常，所以我真的以为他已经放下了。"

"我知道。"秦止转头看她，"他确实让人防不胜防，我也以为他已经放下了。总之以后无论是许昭还是徐璟这些，你不要被再和他们单独见面，哪怕路上遇到也要避开。"

宁沁点点头，秦止神色稍霁，伸手在她发上揉了揉，没再说什么，开车先回了家。

朵朵已经被秦晓琪接了回去，整个人都心神不宁的，担心得什么也没心思做，只是拽着秦晓琪的手，不断地问她，妈妈会不会有事，妈妈会不会回来，因此当宁沁和秦止突然出现在门口时，小丫头看到宁沁的瞬间，突然就哭了，抱着宁沁的大腿哭得稀里哗啦的，宁沁劝了好一会儿才把人劝住了，却一整晚都抱着她，说什么也不肯撒手。

秦止吃过饭就出去了，说是徐璟的事还有些后续的事要处理。

宁沁不知道秦止要怎么处理，就担心他一个冲动，做出点什么触犯法律的事来，秦止留了句他自有分寸就先出去了。

宁沁没想到秦止的后续处理是找人把徐璟强行送进了精神病院。

她是第二天下午才知道的，秦止上午开完会人就出去了，去哪儿也没跟她说，下午时萧萌梦突然给她打电话，说是秦止带了人去徐璟那儿，强行把人带走了，不知道带去了哪儿。

宁沁担心秦止做出什么违法的事来，赶紧着给秦止打电话。

秦止约莫是知道她找他有什么事，电话刚接通就先她一步道："我知道自己在做什么。"

他的话让宁沁稍稍安心，她没再追问，只是软声说道："秦止，我和朵朵都需要你。"

"我知道。"秦止挂了电话，一直到下午五点多才回来。

宁沁担心他出事，听小陈说他回来了后，也顾不得手头的工作没忙完，赶紧去他办公室找他，她甚至连门都没敲，直接推开就进去了，看到秦止正坐在电脑前时悬着的一颗心突然就松了下来。

"你没事吧？"她问，走了过去。

秦止抬头看她："怎么过来了？"

365

"担心你啊。"宁沁走了过去,"刚萧萌梦给我打电话,说你把徐璟带走了,你把他带哪儿去了?"

"精神病院。"

"……"

宁沁一时反应不过来,办公室门在这时被人从外面用力地推开来了,何兰黑着一张脸走了进来。

秦止下意识将宁沁拉到了身后,看向何兰:"徐夫人有事?"

"徐璟呢?"何兰近乎癫狂,"你还有没有人性,你怎么能把他送到那种地方,他精神很正常,一点问题也没有,你怎么能把他送到那种地方去。"

秦止坐在座位上没动,只是侧头看着她:"你确定?"

不紧不慢地从抽屉里抽了份资料出来,轻扔在桌上:"徐璟这五年来对宁沁做的事已经构成犯罪了吧,精神病院和监狱,你觉得哪个更适合他?"

他指尖压着那份资料推向她:"徐夫人,这上面全都是您儿子的犯罪记录和证据,真交给了警方,他也只是换个地方住着而已,您选哪个?"

"你……"何兰脸色气得发白,手指着他半天说不出话来,好半天才憋出一句话来,"算你狠!"

人已重重地摔门而去,没半个小时,连许久没出山的徐泾升也给秦止来了电话。

"你在胡闹什么!"徐泾升这次也是被扎扎实实气到了,电话一接通斥责的话便脱口而出,"徐璟跟你多大仇,你怎么能把他关到那种地方去。"

"他和我没仇!但在确定他安全前,他不能出来!"

秦止挂了电话。

宁沁看着他把手机扔一边,有些担心看他:"你真把徐璟送精神病院了?"

"嗯。"秦止淡应了声,看向她,"我必须这么做。"

"确定精神方面有问题吗?"

"这不是重点!"秦止应,人已站起身,"重点是,他的存在已经对你和朵朵构成了威胁,即使不是精神病院,也会是牢里。"

宁沁皱眉,心里总不大踏实,徐璟被强行送进去检查是好事,她只是担心秦止没把握好度,反倒陷自己于不利中。

"放心吧,我有我的分寸。"秦止放软了嗓音,没打算再继续这个话题,把手上的工作简单处理了下便和宁沁一道回去了。

两人刚回到门口便见门口一大一小杵着两个人,萧萌梦不知何时过来了,正站在门口往里看,朵朵双手抱着门拉开半道缝远远便听到她绵软的嗓音,有些凶巴巴的:"我就不让你进我家。"

"朵朵!"宁沁皱眉叫了她一声。

朵朵抬眸看见宁沁和秦止,脆生生地"爸爸,妈妈"地叫了声,人就开了门朝两人扑来,两根小手臂将两人大腿并着抱到了一块,仰着脸嘟着小嘴:"你们怎么才回来?"

宁沁朝萧萌梦那边望了望,看向她:"朵朵,怎么不把阿姨让进屋里坐?"

"我才不要呢,她说要把我爸爸抓走。"朵朵说话间已经苦大仇深地转过身,指着萧萌梦说,"我都说我爸爸妈妈不在家了她都不肯信。"

萧萌梦走了过来,趁机捏了把她的脸:"鬼丫头,我开个玩笑都不行吗?"

抬头看向秦止,人已收起玩笑的神色:"秦先生,能和您谈谈吗?"

"如果是徐璟的事,那没有谈的必要了。"秦止淡应,"如果是生意上的事,现在是私人时间,我私人时间从不处理工作上的事。"

"你没权利把他关起来!"萧萌梦还算克制,难得的冷静,"在不能证明他真的患有精神疾病之前,你不能这么做。"

"法律上我是他大哥,名正言顺的家人。他的一些过激行为已经严重威胁到我家人的安全,我有权利这么做。"秦止看着她,"萧小姐,我知道你喜欢徐璟,你想他好,我们也希望他好,但是在不能确定他完全没问题之前,他必须待在那儿。即使我不这么做,徐家也会这么做。"

"不可能的,至少我知道他妈就不会。如果真要送他去检查,至少由他父母来,而不是你。"

"他父母不忍心,我这当大哥的替他们来,有问题吗?"

"……"萧萌梦一时间被堵住,好一会儿才道,"那你至少得告诉我,他在哪个医院?"

"抱歉,我不放心你。"秦止说话间已经推开了门,侧身看她,"萧小姐要留下来吃个便饭吗?"

朵朵揪着秦止西装衣角戒慎地看萧萌梦："不许再亲我脸。"

萧萌梦看了秦止一眼："不用了，精神病院就那么几家，我自己也能查得出来。"

转身而去。

原以为是很简单的事，没想着连着花了几天都没能找到，院方对患者资料保密，徐璟又是被秦止特别叮嘱过的，更是没让外人查出他人在哪儿来。

连着几天来，因为找不着徐璟，萧萌梦找得有些崩溃，徐家也是闹翻了天，尤其是何兰，最疼爱的就这么个宝贝儿子，平时出门在外都担心他饿着了，这会儿被人关精神病院去，几天没消息，整个人都快急疯了，但忌惮于秦止手上那份证据，又不敢去报警，只能找徐泾升哭诉。

徐泾升对秦止在这件事的处理上多少有些微词，别的不说，这种类似于手足相残的戏码，传了出去也不好听，不知情的人还当秦止为了独吞秦家财产才把人给整进了精神病院去，何兰确实是倾向于相信这个，毕竟挑在这种时候确实过于敏感，徐泾升也有这方面的怀疑，这几天给秦止打了几次电话，让他回徐家一趟，每次都被他以工作忙为由推脱了，徐泾升胸口憋了口气，何兰不忘煽风点火。

这天看徐泾升被秦止一个电话气得半天缓不过气来，一边给他拍背换气一边提起遗嘱的事来，无非是现在徐璟出事，徐盈忙着养身体，整个公司都秦止一个人在管，也不知道暗地里玩的什么花招，旁敲侧击让多找个人好好盯着秦止。

徐泾升只是敛眸淡眉地应着，也不知道什么个心思，缓过气来之后还是又给秦止打了个电话，在电话里发了很大一通脾气，让他无论如何也得过来一趟。

秦止忙完手中的工作后还是抽空来了趟徐家，手中拿着个档案袋，人刚进门，徐泾升憋在胸口的那口气瞬间找到了出口，随手抓起茶几上的杂志便朝秦止扔去，秦止手掌一抬便轻松接下了。

他垂眸朝手中捏着的财经杂志看了眼，眉眼淡淡："没什么事我先走了。"

"站住！"徐泾升气急，转过身，手中的拐杖戳得实木地板"咚咚"直响，"你到底把徐璟藏哪儿去了，他好歹是你弟弟。"

秦止转过身，不紧不慢地把手中财经杂志放下："不是早说了吗，精神病疗养院，这对他对其他人都好。"

"别说得这么冠冕堂皇，你不就因为手中握着他的把柄才想置他于死地，说白了你还不是奔着徐家的家产去，徐璟什么时候和你争这份家产了你要这么害他？"何兰嗓音在颤，"如果你真这么看重它，我一分钱也不要，全部给你都行！"

秦止点点头："我不介意全部接收。"

说完时还真从档案袋里抽了份文件出来，摆在茶几上，指尖压着推向她："但是你敢签吗，徐夫人？"

"你……"何兰被气得脸都煞白了，转向徐泾升，气急败坏，"你看看你看看，还说他没有野心，当初要把他请回来时我就说了不可信，你偏不听，现在好了，连你儿子都算计上了。"

秦止看向她："徐夫人，你确定你儿子真的姓徐吗？"

何兰一愣，整张脸瞬间冷了下来："你什么意思？"

"有些事大家心知肚明就好。"秦止不紧不慢地坐回了沙发上，视线转向徐泾升，"有事吗？"

"徐璟怎么样了？"

"他很好。"

"有什么事好好谈，没必要把事情整得这么难收场，到底是一家……"

"如果没什么事我先走了。"秦止打断他，站了起身，顺道从档案袋里抽了份文件出来递给他，"你先看看。"

何兰下意识抬头望去，没能看清，不知是有意还是无意，徐泾升指尖压着标题处将文件反压了下去。

他看向秦止："徐璟的事你还是……"

"那份文件你先好好看看，年后给我答复吧。"秦止嗓音始终淡淡，"我先走了。"

没再多做逗留，人先离开了。

徐璟那边的事还有些后续手续要处理，秦止顺道去了趟郊外的精神疗养院，也顺道去看了趟徐璟。

徐璟穿着疗养院里特有的病号服，被人带领着推开门进来时，神色很平静，气色也不错。

秦止看着他在对面坐下，双臂交叉环胸，侧头看他，淡声道："你最近看着挺不错。"

"这里空气不错。"徐璟嗓音也是淡淡的,看向他,"怎么过来了?"

"来看看你。"

徐璟唇角勾了下,很淡的弧度:"秦止,我就是研究这方面的,如果我真想出去,我有的是办法。"

"我知道。"秦止点点头,"但是我也可以依法把你送进牢里,我必须保证她们母女的安全。"

徐璟笑笑:"我以为你最该恨的是许昭。当年如果不是他从中作梗,宁沁或许就不会出事,宁沁也不会想不开。负面情绪会将相互传染,正面情绪也是。当年我把她带回国,就是想让她的家人多陪陪她,让她快点走出来,没想到……"

徐璟摇头,没再说下去。

"他那边我会处理。"秦止淡应,低头看了眼手表,"我先回去了。"

站起身,突然想起萧萌梦的事,转身看他:"对了,萧小姐最近一直在找你,你不见见她?"

"不用了。"徐璟也站了起身,"我不想耽搁她。"

秦止点点头,没再说什么,却没想到出去时竟在疗养院门口遇到了萧萌梦。

萧萌梦一路跟踪他过来的,一直在他车子旁等他。

看着秦止走近,萧萌梦开门见山:"我知道他在里面。"

"你能见到他的话。"秦止比了个"请"的姿势,说完人已开了车门,没理会她,上了车,车子徐徐开着绕开她,疾驰而去。

宁沁知道他去看了徐璟,因为这个事一直有些心神不宁,听到开门声就下意识转过了身,看他回来了才算是松了口气。

朵朵不明白宁沁的担心,听到开门声人已从沙发上滑下来去门口接人,非得拉着他的手一块进来。

"徐璟那边怎么样了?"宁沁手肘撑着沙发背,担心问道。

"吃好睡好住好。"秦止挨着她坐下,弯腰顺道一把将朵朵抱了起来,低头逗着玩,看着心情不错。

朵朵心情也极好。

她刚放了寒假没几天,整天待在屋里闷得慌。年关将近公司的事也忙，秦止和宁沁也都在忙工作的事，没太多时间陪她。

这会儿看秦止终于有时间陪她玩了，人也笑嘻嘻的，搂着他的脖子很是期待："爸爸，明天我们去玩。"

秦止忍不住笑笑，手指撩着她的头发："你想去哪儿玩？"

"嗯……"朵朵歪头想，"除了家里，去哪儿玩都行。"

宁沁在一边看着父女俩互动，因为最近的事也没什么心情，只是安静看着。

陪着坐了会儿便先去洗澡回房休息了。

秦止看着她的背影，有些沉默，朵朵叫了他好几回也没回她。

朵朵奇怪从他怀里钻出半颗脑袋来，往卧房看了眼，压低了声音："爸爸，妈妈怎么了？"

"妈妈最近工作太累了。"秦止低声说，低头在她脸颊上亲了亲，"你先去找奶奶玩，爸爸先回房好不好？"

"好。"点头间人已很乖巧地从秦止大腿上滑了下来。

秦止起身回房。

宁沁正靠坐在床头前，大腿上躺着本书，虽是翻开着，看宁沁的神色却似乎有些心不在焉，神色有些空茫，不知道神游到哪儿去了，连秦止回来也没发现。

秦止站在门口看了她一会儿，走了过去，在她身侧坐下，侧头看她："怎么了？"

宁沁回过神来，嘴角牵出一个很浅的弧度："没什么。"

往门口看了眼："朵朵睡了吗？"

"还在外面玩。"秦止淡声应着，微微侧过身子，左臂搭在了宁沁身后的墙壁上。

"怎么了？"他的举动让宁沁有些不自在。

秦止没应，只是安静看她，眼睛盯着她的眼睛，黑眸幽深安静，就这么侧着头一动不动地打量她。

虽然已经在一起这么久，当他以这种似安静似怜惜的眼神盯着她时，宁沁还是有些不大自在。

她被他盯得先垂下了眼睑："我去陪陪朵朵。"

放下书便要起身，秦止压住了她。

宁沁疑惑抬头，秦止手掌捧着她的脸，盯着她看了会儿，唇就吻了下来，很轻柔的吻，缱绻缠绵，好一会儿才放开了她。

"你这几天都不开心。"秦止盯着她的眼睛，软声道。

宁沁抿着唇角，沉默了会儿，点点头。

他的手掌轻揉着她的头发，长长地吁了口气，"对不起"三个字就这么毫无预兆地脱口而出，最近他确实有些冷落了她，那天因为徐璟的事，一口气憋在胸口，也有些气着她独自一人跑到墓园那些地方去，态度不太好，几天来对她都有些若有若无的疏离。

宁沁鼻子突地一酸，忍不住冲他笑了笑："我真没事。"

秦止也笑笑，指腹轻抚着她的脸颊，垂眸打量着她，总像看不够似的，看着看着又忍不住低下头去，轻轻吻上她的唇，来回很轻柔地吻了好一会儿才意犹未尽地放开了她，额头轻抵着她的额头，敏感的肌肤下是她熟悉的体温，温热而活生生的，人就在眼前，就在触手可及的范围内，秦止胸口突然被某种柔软的情绪胀得满满的，一颗心都瞬间柔软了下来。

不曾经历过那种生离死别的苦痛，永远也体会不出这种失而复得的感动。大概因为曾经太过感同身受，哪怕明知道徐璟害得他们一家三口分离，面对那样一个为爱癫狂的男人，他也没办法对他真的狠得起来。

本质上他和徐璟都是同一类人，他甚至觉得徐璟和他都是体内流着一半相同的血统，才造就了这种神似处，可偏偏不是，徐璟是徐璟，秦止是秦止，除了一个是那个人一手带大的，一个是体内流着他一半的血液，却并无交集。

把徐璟送进疗养院确实是他的意思，但配合的人却是徐璟。

除了偏执地不愿面对宁沁死亡这个问题，徐璟精神上并没有什么问题。

宁沁和宁沁相似的一张脸就是他失控的导火线，只要见不到宁沁，只要不去想，他很正常。他说过去五年里把这么个人放在身边，无非是想借此麻痹自己，宁沁还活着，人就在身边，但真的要去碰触时，心底又很清醒地知道，这个不是宁沁。

徐璟那天问他，是不是因为他自小把属于秦止的一切都夺走了，所以现在活该要从另一方面去偿还他。

秦止苦尽甘来，失而复得，他却再没了那个人。

想到那天在疗养院，徐璟苦笑着说起这些事时死寂的眼神，秦止不自觉地叹了口气，扣着宁沁后脑勺的手有些些收紧，有些克制不住地吻了下去。

朵朵在门外敲门:"爸爸,妈妈。"

自从被秦止教育过之后,朵朵没再大大刺刺地直接闯进来,现在懂得进屋前先在门外敲个门了。

秦止放开了宁沁,视线转向门口:"朵朵?"

小丫头一听叫她名字了,马上推开了门来,"嘻嘻"地笑着,一蹦一蹦地跑了过来,脱了鞋绕过秦止,整个人趴在了宁沁大腿上,仰着小脸"妈妈,妈妈"地傻叫,宁沁忍不住把她抱起放入被窝中,捏着她的小鼻尖:"都几点了还不去睡?"

"我今晚想和妈妈一起睡。"人抱着宁沁不肯动。

秦止难得这次没跟她讲大道理,让她钻进了被窝中间。

因为年关将近,年底事多,又遇上春运高峰期,秦止和宁沁也抽不出时间陪朵朵去玩,都在赶着把手头工作处理玩好安心过年。

腊月二十八是旭景的公司年会。

年会当晚,久不露脸的徐泾升终于露了个脸,作为公司的创始人致辞,意外地宣布了一个消息,将手中百分之三十多的股份悉数转到秦止名下,秦止瞬间成为公司第一大股东。

他宣布完时何兰整个人差点炸了,也顾不得徐泾升还在台上发言和面子问题,急急地上台去试图以徐泾升年老病弱头脑不清晰阻止,被徐泾升让人给拦了下来,何兰气得当下便离了席,约了许昭见面。

许昭也因为年会的事在忙,来得有点迟,人刚到还没坐下何兰已经絮絮叨叨地把今天的事给说了。

许昭只是慢悠悠地喝着茶:"早跟你说了,当时你把那份合同给我,我替你运作,保证让他在牢里关一辈子,你偏信不过我,现在好了。"

"我都解释过了,不是我不肯给你。是当时被他发现了问题,公章挂失处理了,警方还把我秘书给带走调查了,这事儿闹得挺大的,我不销毁了还留着做什么。"

许昭嗤笑:"到底不是一家人,你果然不了解他。什么叫虚张声势懂吗?我保证他那会儿绝对没去挂失。"

"现在说什么都没用了,那合同都销毁了。"

许昭摇头:"那我也无能为力了。现在徐先生已经公开宣布了,这事儿就铁板钉钉上的了,你家老头子摆明了就是要把这么大一公司送给

373

他前妻的儿子,当时让他回来你不是已经料到了吗?"

"但是我不知道会这么快。"

许昭摊手,表示爱莫能助。

何兰眼带犹疑:"许先生……"

欲言又止。

"何总有什么话请直接说。"

"您上次提议那个事儿……"

何兰正要说,却见许昭视线掠过了她,落在了她身后,何兰下意识回头,看到了余筱敏。

余筱敏和朋友来吃饭,没想到会在这儿遇见许昭。

自从那次出事后她便和许昭断了联系,就这么遇上,她只是怔愣了下,人已淡漠地转开了视线,和朋友一道离开,反倒是许昭坐不住了,"筱敏!"地叫了声后,人就起身追了过去。

他追到门口时余筱敏人已不见了,她和朋友已先一步上了车,从车子后视镜里看到了追到门口的许昭。

余筱敏沉默了会儿,抿着唇,拿过手机,给宁沁打了个电话,把在餐厅遇到何兰和许昭的事跟她说了。

宁沁接到余筱敏电话时年会刚结束,正和秦止一块儿下楼,挂了电话也就顺道和秦止提了下这个事。

秦止倒是不意外,在上次余筱敏把许昭暗地里约见的照片寄给宁沁后,秦止便让人调查过两人,暗地里确实有些不明不白的勾当,当初何兰私签的那份合同便是打算以公司的名义私募资金,却是刻意避开了法定程序。

何兰想要徐家财产,许昭想再次陷秦止于牢狱之中,一个为财,一个为人,道不同,最终目的却是一致的。

"这个事我另外有安排,难得放长假了,这几天过年就安安心心心过大年。"秦止对宁沁道,弯腰拉开了车门,让她先进去,这才绕过车头进了驾驶座。

看秦止另有安排,宁沁相信他处理得来,也就没再追问,好不容易放了长假过年,也懒得再去理工作的事。

朵朵对这一天已经是盼了许久。这还是一家三口第一次真正意义上的过年,过去几年里朵朵跟在刘婶身边也没过个像样的年,年关将近时别的小朋友都是开开心心地穿着新衣服,一家人其乐融融,就她和刘婶两个人，冷冷清清的，连件新衣服也没穿过。

虽然朵朵年纪小不会去说这些事，宁沁光想着那几年春节时朵朵一个人困惑地站在大街上看着其他小朋友穿着漂亮衣服打打闹闹就心疼不已，因而一闲下来，第二天就特地带朵朵去买新衣服。

朵朵第一次陪爸爸妈妈一起过年，第一次有新衣服过年，一路上整个人特别地兴奋，一手拉着宁沁的手，一边走一边好奇地看着专柜里的精美童装，看中哪件宁沁给她买哪件，恨不得把整个世界都捧到她面前来。

秦止今天公司还有点事要处理，得中午才能过来，宁沁带朵朵逛了一圈，人感觉有些累，就带着朵朵先去餐厅吃饭等秦止。

朵朵刚入手了两套新衣服，迫不及待想穿新衣，和宁沁已坐下就拿过了宁沁手里拎着的购物袋。

"妈妈，我再看看我的新衣服。"说完就把衣服从袋子里给拎了出来，摊开了比画着，越看越喜欢，周围用餐的客人多，她似乎又有些不好意思，蹭着凑到宁沁跟前，附耳在她耳边低声说，"妈妈，我们去找个有镜子的地方再试穿一下衣服好不好？"

宁沁失笑："衣服是你的又跑不了，晚上回家再穿嘛。"

"可是我现在就好想再看看了，反正还没有吃东西。"朵朵说话间已经有些迫不及待，扯着宁沁的手臂，"走嘛走嘛，我们去厕所看看。"

愣是把宁沁从座位上给拽了起来，胡乱把衣服往袋子里一塞，一手拎着衣服袋子一手牵着宁沁的手，说了声"走吧"就拉着宁沁往厕所方向走。

这个点吃饭的人多，宁沁担心朵朵被人撞到，注意力都在朵朵身上，却没想到臂弯里拎着的包包不小心扫到了隔壁桌上的茶杯，一下就被带倒了。

"抱歉抱歉。"宁沁尴尬道歉，小心将茶杯扶起，正要抬头，一声困惑的"宁沁"在耳边响起，宁沁循声望去，看到了坐着的简琳，有些意外，却还是微笑着打了声招呼，简琳也打了声招呼，然后任由视线从宁沁身上落到朵朵身上，也笑着冲她挥了挥手，朵朵也就甜甜地叫了声"阿姨"，心里还惦记着去看新衣服的事，不好意思地冲简琳吐了吐舌头："我要先去看看我的新衣服，我和妈妈先走了。"

拽着宁沁就往洗手间跑了，刚走到洗手间，看到门口排起的长龙，"阿哦"一声，小脸蛋顿时垮了下来，悻悻然地扯着宁沁返回了座位上。

简琳就和朋友在隔壁桌吃饭，看两人回来，迟疑了会儿，起身走了过来。

"简小姐。"宁沁笑着打了声招呼。

简琳也笑笑，在她对面坐下："不介意我坐会儿？"

"没关系。"宁沁笑着将菜单递给她，"想吃点什么？"

"你们点就好，我在那边刚吃过了。"简琳将菜单推还她，视线落在她眉眼间，笑笑，"听说你和秦止结婚了？"

宁沁点点头："前段时间刚领了证。"

"恭喜。"简琳朝她举杯，真心祝贺。

宁沁也举起了酒杯："谢谢。"

简琳浅浅喝了一口便放下了，笑着道："秦止其实挺幸运的，失而复得，这世界上没几个人能有这样的运气了。"

指腹摩挲着杯沿，低敛着眼睑，有些感慨："当年刚知道你不在了，他整个人跟疯了似的，特别消沉，有几次大半夜还跑到你的坟前，不停地去挖，说什么也不肯相信你真的不在了。那时我在一边看着他那样，一直在想，到底得多爱一个人，才会有那样的绝望。"

宁沁看她："所以这几年里，你也没试着和他在一起了是吗？"

"是他不肯接受我，谁都不要。"简琳侧头看着她，精致漂亮的脸蛋上有种铅华洗净后的淡然，"他那时消沉封闭了很长一段时间，如果不是还系挂着朵朵，一心想着要把你们的女儿找回来，说不定真不知道变成什么样了。我曾对他说，我愿意等他，五年十年我都愿意等他慢慢走出来，他说除了宁沁，他谁都不要，他只想找回他的女儿，然后慢慢抚养她成人。"

简琳不自觉地摇头笑笑："他现在也算是苦尽甘来了吧，女儿找到了，你也回来了，对他来说，再没有比这个更好的了。"

她又举起了酒杯："祝你和秦止百年好合，一直这么圆满下去。"

"谢谢。"宁沁也微笑着举起了酒杯。

"还有，对不起。"简琳说，"算是迟来的道歉。"

当年宁沁和秦止分手确实有她从中作梗的因素在。她和秦止十年的同学，暗恋了十年的男人，本以为利用自己父亲的关系，终于可以和秦止有进一步的发展了，却没想到某一天秦止突然把宁沁带了过来，然后向她父亲介绍，这是他女朋友，宁沁。

那时简琳也在，那一瞬间突然有了天崩地裂的感觉，有伤心，也有不甘心，理智上告诉她应该放手了，情感上却走不出来，想起那个人时胸口还是会隐隐作疼，在他们在一起的两年里，她无数次地盼着秦止和宁沁分手，但又无数次地失望，后来渐渐克制不住，有些故意地在宁沁出现的地方，刻意制造些暧昧，给宁沁造成误解。

　　她和秦止有工作上的合作，两个人接触的时间也不可避免地会比较多。秦止太优秀，那个时候的宁沁又只是一个学生，两个人之间横着太多不现实的东西，宁沁和秦止的感情也没深到让她能全然信赖秦止，会有猜忌，也就免不了会有争吵，那会儿宁沁和秦止还因为宁沁毕业后的去留问题存在分歧。

　　宁沁在校成绩优异，简琳让父亲暗中运作下，让她有留校任教的机会，那会儿秦止的事业重心在国外，他不希望两人再继续这种异地跨国恋，有意让宁沁到他那边去。宁沁因为简琳和秦止之间在她看来某些暧昧微妙的关系，没信心和秦止走得下去，不敢轻易放弃这么好的工作机会，担心到头来落得个事业爱情两散，因此执意先留校，但在秦止那边看来，宁沁还是不肯相信他，争吵的导火线还是难免绕回到简琳身上，最后那次吵得狠了，宁沁冲动下提了分手，秦止盛怒下也转身离去。

　　两人都是倔脾气，谁也不肯先低头，那会儿秦止在纽约那边有重要合同要签，他的公司刚上轨道，太多事情需要他亲力亲为，和宁沁吵完第三天就飞了纽约，临上机前他先低头给宁沁发了道歉短信，告诉了她航班号，宁沁没及时看到短信，看到时秦止搭乘的航班已经起飞，落地时秦止便因之前的一个合作案卷入了重大的金融诈骗案中被警方带走，之后是长达一年的拘禁，最终在许昭和律师等几个朋友的耐心调查下，找到了证据翻了案。

　　宁沁那会儿看到秦止的道歉短信便赶去了机场，秦止在短信里告诉她，他没同意分手，也不想分手，如果她还愿意继续走下去，就给他一个电话或者一条短信，他在机场等她。她去了，她想道歉，却没来得及见上面，给他回了短信，不断地打电话，整整一年，他没再回复过她。

　　宁沁那时是觉得秦止已经对她失望了的，不然不会任凭她怎么道歉怎么打电话都不回她，明明手机打得通，有开机也有关机的时候，但一条信息一个电话都没再回复过她，哪怕后来她发现怀孕，把这个消息告诉他时，他也没回复，她只是透过许昭知道了秦止的消息，却没想到，许昭会两边欺瞒。

许昭曾是秦止最信任的朋友,在知道真相前,谁都想不到,他会做出这样的事来。

宁沁有时甚至觉得,当年如果不是自己疑神疑鬼,也不会造成这么多的错过和遗憾,虽然有简琳从中作梗,但到底是自己不够自信也不够相信秦止,因此对简琳也算不得恨不恨,况且她确实也没做过什么过分的事,因而也就冲她笑笑:"当初也是我们两个的问题而已。"

手机在这时响起,秦止打了电话过来,他在商场楼下了,问宁沁和朵朵在哪边。

宁沁报了地址,秦止没一会儿就上来了,朵朵眼尖先看到了他,"爸爸"地高声叫了声,冲着他挥手。

秦止远远便看到了站起来不断冲他招手的朵朵,眼神一暖,人也朝这边走了过来,走到近前才发现简琳也在。

"秦止。"简琳微笑着打了声招呼。

秦止也淡淡打了声招呼,挨着宁沁坐下,拿过菜单,一边翻着一边问道:"吃过了吗?"

说着就要将菜单递给她。

"别。"简琳笑推了回来,"我就和宁沁聊聊,约了朋友呢,先不打扰你们了。"

说话间人已站了起身,秦止也没出声挽留,看着她离开后这才转向朵朵,捏着她的小脸蛋:"买什么漂亮衣服了?"

"买了好多。"朵朵附耳在秦止耳边说,转身便从购物袋里把衣服取出来给他看,一件件地甩着,"你看,好漂亮。"

看得宁沁很是无奈:"这么臭美也不害臊,大家都在看着呢。"

宁沁这么一说朵朵马上就安静了下来,吮着唇小心翼翼地把衣服收起来,一边咕哝着:"那我晚上回去再给爸爸看。"

秦止失笑,揉着她的小脑袋,偏头看宁沁正在看他,眼神有些深,像在看他又像是在透过他看什么。

"怎么了?"他的手臂绕过朵朵,落在她肩上,指尖轻卷起一缕发丝有意无意地撩弄着。

宁沁保持着偏头看他的姿势:"在看你。"

秦止不觉一笑："还没看够？"

"没看够。"宁沁也不自觉地跟着一笑，"刚简琳和我聊了些事。"

"哦？"秦止眉梢轻轻一挑，"聊什么了？"

"其实也没什么，就一些过去的事，突然想起了分手那会儿，有些感慨。"

秦止看她一眼，似笑非笑："终于明白自己错怪我了？"

"那也不能全怪我啊，那会儿你和简琳郎才女貌着呢，老师还有意无意想撮合你们，我又什么也没有，肯定没有安全感的嘛。"

秦止点点头，竟没反驳她："当初确实我疏忽了你的感受。"

服务员在这时端着菜上来，人没到近前，朵朵已经闻了出来。

"清蒸罗非鱼来了。"她扭头笑嘻嘻地冲秦止和宁沁傻笑，手肘撑着桌子便跪坐了起身，朝服务员伸出两只小手，软软道了声"我来帮你端"后就要去端过还在冒着热气的盘子，被秦止把手给拍了下来，起身把鱼端了下来。

朵朵凑上去深吸了口气："好香！"

挑起了筷子就去戳，一边戳一边扭头冲宁沁笑："妈妈，这个好吃。"

"小心鱼刺。"宁沁替她挑了一些鱼肉，小心把鱼刺剔掉才放入她碗里，顺道也给秦止和自己也夹了一些。

鱼肉很鲜美，带着股淡淡的腥味和葱姜混杂的油腻味，当这股味道随着靠近嘴边的筷子扑入鼻中时，一股莫名的反胃感已经从喉头涌起，宁沁下意识放下了筷子，手掌捂着嘴巴把头偏向了一边。

"怎么了？"秦止赶紧放下筷子，手掌轻拍着她的背，担心看向她。

朵朵正津津有味地嚼着鱼肉，看宁沁脸色不对也赶紧放下了筷子："妈妈，你怎么了？"

"妈妈没事。"宁沁摆摆手，"只是胃有点点不舒服。"

秦止皱着眉："最近是不是吃错什么东西了，怎么好好的突然不舒服起来了。"

"没……"宁沁话音一顿，突然想到了当年怀朵朵时的样子，手掌下意识摸向小腹，转向秦止，"会不会是怀孕了？我当初怀着朵朵好像也是差不多这样。"

"……"秦止大脑空白了好几秒。

朵朵喜滋滋地放下筷子："是不是我有弟弟了？"

秦止回过神来："吃过饭我们先去医院。"

饭后一家人便先去了医院，各种检查下来，宁沁确实已经怀孕将近一个月。

刚拿着报告单出来，秦止和宁沁还没来得及说，朵朵已经使劲儿地踮脚尖想去拿秦止手中的报告单。

"我来看看。"

"你看得懂吗？"秦止将报告单递给她，朵朵很认真地摊开看了眼又塞回了秦止手中，"那有没有小弟弟啊？"

秦止没正面回答，只是侧头看她："你想要弟弟还是妹妹？"

"都可以，只要让我当姐姐就好。"

秦止笑，一把将她抱起："那以后就要有当姐姐的样子知道吗？还有以后不能随便爬妈妈身上，会压到弟弟的。"

朵朵一喜，连连点头："好。"

晚上回家吃饭，朵朵特别体贴地给宁沁夹菜："妈妈，这个给弟弟吃。"

吃过饭后，宁沁坐在沙发上看电视，朵朵坐在一边，托着腮盯着她的肚皮，一直看一直看，目不转睛。

秦止在她身旁坐下，一把将她抱起："朵朵在看什么？"

"看弟弟。"朵朵说着从秦止怀里探出头来，手掌轻扯着宁沁的手臂，"妈妈，我可以摸一下弟弟吗？"

宁沁失笑："弟弟还摸不到。"

"我就试试。"说着已经伸出手，在宁沁肚皮上瞎摸起来，摸着摸着抬头冲宁沁咧嘴笑，"好好玩。"

秦止笑，摸着她的小脑袋："如果让朵朵给弟弟取个小名，朵朵要叫他什么？"

朵朵偏头想了想："木木。"

手比画着开始解释："我叫朵朵，他比我还小，名字不能比我大，取一半就好了。"

"……"秦止难得没反对，含笑点头，"爸爸这回听你的。"

朵朵很是开心，摸着宁沁的肚皮，软着嗓子叮嘱："木木，以后要听姐姐的话知道吗？"

宁沁偏头看秦止："你这样，以后老二会恨你的。"

秦止侧眸看着朵朵，手掌有一下没一下地拨弄着她的头发："她喜欢就好。"

秦止眼神温润，看着朵朵时眼眸中带着淡淡的怜惜和宠溺。

宁沁知道秦止是把朵朵疼到了骨子里，当年没能及时陪着她一直是他和她一辈子都无法弥补的痛，如今是拼尽了力气也要好好宠着她，别说是一个名字，哪怕她要天上的月亮，她和秦止也甘心去摘下来送她。

因为这份心思，宁沁也没多做反对，默许了老二"木木"的小名，只是她没想到多年以后，当老二被朵朵从"木木"叫到"秦双木"再到"小林子"后，老二对她和秦止有着深深的怨念。

因为宁沁怀孕的事，秦止原本计划好的国外游也暂时被搁置了下来，一家人安心待在家里过年。

朵朵有弟万事足，自从知道有了弟弟后就一天到晚黏着宁沁不放了，时不时摸一摸宁沁的肚皮。

大年初三时一家三口出去喝下午茶遇上了同去喝下午茶的陆家，陆仲谦秦嫣带着儿子陆承曜和唐旭尧陆然一家一起出来，陆承曜平时虽然对朵朵爱理不理的，但对一岁多的小兮然却是特别好，一直逗着她玩儿，眉眼带笑，还不时给她拿茶点。

朵朵因为上次和小兮然玩被陆承曜推开的事不敢上前，只是在一边羡慕地看着，陆承曜抬头看了她一眼也没招呼她，继续低头逗小兮然玩。

朵朵小嘴瘪了瘪："再过不久我也有弟弟一起玩了。"

双臂宣告性地环住宁沁大腿。

秦嫣轻拍了儿子一记："曜曜，朵朵来了，打个招呼。"

陆承曜缓缓摇着头："我不要。"

陆仲谦冷眸朝他瞥了眼，嗓音不怒而威："陆承曜！"

陆承曜抿着唇角看了朵朵一眼，心不甘情不愿地打了声招呼。

朵朵噘着嘴不理他："我才不要和你玩。"

抱着宁沁大腿不肯过去。

秦嫣忍不住一笑，冲她招手，她这才走了过去。

朵朵走得慢慢的，脚步总有些犹豫，小眼神也有些迟疑，不时往曜曜那边瞥一两眼，想过去又不太敢过去，噘着小嘴，怯生生的。

秦嫣看着心疼，上前两步直接把她牵了过来，半蹲下身，视线与她平视，问她："朵朵不喜欢和曜曜玩吗？"

朵朵噘着嘴点点头："不喜欢。"

老实得让秦嫣不自觉笑了笑，手掌摸着她小脑袋："为什么呢？"

"因为他也讨厌我啊，我才不要和不喜欢我的人玩。"朵朵噘着嘴应，应完还抬头朝曜曜看了眼。

秦嫣没想着是这么个答案，一时间有些愣住，而后笑开，揉着她的小脑袋，把陆承曜也叫了过来，想让这对小朋友握手言好，没想着曜曜别扭着怎么也不肯伸出手，低声咕哝了句："我不要，她脏脏的。"

曜曜声音不大，秦止宁沁那边没听清，但秦嫣听到了，朵朵也听到了，睁着圆溜溜的眼睛看向曜曜，上齿不自觉地咬住了下唇，看着看着眼眶就湿了，突然挥手打了曜曜一下："你才脏脏的，我再也不要和你玩了。"

说完人就哭了，转身跑回了宁沁那里，抱着她的大腿不放。

秦嫣脸色也沉了下来，看着曜曜时神色难得严厉："陆承曜，平时怎么教你的？"

陆承曜抿着唇角不敢吭声。

宁沁出声打圆场："小孩子嘛，没事的。"

弯腰把朵朵抱起安慰。

秦止顾忌着宁沁还怀着孩子，赶紧把人接抱了过来，看她憋着两泡眼泪想哭不敢哭的模样，心疼得心尖都疼了起来，不断软声劝了好一会儿朵朵才渐渐平静了下来。

唐旭尧和陆然招呼着大家一起坐下吃点东西，这种家庭的小聚会，又是这么个节日里，气氛很融洽，女人聊孩子教育问题，男人聊事业。

之前因为光盘事件秦止请唐旭尧帮过忙，彼此生意上目前处于一个强强联手的状态下，日常接触比较多，聊的话题自然也脱不了生意。

唐旭尧记得许昭的事，也特地留心关注了下，隐约记得最近许昭供职的辉泰有些举步维艰，几个大项目都被人中途截了下来，本就民间集资发展起来的房产项目，连着几个大项目有头无尾，关于辉泰可能破产的各种小道消息不胫而走，闹得人心惶惶。

唐旭尧估摸着这件事与秦止脱不了干系，和秦止聊起，秦止也只是摇头以对。

"顶多只是算公平竞争。"秦止淡应。

确实也算得上公平竞争，只是相较于旭景雄厚的资本，辉泰确实不值一提。

有钱好办事，尤其在生意场上。有钱的旭景要对没钱的辉泰步步紧逼，鲸吞蚕食，也只是个时间问题而已。

三个月不到，辉泰便因涉嫌非法集资被破产重组，身为公司的负责人许昭也因此被追究刑事责任。

许昭被捕那天来找了秦止。

宁沁也在，怀孕几个月，宁沁身子已经日渐丰腴，小腹也隐约看到了点肚子。

虽是怀着身孕，整个人精气神却很好，面色红润，身体在秦止的刻意调理下，脸颊还圆润了半圈。

许昭看着宁沁脸上遮不住的柔和和幸福，失神了好一会儿，在秦止不悦地轻咳了声打断时他终于收回了视线，走向了秦止。

宁沁正坐在秦止身侧，秦止看许昭走近，轻拍了下宁沁的肩："你先回去。"

宁沁担心秦止和许昭会起什么冲突，没肯走。

许昭视线从宁沁身上转回了秦止身上："我只是来找你聊几句。"

秦止搁下握着的笔，侧头看他："有事？"

许昭缓缓摇头："没事。"

秦止做了个"请"的手势，逐客意思很明显。

许昭摇头苦笑，也没再说什么，将一个信封交给了他。

"当年的事，"许昭迟疑了会儿，看向秦止和宁沁，"我很抱歉。"

秦止保持着侧头看他的姿势，神色未动。

"不过如果再重来一遍，我想我还是会那样做。"许昭说着看向他，"不管结果怎么样，我都会想要给自己再争取一次机会。当年想保你出来的心情是真的，想和宁沁在一起也是真的。"

秦止没应。

许昭笑笑，弯身将信封压着递给了秦止："这些是当年我们公司的一些股权转让书和法人代表变更文件。公司虽然委托了别人在管理，但你那份一直没变。"

当年出事前，秦止和许昭合伙开了个小公司，业绩红火，后来两人闹掰之后，秦止抽掉了他那份股权重新开始。

他没去接，垂眸瞥了眼："都捐了吧。"

"要怎么样你看着办吧。"

许昭收回了手,往宁沁那边看了眼,有些欲言又止,终是什么也没说。

"我会再回来的。"许昭说,话完人已离去。

宁沁看向桌面上他留下的那枚信封,秦止已经按了内线电话,让助理小陈进来处理掉这份东西。

许昭因涉嫌非法集资和诈骗等罪当天便被警方带走调查了,后续怎么样宁沁也没再去留心。

随着她肚子越来越大,秦止担心她每天跑来跑去上班伤身体,干脆把宁沁的工作安排给了别人,让她安心在家养胎。

朵朵的心情随着宁沁渐大的肚子雀跃着,每天一放学就迫不及待地回家,然后趴在宁沁肚皮上听胎动。

宁沁肚皮稍微有点动静朵朵便很是惊奇地抬头朝宁沁傻笑:"妈妈,他又动了他又动了,好好玩。"

对朵朵来说,每天最好玩的事就是抱着宁沁的肚子听胎动或者抱着故事书要给弟弟讲故事了,每天晚上也非得黏着宁沁睡。

朵朵睡姿不太雅观,睡觉喜欢乱踢乱蹬的,秦止担心朵朵不小心踢到宁沁肚子,愣是没让她如愿。

朵朵每天晚上心不甘情不愿地被秦止抱着扔回奶奶床上,虽是不太乐意,但惦记着弟弟也还是勉强接受了,每天早上醒来第一件事就是去敲秦止和宁沁的房门,然后溜进去爬上床,耳朵隔着被子贴着宁沁的肚皮:"妈妈,我来看看弟弟睡醒没有。"

宁沁怀孕十月时,终于顺利产下一名男婴。

孩子出生那天早上朵朵一如往常去敲两人的房门,敲完就先开门进去了。

天气还早,秦止和宁沁都还没怎么醒。

秦止看她推门进来,压着被子半坐起身,朝她招了招手,食指搁在唇边比了个"嘘"的手势,朵朵脚步马上放轻了下来,一蹦一跳地轻轻蹦到了秦止身侧,仰着小脸冲秦止傻笑:"我想来找弟弟玩。"

秦止弯腰将她抱上床,附耳在她耳边低声道:"先让妈妈多睡会儿,等妈妈醒来好不好?"

朵朵连连点头,翻过秦止正要躺下来,惊醒了宁沁。

宁沁睁着蒙眬睡眼,手掌拉过她亲了亲:"怎么这么早就醒了?"

"我想来找弟弟玩。"朵朵说着人已从秦止身上爬了过去,缩进被窝里，手掌摸着宁沁肚皮："妈妈，弟弟醒了吗？"

宁沁失笑："天色还早，他还在睡觉。"

顺手往床前的闹钟看了眼，才六点。

朵朵小手往宁沁肚皮摸："我来摸摸看。"

摸着摸着就有些忍不住了，耳朵贴着她的肚皮开始听，一边听一边轻拍："木木，天亮了，不能赖床哦。"

宁沁就要到预产期了，秦止担心朵朵手脚不知轻重地压到了宁沁，赶紧着要把她抱过来，没想着宁沁肚皮下突然狠狠动了下，朵朵很是开心："爸爸，弟弟醒了，他刚踢我了，肯定是想要我陪他玩。"

巴着宁沁的肚皮不肯放了，没想着宁沁却是拧了眉心，隐约感觉肚子不太舒服。

秦止一看宁沁脸色不对整个人顿时如临大敌，握着她的手，掌心下微凉的温度让他揪紧了心脏："怎么了？"

低沉的嗓音都不自觉地沉哑了几分，带了几分担心。

"感觉……感觉是不是快要生了。"宁沁忍着不适道，她生过朵朵，在生孩子方面有经验，况且预产期也是这几天了。

秦止微微一愣，很快反应过来，赶紧翻身下床穿衣，顺手把朵朵拎下了床，朵朵不明白发生了什么事，蹬着小腿，很着急："我还没和弟弟说完话呢，爸爸你快放我下来。"

"等会儿再说。"秦止把她放下，"快去找奶奶给你换衣服，妈妈要生了，我们要去医院。"

朵朵一愣，然后很快高声应道："好。"

秦止替宁沁换好衣服，抱着她出门，走到门口时朵朵也已经换好了衣服，手抓着秦晓琪的手，有些担心地看着秦止和宁沁："妈妈和弟弟不会有事吧？"

"当然不会。"秦晓琪应道，也不知道什么个情况，心里不太踏实，赶紧着带朵朵跟上。

路上宁沁的阵痛开始明显起来，疼得脸色苍白，额头不断冒着细汗，朵朵在一边看着担心不已，小手不自觉地紧紧抓着宁沁的手掌。

好在医院距离住的地方就几分钟路程，产房早已提前预订好了的，秦止一门心思都在宁沁身上，也顾不得朵朵，陪着宁沁各种检查下来后宁沁便被推进了产房，秦止要进去，一直跟在秦止身后绕着跑来跑去的朵朵也想跟着进去，她没见过宁沁那样，整个人都有些吓坏了，看秦止要撇下她进产房，小手下意识就扣住了他的手掌。

"我……我也想进去陪着妈妈。"说话断断续续的，隐隐带了哭腔。

秦止知道朵朵是紧张坏了，不只朵朵紧张担心，连他也觉得忐忑，生怕宁沁生孩子过程发生点什么意外，一家人都已承受不起再一次的小意外了。

心里虽担心，但也明白不能带朵朵进去，抱着她安慰了好一会儿，软声劝了好一会儿，一再向她保证一会儿就和妈妈和弟弟出来找她了，朵朵才勉强让他进去，陪着秦晓琪在外面等。

大概因为二胎的缘故，宁沁生产比以前生朵朵时顺利了许多，进去一个多小时后便已经顺利诞下一名男婴，人虽是筋疲力尽了些，但精神还好。

这还是秦止第一次陪宁沁生产，看得他也是心惊胆战的，之前看宁沁日记里有提过，宁沁生朵朵时难产，疼了一天一夜才顺利把人生了下来，好在老二比较争气，没太让宁沁受罪。

孩子生下来秦止也无暇顾及孩子，只是担心地看着宁沁，确定她没事后悬了一上午的心脏总算落回原处，有种惊魂过后的安定感。

护士推着手术床从手术室出来时朵朵马上从椅子上滑了下来，赶紧着去找秦止和宁沁，大概是一个人被留在外面太久，小时候的一些记忆也不太好，心里又担心，看到躺在病床上的宁沁时"哇"的一声就哭了。

宁沁身体虚弱，也抱不了她，只是伸手摸了摸她的头："妈妈没事。"

虽是这么安慰着，朵朵还是忍不住哭，双手死死抱着秦止大腿，一抽一抽地哭，一边哽咽一边说："我以后再也不要弟弟了，我只要爸爸和妈妈。"

秦止半蹲下身与她平视，长臂伸着将她搂入怀中，不停软声劝着，好一会儿总算把人劝住了。

"弟弟很可爱，一会儿你要不要跟爸爸去看看弟弟？"秦止在她耳边软声问道。

朵朵迟疑着点点头，先和秦止回病房看了宁沁，护士刚把孩子抱过来。

朵朵踮着脚尖看，看完时小嘴不自觉噘了起来："好像有点丑欸。"

小手偷偷扯着秦止手掌，朵朵压低了声音问："爸爸，护士姐姐会不会抱错了？兮然也小小的都好漂亮哦。"

护士听完她的嘀咕不自觉笑了笑，存心逗弄她："那姐姐抱走了好不好？"

朵朵很纠结地看她："那……那你还会把我真的弟弟送回来吗？"

宁沁失笑，朝她招招手："朵朵这么大的时候也很丑，长大了就漂亮了。你不是天天念叨着要陪弟弟玩？"

朵朵跑过去，压着床想往上爬，秦止担心她压到宁沁赶紧阻止了她，只允许她远远看着。

老二刚睡着，小小的，皱皱的还没长开，正安静地躺在宁沁臂弯里，画面异样的温馨。

秦止当年没机会看着这样小小的朵朵，现在在老二身上多少找到点当年的影子，心底的遗憾也能稍稍减轻。

如今一双儿女，有儿有女，有宁沁，突然就想起了那天，宁沁仰着头看他，软着嗓子对他说："秦止，我回来了。"胸口突然就被莫名的感动充斥着，鼻子有些酸。

"怎么了？"宁沁看到秦止正盯着她，似乎在失神，有些担心地看他。

秦止摇摇头："只是突然有些感慨。"

挨着她在床沿坐下，手臂绕过她的肩，将她连同孩子一同环在臂弯里，垂眸看着儿子。

宁沁手肘轻碰了碰他："要抱抱吗？"

女儿虽然已经五岁，秦止却是第一次有了完整当父亲的体验，第一次抱着这么点大的孩子。

他有些笨拙地将孩子抱了过来，动作虽然不算娴熟，却也是抱得像那么回事儿。

朵朵拽着秦止的手臂踮脚尖："爸爸，我也想抱抱。"

朵朵还太小，秦止没让她抱，只是抱着木木伏低了身子，让朵朵也能好好看着木木。

朵朵已经慢慢接受了"弟弟有点丑"的事实，第一次看到这么小的婴儿，不时伸手去碰碰他的小脸蛋，又担心碰坏他，小心翼翼地碰一下就又收回了指尖，然后仰头吐着舌头对秦止傻笑。

宁沁看着父女二人，突然觉得感动莫名，人生美好，大抵不过如此，有儿有女，有个疼她宠她的秦止，突然就想起了多年以前，朋友问她，她这辈子最幸运的事是什么，遇到了那个叫秦止的男人吧，她想。